A.D. SAHIN

The Letter of Silence

The LETTER OF *Silence*

DARK ROMANCE

A. D. SAHIN

Bibliografische Information der Deutschen Nationalbibliothek:
Die Deutsche Nationalbibliothek verzeichnet diese Publikation in
der Deutschen Nationalbibliografie;
detaillierte bibliografische Daten sind im Internet über
http://dnb.dnb.de abrufbar.

© 2024 A. D. Sahin

Lektorat und Korrektorat: Judith Bannicke – WortTraum Lektorat
Covergestaltung: A. D. Sahin
Verlag: BoD • Books on Demand GmbH, In de Tarpen 42, 22848
Norderstedt
Druck: Libri Plureos GmbH, Friedensallee 273, 22763 Hamburg

ISBN: 978-3-8391-4599-9

Playlist

Born to Die
Lana Del Rey

Lacy
Olivia Rodrigo

Cinnamon Girl
Lana Del Rey

WILDFLOWER
Billie Eilish

Reflection
The Neighbourhood

Fourth of July
Sufjan Stevens

Meddle About
Chase Atlantic

Do I Wanna Know
Arctic Monkeys

Cry Baby
The Neighbourhood

Can You Play Ken?
lilster

Those Eyes
New West

Family Line
Conan Gray

So High School
Taylor Swift

DARK SORROW SERIES

DARK
SORROW

Liebe Leserinnen und Leser,

bevor ihr in die Welt von *The Letter of Silence* eintaucht, möchte ich euch eine Warnung mit auf den Weg geben. Dieser Roman ist kein gewöhnliches Liebesdrama.

The Letter of Silence ist eine Dark Highschool Bully Romance und bewegt sich in den dunkleren Ecken der menschlichen Psyche. Auf einige könnte dieses Buch intensiv und verstörend wirken. Milan ist kein Held und wird nichts beschönigen oder verharmlosen.

Bitte entscheidet selbst, ob ihr mit den folgenden Themen emotional umgehen könnt:

Suizid, Mordversuch, sexueller Missbrauch, sexuelle Nötigung, psychische und körperliche Gewalt, Selbstverletzung, Alkohol- und Drogenmissbrauch sowie Nötigung zum Drogenmissbrauch, Bullying, emotionaler Missbrauch, explizite sexuelle Sprache, Slutshaming, Blut, Abtreibung.

Seid gewarnt   die Geschichte von Aliya und Milan wird euch an die Grenzen führen, so wie das Leben es manchmal mit jedem von uns tut.

TelefonSeelsorge Deutschland
0800/111 0 111 – 0800/111 0 222
https://telefonseelsorge.de

Ich versuche all meine Gedanken auszublenden und fokussiere mich ausschließlich auf die tiefe, dennoch innige Stimme des Fremden, die mich zu beruhigen scheint.

Nachdem ich wieder imstande bin, eigenständig zu atmen, öffne ich meine Augen und blinzele ein paarmal.

Ein warmer, besorgter Blick trifft den meinen.

»Geht es wieder?« Er hält immer noch meine Hände fest umschlossen in seinen.

Leicht abwesend nicke ich.

Der Dunkelhaarige schaut sich um, bevor er sich aufrichtet, ohne meine Hände loszulassen, sodass ich ebenfalls gezwungen werde, aufzustehen.

Seine Statur überragt mich ein großes Stück und seine dicke Winterjacke lässt ihn breiter aussehen, als er in Wirklichkeit ist. Sein Blick schweift erneut zu mir und ich halte ihm stand. Obwohl seine Gesichtszüge noch recht jung wirken, scheint er älter zu sein als ich.

Eine Gänsehaut breitet sich auf meinem Körper aus, als einzelne Schneeflocken sich auf meinen nackten Armen niederlassen. Erst jetzt bemerke ich, dass mein Körper vor Kälte fröstelt. Ich habe mir nichts über meine Schlafsachen angezogen, als ich hastig von zu Hause weggerannt bin.

Als hätte der namenlose Unbekannte es gespürt, lässt er meine Hände los, zieht seine Jacke aus und legt sie über meine Schultern.

Ein prickelndes Gefühl breitet sich in mir aus, während ich ihn ungläubig anstarre.

All die schlimmen Ereignisse, die ich in den letzten Jahren durchlebt habe, haben mich vergessen lassen, dass immer noch gute Menschen auf dieser kaputten Welt existieren.

»Komm mit mir, Kleines.«

Seine große Hand legt sich auf meinen Rücken, während er mich vom Rand der Hauptstraße wegführt.

Ich schlürfe an meiner heißen Schokolade, während ich auf einer Bank mitten in Downtown sitze.

Der Fremde, dessen Namen ich immer noch nicht weiß, sitzt direkt neben mir.

Nachdem er mich aufgehalten hatte, mir das Leben zu nehmen, hat er mir etwas Warmes zu trinken geholt und mich hierher zum Roosevelt Park gebracht.

Es herrscht eine beunruhigende Stille zwischen uns, die ich nicht unterbrechen möchte.

Ihn plagen nun vermutlich etliche Fragen und er weiß nicht, was er mit mir anfangen soll. Kann ich es ihm denn übelnehmen?

Sein Räuspern reißt mich aus meinen Gedanken und ich sehe zu ihm. Da ich seine Winterjacke trage, sitzt er nur in einem dunkelgrauen Sweatshirt und Jeans auf der Bank.

Er hat große Hände, die ineinander verschränkt auf seinem Schoß liegen.

»Wie heißt du, Kleines?«

Der Kosename »Kleines« sorgt für ein angenehmes Rauschen in meinem Magen.

»Aliya.«

Es ist das erste Mal, dass ich nach dem Vorfall gesprochen habe und ich erkenne meine eigene Stimme kaum wieder.

»Aliya.« Er lehnt sich zurück und lässt seinen Blick für einige Sekunden auf mir ruhen. »Ich bin Lio.«

Lio. Ungewöhnlicher Name.

»Wie alt bist du?«

»Vierzehn.«

Er fährt sich seufzend durch die dunkelbraunen Haare und bringt sie durcheinander. »Wo wohnst du?«

»Belmont.«

Seine Augen weiten sich, während er mich ungläubig ansieht. »Das sind neun Meilen von hier. Wie bist du hierhergekommen? Mit der Bahn?«

Als ich panisch von zu Hause weggelaufen bin, hatte ich kein bestimmtes Ziel.

Orientierungslos bin ich gerannt, ohne zurückzublicken oder auf die Schreie meiner Mutter zu achten.

Ich wollte weg.

Weg von *ihr*.

Weg von *ihm*.

Weg von zu Hause.

Einfach nur verschwinden und nie wieder zurückkehren.

Ich zucke zusammen, als ich wieder in düstere Gedanken versinke, die ich im Moment nicht denken möchte.

Er seufzt. »Ich verstehe schon.«

Ich schlürfe erneut an meinem Getränk, welches mittlerweile lauwarm ist.

Mein Blick schweift zu seinem Motorrad, das direkt neben der Bank steht, auf der wir sitzen. Ich habe keine Ahnung von Motorrädern, aber die dunkle Lackierung in Kombination mit dem silbernen Auspuff und Felgen verleiht dem Zweirad einen gewissen eleganten Ausdruck und Glanz.

Mein Vater hatte zu seinen Lebzeiten ein großes Interesse daran, neue Sachen auszuprobieren. Von Bungee-Jumping bis hin zu Fallschirmspringen. Auch an Motorradrennen war er sehr interessiert. In der Hinsicht ähnele ich meinem Vater überhaupt nicht. Vielleicht liegt es auch einfach daran, dass ich ihn viel zu früh verloren habe und meine Zeit mit ihm nur begrenzt war.

Wenn er wüsste, dass ich heute Nacht versucht habe, meinem Leben ein Ende zu setzen, würde er mir das nicht verzeihen.

»Wolltest du dich-« Lio unterbricht sich selbst und beißt sich auf die Unterlippe.

Ich weiß genau, was er mich fragen möchte, aber seine Lippen bringen nicht zustande, es laut auszusprechen.

Er schüttelt seinen Kopf. »Ich möchte dich nicht bedrängen, Kleines. Ich möchte dir nichts Böses. Aber um dir helfen zu können, musst du mir sagen, was ich für dich tun kann.«

Obwohl Lio mit seinem tiefschwarzen Motorrad, dem lockeren Sweatshirt, seinen zerzausten Haaren, den vielen Ketten um seinen Hals und seinem atemberaubenden Gesicht aussieht wie ein typischer Herzensbrecher, trägt er sein Herz auf der rechten Seite.

Ich starre auf den Pappbecher in meiner Hand. »Ich bin von zu Hause weggelaufen, weil ich mich … mit meiner Mutter gestritten habe.«

Sucht sie im Moment nach mir?

Würde es sie überhaupt interessieren, dass ich um ein Uhr morgens mit einem Fremden neun Meilen entfernt von zu Hause in einem Park meine Zeit verbringe?

»Man sagt immer, alle Mütter seien Engel, dabei können manche Mütter schlimmer als der Teufel sein, ist es nicht so?«

Mein Blick schnellt zu ihm. Er schaut starr auf sein Motorrad, während seine Tonlage kalt und harsch ist.

Seine steife Miene lockert sich, als er wieder zu mir sieht. »Aber deswegen solltest du dich nicht selbst bestrafen. Niemals.«

Ich weiß genau, worauf er hinaus möchte, aber ist der Tod denn wirklich eine Bestrafung?

Ich schüttele den Gedanken sofort wieder ab.

Egal, wie sehr ich das Leben auch verabscheuen mag, ich muss mich daran festklammern – um meines Vaters willen.

»Das Leben kann einen manchmal ziemlich auf die Prüfung stellen. Menschen können dich hintergehen, du kannst all deinen Besitz verlieren oder den Sinn des Lebens vergessen, aber nichts von all diesen Gründen sollte dich dazu anregen, ihm ein Ende zu setzen.«

Es kommt mir fast so vor, als würde er aus Erfahrung sprechen. Aber er hat recht.

Der Tod sollte nicht verlockend in meinen Ohren klingen. Ich sollte mich nicht danach sehnen, mein Leben aufzugeben, aber wieso kann ich dann diese Stimmen in meinem Kopf nicht abschalten?

»Du bist noch jung, Kleines. So jung. Du hast noch dein ganzes Leben vor dir. Lass dich nicht von anderen Menschen beeinflussen. Egal, wie anstrengend das Leben manchmal sein mag, irgendwann wird es einfacher. Irgendwann wird alles einfacher.«

Er hat recht, aber dennoch fällt es mir schwer, die Gedanken zu unterdrücken.

Lio richtet sich auf und lächelt mich an. Ein Grübchen erscheint auf seiner rechten Wange und trotz der niedrigen Temperatur wird mir urplötzlich warm ums Herz. »Merk dir eines. Auf der Suche nach dem Unmöglichen kann man das Erreichbare finden.«

Ich ziehe meine Augenbrauen zusammen. *Was bedeutet das?*

Doch er erhebt sich von der Bank, bevor ich ihn fragen kann. »Nun, steh auf. Lass uns nach Hause gehen.«

Ich erstarre. *Nach Hause?*

Das warme Gefühl von vor wenigen Sekunden erlischt und stattdessen verwandelt sich alles in mir zu einem Eisklotz.

Mit gesenktem Kopf erhebe ich mich ebenfalls von meinem Platz.

»Oder wir gehen uns etwas zu essen holen und suchen uns einen Ort, an dem es wärmer ist als hier«, fügt er hinzu, nachdem er bemerkt, dass ich nicht den Anschein mache, als würde ich nach Hause wollen.

Es könnte ihm nichts gleichgültiger sein, aber dennoch lässt er mich nicht allein und verschwendet seine Zeit mit mir.

Ich nicke nur und folge ihm, als er sich zu seinem Motorrad wendet.

Obwohl mein persönlicher Albtraum morgen weitergehen wird, möchte ich meine letzten friedlichen Minuten in seiner Gegenwart genießen und den Rest vergessen.

All die Geschehnisse, die mich gezwungen haben, so weit zu gehen, möchte ich hinter mir lassen und mich nur auf meinen Erlöser konzentrieren.

Nicht der Tod ist meine Erlösung gewesen.

Er ist es.

Mein unbekannter und gutherziger Held, ohne dessen Hilfe ich schon längst nicht mehr unter den Lebenden weilen würde.

2
Aliya

GEGENWART

Ich hasse Menschen.

Eine Preisverleihung der Shane Enterprises Holding ist deswegen der letzte Ort, an dem ich meinen friedlichen Sonntag verbringen möchte.

Meine Mutter wollte nicht verstehen, dass ich nicht dazu erschaffen worden bin, auf solche Veranstaltungen zu gehen, aber natürlich musste sie mich zwingen, hierherzukommen, um den Ruf einer *perfekten* Familie zu wahren.

»Lächeln. Die Leute gucken schon.« Sie stupst mich unter dem Tisch mit ihrem Fuß an, während sie mit einem verkrampften Grinsen eine Frau begrüßt.

Ich verdrehe meine Augen und schaue trotz ihrer Aufforderung weiter grimmig durch die Gegend.

Emily Hawkins und Lidia Vance laufen an uns vorbei, werfen mir einen schiefen Seitenblick zu, bevor sie sich kichernd etwas zuflüstern. Seitdem wir dieselben Kurse belegen, sind mir die beiden ein Dorn im Auge.

Während sich alle um mich herum in pompöse Kleidung gezwungen haben, fühle ich mich in meiner einfachen Jeans und einem weißen Blazer sehr wohl.

Meine Mutter hat mindestens zwei Stunden versucht, auf mich einzureden, lieber das neue Kleid anzuziehen, welches sie und mein Stiefvater mir zum Geburtstag geschenkt haben.

Die Tatsache, dass sich die halbe Stoneview High auf dieser Preisverleihung aufhält, kommt nicht überraschend, dennoch ist es Nerven aufreibend.

Die IT-Firma Shane Enterprises Holding ist ein sehr wichtiger Investor unserer Highschool und versorgt unsere Schule immer mit der neusten Technologie.

Die Stoneview High ist eine Privatschule.

Eine Elite schnöseliger Jugendlicher, die ohne das Geld ihrer Eltern nichts wären.

Da das Kleinunternehmen meines Stiefvaters Wilson Enginee-ring für die Shanes arbeitet, wurde es mir ebenfalls ermöglicht, diese Schule zu besuchen.

Der Geschäftsführer der IT-Firma, Mr. Shane, sorgt mit seinen hohen Investments dafür, dass die Kinder seiner Geschäftspartner einen Platz an der Eliteschule garantiert bekommen, sodass unsere Zukunft abgesichert ist.

»Richte deine Kleidung. Ich habe dir gesagt, dass es angemessener wäre, das Kleid anzuziehen. Musst du immer so stur sein?«

Ich würdige meine Mutter keines Blickes und blende ihre Stimme aus.

Nach all den Jahren fällt es mir immer einfacher, so zu tun, als würde ich sie nicht hören. Alles, was sie von sich gibt, sind sowieso nur überflüssige Kommentare.

Mein Stiefvater Robert kehrt zurück an unseren Tisch und setzt sich neben sie.

Wie auf Knopfdruck greife ich nach meinem Handy und erhebe mich.

»Wohin gehst du? Die Rede beginnt gleich.«

»Möchtest du mir jetzt vielleicht auch eine Standpauke halten, dass es unangemessen ist, weil ich auf die Toilette muss, Mutter?«

Sie verstummt, doch ich kann sehen, dass sie über meine Widerworte alles andere als erfreut ist.

»Lass sie. Sie ist in der Pubertät, Liebes«, redet Robert auf sie ein.

Sie können mich mal.

Als ich durch die Menschenmenge gehe, fällt mein Blick auf die Tür, die hinaus in die kühle Nacht führt.

Selbstverständlich findet die Preisverleihung im Masonic Temple statt – einer Location, die durch ihre pompöse, gewaltige Bauweise beeindruckt und einschüchtert.

Ich bin nur ein paar Schritte von der Ausgangstür entfernt, als ich plötzlich von einem breiten Körper gerammt werde.

Keine Sekunde später spüre ich, wie sich mein Blazer mit einer Flüssigkeit vollsaugt. Ich ziehe scharf die Luft ein, als die kalte Flüssigkeit nun auf meine Haut trifft.

Zornig schaue ich auf, um die Person anzumotzen, doch verstumme, als ich sehe, wer sich vor mir befindet.

Die düstere Ausstrahlung, welche ihn umgibt, zieht mich in einen Bann, sodass ich nicht mehr in der Lage bin, mich zu bewegen.

Meine Wut erlischt augenblicklich.

Er scheint mich keines Blickes zu würdigen, obwohl er seinen gesamten roten Wein auf meinem Oberkörper verteilt hat. Stattdessen drückt er mir das leere Glas in die Hand, als wäre ich eine Kellnerin.

Sein schwarzer Anzug, der sich elegant an seinen Körper schmiegt, lässt ihn in Kombination mit seinen pechschwarzen Haaren und genauso dunklen Augen, viel einschüchternder wirken, als er es sowieso schon ist. Hohe, ausgeprägte Wangenknochen umrahmen eine schmale Nase, die knapp über einem Paar

Lippen endet, das zu einem distanzierten Ausdruck zusammengezogen ist.

»Verpissen wir uns endlich?« Sein dunkelhaariger und blauäugiger Freund stellt sich direkt neben ihn und ignoriert meine Anwesenheit.

»Wollen wir nicht wenigstens warten, bis dein Vater seine Rede beendet?« Die Nummer Drei der Gruppe leistet den beiden Jungs Gesellschaft, während ich immer noch fassungslos das Glas in meiner Hand betrachte.

»Sei keine Memme, Shin. Wir haben hier nichts zu suchen.«

Damian Reynolds, Shin Masuda – ich lasse meinen Blick zum gefürchtetsten von ihnen wandern – und Milan Shane.

Das berüchtigte Trio der Stoneview High – die sogenannten *Legions.*

Sie sind die drei reichsten, gefährlichsten und problematischsten Söhne aus Palmer Wood.

Mit einer gelassenen Haltung macht Milan sich auf den Weg nach draußen, während seine zwei Freunde ihm folgen.

»Nebenbei, das Mädchen gerade eben war keine Bedienstete«, erklärt Shin.

»Wen juckt es, was sie ist, Shinichiro?«

»Hör auf, mich so zu nennen!«

Milan, der Kopf des Trios, schweigt, bis alle drei die Veranstaltungsstätte endgültig verlassen haben.

Ich starre ihnen sprachlos hinterher. Mein Blick wandert von dem Glas in meiner Hand zu dem Wein auf meinem Blazer.

Was zum Teufel sollte das sein?

Peinlich berührt schaue ich mich um, während einige mich kritisch beäugen und andere mich auslachen – darunter viele meiner Mitschüler.

Ich platziere Milans Glas auf einem Tische und bewege mich in Richtung der WCs, um den roten Fleck von meinem Blazer abzuwaschen.

Die Wut in mir fängt erneut an zu brodeln, doch viel wütender bin ich über die Tatsache, dass ich geschwiegen habe, statt ihm meine Meinung ins Gesicht zu sagen.

Wie kann man jemanden nur so in Verlegenheit bringen und dann einfach gehen, ohne sich zu entschuldigen?

Ich schrubbe wutentbrannt an dem Fleck und ignoriere all die Leute, die hereinkommen. Als ob all dies nicht reichen würde, fängt nun auch mein Handy an zu klingeln. Ich stöhne frustriert auf, schalte es stumm und schnappe mir meinen Blazer, bevor ich mich ebenfalls aus der Location hinausschleiche.

Meine Mutter kann knicken, dass ich mich nach diesem Vorfall mit einem beschmutzten Blazer zu ihr setze und mir eine einstündige, langweilige Dankesrede anhöre.

Befreit von der großen Menschenmenge atme ich erleichtert aus, als mir kühle Luft entgegenweht. Das hoch emporragende Gebäude verdunkelt den Himmel und wirft einen langen Schatten auf den Gehweg.

Obwohl ich einen unglaublichen Groll hege, muss ich meine Wut vergraben. Schließlich kenne ich die Drei mittlerweile sehr gut und weiß, wozu sie imstande sind. Ihre Aufmerksamkeit auf mich zu ziehen, ist das Letzte, was ich in meinem letzten Schuljahr brauchen könnte.

Meine Finger graben sich in den Stoff meines Blazers.

Dennoch wäre es gut, wenn einer sich mal trauen würde, es den Dreien heimzuzahlen.

Ich begebe mich auf die Rückseite des Gebäudes, um ein Ort zu finden, in dem ich meine Zeit verbringen kann, bis meine Mutter und mein Stiefvater sich dazu entscheiden, nach Hause zurückzukehren.

In Midtown bin ich nicht oft, deswegen kenne ich mich hier auch nicht wirklich aus.

Ich gehe am Parkplatz vorbei und überlege, ob ich nicht einfach im Auto warten soll, bis die Verleihung zu Ende ist. Diesen Gedanken verdränge ich aber schnell wieder, da ich sonst wieder reingehen und die Schlüssel holen müsste.

Stattdessen fällt mein Blick auf einen mir bekannten, schwarzen Sportwagen.

Ein Blick auf das Kennzeichen bestätigt meine Vermutung, dass es sich um *sein*en Audi RS7 handelt.

Die Verärgerung kocht in meinem Magen wieder hoch.

Dieser arrogante Idiot ist der Grund für meine schlechte Laune und die Tatsache, dass ich jetzt mit einem Weinfleck herumlaufen muss.

Ich schaue mich um, doch entdecke weit und breit niemanden auf der Straße. Obwohl sie den Masonic Temple vor mir verlassen haben, sind sie nicht hier.

Meine Mundwinkel ziehen sich nach oben, als ich auf eine Idee komme, die mich höchstwahrscheinlich mein Leben kosten wird, wenn ich erwischt werde, aber was soll's?

Wenn keiner wagt, den Dreien eine Lektion zu erteilen, dann muss ich es wohl tun.

Mit festem Griff halte ich den Stein zwischen meinen Fingern und ziele auf die Autotür. Bevor ich es mir anders überlege, lege ich meine ganze Kraft in die Bewegung und lasse den Stein über den schwarzen Lack laufen.

Das Geräusch des Steins und der tiefe, sichtbare Kratzer, den er hinterlässt, sind überraschend befriedigend.

Der Gedanke an das Gesicht des Arschlochs, wenn er sein zerstörtes Auto sieht, lässt mich siegessicher lächeln.

Wieso bin ich nicht schon vorher auf die Idee gekommen?

Milan Shane geht mir auf die Nerven, seitdem ich die SVH besuche. Seine arrogante, selbstverliebte und manipulative Art, mit der er die Mädchen um den Finger wickelt, nur um sie danach wie ein Stück Müll wegzuschmeißen, ist mir zuwider. Aber nichtsdestotrotz verfallen alle seinem Charme und lassen ihn ran, ohne an die Konsequenzen zu denken.

»Ihr werdet sehen, was ihr davon habt.«

Die tiefe Stimme eines Mannes reißt mich aus meinen Gedanken. Ich ducke mich instinktiv und presse mich gegen Milans Audi. Mein Herz schlägt schneller, während ich in die Richtung spähe, aus der ich die Geräusche gehört habe.

Ein Mann mit finsterer Miene betritt den Parkplatz, mehrere Männer folgen ihm.

Fuck.

Ich muss mich hier wegschleichen, bevor jemand bemerkt, was ich angestellt habe. Der Kratzer auf Milans Wagen ist unübersehbar, und der Stein, der diese Tat vollbracht hat, liegt noch in meiner Hand. Ich werfe ihn hastig zur Seite und presse mich tiefer in den Schatten des Autos.

Die Männer bleiben jedoch mitten auf dem Parkplatz stehen, als ob sie genau wüssten, dass ich hier bin.

Innerlich kreische ich auf.

Wäre ich nur zehn Sekunden früher verschwunden, könnte ich mir jetzt den Ärger ersparen.

Wenigstens ist von Milan, Shin und Damian weit und breit keine Spur zu sehen, weswegen die Wahrscheinlichkeit, dass sie mich erwischen, sehr gering ist.

»Ruf deine Freunde, los!«

»Ich bin allein hier.«

Eine bekannte Stimme durchdringt die Nachtluft, und ich reiße die Augen auf. Unauffällig erhebe ich mich ein wenig, um sicherzustellen, dass ich mich nicht verhört habe.

Damian Reynolds steht lässig mit seinen Händen in den Hosentaschen da, konfrontiert von fünf breiten Männern.

Er hatte das Event doch mit Milan und Shin gemeinsam verlassen, also wieso ist er dann hier und wo sind die anderen?

Ein lauter Knall durchbricht die Stille, gefolgt von einem wütenden Brüllen. »Wag es nicht, uns anzulügen!«

Mein Atem stockt, als ich mir bildlich vorstelle, wie sie Damian eine verpassen.

Muss ich jedes verdammte Mal zum falschen Zeitpunkt am falschen Ort sein?

»Ruf Shane hierher.«

»Er ist nicht mehr hier. Er ist bereits zurückgekehrt.« Damian klingt ruhig, fast gelangweilt.

Ich zucke zusammen, als ein weiterer dumpfer Aufprall und ein unterdrückter Schmerzenslaut durch die Nacht hallen. »Möchtest du dein Leben verlieren, um diesen Hund zu beschützen? Ruf ihn jetzt verdammt nochmal her! Davor lassen wir dich nicht gehen.«

Meine Finger drücken sich verzweifelt auf den kalten Asphalt.

Obwohl ich Damian genauso wenig leiden kann wie Milan, verspüre ich bei jedem Schlag, den er einstecken muss, ein schmerzliches Mitleid. Gedankenblitze durchzucken meinen Kopf – sollte ich die Polizei rufen? Doch die Angst, dass dann auch meine eigene Tat ans Licht kommen könnte, lässt mich zögern.

Ich schüttle das Mitleid und die aufkommenden Schuldgefühle ab. Damian ist kein Engel, vielleicht verdient er diese Schläge sogar.

Dank der vielen Autos, die auf dem Parkplatz stehen, kann ich mich unentdeckt fortbewegen. Kriechend schiebe ich mich hinter Milans Wagen hervor und krabbele vorsichtig in Richtung eines silbernen Vans.

Die Geräusche der Schläge und Damians unterdrückte Laute begleiten mich, doch ich zwinge mich, sie zu ignorieren. Gerade als ich zum blauen SUV weiterkrabbeln möchte, erstarre ich.

Zwischen dem Van und dem SUV hocken zwei Gestalten, die sich ebenfalls vor den Männern zu verstecken scheinen.

Mein Herz setzt einen Schlag aus, als Shins und mein Blick sich kreuzen.

Im Gegensatz zu mir wirkt er nicht überrascht über meine Anwesenheit. Er lehnt in seinem dunkelblauen Anzug am SUV und mustert mich mit einer kühlen Gelassenheit.

Ich traue mich nicht, die Person anzusehen, die an den Van gelehnt auf dem Boden sitzt, da ich genau weiß, um wen es sich dabei handelt.

Eine Kälte umhüllt meinen Körper, während ich Milans durchdringenden Blick auf mir spüre.

Mein Instinkt sagt mir, dass ich Angst haben sollte.

Eine böse Vorahnung packt mich, sodass sich ein riesiger Kloß in meinem Hals bildet.

Wie lange sind sie schon hier?

Mittlerweile sind mir die Männer, die Damian gerade verprügeln, völlig egal, denn der Schwarzhaarige, dessen Blick sich wie Feuer auf meiner Haut anfühlt, jagt mir einen viel größeren Schrecken ein.

Bevor ich mich erheben und weglaufen kann, packt er mich an meinem Handgelenk und zieht mich auf seinen Schoß.

Seine raue Hand presst er auf meinen Mund und drückt meinen Hinterkopf an seine Brust.

Ich spüre, wie Milan sich zu mir hinunter lehnt und sich gefährlich nah meinem Ohr nähert. »Wenn du nicht willst, dass ich dich hier und jetzt umbringe, sei ein braves Mädchen und beweg dich nicht.«

All meine Haare stellen sich auf und eine Gänsehaut überkommt meinen ganzen Körper, als ich seinen warmen Atem an meinem Nacken spüre. Sein volles schwarzes Haar kitzelt auf meiner Haut und der Druck seiner Hand nimmt mir den Atem.

Er weiß *es*.

Er weiß, was ich seinem Auto angetan habe.

Er war die ganze Zeit über hier. Er hat alles mitbekommen.

Ich kann mich nicht rühren, nicht sprechen, nicht einmal atmen, ohne die Gefahr zu spüren, die von ihm ausgeht.

Es gibt viele Gründe, wieso sich niemand traut, sich mit den *Legions* – insbesondere mit Milan Shane, anzulegen. Wie komme ich also auf die Idee, dass ich unbemerkt davonkommen könnte?

Wäre ich nur neben meiner Mutter sitzengeblieben.

»Wir müssen etwas tun.« Shin erhebt sich ein wenig, um nach Damian zu sehen.

Ich fühle, wie sich Milans Hand auf meinem Mund lockert. »Ich stelle mich ihnen. Sie wollen mich, nicht Damian.«

Obwohl er mich mittlerweile losgelassen hat, mache ich keine Anstalten von ihm wegzurücken und bleibe widerwillig sitzen.

Seine Worte hallen in meinem Kopf wider und ich habe viel zu sehr Angst davor, dass er seine Bedrohung verwirklicht.

Von meinem friedlichen Schulleben kann ich mich nach der heutigen Nacht offiziell verabschieden, denn er wird mir das Leben zur Hölle machen.

»Bist du dir sicher, Milan?«

»Haben wir eine andere Wahl?«

»Und was machen wir mit ihr?« Shin blickt nun zu mir und ich spanne mich an.

»Um sie kümmern wir uns, wenn wir die Tyrrells losgeworden sind.«

Ich schlucke. *Was soll das heißen?*

»Nebenbei …« Ich zucke zusammen, als ich seine Stimme direkt an meinem Ohr wahrnehme. »Wie lange hast du noch vor, auf meinem Schoß zu sitzen?«

Mein Gesicht errötet vor Verlegenheit und sofort krabbele ich von ihm weg. War er nicht derjenige, der meinte, ich solle mich nicht bewegen?

Sein dunkler Blick liegt immer noch auf mir, während ein Hauch von Amüsement in ihm aufblitzt.

Genau wie Shin lehne ich nun am SUV.

Milans Anzug sitzt trotz der Tatsache, dass er hinter einem Auto hockt, perfekt. Obwohl ich ihm am liebsten eine verpassen würde, kann ich die Tatsache, dass er gutaussehend ist, nicht abstreiten. Selbst sein dreckiger Charakter kann sein bildschönes Äußeres nicht überdecken.

»Und was soll ich machen?«

»Pass auf, dass sie nicht wegläuft. Mit ihr bin ich noch nicht fertig.« Milans Blick schweift von mir zu Shin, der nur halbwegs überzeugt nickt.

Ich schaue zwischen den beiden hin und her und fühle mich wie ein unter den Jungen herumgereichtes Stück Fleisch.

Bevor ich reagieren kann, verschwindet Milan hinter den parkenden Autos.

Ich versuche nicht einmal, wegzurennen.

Es würde sowieso nichts bringen.

»Du hast dich mit dem Falschen angelegt.« Shin sieht zu mir und seine dunklen Augen spiegeln den Hass wider, den er mir gegenüber empfindet.

Vielleicht habe ich das tatsächlich.

»Erweist du uns endlich die Ehre, Shane?«, ertönt die Stimme des Mannes, der Damian geschlagen hat.

»Du kennst mich doch, Tyrrell. Ich lasse gerne auf mich warten.« Milans Stimme trieft nur so vor Belustigung.

»Du wirkst ziemlich gut gelaunt für jemanden, dessen schönes Gesicht gleich verunstaltet wird.«

Ich schaue nervös in die Richtung, in der sie stehen, und versuche, einen Blick auf sie zu erhaschen.

»Ach, mittlerweile solltest du wissen, dass ein paar Kratzer auf meinem Gesicht deine Schwester nicht davon abhalten werden, ihre Beine für mich breitzumachen. Im Gegenteil, das macht sie nur noch wilder. Sie steht darauf. Ein böses Mädchen, nicht?«

Shin lacht leise, während ich mich frage, was er versucht, mit der Provokation zu bezwecken.

»Du verdammter Hurensohn!«

Und es wird lauter.

Die Straßen sind immer noch, wie leergefegt, wahrscheinlich, weil Milans Vater immer noch seine Rede drinnen hält und sich an einem Sonntag um diese Uhrzeit keine anderen Menschen im Zentrum von Midtown aufhalten.

»Wieso rufen wir nicht einfach die Polizei? Die Männer sind doch in der Überzahl. Sie werden zu zweit dagegen nicht ankommen.«

Shin sieht mich an, als hätte ich ihn gefragt, in welchem Bundesstaat wir leben. »Die Polizei? Willst du uns noch mehr Probleme bereiten?«

Ich weiß zwar nicht, worum es bei der Auseinandersetzung geht, aber ich kann mir nicht vorstellen, dass die Jungs irgendwelche Nachteile davon haben würden. Sie sind allein klar im Vorteil, weil ihre Väter die wohlhabendsten Männer in Detroit sind.

»Wir haben-« Gerade als Shin mir die Situation erklären will, bricht er ab, schüttelt seinen Kopf und spricht zu sich selbst. »Halt die Fresse, Shin.«

Er späht hinüber, bevor er sich gestresst durch die Haare fährt. »Fuck.«

Ich seufze, während ich über einen anderen Ausweg nachdenke. Vielleicht fällt meine Strafe für den Kratzer nicht allzu schlimm aus, wenn ich ihnen helfe.

»Ist dein Auto hier?«

»Wieso?«

»Beantworte mir die Frage.«

Er zieht genervt seine Augenbrauen zusammen. »Milans Schlüssel sind bei mir.«

Ich nicke und zeige ihm mit einer Handbewegung, dass er mir folgen soll. Doch bevor ich mich von der Stelle bewegen kann, packt er mich an meinem Arm und funkelt mich wütend an.

»Du bleibst hier.«

Ich verdrehe meine Augen und ziehe meinen Arm aus seinem Griff.

Shin Masuda ist der Einzige von den Dreien, der mich nicht einschüchtern kann. Ihn kenne ich im Gegensatz zu Milan und Damian schon länger, da wir dieselbe Mittelschule besucht haben.

»Lass mich los. Ich versuche nur zu helfen.«

»Wieso solltest du das tun?«

Weil ich versuche, mir eine mildere Strafe für den Kratzer zu ergattern.

Als ein lauter Knall ertönt, gibt er schlussendlich nach. »Solltest du irgendwelche Tricks versuchen, wirst du sehen, was du davon hast.«

Ich krabbele voraus, zurück zu Milans Wagen, während Shin mir folgt. Shins Augen weiten sich ungläubig, als er den großen Kratzer am Auto entdeckt.

Er geht näher heran, um es sich genauer anzusehen, und fährt mit den Fingern vorsichtig über die tiefe Schramme.

»Mein Gott, was zum Teufel hast du mit seinem Auto gemacht?«, sagt er ungläubig. »Er wird dich umbringen.«

Ich frage mich, wieso sie mich nicht aufgehalten haben, als ich den Schaden angerichtet habe. Ich muss mich im Moment aber mit wichtigeren Dingen beschäftigen.

»Kannst du fahren?«

»Natürlich.«

Mein Plan könnte eventuell funktionieren, auch wenn es nicht die beste Idee ist.

»Steig ein.«

Shin schaut mich verwirrt an, aber gehorcht, während ich hinten einsteige.

Niemals hätte ich gedacht, dass ich mal freiwillig im Auto von Milan Shane sitzen werde.

»Schalte die Lichter aus. Sie dürfen uns nicht bemerken.«

Shin schaltet die Scheinwerfer aus und taucht die Gegend in eine tiefere Dunkelheit. Er blickt mich im Rückspiegel an und wartet auf meine nächsten Anweisungen. »Und jetzt?«

Ich bin auf der Suche nach einem bestimmten Video. »Ich muss mich mit der Lautsprecheranlage verbinden.«

Ohne ein Wort hilft mir Shin, über Bluetooth eine Verbindung herzustellen. Sein Blick bleibt skeptisch, als ich ihm befehle, alle Fenster zu öffnen.

»Das ist dumm«, kommentiert er, doch seine Finger sind schon an den Knöpfen und die Fenster gleiten lautlos herunter.

Ich lehne mich nach vorne, um den Lautsprecher zu bedienen.

Milans Auto steht versteckt zwischen dem Van und einem Geländewagen, nahezu unsichtbar für die Männer.

Ich finde das gesuchte Video auf meinem Handy und starte es. Die Lautsprecher spielen das Geräusch einer entfernten Sirene ab. Zunächst leise, fast unmerklich, doch ich drehe die Lautstärke langsam höher. Das Geräusch schwillt an, als würde die Sirene sich tatsächlich nähern.

»Fahr los«, flüstere ich, meine Stimme ist durch die heulenden Sirenen kaum zu hören.

»Was?«

»Fahr los! Wenn es funktioniert hat, ziehen sie sich jetzt wahrscheinlich zurück«, erkläre ich dringlich.

Shin scheint mich endlich zu verstehen. Er startet den Motor, und der Wagen beginnt zu rollen. Das Geräusch füllt weiterhin die Luft, ein dröhnender Klang, der sich über die Dunkelheit ausbreitet.

»Fahr an ihnen vorbei!«, rufe ich und bereite mich darauf vor, die Tür zu öffnen, damit Milan und Damian einsteigen können.

Durch die Frontscheibe sehe ich die Männer vor uns, wie sie sich verwirrt umblicken und in unsere Richtung starren. Shin beschleunigt, und die Männer springen hastig zur Seite.

Ich erblicke Milan, der die Situation schnell erfasst, obwohl er verwirrt aussieht. Er packt Damian, der am Boden liegt, und zieht ihn auf die Füße.

Als wir uns auf die Männer zubewegen, verlangsamt Shin den Wagen. Ich öffne die rechte Tür und rutsche zur Seite, damit die zwei schnell einsteigen können.

Doch einer der Tyrrells hat offenbar durchschaut, was wir vorhaben. Er reißt die Tür auf meiner Seite auf und packt nach mir. Ich zische auf, als er mit seiner Hand nach meinen Haaren greift und versucht, mich aus dem Wagen zu zerren. Ein starker Schmerz zieht sich durch meine Kopfhaut, und ich wehre mich dagegen.

Damian kämpft ebenfalls, er wird von einem weiteren Mann festgehalten, der ihn am Einsteigen hindert.

In einem verzweifelten Versuch trete ich dem Mann mit dem Fuß in den Magen. Er stöhnt auf, taumelt zurück und stürzt schließlich zu Boden. Die Tür schlage ich mit einem lauten Knall zu, mein Herz schlägt wild vor Adrenalin.

Auch Damian befreit sich aus dem Griff des Mannes und knallt die Tür zu.

»Verriegele die Türen und fahr vom Parkplatz«, befiehlt Milan, der direkt neben mir in der Mitte sitzt.

Shin beschleunigt und lenkt den Wagen hastig von der Szene weg. Im Inneren des Autos ist es dunkel, nur schwaches Licht dringt durch die Fenster, wodurch die Gesichter der anderen nur schemenhaft zu erkennen sind. Ihre Verletzungen sind deutlich sichtbar.

Einige der Männer rennen dem Wagen hinterher, aber sie können das Tempo nicht mithalten.

Milans Miene bleibt ausdruckslos, sein kalter Ausdruck ruht auf mir, was mich noch nervöser macht. Ich wende meinen Blick nach vorne, während der Rest der Gruppe in ein gedämpftes, angespanntes Schweigen gehüllt ist.

Damian bricht nach ein paar Minuten die Stille mit einem schallenden Lachen. »Fuck, was war das? Ich dachte für einen Moment, die Bullen packen uns.«

Shin blickt mich über den Innenspiegel hinweg an. »Das war ihre Idee.«

Nun spüre ich alle Blicke wie ein heißes Brennen auf meiner Haut.

»Huh? Die Bedienstete?«

»Sie ist keine Bedienstete, Damian.«

»Fresse, Shinichiro.«

»Wie oft muss ich dir noch sagen, dass du mich nicht so nennen sollst?«

Milan wendet sich von mir ab und richtet sich an Shin. »Halt an.«

»Sicher? Sie könnten noch hinter uns sein.«

»Halt an, Shin.« Seine Stimme duldet keine Widerworte.

Das Auto bewegt sich langsam an die Seite einer ruhigen Landstraße. Ohne dass mir irgendjemand etwas sagen muss, öffne ich die Tür und steige aus dem Auto.

Die Drei steigen ebenfalls aus, während ich den Abstand zwischen uns vergrößere. Die Scheinwerfer sind die einzige Lichtquelle, die wir haben.

Shin lehnt mit verschränkten Armen am Wagen, während Milan direkt vor mir steht und mich erneut mit Belustigung in den Augen ansieht.

»Was ist los? Hat *Servant* etwas angestellt?« Damian schaut zwischen seinen Freunden hin und her, bis sein Blick auf die Schramme fällt.

»Leck mich, was ist das?« Er fährt mit seiner Hand über die Kratzspur, während Shin mit seinem Kopf in meine Richtung deutet.

»Sie war das?«

Ich trenne meinen Blick nicht von Milan, weil er mich mit seinem Schweigen in einen noch größeren Angstzustand versetzt. Seine Kleidung ist nun etwas zerknittert und seine Lippe ist aufgeplatzt, aber dennoch wirkt er elegant und perfekt.

»Wie willst du das wieder geradebiegen?« Sein Blick gleitet meinen Körper hinunter und er schmunzelt. »Hast du was zu bieten?«

Reflexartig trete ich einige Schritte zurück.

Zugleich macht sich ein teuflisches Grinsen auf Damians blutigem Gesicht bereit, als er seine Blicke ebenfalls auf meinem Körper wandern lässt.

»Ein bisschen Spaß schadet doch nicht, oder?« Seine tintenblauen Augen wirken im Moment alles andere als friedlich.

Während Milan mit seiner ruhigen und düsteren Art jeden in Schrecken versetzt, tut es Damian auf eine ganz andere Art und Weise.

Ich halte die Luft an, während ich mich umsehe, in der Hoffnung, auf irgendeine Menschenseele zu treffen.

»Keine Sorge. Ich werde auch sehr sanft sein.« Damians dreckiges Grinsen und seine verlogenen Worte widern mich an. »Ich bin immer sanft.«

»Ich … Ich habe euch geholfen. Wir sind jetzt quitt!« Ich sehe stattdessen zu Milan, der sich immer noch nicht von der Stelle bewegt hat.

»Komm schon. Ich werde dir nicht wehtun.« Damian greift nach meinem Arm und zieht mich zu sich.

»Fass mich nicht an.« Ich versuche ihn von mir abzuschütteln. »Damian.«

Er hält inne, als Milan seinen Namen erwähnt. »Was ist los, Shane? Sie hat dein Auto zerkratzt. Um diese Schramme zu bezahlen, müsste sie uns allen einen blasen.«

Ich zucke zusammen, als seine Worte mich erreichen.

»Außerdem bin ich noch ziemlich erledigt von gerade eben, also lass mich meinen Spaß mit ihr haben.«

Die Alarmglocken in meinem Kopf fangen an zu läuten und ich reiße mich aus Damians Griff heraus, bevor ich ihn mit einem kräftigen Stoß von mir schubse. »Ich sagte, fass mich nicht an!«

Er taumelt ein paar Schritte zurück, doch macht nicht den Anschein, als hätte mein Stoß ihn verletzt.

Meine Gedanken sind wie gefangene Vögel in einem Käfig, flatternd auf der Suche nach einem Ausweg.

»Wie süß.« Damians Lippen verziehen sich zu einem tückischen Lächeln. »Dachtest du, dass du hier *irgendetwas* zu sagen hast?«

Er schnalzt mit seiner Zunge, während er mit langsamen Schritten erneut auf mich zukommt. »So ein kleiner naiver *Servant*. Aber keine Sorge, ich werde dir beibringen, wie du dich in unserer Nähe zu benehmen hast.«

»Das reicht, Damian.« Milan unterbricht ihn erneut, sodass dieser genervt aufstöhnt und sich zu ihm dreht. »Du bist so ein Langweiler, Shane.«

»Sie hat *mein* Auto zerkratzt, also werde *ich* derjenige sein, der sie bestrafen wird.«

Damian verdreht seine Augen, als Milan sich mir mit kräftigen Schritten nähert.

Jede Bewegung lässt mein Herz schneller schlagen und mein Atem wird flacher.

Der Wind heult wie ein unheimliches Echo meiner Ängste. Eine kalte Welle der Panik überkommt mich, als er vor mir stehenbleibt.

»Du denkst, wir sind quitt, weil du uns geholfen hast? Das nennst du Hilfe?«

Aus der Nähe betrachtet sind seine Wimpern dicht und so schwarz wie sein Haar. Seine schattigen Augen starren mit einer tiefen Kälte auf mich herab.

»Es war meine Idee. Ohne mich würdet ihr immer noch auf dem Parkplatz festsitzen!«

»Ach ja?« Milan grinst, während er sich mit dem Daumen das Blut von der Lippe wischt. »Ist das so?«

»Lasst mich gehen.« Ich erwidere seinen Blick, obwohl sie mich in eine unendliche Dunkelheit zerren.

Damians Lachen ertönt im Hintergrund, sodass ich meinen Blick zu ihm schweifen lasse. Diese Ablenkung nutzt Milan zu seinem Vorteil und packt mich am Kragen meines Blazers. Ich werde ruckartig zu ihm gezogen. Ein erschrockenes Keuchen kommt über meine Lippen.

»Du dachtest, du könntest mir so leicht entkommen?« Jedes Wort ist wie ein eisiger Hauch in meinem Ohr und ich spüre, wie sich meine Muskeln verkrampfen. »Ich werde dich zerstören. Merk dir meine Worte.«

Sein Blick durchbohrt mich wie ein giftiger Pfeil.

Ich bin seinem Willen ausgeliefert.

In diesem Moment fühle ich mich wie eine Maus, gefangen in den Klauen einer Raubkatze, die bereit dazu ist, mich bei lebendigem Leibe zu verschlingen.

Er wird mich *zerstören*.

Mit einem Stoß lässt er von mir ab, sodass ich perplex zurücktaumele.

»Ihr habt sie gehört.« Er dreht sich zu seinen Freunden. »Sie möchte, dass wir sie gehen lassen.«

Belustigung funkelt in Damians Augen. »Dann lasst uns ihr den Gefallen tun, was meint ihr?«

Die Blockade in meiner Kehle löst sich, als ich realisiere, was sie vorhaben.

»Warte«, setze ich an, als Milan mir den Rücken zudreht und sich auf den Weg zu seinem Auto macht. »Ihr könnt mich nicht hier zurücklassen!«

Er ignoriert mich und setzt sich ins Auto. Damian lacht und macht sich auf den Weg zum Beifahrersitz, während Shin hinten einsteigt.

»Shin!«, rufe ich nach ihm.

Er *wird* das nicht zulassen.

Er *kann* das nicht zulassen.

»Sie ruft nach dir, Shinichiro.«

»Hör auf mich so zu nennen, Damian«, ignoriert er meine entsetzlichen Hilferufe.

Mein Blick fällt erneut auf Milan, der nun den Motor seines Autos startet. »Du wolltest, dass wir dich gehen lassen, oder nicht? Steh hinter deinen Wünschen.«

Ich verziehe mein Gesicht, während all die Angst in meinem Körper von Wut ersetzt wird.

»Man sieht sich, *Sweetheart*.« Er zwinkert mir zu, bevor er Gas gibt und die Straße hinunterfährt.

Die Nacht ist düster und sternenlos, als ich auf der einsamen Straße Detroits zurückgelassen werde. Das dumpfe Geräusch des Autos wird immer leiser, als sie sich mit rasender Geschwindigkeit von mir entfernen.

»Arschlöcher!«, rufe ich ihnen hinterher.

Das nächste Mal bleibt es nicht nur bei einer Schramme. Ich werde seine Außenspiegel und Scheibenwischer brechen und damit sein verdammtes Grinsen aus seinem Gesicht prügeln.

»Gottverdammte Bastarde!«

Ich schreie frustriert auf, inmitten der endlosen Dunkelheit und der Stille, vergessen wie ein Stern in einem fremden Universum.

3
Aliya

DREI JAHRE ZUVOR

Liebes Ich in der Zukunft,
In den meisten Momenten meines Lebens erscheint mir meine Existenz als vollkommen sinnlos.

Ich bin mir sicher, dass die Beendigung dieses Elends nicht nur mir helfen würde. Mutter wäre glücklicher, hätte sie mich damals einfach abgetrieben.

So irrelevant mir auch das Leben erscheint, ich schaffe es nicht, einen Schlussstrich zu ziehen. Ich schaffe es nicht, es endgültig zu beenden.

Jedes Mal, wenn ich mir in meinen Gedanken ausmale, wie es sich wohl anfühlen würde, mit einer Klinge die weiche Haut unter meinem Kinn zu berühren oder sich aus dem höchsten Stockwerk des Renaissance-Centers herunterzustürzen, werden die brutalen Bilder in meinem Kopf von den Bildern meines Vaters ersetzt.

Er würde mir das niemals verzeihen.

Aber ist es wirklich das, was mich hindert?

Eigentlich bin ich doch nur ein feiges Mädchen, das sein Leben von Grund auf verabscheut, jedoch viel zu ängstlich ist, es komplett loszulassen.

Das Einzige, wozu ich in der Lage bin, ist, zu schreiben. All meine düsteren Gedanken, die ich niemals laut aussprechen würde, verankere ich in diesem Notizbuch.

In der Hoffnung, dass meine Wünsche irgendwann in Erfüllung gehen und ich mich endlich traue, alldem ein Ende zu setzen, verfasse ich diesen Brief.

Diesen Brief des Schweigens.

4
Aliya

GEGENWART

Ich verlasse Mr. Nelsons Büro, nachdem ich meine wissen-schaftliche Arbeit über Neuroplastizität abgegeben habe.

Um meine Ziele nach dem Abschluss zu verwirklichen, muss ich die Beste in meiner Stufe bleiben.

Nachdem ich gestern mitten in der Nacht wutentbrannt zurück-gelassen wurde, blieb mir keine andere Wahl, als meine Mutter zu kontaktieren. Ich musste mir eine große Standpauke anhören, wie respektlos und undankbar es von mir gewesen wäre, wortlos von der Preisverleihung zu verschwinden, obwohl Mr. Shane derjenige ist, der mir eine qualifizierte Bildung ermöglicht.

Dass ich in der Zeit, in der Mr. Shane seine Dankesrede hielt, mit seinem Sohn und seinen Freunden beschäftigt war, habe ich natürlich für mich behalten.

Die Wut in mir brodelt, wenn ich an ihre belustigten Visagen zurückdenke. Als hätte es nicht gereicht, dass er mir gedroht hat, hatten die Drei noch die Frechheit, mich irgendwo im Nirgendwo stehenzulassen, trotz dass ich ihnen geholfen hatte.

Und obwohl ich ihnen das Genick brechen könnte, weiß ich, dass meine Wut nichts anderes als eine leere Drohung nach sich ziehen kann. Sobald Milan mit seinen nahezu 1,90 Meter vor mir steht, bin ich eingeschüchtert und bringe kein Wort über meine Lippen.

Ich habe die Nacht kaum geschlafen.

Ich werde dich zerstören.

Bislang bin ich in der Schule eine unsichtbare Hülle gewesen, die von niemandem beachtet wurde. Dass ich mit meiner Tat die Aufmerksamkeit der *Legions* auf mich gezogen habe, ist vermutlich der größte Fehler meines Lebens.

Aber trotz Milans Bedrohung gestern haben sie mich heute keines Blickes gewürdigt. Vielleicht haben sie den Vorfall bereits vergessen. Nichtsdestotrotz muss ich achtgeben, nicht aufzufallen.

Ich mache mich auf den Weg zum Werkraum, um an meiner Skulptur weiterzuarbeiten. Am späten Nachmittag verbringen die meisten Schüler der Holzbildhauerei-AG lieber ihre Zeit in der Pausenhalle, sodass ich den Werkraum für mich allein habe.

Aus dem Regal nehme ich meine Holzskulptur, welche bereits die einzelnen Blüten einer Lotusblume andeutet. Ich muss die letzten Feinheiten reinschnitzen, dann bin ich fertig mit meiner Arbeit.

Normalerweise haben wir bestimmte Kleidung, die wir anziehen, wenn wir arbeiten, damit unsere Schuluniformen nicht dreckig werden. Doch da ich sowieso nicht mehr viel zu tun habe, ziehe ich mir einen Kittel über und setze mich an den Tisch. Mit dem Kerbschnitzmesser in der Hand konzentriere ich mich auf die Kräuselung der Blütenblätter.

Mein Blick fällt auf meine gepflasterten Finger.

Für viele ist Holzbildhauerei eine einfache Freizeitaktivität.

Ein Hobby.

Für mich hat es jedoch eine andere Bedeutung.

Wenn das Messer in meiner Hand *aus Versehen* verrutscht und ich mir meine Finger blutig schlitze, sodass der Schmerz an meinen Händen kurzzeitig den Schmerz in meiner Seele übertrumpft, finde ich Zuflucht.

Es klingt verstörend, wenn ich darüber nachdenke, dass ich mir meine Finger absichtlich aufschneide, nur um das Dröhnen in meinem Kopf zu stoppen, aber dies ist meine Art, um einen Ausgleich für die Leere zu finden.

Mit Pflastern kann man Narben verdecken, aber die Wunden in meiner Seele sind nicht so leicht zu heilen.

Das Beste an dieser Aktivität ist es, dass jede Menschenseele um mich herum denkt, dass ich mich wieder einmal beim Schnitzen von Holz verletzt habe, wenn ich es in Wahrheit mit Absicht tue.

Ich muss kaputt sein.

»Verschwinde. Ich habe gerade keine Lust drauf.«

Raelyn Davis und Michael Cook betreten den Werkraum, aber schenken mir keine Beachtung.

»Komm schon, Ray.« Michael drängt sie auf die Couch, welche vor dem Fenster steht.

»Fass mich noch einmal an, und ich reiße dir deine dreckigen kleinen Hände ab, Cook«, spricht sie ruhig. »Geh und such dir etwas Nützliches zu tun, statt an meinem Arsch zu kleben.«

»Woah, ich habe es schon verstanden. Alles cool. Kein Grund, sich so aufzuregen.« Michael lässt von ihr ab und hebt unschuldig seine Hände. »Ich verschwinde schon.«

Mit diesen Worten verzieht er sich aus dem Werkraum und lässt Raelyn und mich allein.

Lange Wimpern, volle Lippen und ein kleiner Fleck am Rande ihrer Ozeanaugen machen die Schönheit vor mir aus.

Der gleiche marineblaue Rock, den ich trage, hängt ihr makellos über ihre Knie und steht im Kontrast zu dem weißen Hemd. Darüber trägt sie den dunkelblauen Schulblazer, auf den kunstvoll die Initiale S gestickt ist.

Ihr blondes Haar fällt ihr in Locken über den Rücken, als sie sich setzt und eine Zigarette zwischen die Lippen steckt.

»Man darf hier nicht rauchen«, erinnere ich sie.

Raelyn ist kein Teil der AG, also hat sie an erster Stelle nichts in diesem Raum zu suchen. Aber dass sie nun auch noch die Dreistigkeit besitzt, hier zu rauchen, geht mir auf die Nerven. Der Rauch kann sich in den Holzskulpturen verfangen und einen Geruch hinterlassen.

Der Werkraum ist einer der wenigen Räume auf der SVH, die keinen Feuermelder besitzen, da hier manchmal mit Feuer gearbeitet wird. Aber wenn es dazu kommt, werden die Holzskulpturen verlagert. Deswegen neigen viele Raucher, die keine Lust haben, nach draußen zu gehen, dazu, hier zu rauchen.

Raelyn hebt mit der Zigarette zwischen ihren Lippen eine Augenbraue, bevor sie sie dennoch provokant anzündet. »Hast du etwas gesagt?«

Sie lehnt sich zurück, ein leichtes Lächeln auf dem Gesicht, während sie den Rauch langsam wieder ausbläst. Ich presse meine Lippen zu einer geraden Linie und wende mich wieder meiner Skulptur zu.

Es ist sinnlos.

Raelyn Davis und ich sprechen nicht miteinander. *Nicht mehr.*

Wir haben dieselbe Mittelschule besucht, genauso wie Shin Masuda.

Während ich mit Shin nichts zu tun hatte, stand Raelyn mir in meinen ersten Jahren auf der Mittelschule sehr nahe, aber eines Tages haben wir aufgehört zu reden.

Danach kam es zu einem gewissen Vorfall, in dem ich mit einem Stuhl auf den Sohn des Schulleiters eingeschlagen habe. Dieser war 25 Jahre alt und hatte versucht, sich an mir zu vergreifen. Er wusste, dass keiner mir Glauben schenken würde, sobald ich jemandem von seinen Taten erzählen sollte.

Ich war allein, zurückhaltend, dazu noch verdammt leise.

Ich wusste bereits, wie es sich anfühlt, wenn man im Mittelpunkt steht und versucht, die Menschen um sich herum von etwas zu überzeugen, doch all die Mühe zwecklos ist.

Deswegen habe ich geschwiegen, denn Schweigen ist schon immer die beste Lösung für all meine Probleme gewesen.

Er hatte es verdient, geschlagen zu werden, das bereue ich keineswegs, aber im Nachhinein bin ich fast von der Schule geflogen, hätte Raelyn sich nicht für mich eingesetzt.

Sie hat behauptet, dass er auch versucht habe, sich an ihr zu vergreifen und natürlich wurde ihr Glauben geschenkt. Raelyn hat viele Freunde, ist ein sozial offener Mensch und kommt dazu aus einer wohlhabenden Familie, die sich um sie sorgt.

So war es zumindest damals.

Somit wurde der Sohn des Schulleiters aufgrund Versuchs des sexuellen Missbrauchs an Minderjährigen zu drei Jahren Haft verurteilt. Mittlerweile müsste er wieder draußen sein, aber er kann meinetwegen in der Hölle schmoren.

Wir haben nie ein Wort darüber ausgetauscht. Wir waren einst Freunde, aber nun sind wir nichts als Fremde, die dieselbe Schule besuchen.

Ich habe mich verändert, aber auch sie hat sich innerhalb der letzten Jahre verändert.

Früher wollte jeder mit ihr befreundet sein, aber heute hat sie kaum noch Menschen um sich. Im Gegenteil, die meisten Mädchen verabscheuen sie oder spielen ihr etwas vor. Es geht das Gerücht um, dass sie mit vergebenen Kerlen schläft. Dazu versteht sie sich sehr gut mit den *Legions*, was sie für mich noch unerträglicher macht. Wenn sie gerade mal nicht mit irgendeinem Typen herumleckt, ist sie mit dem Trio der SVH unterwegs.

Und obwohl wir mal Freunde waren, kann ich die jetzige Raelyn nicht leiden.

Damals hatte ich den Willen im Leben vollständig verloren, bis ich Lio begegnet bin.

Die Erinnerungen an früher sorgen für ein unwohles Kribbeln in meinem Magen und ich habe das Gefühl, mich gleich übergeben zu müssen.

Jedes Mal, wenn ich zurück an die dunkle Zeit in meinem Leben denke, versetzt es mich wieder in das schwarze Loch, aus dem Lio mich damals mit größter Mühe herausgezerrt hat.

Mein Griff um das Kerbschnitzmesser verstärkt sich, als mich alles wieder einzuholen scheint.

Aber ich bin kein Kind mehr.

Eigentlich habe ich das unschuldige Kind in mir in der Nacht verloren, in der ich versucht habe, mir das Leben zu nehmen.

Ein stechender Schmerz löst mich aus meinen Gedanken und mein Blick fällt auf das Pflaster an meinem Finger, welches allmählich eine rote Farbe einnimmt.

Ich habe es wieder getan.

Ein Ausdruck der Entspannung huscht über mein Gesicht und Befriedigung breitet sich langsam in meinem Körper aus.

Raelyn scheint mich gar nicht mehr zu beachten, während ich nach einem Papiertuch greife und es um meinen Finger wickele. Ich möchte meine Skulptur nicht beschmutzen.

Mit meiner sauberen Hand räume ich die Sachen weg, greife nach meiner Tasche und mache mich auf den Weg ins Badezimmer.

Obwohl der Schmerz an meinem Finger meine dunklen Gedanken kurzfristig gestoppt hat, war der Stich nicht tief genug, um sie komplett zu erlöschen. Die einzige Person, die es schaffen würde, mich zu befreien, ist im Moment nicht hier.

Nachdem ich meine Hände gewaschen habe, wähle ich mit zitternden Fingern seine Nummer, nur um seine warme Stimme erneut zu hören. *Ein weiteres Mal.*

»Hey, ich bin es. Lio. Hinterlass mir eine Nachricht und ich melde mich später bei dir zurück.«

Ich senke mit einem enttäuschten Blick mein Handy und lege nach dem Piepton auf.

Ich habe nicht erwartet, dass er magischerweise abheben würde, aber jedes Mal, wenn ich seine Nummer wähle, kann ich diese winzige Hoffnung in mir nicht zügeln, die nach all dieser Zeit immer noch hofft, dass er sich tatsächlich irgendwann zurückmeldet, so wie er es in der Ansage seiner Mailbox sagt.

Es ist drei Jahre her, dass ich Lio kennengelernt habe und knapp ein Jahr, seit ich ihn das letzte Mal gesehen habe.

Ich weiß nicht, wo er ist, was er macht, wieso ich seit einem Jahr nur auf seine Mailbox sprechen kann, aber er fehlt mir.

Er hat mir nicht nur das Leben gerettet, sondern auch gezeigt, dass ich nicht allein bin. Ich bin mir sicher, dass er irgendwann genug von mir hatte und deswegen einen Schlussstrich gezogen hat, dennoch schmerzt es zu wissen, dass ich das erste Mal in meinem Leben Zuflucht in einer Person gefunden habe, diese mich aber nun ignoriert.

Ich dachte, wir wären Freunde.

Ich entferne die nassen Pflaster an meinem Finger und greife nach der Packung in meiner Tasche, um neue herauszunehmen. Dafür krempele ich meinen rechten Ärmel hoch, doch erstarre, als ich das Band mit dem pinken Anhänger nicht ausmachen kann.

Es ist nicht mehr da.

Ein Gefühl des Grauens durchströmt mich, als ich meinen Ärmel weiter hochkrempele, in der Hoffnung, dass es sich nur unter meiner Kleidung versteckt. Aber nein, beide Handgelenke sind nackt.

Dieses Armband bedeutet mir *alles*.

Panisch greife ich nach meiner Tasche und wühle darin herum, um das silberne Schmuckstück zu finden, aber alles vergebens. *Es ist weg.*

Meine Gedanken überschlagen sich.

Gestern Nacht.

Midtown.

Die Tyrrells.

Shin, Damian und Milan.

Ich knirsche mit meinen Zähnen, als ich feststelle, dass ich es höchstwahrscheinlich gestern verloren habe.

Fuck.

5
Aliya

DREI JAHRE ZUVOR

Ich sitze allein auf der Bank, mit einem offenen Buch in der Hand, und beobachte, wie ein Vogel auf dem Baum seine Jungen füttert.

Die Vogelmutter kümmert sich um sie, investiert viel Zeit und Energie in die Aufzucht ihrer Brut, doch am Ende des Tages wird sie sie verlassen. Sie wird nicht warten, bis sie vollkommen unabhängig sind. Sie wird davonfliegen, ohne zurückzublicken, ohne zu erfahren, ob ihre Jungen in dieser grausamen Welt überhaupt bestehen werden. Jedoch wird es aber auch Vögel geben, die ihren Nachwuchs nicht allein lassen werden.

So ist das Leben nun mal.

Einige werden geliebt, die anderen werden zurückgelassen.

»Hier, Kleines.« Lio lässt sich auf die Bank neben mir nieder und reicht mir eine kühle Cola.

»Danke.« Ich klappe mein Buch zu und nehme das Getränk an.

Er holt seinen Laptop hervor und setzt sein Lernen für die Universität fort.

Da sich die Sonne endlich blicken lässt, hat er sich dafür entschieden, draußen zu lernen, und weil ich nicht zu Hause bleiben wollte, haben wir uns hier getroffen.

Ich werfe einen Blick auf seinen Laptop, während er sich auf das Tippen konzentriert. Seine grünen Augen überfliegen die Zeilen, seine Augenbrauen heben sich bei jedem Satz, bevor er schnell weitertippt.

»Worüber schreibst du?«

Er tauscht einen Blick zwischen mir und seinem Laptop aus, bevor er schmunzelt. »ISO-OSI-Modell.«

Ich ziehe meine Augenbrauen zusammen, offensichtlich ahnungslos, worüber er da gerade redet.

Er lacht, bevor er seinen Laptop zuklappt und ihn zur Seite legt. »Das ist unhöflich von mir, neben dir zu arbeiten. Ich werde später weitermachen.«

Ich schüttele meinen Kopf. »Es stört mich nicht.«

»Aber mich stört es, Kleines.« Mit einem halbherzigen Lächeln sieht er zu mir, bevor er sich gähnend streckt. »Außerdem könnte ich eine Pause gebrauchen.«

Das mag ich an Lio.

Er ist nicht nur warmherzig, sondern auch mitfühlend.

»Warst du heute in der Schule?«

Ich nicke langsam. Dass ich die letzten vier Stunden geschwänzt habe, um mit ihm hierherzukommen, muss er nicht wissen.

Es ist drei Monate her, seit ich Lio kennengelernt habe.

Nachdem er mich in dieser Nacht zurück nach Hause gebracht hat, hat er mir seine Nummer gegeben und mir versprochen, dass ich mich jederzeit melden kann.

Die Furcht packte mich, und schon das kleinste Geräusch im Haus löste Panikattacken aus, die mich lähmten. Meine Psyche wurde von eindringlichen Stimmen und einer erstickenden Dunkelheit heimgesucht.

Doch bevor die Verzweiflung mich verschlang, rief ich Lio an.

Wir haben uns getroffen. Er fragte nicht einmal nach meinen Problemen, sondern verwickelte mich in ein lockeres Gespräch über seine Leidenschaft für Motorräder.

Und obwohl er nichts Großartiges getan hat, hat er mich abgelenkt.

Er hat meine düsteren Gedanken unterdrückt und mich wieder zum Leben erweckt.

Seitdem treffe ich mich mindestens alle zwei Wochen mit ihm. Vermutlich gehe ich ihm schon auf die Nerven, weil er sich neben seinem Studium auch noch mit mir herumschlagen muss, aber ich habe zu sehr Angst davor, allein zu sein.

»Ah, bevor ich es vergesse, ich habe etwas für dich.«

Ich schaue überrascht zu ihm, als er sich aufsetzt und in der Tasche seiner schwarzen Jacke kramt. Er zieht etwas Glänzendes heraus und lässt es vor mir baumeln.

Meine Augen weiten sich, als ich ein Armband ausmache, welches dazu einen kleinen pinken Anhänger hat.

»Für mich?« Ungläubig blicke ich zu ihm.

Er antwortet nicht einmal, sondern greift nach meinem rechten Armgelenk, um es mir anzulegen.

Perplex hebe ich meinen Arm und schaue mir das Armband an, um mir sicher zu sein, dass ich nicht halluziniere.

Es besteht aus einer Reihe von Perlen, die in einem bezaubernden Muster aneinandergereiht sind. Das, was mich nach Luft schnappen lässt, ist der kleine Anhänger, der eine Lotusblume darstellt. Die winzige Knospe erblüht in einem zarten Rosaton, ihre Blätter entfalten sich anmutig.

Ich habe noch nie so etwas Schönes bekommen.

»Kennst du die Geschichte mit der Lotusblume, Kleines?«

Ich schüttele meinen Kopf, ohne meinen Blick vom Anhänger zu trennen.

»Laut einer chinesischen Folklore hat ein kleines Mädchen namens Ling eine Lotusblume gefunden, die schöner war als alle Blumen, die sie zuvor jemals gesehen hatte. Sie war fasziniert von ihrer Schönheit, sodass sie sich entschlossen hat, diese Blume zu schützen.«

Seine Arme sind miteinander verschränkt, während sein warmer Blick auf mir ruht. »Ling besuchte die Lotusblume jeden Tag und erzählte ihr von all ihren Sorgen. Sie fühlte, dass die Blume sie auf eine gewisse Weise verstand. Doch als der Herbst näher rückte, begann sie zu verwelken. Kurz bevor sie ihre letzte Blütezeit erreichen konnte, öffnete sie sich und schenkte Ling einen glänzenden Samen. Ling pflanzte ihn ein und bald darauf wuchs eine neue Blume heran, die sogar noch schöner war als die zuvor.«

Ich habe eine grobe Vorahnung, wieso er mir diese Geschichte erzählt, aber ich schweige und höre ihm zu.

»Lotusblumen symbolisieren Reinheit und Wiedergeburt, Kleines.« Er richtet seinen Blick nach vorne und lehnt sich wieder zurück, während ich seine Worte in meinem Kopf verarbeite und erneut den pinken Anhänger an meinen Arm mustere.

Gib dem Leben noch eine Chance, es wird besser, sind die eigentlichen Worte, die er mir sagen möchte.

6

Aliya

GEGENWART

Zwei Tage.

Zwei verfickte Tage habe ich den Unterricht geschwänzt und stattdessen in Midtown nach meinem Armband gesucht. Ich habe den Parkplatz, die Gehwege um die Veranstaltungsstätte und sogar den Ort, an dem ich zurückgelassen wurde, abgesucht.

Gott, ich habe sogar den Masonic Temple angerufen und gefragt, ob sie beim Aufräumen vielleicht ein Armband mit einem Anhänger gefunden haben, aber natürlich hat sich keiner bei mir zurückgemeldet.

Somit sind meine Ersparnisse für die vielen Taxifahrten draufgegangen und ich habe mein Armband immer noch nicht zurück.

Es gibt einen letzten Ort, den ich nicht überprüft habe, und ehrlich gesagt, scheue ich mich auch davor.

Milans Auto.

Ich habe keine andere Wahl. Das Armband ist mir zu wichtig, um es einfach zu vergessen.

Ich erblicke Shin in der Pausenhalle und laufe auf ihn zu. Er sitzt am Tisch, mit ein paar anderen aus dem Basketballteam. Damian und Milan sind nicht Sichtweite.

»Masuda«, spreche ich ihn an, sodass alle am Tisch, er eingeschlossen, überrascht zu mir sehen.

Er hebt eine Augenbraue, sichtlich genervt davon, dass ich ihn angesprochen habe.

»Wo ist Shane?«

Sein Kiefer zuckt. »Was willst du von ihm?«

»Ich muss ihn was fragen.«

»Shane steht nicht auf Brünette. Aber ich beantworte liebend gerne all deine Fragen.« John McKinney, ein Basketballspieler, der dazu noch eine Stufe unter mir ist, zwinkert mir zu.

Nicht gerade entzückt von seinem Kommentar wende ich mich wieder an Shin. »Wo ist er? Ich weiß, dass er hier ist.«

Vorhin habe ich zwei Mädchen darüber sprechen hören, wie die eine heute Morgen von Milan angerempelt wurde und die andere sich hundertprozentig sicher war, dass er es absichtlich getan hätte, um ihre Aufmerksamkeit zu erwecken.

So wahnhaft bin nicht einmal ich.

Shin mustert mich unsicher und zögert mit der Antwort.

»Wie schon gesagt, ich-«

McKinney wird von Shin unterbrochen. »Er wollte rauchen. Wahrscheinlich ist er am Hintereingang.«

Ich nicke ihm dankend zu, bevor ich mich durch die Schüler drängele, die in die Pausenhalle möchten.

Dass ich mich freiwillig in die Klauen eines Raubtiers begebe, das mir noch dazu gedroht hat, mich zu zerstören wird, ist nicht meine schlauste Entscheidung. Aber wann habe ich je auf meinen Verstand gehört?

Ich weiß nicht, ob er mir zuhören wird, aber ich brauche mein Armband zurück.

Ich öffne die Tür und blicke mich um, doch weit und breit ist keine Menschenseele zu sehen. Dennoch kann ich den leichten Geruch von Zigaretten wahrnehmen. Wahrscheinlich hat er zu Ende geraucht und ist nun wieder zurück in die Pausenhalle gegangen.

Gerade will ich kehrtmachen, als sich eine Hand auf die gläserne Tür legt und sie weiter aufdrückt.

Ich zucke zusammen und drehe mich zu der Person hinter mir.

Nachtschwarze Augen schauen abwertend auf mich hinab. »Du stehst mir im Weg.«

Als ich merke, dass ich ihm tatsächlich im Weg stehe, ziehe ich mich sofort zurück, sodass er an mir vorbeigeht und eine Zigarette anzündet. Er nimmt einen Zug und entspannt seine straffen Schultern, als hätte er das erste Mal nach Wochen wieder geraucht.

Ich räuspere mich, um seine Aufmerksamkeit auf mich zu ziehen.

Ich will es so schnell wie möglich hinter mich bringen.

Er schaut zu mir und mustert mich von Kopf bis Fuß, bevor er noch einen Zug nimmt. »Ich bin gerade nicht in Stimmung für Sex. Geh mir aus den Augen.«

»Danach habe ich nicht gefragt.«

»Warum bist du dann hier?« Er sieht gelangweilt zu mir und ich frage mich, wie viele Mädchen ihn wohl um Sex gebeten haben, dass er so einfach davon ausgeht, dass ich es auch tun würde.

Aber seine Frage sorgt für weitere Fragezeichen in meinem Kopf. Erinnert er sich nicht daran, dass ich sein Auto zerkratzt habe oder wieso reagiert er so, als wäre dies unsere erste Konversation? Vielleicht hat er tatsächlich ein Kurzzeitgedächtnis und mich vergessen.

»Ich habe etwas verloren. Und ich denke, es liegt in deinem Auto.«

Er hebt eine Augenbraue, die Zigarette zwischen seinem Zeige- und Mittelfinger, bis sich seine Miene lockert und sein Mundwinkel zuckt. »Ach, du bist die Schlampe, die mein Auto zerkratzt hat.«

Ich knirsche unauffällig mit meinen Zähnen und versuche meine Wut zu zügeln.

»Mein Armband. Es liegt wahrscheinlich in deinem Auto.«

Er setzt sich auf die Treppenstufen und schmunzelt. »Ein Armband?«

»Kannst du nachsehen? Bitte.« Es kratzt so sehr an meinem Stolz, diese Worte laut auszusprechen.

Er zieht tief an seiner Zigarette und bläst den Rauch aus, der sich langsam emporkräuselt, eine dunstige Spirale, die sich sanft in die Luft schlängelt und dann im Nichts verschwindet.

»Wie war dein Name noch gleich? Alina?«

»Aliya«, verbessere ich ihn verbissen.

»In meinem Auto liegt nichts.«

Ich bin mir zu sicher, dass er nicht einmal nachgesehen hat. Vielleicht ist es unter die Sitze gerutscht. Es muss einfach da sein, sonst weiß ich nicht, was ich tun soll.

»Dann sieh noch einmal nach.«

Der winzige Hauch von Belustigung verschwindet abrupt aus seinem Ausdruck. »Erst zerkratzt du mein Auto und jetzt hast du die Dreistigkeit, mir Befehle zu erteilen?«

Okay, vielleicht bin ich zu weit gegangen.

»Es ist mir wichtig, okay? Ich brauche es zurück.«

Milan drückt seine Zigarette aus, erhebt sich von seinem Platz und überragt mich nun wieder um ein großes Stück.

Ich sehe zu ihm hoch, als er sich mit der einen Hand in der Hosentasche zu mir herunter lehnt. Obwohl seine Aura mich wieder einmal verdammt nervös macht, versuche ich, seinem Blick standzuhalten.

Er muss verstehen, dass ich es ernst meine.

»Jetzt, wo ich darüber nachdenke …« Er zieht etwas Glitzerndes aus seiner Hosentasche heraus. »Meinst du etwa das hier?«

Meine Augen weiten sich, als ich mein Armband in seiner Hand erkenne. Unbedacht lehne ich mich vor, um es aus seiner

Hand zu reißen, doch er handelt schneller und hält es hoch, sodass ich nicht herankomme.

»Nicht so hastig, Sweetheart.« Er wickelt es um seinen Zeige- und Mittelfinger.

»Was hast du vor?«

»Vielleicht habe ich Gefallen an deinem Armband gefunden.«

Ich schnaube. »Es gehört mir.«

Seine Lippen kräuseln sich zu einem hinterlistigen Lächeln. »Jetzt nicht mehr.«

Wie naiv von mir, zu denken, dass er mir mein Armband einfach so zurückgeben würde.

Ich sehe zu, wie er mit dem Armband spielt, das sich wie eine Schlinge um seine Finger wickelt. Ich beiße frustriert die Zähne zusammen, schlucke meinen Stolz herunter.

»Es tut mir leid, dass ich dein Auto zerkratzt habe. Du kannst mir die Rechnung geben. Ich werde alle Kosten übernehmen, aber bitte, gib mir mein Armband zurück.«

»Schade, dass es mich nicht interessiert.«

Bevor ich es erahnen kann, zerreißt ein schmerzhaftes Krachen die Stille.

Mein Atem stockt, als mein Armband in seinen Händen in Stücke zerfällt und sich die kleinen Perlen auf dem Boden verteilen.

Sein rauchiger Blick trifft auf meinen und ich kann den Triumph in seinen Augen sehen, die Befriedigung darüber, etwas in mir *zerstört* zu haben, so wie er es vorausgesagt hat.

»Oh nein, jetzt habe ich es *aus Versehen* zerrissen.«

Ich kämpfe gegen den Impuls, zu weinen, um ihm kein Zeichen der Schwäche zu zeigen.

Ich werde ihn nicht sehen lassen, wie sehr er mich gebrochen hat.

Ich hätte es lieber, wenn er mir körperlich wehgetan hätte. Aber das … Es war meine letzte Erinnerung an Lio.

»Rede noch einmal so mit mir und dein Armband wird deine geringste Sorge sein. Und jetzt, geh mir aus dem Weg.« Seine dunkle Stimme ist nicht mehr als ein Flüstern und obwohl er lächelt, spucken seine Augen schwarze Flammen.

Mein Blick fokussiert den Lotusblumen-Anhänger vor seinen Füßen.

Ich bin ihm unterlegen.

Ich hätte mich nie mit ihm anlegen sollen.

Ohne ein weiteres Wort über meine Lippen zu bringen, laufe ich an ihm vorbei, um wieder das Gebäude zu betreten.

»Man sieht sich, *Alina*«, ruft er mir tadellos hinterher, als die Tür laut hinter mir zuknallt.

Wieder einmal habe ich mich einschüchtern und demütigen lassen.

Und das von jemandem, der sich keine fünf Buchstaben merken kann.

7
Milan

GEGENWART

Aliya Sierra.

Geboren am 20. Mai, lebt mit ihrer Mutter und ihrem Stiefvater in Belmont und ist eine zurückhaltende Einzelgängerin, die so gut wie nie auffällt.

Dennoch ist es bereits drei Jahre her, seitdem ich meine Augen auf sie gerichtet habe.

Ihr dunkles Haar, das darum bettelt, von meiner Faust umschlungen zu werden, um ihr schmerzerfülltes Stöhnen zu hören. Ihre vollen Lippen, die für weit mehr als nur zum Schweigen bestimmt sind. Und ihre smaragdgrünen Augen, die mir den Verstand rauben.

Von dem Moment an, als ich sie das erste Mal gesehen habe, war es mir klar.

Dieses Mädchen wird mein Untergang.

Ein Fluch meiner Existenz.

Aber ihre Macht missfällt mir.

Ich möchte sie leiden und weinen sehen.

Sie zerstören und brechen, sodass ich ebenfalls der Einzige bin, der in ihren Gedanken schwirrt, so wie sie meine durchgehend belastet.

Ich habe drei Jahre gewartet.

Drei volle Jahre.

Jede ihrer Bewegungen, all ihre Züge und Veränderungen habe ich mir eingeprägt. Doch nun ist es an der Zeit, sie für die Vergangenheit zur Rechenschaft zu ziehen.

Das Armband habe ich auf dem Rücksitz meines Autos gefunden, während die neue Austauschschülerin Lucia Perez ihre Beine für mich breit gemacht hat.

Ich musste nicht lange überlegen, um zu wissen, dass es ihr gehört.

Sie trägt es bereits, seitdem ich sie das erste Mal gesehen habe und hat es noch nie abgenommen, nicht einmal im Sportunterricht oder beim Gestalten ihrer Holzskulpturen.

Um ihr einen Geschmack ihrer eigenen Medizin zu geben, habe ich es zerbrochen. Denn ich weiß, was für eine hinterhältige Fassade sie hinter ihren reinen Augen versteckt. Aber ich werde noch früh genug ihre gespielte Verlogenheit und Unschuld aufdecken.

Hass ist ein starker und intensiver Begriff, dennoch viel zu untertrieben, um meine tiefe Abneigung für sie in Worte zu fassen.

Sie spielt mit dem Feuer, unwissend, dass sie sich dabei verbrennen wird.

»Wieso kommst du mir hinterher?« Shin betritt den Raum, gefolgt von Raelyn.

»Das hättest du wohl gerne. Ich bin hier, weil Milan mich gerufen hat. Du hältst ziemlich viel von dir selbst, du scheiß Narzisst.« Raelyn setzt sich auf die Couch, während Shin sie wütend anfunkelt.

»Wer, der bei klarem Verstand ist, würde dir überhaupt folgen?«

»Halt die Fresse.«

»Zwing mich doch.«

»Du hast Glück, dass ich dir für solche Ausdrücke nicht in den Hintern trete.«

»Du willst mich versohlen? Das ist pervers, Shidiot.«

Shin presst seinen Kiefer zusammen. »Ich warne dich, fordere dein Glück nicht heraus.«

Mittlerweile bin ich dran gewöhnt, dass die beiden sich abgrundtief verabscheuen. Ich verstehe zwar nicht, wieso sie sich jedes Mal anzicken, aber über die Jahre habe ich gelernt, einfach so zu tun, als würde ich sie nicht wahrnehmen.

»Ach, komm schon, Shin. Wir wissen doch beide, dass du nichts tun wirst. Du bellst und beißt nicht.«

»Oh, ich werde dir gleich zeigen, wie sehr ich zubeißen kann, wenn du nicht deine verdammte Fresse hältst-«

Shin unterbricht sich, als Damian die Tür öffnet und uns Gesellschaft leistet.

»Du hast eine Minute Zeit, um mir zu erklären, wieso ich Lucias Pussy verlassen musste, um hierherzukommen!«

Ich verdrehe meine Augen und drücke meine Zigarette aus, als alle drei fragend zu mir sehen, um zu erfahren, wieso ich sie hierher gerufen habe.

»Die Tyrrells«, setze ich an.

Raelyn stöhnt genervt auf. »Wenn du mich gerufen hast, damit ich einen dieser Bastarde wieder ablenke, während ihr eure komischen Spielchen spielt, kannst du das vergessen, Milan.«

»Ich decke dich am Wochenende, wenn du uns hilfst.«

Ich weiß, wie sehr Raelyn es liebt, ihre Wochenenden betrunken auf irgendwelchen Studentenpartys zu verbringen, aber dass ihre ältere Schwester Elena ihr immer einen Strich durch die Rechnung macht. Da wir zusammen aufgewachsen und Nachbarn sind, kann ich Elena ablenken, wenn Raelyn wieder einmal weg ist.

»Versprochen?«

»Habe ich jemals ein Versprechen gebrochen?«

Raelyn kaut auf ihrer Unterlippe. »Meinetwegen. Ein letztes Mal.«

»Okay, wenn wir das erledigt haben, kann sie jetzt gehen?«
Shin deutet mit seinem Kopf auf Raelyn, als würde sie nicht neben
ihm sitzen.

»Ich bin auch nicht begeistert davon, dieselbe Luft wie du einzuatmen, keine Sorge«, zischt sie zurück, bevor sie sich wieder zu
mir dreht. »Schreib mir, wann und wo ich sein soll.«

Mit diesen Worten verlässt sie das Zimmer.

Damian mustert mich, mit einem Grinsen auf den Lippen.
»Was schwirrt dir diesmal im Kopf herum, hm?«

»Wir könnten ein Lagerfeuer für die Tyrrells veranstalten, um
uns für letztens zu *bedanken*.«

Er pfeift leise. »Ich mag die Idee.«

Mein Blick richtet sich auf Shin. Dieser fährt sich durch seine
Haare und scheint bereits eine Strategie zu entwerfen.

Alles hat vor ein paar Jahren angefangen, als wir eines Abends
betrunken Straßensperren errichtet haben, sodass der gesamte Ver-
kehr Belmonts blockiert wurde. Doch als wir gemerkt haben, dass
wir unbemerkt davongekommen sind, wurde es zu einer schlechten Gewohnheit. Wir sind in verlassene Gebäude eingebrochen,
haben Sachen beschädigt und hier und da sogar ein paar Autos gestohlen.

Aber natürlich hat es die Runde gemacht, und irgendwelche
Leute haben uns den Namen *Legions* gegeben.

Dennoch gibt es keine festen Beweise für die Taten, die wir
vollzogen haben.

Raelyn ist die Einzige, die weiß, dass wir hinter all dem Drama
stecken, aber sie kümmert sich nicht darum. Der jüngste Tyrrell-
Bruder hat eine Schwäche für sie, weswegen wir sie gelegentlich
als Ablenkungsmanöver nutzen.

»Heute Nacht?«, fragt Shin und ich nicke.

Die Tyrrells müssen schließlich dafür zahlen, dass sie uns in
der Überzahl angegriffen haben.

Und dann war da auch noch mein kleiner Albtraum, der sich das Recht herausgenommen hat, mein Auto zu zerkratzen. Nicht, dass mir mein Auto viel wert wäre, es macht mich viel eher wütend, dass sie sich nach drei ganzen Jahren Stille getraut hat, rebellisch zu werden.

Aber ich werde sie noch früh genug in ihre Schranken weisen.

Als hätte Shin meine Gedanken gelesen, wechselt er das Thema. »Was wollte eigentlich Sierra von dir?«

»Sierra, wer?«, fragt Damian verwirrt.

»Aliya.«

»Wer ist das?« Im Gegensatz zu mir tut Damian nicht nur so, als wüsste er nicht, wer sie ist. Er weiß es tatsächlich nicht.

»Die von der Preisverleihung. Weißt du nicht mehr?« Shin hilft ihm auf die Sprünge.

»Ach, du meinst *Servant*!« Damian nickt und sieht zu mir. »Was ist mit ihr?«

»Sie hat mich gefragt, wo du bist.«

Die Tatsache, dass sie sogar Shin nach mir gefragt hat, um ihr Armband zurückzubekommen, zeigt, wie viel ihr dieses kleine Etwas bedeutet hat.

Armes kleines Ding.

Wie gemein von mir, es zerbrochen zu haben.

»Hat sie dir etwa als Schadenersatz für den Kratzer einen geblasen?«

Ich schmunzele über Damians Frage.

Sowas würde sie niemals tun. *Noch* nicht.

Ich zünde mir eine weitere Zigarette an, um nicht darüber zu fantasieren, wie eng sie wohl ist und wie es sich anfühlen würde, hart in sie zu dringen, um ihre schmerzerfüllten Laute in meinen Ohren zu hören.

Auch wenn ich sie für all die Dinge, die sie getan hat, verabscheue, hindert mich das nicht daran, sie unter mir haben zu wollen.

»Sie hat ihr Armband in meinem Auto fallen gelassen und wollte es zurück.«

»Ein Armband?« Damian zieht seine Augenbrauen zusammen. »Wie langweilig.«

»Ich finde, du solltest es ihr zurückgeben.«

Ich verdrehe meine Augen über Shins Aussage. »Sie hat mein Auto zerkratzt. Es wird niemandem schaden, wenn wir ein wenig mit ihr spielen.«

Dass meine Pläne mit ihr weit über ein paar Spielchen hinausgehen, behalte ich für mich. Außerdem habe ich ihr Armband bereits zerrissen, also gibt es auch nichts zum Zurückgeben.

»Wir geben es ihr zurück, wenn sie einen Vierer mit uns akzeptiert«, schlägt Damian vor.

»Eher sterbe ich, als mit dir im selben Raum Sex zu haben«, kommentiert Shin.

»Komm schon, Shinichiro. Ich weiß, insgeheim liebst du diese Idee auch.«

Bevor Shin wieder einen Wutausbruch bekommt, unterbreche ich die Konversation. »Sie ist nicht mein Typ.«

In meinen Gedanken habe ich sie in Wahrheit bereits in jeder Position durchgenommen.

»Weißt du, das dachte ich anfangs auch, aber *Servant* hat etwas an sich. Ich denke, es sind die Augen. Ich hatte schon immer eine Schwäche für grüne Augen. Wenn du sie nicht ficken willst, dann lass es mich wenigstens tun.«

Ich spanne mich an.

Nicht, dass es mich stört, dass er mit ihr schlafen möchte, aber ich werde der Erste sein, der ihren Stolz und ihre gestellte Unschuld zerstören wird.

Ich möchte sie dreckig ficken, bis sie sich nicht mehr an ihren Namen erinnern kann. Mit meiner Hand um ihre Kehle möchte ich ihr langsam die Luft abschnüren. Erst dann wird das Bedürfnis in mir befriedigt sein.

»Wieso seid ihr beide so fixiert auf sie? Ich verstehe es nicht. Mal abgesehen von ihrem standardmäßigen Aussehen, neigt sie zu Aggressionsausbrüchen. Ich habe dir doch davon erzählt, wie sie in der Mittelschule einen erwachsenen Mann mit einem Stuhl krankenhausreif geschlagen hat, Milan!« Shin sieht direkt zu mir.

Stimmt, da war ja was.

»Servant hat einen Mann zusammengeschlagen? Gott, das turnt mich noch mehr an.«

Shin ist noch nie ein großer Fan von Aliya gewesen.

Sie war zwar zuvor nie ein Gesprächsthema unter uns, aber ich habe all die Jahre sehr genau beobachten können, mit was für einem hasserfüllten Blick er ihr immer nachgesehen hat. Und auch, als wir sie auf einer leergefegten Straße zurückgelassen haben, hat er keine Anstalten gemacht, etwas dagegen zu sagen.

Bei jeder anderen hätte er Einwände gesprochen und uns beide überzeugt, es nicht zu tun, aber für sie scheint er sich nicht einsetzen zu wollen. Im Gegenteil, er möchte, dass wir uns beide von ihr fernhalten und sie nicht tiefer in unser Leben ziehen.

Während ich Aliya offensichtlich hasse, da sie alles verkörpert, was ich widerwillig versuche zu unterdrücken, hat Shin einen ganz anderen Grund.

Eine gewisse Vorahnung baut sich in mir auf, während mein Mundwinkel leicht nach oben zuckt. »Was hat sie dir in der Mittelschule angetan, Shin? Du hasst niemanden ohne Grund.«

Shins Augenbrauen ziehen sich zusammen, doch ich kann die Panik, in seinen Augen aufblitzen sehen. »Gar nichts.«

»Hat sie dich etwa auch geschlagen?« Damian macht einen Witz, doch verstummt, als er Shins ernsten Gesichtsausdruck bemerkt. »Was? Ernsthaft jetzt?«

Damian und ich tauschen Blicke untereinander aus, bis wir gleichzeitig anfangen, loszuprusten.

»Ja, ja, macht euch ruhig lustig über mich.« Er verschränkt abwehrend die Arme. »Es war nur ein Unfall. Außerdem war ich vierzehn und … Es reicht! Haltet einfach beide die Fresse!«

»Wir sollten sie in Ruhe lassen, Shane. Nicht, dass sie ihn wieder schlägt«, scherzt Damian, während Shin sich wütend erhebt.

»Fickt euch.« Er stürmt aus dem Zimmer und knallt die Tür hinter sich zu.

Damian und ich brechen wieder in Lachen aus.

8
Aliya

GEGENWART

Ich habe den ganzen Tag erneut auf dem Parkplatz der Veranstaltungsstätte verbracht. Obwohl ich direkt gesehen habe, wie Milan es so grausam zerrissen hat, bestand dennoch die winzige Hoffnung in mir, dass es nicht mein Armband gewesen war.

Ich hatte die Hoffnung, dass ich es vielleicht doch in Midtown fallen gelassen habe.

Doch vergebens.

Es ist lächerlich.

Ich sollte aufhören, mich an etwas festzuhalten, das offensichtlich längst kaputt ist.

Als ich zurück in Belmont bin, ist es mittlerweile schon 22:33 Uhr.

Normale Mütter hätten ihr Kind bereits kontaktiert und gefragt, wo es sich um diese Uhrzeit herumtreibt, aber meine Mutter interessiert so etwas nicht. Solange ich ihrem Ruf nicht schade, könnte ich jede Nacht draußen verbringen.

Ich setze die Kapuze meines schwarzen Hoodies auf, als ich aus dem Bus aussteige und nach Hause laufe.

Obwohl Belmont um diese Uhrzeit kein sicheres Viertel ist, fühle ich mich draußen sicherer als in meinen vier Wänden.

Mit meinen Kopfhörern in den Ohren nehme ich einen Umweg durch ein altes Industriegebiet mit alten Fabriken und überwucherten Bäumen. Ohne andere Menschen und den Lärm der Autobahnen ist dieser Weg ein ruhiger Ort, an dem ich mich sonst immer besser fühle.

Aber heute fühlt sich irgendetwas komisch an.

In der Hoffnung, das unheimliche Gefühl abzuschütteln, schaue ich hinter mich und nehme meine Kopfhörer ab.

Ich beschleunige meine Schritte, vorbei an einer Reihe verlassener Gebäude und schummriger Gassen, in denen sich nur Kriminelle aufhalten.

»Ich weiß nicht. Hier?« Eine bekannte Stimme zieht meine Aufmerksamkeit auf sich und die Haare in meinem Nacken stellen sich auf.

Ein Schauer läuft mir über den Rücken, als ich sehe, wie Raelyn lacht und sich an einen Mann lehnt, eine Zigarette zwischen ihren Lippen.

Sein massiver Körperbau und die Tinte, die sein Gesicht bedeckt, lassen ihn einschüchternd wirken. Er murmelt ihr etwas ins Ohr, bevor sie kichert und ihre Stimme vor Süße trieft. »Weißt du, du könntest mich an einen etwas privateren Ort bringen.«

»Ich kann nicht einfach so von hier verschwinden. Meine Brüder haben gesagt, ich soll auf das Zeug aufpassen.«

»Komm schon, Sami. Möchtest du nicht?« Sie schmeißt sich förmlich an ihn, während er mit seinen Nerven zu kämpfen scheint.

Ich wende meinen Blick von dem Paar ab und schimpfe mit mir selbst, weil ich meine Nase in Dinge stecke, die mich nichts angehen.

Es kann mir doch egal sein, was eine Mitschülerin spät in der Nacht mit Kriminellen macht, oder?

Als ich um die Ecke in eine ebenfalls ruhige Straße einbiege, halte ich einen Moment inne, um Atem zu schöpfen.

Das Bild von Raelyn und dem tätowierten Mann bleibt in meinem Gedächtnis haften und hinterlässt ein anhaltendes Gefühl der Beunruhigung.

Wieso muss ich Zeuge von solch kuriosen Sachen werden? Erst bekomme ich mit, wie Damian geschlagen wird, und nun das.

Ich ziehe die Kapuze meines Pullis weiter über mein Gesicht und versuche, mit den Schatten zu verschmelzen.

Die Stille um mich herum wird plötzlich durch ein schwaches, dumpfes Geräusch unterbrochen. Seltsam und nass, als ob etwas Schweres fallen gelassen und dann über den Beton geschleift wird.

»Bist du verrückt? Wir müssen uns beeilen, solange Raelyn ihn ablenkt.«

»Beruhig dich, Shinichiro.«

Nie. Im. Leben.

Ich drücke mich an die Wand, mein Puls rast, als die Stimmen meiner Mitschüler aus einer nahegelegenen Gasse ertönen.

»Beeil dich einfach«, antwortet Shin schroff.

»Ja, ja, ich arbeite daran. Du musst mir nicht auf den Sack gehen … Was sollen wir damit machen, Shane?«

»Nimm es mit.«

Ich halte den Atem an, als nun seine dunkle Stimme an meine Ohren dringt.

Was zum Teufel machen die Drei hier in Belmont? Und was hat Raelyn damit zu tun?

Neugierig spähe ich um die Ecke und erhasche einen Blick auf die drei Gestalten, die sich tiefer in die Gasse bewegen. Ihre Motorräder parken am Rande, neben zwei vollen Müllcontainern.

Ich sollte verschwinden.

Umdrehen und das Ganze vergessen.

Doch etwas hält mich auf. Die Wut und die Frustration, die ich unterdrückt habe, sprudeln an die Oberfläche.

Sie tun hier höchstwahrscheinlich etwas Verbotenes. Illegales. Jeder weiß, dass die *Legions* keine artigen Jungs sind, doch nie gibt es Beweise für all die Dinge, die sie tun.

Und ich bin es leid, dass sie die Stadt regieren. Leid, dass alles nach ihrer Pfeife tanzt und dass sie mit allem davonkommen.

Wenn ich die geringste Chance habe, etwas zu bewirken ... kann ich sie genauso gut ergreifen.

Ich muss meinen Verstand verloren haben.

Anscheinend hat mich die Tatsache, dass sie mich mitten in der Nacht auf einer Straße zurückgelassen haben, nichts gelehrt.

Während ich vorsichtig die Gasse hinuntergehe, die in Dunkelheit gehüllt ist, werden die gedämpften Stimmen wieder deutlicher. Meine Füße bewegen sich mit ruhiger Entschlossenheit, jeder Schritt bringt mich einer Situation näher, von der ich weiß, dass sie gefährlich ist.

Das Ende führt mich zu dem Ort, an dem ich Raelyn vorhin stehen gesehen habe. Doch sie ist nicht mehr da.

Ich verstecke mich in den Schatten und beobachte, wie Damian, Shin und Milan gemeinsam auf einen weißen Lieferwagen zugehen.

Alle drei haben genauso wie ich einen Hoodie an, ihre Gesichter unter den Kapuzen versteckt.

Meine Hände zittern leicht, als ich mein Handy halte, um die Szene zu filmen.

Damian schwingt das Brecheisen, um die hinteren Türen des Lieferwagens aufzubrechen. Milan und er springen mit zwei Rucksäcken hinein, während Shin draußen Wache hält.

Es ist genau, wie es die Gerüchte sagen.

Shin ist der Stratege. Der Denker.

Mit seinem berechnenden Verstand plant er alle möglichen Szenarien, ist immer einen Schritt voraus und hält Ausschau nach potenziellen Bedrohungen.

Damian ist der Fixateur. Der Manipulator.

Er hat keine Skrupel, sich die Hände schmutzig zu machen, die Werte und Moralvorstellungen anderer über Bord zu werfen und seine eigenen Regeln aufzustellen.

Mein Blick fällt auf Milan, der gerade den Lieferwagen verlässt, mit den Händen in der Innentasche seines Pullis.

Er ist der Kopf der Gruppe. Der Anführer.

Er lenkt ihre Handlungen, gibt die Richtung vor und trifft erbarmungslose Entscheidungen. Seine ruhige Präsenz ist bedrohlich, seine Befehle unerbittlich. Er strahlt eine Autorität und Rücksichtslosigkeit aus, die Achtung oder vielleicht auch Furcht gebietet.

»Ich bin so weit!« Damian springt aus dem Wagen. »Verdammt, das lief ja wie geschmiert.«

»Wir sollten keine Zeit verlieren«, erwidert Shin.

»Gut«, antwortet Milan, bevor er Damian zunickt.

Sein Lachen schallt durch die Luft, als er in seiner Tasche kramt und einen kleinen Gegenstand herauszieht. Aus dieser Entfernung kann ich nur schwer erkennen, worum es sich genau handelt. Dennoch erfüllt mich der Anblick mit Unbehagen.

»Zeit, sich um das Geschäft zu kümmern.«

Ich schnappe nach Luft, als Damian das Ding in seiner Hand anzündet und eine kleine Flamme die Nacht erhellt. Mit einer einfachen Bewegung wirft er das Angezündete in den Lieferwagen.

Ich filme weiter, meine Hände zittern leicht, das Adrenalin strömt durch meine Adern.

Der Wagen geht schnell in Flammen auf, das Feuer verzehrt den Innenraum mit großer Hitze. Die Fackeln tanzen und werfen einen unheimlichen Schein auf die Umgebung.

Das Trio sieht zu, wie der Lieferwagen brennt, ihre Gesichter ausdruckslos.

Die Luft ist dick, mit dem Geruch von brennendem Plastik und Metall, ein beißender Gestank, der meine Nasenlöcher füllt.

»Lass uns gehen.« Milan wendet sich ab und bewegt sich in die andere Richtung.

Wahrscheinlich wollen sie die Gasse auf der anderen Seite verlassen, wo sie ihre Motorräder abgestellt haben.

Ich spüre, wie sich Schweiß auf meiner Stirn bildet.

Wenn ich hier nicht mitsamt dem Wagen explodieren möchte, muss ich sofort verschwinden, bevor sie den Eingang der Gasse erreichen. Schnell packe ich mein Handy in meine hintere Hosentasche und laufe den Weg zurück.

Ich kann nicht glauben, dass ich sie gerade gefilmt habe, während sie einen Lieferwagen angezündet haben. Einen verdammten Lieferwagen.

Morgen werde ich zur Polizei gehen und ihnen die Beweise zeigen. Selbst ihre reichen Väter werden sie jetzt nicht mehr schützen können.

Ich beschleunige mein Tempo, als ich merke, dass ich mich der Hauptstraße nähere, doch bleibe abrupt stehen, als ihre Stimmen ertönen.

»Hast du Raelyn Bescheid gegeben?«

»Ja, ich habe ihr geschrieben, dass wir fertig sind. Sie hat Sami Tyrrell weit genug weggelockt«, antwortet Milan.

Fuck. Fuck. Fuck.

Die Angst packt mich, als ich ihre Schritte höre, die immer näherkommen. Eine falsche Bewegung und ich bin verloren.

Gerade als ich überlege, mich hinter einem Müllcontainer zu verstecken, schlingt sich ein Arm um meinen Körper. Mein Herz springt mir fast aus der Brust, als meine Kapuze von meinem Kopf gerissen wird, ich zurückgezogen und gegen etwas – oder besser gesagt, jemanden – knalle.

Ich spüre das kalte, harte Metall eines Messers, das gegen meinen Hals gedrückt wird.

»*Böser Servant*. Was schleichst du hier herum, huh?«, ertönt Damians tiefe Stimme in meinem Ohr.

Ich bin tot.

Das kann nicht wahr sein.

Wieso ist er hinter mir?

Panik steigt in mir auf, als ich merke, dass ich in großen Schwierigkeiten stecke.

Meine Gedanken rasen und ich versuche, mir eine Ausrede auszudenken, einen glaubhaften Grund, warum ich hier bin.

Milan und Shin treten in die Gasse, ihre Mienen sind dunkel und bedrohlich. Damians Arm hält mich immer noch gefangen, das Messer fest an meinen Hals gepresst.

»Sieht aus, als hätten wir einen Verfolger«, bemerkt Milan, dessen Augen mich mit einem raubtierhaften Blick fixieren.

»In der Tat.« Shin schüttelt einfach nur seinen Kopf.

»Habt ihr eine Idee, was wir mit ihr machen sollen, Jungs?«, fragt Damian hinter mir. »Oder darf ich diesmal meinen Spaß mit ihr haben?«

Die Angst in meinem Magen verwandelt sich in eisiges Grauen.

Etwas Lüsternes funkelt in Milans Augen, als er mich ansieht. Dann schweift sein Blick zu Damian und er schnalzt mit seiner Zunge. »Noch nicht.«

Er geht einige Schritte auf mich zu, bleibt direkt vor mir stehen, während ich unter Damians Griff zittere. »Ihr könnt gehen. Ich komme nach, nachdem ich hier fertig bin.«

Damian brummt enttäuscht hinter mir, offensichtlich unzufrieden damit, dass er seinen *Spaß* nicht bekommt. Als er zurücktritt und seinen Griff um mich lockert, stoße ich einen erleichterten Laut aus.

»Du bist langweilig, Shane. Du sparst das Beste für dich auf, wie immer.« Damian geht an mir vorbei.

Shin und er setzen ihre Helme auf und verschwinden mit dem Brüllen ihrer Motorräder.

Milans streckt die Hand aus und streicht mir über die Wange, ein spöttischer Hohn. »Was ist los, Sweetheart? Verängstigt?«

Als ich aus meiner Starre erwache, stoße ich seine Hand weg und gehe einen Schritt zurück. Ich versuche meine Angst zu verbergen, aber das Beben meines Körpers verrät mich.

»Ich habe keine Angst.«

Er schmunzelt. »Ist das so?«

Ich hasse es, wie die bloße Berührung seiner Hand und der Klang seiner Stimme mir das Gefühl geben, so machtlos zu sein.

»Du bist eine schreckliche Lügnerin. Dein Körper zittert, deine Stimme bebt. Es ist wirklich bezaubernd.«

Er lehnt sich näher heran, sein Gesicht ist nur noch wenige Zentimeter von meinem entfernt. Ich versuche, mich zurückzuziehen, aber mein Körper weigert sich, mitzumachen.

»Du kannst versuchen, so tapfer zu sein, wie du willst«, flüstert er, sein Atem ist heiß auf meinem Gesicht. »Aber ich kann die Angst in deinen Augen sehen. Das macht die Sache für mich nur noch unterhaltsamer.«

Seine Hand greift nach oben, um mein Kinn zu umfassen und mich zu zwingen, ihm in die Augen zu sehen. Die Geste ist sowohl erniedrigend als auch fordernd. »Erst zerkratzt du mein Auto, dann hast du die Dreistigkeit, mir Befehle zu erteilen und jetzt verfolgst und filmst du mich auch noch heimlich? Du hast aber Nerven.«

Die Erkenntnis, dass er von dem Video weiß, trifft mich wie ein Schlag in die Magengrube, doch ich beiße auf meine Unterlippe und entferne mich von seinem Griff.

»Ich werde euch anzeigen. Ich habe alles mitbekommen und besitze das Video als Beweis. Ihr werdet nicht mehr so einfach davonkommen und eure gerechte Strafe bekommen!«

Sei leise, Aliya. Was zum Teufel tust du da?

Aber ich habe es satt, mich von ihm einschüchtern zu lassen. Jetzt, da er meinen wichtigsten Besitz zerstört hat, habe ich sowieso nichts mehr zu verlieren.

Was will er machen? Mich umbringen?

Er lacht, kalt und spöttisch. »Ist das eine Drohung? Wie süß.«

Er mustert mich von oben bis unten, sein Blick hat etwas Unheimliches an sich. »Dann sollte ich wohl das Video und die Zeugen aus dem Weg räumen, nicht wahr?«

Jede Faser meines Wesens ist angespannt. Die Drohung in seiner Stimme jagt mir einen Schauer über den Rücken.

»Das würdest du nicht wagen.«

»Wer soll mich aufhalten? Du bist allein hier, ohne jemanden, der dir helfen könnte.«

Er hat mich in die Ecke gedrängt, metaphorisch und buchstäblich. Mein Herz hämmert in meiner Brust, als ich den Ernst der Lage erkenne, in der ich mich befinde.

»Ich schlage vor, dass du mir das Video aushändigst, sonst könnte diese Situation in eine Richtung gehen, die dir nicht gefallen wird.«

»Du bekommst das Video nicht«, sage ich entschlossen und versuche, die Situation einigermaßen unter Kontrolle zu halten.

»Glaubst du wirklich, dass du in der Lage bist, Forderungen zu stellen, Sweetheart? Vergiss nicht, ich habe hier alle Karten in der Hand. Du gibst mir das Video, oder ich kann dir versprechen, dass es noch viel, viel schlimmer wird.«

Sein Duft, eine Mischung aus Eau de Cologne und etwas eindeutig Männlichem, erfüllt meine Nase, was es mir noch schwerer macht, klar zu denken.

»Ich werde dir nichts geben«, bringe ich mit zusammengebissenen Zähnen heraus.

Ein Anflug von Verärgerung zieht über sein Gesicht, als ich mich widersetze, aber ein grausames Lächeln ersetzt es schnell wieder.

Mit einer schnellen Bewegung greift er nach meinen Handgelenken und dreht mich herum. Ich schnappe überrascht nach Luft, als er mich zwingt, mich herunterzubeugen und mein Rücken sich in einem scharfen Bogen krümmt. Seine Hand greift in meine hintere Hosentasche und zieht mein Handy heraus.

In dieser Position, mit meinem Hintern ihm entgegengestreckt, fühle ich mich so erniedrigt.

Seine eine Hand hält meine Gelenke auf meinem Rücken fest, während er mit der anderen auf meinem Handy scrollt. »Kein Code? Wie langweilig.«

Ich verfluche mich dafür, dass ich keinen sicheren Code habe. Aber im Moment ist das Letzte, worauf ich mich konzentrieren möchte, meine mangelnde digitale Sicherheit.

»Lass mich los!«

»So ein ungezogenes Mädchen«, sinniert er. »Ohne Erlaubnis Videos zu machen, ist illegal. Das solltest du besser wissen.«

»Es ist nicht illegal, wenn es zu Beweiszwecken dient«, zische ich.

»Beweise wofür? Dass du mich stalkst?«

»Beweise dafür, dass du und deine Freunde hinter Gittern gehören!«

»Glaubst du wirklich, dass ein kleines Video uns hinter Gitter bringen wird? Du bist noch naiver, als ich dachte.«

Er beugt sich weiter über mich, sodass ich sein Gewicht auf meinem Körper spüre und keuche. Dann hält er mir den Bildschirm meines Handys vor die Augen, sein Atem streift mein Ohr.

»Das? Das nennst du einen Beweis?«

Das Video, welches ich heimlich aufgenommen habe, spielt sich ab.

»Du dachtest, du würdest mich bloßstellen, stimmt's? Aber sieh dich jetzt an. Gebeugt und entblößt. Es scheint, als hätte sich das Blatt gewendet, nicht wahr?«

Mit einem einfachen Klick löscht er das Video.

Ich fühle eine Welle der Verzweiflung über mich kommen, weil ich weiß, dass ich mein einziges Beweisstück gegen ihn verloren habe.

Ich reiße mit voller Wucht meine Hand aus seinem Griff und greife nach meinem Handy. Er zieht sich lachend zurück, als ich versuche, das Video wiederherzustellen, aber es ist weg.

Er dreht sich zu seinem Motorrad und setzt seinen Helm auf. Während ich hilflos auf mein Handy starre, klappt er das Visier seines Helmes hoch. »Wenn du für die Explosion des Lieferwagens nicht verantwortlich gemacht werden möchtest, solltest du jetzt verschwinden.«

Ich blinzele verwirrt, als mein Blick auf sein Motorrad fällt und mir etwas Bestimmtes direkt ins Auge sticht.

»Ach ja, und … Wenn ich dich das nächste Mal dabei erwische, wie du dich erneut in meine Angelegenheiten einmischst, wirst du mich ganz anders kennenlernen.«

Als er davonfährt, hängt seine Drohung schwer in der Luft, aber es ist das Detail auf seinem Motorrad, welches mir einen eisigen Schauer über den Rücken jagt.

9
Aliya

DREI JAHRE ZUVOR

»Wenn du dich nicht langsam zusammenreißt, muss ich wohl oder übel deine Eltern benachrichtigen, Aliya.«

Ms. Collins sieht mich mit einem enttäuschten Blick an. Nach Unterrichtsende hat sie mich gebeten zu bleiben, um sich mit mir über meine fallenden Leistungen und steigende Abwesenheit zu unterhalten.

Letztes Jahr bin ich noch gerne in die Schule gekommen. Ich hatte viele Freunde und Spaß am Lernen. Doch im Dezember habe ich nicht nur meinen Willen im Leben verloren, sondern auch alles andere, was ich bis zu diesem Zeitpunkt hatte.

»Kannst du mir versprechen, dass du daran arbeiten wirst? Ich weiß doch, dass du eigentlich ein schlaues Mädchen bist. Belastet dich etwas?«

Sie sieht mich besorgt an, doch ich weiß, dass sie sich keinen Dreck um mich scheren wird, wenn ich die Wahrheit laut ausspre-chen würde.

Genau wie alle anderen Erwachsenen würde sie meine Sorgen und Probleme ignorieren.

Aber Lio ist nicht wie die anderen.

Er versteht mich.

Irgendwann, wenn ich ihm den wahren Grund für meinen Selbstmordversuch erzähle, weiß ich, dass er mir helfen wird.

Er wird mich nicht ignorieren. Das hat er noch nie getan.

»Mir geht es gut, Ms. Collins. Ich habe einfach keine Lust aufs Lernen. Das ist alles.«

Einer 14-Jährigen sollte es nicht leicht fallen, ohne mit der Wimper zu zucken Lügen zu erzählen, aber alles, was ich dabei fühle, ist eine endlose Leere.

Mr. Collins nickt und wendet sich ihren Papieren zu. »Wir schreiben morgen einen Mathematik-Test. Wenn du mir beweisen möchtest, dass du unser Gespräch ernst genommen hast, kannst du es mir morgen zeigen.«

Ich bin mir sicher, dass sie mir meine billige Lüge, dass ich keine Lust aufs Lernen habe, nicht abgekauft hat, aber sie hakt nicht weiter nach, da es sie nicht interessiert. Sie muss nur sicherstellen, dass ich gute Leistungen abliefere. Allem anderen geht sie bewusst aus dem Weg, um ihre Aufgabe nicht noch komplizierter zu machen, als sie sowieso schon ist.

Genau deswegen hasse ich Menschen.

Ich habe es fast aus dem Klassenzimmer geschafft, als ich gerade noch rechtzeitig anhalten kann, um einen Zusammenstoß mit jemandem zu vermeiden. Es ist Mr. Jameson, der Sohn des Schulleiters und ein Lehrer in Ausbildung an unserer Schule. Er ist erst seit ein paar Wochen hier, um sein Studium abzuschließen, bevor er eine Vollzeitstelle als Lehrer antritt.

Mr. Jamesons Grinsen wirkt fast spöttisch, als er auf mich herabsieht, und seine intensiven blauen Augen verursachen ein ungutes Gefühl in meinem Magen. Ich weiß nicht, warum, aber jedes Mal, wenn sich unsere Wege kreuzen, überkommt mich ein Unbehagen. Obwohl er ungefähr im gleichen Alter wie Lio ist, scheint er das komplette Gegenteil von ihm zu sein – Winter im Vergleich zu Sommer.

Ich gehe rasch an ihm vorbei und er betritt den Klassenraum, um ein Gespräch mit Ms. Collins zu führen.

Obwohl ich mich erst gestern mit Lio getroffen habe, macht sich das starke Bedürfnis in mir breit, ihn wiederzusehen. Ich weiß, dass ich ihn in Ruhe lassen sollte, aber dennoch wähle ich seine Nummer und lausche dem Läuten.

»Ja, Kleines?« Seine warme Stimme dringt in mein Ohr und erwärmt meine Brust, welches durch Mr. Jamesons Anwesenheit eingefrostet ist.

»Ich schreibe morgen einen Mathe-Test.«

»Du möchtest mit mir lernen?«

Ich mag es, dass ich nicht viel sagen muss, damit er versteht, was ich möchte. Es ist, als könnte er meine Gedanken lesen, sogar während er nicht in meiner Nähe ist.

»Können wir?«

»Bist du noch in der Schule? Ich komme dich abholen.«

Obwohl ich eine endlose Leere in mir spüre, werde ich durch Lio von Emotionen überwältigt, die mir zuvor unbekannt waren.

»Dann warte ich hier auf dich.«

Ich setze mich auf die Stufen vor der Schule und warte geduldig auf seine Ankunft. Es ist mir egal, ob wir lernen oder nicht, ich möchte ihn einfach nur wiedersehen.

Lio verkörpert den letzten Funken Hoffnung in mir, alles, was ich in dieser zerstörten Welt noch übrighabe.

Sobald ich das Dröhnen seines Motorrads höre, stehe ich auf und gehe zum Tor, wo er bereits geparkt und seinen Helm abgenommen hat. Sein zerzaustes braunes Haar und sein Lächeln lassen mein Herz in meiner Brust flattern.

»Du hast Glück. Ich war in der Nähe, als du mich angerufen hast.« Er fährt sich mit seinen Fingern durch die Haare, um seine Frisur wieder in Ordnung zu bringen.

»Hier.« Er hält mir einen schwarzen Motorradhelm hin, der vorne an seinem Bike befestigt war. Ich schaue zwischen dem Helm und seinem Gesicht hin und her, verwirrt.

Er lacht. »Schau mich nicht so an, als hätte ich von dir etwas Unmögliches verlangt. Du wolltest doch lernen. Dafür müssen wir in die Bibliothek fahren.«

Er möchte, dass ich mit ihm Motorrad fahre?

Ich nehme den Helm, den er mir reicht, und fühle mich ein wenig unsicher. Mein Vater war ein Fan von Motorrädern, aber ich war immer zu jung, um mit ihm zu fahren.

Alles, was ich darüber weiß, ist, dass es gefährlich ist.

»Hast du etwa Angst, Kleines?« Er hat seinen Helm wieder aufgesetzt und das Visier aufgeklappt.

»Nein.«

Ich beäuge den Helm, ahnungslos, wie man ihn richtig aufsetzt. Lio hilft mir beim Aufsetzen des Helmes und lacht über meine Ratlosigkeit. Da er etwas zu groß ist, stellt er ihn so ein, dass er mir perfekt passt. Sobald er sitzt, öffnet er mein Visier, sodass ich Lio wieder gut sehen kann.

Wem dieser Helm wohl gehört?

Als ich mir sein Motorrad ansehe, ist es das erste Mal, dass ich die Details mit voller Aufmerksamkeit wahrnehme. Der silberne Schriftzug des Markennamens sticht mir sofort ins Auge, aber es ist das Wort mit der kursiven Schrift darunter, das mein Interesse weckt.

Stitch.

Es sieht so aus, als hätte er den Schriftzug selbst entworfen, um seinem Motorrad etwas Persönliches zu verleihen.

»Stitch?« Fragend blicke ich zu ihm.

Stitch, im Sinne einer Verletzung, wie das englische Wort für einen Stich?

»Das ist ein Spitzname.«

»Ein Spitzname für dich?«

»Nein«, sagt er, klappt sein Visier zu und beendet damit das Gespräch.

Ich kann nicht umhin, das leichte Unbehagen in seiner Stimme zu bemerken. Lio ist normalerweise ein offener Mensch, doch auch ihm lastet eindeutig etwas auf dem Gewissen, über das er nicht sprechen möchte, ähnlich wie meine eigenen inneren Dämonen, die ich nicht erwähnen möchte.

Er klappt das Visier meines Helmes ebenfalls zu, sodass meine Sicht immer noch klar ist, aber meine Umgebung etwas an Farbe verloren hat.

Lio setzt sich auf sein Motorrad und lässt hinter sich etwas Platz für mich. Vorsichtig setze ich mich auf den schwarzen Ledersitz und lege meine Arme um seinen Rücken. Er wirft einen Seitenblick auf mich, und ich bin überzeugt, dass unter seinem Helm ein Lächeln auf seinen Lippen liegt, obwohl ich es nicht sehen kann.

Den Spitznamen »Stitch«, vergrabe ich tief in meinem Unterbewusstsein.

Bevor ich mich überhaupt darauf vorbereiten kann, gibt er Vollgas und rast über die Straßen Detroits.

10
Aliya

GEGENWART

Mein Vater war Autor.

Vielleicht habe ich deswegen die Art von ihm geerbt, vieles zu dramatisieren und auszuschmücken.

Vor ungefähr zehn Stunden habe ich nicht nur erfahren, dass die *Legions* einen Lieferwagen in Brand gesetzt haben, sondern auch, dass Milans Motorrad genau denselben Schriftauszug wie Lios aufweist.

Dieser gottverdammte Spitzname, der mir bis heute ein Rätsel ist.

Stitch.

Die ganze Nacht habe ich schlaflos vor meinem PC verbracht, um zu recherchieren, was oder wer dieser »Stitch« ist. Aber natürlich bin ich auf nichts anderes außer Stichverletzungen, die Disney-Figur und Erstellungstools gestoßen.

Die Tatsache, dass Lio und ausgerechnet Milan eine Gemeinsamkeit aufweisen, welche unmöglich ein Zufall sein kann, ist mehr als nur erschreckend.

Bis zum Morgengrauen habe ich mir eingeredet, dass meine Augen mich getäuscht haben, dass ich es mir nur eingebildet habe, aus Sehnsucht nach Lio, aber die Wahrheit lässt sich nicht verleugnen.

Nachdenklich kaue ich auf meiner Bleistiftspitze und starre auf den Zettel vor mir.

Milans und Lios Nameen sind eingekreist, während der Spitzname »Stitch« eine Verbindung zwischen ihnen darstellt.

Während Mr. Nelson die biologischen Einflussfaktoren auf Gedächtnisprozesse erklärt, zeichne ich eine Mindmap, um meine Gedanken zu sortieren.

Milan Shane.

Sohn von Mr. Shane – Gründer der Shane Enterprises Holding Inc.

Berüchtigt und in illegale Angelegenheiten verwickelt.

Setzt in seiner Freizeit Autos in Brand.

Lio.

Ich halte inne, da mir nichts einfällt.

Die Tatsache, dass ich nichts über ihn weiß, obwohl er so einen wichtigen Bestandteil in meinem Leben ausmacht, macht sich erneut schmerzhaft bemerkbar.

Damals, als ich so viel Zeit mit ihm verbracht habe, habe ich mich nicht für solche Sachen wie seinen Nachnamen, sein Alter oder seine Adresse interessiert. Ich habe im Hier und Jetzt gelebt, unbekümmert, ob mir genau diese Informationen in Zukunft hilfreich sein könnten.

Nachdem er im Juli letzten Jahres verschwunden ist, hatte ich nichts außer seiner Nummer und seinen Vornamen in der Hand. Egal, wie unermüdlich ich auch versucht habe, einen Grund für sein plötzliches Abtauchen zu finden, mit den Daten, die mir zur Verfügung standen, bin ich nie weit gekommen.

Dennoch notiere ich die Dinge über ihn, die ich innerhalb unserer gemeinsamen Zeit beobachtet und mir gemerkt habe.

Lio.

Höchstwahrscheinlich ein College-Student (vor eineinhalb Jahren).

Trinkt gerne Cola.

Seine Pommes isst er mit Mayonnaise, Ketchup kann er nicht leiden.

Seine Lieblingsautorin ist Jane Austen.

Ich ziehe eine Linie zwischen Milans und Lios Namen und schreibe das Wort »Motorrad« daran. Die wahrscheinlich einzige Gemeinsamkeit zwischen ihnen.

»Der Hippocampus ist eine Region im Gehirn, die eine Schlüsselrolle bei der Umwandlung von kurzfristigem Gedächtnis in langfristiges Gedächtnis spielt, sodass …«, führt Mr. Nelsons mit seinem Unterricht fort.

Meine Gedanken drehen sich aber immer noch um eine einzige Sache.

Stitch.

Und Motorräder.

Ich schnappe nach Luft, als ich eine Theorie in meinem Kopf aufstelle.

Langsam blicke ich mich um, ob jemand mein plötzliches Keuchen mitbekommen hat, doch die anderen scheinen entweder dem Unterricht zu folgen oder sich mit anderweitigen Sachen zu beschäftigen.

Eine Motorrad-Gang.

In Detroit ist solch eine Gruppierung nicht unüblich. Der Spitzname »Stitch« könnte solch eine Organisation darstellen.

Ich kann mir zwar kaum vorstellen, dass Lio Teil davon ist, aber diesen Gedankenzug sollte ich nicht sofort verwerfen. Der Lio, den ich zu kennen glaube, würde keiner Fliege schaden, aber er würde mich auch nicht von heute auf morgen anfangen zu ignorieren. Trotzdem ist die einzige Möglichkeit, seine Stimme zu hören, nun die Mailbox.

Eine illegale Gruppierung würde auch erklären, wieso er so zurückhaltend war, als ich ihn damals auf das Wort »Stitch«

angesprochen habe. Und vielleicht würde es auch seinen unerwarteten Rückzug aus meinem Leben erklären.

Ich notiere meine Theorie.

Die einzige Möglichkeit, zu prüfen, ob sie der Wahrheit entspricht, ist Milan.

Ob es mir gefällt oder nicht, um das Rätsel zu lösen, welches hinter all dem steckt, muss ich wohl oder übel in seiner Nähe bleiben und weiter meine Nase in seine Angelegenheiten stecken, auch wenn er mir gedroht und geraten hat, es nicht mehr zu tun.

Ich lasse meine Augen über Milan Shanes Motorrad gleiten.

Nichts Auffälliges, außer dem Wort »Stitch«.

Ich hocke mich auf meine Knie und fahre mit meinen Fingern über die Gravur.

Es ist kein Aufkleber. Das Wort »Stitch« wurde durch eine spezielle Lackierung auf das Motorrad aufgebracht.

Enttäuscht seufze ich, richte mich auf und starre auf die Maschine. All dies erzeugt Bilder von früher in meinem Kopf, als Lio noch Teil meines Lebens war. Im Park hat er sein Bike immer an der Seite abgestellt, während wir Stunden auf der Bank in friedlicher Stille verbracht haben.

Lio war mein Safe Place.

Falls all meine Mühe, ihn wiederzufinden, sich auszahlt und ich ihn tatsächlich eines Tages sehe, möchte ich ihm nur eine Frage stellen.

Wieso hast du mich fallen lassen, obwohl du genau wusstest, wie sehr ich dich brauche?

Als er mich damals plötzlich verlassen hatte, habe ich erst gemerkt, wie anhängig ich eigentlich von ihm bin. Vielleicht ist das auch der Grund, wieso er sich dazu entschieden hat, mich im Stich zu lassen.

Aber ich habe mich verändert.

Sein Verlust hat mich die ersten Wochen zerstört, doch ich habe gelernt, ohne ihn zu leben.

Ich weiß nun, dass ich nicht auf ihn angewiesen bin.

Dennoch schwirren unbeantworteten Fragen in meinem Kopf, die nur er mir beantworten kann.

Deswegen muss ich ihn finden.

»Cole Logans hat Michelle mit seiner Ex-Freundin betrogen. Sie hat daraufhin mit seinem Bruder geschlafen. Wie eine Seifenoper, nicht wahr?«

Adena erzählt mir wieder einmal Geschichten über die Schüler der SVH. Sie ist der Grund, wieso sich die Gerüchte hier so schnell verbreiten.

Adena Easton – vermutlich die Einzige, die sich nicht davon scheut, mit mir zu reden.

Wir sind keine Freundinnen, denn unsere Beziehung besteht darin, dass ich sie meine Hausaufgaben abschreiben lasse und die Gruppenarbeiten mit ihr allein erledige, während sie mir von dem Schultratsch erzählt und mich nur aufsucht, wenn ihr langweilig ist.

Ich habe wohlgemerkt den Kürzeren gezogen.

Doch Menschen, die wissen, wie sich wahre Einsamkeit anfühlt, nehmen alles hin. Denn verlassene Menschen kennen die Stille, die so laut ist, dass sie einen von innen zu zerreißen beginnt.

Sie sitzt auf der Fensterbank im Werkraum und hält aus dem offenen Fenster Ausschau nach neuem Tratsch. Ich bin voll und ganz damit beschäftigt, eine neue Figur zu schnitzen, während sich die Holzspäne neben mir auftürmen.

Eine Tulpe, um meiner Lotusblume Gesellschaft zu leisten.

Adenas Geplapper blende ich aus, das Geschwätz interessiert mich gar nicht.

Doch dann schafft sie es, meine Aufmerksamkeit zu erregen. »Das Basketballteam ist draußen. Die *Legions* sind auch dabei!«

Die Legions.

Eine Gänsehaut durchfährt meinen Körper, als ich an Milans Hand auf meinem Rücken denke. Wie er mich gezwungen hat, mich zu beugen, um mein Handy zu bekommen. Die Tatsache, dass sie einen Lieferwagen angezündet haben und davongekommen sind.

Das Ereignis liegt nun ein paar Tage zurück, aber ich muss immer noch ununterbrochen an diesen schrecklichen Vorfall denken.

»Oh nö, diese Lucia ist auch da. Ich weiß echt nicht, was die Jungs alle so heiß an ihr finden. Liegt es an ihrem D-Körbchen?«, klagt Adena über die Austauschschülerin. »Sie hat nicht nur mit Shane geschlafen, sondern auch etliche Male mit Reynolds! Fehlt nur noch, dass sie mit Shin Masuda ins Bett springt.«

Ich schiebe meinen Stuhl zurück und stehe auf, um ebenfalls aus dem Fenster zu blicken.

Von hier aus kann ich den Basketballplatz sehen, wie die Jungs sich spielerisch den Ball zuwerfen und sich gegenseitig schubsen.

Adena hat recht.

Lucia ist dort, plaudert mit einer Gruppe von Mädchen. Sie lacht unerträglich laut.

Ich lasse meinen Blick über den Platz schweifen und stoppe als mein Blick auf Milan trifft. Sein dunkles Haar ist leicht zerzaust, aber immer noch vornehm. Er trägt seine Schuluniform, hat aber seinen Blazer ausgezogen und sein Hemd gerade so weit aufgeknöpft, dass man seine straffe Brust sehen kann. Seine breiten Schultern und muskulösen Unterarme sind betont, während er den Ball lässig dribbelt und Shin zupasst.

»Stimmst du mir nicht zu?«

Adena reißt mich aus meinen Gedanken und sieht mich mit ihren karamellbraunen Augen an, dieselbe Farbe wie ihre schulterlangen Haare.

»Ja, das stimmt.«

Ich weiß nicht, worum es geht, aber will mit ihr keine Diskussion führen.

»Hoffentlich ist sie nicht auf Shanes Pool-Party eingeladen.«

Die Erwähnung einer Party von Milan weckt mein Interesse. »Eine Pool-Party?«

»Ja, die Party übernächste Woche. Es ist sehr selten, dass Milan Shane eine Party bei sich zu Hause schmeißt, deswegen wird es definitiv ein Jahres-Highlight. Jeder möchte wissen, in was für einem Schloss der jüngere Erbe der Shane Enterprises Inc. lebt.«

Eine Party in seinem Haus? Meine Gedanken rasen.

Das ist eine perfekte Möglichkeit, um sein Haus nach weiteren Informationen bezüglich des Spitznamens »Stitch« abzusuchen. Und wenn Milan und Lio sich tatsächlich kennen, dann ist die Wahrscheinlichkeit, dass er auf die Party kommt, ebenfalls sehr hoch.

Ich könnte Lio wiedersehen.

»Denkst du, ein apfelgrüner Bikini wäre zu hell?«

»Kann ich mitkommen?«

Nicht nur Adena ist überrascht von meiner Frage, denn ich bin genauso schockiert von der Tatsache, dass ich freiwillig auf eine Hausparty möchte.

»Du möchtest mitkommen? Bist du dir sicher?«

»Ja!«, sage ich und versuche, überzeugter zu klingen, als ich mich fühle. »Ich habe mich schon immer gefragt, wie sein Zuhause aussieht.«

»Ich weiß nicht. Du magst doch keine Partys.«

Ich kann an ihrem Blick ablesen, dass sie den Gedanken, mit mir auf einer Party zu erscheinen, erniedrigend findet.

»Komm schon. Die Rede ist von Milan Shane. Da möchte doch jeder hin!«

Normalerweise würde ich lieber sterben, als ein Fuß in sein Haus zu setzen, aber meine Verzweiflung, Lio wiederzusehen, überwältigt alle meine Vorbehalte gegenüber gesellschaftlichen Treffen.

»Ich wusste gar nicht, dass du dich für ihn interessierst.«

Gott, Adena, kannst du nicht einfach einwilligen?

»Er gehört zu den begehrtesten und heißesten Jungs der Schule«, rezitiere ich das, was ich alltäglich in der Mädchentoilette zu hören bekomme. »Ich müsste ein Idiot sein, wenn ich nicht auf ihn stehen würde.«

»Stimmt, cr ist ziemlich heiß«, räumt sie ein. »Und sein Ruf macht ihn nur noch attraktiver, oder?«

»Definitiv.« Ich setze ein gezwungenes Lächeln, während ich versuche, die Erinnerung an meine Begegnung mit Milan abzuschütteln. *Oh ja, sein Ruf.*

Mein Blick schweift wieder aus dem Fenster zum Basketballplatz, auf dem sich Damian und John McKinney gerade duellieren.

»Und, nimmst du mich mit?«

Adena schaut auf ihr Handy und scheint plötzlich abgelenkt zu sein. »Oh, ich habe vergessen, dass ich jemanden treffe«, sagt sie und scrollt durch ihre Nachrichten. »Können wir später darüber reden? Ich bin schon spät dran.«

Bevor ich protestieren kann, ist sie schon aus der Tür und verschwindet im Flur.

Sie möchte mich nicht mitnehmen.

Ich muss auf diese verdammte Party.

Das könnte meine einzige Möglichkeit sein, Lio zu finden.

Als hätte Milan meinen Blick auf sich gespürt, schaut er auf und begegnet meinen Augen. Er schmunzelt, ein frecher Ausdruck huscht über seine Züge, während er sein Kinn provokant anhebt.

Ich knirsche mit meinen Zähnen. Meine Wut kocht in mir hoch, als ich an das Video denke, das er gelöscht hat, und wie sehr es mir geholfen hätte, ihn und seine Freunde zu vernichten. Ich würde ihn am liebsten zu Boden bringen und ihn als das entlarven, was er wirklich ist, aber ich muss mich zusammenreißen.

Er ist mein einziger Hinweis auf der Suche nach Lio.

Ich atme tief durch, strecke meine Schultern auf, hebe trotzig meinen Kopf und spiegele seinen arroganten Blick. Milan scheint sich über mich zu amüsieren, denn sein Grinsen wird noch breiter. Seine dunklen Augen funkeln mit einer Art von Herausforderung.

Es ist, als würde er mich auffordern, den Schritt zu wagen, aus meiner Komfortzone herauszutreten und ihn zu provozieren.

Nun, dieses Spiel können zwei spielen.

Ich schnaube und zeige ihm meinen Mittelfinger, wobei ich sichergehe, dass er jeden Moment meiner unhöflichen Geste sieht.

Seine Miene bleibt unverändert, als ich mich zurückziehe und wieder meiner Tulpen-Holzfigur zuwende.

Ich bin so in meine Schnitzerei vertieft, dass ich nur am Rande bemerke, dass die Mittagspause endet und die Glocke die nächste Unterrichtsstunde ankündigt.

Ich bin mit Sägemehl und Holzspänen bedeckt. Über meine schulischen Leistungen muss ich mir keine Sorgen machen. Deswegen entscheide ich, den Matheunterricht zu schwänzen.

Ich beginne, mein Holzarbeitsmaterial aufzuräumen und bereite mich darauf vor, die Stunde in der Einsamkeit der Schulbibliothek zu verbringen.

Ein Räuspern hinter mir zieht meine Aufmerksamkeit auf sich. Langsam richte ich mich auf und drehe mich um. Einige Meter entfernt steht Milan, die Hände in den Taschen seiner Uniform.

»Du schwänzt den Unterricht, wie ich sehe«, bemerkt er und kommt einen Schritt auf mich zu.

Warum ist er hier?

Will er jetzt etwa kurzen Prozess machen, weil ich ihm den Mittelfinger gezeigt habe?

Ich werfe einen Blick auf die Tür, in der Hoffnung, schnell zu verschwinden. Aber Milan scheint andere Pläne mit mir zu haben.

»Nicht so schnell.« Er versperrt mir den Fluchtweg und überragt mich mit seiner Größe. Der Blick seiner dunklen Augen bohrt sich in meine, er studiert mein Gesicht.

Meine Handflächen werden schweißnass, als ich sie zusammenballe. »Was willst du von mir?«

»Ich wollte nur ein bisschen mit dir quatschen«, spottet er. »Ein privates Gespräch.«

Ich ziehe meine Augenbrauen zusammen. »Wenn es um den Vorfall geht, ich habe niemandem davon erzählt und habe es auch nicht vor.«

Ohne Beweise würde mir das sowieso keiner glauben.

»Wie großzügig von dir. Aber deswegen bin ich nicht hier.«

Wenn er nicht hier ist, um mir wegen wieder zu drohen, warum dann?

Milans Blick schweift zu dem Tisch, auf dem meine Holzbearbeitungswerkzeuge ausgebreitet sind. Seine Lippen kräuseln sich, als seine Finger den Griff des kleinen Schnitzmessers umschließen und er es in der Hand dreht, um die scharfe Klinge zu untersuchen.

Ich verkrampfe mich und mein Herz fängt an, schneller zu schlagen.

»Was hattest du an meinem Motorrad zu suchen?« Seine Stimme trieft mit einer unglaublichen Kälte, sodass es mich beinahe fröstelt.

Dass ich mir sein Motorrad angesehen habe, um Informationen über den Spitznamen »Stitch« zu sammeln, liegt nun zwei Tage zurück. Wie hat er es herausgefunden und wieso konfrontiert er mich erst jetzt damit?

Ich schlucke, gehe all meine Ausreden in Sekundenschnelle durch, doch keine von ihnen klingt ansatzweise glaubwürdig.

»Ich weiß nicht, wovon du sprichst«, entscheide ich mich für die sicherste Variante.

»Glaubst du wirklich, dass ich darauf reinfalle?«, höhnt er. »Ich weiß, dass du es warst. Du bist um mein Motorrad herumgeschlichen, stimmt's? Was hast du gemacht? Antworte.«

Mit den Augen auf dem Messer in seiner Hand trete ich nervös zurück. Sein Kiefer ist starr, seine Muskeln deutlich erkennbar unter seiner straffen Haut.

Er ist *wütend*.

»Ich habe dir eine Frage gestellt.« Das Messer liegt locker in seiner Hand und seine schwarzen Augen brennen sich in meine.

Um mich nicht noch lächerlicher zu machen, bleibe ich leise, doch das gefällt ihm nicht.

»Mal sehen, wie lange du ruhig bleiben kannst.«

Bevor ich etwas erwidern kann, packt er mich und schubst mich hart gegen den Tisch. Mein Rücken prallt gegen die harte Kante, und ein stechender Schmerz durchzieht meinen Körper. Mit seiner freien Hand stützt er sich links neben mir auf dem Tisch ab. Das Schlitzmesser rammt er mit einem Stoß in die Holzober-fläche rechts von mir.

Ich schnappe nach Luft und platziere meine Hände auf seiner Brust, um ihn von mir wegzustoßen.

»Uh-Uh.« Er greift nach meinen Handgelenken und drückt sie hinunter, um sich näher an mich zu lehnen. Sein Gesicht ist nur noch wenige Zentimeter von meinem entfernt. Er riecht schwach nach Zigaretten und einer Art würzigem Cologne, ein Duft, bei dem mir schwindelig wird.

Meine Wangen beginnen zu prickeln und ich spüre, wie die Hitze sich langsam über mein Gesicht ausbreitet.

»Nun, wollen wir es noch einmal versuchen?«, fragt er. »Was hattest du an meinem Motorrad zu suchen?«

Sein Blick wird von einer untergründigen Intensität durchge-zogen. Scharfe Konturen, durchdringende Augen und eine dunkle Ausstrahlung, die mich wortwörtlich gefangen nimmt.

»Lass mich sofort los.«

Sein rechter Mundwinkel zuckt leicht nach oben. »Loslassen? Zwing mich.«

Ich kneife meine Augen zu Schlitzen zusammen und hebe mein Bein, um mit meinem Knie die Schwachstelle zwischen seinen Beinen zu treffen. Doch er sieht es voraus und tritt einen Schritt näher, sodass mein angehobenes Knie heruntergedrückt wird.

Sein Bein weilt nun zwischen meinen, während er mich härter gegen die Tischkante presst und ich keuche auf. Eine elektrisie-rende Energie durchströmt meinen Körper.

Verdammter Bastard.

»Böses Mädchen. Das war nicht nett.«

»Was willst du von mir? Ich habe mich nur um meinen eigenen Kram gekümmert, und du kommst und belästigst mich!«

»Belästigen? Das nennst du *belästigen*, Sweetheart?« Er lacht und packt mich fester an den Handgelenken, seine Finger graben sich in mein Fleisch. »Du warst diejenige, die um mein Motorrad herumgeschlichen ist. Du warst diejenige, die ihre Nase in Dinge gesteckt hat, die sie nichts angehen. Dreimal. Das ist *Belästigung*.«

»Ich wollte nur …«, fange ich an, aber er unterbricht mich mit einem kalten Blick.

Er zieht das Schlitzmesser aus dem Holz heraus und hält es bedrohlich nah an mein Gesicht.

»Was führst du im Schilde, hm?«

Ich spüre, wie das kalte Metall mein Kinn streift und mir einen Schauer über den Rücken jagt. Doch gleichzeitig fühlt es sich an wie eine unsichtbare Flamme, die mich langsam, aber sicher zu verbrennen scheint. Und das Komischste ist, dass ich mich trotz der Verachtung ihm gegenüber, danach sehne, verbrannt zu werden.

Ich muss meinen Verstand verloren haben.

»Wirst du jetzt reden?« Er senkt das Messer, bis die Spitze gegen den Ansatz meiner Kehle gedrückt wird. »Oder muss ich dich dazu bringen?«

Ich spüre, wie mein Blut in Wallung gerät, als die Klinge des Messers weiter hinunterfährt. Es besteht keine wirkliche Gefahr – zumindest im Moment –, aber das Gefühl ist so eigenartig, dass es meine Wirbelsäule kribbeln lässt.

Ich möchte ihm nicht die Genugtuung geben, zu antworten, und schweige.

Als er merkt, dass er mit Fragen keine Antwort von mir bekommt, verfinstert sich Milans Miene. Er mustert mein T-Shirt einen Moment lang, bevor sich ein hinterhältiges Lächeln auf seinem Gesicht ausbreitet.

Mit einer schnellen Bewegung sticht er das Messer in den Stoff und die scharfe Klinge schneidet hindurch. Das Geräusch des reißenden Stoffes lässt mich erschrocken aufschrecken.

»Was zum Teufel machst du da?«

Mein T-Shirt, welches ich immer trage, wenn ich an meiner Skulptur arbeite, ist nun zweigeteilt.

Ein heißer Schwall von Scham durchflutet mich, als der zerschnittene Stoff von meinen Schultern gleitet und meine Haut der kühlen Luft ausgesetzt wird. Meine Wangen brennen vor Verlegenheit.

»Langsam habe ich das Gefühl, dass du das alles nur machst, um meine Aufmerksamkeit zu bekommen.«

Sein Blick streift über meinen Körper und er nimmt meine neu entblößte Haut in Augenschein. Sein Blick verharrt auf meinem weißen BH und er fährt mit der Zunge über seine Zähne.

Diese Geste entlockt meinen Innenwänden einen Schauer.

Ich hasse ihn.

Gott, ich hasse diese Wirkung, die er in meinem Körper verursacht.

Und ich hasse mich selbst dafür, dass ich es zulasse, obwohl ich weiß, dass er mich ins Verderben ziehen wird.

Die Demütigung, so bloßgestellt zu sein, bringt meine Augen zum Brennen. Ich beiße die Zähne zusammen, entschlossen, nicht noch mehr Schwäche zu zeigen, doch das Gefühl lässt mich fast ersticken.

Er streckt die Hand mit dem Messer aus und fährt mit seinen Fingern leicht über meinen Bauch. Die Berührung ist fast neckisch, seine Fingerspitzen ziehen ein Muster über meine Haut. Ich ignoriere das ansteigende Kribbeln in meiner Mitte.

»Nimm deine schmutzigen Hände von mir, Shane.«

Er zieht seine Hand zurück. »Oh, du kannst ja doch sprechen. Wie wäre es dann damit, mir zu erzählen, was du ausheckst?«

»Gar nichts!«

»Ich glaube dir nicht.«

Er wartet darauf, dass ich ihm erzähle, was ich an seinem Motorrad zu suchen hatte, doch meine Lippen bleiben versiegelt.

»Wie du willst.«

Ich keuche auf, als ich das kalte Metall plötzlich auf meinem nackten Oberschenkel spüre.

»Du sagst, ich soll meine dreckigen Hände von dir nehmen? Dein Körper sagt aber etwas ganz anderes, Sweetheart.«

Er drückt die flache Seite der Klinge gegen die Innenseite meines Oberschenkels und schiebt sie nach oben, währenddessen streift sein Daumen über meine Haut. »Oder magst du das mehr?«

Meine Muskeln spannen sich an, eine Mischung aus Angst und Erregung durchströmt mich.

Er lacht, als er bemerkt, wie ich zittere. »Siehst du?«

»H-Hör auf.«

»Wenn ich meine Hand jetzt unter deinen Rock führe …« Mit einer raschen Bewegung schiebt Milan die Klinge unter meinen Rock und zieht entlang meiner Unterhose eine Linie. »Wie feucht würde ich dich dann auffinden, hm?«

Mein Atem bleibt mir im Hals stecken. Finster funkele ich ihn an und versuche meine Handgelenke zu befreien, doch er verstärkt seinen Griff und hält mich an Ort und Stelle gefangen.

»Trocken wie die Wüste.«

Meine Worte entlocken ihm ein dunkles Lachen. »Ist das so? Ich glaube, ich muss das testen.«

Das Flattern breitet sich in meiner Brust aus und ein Kribbeln durchzieht meinen ganzen Körper, als sich eine Welle von Lust in mir aufbaut. Sein Bein, welches immer noch in meine Mitte drückt, erschwert mir zusätzlich das Atmen.

»Nein! Stopp!«

Seine Hand mit dem Messer hält inne und mit einem lüsternen Glanz in seinen Augen sieht er zu mir auf. »Wirst du mir meine Frage beantworten?«

Ich will ihn wegdrücken, weit weglaufen und nie wieder zurückkommen. Aber die Wärme seines Körpers, so nah an meinem, lässt mich mit ihm verschmelzen, mein Widerstand wird mit jeder Sekunde schwächer. Es ist, als hätte er mich in eine Art Bann gezogen.

Der Raum ist still, das einzige Geräusch kommt von unseren vermischten Atemzügen.

Als ich keine zufriedenstellende Antwort gebe, fährt seine Hand weiter hinauf.

»Ich wollte dein Motorrad … zerkratzen. Genauso wie ich dein Auto zerkratzt habe. Weil du mein Armband ruiniert und das Video gelöscht hast. Ich wollte es dir heimzahlen!« Die Lüge rollt, wie auswendig gelernt, über meine Lippen.

Sein halbherziges Lächeln verblasst allmählich. Einen Moment lang starrt er mich nur an, seine Augen sind dunkel und aufgewühlt.

Der Strom von Erregung, der durch meinen Körper pulsiert, bricht abrupt ab, als er mich loslässt und sich ruckartig zurückzieht.

Die Klinge wirft er auf den Tisch hinter mir, während ich benebelt an der Kante lehne, verständnislos, was gerade passiert ist.

Mein Herz hämmert wie wild in meinem Brustkorb und das unerfüllte Rauschen meines Körpers lässt langsam nach.

»Das nächste Mal, wenn ich dich an meinen Besitztümern sehen sollte, wirst du nicht so einfach davonkommen.« Seine Worte sprudeln mit einer gewissen Dringlichkeit heraus.

Obwohl er ruhig ist, kann ich eine unterschwellige Spannung in seiner Körperhaltung spüren, eine Art unruhige Energie, die von ihm ausgeht.

Ich starre ihm noch einige Sekunden hinterher, bis mir klar wird, was gerade geschehen ist.

Wütend kralle ich meine Fingernägel in meine zitternden Oberschenkel.

Dieser Psychopath hat mich angefasst und mir hat es tatsächlich gefallen.

Ein dumpfer Schmerz durchzuckt mich und lässt Scham wie ein flammendes Gift in meinen Körper strömen.

Mein Gesicht glüht, als Peinlichkeit heiß meinen Nacken erfasst, während ein schweres, zutiefst unbefriedigtes Gefühl in meinem Magen nagt.

Die Tatsache, dass er mich erregt und mit einem entblößten Oberkörper zurückgelassen hat, beschämt mich sogar mehr als die Gewissheit, dass ich seinem Charme erlegen bin und er es geschafft hat, in mir das Gefühl der Lust zu erwecken.

Und das mit einer verdammten Klinge.

11

Milan

GEGENWART

Meine Finger umklammern noch immer den Lenker meines Motorrads, als ich es endlich zum Stehen bringe.

Mein Helm fühlt sich plötzlich viel zu schwer an und der Duft von verbranntem Benzin hängt in der Luft. Langsam löse ich meinen Griff vom Lenker und stelle das Motorrad auf den Seitenständer, bevor ich meinen Helm abnehme.

Shin und Damian kommen auf mich zu, während der Adrenalinstoß langsam nachlässt und die Erschöpfung in meinen Körper einsickert.

»Eine Minute und dreiundzwanzig Sekunden«, verkündet Shin mit einem Blick auf sein Handy.

Genervt fahre ich mir durch die verschwitzten Haare.

Zehn Sekunden langsamer als letztes Mal.

»Du siehst so aus, als wärst du mit deinen Gedanken ganz woanders.« Damian nimmt mir meinen Helm aus der Hand.

Und er hat nicht Unrecht.

Jedes Mal, wenn ich sie widerwillig aus meinen Gedanken verbanne, schleicht sie sich wie ein Fluch wieder in meinen Kopf. Ihre bloße Anwesenheit schreit nach Ärger und doch nistet sie sich in mein Gehirn ein, als ob sie dort für immer verweilen möchte, nur um mich zu quälen.

Ihre großen Augen, mit denen sie mich heute angesehen hat, haben mich wortwörtlich angefleht, das zu nehmen, wonach sich mein Körper seit unserem ersten Treffen sehnt.

Die Art, wie sich ihre Wangen errötet haben und sie ihre Lippen aneinandergepresst hat, um das Feuer zu unterdrücken, schwirren mir wie ein Bann ununterbrochen in meinem Kopf herum.

Beinahe hätte ich meinem Verlangen nachgegeben.

Ich war so kurz davor, meine Hand unter ihren Rock zu führen, um zu spüren, ob sie tatsächlich so feucht ist, wie ich es mir vorgestellt habe.

Ich wollte sie schmecken und riechen, ihre gedämpften Schreie hören und das Heben und Senken ihrer perfekt geformten Brüste beobachten.

Doch wie jeder Fluch hat auch sie eine Schattenseite.

Ihre grünen Augen haben denselben schimmernden Farbton wie meine zerschmetterten Erinnerungen an früher. Und das ist alles ihre Schuld.

Ich habe all meine Gier unterdrückt, denn egal, wie sehr ich mich auch danach sehne, sie zu nehmen, ich weiß, dass es heute nicht der richtige Ort und Zeitpunkt dafür gewesen ist.

Seit dem Vorfall heute Mittag habe ich auf der Rennbahn in Belle Isle schon meine neunte Runde gedreht. Und egal, wie sehr ich auch versuche, an etwas anderes zu denken, kann ich meinen Körper nicht dazu verleiten, nicht über sie zu fantasieren.

Damian drückt meinen Helm in Shins Hände. Mit einem lüsternen Grinsen auf den Lippen legt er seine Hände auf meine Schultern, sodass wir uns direkt gegenüberstehen.

»Ich kenne diesen Blick.«

»Was?«, frage ich verwirrt.

»Du bist untervögelt. Du brauchst eine Pussy, nicht wahr? John McKinney schmeißt heute eine Hausparty, lass uns dahin gehen.«

»Schon wieder?« Shin schüttelt seufzend seinen Kopf.

Bei McKinney steigt jeden Freitag eine Party, da seine Eltern durchgehend auf Geschäftsreisen sind.

»Ich bin dabei.« Auch wenn ich nichts von Kinneys langweiligen Partys halte, gibt es dort viele Mädchen, die nach einem Zwinkern die Beine breit machen.

Damian hat recht. Ich bin definitiv untervögelt. Das erklärt auch meine dauerhaften Vorstellungen, in denen ich eine gewisse grünäugige Brünette flachlege.

»Ich bin nicht dabei.«

Damian lässt meine Schultern los und dreht sich grinsend zu Shin. »Sei leise, Shinichiro. Ob du es willst oder nicht, du wirst mitkommen. Sieh es als Chance, deine Jungfräulichkeit endlich zu verlieren.«

»Shin. Nicht Shinichiro.«

»Also gibst du zu, dass du noch eine Jungfrau bist. Wie süß.«

Nun zieht Shin seine Augenbrauen zusammen und funkelt Damian an. »Du weißt ganz genau, dass das nicht stimmt.«

Urplötzlich wird es still zwischen uns dreien, als Shins Worte in meinen Kopf einsickern. Als hätte er etwas preisgegeben, was ich auf gar keinen Fall erfahren darf, drehen sich beide mit geweiteten Augen zu mir.

»Was zur Hölle?«, finde ich meine Stimme wieder.

Damian prustet los, während Shin hastig seinen Kopf schüttelt. »So meinte ich das nicht!«

Skeptisch schaue ich zwischen beiden hin und her.

Ich habe nichts gegen die Tatsache, wenn beide sich outen sollten, aber dennoch ist der Gedanke, dass meine zwei besten Freunde es hinter meinem Rücken treiben, verstörend.

»Komm schon Shinichiro, verleugne es nicht.« Damian zwinkert ihm zu.

»Sei verdammt noch mal leise. Ich war betrunken.«

»Aber nüchtern genug, um zu-«

»Ich gehe duschen.«

Kalt. Sehr kalt.

Bevor ich noch etwas erfahre, was ich gar nicht wissen möchte.

Ich wende mich meiner Yamaha YZF-R7 zu, mit der ich an Wettkämpfen teilnehme. Meine Kawasaki Ninja ZX-14 ist eher für meine Privatnutzung gedacht und bedeutet mir zu viel, um sie für Wettkämpfe zu nutzen.

»Ich schwöre auf meine Mutter, es ist nicht so, wie du denkst.« Shin folgt mir, als ich mein Bike zu den Privatparkplätzen rolle. Damian kommt uns lachend hinterher.

»Letztes Jahr im Sommer auf der Party von Adams habe ich viel getrunken. Ich hatte was mit Clarissa Brown und Emily Hawkins, als Damian ins Zimmer gestürmt ist«, versucht Shin sich zu rechtfertigen.

Clarissa Brown und Emily Hawkins?

Ich halte inne und drehe mich zu ihm. »Du hattest einen Dreier?«

Shin ist noch nie der Typ gewesen, der mit seinem Sexleben geprahlt hat. Bis gerade eben war ich mir sogar noch unsicher, ob vielleicht Damian mit seiner Behauptung, dass er noch Jungfrau sei, recht hat, aber verdammt … ein Dreier? Unser Shin?

Damian wirft einen Arm um seine Schulter. »Das habe ich vollkommen verdrängt. Unser Shinlein wird langsam erwachsen. Ich bin so stolz auf ihn.«

Ich nicke. »Ich auch.«

Er entfernt Damians Arm von seiner Schulter und funkelt uns beide wütend an. »Tut nicht so, als hätte ich das erste Mal in meinem Leben Sex gehabt.«

Obwohl Shin älter ist als ich, behandeln Damian und ich ihn innerhalb unserer Dreiergruppe wie das kleine Kind. Das liegt wahrscheinlich daran, dass er im Vergleich zu Damian und mir etwas kleiner ist.

»Weißt du ShinShin, wärst du eine Frau, dann würde ich dich sogar vielleicht-«

»Wage es nicht, deinen Satz zu beenden, Reynolds.«

Damian lacht, während Shin überhaupt nicht amüsiert aussieht.

Mein Blick fällt auf die Figur, die im Schatten der Bäume am Rande der Rennbahn steht und mit einem der Arbeiter redet.

»Oh, da ist ja Tristan Dallas«, sagt Damian, als er meinem Blick folgt.

Tristan Dallas.

Ich kneife meine Augen zusammen und mustere ihn von Kopf bis Fuß. Seine selbstgefällige Haltung und das arrogante Lächeln auf seinem Gesicht lassen mein Blut kochen. Sein teures, maßgeschneidertes Rennoutfit und das glänzende Motorrad neben ihm erinnern mich daran, dass es bald so weit ist.

In nicht einmal vier Monaten habe ich mein achtes offizielle, aber illegale Wettrennen. Und er ist einer meiner potenziellen Gegner.

»Glaubst du, er ist zum Trainieren gekommen?«, fragt Shin.

»Vielleicht«, antworte ich achselzuckend.

Damian klopft mir unterstützend auf die Schulter. »Keine Sorge, Shane. Ich bin mir sicher, dass du ihn fertigmachen wirst.«

Ich wende meine Blicke von Tristan ab und mache mich weiter auf den Weg zum Parkplatz. Ich stelle meine Yamaha auf dem Privatparkplatz ab.

Das Wettrennen nächsten Monat zu gewinnen, wird mir viele Türen für die Zukunft öffnen. Mein Erzeuger träumt davon, dass ich nach meinem Abschluss ein renommiertes College besuche und dann in seine Fußstapfen trete, um seine Drecksfirma zu übernehmen.

Währenddessen verfolge ich andere Ziele.

Ich werde eine Rennlizenz erwerben und Profi-Rennfahrer werden.

Mir ist bewusst, dass Evan Shane ganz genau über meine illegalen Rennserien Bescheid weiß, aber nichts dagegen unternimmt, da er dem Trugschluss lebt, dass ich am Ende des Tages sowieso nach seiner Pfeife tanzen werde.

Wir Shanes sind stur und dickköpfig.

Das ist auch das Einzige, was ich mit ihm gemeinsam habe, abgesehen von unserem Familiennamen.

Wir betreten die Umkleidekabine. Shin und Damian setzen sich, während ich die enge Lederjacke ausziehe.

»Was ist jetzt eigentlich mit *Servant*?«, fragt Damian.

Ich halte in meiner Bewegung inne. »Ich habe mich darum gekümmert.«

Aus meinem Rucksack krame ich neue Klamotten, die ich, bevor ich hierhergekommen bin, von zu Hause abgeholt habe.

»Sie bereitet uns in letzter Zeit viele Kopfschmerzen. Wir sollten ihr eine Lektion erteilen.«

»Nicht alles muss mit Gewalt gelöst werden«, seufzt Shin.

»Wir haben ein Auto angezündet, und jetzt machst du dir plötzlich Gedanken darüber, die Dinge anders zu lösen? Du bist so niedlich, ShinShin.«

Ich verdrehe die Augen über ihre Sticheleien und ziehe mein T-Shirt aus.

»Was sagst du dazu, Shane? Ist es nicht an der Zeit, dass wir sie in die Schranken weisen? Normalerweise bist du nicht so nachgiebig.«

Ich versuche meiner neutralen Miene standzuhalten und drehe mich zu ihm.

Damians Tonlage gefällt mir nicht.

Sollte er erfahren, wieso ich es auf Aliya abgesehen habe, beziehungsweise, dass ich es auf sie abgesehen habe, dann kann sie niemand mehr vor ihm bewahren.

Ich möchte Aliya verletzen. Daran hat sich gar nichts verändert.

Es stimmt, dass ich sie begehre, aber diese Empfindung ist hauptsächlich sexuell.

Wenn Damian meine Gedanken über sie mitbekommen würde, würde er ihr schaden wollen. Denn Damian hat Spaß daran, anderen Menschen wehzutun.

Während ich eher darauf abziele, sie mental und psychisch zu zerstören, würde er all seine moralischen Grenzen überschreiten. Er hat bereits eine Art Interesse für sie entwickelt und möchte sie ins Bett bekommen. Mir geht es zwar nicht anders, aber mein Verlangen nach ihr ist um Welten harmloser als Damians es je sein könnte.

Noch hört er auf mich, da wir dieselbe Ansicht teilen. Doch sollte unsere Meinung irgendwann nicht übereinstimmen, dann wird er unkontrollierbar sein.

Und ich habe das komische Gefühl in meinem Magen, dass ausgerechnet sie genau dies auslösen wird.

»Ja, vielleicht sollten wir das tun«, antworte ich.

Damians Lippen kräuseln sich zu einem hinterlistigen Lächeln. »Das ist schon besser. Ich wusste, du würdest wieder zu dir kommen.«

»Meint ihr beide das ernst? Wieso lasst ihr sie nicht einfach in Ruhe?«, mischt sich nun Shin in unsere Konversation ein. »Du hast das Video auf ihrem Handy doch bereits beseitigt, Milan. Ich bin mir sicher, dass sie niemandem davon erzählen wird. Ich verstehe nicht, wieso ihr noch versucht, euch so krampfhaft mit ihr abzugeben.«

»Du hast doch nur Angst, dass sie dich wieder schlägt, Shi-nichiro.«

»Du wirst niemals damit aufhören, nicht wahr?«

»Nope.«

Shin lenkt Damians Aufmerksamkeit auf sich, sodass dieser mich aus seinem starren Blick entlässt. Obwohl ich meine Miene unter Kontrolle habe, bin ich mir sicher, dass Damian meinen Gedanken auf die Schliche gekommen wäre, hätte er mich noch einige Sekunden länger angesehen.

Ich werde der Erste und Einzige sein, der sie in ihre Schranken verweisen wird.

Der Einzige, der sie verletzen wird.

Der Einzige, der seinen Spaß mit ihr haben wird.

Während Shin und Damian diskutieren, betrete ich die Dusch-kabine und streife mir die letzten verschwitzten Klamotten von meinem Körper.

»Mia Miller hat angeboten, mir einen Blowjob zu geben, wenn ich jetzt auf die Party komme. Beeil dich, bevor sie ihre Meinung ändert. Sonst gehen ShinShin und ich ohne dich!«, ruft Damian mir hinterher.

»Ich komme nicht mit!«, erwidert Shin, wohl eher an ihn gerichtet.

Ich verdrehe meine Augen. Wenigstens reden sie nicht mehr über sie.

Shin und Damian sind seit dem Kindesalter meine besten Freunde. Ich teile alles mit ihnen. Aber sie …

Solange ich nicht genug von ihr habe, gehört sie mir.

Einzig und allein mir.

12
Aliya

GEGENWART

... **E**s war dunkel. Sowohl dunkel um mich herum als auch in mir.

Die Nacht war still, fast erstickend.

Leer, verloren und zerbrochen.

Der starke Geruch von Alkohol in meiner Nase und die schwere Last auf meiner Brust. Es war so schwer, zu atmen. Jeder Atemzug schmerzte.

Ich hatte solche Angst.

Die enttäuschten Augen meiner Mutter brannten auf meiner Haut, ihre Stimme kratzte in meinen Ohren.

Und ich wollte sterben. Sollte sterben. Der Gedanke ist so verlockend und beruhigend.

Alles wird besser, wenn ich tot bin. Alles wird gut.

Kein Schmerz, keine Angst. Nur Ruhe.

Was hindert mich daran, all das zu beenden?

Wieso sollte ich noch leben, wenn ich keinen Grund mehr dafür habe?

Das Leben ist nicht fair zu mir ...

»Was machst du da?«

Adenas Stimme löst mich aus meiner Art Trance, sodass ich das kleine schwarze Heft in meiner Hand reflexartig zuklappe. Sie setzt sich vor mich und starrt auf das Notizbuch.

»Was hast du da gelesen? Ist das etwa ein Tagebuch?« Sie wackelt mit ihren Augenbrauen, um mich zu necken. Ich bin aber noch zu schockiert über die Tatsache, dass ich so vertieft in meine eigenen Notizen war, dass ich ihre Anwesenheit nicht einmal bemerkt habe.

»Das ist kein Tagebuch«, murmele ich und verstaue es in meiner Tasche.

Es ist ein Brief. Ein Brief an mich selbst.

Der Brief des Schweigens.

Er kann mich für meine Taten und Gedanken nicht verurteilen. Er kann mich nicht mit einem enttäuschten Blick ansehen, wenn ich ihm sage, dass ich mich manchmal danach sehne, zu sterben.

Alles, was er tut, ist es, zu schweigen.

Und die Stille ist meine Medizin.

»Was ist es dann?«

»Es ist nichts, nur ein paar Notizen für die Schule.«

Adena sieht nicht überzeugt aus. »Hm, wenn du das sagst.«

Normalerweise verbringe ich meine Mittagspausen allein, doch Adenas Freundinnen sind heute nicht da, weswegen sie mich nicht in Ruhe lässt. Aber vielleicht ist es auch gut, dass sie mich aus meiner tranceähnlichen Verfassung gerissen hat.

Früher hatte mein schwarzes Heftchen, das all meine Geheimnisse birgt, einen viel größeren Platz in meinem Leben. In letzter Zeit schreibe ich kaum noch hinein, lese jedoch hin und wieder meine bereits niedergeschriebenen Einträge.

»Ich habe mir gestern zwei neue Bikinis bestellt. Ich muss sie dir zeigen!«

Ich bin froh darüber, dass sie das Thema wechselt, doch nun muss ich an *ihn* denken, was die Sache nicht besser macht.

Die Bilder von letztem Freitag erscheinen wie ein Geistesblitz vor meinem Auge, als er mich hart gegen die Tischkante gepresst hat. Wie er mir das T-Shirt aufgeschnitten und mich entblößt hat. Seine Hand und das Messer unter meinem Rock.

Ein unerklärliches Kribbeln schleicht sich erneut durch meinen Körper.

Verdammt.

Dieser Vorfall ist mittlerweile schon fünf Tage her, dennoch wird mein Körper jedes Mal, wenn ich zurückdenke, unter Strom gesetzt.

Ich schüttele meinen Kopf. Er hat nur versucht, mich einzuschüchtern und zu kontrollieren, weil dieser kranke Psychopath nichts anderes kennt. Nichtsdestotrotz ist er meine einzige Verbindung zu Lio. Also muss ich auf seine verdammte Party.

»Nimmst du mich mit zur Party?«, frage ich erneut, während ich nach meiner Wasserflasche greife.

Es kratzt an meinem Stolz, dass ich so verzweifelt danach fragen muss.

Adenas Tippen auf ihrem Handy stoppt, sie zögert. »Ich fahre bereits mit einigen Mädchen aus der Klasse. Leider haben wir keinen Platz mehr im Auto.«

Natürlich hat sie keinen Platz im Auto für mich.

Warum habe ich etwas anderes erwartet?

Stattdessen hält sie mir ihr Handy vor die Nase. Ein hellblauer und ein brauner Bikini sind darauf abgebildet. Während ich trinke, mustere ich die beiden.

»Definitiv das Blaue.«

Ich verschlucke mich beinahe an meinem Wasser, als Milans Stimme direkt hinter mir ertönt. Ich drehe meinen Kopf zur Seite, um zu sehen, dass er sich zu mir herunter gelehnt hat und über meine Schulter ebenfalls auf Adenas Handy starrt.

Als sein Blick auf meinen trifft, huscht ein kleines Lächeln auf seine Lippen.

»Oh, dann werde ich das Blaue tragen!« Adena strahlt übers ganze Gesicht.

Damian und Shin kommen hinter Milan zum Vorschein. Besser gesagt, Damian, der Shin an seinem Arm mit sich zerrt.

»Ich will aber nicht.«

»Fresse, Shinichiro.«

Milan setzt sich auf den freien Platz neben mir, während Damian sich neben Adena setzt und Shin dazu zwingt, sich neben ihn zu setzen, der offensichtlich nicht freiwillig hier ist.

»Euch macht es nichts aus, wenn wir uns zu euch setzen, oder, Ladies? Alle anderen Tische sind besetzt.« Damian zwinkert A-dena zu, die augenblicklich errötet.

»Natürlich nicht.«

Ich lasse meinen Blick in der Pausenhalle umherwandern und sehe, dass der Tisch der Basketballer nicht einmal halbwegs besetzt ist. Sie könnten sich zu ihnen setzen, aber natürlich lieben sie es, mein Leben in eine leibhaftige Hölle zu verwandeln.

Einige schauen bereits in unsere Richtung, sodass ich wieder nach vorne schaue. Ich versuche, Milans Anwesenheit neben mir zu ignorieren. Aber das ist schwer, wenn er so verdammt nah bei mir sitzt. Sein Knie berührt fast meines, und ich spüre, wie seine Körperwärme auf mich abstrahlt.

»Was war dein Name noch gleich?« Damian legt seinen Arm um Adena, die innerlich wahrscheinlich Purzelbäume macht.

»Adena.«

Ich bin mir sicher, dass er ihren Namen in ein paar Minuten wieder vergessen wird. Mich nennt er auch immer nur *Servant*, weil er höchstwahrscheinlich nicht weiß, wie ich heiße.

Milan weiß vermutlich auch nicht, wie ich heiße. Das letzte Mal, als er mich mit meinem Namen ansprechen wollte, hat er mich Alina genannt.

»Ich muss Milan zustimmen. Das Blaue wird dir stehen. Aber weißt du, was noch besser aussehen würde?«

»Was denn?«

Damian flüstert ihr etwas ins Ohr. Wir können nicht hören, was er sagt, aber was auch immer es ist, es lässt Adena keuchen und ihre Wangen werden noch röter.

Er lehnt sich zurück, ein zufriedenes Lächeln im Gesicht, als er mich ansieht. »Wir haben uns lange nicht mehr gesehen, *Servant*. Kommst du auch auf die Party?«

Die Tatsache, dass er mich immer noch so nennt, provoziert mich. Das letzte Mal, als wir uns gesehen haben, hat er mir ein Messer an die Kehle gepresst.

»Ich weiß es noch nicht.«

Adena schnappt nach Luft. »Ihr kennt euch?«

»Hat sie dir nichts davon erzählt?« Damian schnalzt mit der Zunge. Ein streitlustiger Glanz liegt in seinen Augen. »Sie steht uns sehr nahe. Ist das nicht so, *Servant*?«

Ich kneife meine Augen zusammen, doch antworte nicht.

Sie schaut verwirrt und versucht herauszufinden, was zwischen uns vor sich geht. Und ich bin mir sicher, dass spätestens morgen das Gerücht entstehen wird, dass ich mit den *Legions* schlafe.

»Du möchtest auf die Party kommen?« Milans Stimme reißt mich zurück in die Realität. Seine Miene ist kühn und ruhig, doch sein Blick brennt wie Feuer auf meiner Haut.

Ich nicke langsam.

»Milan«, Shin mischt sich mit einem warnenden Unterton ein.

»Wieso?«, fragt er stattdessen mich.

Wieso? Ich kann ihm schlecht sagen, dass ich vorhabe sein Haus nach Informationen abzusuchen.

»Ich habe sie gefragt, ob sie mit mir kommen möchte. Wir fahren zusammen!«

Verwirrt schaue ich zu Adena, die mich unschuldig anlächelt.

Ich dachte, sie hat keinen Platz im Auto. Was versucht sie, hier zu bezwecken?

Wahrscheinlich denkt sie nun, dass ich wirklich in irgendeiner Art und Weise den *Legions* nahestehe und möchte davon profitieren. Aber sie hat mir geholfen, also was soll's?

Ich schaue zu Milan hinüber, der mich intensiv beobachtet. Ich kann sehen, wie sich in seinem Kopf die Räder drehen und er versucht, meine wahren Beweggründe herauszufinden. »Ist das so?«

»Ja«, antworte ich entschlossen. »Ich komme mit Adena auf die Party.«

»Gut.« Ein leichtes Grinsen breitet sich auf seinem Gesicht aus. »Ich freue mich schon, dich in einem Bikini zu sehen.«

Adenas Mund öffnet sich einen Spalt breit, während die Röte in meine Wangen läuft. Aber ich versuche, meine Reaktion zu verbergen.

Dann wird er enttäuscht sein, denn ich werde ganz bestimmt keinen Bikini tragen. Ich gehe für Lio auf die Party, und ganz bestimmt nicht, um einem Milan Shane zu gefallen.

Damian stützt seinen Arm auf Adenas Stuhllehne und sieht mich mit einem verschmitzten Schmunzeln an.

Ich schaue zu Shin rüber, der finster zurückanstarrt.

Obwohl er der harmloseste unter den Dreien ist, macht er im Moment als Einziger den Anschein, mich lebendig umbringen zu wollen.

Ich weiß ganz genau, wieso er mich seit Jahren nicht ausstehen kann, aber ehrlich gesagt kann ich ihm das auch nicht wirklich übelnehmen.

Er schnaubt und sieht zu Milan. »Ich gehe zu den anderen.«

Damit sind dann wohl die Basketballspieler gemeint.

Milan erwidert nichts darauf, doch Damian zieht Shin wieder zurück, als er sich gerade erheben möchte.

»Lass mich sofort los.«

»Was ist los?« Adena schaut verwirrt zu zwischen Shin und Damian.

»ShinShin hat Angst, dass *Servant* ihn wieder-« Damian kann seinen Satz nicht beenden, als Shin seine Hand auf seinen Mund presst.

»Wag es nicht.«

Damian lacht gedämpft unter Shins Hand.

Verwirrt ziehe ich meine Augenbrauen zusammen. Was wollte er gerade sagen? Das hatte offensichtlich etwas mit mir zu tun.

»Was meinst-« Ich verstumme, als sich eine kalte Hand auf meinen nackten Oberschenkel legt. Mit geweiteten Augen verharre ich in meiner Bewegung, während Milans Hand langsam unter meinen Rock fährt.

Nicht schon wieder.

Ich blicke Milan an, aber er schaut geradeaus, sein Gesicht ist ausdruckslos. Seine Hand jedoch bewegt sich langsam und bedächtig weiter. Shin und Damian diskutieren über etwas, das ich nicht mehr wahrnehme, während Adena sie dabei beobachtet.

Das Feuer in mir, das sich nicht zügeln lässt, entflammt und heizt mein Gesicht erneut auf. Ich spüre, wie sich diese ungebetene Reaktion auf meinen Wangen breitmacht. Wie auf Knopfdruck presse ich meine Beine zusammen und lege meine Hände auf seine, um ihn daran zu hindern, weiter nach oben zu fahren.

Mit gesenktem Kopf starre ich auf seine große linke Hand, die meinen rechten Oberschenkel vollständig in Besitz nimmt. Gerade, als ich versuche, sie von meinem Bein zu entfernen, fällt mir das kleine Tattoo auf seinem Mittelfinger auf.

Eine Lotusblume.

Genau wie der Anhänger meines Armbandes.

»Was denkst du darüber, *Servant*? Habe ich nicht recht?« Damian löst mich aus meinen Gedanken, sodass ich mit glühenden Wangen zu ihm aufsehe.

»Eh, was?«

Milan befreit seine Hand aus meinem Griff und verschwindet nun vollkommen unter meinem Rock. Ich spüre, wie seine Finger über die empfindliche Haut streichen und ein Kribbeln durch meinen Körper schicken. Mit größter Mühe versuche ich, keinen Ton von mir zu geben, der mich verraten könnte. Währenddessen möchte ich ihn daran zu hindern, irgendwelche Unsinnigkeiten unter meinem Rock zu machen.

»Shinichiro ist doch ein Feigling, oder nicht?«

Ich versuche, mich auf Damians Frage zu konzentrieren, aber meine Gedanken sind ganz woanders.

»Wie oft muss ich es dir noch sagen? Nenn. Mich. Nicht. So!«

Milan kneift zu und entlockt mir ein Keuchen. Winzige Schauer laufen meine Haut und meinen Rücken hinunter.

»Möchtest du, dass ich dich nur noch ShinShin nenne? Das ist auch okay.«

»ShinShin?«, fragt Adena verwirrt.

»Seine Mutter nennt ihn immer so«, erklärt Damian.

Ihre Worte werden in meinem Gehirn kaum registriert. Milans Finger gleiten zur Innenseite meiner Oberschenkel, während er sie auseinanderdrückt, um sich einen Weg zu meiner Mitte freizumachen.

»ShinShin? Das ist so niedlich!«

»Nicht wahr? Unser ShinShin ist der Süßeste!«

»Halt die Fresse!«

»Nein«, sage ich plötzlich laut. Etwas zu laut.

Das Gespräch kommt zum Stillstand, als sich alle Blicke auf mich richten.

Adena schaut konfus über meinen Ausruf. »Nein? Was meinst du?«

Ich spüre, wie eine Welle der Verlegenheit über mich hereinbricht. Mit einem Kopfschütteln versuche ich, die Frage zu verdrängen. »Es ist nichts.«

Sie wirft mir einen schiefen Blick zu, bevor sie sich wieder an Damian und Shin wendet, die sich, wie es aussieht, über irgendetwas streiten.

Entweder habe ich tatsächlich meinen Verstand endgültig verloren oder verdränge all die trübe Unsicherheit, die an meiner Seele nagt. Und obwohl ich weiß, dass der kalte Schauer, welcher meine Wirbelsäule überläuft, der Beginn eines fatalen Fehlers ist, schalte ich meine Vernunft aus.

Und ich lasse ihn gewähren.

Ich lasse zu, dass seine Hand unflätig höher zwischen meine Schenkel fährt.

Er lehnt sich zu mir, doch ich traue mich nicht, ihn anzusehen. Sein warmer Atem kitzelt die Haut unter meinem Ohr. Mein Körper brennt vor purer Lust.

Und ich kann es nicht stoppen.

Augenblicklich ist mir egal, ob die anderen uns zusehen oder wissen, welche Gefühle seine Finger in mir auslösen.

Ich atme schnell und flach, sodass es an ein Wunder grenzt, dass die anderen am Tisch noch nicht darauf aufmerksam geworden sind.

Milan streicht mit einem Finger über den Stoff meiner Unterhose und reibt auf und ab. *Tropf.*

Er nutzt diesen Moment, um zwei seiner Finger gegen mich zu drücken und einen festen Druck durch den dünnen Stoff auszuüben. Ich keuche leise und meine Augen weiten sich bei dieser unerwarteten Stimulation.

»So ein braves Mädchen. Du bist schon so feucht *für mich.*«

Die Worte, die er mir ins Ohr flüstert, schüren die Flamme nur noch mehr, und ich will nur noch loslassen und mich der intensiven Begierde hingeben, die er hervorruft.

Ich spüre, wie meine Säfte meine Unterhose durchtränken und sie an meinen empfindlichen Falten festkleben lassen.

Die Pausenklingel ertönt, signalisiert das Ende der Mittagspause.

Damian erhebt sich von seinem Platz. »Was haben wir jetzt?«

»Geschichte«, antwortet Shin.

Er stöhnt genervt, bevor er sich an Milan wendet. »Shane, du kommst-«

Er hält inne, als er uns beide ansieht.

Ein plötzlicher Geistesblitz durchdringt meine Gedanken, und wie ein grelles Licht in der Dunkelheit wird mir schlagartig bewusst, was ich hier gerade tue.

Milan Shanes Hand liegt zwischen meinen Beinen.

Nur ein Stück Stoff trennt seine Finger von meiner empfindlichsten Stelle.

Binnen Sekunden reiße ich seine Hand von mir weg, ziehe meinen Rock wieder zurecht und stehe mit zitternden Beinen auf. Ohne etwas zu sagen oder jemanden eines Blickes zu würdigen, greife ich nach meiner Tasche und renne beinahe schon aus der Pausenhalle heraus.

Ich bin wütend, verwirrt und mehr als nur ein bisschen erregt.

Ich kann immer noch den Geist von Milans Berührung spüren, wie seine Finger meinen intimsten Stellen so nahe waren. Und das Schlimmste daran ist, dass ich mehr davon wollte.

Als ich das WC erreiche, stürme ich in die nächstgelegene Kabine und schließe die Tür hinter mir. Ich lasse mich auf den geschlossenen Toilettensitz sinken, vergrabe mein Gesicht in den Händen und versuche, meine rasenden Gedanken zu beruhigen.

Was zur Hölle ist da gerade passiert?

Nein, ich möchte darüber nicht nachdenken.

Ich kann darüber nicht nachdenken.

Was zum Teufel ist in mich gefahren? Ich würde sowas niemals tun. *Niemals.*

Ich muss verdammt sein.

Verdammt, von Milan fucking Shane.

Ich habe noch nie viel vom Leben gehalten.

Dass ich ein ruhiges und unauffälliges Schulleben geführt habe, hat mich demnach noch nie gestört. Im Gegenteil, ich war vollkommen zufrieden damit, dass jeder in SVH mir wie einem Geist aus dem Weg gegangen ist.

Jedoch hat ein klitzekleiner Fehler mein ruhiges Leben nicht nur komplett auf den Kopf gestellt, sondern mein Verhalten auch grundlegend verändert.

Vor drei Jahren habe ich Shin eine verpasst, weil er meine Schulter berührt hat, doch lasse heute Milans Hand freiwillig unter meinen Rock. In der Öffentlichkeit.

Je mehr ich darüber nachdenke, desto absurder und beschämender klingt es.

Und das alles hat sich nur ergeben, weil ich sein gottverdammtes Auto zum falschen Zeitpunkt zerkratzt habe.

Nach der Mittagspause habe ich mich mit der Ausrede, dass ich Fieber habe, vom restlichen heutigen Unterricht abgemeldet und mache mich nun auf den Weg nach Hause.

Im Bus begebe ich mich zum hintersten Platz und setze mich, die Kopfhörer aufgesetzt, als mein Blick auf eine bestimmte Blondine fällt.

Ihre Schuluniform wirkt wie immer makellos und sorgfältig gebügelt, gewährt gleichzeitig einen Blick auf ihre langen, schlanken Beine. Die goldblonden Haare fallen perfekt über ihre Schultern. In eleganter Haltung sitzt sie da, strahlt in purer Perfektion.

Raelyn Davis ist trotz ihres zwielichtigen Charakters wunderschön.

Ich bin erstaunt über die Tatsache, dass sie während der Schulzeit in einem alten, abgenutzten Bus sitzt. Mit ihrer einwandfreien Erscheinung sticht sie im Bus unter der Menschenmenge heraus.

Ihr ernster Blick ist starr auf ihr Handy gerichtet. Vermutlich hat sie nicht einmal bemerkt, dass ich mich im selben Bus befinde wie sie.

Der Familienname Davis ist genauso bekannt wie die der Shanes, Reynolds oder Dallas. Dass die jüngste Davis-Tochter Bus fährt, statt von einem Chauffeur abgeholt zu werden, kommt bestimmt nicht nur mir komisch vor.

Ich schaue aus dem Fenster, während *Cinnamon Girl* von *Lana Del Rey* in meine Ohren dringt.

Einige Haltestellen später steigt Raelyn aus.

Sie lässt ihren Blick vorsichtig über die Straße schweifen.

Die Gegend ist rau, mit Graffiti an jeder Wand und Müll, der sich in den Rinnsteinen stapelt. Sie rückt ihren Rock zurecht, hält ihren Kopf gesenkt, um keine Aufmerksamkeit zu erregen. *Was sucht sie hier?*

Sie geht auf einen schwarzen Range Rover zu, der an der Straßenecke parkt. Ich gehe davon aus, dass ihr Chauffeur oder ein Familienmitglied auf sie wartet. Doch als der Chauffeur die Hintertür öffnet, steigt jemand anderes aus.

Der fremde Mann ist groß und überragt sie um einige Köpfe. Sein breiter, muskulöser Körper ist in einen maßgeschneiderten Anzug gehüllt, der Stoff schmiegt sich in einer Weise an seine Gestalt, die Männlichkeit suggeriert. Sein dunkles Haar ist ordentlich nach hinten gekämmt, die grauen Strähnen an seinen Schläfen und sein frisch rasierter Bart verleihen ihm eine gewisse Autorität.

Verwirrt ziehe ich meine Augenbrauen zusammen, als er seine Hand auf dem unteren Bereich ihres Rückens platziert und sie in den Range Rover führt. Sie folgt ihm, ohne jegliche Widerstände zu zeigen. Ihre ausdruckslose Miene bleibt unverändert und die perfekte Ausstrahlung, die sie stets umgibt, verblasst keinen Moment.

Ich bin in Belmont aufgewachsen.

Inmitten von Vergewaltigern, Taschendieben und Pädophilen.

Die Tatsache, dass ein Mädchen wie Raelyn sich während der Schulzeit mit dem Bus nach Belmont begibt, obwohl sie hier nicht wohnt und dann einen suspekten, älteren Mann trifft, lässt alle Alarmglocken in meinen Ohren schrillen.

Als der Bus wieder Fahrt aufnimmt, verliere ich den Blick auf den Range Rover.

Wieso interessiert mich das überhaupt?

Letztes Mal lag sie auch spätabends in den Armen eines unbekannten Mannes, auch wenn es zum Plan der *Legions* gehörte.

Raelyn ist ein Mysterium, welches ich wahrscheinlich niemals entschlüsseln werde. Sie tut das, was ihr passt, ohne auf andere zu achten. Eigentlich ist sie den *Legions* sehr ähnlich.

Drei Haltestellen weiter steige ich ebenfalls aus und laufe das letzte Stück nach Hause. Vor der Tür krame ich meine Hausschlüssel heraus und betrete unser Haus.

»Du bist schon zu Hause?« Meine Mutter kommt an die Tür und starrt verwirrt auf die Uhr. Es ist unüblich für mich, früher zu Hause zu sein. Normalerweise habe ich bis in den späten Nachmittag Schule.

»Meine Lehrerin ist krank, deswegen sind die Stunden entfallen«, lüge ich.

Ich kann ihr schlecht sagen, dass ich mich abgemeldet habe, weil der Sohn ihres Geschäftspartners sich dazu entschieden hat, mich während der Mittagspause mit seinen Berührungen unter meinem Rock beinahe zum Höhepunkt zu bringen.

Die Hitze macht sich erneut auf meinen Wangen bemerkbar und ich räuspere mich, um auf andere Gedanken zu kommen.

»Ich habe gekocht. Hast du Hunger?«

Ich nicke und folge ihr in die Küche.

Meine Mutter übergibt mir einen Teller mit Fried Chicken und Caesar Salad.

Ich bedanke mich und fange an zu essen. Doch statt mich allein zu lassen, setzt sie sich mir gegenüber und beginnt ein Gespräch.

»Wie gefällt dir deine Schule? Konntest du dich mittlerweile daran gewöhnen?«

»Ja. Es ist in Ordnung.«

Ich besuche die SVH schon seit Jahren, aber gut, dass ihr jetzt einfällt, mich zu fragen, ob es läuft.

»Freut mich. Wir sollten Mr. Shane Pralinen schenken als Dank, dass er deine Aufnahme gesponsert hat. Was denkst du?«

»Wahrscheinlich kommt das etwas zu spät, aber warum nicht?«

Jedes Mal, bevor sie mir etwas beichtet, was mir überhaupt nicht passt, redet sie viel unnötiges Zeug, um mich darauf vorzubereiten.

»Übrigens, ich habe es geschafft, den Weinfleck aus deinem Blazer herauszubekommen. Du magst ihn doch so sehr. Gut, dass der Kellner, gegen den du gelaufen bist, nur ein volles Glas in seiner Hand hatte und kein ganzes Tablett.«

Mein Blazer, der durch das Zusammenstoßen mit Milan Shane verunstaltet wurde und nicht, weil ich gegen einen Kellner gelaufen bin. Aber das muss sie nicht wissen.

»Danke.«

Ich schiebe mir eine weitere Gabel in den Mund, während sie nervös ihre Hände knetet. Gleich wird sie, was auch immer sie diesmal verbirgt, gestehen und somit meinen restlichen Tag zerstören.

Auf wessen Preisverleihung muss ich sie diesmal begleiten? Reynolds? Davis?

»Wie schmeckt der Salat?«

»Mutter, hör auf mit den komischen Fragen. Was ist los? Geht es um eine weitere Gala?«

Sie seufzt. »Nein, diesmal ist es was anderes.«

Eigentlich sollte ich glücklich darüber sein, aber stattdessen durchzieht ein mulmiges Gefühl meinen Körper.

»Daniel kommt nächste Woche zurück nach Detroit.«

Ich lasse meine Gabel fallen und starre sie mit weit aufgerissenen Augen an, in der Hoffnung, dass mein Gehör mir einen Streich spielt.

»Er hatte einige Schwierigkeiten mit seinem neuen Arbeitgeber. Deswegen haben Robert und ich uns entschieden, dass es das Beste ist, wenn er für eine Weile nach Hause zurückkehrt und …«

Ihre restlichen Worte erreichen mich nicht mehr. Die Küche scheint um mich herum zu schrumpfen, die Wände rücken mit jeder Sekunde näher.

Eine Welle der Übelkeit überschwemmt mich. Der Inhalt meines Magens hebt sich und droht aus meinem Körper zu entweichen.

Ruckartig stoße ich meinen Stuhl zurück und stehe auf, der Brechreiz wird unerträglich. Ich renne ins Badezimmer und falle vor der Toilette auf die Knie. Der Inhalt meines Magens ergießt sich in die Schüssel. Ich klammere mich an den Rand, mein Körper wird von Krämpfen geplagt, während ich nicht aufhören kann, alles rauszulassen.

Daniel kommt zurück.

13
Aliya

DREI JAHRE ZUVOR

Ist dir eigentlich klar, was du angestellt hast? Du kannst von »Glück sprechen, dass Mr. Jameson nicht die Polizei rufen wollte!«

Ich sitze nun seit zwanzig Minuten im Büro der Sozialarbeiterin Ms. Harris.

Der Grund? Ich habe den Sohn unseres Schulleiters mit einem Stuhl geschlagen.

Mein Blick ist starr auf meine Hände gerichtet.

Sie zittern. Und dennoch fragt mich keine Menschenseele, wieso ich diese brutale Maßnahme ergriffen habe.

Sie gehen stets davon aus, dass ich ein pubertierendes Kind bin, welches rebelliert.

Niemand vermutet, dass er mir etwas angetan haben könnte.

Niemand denkt daran, dass er versucht haben könnte, mich zu berühren.

Niemand beschuldigt ihn, sich einer Minderjährigen aufgedrängt zu haben.

Niemand macht ihm Vorwürfe, weil er meine Brüste angefasst hat.

Es ist wie ein Teufelskreis.

Immer wieder und wieder passiert dasselbe.

Während ich das eigentliche Opfer bin, stellen sie mich als die Schuldige dar.

Statt zu schweigen, könnte ich mich von meinem Platz erheben, Ms. Harris anschreien, sie mit der puren Wahrheit konfrontieren. Ich könnte ihr all die schmutzigen Worte zitieren, die Mr. Jameson in mein Ohr geflüstert hat. Ich könnte ihr die Stellen an meinem Körper zeigen, die er unerlaubt berührt hat. Ich könnte ihr erklären, dass der Stuhl, mit dem ich ihn geschlagen habe, die einzige Möglichkeit war, ihn zu stoppen.

Und dennoch bleibe ich leise.

Es tut viel weniger weh, wenn man missverstanden wird, ohne die Wahrheit ausgesprochen zu haben.

Daran bin ich gewöhnt, damit kann ich leben.

»Du bist vorübergehend suspendiert, bis wir geklärt haben, ob du noch auf der Schule bleiben darfst. Deine Eltern wurden bereits benachrichtigt, du kannst im Flur auf sie warten.«

Statt wie besprochen im Flur auf meine Mutter zu warten, begebe ich mich auf die Mädchentoilette. Meine Hände zittern immer noch unkontrolliert, während ich mir kaltes Wasser ins Gesicht spritze.

Jemand anderes hätte an meiner Stelle vielleicht geweint, aber keine Tränen verlassen meine Augen. Stattdessen werden meine Gedanken wieder einmal von dunklen Erinnerungen belastet.

Die Luft um mich herum wird dichter, als ich spüre, wie meine Brust sich zunehmend enger anfühlt.

Ich kenne das Gefühl.

Es ist dasselbe Gefühl wie damals, als Lio mich in letzter Sekunde zurückgezogen hat.

Ich schüttele meinen Kopf und spritze mir noch mehr kaltes Wasser ins Gesicht, um wieder auf den Boden der Tatsachen gebracht zu werden.

Ich starre mein Spiegelbild an.

Es ist zwei Tage her, als ich einfach nach einer Schere gegriffen und meine langen braunen Haare abgeschnitten habe. Unbekümmert, ob meine Spitzen krumm und schief sind. Jedes Mal, wenn ich mich selbst ansehe, fühlt es sich nun fremd an. Als wäre ich im Körper einer Fremden gefangen.

Ich muss mit Lio sprechen.

Er ist der Einzige, der meine innere Unruhe stillen kann.

Der Einzige, der mich aus der Rolle des Opfers herauszieht, ohne mich in die der Schuldigen zu drängen.

Hastig krame ich nach meinem Handy und tippe auf seinen Namen. Doch bevor ich die Anruftaste betätige, halte ich inne.

Es ist gerade zehn Uhr morgens.

Egoistisch von mir, ihn zu rufen, da er auch noch andere Verpflichtungen hat, denen er nachgehen muss.

Ich lasse meine Hand wieder sinken.

Ich darf ihn nicht belasten.

Das Zittern meiner Hände verstärkt sich, während ich die Mädchentoilette verlasse. Ich setze mich auf die Treppenstufen und warte darauf, dass meine Mutter mich abholt, während die brodelnde Panik in mir versucht, auszubrechen.

Du hast es bestimmt missverstanden, Aliya.

Die Stimme meiner Mutter drängt sich in meine Ohren und meine Wände der Realität beginnen zu schwanken.

Sei nicht so dramatisch, Aliya.

Ihre Worte und die Bilder von der gewissen Nacht legen sich wie ein düsterer Schatten über meine Gedanken.

»Ist alles okay?«

Ich nehme eine Stimme wahr, aber mache keine Anstalten hochzusehen. Viel zu sehr bin ich in meiner eigenen kleinen Blase gefangen, die mir allmählich die Energie raubt.

Jemand setzt sich neben mich auf die Treppenstufe, aber mein Blick weilt dennoch auf meinen bebenden Händen.

Wie ein Geistesblitz überfällt mich eine Lawine der heutigen Ereignisse, als würde ich sie erst jetzt realisieren.

Mr. Jamesons Hände auf meinen Beinen.

Unter meinem Hemd.

An meinen Brüsten.

Jede verdrängte Berührung scheint sich ihren Weg an die Oberfläche zu bahnen.

»Geht es dir gut?« Eine Hand legt sich auf meine Schulter.

Das unerwartete Berühren reißt mich aus meinen Gedanken, verstärkt jedoch gleichzeitig die unangenehme Erinnerung an die unerwünschten Berührungen, denen ich heute Morgen ausgesetzt war.

Ein panischer Schreck durchzuckt meinen Körper und, ohne nachzudenken, schießt meine Hand mit voller Wucht und verpasst der Person neben mir eine ungewollte Ohrfeige.

Ein Moment der Stille folgt, während Überraschung in der Luft hängt.

Ich starre Shin Masuda aus meiner Klasse an, der mit offenem Mund zu mir sieht. Mit seiner rechten Hand hält er sich die betroffene Stelle fest. »Wofür ...«, stammelt er. »Wofür war das?«

All die Stimmen und Berührungen, die bis gerade eben noch in meinem Kopf ihr Unwesen getrieben haben, werden von der plötzlichen Verlegenheit ersetzt.

Aber statt mich dafür zu entschuldigen, ihn geschlagen zu haben, handele ich anders. »Fass mich nicht an.«

Seine Augen weiten sich entsetzt. »Was?«

Ohne etwas zu erwidern, greife ich nach meinem Rucksack und erhebe mich von meinem Platz.

Er ist nicht der Einzige, der bestürzt ist, denn ich bin genauso verwirrt und verblüfft von meiner impulsiven Tat.

Aufgewühlt und sprachlos lasse ich ihn zurück, während ich mir einen anderen Ort zum Warten suche.

14
Aliya

GEGENWART

Ich kenne das Gefühl, ausgegrenzt und diskriminiert zu werden, nur zu gut.

Damals, als ich Mr. Jameson mit einem Stuhl geschlagen habe, weil dieser mich sexuell belästigt hat, sind mir alle aus dem Weg gegangen, sobald ich wieder in der Schule war.

Ich kann es ihnen nicht übelnehmen. Keiner wusste von der sexuellen Belästigung, bis Raelyn dasselbe passierte. Sie haben mir Beleidigungen hinterhergerufen, mich angerempelt, meine Mitschriften in der Toilette heruntergespült und mich wortwörtlich mit ihren Blicken erdolcht.

Nun, da ich die SVH betrete, fühlt es sich genauso an wie damals. Alle Blicke kleben auf mir und brennen wie eine lodernde Flamme auf meiner Haut. Ich lasse mich davon nicht beeinflussen und mache mich auf den Weg zu meinem Spind.

Ich kann mir genau vorstellen, wieso mich alle so anstarren. Diesmal habe ich keinen Lehrer mit einem Stuhl verprügelt. Ich habe etwas viel Schlimmeres getan. Und dafür muss ich jetzt büßen.

Verwirrt starre ich auf die vier Mädchen, die sich vor meinem Spind versammelt haben. Ich erkenne, wie ein Rotschopf an dem Schloss spielt, während ihre Freundinnen um sie herumstehen.

Ich räuspere mich, sodass alle vier zu mir blicken. »Was macht ihr an meinem Spind?«

Lidia Vance schaut hochnäsig auf mich herab.

»Oh, gar nichts.« Ihre blonde Freundin, deren Namen ich nicht weiß, lächelt süffisant.

Spätestens jetzt ist mir klar, dass sie definitiv etwas ausgeheckt haben. Ich drängele mich an ihnen vorbei und überprüfe mein Schloss, welches einige Kratzer aufweist. Sie haben es sicherlich aufgeknackt.

»Seid ihr nicht schon etwas zu alt, um solche Streiche zu spielen?«

Lidia schnalzt mit ihrer Zunge. »Schlampen verdienen es nicht anderes. Du solltest froh sein, dass wir es dabei belassen.«

Wie bitte?

Bevor ich etwas darauf erwidern kann, laufen sie und ihre Freundinnen kichernd an mir vorbei. Ich starre ihnen noch einige Sekunden hinterher, bevor ich mich meinem Spind widme. Der innere Anblick wird mich bestimmt nicht erfreuen.

Vorsichtig drehe ich die Zahlenräder, bis der Bügel und das Riegelschloss freigegeben sind und das Schloss geöffnet werden kann. Langsam öffne ich es einen kleinen Spalt breit und schiele hinein.

Harsch ziehe ich die Luft ein, als mir der stechende Geruch von Formaldehyd in die Nase steigt. Die leblosen Innereien eines Schweines liegen verteilt auf meinen Unterlagen und Büchern, welche nun unbrauchbar sind.

Ich knalle meinen Spind laut wieder zu und atme die angestaute Luft aus.

Diese Huren.

Adena stellt sich neben mich. »Was wollte denn Vance von dir?«

Sie schaut verwirrt auf meine Hände, die immer noch auf der geschlossenen Spindtür ruhen.

»Sie haben Schweine-Organe in meinen Spind getan.«

»Oh«, antwortet sie trüb.

Konsterniert schaue ich zu ihr. *Oh?*

Ich habe schon damit gerechnet, von allen in der Schule heute blöd angestarrt zu werden, weil die *Legions* gestern in der Mittagspause mit mir an einem Tisch saßen. Aber dass sie so weit gehen und die Innereien aus dem Biologieraum stehlen, um sie in meinem Spind zu platzieren, habe ich nicht erwartet.

Das ist doch verdammt lächerlich und absurd.

»Kannst du es ihnen denn übelnehmen?«

»Bitte?«

Ich wusste schon immer, dass Adena und ich keine Freunde sind, aber dass sie Lidia und ihre Freundinnen verteidigt, bringt mich aus der Fassung. Adena saß genauso wie ich mit den Jungs an einem Tisch. Wieso bin ich die Einzige, die runtergemacht wird?

»Ich meine ja nur.« Sie zuckt mit ihren Schultern und schaut weg.

Ich kneife meine Augen zu Schlitzen zusammen. »Was willst du mir damit sagen? Sprich es einfach aus.«

Sie seufzt und lehnt sich mit ihrem Rücken an einen Spind, verschränkt ihre Arme vor der Brust. »Du hast Milan Shane dazu gebracht, dich in der Mittagspause anzufassen.« Sie streicht sich eine Haarsträhne hinters Ohr. »Du weißt, ich halte nicht viel von der Austauschschülerin, aber selbst sie hält sich in der Öffentlichkeit zurück.«

Entsetzt schaue ich zu ihr.

Ich weiß nicht, was mich mehr schockiert. Die Tatsache, dass die ganze SVH weiß, dass seine Hand unter meinem Rock war oder vielmehr die Behauptung, dass ICH ihn dazu gebracht hätte, mich anzufassen.

»Wer erzählt sowas?«

»Muss es denn jemand erzählen, wenn die ganze Schule Zeuge davon geworden ist?«, zischt sie verächtlich.

Sie stößt sich vom Spind ab und stellt sich direkt vor mich. »Es geht mich nichts an, ob du deine Beine für sie spreizt, aber dann mach es wenigstens privat.«

Mit diesen Worten dreht sie mir den Rücken zu und lässt mich perplex zurück.

Mir ist bewusst, dass es ein Fehler von mir war, es so weit kommen zu lassen, aber kein anderer hat das Recht, mich deswegen zu belehren. Während mehr als die Hälfte der Mädchen auf der Schule mit einem der Drei schon im Bett war, ist es plötzlich zu einem Problem geworden, weil ich diejenige bin, unter deren Rock seine Hand war?

Dabei ist nicht einmal etwas geschehen.

Auch wenn Adena behauptet, dass jeder Zeuge davon geworden ist, weiß ich, dass dies nicht stimmt. Die Einzigen, die es tatsächlich mitbekommen haben könnten, sind Damian, Shin und Adena. Und ich gehe nicht davon aus, dass Damian, Shin oder auch Milan selbst so ein Gerücht in die Welt setzen würden. Somit ist die Wahrscheinlichkeit, dass Adena es verbreitet hat, am höchsten.

Sie war schon immer eine Tratschtante. Es sollte mich nicht wundern, wenn sie diesen Vorfall zu ihren Gunsten genutzt hat.

Es ist nicht das erste Mal, dass ich mit Mobbing konfrontiert werde, deswegen weiß ich ganz genau, was ich tun muss, um unnötigen Stress zu vermeiden.

Dementsprechend verbringe ich die Mittagspause statt im Werkraum allein auf den Stufen der hinteren Nottreppe.

Tatsächlich ist es gut, dass Adena wütend auf mich ist. Endlich kann ich allein meine Pause genießen.

Ich beiße in mein PB&J Sandwich und scrolle auf meinen sozialen Medien, die natürlich tot sind. Ich habe keine Freunde, deswegen bringt mir ein aktives Konto nichts.

Der Einzige, mit dem ich ab und zu schreibe, ist mein Kindheitsfreund Tristan.

Bevor mein Vater verstarb, wohnten wir in einer anderen Umgebung in Belmont. Tristans Familie lebte nebenan, sodass wir die meiste freie Zeit gemeinsam in seinem Baumhaus verbrachten. Aber es sind mittlerweile sieben Jahre vergangen, seitdem ich ihn das letzte Mal gesehen habe.

Die SVH hat einen Account, der den aktuellen Tratsch und Klatsch der Schule hochlädt. Ich wurde oft Zeuge von heulenden Mädchen, deren Nacktbilder oder Sextapes auf der Seite geleakt wurden. Der Konto-Inhaber ist anonym und keiner auf der SVH weiß, wer tatsächlich hinter dem Account steckt und all die dreckigen Geheimnisse der Schüler aufdeckt.

Da ich bis jetzt nichts verbrochen habe, war ich auch noch nie Teil eines Gerüchts. Jedoch habe ich es nun hinbekommen, die gesamte Aufmerksamkeit der Schule auf mich zu ziehen. Sicherlich hat die anonyme Person, die hinter dem Account steckt, auch ihren Senf dazu abgegeben.

Ich klicke auf das öffentliche Konto *stoneviewgossips* und öffne den aktuellen Post. Statt eines Textes, in dem steht, dass Milan Shane mich in der Mittagspause verwöhnt hat, springt mir ein Bild entgegen.

Ein Keuchen entweicht meinen Lippen, als ich die zwei Gestalten auf dem Bild wiedererkenne.

Milan presst mich gegen die Tischkante. Mein Oberkörper ist entblößt und präsentiert meinen weißen BH, während seine Hand unter meinem Rock verschwunden ist.

Sein Gesicht ist verschwommen und unerkennbar, während mein erregter Gesichtsausdruck unübersehbar ist.

Man sieht, dass er zwischen meinen Beinen steht, aber aus dieser Perspektive wirkt es fast schon so, als würden wir Sex haben.

Mein Blick wandert über die Zeilen unter dem Bild.

»Es sind immer die Stillen – Aliya Sierra hat uns gezeigt, dass der Schein manchmal trügen kann.«

»Schlampe. Hure. Bitch«, lese ich mir die Bemerkungen der Mitschüler laut durch.

Es geht nicht nur ein Gerücht über mich um, sondern auch ein verdammtes Bild, das darauf hindeutet, dass ich mit Milan fucking Shane Sex im Werkraum hatte.

Mein Platz auf der SVH wird von Evan Shane gesponsert, doch sollte er Wind von diesen Bildern bekommen, würde er nicht nur aufhören, meine Schulgebühren zu zahlen, sondern mich auch von der Schule suspendieren. Und dies wird kurz vor meinem Abschluss keinen guten Eindruck auf meine zukünftige Karriere machen.

Ich muss definitiv etwas dagegen unternehmen.

Einfacher gesagt als getan.

Ich weiß nicht einmal, wer hinter diesem verdammten Account steckt. Vielleicht liege ich mit meinem Verdacht richtig und Adena ist tatsächlich diejenige, die all diese Gerüchte verbreitet. Aber hätte sie uns heimlich fotografiert, würde sie sich nicht erst heute über mich aufregen. Der Vorfall im Werkraum liegt schon fast eine Woche zurück.

Ich weiß, dass mein einziger Ausweg wieder einmal Milan ist, aber ich sträube mich, mit ihm zu reden.

Jedes Mal, wenn er in meiner Nähe ist, mutiere ich zu einer dummen, hirnlosen Person, die ihm nicht standhalten kann. Früher habe ich mich über all die Mädchen lustig gemacht, die seinem Charme verfallen sind. Jetzt benehme ich mich genauso wie sie.

Ich hasse ihn genauso sehr wie am ersten Tag.

Vielleicht hat sich mein Hass auf ihn innerhalb dieser paar Wochen, seitdem ich mit ihm zu tun habe, vervielfacht. Ich sehne mich zurück zu den Zeiten, in denen er im Schulflur an mir vorbeigegangen ist, ohne von meiner Existenz zu wissen.

»Sieh mal, wen wir hier haben.« John McKinney öffnet die Tür und betritt die Nottreppen. »Stoneviews Gesprächsthema Nummer Eins hier allein auf den Treppen. Wie kommt's?«

Er hat mir noch gefehlt.

Ich packe mein Handy weg und erhebe mich. »Kann ich dir irgendwie helfen?«

Die Knöpfe seines weißen Hemdes sind schief zugeknöpft, während seine blonden Haare in ungeordnete Strähnen fallen. Es ist unübersehbar, dass er vor nicht allzu langer Zeit Sex hatte. Sein Hosenstall ist noch nicht einmal ordentlich hochgezogen.

»Wenn du schon so nett fragst. Gibst du mir einen Blowjob?«

Ausdruckslos starre ich ihn an. »Verpiss dich, McKinney. Ich bin gerade nicht in Stimmung, mir deinen Bullshit anzuhören.«

Ich gehe an ihm vorbei, um das Schulgebäude zu betreten, doch er greift nach meinem Arm und dreht mich gewaltvoll in seine Richtung. »Bullshit? Komm schon. Shanes Schwanz hast du auch nicht abgelehnt, nicht wahr?«

Ich ziehe meinen Arm aus seinem Griff. Er ist zwar eine Stufe unter mir, aber mit seiner Größe macht er Milan Konkurrenz. Liegt wahrscheinlich daran, dass er erfolgreicher Basketballspieler ist.

»Ich sagte, verpiss dich.«

»Kein Grund, so zickig zu werden, Süße. Glaubst du ernsthaft, dass Shane es mit dir ernst meint? Wenn er dich erst einmal oft genug gefickt hat, wird er sich nicht einmal mehr an deinen Namen erinnern.« Er beugt sich zu mir hinunter, um mit mir auf Augenhöhe zu sein. »Und wer weiß, vielleicht lässt er dich von seinen Freunden ficken, bevor er dich an den nächsten Typen weitergibt. Aber das gefällt dir wahrscheinlich, oder? Schlampen wie du können nie genug Schwänze bekommen.«

Ich verziehe keine Miene, denn sein Gesagtes prallt an mir ab.

»Am Ende des Tages wirst du auch meinen Schwanz reiten. Wieso es weiter hinauszögern, wenn ich hier und jetzt dafür sorgen kann, dass du dich gut fühlst? Dann wirst du schon merken, wer es dir besser besorgen kann.«

Je öfter er den Mund öffnet, desto mehr Scheiße kommt aus ihm heraus.

»Lässt du mich jetzt freiwillig an dich ran, oder muss ich dich dazu zwingen?« Er drängt mich mit seiner breiten Statur zurück.

Die kleine Beule in seiner Hose sticht mir ins Auge, während er seine Hände um seinen Gürtel legt, um sich von seiner Hose zu befreien.

Es existieren zwei Arten von männlichen Individuen auf dieser Welt.

Milan repräsentiert jene Kategorie, die allein durch ihre bloße Anwesenheit andere einschüchtert und demütigt. Er gehört zu jener Sorte, bei denen man das Brennen und Zittern bis tief in den Knochen spürt.

Doch John McKinney …

Na ja, er versucht andere mit seiner imposanten Körpergröße, der ernsten Miene auf seinem Gesicht und bedrohlichen Worten zu verängstigen, zieht sich aber nur selbst ins Lächerliche.

Er entblößt die Schwellung in seinen Boxershorts. Ich lasse meine Augen für ein paar Sekunden darauf ruhen, bevor ich spotte.

Ich zeige mit meinem Finger darauf. »Du nennst diesen kleinen Gewinner einen Schwanz? Damit möchtest du es mir besorgen?«

Seine Miene verfinstert sich. Mein Mundwinkel zuckt leicht nach oben, als ich merke, dass meine Worte einen Effekt auf ihn haben.

»Sei nicht lächerlich. Shane ist um ein Vielfaches besser bestückt.«

Auch wenn ich alles andere tue, als die Gerüchte abzustreiten, kann ich McKinneys Worte so nicht auf mir sitzen lassen.

Er zieht seine Augenbrauen zusammen. »Du hältst dich für verdammt witzig, was?«

»Wollte dich nur mit der Wahrheit konfrontieren, da du offensichtlich mit einer Illusion zu leben scheinst. Du warst so überzeugt davon, es mir besser besorgen zu können als Shane.« Ich schiele nach unten. »Mit so einem Winzling wird es etwas schwer.«

Er stößt mich gegen die Wand, sodass ein stechender Schmerz meinen Rücken durchzieht. »Du kleine Bitch, wie kannst du es wagen-«

»Das würde ich an deiner Stelle nicht machen.« Shin kommt lässig die Notfalltreppe hoch, mit einem silbernen Flachmann in der Hand.

»Halt dich da raus, Masuda. Das geht dich nichts an.«

»Stimmt.«

Shin geht zu der Eingangstür, um das Schulgebäude zu betreten. Entsetzt schaue ich ihm hinterher, als er tatsächlich den Anschein macht, mich und diesen Bastard hier allein zu lassen.

Er öffnet die Tür, doch hält inne, bevor er sich wieder zu uns dreht. Seine Augen wandern auf den geöffneten Hosenstall von McKinney, wo eine deutliche Beule heraussticht.

»Nur zu deiner Information«, sagt er. »Sie hat recht. Milan ist echt besser bestückt.«

Seine Worte entlocken mir ein leises Lachen, während McKinney dunkelrot anläuft. Er zieht den Reißverschluss seiner Hose zu und funkelt Shin wütend an. »Wenn du nichts mehr zu sagen hast, verpiss dich. Sie und ich haben noch einiges zu klären.«

»Wenn ich es mir so recht überlege, mich geht das alles zwar nichts an, aber ich denke, Shane wird nicht erfreut darüber sein, wenn ich ihm all die Sachen erzähle, die du über ihn gesagt hast? Stimmst du mir nicht zu?«

Ich sehe zu McKinney, der augenblicklich erstarrt. Seine Augen weiten sich, bevor er einige Schritte zurückgeht und leise vor sich hin flucht.

Für jemanden, der gerade so überzeugt von sich selbst war, scheint ihn der Name Shane tatsächlich zu verschrecken.

Angsthase.

»Wir beide sind noch nicht fertig«, hält er mir warnend seinen Zeigefinger entgegen, bevor er durch die Tür geht, die Shin immer noch geöffnet hält.

Dieser schaut ihm hinterher, während ich meinen Rücken dehne, um den Schmerz zu verringern.

»Weißt du, diesmal würde ich es dir nicht übelnehmen, wenn du ihm eine verpasst hättest.« Mit verschränkten Armen lehnt er sich gegen den Handlauf.

Ich weiß ganz genau, was er damit andeutet.

Damals habe ich ihm eine Ohrfeige gegeben, als er mir helfen wollte, aber habe gegenüber McKinney meine Hand nicht erhoben, obwohl er es sicherlich verdient hätte.

»Mir war nicht danach«, erwidere ich sarkastisch.

Er gibt einen kleinen prustenden Ton von sich, bevor er den Deckel seines Flachmannes öffnet und einen großen Schluck daraus nimmt.

Verwirrt beobachte ich ihn dabei. »Du trinkst … in der Schule?«

Er sieht zu mir, bevor er ihn mir entgegenstreckt. »Willst du auch?«

Ich schüttele meinen Kopf und schaue ihm dabei zu, wie er sich noch einen Schluck genehmigt, bevor er den Deckel wieder zudreht, und den Flachmann in seine Hosentasche fallen lässt.

Er wirkt anders als sonst. Viel offener.

Vielleicht ist er auch angetrunken.

Seit wann ist er hier auf den Treppen?

Da er McKinneys und meine Auseinandersetzung mitbekommen hat, ist er wahrscheinlich schon seit einer Weile hier.

Ich weiß, dass er mich verabscheut, weil ich ihn damals, ohne einen Grund zu haben, geschlagen habe. Aber dennoch hat er mir gerade geholfen, McKinney loszuwerden.

»Danke.«

»Wofür?« Er sieht zu mir, während er die Tür erneut öffnet. »Ich habe nichts getan. Der Pisser hat sich nur zurückgezogen, weil er Angst vor Shane hat.«

Shin betritt das Gebäude und ich folge ihm. »Aber du warst derjenige, der ihn verscheucht hat, also schulde ich dir meinen Dank.«

Er schaut mich ausdruckslos an. »Gern geschehen.«

Entweder kommt es mir nur so vor, oder der dicke Eisklotz, der seit dem Vorfall in der Mittelschule zwischen uns weilt, fängt langsam an zu schmelzen.

Ich halte nach wie vor nicht viel von ihm, aber er ist um Welten besser als seine zwei Freunde.

»Ich bin mir sicher, dass du auch ohne meine Hilfe alles unter Kontrolle hattest.«

Der Gedanke, dass er alles gehört hat, was ich McKinney gesagt habe, um ihn zu provozieren, lässt die Hitze in meine Wangen steigen. Aber Shin weiß vermutlich, dass ich es nicht so gemeint habe. Wenigstens hat Milan nichts mitbekommen. Das wäre wahrhaftig mein Untergang.

Während Shin und ich nebeneinander durch die Gänge der SVH laufen, spüre ich, wie giftige Blicke an meinem Körper abprallen. Dann fällt es mir wieder ein, dass ich seit Neustem in einen Sexskandal verwickelt bin und nun mit Shin Masuda gesehen zu werden nicht wirklich positiv dazu beiträgt.

»Weißt du, wo Shane ist?«

Shin schenkt mir einen verwirrten Seitenblick. »Wahrscheinlich im Clubraum.«

»Ich muss mit ihm … reden.«

Er lässt seine Augen für einen Moment auf mir ruhen, bevor er nickt. »Komm mit.«

Obwohl alles in mir sich dagegen sträubt, Milan unter die Augen zu treten, weiß ich, dass es kein Entkommen gibt.

Das letzte Mal, als ich ihn gesehen habe, lag seine Hand zwischen meinen Beinen. So etwas wird nicht mehr passieren, auch wenn ich es insgeheim genossen habe.

15
Milan

GEGENWART

Ich bin verloren.
Anders kann man es nicht beschreiben.

Obwohl ich Olivia Miller – eine verdammt heiße Schönheit – auf meinem Schoß sitzen habe, kreisen meine Gedanken um eine durchschnittliche Brünette.

Seit ich die Bestätigung habe, dass sie genauso süchtig nach mir ist, wie ich nach ihr, ist das tiefe Verlangen in mir gewachsen, sie für mich zu beanspruchen.

Wenn die verdammte Klingel uns nicht unterbrochen hätte, müsste ich nicht darüber fantasieren, wie sie sich wohl anfühlen würde. Hätte ich nur das Stück Stoff zwischen meiner Hand und ihrem Körper schneller entfernt.

Olivia legt ihre Hände auf meine Wangen. »Du hast Augenringe. Hast du schlecht geschlafen?«

Ein freches Lächeln zeichnet sich auf ihren Lippen ab, als sie mich mit großen, grünen Augen unschuldig ansieht. Ich möchte, dass es ein anderes Paar grüner Augen ist, das mich so anschaut. Ein anderes Gesicht. Eine verdammt andere Person.

Während Aliyas Augen mich in einen dunklen Bann voller Lust, Schmerz und Erinnerungen ziehen, wecken Olivias Augen in mir nur das Bedürfnis, sie schnell zu vögeln und dann loszuwerden.

Mit ihren Händen streicht sie sanft über meine Wangen, doch ich packe ihre Gelenke und entferne sie von meinem Gesicht.

Sie ist nur hier, um mich zu befriedigen und auf andere Gedanken zu bringen.

»Du redest zu viel. Auf die Knie oder verschwinde.«

Ihre Augen weiten sich und sie beißt sich schüchtern auf die Unterlippe, bevor sie sich tatsächlich von meinem Schoß erhebt und vor mir auf die Knie sinkt.

Ich lege meinen Kopf zur Seite und beobachte, wie sie ihre Hände an meinen Gürtel legt, um mich aus meiner Hose zu befreien.

Rote Wangen, zitternde Hände und gierige Blicke, aber ich kriege trotzdem keinen hoch.

Was wäre, wenn *sie* stattdessen vor mir auf die Knie gegangen wäre? Wenn ihre Hände stattdessen versucht hätten, mich zu befreien. Wenn sie mich mit diesen verdammten Augen angesehen hätte.

Olivias blonde Haare werden in meiner Fantasie braun.

Die Vorstellung von Aliya, die vor mir kniet, macht meinen Schwanz hart.

Ich schiebe meinen Daumen in Olivias – nein, Aliyas Mund, öffne ihn weit und lasse sie daran saugen. Sie keucht auf, lutscht an meinem Finger, wie eine verhungerte, brave Schlampe.

Fuck.

»Störe ich?«

Mein Blick wandert zu Damian, der mit einem Grinsen an der Tür lehnt. Olivia erhebt sich schnell und erinnert mich daran, dass sie nicht diejenige ist, die ich mir die ganze Zeit vorgestellt habe.

Stöhnend lasse ich meinen Kopf in den Nacken fallen, während sie nach ihren Sachen greift und hastig aus dem Clubraum stürmt.

Damian lacht und setzt sich auf die Couch, während ich meinen Gürtel wieder schließe.

Irgendwie ist es gut, dass er es unterbrochen hat, da Olivia es sowieso nicht geschafft hätte, mich zu befriedigen. Der einzige Grund, aus dem ich hart geworden bin, ist der Anblick von Aliya in meinem Kopf.

»Gutes Timing.« Ich greife nach meiner Zigarettenschachtel, nehme eine heraus und klemme sie mir zwischen die Lippen.

»Manchmal glaube ich, ich habe einen sechsten Sinn, der darauf abzielt, Shin und dich beim Sex zu stören. Ich könnte schwören, dass ich es gespürt habe, wie du dabei warst, in unserem Clubraum etwas Unanständiges zu tun.«

Ich verdrehe meine Augen. »Als hättest du noch nie etwas Unanständiges in diesem Raum getan.«

»Du hast recht. Ich hatte erst vor zwei Stunden Sex mit Helena Fane. Genau da, wo du sitzt, hat sie meinen Schwanz geritten. Ich bin sogar gekommen. Zweimal.«

Ich erstarre in meiner Bewegung, bevor ich aufstehe und mich umsetze.

Das entlockt Damian ein schroffes Lachen. »Olivia Miller also, huh? Schmeckt sie auch so süß, wie sie aussieht? Oder habe ich euch unterbrochen, bevor es so weit war?«

Damians Frage lässt mich unbekümmert. Viel eher frage ich mich, wie wohl Aliya schmeckt, wenn ich zwischen ihren Beinen verschwinde.

Ich will ihm gerade antworten, als sich die Tür des Clubraums öffnet. Raelyn knallt die Tür hinter sich zu. »Wir müssen reden.«

Sie setzt sich neben Damian und verschränkt ihre Beine übereinander, mit Bedacht, ihre Schuluniform nicht zu zerknittern.

»Worüber?«

Dann kramt sie aus ihrer Tasche eine Zigarette heraus, bevor sie sie zwischen ihre Lippen platziert und anzündet. »Das Bild.«

»Welches Bild?«

»Du hast ihm nichts erzählt?« Sie dreht sich zu Damian, der auf ihre entblößten Beine starrt.

»Was hast du gerade gesagt, Blondie? Ich war abgelenkt.«

»Das Bild. Du hast es ihm nicht gezeigt?«

»Ach stimmt, da war ja was.«

Ich lehne mich nach vorne und drücke meine Zigarette im Aschenbecher aus. »Welches Bild? Wovon redet ihr da?«

»Wo ist dieser Nichtsnutz? Wieso hat er ihm nichts erzählt?«

Mit Nichtsnutz ist dann wohl Shin gemeint.

Langsam reißen meine Geduldsfäden. »Über was zum Fick redet ihr?«

Ich habe die Stunden bis zur Mittagspause in Belle Isle verbracht und bin erst seit knapp einer halben Stunde hier. Anscheinend habe ich während meiner Abwesenheit etwas verpasst.

Damian kommt zu mir, während er auf seinem Handy scrollt. Einige Sekunden später drückt er mir das Gerät fast ins Gesicht, auf dem ein Foto geöffnet ist.

Ich reiße es ihm aus der Hand, als ich realisiere, was genau das ist.

Aliya und ich.

»Das bist du, oder?«, fragt Raelyn.

Ich analysiere das Bild, auf dem mein Gesicht verschwommen ist, während Aliyas Gesichtsausdruck scharf zu erkennen ist.

Genauso wie ihr entblößter Oberkörper.

Ich spanne mich an und mahle mit meinem Kiefer. »Ja, das bin ich.«

»Du hattest Sex mit *Servant*? Im Werkraum? Ohne mich?«

»Wir hatten keinen Sex«, antworte ich.

Aber das Foto wirkt tatsächlich so, als hätten wir es getrieben.

Da die SVH immer noch dem altmodischen Trend der Schuluniformen nachgeht, müssen sich Mädchen für einen Quickie nicht vollkommen ausziehen. Es genügt, wenn sie ihre Röcke nur etwas anheben. Da ich sie zurückgedrängt habe und meine Hand unter ihrem Rock ruht, sieht es so aus, als hätte ich sie dort durchgenommen – gegen die Tischkante gelehnt.

Eigentlich eine schöne Vorstellung, aber die Tatsache, dass die ganze Schule sie in diesem Zustand gesehen hat, pisst mich an.

Nein, es macht mich rasend.

Ich habe keine Ahnung, wer das Bild geschossen hat, aber dieser Fucker ist erledigt.

»Was läuft zwischen dir und Sierra?«

Ich gebe Damian sein Handy zurück und schaue zu Raelyn. »Gar nichts.«

»Sie hat sein Auto zerkratzt und …« Damian hält inne, beschließt, Raelyn nichts von dem Lagerfeuer zu erzählen, das wir im Drogen-Lieferwagen der Tyrrells veranstaltet haben. Obwohl sie in jener Nacht dabei war, hat sie zum Zeitpunkt des Feuers Sami Tyrrell aus der Gegend gelockt und es nicht mitbekommen.

Damian räuspert sich und fährt fort. »Milan möchte sich nun rächen. Auf seine Art und Weise.«

Aliya Sierra muss für ganz andere Sachen büßen als für einen billigen Kratzer.

»Verstehe.« Raelyn wirkt unbekümmert, während sie ihre Zigarette ausdrückt. »Dennoch solltest du vielleicht etwas gegen das Foto unternehmen. Auch wenn du verschwommen zu sehen bist, ist es offensichtlich, dass du es bist. Dein Vater wird bestimmt nicht erfreut sein, wenn er es sieht.«

Scheiß auf Evan.

Das Bild muss verschwinden.

Wenn ich den Täter finden sollte, bringe ich ihn um.

Wer wagt es überhaupt, mich zu verfolgen, ein Bild von mir zu schießen und dann noch zu veröffentlichen?

Ich muss sie finden.

Ist sie in der Schule? Weiß sie schon davon?

Fuck, natürlich weiß sie davon. Sie hat bestimmt schon Tausende von Bemerkungen an den Kopf geworfen bekommen.

Ich versuche, in einer ruhigen Haltung auszuharren, damit insbesondere Damian keinen Verdacht schöpft, doch es ist verdammt nochmal schwieriger, als es klingt.

»Wo zum Fick ist eigentlich ShinShin?« Damian wechselt das Thema, während er Shins Nummer wählt und das Handy an sein Ohr hält.

»Wahrscheinlich dort, wo sich Idioten immer aufhalten.«

»Ich habe ihn seit Anfang der Mittagspause nicht mehr gesehen. Ob er es gerade mit einem Mädchen treibt? Mein sechster Sinn funktioniert nicht mehr.«

Raelyn hebt eine Augenbraue. »Du glaubst doch selbst nicht, dass dieser Feigling den Mut dazu hat, es in der Schule zu treiben, oder?«

»Hey, nur weil du heiß bist, hast du kein Recht darauf, mein Shinlein runterzumachen. Keiner außer mir darf ihn als Feigling bezeichnen.«

Sie verdreht ihre Augen.

Raelyn ist wahrscheinlich abgesehen von Aliya die einzige weibliche Person, die sich mit Shin nicht versteht.

Shin Masuda ist trotz seiner ruhigen Art ein Frauenmagnet. Mädchen stehen auf seinen liebenswürdigen Charakter oder was auch immer.

Aber anscheinend scheint dieser bei Aliya und Raelyn nicht zu wirken.

»Ich gehe ihn suchen.« Damian steht auf.

»Ich komme mit.«

Eigentlich will ich nur nach Aliya sehen.

Während ich mich erhebe, öffnet sich die Tür und Shin betritt den Raum.

Aber er ist nicht allein.

Damian und ich versteifen uns gleichzeitig und starren auf die zweite Person, die mit Shin den Raum betreten hat.

Ich lasse mich auf meinen Platz zurücksinken, während meine Blicke an ihr kleben.

»Was ein Plot Twist.« Damian schmeißt sich lachend zurück auf das schmuddelige Sofa.

Und er hat nicht Unrecht.

Vor einigen Sekunden habe ich noch darüber nachgedacht, dass Shin und Aliya sich nicht verstehen und jetzt spazieren sie ZUSAMMEN in den Clubraum.

Dieser Gedanke macht mich alles andere als glücklich.

Ich löse meinen Blick von ihr und sehe stattdessen zu Shin, der Aliya anschaut.

Sein weicher Blick missfällt mir. Irgendetwas ist zwischen den beiden vorgefallen. Keiner kann mir sagen, dass es normal ist, dass sie plötzlich so … so vertraut wirken, obwohl er sie gestern noch so angesehen hat, als würde er sie umbringen wollen.

»Wo warst du?« Meine Worte klingen härter als beabsichtigt.

Ich muss versuchen, meinen Zorn unter Kontrolle zu bringen.

Ich weiß noch nicht einmal, was mich so unfassbar wütend macht.

»In Mr. Lankfords Büro. Wir hatten etwas zu besprechen.«

Bullshit. Shin ist ein fucking schlechter Lügner.

Aliyas verwirrter Gesichtsausdruck auf Shin entgeht mir nicht. Er war mit ihr zusammen, aber was zur Hölle haben sie gemacht?

»Bestimmt war das so.« Raelyns sarkastischer Unterton ist unüberhörbar.

Shin sieht mit zusammengezogenen Augenbrauen zu ihr. »Keiner hat mit dir gesprochen.«

Raelyn funkelt ihn an, während beide ein Blickduell ausfechten.

Mein Fokus liegt jedoch einzig und allein auf Aliya, die sich nicht traut, mir in die Augen zu sehen. Ist es, weil sie sich wegen gestern schämt, oder haben sie und Shin tatsächlich etwas getan, was sie davon abhält, mich anzusehen?

Die komischsten Fantasien kreisen durch meine Gedanken und machen mich immer rasender.

»Wieso bist du hier, *Servant*? Hast du mich etwa vermisst?« Damian zwinkert ihr zu.

Sie sieht zu ihm, aber meinem Blick weicht sie weiterhin aus. »Träum weiter.«

»Das war nicht nett.« Damians platziert theatralisch eine Hand auf seiner linken Brust. »Haben du und Shinichiro etwa-«

»Halt's Maul.« Shin unterbricht seine Frage, bevor er sie überhaupt stellen kann.

Dabei würde mich die Antwort auch brennend interessieren.

»Ich habe ihn … im Flur getroffen und gefragt, ob er mich hier-herbringen kann. Ich wollte mit Shane reden.« Aliyas Blick schweift für eine Millisekunde zu mir, doch verschwindet genauso schnell wieder.

Sie bringt mich noch um den Verstand.

»Das ist-«

»Alle raus hier«, unterbreche ich Raelyn und lasse Aliya dabei immer noch nicht aus den Augen. »Du bleibst.«

Sie möchte reden, wir können reden.

Raelyn ist die Erste, die aufsteht und zur Tür hinausläuft. »Shidiot.«

Shin zieht scharf die Luft ein und geht ihr fluchend hinterher.

Ein lüsternes Lächeln liegt auf Damians Lippen, während er sich ebenfalls auf den Weg macht. »Vergiss nicht: Mein sechster Sinn ist aktiviert.«

Mit seinen Händen in den Hosentaschen schlendert er auf die Tür zu und verlässt den Raum mit einem lauten Türknall.

Wir sind allein.

»Du wolltest reden«, setze ich an.

Sie bewegt sich nicht von der Stelle und schaut endlich zu mir, während ich nach wie vor breitbeinig auf der Couch sitze.

»Das Bild. Kannst du es löschen lassen?«

Ich lasse meinen Blick über ihren Körper gleiten.

Während andere Mädchen auf der SVH dazu neigen, ihre Uniform einige Größen kleiner zu tragen, fällt sie bei ihr etwas breiter aus. Ihr Hemd klebt nicht an ihrem Oberkörper wie eine zweite Haut. Aber dennoch weiß ich, dass sie unter all dieser Kleidung etwas besitzt, das ich irgendwann für mich beanspruchen werde.

Ob sie sich vor Shin ausgezogen hat?

Ich balle meine Hände zu Fäusten.

»Wieso sollte ich mir die Mühe machen? Mich erkennt man sowieso nicht darauf.«

Ein Arschloch zu ihr sein, mindert teilweise mein Zorn. Natürlich werde ich den Fucker finden und das Bild entfernen lassen, aber davon muss sie nichts wissen.

Sie verengt ihre Augen, während sie ihre Lippen zu einer geraden Linie presst.

Sie ist *wütend*. Das ist gut.

Vielleicht versteht sie jetzt, wie ich mich fühle, nachdem sie Gott weiß was, mit meinem besten Freund gemacht hat und sich dann schamlos das Recht herausnimmt, mich zu belügen.

»Ich habe vergessen, dass du ein herzloser Bastard bist. Tut mir leid, dass ich gefragt habe.«

Sie wendet sich zur Tür, um den Raum zu verlassen.

»Warte.«

Herzloser Bastard?

Sie bleibt stehen und dreht sich fragend zu mir.

Ich weiß nicht, wieso ich sie gestoppt habe. Vielleicht, weil ich nicht möchte, dass sie zu Shin geht und ihn um Hilfe bittet.

Ich spanne meinen Kiefer an, bevor ich auf sie zugehe.

»Wo warst du mit Shin? Und was habt ihr getan?«

»Wovon sprichst du?«

»Du weißt verdammt gut, was ich meine.«

»Ich habe ihn gefragt, ob er mich zu dir bringen kann, weil ich mit dir über das Bild reden wollte.«

»Lüg mich verdammt nochmal nicht an!«

Sie zuckt zusammen, als ich meine Stimme erhebe, und schaut mich ahnungslos an, aber ich weiß ganz genau, dass diese unschuldigen Augen in der Lage sind, jeden hinters Licht zu führen.

Und vielleicht ist es die Vergangenheit, die mich so wütend macht. Die Tatsache, dass ich weiß, was sie Jahre zuvor getan hat.

Auch wenn ihre Augen mich anstrahlen, weiß ich verdammt gut, dass Aliya Sierra geboren wurde, um andere zu manipulieren und sie in ihren Bann zu ziehen, genau, wie sie es damals schon getan hat.

»Hast du deine Beine für ihn gespreizt? Hast du dich von ihm anfassen lassen? Was zum Teufel habt ihr beide getan? Antworte mir!«

Ihr Mund öffnet sich ein wenig, während sie ungläubig blinzelt. Das leichte Zittern ihrer Unterlippe entgeht mir dabei nicht.

Sie scheint sich schnell zu fassen, denn sie ballt ihre Hände zu Fäusten. »Was zur Hölle ist dein Problem mit mir? Hast du den Verstand verloren?«

Ihre freche Antwort verstärkt meine Wut, die ich zu zügeln versuche. Aber es macht mich noch rasender, weil sie recht hat. Es geht mich nichts an, was sie mit Shin gemacht hat.

Scheiße, ich wollte dieses Mädchen einfach nur ficken und sie dann wegwerfen wie ein Stück Papier. Ich wollte sie nur ausnutzen, so wie sie andere ausgenutzt hat.

Aber warum zum Teufel flippe ich jetzt bei dem Gedanken aus, dass mein bester Freund und sie etwas hinter meinem Rücken miteinander hatten?

Liegt es daran, dass ich nicht der Erste bin? Ich war mir sicher, dass ich das Interesse an ihr verlieren werde, sobald ich sie einmal besessen habe. Aber der Gedanke, dass Shin sie vor mir hatte, kratzt tatsächlich an meinem Stolz.

»Pass auf, wie du mit mir redest, Aliya.«

Sie starrt mich verwirrt an. Vielleicht, weil ich sie das erste Mal mit ihrem Namen angesprochen habe.

Doch sie löst sich schnell aus ihrer Starre. »Und was, wenn ich es nicht tue? Was willst du dann machen? Mich weiterhin bestechen? Mir erneut drohen, mich umzubringen? Du bist ein überhebliches Arschloch, der Spaß daran findet, andere zu schikanieren.«

Hochnäsig schaut sie mich an, während ihre Augen wortwörtlich Flammen spucken.

Ich erinnere mich an die Zeiten, in denen sie sich noch von mir gefürchtet hatte. Aber das Mädchen vor mir lässt sich nicht mehr von mir einschüchtern. Im Gegenteil, sie widersetzt sich mir, beleidigt mich, wohl wissend, dass ich dazu in der Lage bin, ihr Leben zu zerstören.

Aber ihre Widerworte lösen etwas anderes in mir aus.

Sie macht mich fucking hart.

»Aber weißt du was, ich habe keine Angst mehr vor dir, Shane.«

Ihre Worte treiben mich zu Weißglut, aber gleichzeitig verstärkt sie in mir auch das Verlangen, sie in ihre Schranken weisen zu wollen.

Wie kann es sein, dass ich sie erwürgen, aber gleichzeitig auch küssen möchte?

Ich bin definitiv erledigt.

Nicht nur belastet sie wie ein Unheil tagtäglich meine Gedanken, sondern bringt mich gar dazu, an mir selbst zu zweifeln.

Mein süßer kleiner Fluch.

»Du denkst, du kannst dir alles erlauben und jeden um dich herum verängstigen? Der einzige Grund, wieso alle sich vor dir fürchten, ist dein verdammter Nachname!«

Mein Mundwinkel zuckt, als ich mir ihre Respektlosigkeit anhöre.

Sie nennt mich einen *herzlosen Bastard*, der sich hinter seinem Nachnamen versteckt? Sie weiß noch lange nicht, wie ich drauf bin, wenn ich erstmal anfange, tatsächlich wie ein Bastard zu handeln.

»Du bist mir verdammt nochmal egal. Du interessierst mich nicht. Du bist-«

Ich kann mir ihre verdammten Lügen keine Sekunde länger anhören. Ich weiß, dass sie sich genauso von mir angezogen fühlt, wie ich mich von ihr.

Scheiß auf die Lügen, die sie mir erzählt.

Scheiß auf Shin.

Scheiß auf alles.

Ich presse meine Lippen auf ihre und bringe sie ein für alle Mal zum Schweigen.

Du möchtest endlich mitspielen?

Wir können spielen, Sweetheart.

16
Aliya

GEGENWART

Seine Lippen liegen auf meinen.

Er küsst mich.

Ein paar Sekunden zuvor war ich dazu bereit, ihn eigenhändig umzubringen, aber nun ziehen sich pulsierende Hitzewellen von meinem Mund durch meinen Körper und strömen anschließend nach unten in meine Mitte.

Ich bin gefangen zwischen der Wand hinter mir und seiner harten Brust, welche sich quälend an mich drückt, nur um die Sensation zwischen meinen Beinen zu verstärken.

Viel zu schnell löst er seine Lippen von meinen und ich sehne mich sofort nach mehr. Doch er vergräbt seine Hand in meinem Haar, zieht daran und zwingt mich somit, zu ihm hochzusehen. Keinen Moment später landen seine Lippen erneut auf meinen und saugen mir wortwörtlich das Leben aus dem Leib.

»Öffne …« Seine Stimme ist rauer als sonst. »… deinen Mund.«

Er nimmt meine Unterlippe zwischen seine und knabbert daran.

Der Gedanke, ihn von mir zu stoßen, ihm eine zu scheuern und ihn anzuschreien, kommt mir in den Sinn. Aber allein die

Vorstellung, dass er seine Lippen von meinen trennt, löst ein Unbehagen in mir aus.

Ich hasse ihn, aber ich will nicht, dass er aufhört.

Auch wenn es meinen Tod bedeutet.

»Mach mich nicht verrückt«, knurrt er. »Öffne. Deinen. Mund.«

Obwohl ich weiß, dass ich damit gegen meine Moral verstoße, spalten sich meine Lippen und gewähren ihm Einlass.

Er nimmt die Einladung an und seine Zunge gleitet in meinen Mund, um mich endgültig zu verschlingen. Er schmeckt nach Minze, Zigaretten und nach allem, wonach sich mein Körper nicht sehnen sollte, und doch kann ich die Leidenschaft in mir nicht unterdrücken, als sich unsere Zungen berühren.

Ich unterdrücke ein Wimmern, während ich mich mit meinen Nägeln an ihn kralle, um meine Haltung nicht zu verlieren. Die Lust nach mehr tanzt meine Wirbelsäule hoch und runter. Er nimmt mir die ganze Luft, die ich zum Atmen gewonnen habe. Lässt mein Herz höherschlagen und macht mich hungrig. Hungrig nach so viel mehr und ihm.

Seine heiße Zunge, die sich mit meiner verwickelt, erweckt Seiten in mir, von deren Existenz ich bis heute nicht wusste.

Milan verstärkt das Ziehen an meinen Haaren und entlockt mir ein lustvolles Seufzen, während sich seine Hüften gegen mich drücken und die Vibration zwischen meinen Beinen steigern.

Und ich hasse ihn dafür.

Ich hasse ihn, dass er mich süchtig macht.

Süchtig nach ihm.

Süchtig nach seinen Berührungen und seinem Geschmack.

Er lässt von mir ab, um mir einen Moment zum Atmen zu geben, während seine Lippen über mein Kinn hinunter zu meinem Hals streifen, den er mit Küssen bedeckt. Ich lege meinen Kopf noch tiefer in den Nacken, um ihm mehr Platz zu gewähren und versuche, meine Atmung zu stabilisieren.

Doch ich vermisse seinen Mund auf meinen, weswegen ich ihn an seinem Kragen zu mir ziehe. Seine Augen sind beinahe so schwarz wie die Nacht, als er mich anblickt.

»Ich hasse dich«, flüstere ich gegen seinen Mund.

Seine Lippen kräuseln sich zu einem Lächeln, bevor er sie mit viel mehr Nachdruck erneut auf meine presst.

Ich bin verloren. Tot.

Eine deutliche Beule drückt sich in meine Magengrube, während er mich noch fester gegen die Wand presst.

»Hasse mich so sehr, wie du möchtest. Das ist es, was dein Hass mit mir macht.«

Er ist hart.

Hart wegen *mir*.

Wärme breitet sich auf meinen Wangen aus. Die Tatsache, dass meine Beleidigungen ihn anmachen, erregt mich.

Er beansprucht jede Falte und Kurve in meinem Mund für sich, als wäre ich Luft, die er zum Überleben benötigt.

Wenn sich so der Tod anfühlt, bin ich bereit dazu, hier und jetzt in seinen Armen mein Leben zu lassen.

Ich möchte *ihn*.

Nur ihn.

Hier. Überall. Jederzeit.

Aber ich weiß, dass ich es unterbrechen muss.

Unterbrechen, damit er mich nicht bei lebendigem Leibe verspeist. Damit ich noch mit ein bisschen Anstand diesen Raum verlassen kann.

Es fühlt sich so gut an. *Er* fühlt sich so gut an.

Aber ich muss diesem Drang standhalten, denn ich weiß, dass er mich zerstören wird. Obwohl meine unanständigen Gedanken mich dazu auffordern, seinen Gürtel zu öffnen und mich ihm hinzugeben, weiß ich, dass ich es nicht darf.

»Warte«, gebe ich atemlos von mir, als er seine Lippen einige Millimeter von meinen trennt.

Mir ist schwindelig vom ganzen Küssen, sodass ich meine Augen für eine Weile geschlossen halte. Würde er mich nicht halten, wäre ich vermutlich auf dem Boden zusammengebrochen.

Ich blinzele, um meine Sicht zu verschärfen, während er mich nicht aus den Augen lässt. Sein gieriger Blick weilt auf meinen Lippen.

Er möchte mich genauso sehr, wie ich ihn möchte. Er möchte *mich*.

Ich schüttele all die lüsternen Fantasien weg. »Die … Die Mittagspause ist zu Ende. Ich muss zum Unterricht.«

Sein Blick schellt hoch und er sieht mich so an, als hätte ich ihn in irgendeiner Art und Weise beleidigt.

»Scheiß auf den Unterricht.« Die Tatsache, dass seine Stimme viel dunkler klingt als sonst, lässt meine Beine noch stärker zittern.

»Ich muss gehen.«

Er presst seine Lippen zu einer geraden Linie. Einen Moment lang starrt er mich nur an, doch dann zieht er seine Hand aus meinem Haarschopf, geht einen Schritt zurück und verlässt mich mit einem gequälten Gefühl.

»Dann verpiss dich.« Sein kalter Ton lässt mich zusammenzucken.

Er ist *wütend*.

Und das erste Mal in meinem Leben muss ich ihm zustimmen.

Denn ich bin genauso wütend auf mich selbst.

Ich stoße mich mit zitternden Knien von der Wand ab und gehe zur Tür.

»Hast du nicht gerade gesagt, du hättest keine Angst mehr vor mir? Du bist nichts weiter als ein verlogener Feigling.«

Mit meiner Hand auf dem Türknauf zögere ich einen Moment, bevor ich sie öffne und den Clubraum verlasse.

Milan hat recht.

Ich habe Angst. Angst davor, dass er es schafft, die Macht über mich zu gewinnen und mich endgültig zu vernichten.

Damian lehnt an der gegenüberliegenden Wand, seine ausdruckslose Miene gleitet über meinen Körper und wandelt all die Hitze in mir in eine unwillkürliche Kälte um.

Von Shin und Raelyn ist keine Spur mehr zu sehen.

»Ihr beide habt euch aber Zeit gelassen.« Damian lächelt, während er auf mich zukommt.

Ich verharre in meiner Position, als er sich direkt vor mich stellt. Er nimmt eine Haarsträhne in seine Hand und betrachtet sie.

Es mag sein, dass ich mich nicht mehr so leicht einschüchtern lasse. Weder von Milan und Shin noch von ihm, aber da ist etwas an Damian, was mich jedes Mal aufs Neue zu Tode erschreckt – insbesondere, wenn wir beide allein sind.

»Jetzt sag mir …« Seine blauen Augen gleichen denen eines Engels, aber der Teufel höchstpersönlich verbirgt sich hinter ihnen. »Was ist zwischen dir und Shane vorgefallen? Du kannst mir nicht erzählen, dass er nur an dir klebt, weil du sein Auto zerkratzt und uns gefilmt hast.«

Ich ziehe meine Augenbrauen zusammen. Was haben nur heute alle mit ihren Fragen?

Erst Milan, nun auch noch Damian.

Milan musste ich tatsächlich anlügen, denn als ich realisiert habe, dass Shin seinen Freunden verschweigt, dass er die Mittagspause mit Trinken verbringt, war ihn zu decken das Mindeste. Wobei es Milan sowieso nichts angeht, was ich mit wem mache.

Ich löse meine Strähne aus Damians Griff. »Ich muss zum Unterricht.«

»So willst du meinen Fragen ausweichen? Interessant.« Damian lacht kopfschüttelnd. »Du denkst, du bist etwas Besonderes, jetzt, da du Shanes Aufmerksamkeit auf dich gerichtet hast?«

Er lehnt sich zu mir hinunter. »Ich enttäusche dich nur ungern, *Servant*, aber du musst noch dümmer sein, als ich dachte, wenn du wirklich glaubst, dass er etwas von dir will.«

Natürlich weiß ich, dass Milan nichts von mir möchte, außer Sex.

Das ist auch der Grund, wieso ich den Kuss unterbrochen habe.

Weil ich nicht dumm bin. Ich werde ihm diesen Gefallen nicht tue. Aber dennoch machen mich diese Worte aus Damians Mund wütend.

Er nähert sich gefährlich nah meinem Ohr. »Vor nicht einmal zwanzig Minuten kniete noch Olivia Miller vor ihm. Oh, aber das hast du dir doch bestimmt schon gedacht, nicht wahr?«

Zwanzig Minuten, bevor er das Leben aus meinem Körper herausgeküsst hat, hatte er Sex mit Olivia Miller?

Zwanzig. Minuten.

Ich weiß, dass Milan kein Heiliger ist. Schon seit Jahren habe ich mir all die verschiedenen Geschichten über ihn angehört. Also irgendwo, tief im Inneren, habe ich es mir bestimmt gedacht. Und nein, es stört mich nicht, dass er Olivia gefickt hat. Eher ekele ich mich vor mir selbst, weil ich ihm beinahe genauso verfallen wäre.

»Jetzt sei ein braver *Servant* und halt dich verdammt nochmal fern von ihm, wie es sich für einen Diener gehört.«

Damian ist anders als Milan.

Milan verbirgt seine heimtückischen Taten hinter einer ausdruckslosen Maske, während Damian sich nicht schämt, damit zu prahlen. Er hat keine Angst davor, verachtet, gehasst oder verurteilt zu werden. Er liebt jede Art von Aufmerksamkeit – auch die negative. Und ich bin sicher, dass er, im Gegensatz zu Milan, seine Drohungen wahr machen wird, wenn ihm danach ist.

Damian ist Zerstörung.

Er ist daraus gemacht.

Aber das Schlimmste ist, dass er es mag.

»Damian.« Milans drängende Stimme hinter mir löst mich aus meinen Gedanken.

Damian richtet sich auf und schaut zu ihm, mit einem Grinsen auf den Lippen. »*Servant* und ich haben uns gerade über dich unterhalten.«

Ich balle meine Hände zu Fäusten.

Ich möchte weg.

Weg von hier.

Weg von beiden.

Ohne etwas zu sagen oder in Milans Richtung zu schauen, laufe ich den Flur hinunter zu meinem Klassenraum.

Beide können sich ins Knie ficken.

17
Aliya

DREI JAHRE ZUVOR

»Ist das nicht die Psycho-Bitch, die Mr. Jameson geschlagen hat?«

Ich höre Geflüster hinter mir, doch lasse mich davon nicht beirren.

Psycho-Bitch.

Ein Monat.

Nur noch ein Monat, und ich werde keinen von diesen Leuten mehr sehen – es sei denn, wir gehen auf dieselbe Highschool.

»Hast du eigentlich davon gehört? Sie hat sich wie eine Geistesgestörte die Haare auf der Mädchentoilette geschnitten. Ist das nicht unheimlich?«

Unheimlich, weil ich alles loswerden wollte, was er angefasst hat.

Unheimlich, weil ich meine Haare abgeschnitten habe, die *er* so schön fand.

Oh ja, ich bin unheimlich.

Der Spitzname Psycho-Bitch beschreibt mich ziemlich gut.

»Sie sieht so hässlich aus.«

»Pscht, sie wird dich noch hören.«

»Ich frage mich, warum sie nicht gleich von der Schule geflogen ist. Ihretwegen werden wir Mr. Jameson vor unserem Abschluss nicht mehr wiedersehen.«

»Ich habe ihre Mutter gestern im Büro des Schulleiters getroffen. Die arme Frau, sie war ganz verlegen. Wahrscheinlich musste sie ihn anflehen, damit Psycho-Bitch ihren Abschluss noch bekommt.«

»Ja, meine Eltern sind im Elternbeirat und haben mir davon erzählt. Sie wollen, dass ich mich von ihr fernhalte. Man weiß nie, was sie als Nächstes tun wird.«

Eltern warnen ihre Kinder, und raten ihnen, sich von mir fernzuhalten. Weil ich mich gegen Berührungen gewehrt habe, die ich nicht wollte. Weil ich mich verteidigt habe. Weil ich wollte, dass es endet.

Oh ja, ich muss eine ziemliche Bedrohung sein.

»Meine Mutter sagt immer, das kommt davon, wenn man ohne Vater aufwächst. Ihr Vater dreht sich bestimmt schon im Grab um.«

Ich halte in meiner Bewegung inne.

Die ganze Zeit über haben mich ihre Worte nicht berührt.

Sie können mich beleidigen, mir Vorwürfe an den Kopf werfen, mich körperlich verletzen, wenn sie sich dann besser fühlen, aber ich kann nicht zulassen, dass sie meinen Vater mit hineinziehen.

Ich drehe mich zu ihnen, sodass beide Mädchen abrupt stehenbleiben.

»Wagt es nicht, meinen Vater in irgendeiner Weise da hineinzuziehen.« Meine Stimme klingt bedrohlich barsch.

Die Größere zuckt zurück, während die andere mich angrinst. »Warum? Willst du uns mit einem Stuhl schlagen, so wie du Mr. Jameson geschlagen hast?«

Ich balle meine Hand zu einer Faust, halte mich zurück. Wenn ich es wage, gegenüber einer anderen Person gewalttätig zu werden, werde ich wirklich von der Schule verwiesen. Da hilft auch das Flehen meiner Mutter nicht mehr.

»Hey Cissy, lass uns gehen.« Ihre Freundin versucht, sie mit sich zu ziehen, doch sie befreit sich aus dem Griff.

»Wenn du glaubst, dass wir Angst vor dir haben, irrst du dich. Ich kann machen, was immer ich will. Ich werde keine Befehle von jemandem annehmen, der noch nicht einmal Freunde hat.«

Meine Unterlippe zittert und mein Herzschlag dröhnt in meinen Ohren. »Lass einfach meinen Vater da raus.«

Ich wünschte, ich wäre aus Stein.

Dann könnte ich den Druck in meiner Brust und die Gedanken in meinem Kopf einfach ausschalten. Auch wenn ich inzwischen über vieles hinwegsehen kann, löst die Erwähnung meines Vaters gemischte Gefühle in mir aus.

»Cissy!«

»Was ist denn? Sie legt sich allen Ernstes mit mir an! Wahrscheinlich ist ihr nicht klar, dass sie für immer allein sein wird. Tu uns allen einen Gefallen und geh sterben!«, schreit sie mir nach, als sie um die Ecke des Korridors biegen.

Geh sterben.

Und es heißt, dass Teenager in der Mittelstufe nicht gemein sein können.

Einer Person, die jeden Tag mit dem Gedanken kämpft, ihr Leben zu beenden, zu sagen, dass sie sterben soll, ist nicht fair.

Nichts von alldem ist fair.

Aber wann war das Leben jemals gut zu mir?

Mit gesenkten Schultern verlasse ich das Schulgebäude. Es regnet, aber ich habe keinen Regenschirm.

Sie wird für immer allein bleiben.

Das Traurigste an der ganzen Sache ist, dass ich es nicht einmal leugnen kann.

Ich werde wahrscheinlich für immer allein bleiben und mein Leben genauso einsam beenden, wie ich es lebe.

Denn vielleicht haben sie alle recht.

Vielleicht bin ich tatsächlich nicht das Opfer in dieser Geschichte. Vielleicht ist das alles meine Schuld, und das ist auch der Grund, warum das Leben mich nicht gut behandelt.

Ein Kloß bildet sich in meinem Hals, während ein Tropfen sich den Weg über meine Wange bahnt. Erst jetzt wird mir bewusst, dass es nicht der Regen ist, der mein Gesicht befeuchtet.

Es sind Tränen.

Und es ist ein Spektakel, denn seit der Nacht, in der ich versucht habe, mein Leben zu beenden, habe ich nicht mehr geweint. *Warum tue ich es ausgerechnet jetzt?*

»Da bist du ja.« Lios Stimme reißt mich aus meinen Gedanken, als ich verwirrt zu ihm aufschaue.

Wieso ist er hier?

Er ist völlig vom Regen durchnässt, sein dunkles Haar klebt ihm an der Stirn.

»Du hast mir nicht geantwortet. Ich dachte, dir sei etwas zugestoßen. Ist es seltsam, dass ich vor deiner Schule auf dich gewartet habe? Ich kann verstehen, wenn-«

Er hört auf zu reden, seine Augen weiten sich. »Was ist passiert, Kleines?«

Und vielleicht ist es die Tatsache, dass er hier ist oder dass er mich so besorgt anschaut. Jedenfalls lasse ich alles raus. All die Gefühle, die ich seit Wochen widerwillig zurückhalte.

Lio ergreift mein Handgelenk und zieht mich mit sich.

Ich weiß nicht, wohin wir gehen, aber ich vertraue ihm. Es tut mir leid, dass er immer derjenige ist, der sich mit meinen Problemen befassen und mich trösten muss.

Ich habe mich die ganze Woche zurückhalten, um ihn nicht zu kontaktieren, weil ich ihm nicht zur Last fallen wollte, aber jetzt ist er da. *Meinetwegen.*

Wir stellen uns unter eine überdachte Bushaltestelle, um uns vor dem Regen zu schützen. Er zwingt mich, zu sitzen, während er sich vor mich hockt, um mit mir auf Augenhöhe zu sein.

Doch ich weiche instinktiv seinem Blick aus.

»Hey, Kleines.« Seine Stimme ist so viel sanfter als sonst, als hätte er Angst, mir wehzutun. »Kannst du mich ansehen?«

Zögernd sehe ich ihn an.

»Warum weinst du?«

»Ich weine nicht.« Ich wische mir die Tränen mit dem Handrücken weg.

»Lügnerin.« Er lächelt mit geneigtem Kopf. »Neuer Haarschnitt? Steht dir.«

Ich weiß, dass meine kurzen Haare alles andere als gut aussehen. Er lügt wahrscheinlich, um mich aufzumuntern.

»In der Schule haben sie gesagt, ich sähe hässlich aus.«

»Dann müssen sie blind sein. Es sieht süß aus, Kleines.« Er tätschelt meine Haare und bringt sie durcheinander.

»Und jetzt erzähl mir, was dich traurig gemacht hat.« Sein Blick wird nun wieder ernst, während er darauf wartet, dass ich ihm antworte.

Ich kaue auf meiner Unterlippe und versuche, meine zitternden Hände unter Kontrolle zu bringen. »Ich habe mich … einsam gefühlt.«

Ich kann ihm nicht sagen, dass mir der Gedanke, mich zu verletzen, durch den Kopf gegangen ist. Nicht nach allem, was er für mich getan hat.

»Du hast mich. Du bist nicht einsam.«

Seine Worte sind so einfach, aber sie bedeuten mir so viel.

»Wir sind doch Freunde, nicht wahr? Das heißt, wir sind füreinander da. Ob in schlechten oder in guten Zeiten. Du bist nicht allein.«

Meine Augen füllen sich wieder mit Tränen, die ich wegblinzele.

Sie hatten Unrecht.

Ich bin *nicht* allein. Ich habe einen Lio an meiner Seite, der imstande ist, Tausende von anderen Menschen zu ersetzen.

Meine Stimme zittert. »Für immer?«

Er lächelt und ein Grübchen erscheint auf seiner rechten Wange. »Ich verspreche es. Ich werde *immer* für dich da sein, Kleines.«

Nur er schafft es, mein Herz zu erwärmen und mich aus einer völligen Finsternis herauszuholen. Lio ist und wird immer mein Held sein. Denn er ist der Einzige, den ich gegen nichts auf dieser Welt eintauschen würde.

»Und vergiss nicht, egal, wie anstrengend-«

Ich unterbreche ihn. »Egal, wie anstrengend das Leben manchmal sein mag, irgendwann wird es einfacher. Irgendwann wird alles einfacher.«

»Genau.« Dass ich mittlerweile seine Worte auswendig kenne, lässt ihn stolz schmunzeln.

Diese Sätze hat er mir damals gesagt, als er mir das Leben gerettet hat. Danach habe ich kein zweites Mal versucht, allem ein Ende zu setzen, aber er hat mich noch so viele weitere Male gerettet.

Gerettet vor mir selbst, denn ich bin mein größter Feind.

Er steht auf und streckt sich, nachdem er so lange gehockt hat. »Jetzt lass uns über etwas anderes reden.«

Lio setzt sich auf den leeren Sitz neben mir und verschränkt die Arme vor der Brust, während wir dem Regen zusehen, wie er ganz Detroit durchnässt.

»Worüber?«, frage ich.

»Lass mich überlegen … Hast du Haustiere?«

Seine Frage kommt völlig unerwartet und aus dem Zusammenhang gerissen, aber ich weiß, dass er mich nur auf andere Gedanken bringen möchte.

»Nein.«

»Ich habe eine Katze.«

»Eine Katze? Wie heißt sie?«

Lio wirft mir einen kurzen Seitenblick zu. »… Lady Jane.«

Mir entweicht ein Lachen. »Das ist ein komischer Name.«

»Hey, lach mich nicht aus. Sie ist eine echte Lady, ich schwöre es.«

»Und warum Jane?«

Er streicht sich die nassen Haare aus dem Gesicht. »Das wird dich jetzt vielleicht vollkommen überraschen, aber ich bin ein Jane Austen-Fan.«

Ich muss ein Lächeln unterdrücken. Die Tatsache, dass er seine Katze nach seiner Lieblingsautorin benannt hat, ist fast schon niedlich. Und um ehrlich zu sein, dachte ich auch, er sei jemand, der eher auf Klassiker steht.

»Welches ist dein Lieblingsbuch?«

»Ich mag *Sense and Sensibility*. Aber mein absoluter Lieblingsroman ist *The Brothers Karamasow* von Dostojewski.«

Ich könnte ihm Fragen über seine Familie, seine Universität oder Freunde stellen, aber ich habe das Gefühl, dass das Wissen über seine Katze und sein Lieblingsbuch viel mehr wert ist.

18
Aliya

GEGENWART

Ich würde viele Dinge aufgeben, nur um Lio ein letztes Mal zu sehen. Meinen Stolz zum Beispiel.

Denn genau das habe ich getan, als ich beschlossen habe, nach allem, was zwischen uns passiert ist, auf Milan Shanes Party aufzutauchen.

Weil Adena mir aus dem Weg geht, musste ich mit einem Taxi hierherkommen.

Dass ich nicht dafür gemacht bin, auf Partys zu gehen und Spaß zu haben, merkt man daran, dass ich schon seit einer halben Stunde zusammengekauert in einer Ecke sitze und zusehe, wie sich alle anderen um mich herum amüsieren.

Die meisten Mädchen laufen in einem Bikinioberteil und Shorts herum, obwohl die heutige Nacht nicht sehr mild ist.

Ich spüre einen stechenden Blick auf meiner Haut und schaue in die entsprechende Richtung. Zu meiner Überraschung ist es McKinney, der mich finster anstarrt. Er sitzt mit Lidia Vance im beheizten Schwimmbecken, aber seine Augen kleben auf mir.

Wir beide sind noch nicht fertig.

Das hat er zu mir gesagt, kurz bevor er verschwunden ist. Möchte er sich an mir rächen? Mich wieder in die Ecke drängen und bedrohen?

Selbst die *Legions* können mich nicht vollkommen zur Strecke bringen. McKinney ist die letzte Person hier, von der ich mich fertig machen lassen werde.

Silver Moore – verantwortlich für die Schülerzeitung der SVH – verfolgt mich seit meiner Ankunft und lässt mich keine Sekunde aus den Augen. Wahrscheinlich ist sie auf der Suche nach neuen Stories, über die sie berichten kann, jetzt, da ich Gesprächsthema der Schule bin.

Ich habe noch nie ein Wort mit ihr gewechselt und ignoriere heute ihre ständigen Versuche, ein Gespräch mit mir zu beginnen. Ich bin nicht daran interessiert, dass nächste Woche ein weiteres Gerücht über mich in die Welt gesetzt wird.

»Du bist wirklich schwer zu durchschauen, wusstest du das?« Sie lehnt sich auf dem Liegestuhl zurück, auf dem wir sitzen.

Silver sieht aus wie eine lebendig gewordene Märchenheldin. Weißblondes Haar, eisblaue Kristallaugen, ihr Blick kühn und ihre Haut glatt wie Elfenbein.

»Die Schlampen, die mit Milan Shane ins Bett springen, flennen immer, wenn er sich danach an eine andere ranmacht. Aber du bleibst unbekümmert, obwohl er mit deiner Freundin flirtet. Interessant.« Mit ihrem Kopf deutet sie auf Milan, der sich eine Liege mit Adena teilt.

Er trägt nichts außer lange, schwarze Badeshorts, die ihm bis knapp über die Knie reichen. Groß, breitschultrig, mit einer goldenen Bräune, die seinen wohlgeformten Körper unterstreicht.

Ich kneife meine Augen zu Schlitzen zusammen und drehe mich erneut zu Silver. »Erstens, habe ich nicht mit ihm geschlafen. Zweitens ist sie nicht meine Freundin. Und drittens, halt dich verdammt noch mal aus meinen Angelegenheiten raus. Die gehen dich nichts an.«

»Du bist wirklich schlagfertig, das gefällt mir«, lacht sie. »Keine Sorge, ich bin auf deiner Seite.«

Ich ziehe verwirrt eine Augenbraue in die Höhe.

Sie schlägt ein langes Bein über das andere. Ein verschmitztes Lächeln umspielt ihre Lippen. »Auf der Preisverleihung. Ich habe gesehen, wie du sein Auto zerkratzt hast.«

Meine Augen weiten sich überrascht. Ich war mir sicher, dass sich niemand auf dem Parkplatz befand, als ich es tat. Aber Shin und Milan haben es auch gesehen, ohne dass ich sie bemerkt habe, also ist die Wahrscheinlichkeit, dass eine andere Person auf dem Parkplatz war, nicht gering.

»Und die Tatsache, dass du John McKinney abgewiesen hast, hat mir wieder einmal gezeigt, dass du anders bist als die anderen.«

Sie scrollt durch ihr Handy und hält es mir entgegen. Ein Video zeigt, wie McKinney mich in die Ecke drängt. *Sie hat es gefilmt?*

Ich nehme ihr das Handy aus der Hand und sehe mir das Video genauer an. Es ist klar, dass er mich belästigt. Ich könnte seine Schulkarriere mit diesem Tape zerstören.

Aber warum zum Teufel hat Silver Moore das alles auf Video?

Meine Miene verfinstert sich. »Hast du das Foto von mir und Shane geschossen?«

Die Tatsache, dass sie von dem Kratzer und McKinney weiß, deutet darauf hin, dass sie mich schon seit geraumer Zeit verfolgt. Sie schreibt die Schülerzeitung, also wäre es nicht verwunderlich, wenn sie auch die Webseite *stoneviewgossips* betreibt und all die Gerüchte in die Welt setzt.

Sie schüttelt den Kopf. »Du hast mich missverstanden. Ich habe damit nichts zu tun.«

»Warum sollte ich dir glauben?«

»Weil ich versuche, dir zu helfen!«

Sie spricht viel zu laut, sodass einige in unsere Richtung blicken.

Sofort räuspert sie sich und senkt ihre Stimme. »Ich hasse – HASSE – das Trio. Eigentlich ist Hass eine Untertreibung. *Legions*? Sie sollten sich eher *Assholes* nennen.«

Meine Lippe zuckt leicht nach oben. Ich hätte nicht gedacht, dass es außer mir noch jemanden auf der SVH gibt, der nicht auf die Jungs abfährt.

Obwohl, nach dem, was ich mit Milan bereits getrieben habe, kann ich mich wohl nicht mehr dazu zählen.

»Ich habe einen ganzen USB-Stick voller schmutziger Details über sie. Sie denken, sie können sich alles erlauben, nur weil ihre Daddys reich und mächtig sind. Aber mit den Beweisen, die ich habe, wird sie niemand davor bewahren können, ins Gefängnis zu kommen.«

Als ich sie dabei beobachtet und gefilmt habe, wie sie einen Wagen in Brand gesetzt haben, habe ich mir schon gedacht, dass sie wahrscheinlich noch schlimmere Dinge getan haben. Anscheinend verfolgt Silver sie schon länger ohne ihr Wissen und hat tatsächlich belastende Beweise in der Hand.

Aber warum erzählt sie mir das alles?

»Und worauf willst du jetzt hinaus?«

Sie schaut sich nervös um. »Niemand an dieser Schule würde es wagen, Milan Shanes Auto auf der Veranstaltung seines Vaters zu zerkratzen.«

Ich hätte es auch nicht getan, wenn ich gewusst hätte, dass er ein paar Autos weiter auf dem Boden sitzt und mir beim Zerkratzen zusieht.

»Und trotz all der Gerüchte und der Demütigung bist du hierhergekommen. Ich bewundere das.«

Es ist das erste Mal, dass mir jemand Bewunderung entgegenbringt.

Wahrscheinlich denkt sie, ich bin hier, um meinen Mitschülern zu zeigen, dass ich mich nicht unterkriegen lasse. Der eigentliche Grund, warum ich hier bin, ist Lio.

»Ich habe alles gesammelt, aber ich … habe nicht den Mut, es zu veröffentlichen. Ich hasse sie, aber ich will sie mir nicht zum Feind machen. Ich weiß, dass es für dich von großem Nutzen sein wird. Du kannst sie damit vernichten.«

Ich verstehe.

Sie will sich nicht die Hände schmutzig machen, und da mein Ruf bereits ruiniert ist, will sie, dass ich die Arbeit für sie erledige.

Auf keinen Fall.

Ich habe keinen Bedarf, fremde Mittel einzusetzen, um es ihnen zurückzuzahlen.

»Wenn du es unbedingt veröffentlichen möchtest, nur zu. Aber lass andere nicht deine Arbeit erledigen.«

Sie kaut nervös auf ihrer Unterlippe. »Wenn es möglich wäre, hätte ich es schon längst getan! Aber ich … kann es nicht tun!«

Sie hat Angst, dass die Familien Reynolds, Shane und Masuda hinter ihr her sein werden. Eine nicht triviale Sorge. Wenn sie die Erben der reichsten Familien in Palmer Woods hinter Gitter bringt, werden sie wahrscheinlich alles tun, um ihr Leben zu ruinieren. Niemand aus ihrer Klasse kann es mit diesen Familien aufnehmen, und schon gar nicht ich.

»Hör mir zu, Silver«, beginne ich. »Wenn du so große Angst davor hast, das alles zu veröffentlichen, solltest du es vielleicht einfach lassen, anstatt zu versuchen, es jemand anderem aufzudrängen.«

Sie möchte mir widersprechen, aber ich lasse sie nicht zu Wort kommen. »Es gibt eine Sache, die ich mehr verachte als die *Legions*, die glauben, über alles und jeden zu herrschen.«

Sprachlos beobachtet sie mich, ihr Mund bleibt leicht offen, während ihr Blick jede meiner Bewegungen verfolgt.

»Und das sind Heuchler, die versuchen, das Leben anderer zu zerstören, weil sie zu feige sind, die Verantwortung für ihr eigenes Handeln zu übernehmen.«

Ich erhebe mich von der Liege. »Ich brauche deine Hilfe nicht. Wenn ich sie zerstören möchte, dann spiele und gewinne ich, und das mit meinen eigenen Mitteln.«

Die Tatsache, dass sie versucht hat, mir etwas aufzubürden, was sie selbst nicht machen möchte, macht mich unglaublich wütend. Ich lasse nicht zu, dass man meine Zurückhaltung weiterhin als Schwäche ansieht und Nutzen davon macht.

Um diese Nacht zu überstehen, brauche ich etwas zum Trinken.

Meinen Plan, mich in das Haus der Shanes zu schleichen und nach Informationen über Lio und den Spitznamen »Stitch« zu suchen, muss ich etwas verschieben.

Das Shane-Anwesen ist wirklich beeindruckend, sowohl was die Größe als auch die Extravaganz betrifft. Neben den wunderschön gepflegten Rasenflächen gibt es auch einen großen Whirlpool, aus dem Dampf in Schwaden aufsteigt, und ein langes Becken.

Ich ignoriere das Gemurmel um mich herum und gehe auf die Bar zu. Ich habe nicht die Absicht, mich zu betrinken. Ich muss einen klaren Kopf bewahren, um meinen Plan tatsächlich umzusetzen. Außerdem würde ich niemals trinken, wenn so viele Leute herumlungern, die mir bestimmt nichts Gutes wollen.

Ich suche nach Wasser, entscheide mich dann aber für Ginger-Ale. Gerade als ich mein Glas auffüllen will, legt sich eine Hand an meine Taille und lässt mich zusammenzucken.

Ich brauche mich nicht umzudrehen, denn der holzige Geruch, gemischt mit Zigarrenrauch, steigt mir in die Nase, als er seinen Kopf auf meiner Schulter ruhen lässt.

»Habe ich dir nicht gesagt, dass du dich von Milan fernhalten sollst? Und das Erste, was du tust, ist, auf seiner Party aufzutauchen?« Damian schnalzt mit der Zunge. »So ein böses Mädchen.«

Wasser tropft von seinem Haar auf die freie Haut meiner Schulter, als seine Hand meine Taille verlässt und sich stattdessen auf meinen Bauch legt, um mich näher an sich zu drücken.

»Wie soll ich dich bestrafen, hm?«, flüstert er mir ins Ohr.

Ich stelle die Flasche wieder auf den Tresen, bevor ich mühsam seine Hand von mir entferne und mich zu ihm umdrehe.

Er trägt nur tiefsitzende Badeshorts, die einen gebräunten, durchtrainierten Körper zeigen, der jedes andere Mädchen in Ohnmacht fallen lassen würde.

»Ich wurde eingeladen.« *Indirekt.*

Als Milan erfahren hat, dass ich auf seine Party möchte, hatte er nichts dagegen.

»Oh, ich erinnere mich. Aber solltest du nicht einen Bikini tragen? Ich kann ihn nicht sehen.« Seine Augen glänzen verschmitzt, als seine Finger über den Stoff meines weißen T-Shirts streifen, um es anzuheben. Aber ich schlage seine Hand weg, mein Blick verhärtet sich zu einer finsteren Miene.

Ein tiefes Lachen entweicht seiner Kehle. »Ich verstehe. Du willst ihn nur Shane zeigen. Wie loyal von dir.«

Er kommt näher und stützt seine Hände neben mir auf den Tresen. »Ich fürchte, er ist im Moment beschäftigt. Deine kleine Freundin will ihn unbedingt ficken. Sie klebt die ganze verdammte Zeit an ihm.«

Ich folge Damians Blick und sehe Adena mit ihren schlanken Gliedern in einem babyblauen, trägerlosen Bikini auf seinem Schoß sitzen. Ihre Arme sind um seinen Hals geschlungen und ihr Gesicht ist dicht an seines gepresst, wobei sie eindeutig schamlos flirtet.

Milans Blick schweift zu uns, seine Augen verengen sich leicht, als er Damians Hände auf dem Tresen neben mir sieht. Als Adena sich zu ihm herunter lehnt und ihre Lippen auf seine presst, drehe ich mein Kopf wieder zu Damian.

Ein seltsames Gefühl der Unruhe und des Unbehagens macht sich in mir breit. Es ist albern, ich weiß, dass es albern ist, aber ich kann das Gefühl nicht abschütteln.

Er wird wahrscheinlich heute Abend mit ihr schlafen.

Ein Blitz durchfährt meinen Körper, als ich mir vorstelle, wie er es mit ihr im Badezimmer treibt oder noch schlimmer, in seinem Zimmer.

»Was soll ich jetzt tun?«, frage ich Damian, der mich schelmisch angrinst.

»Kein Grund, so zu tun, als wäre es dir egal. Ich weiß, dass dich der Anblick der beiden innerlich umbringt. Aber wie ich es dir bereits gesagt habe, er wird sich für niemanden ändern. Und ganz bestimmt nicht für dich.«

Er weiß genau, was er sagen muss, um jemanden zu verärgern oder zu verletzen.

Ich beschließe, ihn zu ignorieren, greife nach meinem Glas und der Flasche und möchte zu meinem Liegestuhl zurück. Doch seine Hände neben mir bewegen sich nicht.

»Und weißt du was, *Servant*? Er wird heute Abend mit jemand anderem beschäftigt sein. Zu beschäftigt, um dich zu nehmen. Deshalb bist du doch hier, oder? Aber keine Sorge, ich werde dich stattdessen ficken, sodass du den Unterschied gar nicht bemerken wirst. Ob Milan oder ich derjenige bin, dessen Schwanz du leckst, ist dir doch egal, stimmt's? Du bist glücklich, solange dich jemand in den Mund fickt. Darauf stehen alle *Huren*.«

Ich halte inne, als er es wagt, mich als billige Schlampe darzustellen, genau wie McKinney es getan hat.

Aber Damian ist schlimmer.

Denn es gibt keine Garantie dafür, dass er seine Worte nicht wahr machen wird. Er ist der Teufel selbst, versteckt hinter engelsgleichen Augen.

Ohne groß über die Konsequenzen meines Handelns nachzudenken, leere ich mein Ginger-Ale in sein Gesicht aus.

Ich spüre, wie ein paar Leute um mich herum nach Luft schnappen, aber Damian zuckt nicht einmal zusammen, als die kalte Flüssigkeit auf sein Gesicht spritzt und über seine Stirn und Wangen läuft.

»Ich würde lieber sterben, als mit dir ins Bett zu steigen.«

Das Blau seiner Augen verdunkelt sich und seine Lippen pressen sich zu einer geraden Linie. Er hebt eine Hand, um sich die Flüssigkeit aus dem Gesicht zu wischen, wobei sein Blick meinen nicht loslässt.

Wenn wir allein wären, hätte ich wahrscheinlich Angst, dass er mich umbringt, aber ich weiß, dass er mir hier in Gegenwart anderer Menschen nichts antun wird.

Ich stelle das leere Glas wieder auf den Tresen und lasse ihn zurück.

Zwei vertraute Augen blicken zu mir, aber ich sehe nicht zu ihm.

Gerade als ich am Pool vorbeigehe, packt mich jemand hart und reißt mich zurück. Mein Gesicht prallt auf Damians nackte Brust und ein Schmerz durchfährt meine Nase.

Er atmet unbehaglich, als er seinen Griff um mein Handgelenk verstärkt. Aber dann verwandelt sich sein ernster Gesichtsausdruck plötzlich in ein breites Grinsen.

Ja, er ist definitiv ein Soziopath.

Mir sticht etwas ins Auge, das ich bis eben nicht bemerkt habe. Die Haut an seiner linken Unterbrust ist schrumpelig, faltig und runzelig. Die Textur unterscheidet sich vom Rest seines gebräunten Körpers. Das Ergebnis einer wahrscheinlich alten Verbrennung.

Bevor ich mehr darauf achten kann, beugt er sich zu mir hinunter.

»Du würdest also lieber sterben, als mit mir zu schlafen?« Seine Stimme ist ein leises, gefährliches Flüstern in meinem Ohr, das mir einen Schauer über den Rücken jagt.

»Für jemanden, der nicht viel vom Leben hält, spuckst du ganz schön große Töne.«

Die Welt scheint für einen Moment stillzustehen, während sich seine Worte in meinem Kopf wiederholen.

Das kann nicht sein.

Nein.

Es ist nicht möglich.

Die einzige Person, die weiß, dass ich das Leben so sehr verabscheue, dass ich einst versucht habe, es zu beenden, ist nicht hier.

Lio ist nicht hier. Und doch spricht Damian, als wüsste er genau, was drei Jahre zuvor im Dezember passiert ist.

Bevor ich etwas erwidern kann, stößt er mich über den Beckenrand direkt ins Wasser.

Das Wasser umschließt mich eiskalt und zieht mich gegen meinen Willen in die Tiefe. Der Lärm um mich herum verschwimmt zu einem dumpfen Rauschen, während ich in diesem undurchsichtigen Blau gefangen bin.

Für jemanden, der nicht viel vom Leben hält, spuckst du ganz schön große Töne.

Ich habe nie darüber nachgedacht, ob Lio vielleicht irgendjemandem erzählt haben könnte, was ich vor drei Jahren versucht habe zu tun, aber gescheitert bin. Ich bin immer davon ausgegangen, dass es etwas ist, was nur Lio und ich wissen.

Ein Geheimnis.

Mein Körper kämpft gegen den Druck des Wassers, der mich festhält, und die Zeit dehnt sich aus wie ein endloses Martyrium.

Schließlich durchbreche ich die Wasseroberfläche mit einem erstickten Keuchen. Mein Herzschlag hallt laut in meinen Ohren wider.

Sofort schießt mein zorniger Blick zu Damian, der sich an den Beckenrand gehockt hat und mich teuflisch angrinst. »Ich dachte, du könntest eine Abkühlung gebrauchen.«

Ein bissiger Hass flammt in mir auf und jeder Tropfen Wasser, der von mir tropft, verstärkt den Zorn in mir.

»Komm, ich mache es wieder gut.«

Als wäre diese Demütigung nicht genug, streckt er mir seine Hand hin, um mich aus dem Wasser herauszufischen. Doch ich zeige ihm einfach meinen Mittelfinger, bevor ich an ein freies Stück Beckenrand schwimme. Die raue Kante kratzt an meinen Fingerspitzen, während ich versuche, mich aus dem Wasser zu ziehen.

Die plötzliche Stille in der Luft ist erdrückend, da die Blicke aller auf mich gerichtet sind. Ich kann wortwörtlich die Schadenfreude in ihnen spüren.

Ich schaue an mir hinab und merke, dass mein weißes T-Shirt nun wie eine zweite, durchsichtige Haut an meinem Körper klebt und all meine Konturen offenbart. Statt meine Arme schützend vor meine Brust zu legen, um meine Intimität zu bewahren, lasse ich sie starren und tuscheln.

Ich gehe an Damian vorbei zu meiner Liege und schnappe meine Tasche. Silver setzt an, etwas zu sagen, doch hält sich zurück, als sie meine gereizte Miene bemerkt.

Besser ist es.

Wutentbrannt ignoriere ich all die Schaulustigen und betrete das Shane-Anwesen.

Damians Aktion hat etwas Positives an sich. Dank ihm kann ich nun meinen Plan, das Haus nach Informationen abzusuchen, früher in die Tat umsetzen als erwartet.

Und dann nichts wie weg von hier.

Durch die weit geöffnete Tür des Wintergartens betrete ich einen großzügigen Flur, der mich in ein Labyrinth aus verschiedenen Türen und einer majestätischen Treppe zur zweiten Etage führt. Überraschenderweise erstrahlt das Innere des Gebäudes jedoch nicht in glänzendem Gold und pompösem Design. Anstelle dessen empfängt mich eine einheitliche Farbpalette aus Grau und Schwarz, die eine eher bedrückende Atmosphäre schafft.

Ich höre Stimmen aus einem der Räume und schließe daraus, dass es das Badezimmer sein muss. Ohne anzuklopfen, reiße ich die Tür auf. Einer der Basketballspieler, dessen Namen ich nicht weiß, lässt sich von Emily Hawkins aus meiner Stufe verwöhnen. Beide Köpfe drehen sich ruckartig in meine Richtung.

»Fuck, was soll das?«, flucht er, während er sich wegdreht, um seinen kleinen Freund wieder in seinen Badeshorts zu verstauen.

Emily Hawkins erhebt sich sofort und wischt sich peinlich berührt über die Lippen. Sie richtet ihr Bikinioberteil, bevor sie mich mit zusammengezogenen Augenbrauen anfunkelt. »Spinnst du? Du kannst doch nicht einfach hier reinplatzen!«

Es ist nicht meine Schuld, dass sie nicht abgeschlossen haben, als sie planten, Spaß im Badezimmer zu haben.

»Raus hier.«

Ihre Augen weiten sich, als sei sie sich nicht sicher, ob sie mich richtig verstanden hat. Ihr Blick wandert auf mein durchnässtes T-Shirt, welches nicht mehr viel bedeckt. Sie braucht viel zu lange, deswegen ziehe ich sie an ihrem Arm aus dem Badezimmer, sodass sie heraus stolpert.

»Verpiss dich«, fahre ich den Basketballspieler ebenfalls an, der das Badezimmer beinahe ängstlich verlässt.

Mit den Nerven am Ende knalle ich die Tür zu und schließe ab. Ich fahre mir durch meine nassen Haare und streiche sie aus meinem Gesicht. Ein Blick in den Spiegel zeigt mir die Umrisse meines BHs.

Ich streife die nassen Klamotten von meinem Körper, um die Feuchtigkeit herauszupressen. Falls irgendeiner ein Foto von dieser Erniedrigung gemacht hat und es auf der *stoneviewgossips* Webseite veröffentlicht wird, bin ich verloren.

Das Foto von Milan und mir wird meine Zukunftschancen schon genug einschränken, falls ich es nicht schaffe, es loszuwerden.

Ich wringe gerade mein T-Shirt aus, als es plötzlich an der Tür klopft.

»Besetzt«, rufe ich zurück.

»Ich bin es. Shin.«

Ich halte in meiner Bewegung inne und starre die geschlossene Tür an.

»Ich habe dir etwas zum Anziehen und ein Handtuch gebracht. Du kannst deine nassen Klamotten in den Trockner schmeißen. Das Waschzimmer ist das Zimmer direkt nebenan.«

Mein Mund öffnet sich überrascht. Er hat mir Klamotten gebracht? Ausgerechnet Shin?

Ich reiße mich aus meiner Starre. »Kannst du mir bitte eine Plastiktüte bringen? Ich gehe gleich nach Hause.«

»Brauchst du sonst noch was?«

»Nein, das war's. Danke.«

Ich höre, wie sich Shins Schritte von der Tür entfernen. Er und ich hatten unsere Probleme in der Vergangenheit, aber seit dem Vorfall mit McKinney ist es ganz anders als früher. Ich meine, damals hat er mich jedes Mal so angesehen, als wolle er mich bei lebendigem Leibe umbringen, aber jetzt bringt er mir Wechselklamotten, weil sein Freund mich ins Wasser gestoßen hat.

Shin Masuda ist nicht so kaltherzig, wie er immer tut.

Vielleicht ist das der Dank dafür, weil ich seinen Freunden nicht verraten habe, dass er seine Mittagspausen mit dem Trinken verbringt.

Einige Minuten später kommt er zurück. »Ich habe alles hier hingelegt.«

»Danke, Shin.«

Ich warte sicherheitshalber einige Sekunden, bevor ich die Tür einen kleinen Spaltbreit öffne und nach den Sachen greife, die er vor der Tür auf dem Boden platziert hat.

Sofort schließe ich die Tür wieder ab und trockne mich mit dem Handtuch ab. Ich wickele meine Haare darin ein und ziehe das schwarze T-Shirt an, das höchstwahrscheinlich ihm gehört. Da er größer ist als ich, endet es knapp über meinen Knien. Meine ausgewrungenen Klamotten stopfe ich in die Tüte und binde sie fest zu, bevor ich sie in meine Tasche hineinquetsche. Das nasse Handtuch entferne ich von meinen Haaren und mache mir einen hohen Zopf. Unbedacht werfe ich das Handtuch in einen der vielen Wäschekörbe.

Mission *Informationen über Lio finden* kann starten.

Nachdem ich sicher bin, dass sich alle Gäste außerhalb des Hauses befinden, schleiche ich mich die Treppen nach oben. Mein Bauchgefühl sagt mir, dass es wahrscheinlicher ist, in der zweiten Etage etwas zu finden.

Ich möchte die erste Tür öffnen, doch sie ist verschlossen.

Fuck.

Ich hoffe, Milan war nicht schlau genug, alles zu verschließen. Die zweite Tür ist nicht verriegelt, doch es handelt sich um ein Badezimmer.

Falls Milan mich dabei erwischt, wie ich in seinem Haus herumschnüffele, gibt es nichts, womit ich mich retten könnte. Wobei er höchstwahrscheinlich viel zu sehr damit beschäftigt ist, Adena zu verwöhnen.

Dieser schwanzgesteuerte Bastard.

Als Damian mich ins Wasser gestoßen hat, hatte ich diese winzig kleine Hoffnung in mir, dass Milan etwas tun oder wenigstens etwas sagen würde.

Aber das hat er nicht.

Stattdessen hat er sich von Adena anschmachten lassen. Dabei ist es keine zwei Tage her, als er mich so innig geküsst hat, wie noch nie jemand in meinem Leben. Und ich weiß, dass ich nicht die Einzige bin, die es nicht unbekümmert gelassen hat.

Er wollte mich. *Mich.*

Aber jetzt will er Adena. Genauso, wie er zwanzig Minuten, bevor er seine Lippen auf meine gepresst hat, Olivia wollte.

Nach vier weiteren verschlossenen Türen öffnet sich die nächste. Zu meiner Überraschung ist es diesmal kein Badezimmer, sondern eine Bibliothek.

Ich knipse das Licht nicht an, damit keiner von außen bemerkt, dass sich jemand hier oben befindet. Nur das warme Licht des Flures beleuchtet das Zimmer und enthüllt in einem sanften Schein mehrere Regale, die bis zur Decke mit Büchern gefüllt sind.

Der charakteristische Geruch von alten Seiten und Holzmöbeln umhüllt mich. Ich betrete das Zimmer, doch lasse die Tür offen.

Ich kann mir nicht vorstellen, dass Milan dieses Zimmer je in seinem Leben genutzt hat. Aber vielleicht ist ja Evan Shane jemand, der viel liest. Oder andere Familienmitglieder der Shanes.

Jetzt, da ich darüber nachdenke, höre ich schon seit zwei Jahren sehr viel über die Shanes – sei es von meiner Mutter, meinem Stiefvater oder in der Schule, aber alles, was ich über sie weiß, ist, dass Mr. Shane sehr erfolgreicher Gründer der Shane Enterprises Holding Inc. ist, und einen Sohn in meinem Alter hat.

Die Menge an Büchern hat mich von meinem eigentlichen Ziel abgelenkt, sodass ich mich weiterhin im Raum umschaue. Ein großes Fenster gewährt einen Blick auf den Garten, wo die Party in vollem Gange ist.

Neben einem der antiken Bücherregale steht ein großer Schreibtisch, weshalb ich mich auf den Weg dahin mache. In der Ecke des Raumes kann ich die Umrisse von Ledersesseln und eines Kamins ausmachen, doch es ist viel zu dunkel, um etwas zu erkennen.

Ich werfe meine Tasche in eine Zimmerecke, nachdem ich mein Handy herausgeholt habe. Mit meiner integrierten Taschenlampe erleuchte ich die Dokumente vor mir und überfliege sie.

Ich weiß, dass es illegal ist, was ich hier gerade tue, aber ich kann meine Neugier nicht zurückschrauben.

Bei den Dokumenten handelt es sich um Lieferscheine, sodass ich seufzend meine Schultern sinken lasse.

Stattdessen beleuchte ich das Bücherregal neben dem Schreibtisch und schaue mir die verschiedenen literarischen Exemplare an. Sie sind alphabetisch nach dem Autorennamen sortiert, doch ein Werk sticht mir direkt ins Auge, da es nicht dahin gehört, wo es steht.

The Brothers Karamasow von Dostojewski.

Mit geweiteten Augen starre ich das Buch an, welches zwischen den Autorennamen mit *K* steht.

Es muss Schicksal sein, dass ausgerechnet dieses Buch mir direkt ins Auge gestochen ist. Vielleicht fällt es mir auch nur auf, weil es mich an Lios Lieblingsbuch erinnert. Wenn ich in meiner Freizeit in eine Bibliothek oder Buchhandlung gehe, bemerke ich es ebenfalls immer, als hätte es einen Magneten in sich, der meine Augen auf sich lenkt.

Schmunzelnd greife ich nach der Ausgabe im dunklen Schutzumschlag. Der Titel und Autorenname stehen in geprägten, goldenen Buchstaben auf dem Buchrücken und verleihen dem Buch etwas Glanz.

Ich will gerade darin blättern, als ich wieder in die Realität zurückgerissen werde. Ich sollte mich hier nicht länger aufhalten als nötig. Falls ich erwischt werde, werde ich wirklich in große Schwierigkeiten geraten.

Mit meinem Handy leuchte ich durch das Zimmer, halte es zur Sitzecke und bemerke erst jetzt, dass ein riesengroßer Bilderrahmen die Wand über dem Kamin schmückt.

Immer noch mit dem Buch in der Hand, lasse ich meinen Blick über die Personen auf dem Bild wandern.

Ein gewöhnliches Familienfoto.

Mein Herz setzt einen Schlag aus und mein Lächeln verblasst allmählich.

In der Ecke des Bildes, direkt neben Milan, ein Schatten, der sich von den anderen Gesichtern abhebt.

Ein Gesicht, das ich nicht erwartet habe zu sehen.

Ein Gesicht, welches ich immer und überall wiedererkennen würde.

Die Wände meiner Realität werden durch eine düstere Wahrheit durchbrochen.

Lio und Milan sind *Brüder*.

19
Milan

GEGENWART

Ich war erst acht Jahre alt, als ich gelernt habe, wie verkorkst das Leben wirklich ist.

Wie verkorkst *ich* eigentlich bin.

Und vielleicht ist es die Frustration in mir, die mich zwingt, jemanden zu finden, den ich für alles, was vorgefallen ist, verantwortlich machen kann. Jemanden, dem ich die Schuld geben kann, um meine Seele zu entlasten, obwohl ich tief im Inneren weiß, dass ich das Problem bin.

Ich lehne schon seit einer Weile am Türrahmen unserer Privatbibliothek, nur in meinen Badeshorts und mit einem Handtuch um den Hals.

Sie starrt auf das Familienfoto über dem Kamin.

Meine Augen prägen sich ein, wie sich das schwarze T-Shirt an ihren Körper schmiegt. Ihr Gesicht ist frei von jeglichem Make-up, ihre Lippen natürlich rosa, ihre grünen Augen leicht geweitet und die feuchten Strähnen ihres dunklen Pferdeschwanzes hängen über ihren Schultern.

Sie ist *wunderschön*.

Ich könnte sie auf die Knie zwingen, sie über den Schreibtisch beugen oder sie einfach hier und jetzt nehmen. Und vielleicht sollte ich auch genau das tun. Aber die Art und Weise, wie sie entsetzt auf das Bild meiner Familie starrt, ersetzt mein ganzes Verlangen nach ihr durch jahrelang aufgestaute Abscheu.

Ich räuspere mich. »Man sollte nicht in fremden Häusern schnüffeln.«

Sie dreht ihren Kopf schräg zu mir, bevor sie wieder nach vorne schaut. Ich mache mich auf den Weg zu ihr und stelle mich neben sie.

»Wer ist das?« Ihre Stimme zittert, während sie mit ihrem Kopf auf das Gemälde meiner Familie deutet.

Auf meinen Bruder.

Ich lasse meinen Blick für ein paar Sekunden dorthin gleiten, bevor ich wieder zu ihr sehe. »Mein Bruder.«

Ihre Unterlippe bebt. »Dein Bruder?«

»Mein Bruder«, wiederhole ich. »*Kilian.*«

Ihre Lippen öffnen sich, als sie mich mit aufgerissenen Augen fixiert. Der Name meines Bruders scheint ihr vorübergehend die Sprache geraubt zu haben.

Mein Mundwinkel zuckt, aber ich muss es unterdrücken. Ich weiß ganz genau, was ihr durch den Kopf geht.

Sie sind Geschwister?

Er ist Milans Bruder?

Er hat mich belogen?

Ich wusste, dass sie meinen Bruder kennt.

Ich weiß es schon seit einer ganzen Weile.

Es war ein frischer Frühlingstag vor drei Jahren, als ich Kilian eines Nachmittags gefolgt bin, nur um zu sehen, wie er sich mit einem Mädchen traf, das um einiges jünger war als er. Und welch eine Überraschung das war, als ich ausgerechnet dieses Mädchen auf der Highschool wiedererkannt habe.

Aliya Sierra.

Mein Bruder ist noch nie jemand gewesen, der sich an jüngere Mädchen heranmachen würde, aber dennoch hat er sich immer wieder mit ihr getroffen. Heimlich.

Und obwohl sie sich oft gesehen haben, wurde mir von dem Moment an, als *sie* mein Auto zerkratzt hat, klar, dass sie keine Ahnung hat, wessen Bruder ich eigentlich bin. Denn würde sie es wissen, hätte sie sich keineswegs mit mir angelegt, oder?

All meine Vermutungen bestätigen sich, denn ihr überraschter Gesichtsausdruck und das Zittern ihrer Stimme beweisen die Tatsache, dass Kilian ihr seine wahre Identität verschwiegen hat.

Sie senkt ihr Handy mit der aktivierten Taschenlampe. »Kilian?«

»Sein Name ist Kilian.«

Aliya wendet ihre Augen von mir ab, aber ich kann nicht anders, als zu bemerken, dass ihr normalerweise kalter Blick jetzt einen Hauch von Zerbrechlichkeit aufweist.

Und vielleicht sollte ich jetzt Mitleid mit ihr haben, aber verdammt, es fühlt sich gut an.

Sie behält immer einen klaren Blick. Damals, als sie mein Auto zerkratzte und ich sie bedrohte, verriet sie das Zittern ihres Körpers, aber ihre Augen blieben kühn. Als wir sie mitten in der Nacht auf einer Landstraße bei Detroit zurückließen, geriet sie in Panik, aber sie überspielte es mit Wut. Obwohl sie von ihren Mitschülern an der SVH gemobbt wird, seit das Bild von uns im Internet aufgetaucht ist, steht sie nun von mir. Und auch als Damian sie vor aller Augen demütigte, indem er sie ins Wasser stieß, senkte sie nicht den Kopf, um keine Blöße zu zeigen.

Doch jetzt, da ich ihr offenbart habe, dass er mein Bruder ist, bröckelt ihre undurchdringliche Fassade.

Aber eigentlich bin nicht ich derjenige, der es geschafft hat, ihr eine Schwäche zu entlocken. Kilian ist derjenige, der ihr seinen Namen vorenthalten hat.

Ich könnte ihr die Hölle heiß machen, sie würde ihre Deckung nicht fallen lassen. Aber die Tatsache, dass mein Bruder ihr mit einer winzig kleinen Lüge die Maske vom Gesicht reißt, geht mir auf die Nerven.

»Wo ist er?« Aliya drückt das Buch in ihrer Hand tiefer an ihre Brust – als wäre es etwas Prachtvolles, das sie um jeden Preis schützen muss.

»Kalifornien.«

»Kalifornien? Ich verstehe.«

»Wenn du damit fertig bist, mich nach meiner Familie auszufragen, kannst du mir dann sagen, was zur Hölle du hier machst?«

Sie zuckt leicht zusammen, als ob sie erst jetzt merkt, dass ich sie beim Herumschnüffeln erwischt habe. »Das Badezimmer unten war besetzt, deswegen bin ich hochgekommen. Diese Tür stand offen und ich wollte mir die Bücher ansehen.«

Unschuldig knabbert sie an ihrer Unterlippe, was mich in den Wahnsinn treibt.

»Du hast dir also nur die Bücher ansehen wollen?« Ich verschränke die Arme vor der Brust, um ihre Aufmerksamkeit auf meinen entblößten Oberkörper zu lenken.

Sie ist mir schon zum Verhängnis geworden, wie ein *süßer kleiner Fluch*, und die Art, wie sie mich ansieht, macht es nur noch schlimmer.

Aber ich mag es nicht, dass sie Shins T-Shirt trägt. Im Gegenteil, es macht mich wahnsinnig. Diese plötzliche Bindung zwischen ihnen, dass er ihr sogar sein T-Shirt gibt.

Ich sollte nicht wütend sein.

Als Damian sie ins Wasser gestoßen und sie der ganzen SVH mit einem durchnässten T-Shirt die Umrisse ihrer Brüste präsentiert hat, wollte ich wirklich morden. Damian und alle, die sie so lüstern angesehen haben.

Shin hat nichts falsch gemacht, indem er ihr etwas anderes zum Anziehen gegeben hat, denn so gleichgültig wie sie ist, wäre sie wahrscheinlich genauso durchnässt in den Garten zurückgekommen. Und dann würde ich heute Abend vielleicht wirklich zum Mörder werden.

Aber wo zur Hölle kommt Shins Ritter-in-der-Scheinrüstung-Scheiß auf einmal her?

»Na dann gehe ich mal wieder nach unten.« Aliya löst ihren Blick von mir und dreht sich weg, um nach ihrer Tasche zu greifen.

Mit einem geschickten Griff packe ich sie an ihrem Handgelenk und ziehe sie zurück. Durch mein plötzliches Handeln lässt sie das Buch aus der Hand fallen. Ich dränge sie weiter zurück, sodass sie zwischen mir und dem Schreibtisch gefangen ist.

Und oh, ja, ich bin tatsächlich verkorkst.

Sowohl von innen als auch von außen. Verkorkst.

Verloren in der Kluft zwischen Abscheu und Verlangen.

Denn eines muss ich mir eingestehen, so sehr ich sie auch hassen mag, ich werde mich wohl nie an den Gedanken gewöhnen, sie mit einem anderen zu sehen. Das war schon immer so. Ob es nun mein Bruder, Shin oder ein anderer Kerl ist.

Ich will sie ganz für mich allein haben.

Ich will der Einzige sein, der mit ihr spielt und all diese Gefühle in ihr auslöst.

Sie gehört mir, auch wenn sie es noch nicht weiß.

»Was machst du da?« Sie sieht mich wütend an und versucht, mich wegzustoßen.

Und obwohl ich mich in dem Grün ihrer Augen verlieren könnte, zerstören sie mich zugleich. Sie erinnern mich an Dinge, an die ich mich nicht länger erinnern möchte.

Aber manchmal können sich Schmerzen gut anfühlen.

Vor allem, wenn sie die Ursache für mein Leiden ist.

20
Aliya

GEGENWART

Milan platziert seine Hände rechts und links neben mir auf dem Schreibtisch und versperrt mir somit alle Fluchtmöglichkeiten.

Er ist Lios *Bruder*.

Sie sind Brüder.

Sie haben dieselben Eltern, dieselben Lebensumstände und denselben Nachnamen.

Lio, der in Wahrheit Kilian heißt. *Kilian Shane*.

Ich kann mich aber nicht davon überzeugen, dass es der Wahrheit entspricht. Denn Lio ist die einzige Person auf dieser Welt, die mich nicht anlügen würde. Es muss sich um einen Zufall handeln. Lio und Kilian müssen zwei unterschiedliche Personen sein, die einfach nur dasselbe Aussehen teilen. Zufälle gibt's doch, oder nicht? Es muss auch ein Zufall sein, dass Milans Bruder nicht hier, sondern in Kalifornien ist. Ein Zufall, dass Milan ein Motorrad fährt, auf welchem »Stitch« steht, genauso, wie es auf Lios Motorrad stand.

Anders kann ich mir all dies nicht erklären.

Und egal, wie sehr ich versuche, es abzustreiten, weiß ich, dass es kein blöder Zufall ist. Tief im Inneren habe ich es wahrscheinlich schon geahnt, aber nie wahrhaben wollen.

Denn Lio, mein Lio, existiert nicht.

Der Junge, der mir das Leben gerettet hat, existiert in Wahrheit nicht. All die Zeit über habe ich mich an eine Person geklammert, die mich belogen hat. Aber dennoch kann ich es nicht übers Herz bringen, auch nur einen Funken Abscheu ihm gegenüber zu empfinden. Denn Lio-, nein. Kilian. Denn Kilian hat mich aus einer Dunkelheit befreit, wozu kein anderer imstande gewesen wäre.

Und nun stehe ich seinem jüngeren Bruder gegenüber, der mir schon seit Wochen das Leben zur Hölle macht. Den ich tief aus meinem Herzen verabscheuen sollte. Aber er braucht mich nur anzusehen, damit ich anfange, mich nach seiner Nähe zu sehnen.

»Du denkst, dass ich dich einfach so gehen lassen werde, nachdem du in meinem Haus herumgeschnüffelt hast?« Seine Fingerspitzen fahren über mein Schlüsselbein, was eine Gänsehaut auf meiner nackten Haut hinterlässt.

Ich sollte ihn zurückschieben, aber in Wahrheit genieße ich seine Berührungen auf meinem Körper.

Ich lasse mich von seiner makellosen Brust nicht ablenken und sehe ihm in die dunklen Augen. »Ich habe nicht herumgeschnüffelt … Und jetzt lass mich los.«

Seine Hand an meinem Hals wird durch seine Lippen ersetzt, doch er berührt mich nicht. Er versucht, mich zu necken, weil er genau spürt, wonach ich mich sehne.

»Ach ja?«, flüstert er in mein Ohr. Tief und rau. »Unter einer Bedingung.«

Ich schlucke. »Was?«

»Gehe auf deine Knie und bettele darum.«

Seine schmutzigen Worte lösen ein Ziehen in meinem Bauch aus. Aber ich würde ihm niemals die Genugtuung geben und mich vor ihm auf die Knie herablassen.

»Perverser Bastard.«

Ich spüre, wie sich seine Lippen an meinem Hals zu einem Schmunzeln verziehen. »Ich bin ein perverser Bastard? Das letzte Mal, als ich meine Hand unter deinem Rock hatte, warst du schon triefend nass für mich. Und ich hatte dich noch nicht einmal berührt. Also, sag mir, Aliya. Wer ist der Perversling, hm?« Er lehnt sich zurück, um mich anzusehen. »Ich oder … du?«

Verdammt sei er und die Art, wie er mich mühelos in Bedrängnis bringen kann.

»Du hast dir das eingebildet.«

Ich verleugne das Offensichtliche, obwohl seine Worte der Wahrheit entsprechen. Und ich kann nicht anders, als Gefallen daran zu finden.

Ich muss tatsächlich ein Perversling sein.

»Ach, wirklich?« Milans Hände legen sich auf meine Hüften, bevor er mich mit Leichtigkeit anhebt und auf den Schreibtisch setzt.

Ich keuche auf, als er meine Beine auseinander presst und sich zwischen sie stellt. Seine breite Hand ruht auf meinem Oberschenkel, während kleine Schauer meine Wirbelsäule hinunterlaufen.

»Du willst mir also sagen, dass du gerade nicht feucht bist?« Seine Hand fährt meinen Oberschenkel hinauf, doch ich greife danach, um ihn zu stoppen.

»Wenn du versuchst, es herauszufinden, werde ich dich umbringen.«

Ein schelmisches Grinsen macht sich auf seinen Lippen breit. »Das ist ein Risiko, das ich bereit bin, einzugehen.«

Fuck.

Er wird mich in Stücke reißen und so absurd alles auch ist, werde ich es genießen. Ihm gewähren, mich zu ruinieren.

Aber dann ist da mein Verstand, der mir die Bilder von ihm und Adena, wie sie ihn geküsst hat, vor Augen führt. Damians

Worte, dass er zwanzig Minuten, bevor er mich geküsst hat, Olivia Miller gefickt hat.

»Du spielst ein schmutziges Spiel, Shane.«

Flammen blitzen in seinen dunklen Augen auf. »Ich mag es schmutzig.«

Hitze breitet sich auf meinen Wangen aus, während meine Brust sich hektisch hebt und senkt.

Er ist der Bastard, der gerne seine Spielchen treibt und ich bin der Narr, der sich von ihm leiten lässt.

Jedes. Verdammte. Mal.

Seine Hand lässt von meinem Oberschenkel ab und greift stattdessen nach meiner Brust. Ich schnappe nach Luft, während meine Nippel sich verhärten. Mit seinem Daumen fährt er darüber. »Schau, wie sie sich nach meiner Berührung verzehren.«

Eine unglaubliche Empfindung macht sich in meinem Körper breit, während sich meine Sicht vernebelt und meine restlichen Sinne sich verschärfen.

»Das ist nicht-« Ich breche ab, als er meine Nippel zwickt.

Mit einem Stöhnen lasse ich meinen Kopf in den Nacken fallen. Dies nutzt er zu seinen Gunsten und bedeckt meinen Hals mit feuchten Küssen, die mein Verlangen verstärken.

»Weißt du, *Little Curse*, du bist eine ziemlich gute Lügnerin.«

Der Kosename entgeht mir nicht, doch ich bin viel zu sehr auf seine Hände fokussiert, die meine Brüste über dem T-Shirt erkundigen und auf seine Lippen, die meinen Hals erforschen.

»Bist du schon wieder feucht, ohne dass ich dich wirklich berührt habe? Sag es mir.«

Belustigung liegt in seiner Stimme, was mich an die Tatsache erinnert, dass all dies nicht geschehen sollte. Dass ich mich ihm nicht unterwerfen sollte. Ihm diese Genugtuung nicht ermöglichen sollte.

Der Schimmer der Lust vermischt sich mit der bizarren Dunkelheit.

»Fick. Dich«, zische ich.

»Immer noch am Lügen, hm? Deine Augen flehen mich an, dich hier und jetzt zu nehmen.«

Seine Hände lassen von meinen Brüsten ab und wandern stattdessen an meinen unteren Rücken, bevor er mich auf dem Schreibtisch nach vorne zieht, um sein Becken an mich zu drücken. Etwas Hartes presst sich durch seine Schwimmshorts an die Innenseite meiner Oberschenkel.

»Spürst du das?«

Ein Schauer fährt über meinen Rücken.

»Seit die Party begonnen hat, denke ich nur daran, dich hart zu ficken.«

Ich schlucke, um meinen Verstand nicht zu verlieren, aber seine pure Ehrlichkeit macht mich wahnsinnig.

Bevor ich etwas darauf erwidern kann, greift er nach meinem Zopf und zieht daran, bis sich mein Kopf erneut nach hinten neigt und ich nun gezwungen bin, zu ihm hochzusehen.

Eine Sekunde später beanspruchen seine Lippen meine.

Milans Küsse sind nie liebevoll oder vorsichtig. Genau wie unser erster Kuss schreit dieser nach Gefahr, Grausamkeit und Verzweiflung. Seine Zähne prallen auf meine und seine Zunge stößt in mich hinein, als würde mein Mund ihm gehören. Als würde *ich* ihm gehören.

Und diesmal lasse ich es zu, ohne dagegen anzukämpfen. Weil es das ist, wonach mein Körper sich sehnt, wohl wissend, dass es der größte Fehler meines Lebens sein wird.

Milan küsst mich nicht, er verschlingt mich. Raubt die gesamte Luft aus meiner Lunge und füllt meinen Körper mit Hunger nach mehr.

Er trennt unsere Münder voneinander und lässt mich nach Luft schnappen. Doch sein intensiver Blick lässt mich nicht aus den Augen.

»Zieh es aus.«

Verwirrt blinzele ich, unsicher, ob ich ihn richtig gehört habe. »W-Was?«

Er greift nach dem Stoff von Shins T-Shirt. »Zieh es aus, bevor ich es auseinanderreiße.«

Meine Atmung geht immer noch unregelmäßig und ich bin benebelt von unserem Kuss, aber ich denke nicht daran, mich auszuziehen, nur weil ihm wieder einmal etwas nicht passt.

»Ich mag das nicht.« Seine Stimme ist ausgesprochen ruhig, dafür, dass er einige Sekunden zuvor gedroht hat, mir das T-Shirt herunterzureißen.

»Was magst du nicht?«

»Du riechst wie mein verfickter Freund.«

Mein Herz hämmert in meinen Ohren, während ich ihn ungläubig anstarre.

Heilige Scheiße. Er ist eifersüchtig.

Milan lässt mir keine Zeit, zu reagieren, sondern bedeckt meinen Mund erneut mit seinem. Seine Zunge erobert meinen Mund, als hätte Gott mich nur für ihn erschaffen.

Und ich will ihn genauso zurückküssen.

Mit demselben Drang seinen Mund erobern und die Luft aus seiner Lunge ziehen.

Ich will dasselbe Spiel spielen wie er, aber gewinnen.

Obwohl ich weiß, dass ich so nicht bin. Ich lasse mich nicht auf draufgängerische Typen ein, lasse mich nicht von Herzensbrechern erobern und weine nicht, wenn ich ausgenutzt werde. Ich bin nicht wie die anderen. Und genau deswegen beneide ich sie. All die Mädchen, die sich trauen, auf Milan Shane einzugehen, bewusst, dass er ihnen nur etwas vorspielt. Ich möchte mich genauso fallen lassen und meinen Verstand verlieren. Ich will, dass er mich verschlingt, erobert und für sich beansprucht, aber meine Gedanken funken jedes Mal aufs Neue dazwischen.

Gerade als ich ihn von mir wegdrücken möchte, fühle ich seine Finger an meinem Eingang und halte die Luft an.

»Fuck. Du bist nackt. Versuchst du, mich umzubringen?«

Ich beiße auf meine Unterlippe und klammere mich an seine Schultern. Ich habe tatsächlich nichts anderes an, außer das T-Shirt, welches Shin mir geliehen hat, weil meine Unterwäsche auch durchnässt waren.

Er fährt mit seinem Finger von der Spitze meiner Klit nach unten und lacht rau. »Du bist feucht.«

Es ist, als würden all meine Nerven blank liegen.

»Willst du, dass ich dich gut fühlen lasse?« Er reibt auf und ab, um mich zu necken.

Seine dreckigen Worte, der Hunger in seinen Augen und die Lust in seiner Stimme drängen mich dazu, mich der Sünde hinzugeben.

Seine Erektion drückt sich immer noch gegen die Innenseite meines Oberschenkels und würde er nur etwas näher rücken oder mich etwas zu sich ziehen, läge sie genau dort, wo ich es am meisten *brauche*.

Aber er denkt nicht daran, mir den Genuss der Erlösung zu geben und spannt mich auf die Folter. Er streicht mit einem Daumen über meine Klit, während er mit seiner anderen Hand erneut an meinem Haarschopf zieht und meinen Kopf in meinen Nacken zwingt.

Mit seiner Zunge fährt er über seine Zähne, bevor er sich hungrig an meinen Hals stürzt. Er leckt, saugt und verteilt feuchte Küsse auf meiner Haut, während ich meine Hüfte gegen seine Berührungen wiege.

Mit einem kräftigen Stoß schiebt er einen Finger in mich.

Ein Gefühl der Ausgefülltheit überkommt mich.

»Oh Gott.« Ich stöhne und kralle meine Nägel in seine Schultern, während seine Lippen weiter meinen Hals erkunden.

Aber sein Finger bewegt sich nicht, weswegen ich mich stärker an seine Hand drücke. Als er nicht reagiert, will ich klagen, bis er einen weiteren Finger in mich schiebt und meiner Kehle einen pornösen Laut entlockt, von dessen Existenz ich bis jetzt nicht wusste.

»Fuck. Du fühlst dich gut an«, murmelt er gegen meinen Hals, bevor er sich zurückzieht, um mir in die Augen zu sehen.

Milans Finger bewegen sich in mir. Sein Blick verdunkelt sich, während ich unter seiner Berührung lustvoll wimmere.

»Du verschlingst meine Finger wie eine brave Schlampe. Sag mir, wenn ich meinen Schwanz in dich schiebe, wirst du mich dann auch so durchnässen?«

Ich verschlucke mich.

»Wie wäre es, wenn wir das Gerücht in die Wirklichkeit umsetzen? Du wirst für mich kommen, nicht wahr? Wie ein braves Mädchen meinen Namen schreien, damit jeder da unten hört, wie ich dich hier oben nehmen werde.«

Seine dreckigen Wörter sollten das Feuer in mir auslöschen, aber stattdessen werden die Flammen nur noch heißer und ich drohe, in seiner Hand zu schmelzen.

Als der Druck zwischen meinen pulsierenden Wänden endlich zunimmt, verlangsamen sich seine Finger.

Ich weiß nicht, was mit mir los ist, aber ich bin kurz davor, ihn anzuflehen, weiterzumachen, nur um endlich erlöst zu werden. Er zieht seine Finger vollkommen aus mir heraus und hinterlässt eine unzufriedene Leere.

Seine dunklen Augen finden meine und sein Mundwinkel kräuselt sich zu einem halbherzigen Grinsen. Fast habe ich die Befürchtung, dass er mich so stehen lassen und verschwinden wird.

»Spreiz deine Beine für mich.«

Ein Zittern zieht sich durch meinen Körper.

Er bemerkt mein Zögern und ergreift die Initiative, indem er seine Arme um meine Oberschenkel legt und mich kraftvoll an die Kante des Tisches rückt.

Sein intensiver Blick wandert zwischen meine Beine und ein Hauch von Scham macht sich auf meinen Wangen breit.

Doch dann versinkt sein Kopf zwischen meinen Oberschenkeln. Rücklings falle ich auf den Schreibtisch und stütze mich auf meinen Ellenbogen ab.

»Was machst-« Ein tiefer Strom der Lust durchströmt mich, als seine heiße feuchte Zunge meine Klitoris berührt.

»Ich werde deine verdammte Attitüde aus dem Körper saugen, damit du sie endlich ablegen kannst.« Seine Zunge umkreist meine Öffnung. »Ich werde deine verfickte Fassade zerstören und brechen.«

Ich keuche auf und meine Arme geben nach, sodass mein Kopf auf den Schreibtisch fällt. »Warte. Du kannst doch nicht-«

»Ich kann und werde.«

Milan saugt und zieht mit seinen Zähnen an meinen Falten, sodass ich ein lustvolles Stöhnen von mir gebe. Seine Hände haben sich in meine Hüften gekrallt, die nicht mehr länger von meinem hochgerutschten T-Shirt bedeckt sind. Er hält mich so fest, dass ich mich nicht bewegen kann.

Seine Zunge streicht über meinen Kitzler, umspielt ihn, bevor sie wieder tief in meine Pussy eindringt. Jedes Mal, wenn er das tut, durchfährt mich eine neue Welle der Lust.

Meine Hände vergraben sich in seinen schwarzen, weichen Haaren und ich ziehe leicht dran. Er gibt einen tiefen und rauen Laut von sich, doch lässt nicht von mir ab.

»Du schmeckst himmlisch«, spricht er zwischen seinem Saugen.

Wie ein hungriges Biest fährt seine Zunge in mich hinein und wieder heraus.

»Ah, M-Milan«, stöhne ich seinen Namen. Und tatsächlich ist es das erste Mal, dass ich ihn mit seinem Vornamen anspreche.

Er antwortet mit einem tiefen Stöhnen, welches in meinem ganzen Körper nachhallt.

»Sag.« *Saug.* »Es.« *Saug.* »Nochmal.« *Saug.*

»Milan.«

Sein Name rollt wie ein Wimmern über meine Lippen und seine Hände um meine Hüften graben sich viel tiefer hinein, als seine hemmungslose Zunge nun schneller in mich eindringt. Der Druck in mir fängt wieder an, sich aufzubauen.

»Oh Gott.« Das Ungezügelte in mir explodiert und ich komme wie noch nie zuvor.

Das warme Kribbeln verbreitet sich auf meinem ganzen Körper und hinterlässt eine pulsierende Leere, als er mir seine Zunge entzieht.

Mein Herz hämmert schnell gegen meine Brust und meine Atmung stabilisiert sich nur langsam.

Ich werde gezwungen, meine Finger aus seinen Haaren zu lösen, als er sich erhebt. Während ich mich aufsetze, überkommt mich eine plötzliche Schüchternheit.

Er wischt sich mit dem Daumen über die Lippen und leckt dann die Feuchtigkeit ab, ohne mich aus seinem Blick zu lassen.

»Sieh dir das Chaos an, das du angerichtet hast«, er schnalzt mit seiner Zunge, während er nach dem Handtuch greift, welches um seinen Nacken liegt und es zwischen meine Beine führt, um mich sauberzumachen. Ich schnappe nach Luft, als der Stoff meine weiche Haut berührt.

Bevor ich ihn daran hindern oder überhaupt das Geschehene bereuen kann, lehnt er sich mit einer schnellen Bewegung zu mir und drängt seine Zunge erneut in meinen Mund. Die gleiche

Zunge, die vor wenigen Sekunden in mir war und mich zum Höhepunkt getrieben hat.

Diesmal zögere ich nicht, sondern schiebe meine Zunge ebenfalls in seinen Mund, sodass wir uns gegenseitig konsumieren können.

Denn auch wenn seine Anwesenheit nach Gefahr schreit, ist er das, wonach ich mich sehne und wonach ich lechze. Ich kann mich nicht mehr dagegen wehren, auch wenn er mich in den Abgrund stürzen sollte.

Ich möchte nicht mehr nachdenken.

Milan besitzt nicht nur meinen Körper, sondern auch meine Gedanken. Mit ihm kann sich mein Verstand abschalten.

Er ist wie eine Droge. Ungesund für mich, aber ich kann nicht aufhören, mich danach zu sehnen, nachdem ich einmal gekostet habe. Er erschafft eine neue Seite in mir oder vielleicht erweckt er auch einfach all das, was ich zuvor immer unterdrückt habe.

Seine Hände drücken meine Oberschenkel und entlocken mir fast ein weiteres Stöhnen. Doch jeder Traum und jedes schöne Erlebnis enden mit einer unerwarteten Wendung.

»Kann ich mich euch anschließen?«

Milans Lippen lösen sich von meinen, während seine finstere Miene die Person hinter mir erfasst. Ich drehe mich ebenfalls nach hinten, um in zwei lüsterne blaue Augen zu blicken, deren Besitzer mit verschränkten Armen und einem wölfischen Grinsen an der Tür lehnt.

Damian.

21
Aliya

GEGENWART

»Ich bin sicher, *Servant* hätte nichts dagegen, nicht wahr?« Damian zwinkert mir zu.

Der Gedanke, dass er die ganze Zeit an der Tür gestanden und dabei zugesehen hat, wie Milan mich mit seiner Zunge verwöhnt hat, lässt meinen Magen sich vor Abscheu zusammenziehen.

Milans Handgriff um meine Oberschenkel löst sich, sodass ich wieder zu ihm sehe.

Seine Lippen kräuseln sich zu einem halbherzigen Lächeln. »Du bist spät dran, D. Wir sind fertig für heute.«

Diese Worte lassen mich versteifen, während ich ihm ungläubig entgegenblicke.

Hat er etwa die ganze Zeit über gewusst, dass Damian an der Tür steht und dennoch weitergemacht?

»Schade«, antwortet Damian sarkastisch. »Nächstes Mal werde ich sie dann zum Kommen bringen.«

Milan zuckt mit den Schultern und verschränkt die Arme vor seiner trainierten Brust. »Nur zu. Tu, was du nicht lassen kannst.«

Ich kralle meine Nägel in das Handtuch, welches immer noch zwischen meinen Beinen weilt, unfähig dazu, mich zu Damian zu drehen. Meine Augen haften an Milan, in der Hoffnung, dass er eine andere Reaktion von sich gibt. Nur dieses eine Mal.

Dass das, was zwischen uns vorgefallen ist, etwas verändert hat. Sodass McKinney Unrecht behält, als er meinte, dass Milan mich mit seinen Freunden teilen würde.

Aber tief im Inneren weiß ich, worauf ich mich eingelassen habe. Ich weiß, wozu er imstande ist. Und nun erinnere ich mich auch wieder daran, wieso ich mich von ihm fernhalten wollte.

Er ist wie ein Schatten, der über allem liegt, dunkel und unheilvoll. Jemand, dessen bloße Präsenz das Blut in den Adern gefrieren lässt. Die Wahrheit hinter den Gerüchten, dass sein Name allein ausreicht, um die Tapfersten zu erschrecken und die Mutigsten in die Knie zu zwingen.

Man sagt nicht umsonst, dass die *Legions* die Verkörperung des Bösen sind. Geschaffen aus Verdammnis und Verderben, um die Stadt in eine dunkle Hölle zu verwandeln. Zerstörte Seelen, ohne Gewissen und ohne Gnade.

Ich sacke weiter in mich zusammen.

All das Herzklopfen, die Aufregung und die Sehnsucht, die ich bisher empfunden habe, fühlen sich plötzlich nicht mehr gut an. Ich fühle mich benutzt, schmutzig und schäme mich, dass ich meine Beine für ihn gespreizt habe.

Die Enttäuschung wird schnell durch eine unkontrollierte Wut ersetzt. Ich hebe mein Bein, um ihn mit einem Tritt von mir zu stoßen, aber reflexartig drückt er es hinab.

»Wenn ich du wäre, würde ich das lieber nicht tun.«

Mit einem tückischen Schmunzeln tritt er näher auf mich zu, während seine Hand wieder meine Oberschenkel hinaufgleitet. »Oder muss ich dir erneut beibringen, wie sich ein braves Mädchen zu benehmen hat?«

Seine überheblichen Kommentare verstärken das Verlangen, in sein Gesicht zu spucken. Damians hämisches Lachen bringt meine Wut zusätzlich zum Überkochen.

Ich greife nach dem Handtuch und knalle es mit harter Wucht gegen Milan, bevor ich ihn nun doch von mir stoße und vom Schreibtisch springe – bedacht, dass das T-Shirt alles Notwendige bedeckt.

»Oh, oh, sie ist wütend«, kommentiert Damian.

Die Gleichgültigkeit in Milans Augen bringt mich weiter in Rage, doch ich weiß, dass er sich an meinem Leid und meiner Verzweiflung ergötzen wird.

Ich schnappe mein Handy, meine Tasche und halte kurz inne, als mein Blick auf das Buch fällt, welches ich fallen gelassen hatte.

The Brothers Karamasow.

Lios Lieblingsbuch.

Unbekümmert, ob es Diebstahl oder eine Straftat ist, was ich mache, hebe ich es ebenfalls hoch und stopfe es in meine Tasche. Milan scheint es sowieso nicht zu interessieren, denn er mustert mich unbeeindruckt.

Mit dem Plan, dieses gottverdammte Zimmer und Haus zu verlassen und nie wieder zurückzukehren, mache ich mich auf den Weg zur Tür, wo Damian immer noch lehnt.

»Das ist ein gutes Buch. Kann ich nur weiterempfehlen«, deutet er mit seinem Kopf auf das Buch in meiner Tasche.

Seine bloße Anwesenheit wird mich wahrscheinlich niemals begeistern. Aber die Tatsache, dass er etwas über mich weiß, was sonst niemand weiß – außer Lio, nein, Kilian – löst ein viel düsteres Gefühl in mir aus als das übliche Unbehagen.

»Geh mir aus dem Weg.«

Sein Grinsen wirkt verschmitzt und seine Augen strahlen amüsiert. Aber ich weiß, welche unterschwellige Boshaftigkeit und Listigkeit sich in ihm verbergen.

»Was ist los, *Servant*? Bist du etwa immer noch wütend, weil ich dich ins Wasser gestoßen habe?«

Ich spanne meinen Kiefer an. Im Endeffekt ist all dies seine Schuld gewesen. Seinetwegen bin ich in diese ungünstige Lage geraten und nur deshalb wurde ich erneut bloßgestellt.

»Fick dich«, zische ich aufgebracht.

»Du wirst schon darüber hinwegkommen. Außerdem solltest du mir danken, findest du nicht?«

»Danken, weil du mich bloßgestellt hast?«

»Gott, du bist so reizend, wenn du wütend bist. Es turnt mich schon fast an.«

»Du kannst mich mal.«

»Gerne.« Seine Obszönität überrascht mich nicht einmal mehr.

»Geh mir-« Ich verstumme, als ich plötzlich den Boden unter meinen Füßen verliere und stattdessen kopfüber über Milans Schulter hänge.

Ich schnappe nach Luft, als seine Hand an dem T-Shirt zieht, um meinen Hintern zu bedecken.

»Lass uns dich sauber machen.«

Er hebt mit seiner freien Hand meine Tasche an und passiert Damian, welcher uns hinterher starrt. Wie eine lästige Last trägt er mich in eine unbekannte Richtung.

»Lass mich sofort runter!« Meine Fäuste hämmern gegen seinen Rücken, doch er behält eine Mischung aus Überlegenheit und Gleichgültigkeit.

»Du kranker-« Ich keuche auf, als seine Hand auf meine Po-Backe schnellt.

Er hat meinen Hintern *versohlt*.

»Halt die Fresse.«

Von der Belustigung eben ist in seiner Stimme nichts mehr zu hören. Im Gegenteil trieft seine Tonlage vor Kälte und lässt mich augenblicklich erschaudern.

Ich lasse mich davon nicht beirren, versuche mich aus seinem Griff zu befreien, aber seine Arme haben meine Beine fest umschlungen, als seien sie aus Stahl.

Stattdessen kralle ich meine Nägel in seinen nackten Rücken, in der Hoffnung, ihm wehzutun.

»Du weißt, dass mich das anmacht, oder?«

Ich halte in meiner Bewegung inne, bevor ich meine Hände von seinem Rücken entferne. Mein Herz hämmert bis zum Hals. Ich bin froh, dass er mein Gesicht nicht sehen kann, denn ich bin mir sicher, dass ich glühe.

»Ekelhaftes Arschloch.«

Sein Oberkörper vibriert, als er mir antwortet. »Solche schrecklichen Worte und du bist trotzdem auf meinem Gesicht gekommen.«

Ich schnaube. »Das wird nicht noch einmal passieren.«

Seine Unbekümmertheit, als Damian dreckig über mich gesprochen hat, geht mir nicht aus dem Kopf. Und ich verstehe nicht einmal, wieso es mich so gekränkt hat. Vielleicht, weil er einige Minuten zuvor eifersüchtig darauf war, dass ich Shins T-Shirt trage, aber vor Damian so getan hat, als würde es ihm nichts ausmachen, wenn ich mit Damian schlafe.

»Ich werde dich noch viele weitere Male kommen lassen, *Little Curse*«, antwortet er überzeugt. »Aber dieses Mal wird meine Zunge nicht das Einzige sein, was deine enge, feuchte Pussy füllen wird.«

Seine schmutzigen Worte sind wie der Auslöser der unberechenbaren Hitze, die sich erneut in mir ausbreitet. Ich verstumme und starre stattdessen auf das Tattoo in seinem Nacken.

LOST.

Meine Finger kribbeln, aber ich zwinge mich dazu, es nicht zu berühren. Ich weiß, dass er ein weiteres Tattoo auf seinem linken Mittelfinger und weitere auf seiner Brust trägt. Die Lotusblume auf seinem Finger ist mir damals förmlich ins Auge gesprungen, als er seine Hand auf meinem Oberschenkel liegen hatte.

Trotz meiner brennenden Neugier, die Geschichten hinter all den Kunstwerken auf seinem Körper zu erfahren, halte ich mich zurück.

Aber da ist etwas anderes, das ebenfalls meine Aufmerksamkeit auf sich zieht.

Eine dicke Narbe zeichnet die untere Hälfe seines Rückens nach und bahnt sich einen Weg weiter nach unten.

Ich schlucke und kann meinen Blick nicht davon lösen.

Einen Moment später betritt er einen Raum und schlägt die Tür hinter sich zu, wo er mich unsanft auf ein Bett fallen lässt. Ich setze mich auf und schaue mich in dem Zimmer um, das sein Schlafzimmer zu sein scheint. Es ist von einer monotonen Eleganz geprägt, mit schweren, dunklen Möbeln, die den Raum dominieren und ihn in eine düstere Atmosphäre hüllen.

Genau so habe ich mir sein Zimmer vorgestellt.

Ich merke gar nicht, wie er durch eine Tür verschwindet und mit Klamotten in seiner Hand zurückkehrt. Er wirft sie neben mich auf das Bett. »Zieh es an.«

»Brauche ich nicht.«

Und wie ich es brauche.

Nur in Shins T-Shirt – das ich ihm definitiv nicht mehr zurückgeben kann, nach dem, was ich darin mit Milan gemacht habe – kann ich unmöglich nach Hause gehen.

»In dem T-Shirt habe ich dich eben zungengefickt. Möchtest du wirklich so raus?«

Ich presse meine Lippen zu einer geraden Linie, als er mich mit solch einer Frage konfrontiert. Die Tatsache, dass er das aussprechen kann, ohne sein Gesicht zu verziehen oder das Kleinste bisschen zu erröten, geht mir auf die Nerven.

»Zieh es an, *Aliya*. Ansonsten werde ich dich nicht gehen lassen.«

Ich möchte nicht nachgeben, aber ich weiß, dass ich keine andere Wahl habe. Deswegen greife ich nach den Klamotten und verschwinde durch die Tür, hinter der ich sein Badezimmer vermute.

Aber eines entgeht mir nicht. Entweder spielen meine Augen mir einen Streich, oder aber es ist mein Verstand, der mich verwirrt.

Denn jedes Mal, wenn er meinen Namen ausspricht, ist da etwas Sanftes in seinen sonst so dunklen Augen. Etwas Zartes, das ich sonst nie zu sehen bekomme. Als würde hinter seiner kalten, dunklen Fassade tatsächlich etwas Gutes stecken.

Trotz seiner finsteren Taten und seines Rufs, wird mir klar, dass auch in den dunkelsten Seelen Licht zu finden ist.

22
Milan

GEGENWART

Nachdem ich mich angezogen habe, zünde ich mir eine Zigarette an. Am Ende habe ich sie überredet, sich umzuziehen. Niemals hätte ich sie so aus dem Haus gelassen. Ohne Höschen, mit geschwollenen Lippen, geröteten Wangen und einem unordentlichen Zopf, der sie wie frisch gefickt aussehen lässt.

Und das Schlimmste, in Shins verdammtem T-Shirt.

Es ist schon misslich genug, dass Damian sie in diesem Zustand gesehen hat.

Ihr bloßer Anblick, ihre unschuldigen Augen, haben mich dazu verleitet, meine eigenen schmutzigen Gedanken in Realität umsetzen zu wollen. Ich kenne Damian schon mein Leben lang und weiß, was für dreckige Fantasien er hat.

Er will sie und ich bin ein Bastard, wenn ich das zulassen sollte.

Die einzige Möglichkeit, um mit Damians unterschwelliger Boshaftigkeit klarzukommen, ist, indem man nach seinen Spielregeln spielt. Er will sie, um eine Reaktion in mir auszulösen. Ein Beweis dafür, dass Aliya Sierra nicht nur ein einfacher Fick für mich ist, sondern dass ich besessen von ihr bin und sie für mich beanspruchen möchte.

Nur für mich allein.

Und ich weiß, wie verdammt Damian ist.

Shin und ich sind die einzigen Menschen in seinem Leben, für die er so etwas wie Emotionen besitzt. Und wenn ihm jemand in die Quere kommt oder er sich bedroht fühlt, kommt sein wahres Gesicht zum Vorschein.

Wir sind beide auf unsere Art und Weise verkorkst, aber Damian … Nun, er schert sich einfach nicht darum.

Die Badezimmertür öffnet sich und mein persönlicher Fluch betritt das Zimmer. Meine Kleidung verschluckt beinahe ihre komplette Gestalt. Das T-Shirt, das ich ihr gegeben habe, ist zu groß und fällt ihr weit über die Schultern.

Mein Mundwinkel zuckt nach oben. Sie in meinen Sachen zu sehen, verstärkt in mir das Bedürfnis, sie ein zweites Mal zu vernaschen.

Ihr süßlicher Geschmack klebt mir immer noch auf der Zunge.

»Wenn du jetzt zufrieden bist, kann ich dann gehen?«

»Ich fahre dich.« Ich drücke meine Zigarette aus und erhebe mich.

Die Party unten geht mir am Arsch vorbei. Obwohl ich der Gastgeber bin, vertraue ich darauf, dass Damian und Shin alles unter Kontrolle haben.

»Ich kann auch allein nach Hause.«

»Kannst du nicht.« Ich gehe an ihr vorbei, um das Zimmer zu verlassen.

»Dann frage ich Shin, ob er mich nach Hause fährt. Es ist nicht nötig, dass du mich fährst.«

Mit meiner Hand an der Türklinke halte ich inne, als ihr Gesagtes in meinem Kopf ankommt. Es genügt, dass sie seinen Namen in ihren Mund nimmt, und mein Blut fängt erneut an zu kochen.

Und vermutlich ist genau dies auch ihr Ziel. Meinen Verstand zu rauben.

Mit angespanntem Kiefer drehe ich mich zu ihr. »Ich sagte, *ich* fahre dich.«

»Und ich sagte, dass es nicht nötig ist.« Sie verschränkt ihre Arme vor der Brust. »Ich könnte auch Damian fragen. Sicherlich wartet er bereits darauf. Schließlich wollte er mich beim nächsten Mal zum Kommen bringen, nicht wahr?«

Ihre Augen blitzen zornig auf, als sie auf Damians und meine Konversation hindeutet.

Schon wieder diese freche Einstellung.

Sie hat keine Ahnung, wie sehr ich gegen den Drang ankämpfen muss, sie nicht hier auf den Boden zu zwingen und zu nehmen.

Wann lernt sie endlich, dass sie so nicht mit mir reden kann?

»Ich glaube, du hast es nicht ganz verstanden.« Meine Hand streicht über die Rötungen und leichten Blutergüsse, die ich ihr verpasst habe, während sie meine Finger verschluckt hat.

Eine Gänsehaut breitet sich unter meiner Berührung auf ihrer Haut aus und ich liebe diesen Effekt, den ich auf sie habe. Sie blinzelt unsicher, während ich meine Hand über ihr Schlüsselbein entlang gleiten lasse und um ihren Hals lege. Ihr rasender Puls macht sich unter meinen Fingern bemerkbar.

»Als ich sagte, dass es mir nicht gefällt, dass du wie mein verfickter Freund riechst, habe ich mich nicht nur auf Shin bezogen.«

Mein Griff um ihren Hals ist fest genug, um ihre Atmung zu kontrollieren. Aber noch habe ich nicht angefangen, ihre Kehle zuzudrücken.

»Du wirst nicht zu Shin gehen. Du wirst nicht zu Damian gehen. Du wirst nur zu mir kommen«, füge ich hinzu, die Drohung in meiner Stimme unverkennbar.

»Ich kann-«

Ich verstärke den Druck, um ihre Worte zu unterbrechen.

»Nein, du kannst nicht«, korrigiere ich sie. »Ob du es willst oder nicht, du gehörst *mir, Little Curse*.«

Ich spüre, wie ihr Puls sich unter meinem Griff weiter beschleunigt. Ihre smaragdgrünen Augen funkeln mich an und zerren an meinen letzten Nerven.

»Bist du wahnsinnig?«, keift sie mich an, trotz der Tatsache, dass ein Druck von mir ihre Luft verkürzen könnte.

»Vermutlich bin ich das.« Ich drücke leicht zu, sodass sich ihre Lippen öffnen und sie aufkeucht. »Du machst mich wahnsinnig.«

Mit meiner freien Hand streiche ich ihr über die Unterlippe.

»Verrückter Bastard«, flucht sie, ohne sich gegen meine Berührung zu sträuben.

Sie hat nicht Unrecht. Ich muss tatsächlich verrückt sein, denn ihr Kontern verstärkt die Lust in mir, sie jetzt übers Knie zu legen und sie für ihre Unartigkeit zu bestrafen.

»So hässliche Worte für so einen schönen Mund.« Mein Griff um ihre Kehle verfestigt sich. »Und ich begehre dich immer noch, als hättest du mir ein Kompliment gegeben.«

Statt ihr die Chance zum Atmen zu geben, beanspruche ich ihre Lippen für mich und stoße meine Zunge in ihren Mund, um sie erneut zu verschlingen.

Sie schmeckt wie eine verdammte Sünde, nach der ich mich nicht sehnen sollte, doch ich kann nicht anders, als mich der Versüßung hinzugeben. Ihre Lippen wurden geschaffen, um von mir erobert zu werden. Wie reine Ekstase hat sie mich süchtig nach sich gemacht, sodass ich mir nicht vorstellen kann, jemals wieder etwas Besseres zu kosten.

Kaum spürbar legen sich ihre zarten Finger auf meine Hand und ich lasse von ihrem Mund ab.

»M-Milan«, ächzt sie nach Luft.

Meinen Vornamen atemlos aus ihrem Mund zu hören, wird vermutlich die schönste Melodie sein, die ich je in meinem Leben gehört habe.

Schließlich lockere ich den Griff um ihre Kehle, woraufhin sie röchelnd einatmet, ohne den Blick von mir zu trennen. »Kannst du nicht einmal zur Abwechslung nett sein?«

Ich schmunzele, während ich ihre Oberlippe lecke. »Ich bin immer nett.«

Sie schnaubt. »Du könntest wenigstens so tun, als ob.«

»Aber das wäre doch langweilig. Lügen ist nicht meine Stärke, das weißt du doch, Sweetheart. Ich bin direkt.«

Sie verdreht ihre Augen und versucht, einen Schritt zurück zu machen, doch ich verstärke meinen Griff um ihren Hals, um sie an Ort und Stelle zu halten.

»Aber keine Sorge, ich werde dich nicht ersticken. Zumindest nicht heute.«

Ein kleiner, spöttischer Laut entweicht ihr. »Wie großzügig von dir.«

»Ich sagte dir bereits, ich bin immer nett.«

Ich nehme ihre Unterlippe zwischen meine Zähne und sauge daran. Sie stößt einen leisen Seufzer aus und ein Hauch von Erregung glüht in meinem Körper auf.

»Nett ist relativ«, murmelt sie mit brüchiger Stimme.

Ich knabbere weiter an ihrer Lippe. »Vielleicht.«

Sie erwidert meinen Blick mit einem intensiven Funkeln in ihren Augen, und ich kann das Verlangen in ihr spüren, das gleiche Verlangen, das auch mich durchdringt.

»Du wirst mich ruinieren.«

»Ich sagte doch, dass ich das tun werde, oder nicht? Ich werde mein Versprechen halten müssen.«

Ein Lächeln entsteht auf ihrem Gesicht und ein winziges Grübchen erscheint auf ihrer Wange, ein bezauberndes Merkmal, das mir bisher entgangen ist.

Ich halte inne, mein Blick verweilt auf diesem Detail, um es genauer zu betrachten. Der Drang, meine Hand auf ihre Wange zu legen und mit meinem Daumen über die Höhlung zu streichen, macht sich in mir breit, doch ich kann ihn gerade noch unterdrücken.

Dieses Mädchen ist mein Untergang.

Ich lasse sie los, bevor ich meine Meinung ändere und sie tatsächlich nicht mehr gehen lasse.

Mein Blick wendet sich von ihr ab, denn alles in mir sehnt sich danach, mich ihrem Fluch hinzugeben. »Lass uns gehen.«

Also öffne ich die Tür meines Zimmers, während sie nach ihrer Tasche greift. Ich spüre, wie sie mir folgt, als ich mich auf den Weg zur Treppe mache.

Doch als ich Elena Davis nach oben kommen sehe, verharre ich in meiner Bewegung.

Die Blondine hebt gerade ihren Kopf und lächelt, als sie mich wahrnimmt. »Oh, da bist du ja, Milan. Ich habe dich unten gesucht. Damian meinte, dass du hier oben bist.«

Sie steigt die letzten Stufen nach oben und bleibt vor mir stehen. »Hast du LJ gesehen? Ich kann sie nirgends-«

Elena unterbricht sich selbst, als ihr Blick auf den Schatten hinter mir fällt. Auf Aliya, die geschwollene Lippen, Rötungen am Hals hat und meine Klamotten trägt.

Ich versteife mich. *Fuck.*

Elenas Augen weiten sich, als ein roter Schimmer sich auf ihren Wangen ausbreitet, während sie Aliya mustert. »Ich wollte nicht stören.«

»Wir wollten gerade gehen.«

Ich greife nach Aliyas Hand, um sie so schnell wie möglich von hier fortzubringen.

Weg von Elena, bevor sich das mulmige Gefühl in meinem Magen bewahrheitet.

Doch dafür scheint es bereits zu spät zu sein, denn Elena hindert uns am Gehen. »Warte.«

Mit angespanntem Kiefer sehe ich sie an, in der Hoffnung, dass sie nichts Unüberlegtes tun wird. Ihre blauen Augen lassen Aliya nicht aus dem Blick. Sie täuscht ein Lächeln vor und streckt ihre Hand aus. »Du musst eine Mitschülerin meiner Schwester sein. Ich bin Raelyns ältere Schwester, Elena.«

Mein Griff um Aliyas Hand verstärkt sich augenblicklich und ich überlege, ob ich sie einfach von hier wegschleifen soll, bevor sie Elena antworten kann.

Sie starrt verwirrt auf Elenas ausgestreckte Hand, bevor sie zögerlich annimmt. »Aliya.«

Wie erwartet fällt ein Schatten über Elenas Gesicht, nachdem sie Aliyas Namen erfahren hat.

»Freut mich, *Aliya*.«

Ihre Betonung klingt alles andere als begeistert.

Die Spannung in der Luft ist mittlerweile spürbar und ich bin mir sicher, dass die Verdüsterung in Elenas Miene auch Aliya aufgefallen ist.

Elenas Blick wandert zu mir und ich sehe ein tückisches Funkeln in ihren Augen. »Dann störe ich euch beide nicht mehr. Ich komme später wieder.«

Bevor ich etwas erwidern kann, dreht sie uns den Rücken zu und eilt die Treppen nach unten.

»Fuck«, fluche ich leise und fahre mir über das Gesicht, bevor ich mich zu Aliya drehe, die mich völlig perplex mustert. »Warte hier, ich bin gleich zurück.«

Ich lasse ihre Hand los und eile Elena hinterher, die bereits dabei ist, das Haus zu verlassen. Mit schnellen Schritten hole ich sie ein, halte sie auf und mache die Haustür hinter uns zu, sodass Aliya nichts davon mitbekommt.

Das Dröhnen der Musik von der Party dringt bis hierher, doch mein Fokus liegt auf der Blondine vor mir.

»Elena«, beginne ich.

Sie dreht sich zu mir, ihr glasiger Blick trifft meinen und ich spüre die Anspannung zwischen uns.

»Das ist *sie*, stimmt's?« Ihre Unterlippe bebt, während Tränen in ihren Augen schimmern.

Mein Schweigen erfasst sie als Antwort und ein kurzes, hysterisches Lachen entweicht ihrem Mund. »Ich wusste es.«

Sie schluckt schwer und ihre Schultern beben vor unterdrückten Emotionen.

»Wieso ausgerechnet *sie*, Milan?« Ein Hauch von Verzweiflung schwingt in ihrer Stimme mit. »Hast du vergessen, was *sie* getan hat?«

Ihre Worte treffen mich wie ein Schlag und ich spüre einen Stich in meiner Magengrube.

Wieso möchte ich jemanden, der mir verboten sein sollte?

Wieso sehne ich mich so sehr nach ihr, aber verabscheue sie auch zugleich?

Es gibt viele Frauen da draußen, die mich unterhalten können, aber die Einzige, die ich wirklich will, wartet oben auf mich. Und ausgerechnet sie ist auch die Einzige, der ich Rache geschworen habe.

Ich mahle mit meinem Kiefer. »Ich habe es nicht vergessen.«

Sie gibt einen leicht gekränkten Ton von sich. »*Sie* haben die gleichen Augen, Milan.« Ihr Blick sinkt und ihre Tränen fließen nun ungehindert ihre Wangen hinunter. »Du hattest recht, als du meintest, *sie* seien sich ähnlich.«

Schweigend beobachte ich, wie ein Schleier der Melancholie sich über ihr Gesicht legt.

»Ich habe überreagiert«, überspielt sie ihre Trauer mit einem Lächeln. »Wenn du LJ siehst, ruf mich an, ja? Man sieht sich.«

Sie dreht mir den Rücken zu und verlässt die Einfahrt, um nach Hause zu gehen. Die Last der Vergangenheit drückt schwer auf mich hinab. Und die Verantwortliche für all meine Bürden wartet immer noch oben darauf, dass ich zurückkomme.

Beinahe hätte ich es vergessen. Meine Abneigung gegenüber Aliya.

Aber noch viel schlimmer als mein Hass ist die Tatsache, dass ich besessen von jemandem bin, den ich ursprünglich zerstören wollte.

Immer noch zerstören möchte – sollte.

Weil es genau das ist, was sie verdient hat.

23
Aliya

GEGENWART

Die Straßen gleiten lautlos unter den Reifen dahin, begleitet von einem sanften Summen des Motors.

Die Stille zwischen uns ist unerträglich.

Milan schweigt, seitdem er mit Raelyns Schwester Elena gesprochen hat und lenkt das Auto mit einer Konzentration, die beinahe greifbar ist. Seine Hände umklammern das Lenkrad so fest, dass seine Knöchel bereits weiß vor Anspannung sind.

Er ist wütend. Die Art und Weise, wie seine Kiefermuskeln sich anspannen und sein Blick starr geradeaus gerichtet ist, verraten mehr, als seine Worte je könnten.

Ich möchte ihn fragen, ob etwas vorgefallen ist, jedoch weiß ich, dass es mich nichts angeht.

Obwohl die Unwissenheit in mir für ein mulmiges Gefühl sorgt, wage ich es nicht, das Schweigen zu brechen, sondern lehne mich einfach nur zurück und lasse meine Gedanken in die Stille eintauchen.

Die Stimmung zwischen uns beiden war ausnahmsweise sogar mal gut, bevor Elena uns über den Weg gelaufen ist. Dass sie sich mir gegenüber seltsam benommen hat, ist mir nicht entgangen. Sie hat mich so angesehen, als wäre es nicht unsere erste Begegnung. Ich war damals in der Mittelschule mit Raelyn befreundet, aber ich erinnere mich nicht daran, je ihre große Schwester getroffen, geschweige denn etwas von ihr gehört zu haben. Doch das Beben in ihrer Stimme, als sie sich von uns abgewendet hat und die Tatsache, dass Milan ihr hinterhergeeilt ist, möchten mir nicht aus dem Kopf gehen.

Dass er je dazu in der Lage wäre, hinter einem Mädchen herzueilen, wäre mir nicht mal in meinen tiefsten Träumen in den Sinn gekommen.

Sie scheint ihm wichtig zu sein.

Ich weiß nicht einmal, warum, aber die Erinnerung daran verengt etwas in meinem Brustkorb. Ich versuche, die aufkommenden Gedanken beiseitezuschieben, doch stattdessen bleibt das Gefühl der Unruhe.

Da Milan den Ruf eines Herzensbrechers hat und seine Nächte oft mit einer anderen verbringt, bin ich nie auf die Idee gekommen, dass es vielleicht jemanden gibt, den er tatsächlich begehrt. Mit der er sich nicht nur vergnügen möchte, sondern für die er wahrhaftig Gefühle hegt.

Ein Schauer zieht durch meinen Körper und mein Magen verkrampft sich, bevor ich zu ihm sehe.

Ist er imstande, zu fühlen?

Und während das Auto voranrollt, fühlt es sich an, als würde auch unsere Bindung, die wir heute aufgebaut haben, langsam davonfahren.

Er biegt in meine Straße, als ich realisiere, dass ich ihm gar nicht gesagt habe, wo ich wohne. Trotzdem hält er vor meinem Haus an und wartet darauf, dass ich aussteige.

»Woher weißt du, wo ich wohne?«

Sein Blick landet auf mir, aber die Kälte in seinen Augen fröstelt mich. »Gute Nacht.«

Mit anderen Worten: »*Verpiss dich.*«

Ein Kloß bildet sich in meinem Hals, als ich die Tür öffne und aus dem Auto steige. Ein Blick zurück zu Milan, der am Lenkrad sitzt, genügt, um zu spüren, dass etwas zwischen uns verloren gegangen ist, etwas, das wir erst heute Abend gefunden hatten.

Mit einem lauten Knall schlage ich die Tür zu.

Scheiß auf ihn.

Wenn er wie ein Kleinkind Stimmungsschwankungen haben möchte, nur zu, aber ohne mich. Er soll sich entscheiden, was er möchte, bevor er handelt. Seine Taten sprechen eine andere Sprache als er.

In seinem Schlafzimmer hat er mir klargemacht, dass ich *ihm* gehöre, nur um einige Minuten später hinter einer anderen herzurennen und mir die kalte Schulter zu zeigen.

Dabei habe ich bereits damit gerechnet, dass er mir nur etwas vorspielt, um mich ins Bett zu bekommen. Das wäre nicht einmal nötig gewesen, denn vermutlich würde ich mit ihm schlafen, ohne dass er sich verstellen muss.

Ich höre den Motor seines Autos noch vor unserer Einfahrt brummen.

Er fährt nicht weg, bevor ich nicht drinnen bin.

Mein Herz klopft wild vor Wut und Enttäuschung, als ich nach meinen Hausschlüsseln greife und die Tür öffne. Da es mittlerweile nach Mitternacht ist, schlafen meine Mutter und Robert schon.

Nachdem ich die Tür hinter mir zugeknallt habe, eile ich zum Küchenfenster, von dem man einen guten Ausblick nach draußen hat. Und tatsächlich sehe ich, wie er davonfährt.

Ich könnte frustriert aufschreien, weil mir gemischten Signale auf die Nerven gehen.

Was möchte er von mir? Weiß er es selbst überhaupt?

Ich bin nur auf die Party gegangen, um Lio wiederzusehen. Nachdem ich seine wahre Identität herausgefunden hatte, hätte ich nach Hause gehen sollen. Mich der Leidenschaft hinzugeben, mich *ihm* hinzugeben, war falsch.

Ich habe keine Zeit, darüber nachzudenken, wie ich mich fühle, als plötzlich eine Hand meine Hüfte umfasst und mich zu der dazugehörigen Person zieht.

Mein Herz setzt aus, als mir der bekannte bittere Geruch eines metallischen Aromas in die Nase steigt.

»Lange ist es her, *Schwesterherz*. Hast du mich vermisst?«

Seine Stimme fühlt sich an wie ein elektrischer Schock, der mich zurück in die Vergangenheit katapultiert. Die Erinnerungen an früher spielen sich wie ein Kurzfilm vor meinen Augen ab, bis ich meine Sinne wieder finde und seine Hand von mir schlage.

Hastig drehe ich mich zu ihm und presse mich in das Fenster, um einen Abstand zwischen uns zu schaffen.

Mein Herz rast rapide gegen meine Brust, während ich ihn betrachte.

Daniel sieht genauso aus wie früher, mit diesem gefährlichen Glanz in seinen Augen und dem spöttischen Lächeln auf den Lippen.

»Sieh mal an«, säuselt er. »Du bist ja erwachsen geworden. Richtig aufgeblüht, seit ich dich das letzte Mal gesehen habe, hm? Das gefällt mir.«

»Was suchst du hier?«

Trotz der Panik, die in mir aufsteigt, versuche ich ruhig zu bleiben und mich nicht von seiner unerwarteten Nähe überwältigen zu lassen.

»Ich habe meine kleine *Schwester* vermisst und bin zurückgekommen.«

Das Wort *Schwester* klingt aus seinem Mund wie ein Witz.

Daniel ist zurückgekehrt, um mich daran zu erinnern, dass ich nie wirklich frei von den Dämonen meiner Vergangenheit sein werde.

»Deine Mutter hat dir doch bestimmt erzählt, dass ich zurückkomme.«

Das hat sie tatsächlich, aber ich habe es vollkommen verdrängt.

»Aber was noch viel wichtiger ist …«, sein Blick fährt über meine Klamotten. »Wo warst du und wessen Auto war das gerade?«

Ich verschränke die Arme vor der Brust. »Das geht dich nichts an.«

Ein düsteres Lächeln breitet sich auf seinem Gesicht aus. »Oh, aber das tut es, Schwesterherz.« Er kommt einen Schritt näher. »Du gehörst immer noch zu mir. Und ich werde sicherstellen, dass du das niemals vergisst.«

Seine Worte durchdringen mich wie eiskalte Nadeln.

Ich erinnere mich an die unzähligen Male, als ich mich von ihm habe einschüchtern lassen. Doch diesmal werde ich nicht klein beigeben.

»Du irrst dich«, sage ich leiser.

Seine Augen kneifen sich zusammen, als er mein Gesicht mustert. »Du hast dich verändert.«

Er hebt seine Hand und greift nach einer Haarsträhne, doch ich schlage sie wieder weg.

Ich werde den Dämonen meiner Vergangenheit zwar niemals entkommen, aber ich habe gelernt, mit ihnen zu leben.

»Mein Äußeres ist nicht das Einzige, das sich verändert hat, Daniel«, erwidere ich, meine Stimme diesmal fest. »Nächstes Mal denke zweimal nach, bevor du versuchst, mir näherzukommen.«

Sein Blick trifft meinen und ich kann die Wut in seinen Augen sehen, die unkontrollierbare Wut eines Mannes, der daran gewöhnt ist, dass alles nach seinem Willen läuft.

Ich renne die Treppen zu meinem Zimmer hoch, ohne zurückzublicken. Atemlos schließe ich die Tür hinter mir ab, bevor ich mich dagegen lehne.

Daniel ist zurück.

Er ist zurück.

Er ist hier.

Als hätte ich die ganze Zeit über die Luft angehalten, fühlt sich alles plötzlich schwerer an. Ein dumpfes Rauschen erfüllt meine Ohren und die Welt um mich herum beginnt sich zu drehen, als wäre ich in einem Wirbelsturm gefangen.

Mit zitternden Händen halte ich mir die Ohren zu und lasse mich zu Boden gleiten.

Daniel ist zurück.

Die Erinnerungen an die Vergangenheit überwältigen mich, und ich fühle mich wie gelähmt, unfähig, einen klaren Gedanken zu fassen.

Als der metallische Geschmack von Blut auf meiner Zunge brennt, löst sich das Beben in meinem Kopf.

Ich habe mir in die Wange gebissen.

Er kann mir nichts tun. Nicht mehr.

Ich habe mich verändert.

Ich bin nicht mehr wie früher.

Mit einem festen Entschluss stehe ich auf, wische mir das Blut von der Lippe und atme tief durch.

Ich werde nicht zulassen, dass Daniel mich wieder in seine Fänge bekommt.

Diesmal werde ich kämpfen.

Ich versichere mich, dass meine Tür tatsächlich abgeschlossen ist, bevor ich mich meinem Kleiderschrank zuwende. Ich greife nach meinen Pyjamas, doch halte inne, als ich bemerke, dass ich Milans Klamotten trage.

Ich führe den Saum seines T-Shirts an meine Nase. Obwohl es nach frisch gewaschener Wäsche riecht, haftet immer noch sein Duft mit einer subtilen Note von Sandelholz daran und verschärft meine Sinne.

Ohne mich umzuziehen, krabbele ich unter meine Decke.

Obwohl ich müde bin, möchte ich noch nicht schlafen. Denn sobald ich meine Augen schließe, sehe ich unerwünschte Bilder aufblitzen.

Normalerweise hätte ich jetzt Lio angerufen.

Nicht Lio.

Kilian.

Kilian Shane.

Es fühlt sich immer noch wie ein Traum an, dass ausgerechnet er Milans älterer Bruder ist. Diese Enthüllung darüber hat mein Weltbild auf den Kopf gestellt.

Kilian, der stets so freundlich und geduldig wirkte, ist nun plötzlich mit Milan, die Dunkelheit höchstpersönlich, verbunden.

Ich lehne mich zu meiner Tasche und ziehe das Buch heraus, welches ich von Milans Anwesen mitgenommen habe.

The Brothers Karamasow von Dostojewski.

Ich schlage den Einband auf, um es zu lesen, als mir eine Wölbung unter dem Schutzumschlag auffällt, die ich zuvor nicht bemerkt habe, auffällt. Neugierig gleiten meine Finger darüber. Ich schiebe den Schutzumschlag zur Seite.

Ein Briefumschlag, der zwischen dem Einband und dem Umschlag des Buches eingeklemmt war, fällt auf meinen Schoß.

Huh?

Mit zittrigen Fingern nehme ich ihn in die Hand und klappe das Buch wieder zu. Sein Gewicht fühlt sich überraschend schwer an.

Vermutlich sollte ich den Umschlag nicht weiter anfassen und das Buch samt des Briefes Milan morgen zurückgeben, aber der Inhalt, der aus dem offenen Briefumschlag herausschaut, lockt mich unwiderstehlich an.

Trotz der vernünftigen Stimme in meinem Kopf gewinnt die Neugier über meinen Verstand.

Nervös ziehe ich das Papier heraus. Es fühlt sich spröde an, als hätte es darauf gewartet, entdeckt zu werden.

Ein Moment der Unsicherheit überkommt mich, als ich die vielen Zettel betrachte.

Dieser Brief ist offensichtlich nicht für meine Augen bestimmt, und ich sollte mich vielleicht lieber zurückhalten. Doch die Neugierde, die Möglichkeit, dass der Inhalt etwas mit Kilian oder Milan zu tun haben könnte, verleitet mich dazu, ihn lesen zu wollen.

Ich falte stattdessen die Zettel auseinander.

Zurückgelehnt lasse ich meine Augen schlussendlich über die Zeilen gleiten, die in einer mir bekannten Handschrift geschrieben wurden.

Hallo Stitch,

es ist merkwürdig, dir einen Brief zu schreiben, während du neben mir sitzt. Einen Brief, den du niemals zu Gesicht bekommen wirst.

Wahrscheinlich ist es ein Fehler, alles, was ich mich nicht traue, in dein Gesicht zu sagen, aufzuschreiben, aber vielleicht kann ich somit mein Gewissen entlasten.

Ich habe dir so vieles zu erzählen, kleiner Bruder.

Bei deiner Geburt war ich vier Jahre alt. Obwohl ich noch so jung war, kann ich mich genau an jenen Tag erinnern. Im Kindergarten haben mich meine Freunde geneckt, dass ich, sobald du auf der Welt bist, die Nummer zwei unserer Eltern werden würde.

Natürlich wollte ich das nicht. Vier Jahre lang hatte ich die gesamte Aufmerksamkeit unserer Eltern, und du wolltest mir meine Position als Lieblingskind wegschnappen?

Doch als ich dich das erste Mal gesehen habe, war es so, als hätte sich ein Licht in mir erhellt.

Deine kleine Hand hat sich an meinen Zeigefinger geklammert und du hast mich aus großen Augen angesehen. Dein Anblick und deine unschuldigen Augen haben es mir angetan. In dem Moment habe ich eine Verbindung zu dir gespürt, die tiefer war als alles, was ich je zuvor gefühlt habe.

Unsere Eltern haben dir den Namen ‚Milan‘ gegeben. Anders gesagt: ‚der Friedensbringer‘.

Dieser Name passt zu dir. Du hast Frieden in mein Leben gebracht, obwohl mir nicht klar gewesen war, dass er mir fehlte.

An diesem Tag habe ich eine Entscheidung getroffen.

Ich habe geschworen, dich zu beschützen.

Dass ich es niemals zulassen werde, dass dir jemand ein Haar krümmt.

Leider konnte ich mein Versprechen, meine Schwüre, die ich an diesem Tag gegeben habe, nicht halten.

Deine Geburt, deine bloße Existenz, war ein Geschenk für mich, jedoch empfand das nicht jeder so.

Kilian

24
Aliya

GEGENWART

»D as können Sie mir nicht antun. Sie haben mir Ihr Wort gegeben!«

Ms. Grambs scheint ungerührt von meinen Bitten. »Ich verstehe, dass Sie enttäuscht sind, aber die Dinge haben sich geändert. Ich kann nicht mehr tun, als Ihnen gesagt wurde.«

Sie wendet ihren Blick ab, als wäre ihr meine Gegenwart unangenehm.

Diese verdammte Hexe.

Sie hatte mir versprochen, dass sie mir eine Empfehlung schreiben wird, welche ausschlaggebend für meine College-Bewerbung ist, doch jetzt weigert sie sich.

Ihrer Meinung nach habe ich aufgrund der Gerüchte, die zurzeit die Runde machen, die Chance verloren, ein Stipendium zu erhalten.

Eine Mischung aus Verzweiflung und Wut steigt in mir auf. »Aber Sie haben versprochen, dass ich diese Gelegenheit bekommen werde.«

»Ich verstehe, dass Sie nun frustriert sind, aber ich kann keine Empfehlung für jemanden schreiben, der in einem solchen Licht steht, Ms. Sierra. Sie müssen verstehen, dass ich meine Glaubwürdigkeit als Lehrerin schützen muss.«

»Ich habe doch nichts getan«, entgegne ich. »Diese Gerüchte sind falsch. Sie können mich doch nicht aufgrund von Anschuldigungen verurteilen.«

Sie seufzt und setzt ihre Brille ab, aber ihr Gesichtsausdruck bleibt ungerührt. »Ich habe das Bild von Ihnen gesehen.«

Ein eisiger Schauer läuft mir über den Rücken.

Wärme macht sich auf meinen Wangen breit und ich fühle mich bloßgestellt.

»Das ist nicht fair. Sie kennen mich doch, Sie wissen, dass ich nicht das bin, was dieses Bild zeigt.«

Ich kann das Urteil in ihren Augen lesen, bevor sie es ausspricht. »Ich muss an das Ansehen der Schule denken. Es tut mir leid, aber ich kann nichts für Sie tun.«

Ich schlucke schwer, die Bitterkeit macht mich fast sprachlos. Langsam erhebe ich mich von meinem Stuhl, um den Raum zu verlassen.

»Danke für Ihre Zeit, Ms. Grambs.«

Die Tür fällt hinter mir ins Schloss und ich muss einen Schrei unterdrücken, welcher in meiner Kehle brennt. Nun, da sogar die Lehrer mich als eine Schlampe abgestempelt haben, kann ich ein ruhiges Schulleben vergessen.

Ein tiefes Lachen lässt mich meine Augen aufreißen. Mir gegenüber stützt sich John McKinney mit verschränkten Armen und einem Fuß gegen die Wand. Sein amüsierter Blick ruht auf mir. Mit einem verschwörerischen Grinsen stößt er sich von der Wand ab und kommt auf mich zu.

»Du hättest ihren Blick sehen sollen, als ich ihr das Bild von dir gezeigt habe. Die arme Frau hatte fast einen Herzinfarkt.«

Ein heißer Schwall der Wut steigt in mir auf. »Du hast mich *verpetzt*?«

»Ich sagte doch, dass wir beide miteinander noch nicht fertig sind.«

Dieser verdammte Bastard.

Nicht nur habe ich durch ihn meine Chance auf eine Empfehlung verloren, sondern mein Ruf ist jetzt auch vollkommen beschädigt.

»Was wirst du jetzt machen, hm? Dich auf Shanes Schoß ausheulen, damit er dich aus deinem Elend befreit? Wie süß.«

Meine Fäuste ballen sich aus Zorn, aber ich zwinge mich, ruhig zu bleiben. Ich werde nicht zulassen, dass er mich aus der Fassung bringt.

»Halt deine verdammte Fresse und lass mich in Ruhe.«

Ich bemerke, wie einige aus dem Basketballteam auf uns zukommen und sich hinter ihn stellen. Mit ihren Blicken taxieren sie mich, doch ich drehe ihnen den Rücken zu, entschlossen, mich nicht von McKinneys Boshaftigkeit herunterziehen zu lassen.

»Was wollte sie denn von dir?«, höre ich jemanden fragen.

»Ich musste sie gerade abweisen. Es scheint, als würde sie nicht genug Schwänze bekommen. Erst Shane, jetzt möchte sie auch noch meinen!«, ruft McKinney laut, sodass ich und alle anderen in diesem Flur es deutlich hören.

Es kostet mich Mühe, ruhig zu bleiben und nicht auf seine Provokationen einzugehen. Die Blicke der anderen Schüler treffen mich wie giftige Pfeile.

Die Vorstellung, dass meine Integrität so rücksichtslos mit Füßen getreten wird, ist unerträglich. Mit zitternden Händen und einem Kloß im Hals gehe ich weiter, meine Augen starr geradeaus gerichtet.

Ich werde nicht zulassen, dass McKinney – oder besser gesagt McBastard – mich niederdrückt oder meine Würde untergräbt.

Das Gelächter um mich herum ignoriere ich und mache mich auf den Weg zu meinem Spind, um meine Bücher für die nächste Unterrichtsstunde zu holen.

Ich werde niemandem auch nur irgendeine Genugtuung geben, indem ich ihnen meine Schwäche zeige. Auch wenn sich mein Inneres zusammenzieht, jedes Mal, wenn mir eine Beleidigung hinterhergerufen wird, werde ich dennoch mit gestrafften Schultern durch den Schulflur spazieren und nicht zusammenbrechen.

Mein Blick trifft auf tintenblaue Augen und mein ganzer Körper spannt sich an. Gerade überlege ich, ob ich kehrtmachen und wegrennen soll, doch da entdeckt er mich schon.

Damian hat ein selbstgefälliges Grinsen auf den Lippen, während er auf mich zukommt.

Für jemanden, der nicht viel vom Leben hält, spuckst du ganz schön große Töne.

Seine Worte von der Party hallen mir durch den Kopf.

Er weiß, was ich getan habe.

Aber vielleicht irre ich mich auch und es ist einfach nur ein Zufall, dass er seine Worte so gewagt gewählt hat. Schließlich liebt Damian es, mit dem Verstand anderer zu spielen.

»Was willst du?«

»Du verletzt mich, *Servant*. Ich dachte, wir sind Freunde«, erwidert er, während er mit den Händen in den Hosentaschen vor mir stehen bleibt und mich von oben herab betrachtet.

»Freunde stoßen sich nicht ins Wasser.«

»Immer noch nachtragend, huh?«

»Wenn mir jemand das Leben schwer macht, ist Nachtragen wohl eine angemessene Reaktion.«

Ein kurzes Schweigen legt sich zwischen uns.

»Mutig wie eh und je.« Ein gefährliches Funkeln spiegelt sich in seinen Augen. »Wenn du das schwer nennst, hast du offensichtlich noch nie etwas Schlimmes erlebt.«

Er hebt seine Hand, als wolle er mich berühren, doch hält inne und lässt sie wieder sinken.

Stattdessen lehnt er sich zu mir herunter und nähert sich meinem Ohr. »Oder möchtest du, dass ich anfange, dir das Leben *wirklich* schwer zu machen?«

Ich halte meine Luft an und Beklommenheit macht sich in meinem Magen breit. Die Haare an meinem Nacken stellen sich auf, aber meine Knie sind zu wackelig, um mich von ihm zu entfernen.

»Du kannst mich nicht verunsichern«, lüge ich mit fester Stimme. »Nicht mehr.«

»Ist das so?«

»Was willst du eigentlich von mir? Was ist dein Problem?«

Milan hat es auf mich abgesehen, weil ich sein Auto zerkratzt habe. Shins Problem war es, dass ich ihn in der Mittelschule geschlagen habe. Aber Damian hat keinerlei Gründe, mein Leben zu zerstören. Er tut es einfach, weil es ihm Spaß macht, andere grundlos zu demütigen.

»Was ich von dir will? Das ist eine gute Frage, *Servant*.« Ein kaltes Lächeln breitet sich auf seinem Gesicht aus. »Ich will, dass du verstehst, wer hier die Kontrolle hat. Und dass du endlich lernst, dich zu fügen.«

»Ich werde mich dir nicht fügen. Niemals.«

»Es ist echt niedlich, wie naiv du doch bist.« Ein Anflug von Selbstgefälligkeit blitzt in seinen Augen auf. »Du denkst, du wirst dich mir nicht fügen, während du nach meinen Regeln spielst und glaubst, dein eigenes Spiel zu spielen.«

Die Wut in mir flammt auf und ersetzt meine Angst. »Ich merke, wenn mit mir gespielt wird.«

»Und dennoch spielst du mir genau in die Hände.« Ein Schatten zieht über sein Gesicht. »Und merk dir eins, *Servant*. Ich habe dich exakt da, wo ich dich haben will.«

Mit diesen Worten läuft er an mir vorbei und lässt mich perplex und wutentbrannt zurück.

Ich habe Milan heute kein einziges Mal gesehen.

Und obwohl ich immer noch einen Groll gegen ihn hegen sollte, suchen ich ihn in der Menschenmenge.

Als ich am Wochenende einen bestimmten Brief gelesen habe, welcher definitiv nicht für meine Augen bestimmt war, konnte ich kaum in den Schlaf finden.

Der Umschlag enthielt mehr als nur einen Brief. Doch nachdem ich den ersten gelesen hatte, haben mich die Schuldgefühle überwältigt und ich habe sie allesamt zurück in das Buch gelegt.

Kilians Briefe an Stitch.

Dass *Stitch* der Spitzname für Milan ist, hätte ich niemals gedacht. Ich hatte noch darüber gegrübelt, ob es vielleicht eine Biker-Gang oder eine anderweitig kriminelle Organisation sein könnte. Nun kommt mir das absurd vor.

Nichtsdestotrotz geht es mich nichts an, aus welchem Grund Kilian Milan Briefe geschrieben hat, obwohl es mir in den Fingern juckt, weiterzulesen und herauszufinden, was genau Kilian so sehr beschäftigt hat. Etwas, das er Milan nicht persönlich erzählen mochte und auf Papier festhalten musste.

Gerade als ich vor meinem Spind zum Stehen komme, entdecke ich ihn. Milan spricht am Ende des Flurs mit Raelyn.

Die Erinnerung, dass er hinter ihrer älteren Schwester hergegangen ist und mich allein in seinem Haus zurückgelassen hat, spielt sich in meinem Kopf ab.

Die bekannte innere Spannung macht sich in mir bemerkbar.

Während ich ihn näherkommen sehe, mischt sich die unverkennbare Anziehungskraft mit Unsicherheit. *Ob er immer noch so kalt ist, wie er es im Auto war?*

Mein Herz macht einen Sprung, als sein durchdringender Blick für eine kurze Sekunde auf mir landet, und für einen Moment fühle ich mich wie erstarrt.

Ich greife zögerlich in meine Tasche, um das Buch herauszuziehen und es ihm zurückzugeben. Mit all meinem Mut mache ich mich auf den Weg zu ihm und Raelyn.

»Ich wollte-«

Meine Worte brechen abrupt ab, als er einfach an mir vorbeigeht, ohne stehenzubleiben oder mir auch nur die geringste Beachtung zu schenken. Ich versteife mich, spüre die Hitze der Demütigung, die in mein Gesicht steigt. Raelyn wirft mir einen kurzen Blick zu, bevor sie ihm folgt.

Ich verharre immer noch da, das Echo meiner ungesagten Worte in meinem Kopf. Enttäuschung durchströmt meinen Körper, als ich ihm nachsehe.

»Hast du das gesehen? Er hat sie eiskalt stehen lassen.«

»Wie erbärmlich, dass sie ihn noch ansprechen wollte.«

»Sie soll ja jetzt was mit John McKinney haben.«

»Habe ich auch gehört. Hätte niemals gedacht, dass Sierra so eine Hure ist.«

Das Gelächter und die Stimmen der Mitschüler um mich herum dröhnen in meinen Ohren. Mein Brustkorb schnürt sich augenblicklich zusammen und ich drehe mich rasch zu meinem Spind, damit niemand bemerkt, wie sehr mich seine Ignoranz getroffen hat.

In den letzten Wochen wollte ich, dass er mich ignoriert, mich in Ruhe lässt. Ich sehnte mich nach meiner alten Schulroutine, in der keiner von meiner Existenz wusste und ich wie ein Geist behandelt wurde. In der er nicht einmal meinen Namen kannte.

Aber nun, als ich auf das kalte Metall starre, wird mir klar, dass seine Gleichgültigkeit mehr schmerzt, als ich mir jemals hätte vorstellen können.

Ich wollte immer unbemerkt bleiben, aber jetzt, da er einfach an mir vorbeigegangen ist, ohne mich überhaupt zu beachten, fühle ich mich nicht unsichtbar, sondern ausgelöscht.

Ich schließe meine Augen und atme tief ein und aus.

Ich werde nicht weinen.

Werde nicht weinen.

Nicht weinen.

Ich habe seit Jahren keine Träne mehr vergossen und ich werde jetzt bestimmt keine für ihn vergießen.

Was habe ich auch erwartet? Dass er sich plötzlich verändern wird? Dass er mich anders behandeln wird, nach dem, was zwischen uns vorgefallen ist?

Ich darf nicht zulassen, dass er mein Leben bestimmt.

Ich brauche ihn nicht. *Aber ...*

Ich schüttele meinen Kopf und öffne meinen Spind. *Kein Aber.*

Gerade will ich das Geschichtsbuch wieder in mein Fach tun, als mir die vielen unbekannten Notizzettel auffallen, die nicht mir gehören. Sie sind überall verstreut und wurden vermutlich lose hineingeworfen.

Ich kann mir bereits vorstellen, was diese Zettelchen zu bedeuten haben. Doch statt sie zu entsorgen und mir damit weitere Kopfschmerzen zu ersparen, ziehe ich den ersten Zettel heraus.

»Geh sterben, Schlampe.«

Die Worte treffen mich wie ein Schlag in die Magengrube. Mit zitternden Händen knülle ich den Zettel zusammen. Ich spüre, wie eine erneute Welle von Tränen in mir ansteigt und versuche, sie niederzukämpfen. Aber all die Ereignisse der letzten Tage und Wochen lasten wie eine Bürde auf meinen Schultern.

Damians Drohung.

Lios Lüge über seine Identität.

Daniels Rückkehr.

Die Gerüchte.

Milans kalte Abfuhr.

Und die Worte: *Geh sterben.*

Nichts davon ist fair. Nicht einmal für jemanden wie mich.

Und obwohl ich mir einrede, dass ich nicht weinen werde, schaffe ich es diesmal nicht, meinem Vorhaben zu entsprechen.

25
Milan

GEGENWART

H*ast du vergessen, was sie getan hat?*
Elenas Worte verfolgen mich seit der Party wie ein Mantra.

Aliya Sierra verdient es nicht, dass ich nur einen einzigen Gedanken an sie verschwende.

Doch jedes Mal, wenn ich versuche, sie aus meinem Kopf zu verbannen, taucht ihr Gesicht vor meinem inneren Auge auf – diese grünen Augen, die mich durchdringen und gleichzeitig zerstören.

Und Elena hat recht.

Das, was Aliya Sierra mir weggenommen hat, ist unersetzbar.

Ich habe es nicht vergessen, und ich werde es nicht vergessen.

Shins und Damians Stimmen sind bereits zu hören, ohne dass ich den Clubraum betreten muss. Ich bleibe kurz vor der Tür stehen, atme tief ein und straffe die Schultern. Ihr Gespräch verstummt augenblicklich, als ich die Tür öffne, und beide Blicke richten sich auf mich.

»Alles gut?«, fragt Shin, während ich mich setze und eine Zigarette anzünde.

Ich lasse meinen Kopf in den Nacken sinken und starre die Decke an, während ich den Rauch langsam ausatme. Der Rauchkringel wirbelt über mir und verschwindet schließlich.

Nichts ist gut.

Ich bin verdammt angepisst.

Was sie mir wohl sagen wollte? Sie hat mich noch nie auf dem Schulflur in Gegenwart von anderen Mitschülern angesprochen.

Damian beobachtet mich mit einem vertrauten Glanz in seinen Augen. »Jemand scheint keine gute Laune zu haben.«

Die Zigarette balanciere ich zwischen meinen Fingern und ich ignoriere seine Bemerkung. Nachdem Damian Aliya in den Pool gestoßen und sie das Wasser mit einem durchsichtigen T-Shirt verlassen hat, haben sie viele Schaulustige fotografiert. Es hat mich viel Zeit gekostet, jedes dieser Arschlöcher ausfindig zu machen und zu bedrohen. Letztendlich habe ich sichergestellt, dass keine weiteren Bilder von ihr verbreitet werden.

Das Foto von ihr, das bereits durch das Internet kursiert, erweckt immer noch eine Mordlust in mir. Auch wenn ich dafür gesorgt habe, dass der Account, der es veröffentlicht hat, gesperrt wurde, werde ich mich erst zufriedengeben, wenn ich herausgefunden habe, welcher Bastard uns fotografiert hat.

»Was ist? Bist du etwa immer noch wütend auf mich, weil ich *Servant* ins Wasser gestoßen habe?« Damian lacht und zeigt keinen Anflug von Reue. »Komm schon, Shane. Das sollte nur ein Spaß sein. Seit wann kümmert dich sowas überhaupt?«

»Ich fand es nicht lustig.«

»Du hast auch keinen Sinn für Humor, Shinichiro.«

Ich verdrehe meine Augen, nehme einen letzten Zug von meiner Zigarette und spüre die vertraute Hitze in meiner Lunge, bevor ich sie ausdrücke. »Das interessiert mich einen Dreck, Damian. Wie ich es dir bereits gesagt habe, tu, was du nicht lassen kannst.«

Sein Grinsen wird breiter, während Shin seine Augenbrauen zusammenzieht.

Die Schule setzt mir heute besonders schwer zu.

Der Raum fühlt sich stickig an, und alles geht mir auf die Nerven. Es war ein Fehler, hierherzukommen. Stattdessen könnte ich die Anspannung in mir lösen, indem ich meine Runden auf Belle Isle drehe.

»Ich verpisse mich. Deckt mich bei Mr. Anderson. Er sitzt mir schon im Nacken.« Mit einem Seufzen erhebe ich mich von der Couch, um den Raum zu verlassen.

»Wohin gehst du?«, fragt Shin.

»Belle Isle.«

Ohne zurückzublicken, verlasse ich den Raum. Das Motorradfahren ist das Einzige, was mir nun einen Hauch von Trost spendet, sodass ich meine Gedanken sortieren und die Anspannung abschütteln kann.

Ich mache mich auf den Weg nach draußen, als ich sehe, wie Mr. Anderson mir entgegenkommt. Glücklicherweise ist sein Blick auf das Dokument in seiner Hand gerichtet, sodass er mich nicht wahrnimmt.

Das Letzte, was ich jetzt gebrauchen kann, ist, dass er mich volltextet, wie oft ich schon seinen Unterricht versäumt habe und dass es sich für jemanden aus der Shane-Familie nicht gehört. Dann wird er mich erneut mit meinem Bruder vergleichen, genau wie jeder andere in meinem Leben, und betonen, wie viel besser Kilian in meinem Alter war.

Ich beschleunige meine Schritte und laufe die Treppen hinunter, um die Schule durch den abgelegenen Korridor zu verlassen, ohne dass es jemandem auffällt. Während der Mittagspause verirren sich nicht viele Schüler hierher, was für gewöhnlich meine Flucht ermöglicht. Gerade als ich auf den Ausgang zusteuere, um mich ungestört aus dem Staub zu machen, unterbricht ein leises Geräusch mein Vorhaben.

Mit meiner Hand auf der Türklinke bleibe ich stehen.

Mein erster Impuls ist es, einfach zu gehen, aber etwas in mir zwingt mich dazu, mich der Quelle des Geräusches zu stellen. Langsam lasse ich meine Hand von der Türklinke gleiten und sehe stattdessen um die Ecke.

Auf den Treppen, die zum Gang der Zehntklässler führen, sitzt sie.

Ihr dunkelbrauner Zopf fällt ihr über die Schultern. Der Anblick ihrer zitternden Hände, die ihr Gesicht verdecken, lässt mich kurz innehalten.

Sie … weint.

Aliya Sierra *weint*.

Das leise Schluchzen, das aus ihrer Kehle dringt, ist der einzige Ton in der Stille.

Meine Brust verengt sich augenblicklich, und ein unerklärlicher Knoten bildet sich in meinem Inneren.

Ich wollte sie am Boden sehen, sie zerstören, sie zum Weinen bringen, aber sie jetzt so zu sehen, macht mich wütend.

Ein verstörendes Gefühl überkommt mich.

Wieso zum Fick kümmert es mich, wie sie sich fühlt?

Vielleicht ist es die Tatsache, dass ich seit geraumer Zeit versuche, sie zu brechen, aber sie mir noch nie einen Anschein davon gezeigt hat. Und jetzt ist sie hier, allein in die Ecke gekauert, ihr Gesicht in den Händen vergraben, während die Tränen unaufhaltsam fließen.

Die Ironie dieser Situation durchzieht meine Gedanken. Sie weinen zu sehen, sollte mich befriedigen, aber dann wird mir klar, dass ich nicht der Grund ihrer Tränen bin.

Und dieser Gedanke gefällt mir ganz und gar nicht.

Ich fühle ein brennendes Verlangen, der Einzige zu sein, der sie zum Weinen bringt, der Einzige, der die Macht hat, sie zu zerstören. Die Vorstellung, dass jemand anderes ihr nur ein Haar gekrümmt hat, erfüllt mich mit unerklärlicher Wut.

Ich spüre, wie die Dunkelheit in mir wächst und Besitz von mir übernimmt.

Wer auch immer die Schuld für ihre Tränen trägt, ist tot.

Als hätte sie meine Anwesenheit gespürt, schießt ihr Kopf hoch. Ihre grünen Augen sind von Tränen verschleiert und ihr Blick trifft auf meinen.

Ein Moment der Stille vergeht, ein Moment, der schwer wie Blei ist und in dem alle ungesagten Worte zwischen uns hängen.

Sofort wendet sie ihren Blick von mir ab und wischt ihre Tränen weg, als wolle sie mir ihren Zusammenbruch nicht zeigen.

»Was machst du hier?«, frage ich, während ich mich langsam auf sie zubewege.

Sie antwortet mir nicht, geschweige denn sieht sie mich an. Stattdessen verharrt sie regungslos, als ob sie meine bloße Anwesenheit verabscheut.

Mein Kiefer spannt sich an. »Ich habe dir eine Frage gestellt.«

Sie bleibt stumm, ihr Schweigen eine Provokation, die mich weiter anheizt.

Als wolle sie mir entkommen, erhebt sie sich und möchte an mir vorbeigehen. Meine Hand schnellt vor und greift nach ihrem Arm, fest und unnachgiebig. Sie zuckt zusammen, überrascht von meiner plötzlichen Reaktion, aber ich lasse nicht locker. Ich drücke sie wieder nieder und zwinge sie, sich zu setzen.

Mit einem Seufzen knie ich mich vor sie, um mit ihr auf Augenhöhe zu sein. Ein bitterer Geschmack legt sich auf meine Zunge, als ich sehe, wie rot und geschwollen ihre Augen von den Tränen sind.

Und ich hasse es, verdammt. Ich hasse es, dass sie geweint hat.

Langsam lasse ich meinen Griff locker und nehme meine Hand von ihrem Arm.

»Wieso hast du geweint?«, frage ich leise.

Ein Gefühl der Unruhe lastet auf meiner Brust. Ist das etwa Besorgnis? Mache ich mir verdammt nochmal Sorgen um sie?

Sie wendet sich erneut von mir ab. Dabei möchte ich ihr in die Augen sehen, weil sie gerade das Einzige an ihr sind, was die Wahrheit zu sagen scheint.

»Ich möchte *allein* sein.«

Aufgebracht, dass sie mir keine gescheite Antwort gibt, mahle ich mit meinem Kiefer, ohne sie aus dem Blick zu lassen.

Die Schulglocke dröhnt durch die Lautsprecher und kündigt das Ende der Mittagspause an. »Hast du die Mathehausaufgaben gemacht?«, hört man erste Stimmen, die sich uns nähern.

Sie krümmt sich in ihrer Ecke zusammen, um unentdeckt zu bleiben, und versteckt ihr verheultes Gesicht. Sie möchte nicht, dass jemand sie so sieht, aber dennoch macht sie keine Anstalten, zu gehen. Denkt sie, dass ich sie wieder aufhalten werde?

Resigniert erhebe ich mich wieder und entferne mich einige Schritte von ihr. Mit meinem Ellenbogen breche ich das Glas des Feueralarms, der an der Wand befestigt ist, und betätige den roten Knopf.

Die bellende Sirene durchdringt die Luft, während die Schüler, die in unsere Richtung kamen, hektisch wieder zurückgehen, um das Schulgebäude zu verlassen. Panik und Chaos breiten sich aus, als sich die Menschenmassen durch die Flure bewegen, um den Ausgang zu erreichen, sodass Aliya unentdeckt bleibt.

Ich stelle mich erneut vor sie und schaue auf sie herab. Ihre Augen sind geweitet, ihr Mund leicht geöffnet, als könne sie nicht glauben, dass ich soeben den Feueralarm ausgelöst habe.

Die hektischen Geräusche der drängelnden Schüler verstummen allmählich, während die Sirene das Einzige ist, die die Stille zwischen uns durchschneidet.

»Du wolltest allein sein«, sage ich bestimmt. »*Wir* sind allein.«

26
Aliya

GEGENWART

S eine Worte verfangen sich in meinem Verstand, während ich ihn regungslos anstarre. Er setzt sich auf den Platz neben mich und sieht mich auffordernd an.

Als ich gesagt habe, dass ich allein sein möchte, habe ich nicht gemeint, dass er das ganze Schulgebäude evakuieren soll.

Aber vielleicht steckt hinter seiner impulsiven Handlung auch etwas Tieferes. Ohne den Feueralarm würden andere mich in dieser elendigen Verfassung auffinden und mich eventuell auslachen. Mir erneut an den Kopf werfen, dass ich *sterben* gehen soll.

Er hat mir geholfen.

Sofort schüttele ich derartige Gedanken weg. Milan Shane ist nicht in der Lage, etwas aus Mitgefühl zu tun. Sobald er das bekommen hat, was er möchte, wird er mich wieder ignorieren oder mit kalter Grausamkeit behandeln. Und es ist so frustrierend, dass ausgerechnet er mich in so einer misslichen Lage gefunden hat.

Der Notizzettel weilt immer noch in meiner Faust und kratzt an meiner Handinnenfläche, doch ich denke nicht daran, ihn zu zeigen. Ohne ihm eine Antwort zu geben, erhebe ich mich, um das Schulgebäude zu verlassen. Doch er umklammert erneut mein Handgelenk und zieht mich so schnell und stark nach unten, dass ich aufheule, als ich auf etwas Warmem lande.

Auf seinem Schoß.

Ich sitze auf seinem Schoß.

Mein Herz fängt an zu rasen, weil ich ihm so nah bin. *Zu nah.*

Ich spüre jede Welle seiner steinharten Schenkel unter mir. Seine Arme schlingen sich um meine Taille, um mich an Ort und Stelle zu halten, während sein Blick kurz über meine Lippen huscht, bevor er mir wieder in die Augen blickt.

Eine seltsame Mischung aus Aufregung und Ablehnung durchflutet mich. Ich sollte wütend sein, ich sollte ihn wegstoßen, aber stattdessen bleibe ich erstarrt und erwidere seinen dunklen Blick.

»Ich habe dir nicht die Erlaubnis gegeben, zu gehen.«

»Was willst du von mir?«

»Ich will wissen, warum du geweint hast.«

Ich schlucke schwer, meine Kehle fühlt sich trocken an. »Ich habe nicht geweint.«

»Du *hast* geweint.« Sein Handrücken streicht über meine feuchte Wange. »Warum?«

»Das geht dich nichts an.«

»Es geht mich was an«, bestimmt er.

Die Hitze seines Körpers, die Nähe seiner Gestalt lösen einen Schauer in mir aus.

»Warum lässt du mich nicht einfach in Ruhe?«, flüstere ich. Seine Lippen sind nur Zentimeter von meinen entfernt, und ich kann seinen Atem auf meiner Haut spüren. Ein unwiderstehlicher Sog zieht mich zu ihm, aber gleichzeitig sträube ich mich dagegen.

»Ich kann nicht.«

Ich schaue weg, bevor ich in dem Schwarz seiner Augen ertrinke und mich verliere.

»Lass mich los.«

»Nein.«

»Wieso?«

»Du hast meine Frage noch nicht beantwortet«, beharrt er.

Ein schweres Schweigen lastet zwischen uns, während ich mich innerlich gegen seine Nähe und seinen Griff wehre. Aber egal, was ich tue, ich kann vor ihm nicht fliehen. Er ist überall.

»Sieh mich an.«

Sein Befehl trifft mich wie ein Schlag, aber ich mache keine Anzeichen, meinen Kopf wieder zu ihm zu wenden. Seine Hand greift nach meinem Kiefer und zwingt mich somit, ihn wieder anzusehen.

Die Intensität seiner Augen erdrückt mich fast. »Sag mir, was passiert ist.«

»Gar nichts.« Meine Worte prallen an ihm ab.

»Aliya«, spricht er sanft. »Antworte mir. Wer zum Fick hat dich zum Weinen gebracht?«

Die plötzliche Art von Zuneigung, die er mir zeigt, nachdem er mich zuvor ignoriert hat, verwirrt mich. Und sein Blick beginnt, die Mauer zu zerbröckeln, die ich errichtet habe.

»Sag mir einen Namen und ich kümmere mich darum.«

Ein Anflug von Ärger steigt in mir hoch. Warum tut er so, als wäre er der Ritter in glänzender Rüstung, der bereit ist, meine Probleme zu lösen, wenn er die Hauptursache meiner Probleme ist?

»Wirst du mir nicht sagen, was los ist?«

Ich beiße mir auf die Unterlippe. »Es ist kompliziert.«

»Dann entkompliziere es für mich.«

Ich kann ihm nicht sagen, dass sein Freund mich bedroht hat, dass ich in der Schule als neue Schlampe abgestempelt werde, dass mein Stiefbruder zurück ist, dass seine Ignoranz mich verletzt hat und ich einen beschissenen Zettel bekommen habe, der mir den Tod wünscht.

Als hätte er meine Gedanken gelesen, fällt sein Blick auf meine geballte Faust und er zieht seine Augenbrauen zusammen. »Was hast du da?«

Reflexartig versuche ich meine Hand hinter meinem Rücken zu verbergen, doch seine Hand ist schneller und greift nach meiner Faust.

»Was ist das?«, fragt er erneut, seine Stimme schärfer, als er den Zettel beäugt.

Ich spanne mich an, während sein Kiefer sich zusammenpresst, und seine Augen sich verdunkeln. Dabei dachte ich, dass er sich über mich lustig machen wird, wenn er sieht, weshalb ich geweint habe, auch wenn das nicht der einzige Grund dafür war. Aber er scheint das Geschriebene ernst zu nehmen und meine Reaktion zu verstehen.

Plötzlich zerknüllt er den Zettel mit einem festen Griff und wirft ihn achtlos beiseite. »Wer zum Fick war das?«

»Es war in meinem Spind«, antworte ich.

»Seit wann geht das schon?« Seine Stimme klingt beherrscht, aber ich kann die unterdrückte Wut in jedem Wort spüren.

»Seit die Gerüchte angefangen haben.«

»Hast du deswegen geweint?«

Ich presse meine Lippen zusammen. »Ms. Grambs möchte mir keine Empfehlung mehr schreiben … aufgrund der Gerüchte.«

Er seufzt leise. »Ich regele das.«

Ein seltsames Gefühl durchströmt mich bei seinen Worten.

»Wieso tust du das? Ich dachte, du möchtest mich zerstören.«

»Das möchte ich«, erwidert er kühn. »Aber ich bin der Einzige, der dich ruinieren darf. Ich werde verdammt nochmal nicht zulassen, dass andere dich so behandeln.«

Ich weiß nicht, ob ich lachen oder weinen soll.

»Du hast mich ignoriert«, erinnere ich ihn an das, was heute Morgen im Schulflur passiert ist.

»Ja, das habe ich«, gibt er zu.

»Warum?«

Sein Ausdruck verändert sich nicht. »Sagen wir, ich hatte einen schlechten Tag heute.«

Keine Entschuldigung. Keine Reue. Kein Bedauern.

Ich schaue auf die Pflaster meiner Finger, während die Frage wegen Elena auf meiner Zunge brennt. Der Fakt, dass er mich auf seinem Schoß fest umschlossen hält und in seinem Fokus behält, verstärkt den Mut in mir, ihn zu fragen. Ich bin mir nicht sicher, ob ich die Antwort überhaupt hören möchte.

»Was ist?«, fragt er, als würde er meinen inneren Konflikt spüren.

Ich ringe mit mir selbst, bevor ich die Worte herausbekomme. »Was ist eigentlich zwischen dir und Raelyns Schwester?«

Seine Augen verengen sich leicht und für einen Moment scheint sich sein Griff um mich zu intensivieren, doch er antwortet mir nicht.

Unbehagen macht sich in mir breit, während ich am Pflaster pule, ohne ihn anzusehen. »Ist sie deine … Freundin?«

Das Wort *Freundin* und Milan in einem Kontext klingt vollkommen unvorstellbar. Aber die Art und Weise, dass er ihr hinterhergerannt ist, lässt mich zweifeln.

»Bist du vielleicht eifersüchtig?«

Mein Kopf schnellt in die Höhe und ich starre ihn irritiert an. »Bin ich nicht.«

Seine Lippen verziehen sich zu einem schelmischen Grinsen. »Wieso fragst du mich dann sowas?«

»Ich habe nur …«

Er hat recht. *Warum frage ich überhaupt?*

Ich knabbere erneut auf meiner Unterlippe, bis ich fast blute. Er verwirrt mich, bringt mich durcheinander, spielt mit meinem Verstand.

»Wenn Elena meine Freundin wäre …« Er lehnt sich vor, sodass sein heißer Atem meinen Hals streift. Seine Hand wandert

quälend langsam nach oben und fängt an, mein Uniformhemd auf-
zuknöpfen.

»W-Was machst du da?«

»Wenn sie meine Freundin wäre, würde ich nicht darüber fantasieren, dich in eines der leeren Klassenzimmer zu zerren, diese
Uniform von deinem Körper zu reißen, mich zwischen deine
Beine zu versenken, um meine Zunge in dich zu schieben und dich
erneut zu schmecken.«

Hitze steigt in meine Wangen, während mein ganzer Körper
von einer elektrisierten Welle überströmt wird.

»Milan …«, setze ich an, doch breche ab, als seine Lippen sich
auf meinen entblößten Brustansatz legen.

»Ich würde mir nicht vorstellen, wie du nackt in meinem Bett
liegst und meinen Namen schreist, während ich in dich stoße.«

Sein Atem ist warm gegen meine Haut und ein Schauer läuft
mir über den Rücken. Die Worte spielen sich bildlich vor mir ab
und erwecken ein tiefes Pulsieren in meiner Mitte.

»Ich würde nicht an deine geschwollenen Lippen um meinen
Schwanz denken, während du mich mit diesen tränenden grünen
Augen ansiehst.«

Ein Kribbeln dringt durch meinen Körper bis zwischen meine
Beine, sodass ich sie aneinanderpresse.

»Ich würde nicht darüber fantasieren, dich zu entführen und zu
ficken, bis du bewusstlos und vollkommen *mein* bist.«

Er wird mein Ende sein. Mich lebendig verspeisen. Umbringen.

»Nicht …« Als er in die weiche Haut an meinem Schlüsselbein
beißt, drücke ich mein Gesicht in seine Schulter. Er saugt an mir,
während er mich an Ort und Stelle hält.

»Was ist los, Sweetheart? Möchtest du, dass ich aufhöre?« Er
leckt über die Stelle, die er zuvor gebissen hat und wandert zur
nächsten Stelle.

Nein. Ich möchte all seine krankhaften Fantasien über mich erfahren. Aber falls er nicht aufhört, wird er mich verbrennen.

Er ist wie meine persönliche Hölle. Gefährlich und heiß. Tut mir nicht gut, aber ich kann mich nicht davon lösen.

»Ich kann nicht aufhören, daran zu denken, wie du auf dem Tisch lagst und gewimmert hast, während du meine Finger und meine Zunge geritten hast.«

Ich keuche auf, als seine Zähne sich erneut in meine Haut bohren und das Pochen zwischen meinen Beinen sich verstärkt.

Schweiß tropft meine Stirn hinunter, während meine Haut brennt, als würde sie danach schreien, von ihm berührt zu werden. Aber ich weiß, dass ich mich hier auf den Treppenstufen nicht fallen lassen darf. Dabei hat der Feueralarm vor einigen Minuten aufgehört zu läuten.

Ich schließe die Augen und versuche meine Atmung zu beruhigen, auch wenn seine Nähe es mir nahezu unmöglich macht. Die Gefahr, entdeckt zu werden, mischt sich mit der intensiven Erregung, die seine Nähe in mir auslöst.

Seine Lippen hinterlassen heiße, brennende Spuren und ich kämpfe gegen den Drang an, ihn näher an mich zu ziehen.

»Es könnte jemand kommen«, flüstere ich, meine Stimme zittert vor unterdrückter Lust.

Er hebt den Kopf und seine Augen funkeln vor Verlangen und Trotz. Mein Gesicht muss mittlerweile dunkelrot sein, nach all den Sätzen, die er mir gesagt hat.

»Und?«

»Bitte«, murmele ich und drücke ihn leicht von mir. »Nicht hier.«

Er beobachtet mich einen Moment, als wolle er abwägen, ob er nachgeben soll. Schließlich lehnt er sich zurück und löst mich aus seinem Griff. Ich versuche mit zittrigen Fingern mein Hemd zuzuknöpfen, bevor jemand uns entdeckt. Sein Blick weilt für ein paar Sekunden auf meinem Dekolleté, bevor er meine Hände entfernt und stattdessen mein Hemd zuknöpft.

Seine Berührungen sind sanft, ein starker Kontrast zu seinen dreckigen Wörtern und der intensiven Leidenschaft von eben.

»Lass uns woanders hingehen«, sagt er, während er sich darauf konzentriert, mein Hemd richtig zuzuknöpfen.

»Was?«

Möchte er jetzt wirklich mit mir schlafen?

»Ich nehme dich mit.«

»Wohin?«

»Das siehst du, wenn wir da sind.« Er hilft mir auf und erhebt sich selbst.

»Aber ich habe noch Unterricht«, protestiere ich.

Seine Hand umschließt meine. »Jetzt nicht mehr.«

»Nein, ich kann Englisch nicht schwänzen. Bald sind die Prüfungen.«

»Die erste Viertelstunde ist sowieso schon um. Und bis diese Idioten verstanden haben, dass es nicht brennt und sich wieder in ihre Klassen begeben, wird die restliche Stunde auch um sein. Du verpasst nichts.« Er zieht mich bestimmt Richtung Ausgang.

»Aber-«

»Kein Aber. Du kommst mit mir, *Little Curse*«, unterbricht er mich mit einer Endgültigkeit, dass ich keine Widerworte mehr finde.

Zögernd folge ich ihm, obwohl ein Teil von mir sich gegen diesen Entschluss sträubt.

Es ist ein gefährliches Spiel, das wir spielen, aber ich kann nicht anders, als ihm zu folgen. In seiner Gegenwart verschwimmen die Grenzen zwischen richtig und falsch. Und wie immer entscheide ich mich für das Falsche.

27
Milan

GEGENWART

Das Dröhnen des Motors verstummt langsam, als ich anhalte und den Schlüssel drehe, um ihn abzustellen.

Ich lehne mich entspannt ans Lenkrad, meinen Blick auf sie gerichtet. Sie schaut auf das imposante Schild, das den Eingang des Davis Grand Circuits markiert.

Ein Hauch von Unsicherheit liegt in ihrer Miene, als ihre Augen die Rennstrecke scannen. »Was ist das für ein Ort?«

Davis Grand Circuit auf Belle Isle.

Die renommierteste Rennstrecke in dieser Region, betrieben von der Familie Davis.

Obwohl die Eltern von Elena und Raelyn – Matthew und Helene Davis – die Eigentümer sind, haben sie kein Interesse an der Führung dieser Rennbahn. Stattdessen haben sie diese Verantwortung Julian Davis überlassen, dem jüngeren Bruder von Matthew Davis.

»Komm«, antworte ich ihr, während ich aus dem Wagen steige. Zögernd folgt sie mir und lässt ihre Blicke über das Gelände schweifen.

Weil es noch recht früh ist, habe ich nicht damit gerechnet, dass hier Leute sind. Ich ziehe sie an ihrer Hand mit mir. Während wir über das Gelände schlendern, entdecken wir vereinzelt

Mechaniker, die an ihren Maschinen arbeiten. In der Ferne dreht einer seine Runden, der Klang seines Motors wie eine Symphonie der Geschwindigkeit.

»Wieso sind wir hier?«, fragt sie erneut.

»Bist du jemals Motorrad gefahren?«

Augenblicklich bleibt sie stehen und schaut mich an, als hätte ich ihr eine unerwartete Rätselaufgabe gestellt.

»Nein«, antwortet sie leise. »Nicht direkt.«

Nicht direkt. Natürlich hat mein Bruder sie mit seinem Motorrad gefahren.

Der Gedanke an sie hinter ihm auf dem Rücksitz seines Bikes löst ein Unbehagen in mir aus. Und ich werde wieder daran erinnert, dass sie sich früher mit ihm getroffen hat. Dass sie etwas zerstört hat, was nicht mehr zu reparieren ist. Ein bitterer Geschmack breitet sich in meinem Mund aus, während ich versuche, diese Gedanken zu verdrängen.

Als ich sie auf den Treppen weinen gesehen habe, hätte ich sie erst gar nicht ansprechen dürfen. Aber mein Körper hat reagiert, bevor mein Verstand überhaupt einschreiten konnte.

Heute will ich nicht an die Vergangenheit denken. Ich will nicht an all die Gründe erinnert werden, aus denen ich sie hassen sollte. Später kann ich sie wieder mit voller Leidenschaft verabscheuen, aber jetzt möchte ich alles vergessen und mich auf die Gegenwart fokussieren.

»Wenn ich meinen Kopf frei bekommen möchte, komme ich immer hierher«, erzähle ich, während wir an den Werkstätten vorbeigehen. »Hier zählt nur die Geschwindigkeit, die Technik, die Konzentration. Alles andere verschwindet.«

Es ist der einzige Ort in ganz Detroit, der eine Atmosphäre hat, die zugleich beruhigend als auch aufregend ist. Es ist mein Safe Place.

»Ich zeige dir, wie man ein Bike fährt.«

»Was? Nein!«, entfährt es ihr, während ich sie mit mir in die Umkleide zerre. Sie kann schlecht in ihrer Schuluniform fahren.

»Oh doch.« Mein Ton lässt keinen Widerspruch zu. »Was ist? Verängstigt, huh?«

Sie zieht ihre Augenbrauen zusammen, als hätte ich sie beleidigt. »Ich habe keine Angst.«

»Ach ja?« Ich drücke ihr einen passenden Anzug in die Hand. »Dann beweis es mir.«

Ein herausforderndes Funkeln tritt in ihre Augen. Meine Lippen kräuseln sich zu einem Grinsen.

Sie starrt auf die Ausrüstung und seufzt. »Geh raus. Ich ziehe mich um.«

»Wieso? Nichts, was ich nicht schon gesehen hätte.«

Ein Schnauben entfährt ihren Lippen und sie funkelt mich an. »Geh. Raus.«

»Nein.«

Ich lehne mich an die Wand neben der Tür und lasse sie nicht aus den Augen. Sie hält meinem Blick stand und kneift ihre Augen zu Schlitzen zusammen. Ein elektrisierendes Knistern liegt in der Luft zwischen uns, als wir uns in einem stummen Duell gegenüberstehen. Es scheint, als würde sie meine Herausforderung annehmen.

Gerade als ihre Finger sich an die Knöpfe ihres Hemdes machen, klopft jemand an der Tür.

Julians Stimme durchbricht von außen die Spannung im Raum. »Shane? Bist du hier?«

Ich zögere, bevor ich mich von der Wand abstoße. »Ich bin hier.«

Nächstes Mal werde ich ihr diese Genugtuung nicht geben. Ich drehe mich um und verlasse den Raum. Auch wenn ich es mir ungern entgehen lasse, sie beim Umziehen zu beobachten, muss ich mich zuerst um Julian kümmern.

»Wieso bist du nicht in der Schule?«, konfrontiert mich der jüngere Onkel der Davis-Töchter.

»Unterricht ist ausgefallen«, lüge ich, ohne mir Mühe zu geben, es glaubwürdig klingen zu lassen.

Sein skeptischer Ausdruck ruht auf mir. »Wie oft noch? Du sollst die Schule nicht schwänzen, um hierherzukommen.«

Ich gehe an ihm vorbei, um einen Helm für Aliya aus dem gegenüberliegenden Raum zu holen und versuche, seine Worte zu ignorieren.

Ein mitternachtsblauer Helm oder einer in Rubinrot?

»Evan Shane wird deinetwegen noch die Rennbahn dichtmachen.«

Definitiv Rubinrot. Das ist ihre Farbe. Es passt einfach zu ihrer feurigen Natur.

»Hörst du mir überhaupt zu?«

Ich greife nach dem Helm und halte ihn prüfend in der Hand, während ich mir vorstelle, wie Aliya ihn tragen wird. Ich kann mir bereits ausmalen, wie ihr stures, niedliches Gesicht unter dem roten Helm hervorblitzen wird.

»Für wen ist das?« Julian runzelt seine Stirn. »Sag mir nicht, du hast schon wieder … Nein!« Seine Stimme klingt alarmiert, als er sich irgendetwas im Kopf zusammenreimt.

Er versucht, in die Umkleide zu gelangen, wo Aliya sich gerade umzieht. Doch ich reagiere schneller und halte ihn an der Schulter fest. »Wag es nicht, da reinzugehen.«

»Ich warne dich, Milan, wenn du schon wieder ein Kind hierhergebracht hast, werde ich dich eigenhändig rausschmeißen.«

Letztes Jahr im Frühling haben Damian und ich Shins jüngeren, damals 12-jährigen Bruder Ryu, Motorrad fahren lassen. Er ist in zwei Motorräder reingefahren und hat einen großen Schaden angerichtet. Julian und Shin fanden das nicht so lustig.

»Komm runter. Es ist nicht das, was du denkst.«

Sein misstrauischer Blick durchbohrt mich förmlich. »Für wen ist dann der Helm?«

Ich atme tief durch und zwinge mich, ruhig zu bleiben. »Vertrau mir einfach, Julian. Diesmal ist es nichts Gefährliches.«

»Warte.« Seine Stimme klingt plötzlich amüsiert. »Hast du etwa ein *Mädchen* gebracht?«

Mit zusammengekniffenen Augen sehe ich zu ihm. Sein verschmitzter Gesichtsausdruck verrät, dass er die Antwort bereits zu kennen scheint.

»Was ist damit?«, antworte ich ausweichend.

»Hätte niemals gedacht, dass du mal ein Mädchen hierherbringst«, kommentiert er mit einem Grinsen. »Jetzt verstehe ich auch, wieso du mich nicht in die Umkleide lassen wolltest.«

Ich verdrehe meine Augen, aber innerlich läuft mein Kopf auf Hochtouren. Ich habe mit vielen Mädchen zu tun, das ist kein Geheimnis. Partys, Clubs, kurze Affären – das ist mein Alltag.

Doch diese Rennbahn ist mein Leben. Mein Heiligtum.

Der Ort, an dem ich die Freiheit spüre, das Adrenalin, das durch meine Adern pumpt, wenn ich um die Kurven rase.

Abgesehen von Shin und Damian habe ich noch nie jemanden hierher mitgenommen.

Ausgerechnet sie hierherzubringen bedeutet, sie in einen Teil meiner Welt zu lassen, der für mich von besonderer Bedeutung ist. Und das ist verdammt absurd, denn sie sollte die letzte Person sein, die Zutritt zu meinem Leben bekommt.

Dieser verdammte Gedanke pisst mich an.

»Fick dich«, murmele ich, als er mich mit einem wissenden Lächeln ansieht.

»Ich meine es ernst, Milan. Kann ich sie kennenlernen?«

»Nein.«

Julian hebt eine Augenbraue, schüttelt seinen Kopf. »Du bist *genauso* wie dein Bruder.«

Es ist, als ob er absichtlich einen Nerv trifft. Die Vergleiche mit meinem Bruder sind ein ständiger Begleiter. Ich kann die Bitterkeit in mir aufsteigen spüren, doch ich unterdrücke sie und zwinge mich, gleichgültig zu wirken.

Ich bin nicht Kilian. Ich werde *niemals* Kilian sein.

Ich hasse es, dass mich alle mit ihm vergleichen.

»Was auch immer du meinst«, erwidere ich schließlich trocken, meine Hand fest um die Türklinke verkrampft, bereit, in die Umkleide zurückzukehren. »Jetzt lass uns allein.«

Julian klopft mir lachend auf die Schulter, bevor er sich umdreht und kehrtmacht.

Ein schwerer Seufzer entweicht mir, während ich versuche, meine Emotionen im Griff zu behalten. Ich hasse es, wie leicht sie an die Oberfläche sprudeln können.

Ohne anzuklopfen, stürme ich in die Umkleide. Aliya zuckt zusammen, halb in den Anzug geschlüpft und schaut mich überrascht an.

»Weißt du nicht, wie man anklopft?«, fragt sie scharf, während sie den Reißverschluss des Anzugs hochzieht.

Wäre ich nur ein paar Minuten früher hereingekommen.

Ich lege den Helm zur Seite. »Nope. Wurde mir nie beigebracht.«

Der schwarz-weiße Anzug schmiegt sich perfekt an ihre schlanke Figur, betont jede Kurve. Ihre geschmeidigen Bewegungen, beim Hochziehen des Reißverschlusses bis zum Kinn, verstärken das Verlangen in mir, sie wieder auszuziehen.

Wenn sie wüsste, dass dieser Anzug in Wahrheit Elena gehört, würde sie ihn vermutlich von allein wieder ausziehen.

Bei dem Gedanken, dass sie tatsächlich eifersüchtig auf Elena war, muss ich mir ein Grinsen verkneifen. Ich genieße es, sie aus der Fassung zu bringen. Endlich ist sie nicht mehr die Einzige, die durchgehend meine Gedanken belastet, sondern auch ich schwirre in ihrem Kopf herum.

Elena wäre vermutlich auch nicht erfreut, wenn sie davon erfährt, dass ich Aliya ihren Anzug geliehen habe. Aber es ist der einzige Anzug hier, der ansatzweise ihre Größe hat. Außerdem ist Elena schon seit über einem Jahr nicht hier gewesen, also wird sie es wahrscheinlich auch nie erfahren.

Ich bin kein Heiliger. Ein oder zwei Sünden mehr werden mir nicht schaden.

Aliya nimmt die Handschuhe, um sie sich anzuziehen, doch ich greife sie aus ihrer Hand. Ihre Augen weiten sich überrascht, dann blickt sie mich perplex an. »Was tust du da?«

»Sicherstellen, dass du richtig vorbereitet bist.« Ich nehme ihre Hand in meine.

»Ich kann das auch allein«, widerspricht sie.

Mit zusammengezogenen Augenbrauen mustere ich die vielen Pflaster an ihren Fingern. Gibt es einen Tag, an dem sie, verfickt nochmal, nicht verletzt ist?

Seit ich sie kenne, hat sie durchgehend Pflaster um ihre Fingerkuppen. Ich weiß, das kommt von der Holzbildhauerei, aber die Tatsache, dass sie sich dadurch dauerhaft verletzt, stört mich.

Mit gerunzelter Stirn streife ich mit meinem Daumen über die Pflaster an ihren Fingern. Einige sind neu, andere schon abgenutzt. »Immer noch verletzt, hm?«

Sie versucht ihre Hand zurückzuziehen, doch anstatt nachzugeben, verstärke ich meinen Griff. Den ersten Handschuh ziehe ich über ihre Finger und passe ihn sorgfältig an. Während ich den zweiten Handschuh über ihre Hand ziehe, streifen meine Finger ihre Haut, und für einen Moment halte ich inne, spüre die Wärme, die von ihr ausgeht.

Ich kann ihren durchdringenden Blick auf mir spüren. Schweigend beobachtet sie mich und lässt mich nicht aus den Augen, was mich kurz aus dem Gleichgewicht bringt.

Gedanklich wandere ich über ihre Gesichtszüge, nehme jedes Detail in mich auf – die leichten Sorgenfalten auf ihrer Stirn, die Art, wie ihre Lippen leicht geöffnet sind, als ob sie etwas sagen möchte, aber nicht die Worte findet.

Mein Mundwinkel zuckt nach oben. »Wenn du mich weiter so anstarrst, werden wir ein Problem haben.«

Ein Hauch von Verlegenheit huscht über ihre Wangen. »Ich habe nicht gestarrt.«

»Ja, bestimmt.«

Nachdem ich die letzten Riemen ihres Handschuhs festgezogen habe, greife ich nach dem Helm und gehe auf die Tür zu. »Komm mit.«

Doch als ich merke, dass sie keine Anstalten macht, mir zu folgen, drehe ich mich zu ihr. Ein Blick auf ihr Gesicht verrät, dass etwas sie zurückhält. Ihre Miene ist angespannt und sie scheint in Gedanken versunken zu sein.

»Was ist los, Sweetheart? Wirst du etwa nervös?«

Sie verkrampft sich, doch versucht, mir keine Schwäche zu zeigen. »Nein.«

»Dann komm mit mir. Mal sehen, ob du tatsächlich so mutig bist, wie du behauptest.«

Ich öffne die Tür und warte darauf, dass sie aus der Umkleidekabine tritt. Ihre Nervosität ist in der steifen Art, wie sie sich bewegt, deutlich erkennbar.

Mal sehen, wie viel du wirklich aushältst, Little Curse.

Aliya wirkt noch nervöser, als sie auf dem Motorrad sitzt, das ich für sie ausgesucht habe. Ihre Finger klammern sich fest um die Griffe.

»Das hier ist der Gashebel«, erkläre ich und lege meine Hand auf ihre, führe ihre Finger, um ihr zu zeigen, wie sie ihn drehen soll. »Dreh ihn langsam, um zu beschleunigen. Und das hier ist die Kupplung.« Ich führe ihre andere Hand auf den Kupplungshebel. »Zieh sie, bevor du den Gang wechselst.«

Aliya nickt mechanisch, aber ihre Augen verraten ihre Nervosität. »Und die Bremse?«

»Hier vorne.« Ich zeige ihr den Bremshebel am rechten Griff. Meine Finger gleiten dabei leicht über ihre. »Und hier unten ist die Fußbremse.« Ich weise auf das Pedal hin, hebe es leicht mit meinem eigenen Fuß an, um es ihr zu demonstrieren.

»Mach keine plötzlichen Bewegungen. Du musst stets Ruhe bewahren.«

Ich gehe um das Motorrad herum und knie mich neben die Fußrasten. »Das hier sind die Gänge.« Ich führe ihren Knöchel, um ihr zu zeigen, wie sie mit dem Fuß schalten kann. »Erster Gang nach unten, alle anderen nach oben. Du musst immer die Kupplung ziehen, wenn du den Gang wechselst.«

Aliya beobachtet mich aufmerksam, ihr Visier ist hochgeklappt.

Ich richte mich wieder auf. »Und das Wichtigste ist, dass du nicht vergisst zu atmen, Sweetheart.«

Ich helfe ihr dabei, das Visier ihres Helmes zuzuklappen, bevor ich meinen eigenen Helm aufsetze. Nachdem ich sichergestellt habe, dass sie richtig sitzt, schwinge ich mich auf den Soziussitz hinter sie.

Ihr Rücken presst sich an meinen Oberkörper. Die Wärme ihres Körpers, die ich selbst durch die Schutzkleidung spüre, jagt mir einen Schauer über den Rücken. Meine Hände legen sich um ihre

Taille, während ich mich näher an sie lehne, um besser Anweisungen geben zu können.

»Jetzt langsam den Gashebel drehen.«

Aliya betätigt den Hebel, genau wie ich es ihr zuvor gezeigt habe. Ihre Bewegungen sind vorsichtig, fast schon zaghaft.

»Jetzt die Kupplung ziehen und langsam losfahren.«

Ihre Hände zittern leicht, als sie den Lenker festhält, und ich spüre, wie ihr Körper sich anspannt, als sie langsam Gas gibt und das Motorrad in Bewegung setzt.

Ein Grinsen macht sich auf meinen Lippen breit.

Mein Mädchen ist schlau, sie lernt schnell.

»Du kannst ruhig mehr Gas geben.« Ich kneife in ihre Hüfte, weswegen sie kurz zusammenzuckt, bevor sie tatsächlich mehr Gas gibt.

Die Vibrationen des Motors verstärken sich unter uns, ein kraftvolles Summen, das durch unsere Körper geht. Sie muss lernen, ihre Grenzen zu überwinden und mehr Vertrauen in ihre Fähigkeiten zu gewinnen.

»Jetzt bremsen.« Wir nähern uns der ersten Biegung und mit der Geschwindigkeit, die sie gerade fährt, wird sie unmöglich die Kurve kriegen. Doch statt auf meinen Ratschlag zu hören, beschleunigt sie das Tempo.

Meine Hände krallen sich fester an ihre Taille, um ihr klarzumachen, dass sie bremsen muss. »Aliya. Bremsen.«

Aber sie ignoriert meine Anweisung, während wir uns rasch der Krümmung nähern. Mein Herz hämmert rapide gegen meine Brust und mein Puls dröhnt in meinen Ohren.

Wenn sie jetzt nicht bremst, werden wir die Biegung nicht schaffen.

Verfickte Scheiße.

Das Motorrad neigt sich gefährlich zur Seite, als wir auf die Kurve zufahren. Die Bäume und der Asphalt verschwimmen zu einem grauen Streifen. Adrenalin pumpt durch meine Adern.

Mit einer schnellen Bewegung lehne ich mich über sie. Meine Hände greifen nach vorne und ziehen den Bremshebel. Mit all meiner Kraft neige ich das Motorrad, um die Kurve zu meistern. Das Motorrad bremst abrupt, die Reifen quietschen auf dem Asphalt und der Wind peitscht um uns herum, als wir die Krümmung durchfahren.

Ich bremse bis zum Anschlag und das Motorrad kommt mit einem Ruck zum Stillstand. Mein Herz rast immer noch, während ich versuche, meine Atmung zu beruhigen.

»Hast du deinen Verstand verloren?«, platzt es schließlich scharf aus mir heraus.

Sie klappt das Visier ihres Helmes auf und dreht sich zu mir. Ihre Augen funkeln zuckersüß, als hätte sie uns nicht gerade fast umgebracht. »Ich hätte es hinbekommen, hättest du mich gelassen.«

»Verdammter Bullshit.«

Was hat sie sich nur dabei gedacht? Es ist verdammt gefährlich, vom Soziussitz ein Motorrad zu lenken, aber ihre Taktlosigkeit hat mir keine andere Wahl gelassen.

»Was ist? Hattest du etwa Angst?«

Irritiert sehe ich sie an, als sie meine Worte aus der Umkleide gegen mich verwendet.

»Darf ich noch mal fahren? Es hat mehr Spaß gemacht, als ich dachte.« Sie richtet sich wieder nach vorne, als wäre nichts gewesen. Ihr Enthusiasmus scheint unerschütterlich.

Mit einem offenen Mund beobachte ich sie dabei, wie sie den Motor erneut starten möchte. *Auf gar keinen Fall.*

»Du steigst jetzt sofort ab«, befehle ich und sitze ebenfalls ab.

Sie wendet ihren Kopf in meine Richtung, ihre Augen blitzen herausfordernd. »Warum? Gerade wurde es aufregend.«

»Steig. Ab.«

Nach einem Moment des Zögerns gehorcht sie mir schließlich. »Ich bin mir sicher, dass ich die Kurve hinbekommen hätte.«

Ihre Unbeschwertheit amüsiert mich schon beinahe. Unglaublich, dass sie zuvor so nervös ausgesehen hat. Wie kann sie jetzt so ruhig bleiben?

»Nächstes Mal möchte ich allein fahren. Ohne dich.«

Meine Mundwinkel zucken nach oben. Ihre bissige Art hat mich schon hart gemacht, aber diese neue Facette, diese scheinbare Unerschrockenheit, erregt mich auf eine ganz andere Art und Weise.

Was für ein böses Mädchen sie doch ist.

Es ist, als würde sie sich bewusst in Gefahr begeben, als würde das Adrenalin die Kontrolle über ihre Handlungen übernehmen. Und irgendwie finde ich das sogar sehr heiß.

»Du fährst nie wieder.«

»Ich werde vorsichtig sein. Kein Grund, mir gegenüber so beschützerisch zu werden.«

»Zu spät. In dem Moment, als du mit mir auf das Motorrad gestiegen bist, habe ich die Verantwortung für dich übernommen.« Ich steige auf das Bike, um zurückzufahren.

»Vorsicht, du klingst beinahe besitzergreifend.« Sie schwingt sich hinter mich auf den Soziussitz.

»Besitzergreifend? Nah, ich kümmere mich nur um das, was mir gehört.«

Ich erwecke den Motor wieder zum Leben und gebe einen kurzen Gasstoß, was Aliya dazu verleitet, ihre Arme fest um mich zu schlingen und ihren Kopf auf meinen Rücken zu legen.

»Eingebildeter Bastard«, flucht sie.

»Du magst es, Sweetheart. Hör auf, es abzustreiten.«

»Tue ich nicht. Es ist nur so hart, mit deinem Ego mitzuhalten.«

»Mein Ego ist nicht das Einzige, was *hart* ist.«

Sie schweigt und ein Grinsen breitet sich auf meinen Lippen aus, als ich mir vorstelle, wie sie errötet. Schlussendlich gebe ich Gas, um wieder zum Startpunkt zurückzufahren.

Das Rauschen des Motors und das Gefühl von Aliyas Umarmung um meinen Oberkörper wirken seltsam beruhigend.

Als wir schließlich anhalten, steigen wir ab, und ich helfe ihr, den Helm abzunehmen. Ein leichtes Lächeln huscht über ihre Lippen, und sofort fällt mein Blick auf das Grübchen, das ihre Wange ziert.

»Das war aufregend«, flüstert sie und sieht mich mit einem Funken Abenteuerlust in den Augen an.

»Schade, dass du es nie wieder tun wirst.«

Sie hebt eine Augenbraue. »Wer sagt das?«

»Ich, Sweetheart.« Ich wende mich dem Motorrad zu, um es wieder zurück zu den Stellplätzen zu rollen. »Und du wirst mir gehorchen, wie ein kleines braves Mädchen.«

Ein Hauch von Trotz flackert in ihrem Blick. »Was, wenn ich nicht gehorchen möchte?«

»Dann werde ich dich bestrafen müssen. Ist es das, was du willst?«

Ihr Widerstand schwankt für einen Moment, ihr Atem stockt bei meinen Worten. Der Gedanke, bestraft zu werden, macht sie eindeutig verlegen. Es ist ein erfrischendes Gefühl, sie aus der Fassung zu bringen.

»Ich kümmere mich um das Motorrad«, teile ich ihr mit. »Du kannst dich schon mal umziehen gehen … außer, du möchtest mich diesmal dabeihaben.«

»Nein, danke. Ich schaffe das schon allein.«

Ohne dass ich etwas darauf erwidern kann, macht sie sich auf den Weg Richtung Umkleide. Ich sehe ihr nach, meine Augen folgen jeder ihrer Bewegungen, bis sie aus meinem Blickfeld verschwindet.

»Sie ist süß«, reißt mich Julians Stimme aus den Gedanken. Er steht oben auf der Tribüne und sieht mit einem amüsierten Grinsen auf mich herab.

Ich zeige ihm meinen Mittelfinger, was ihm ein Lachen entlockt, bevor ich das Motorrad zu den Stellplätzen bringe.

Sie bedeutet Ärger.

Sie ist der personifizierte Ärger.

Mein kleines Ärgernis.

28
Aliya

GEGENWART

Ich lehne mich an das Geländer der Tribüne und warte darauf, dass Milan wieder kommt.

Er hatte recht, als er sagte, dass an diesem Ort alles verschwindet. Das Fahren eines Motorrades nimmt die Angst. Es ist Befreiung, nicht nur Risiko, Gefahr und Aufregung. Und das allerwichtigste: Es ist Freiheit.

Das Gefühl, wenn der Wind gegen einen peitscht, die Schwerelosigkeit und die Art, wie die Welt um einen herum zu einem einzigen Tunnel aus Farben und Geräuschen verschwimmt, fühlt sich an wie ein schöner Rausch.

Vielleicht ist das auch der Grund, wieso ich nicht gebremst habe, als Milan es mir befohlen hat. Sonst habe ich nie die Kontrolle über irgendetwas.

»Aliya?« Eine tiefe Stimme löst mich aus den Gedanken.

Ein Fremder mit einem Motorradhelm steht vor mir. Seine breiten Schultern drücken gegen den Stoff seines enganliegenden Motorradanzugs, seine kräftigen Arme stemmen sich dagegen, als wollen sie sich befreien. Ich kann die Intensität seiner Augen durch das Visier hindurch spüren.

»Entschuldige?«

Doch mein Atem stockt, als der Fremde seinen Helm abnimmt. Sein kräftiger Kiefer, die hohen Wangenknochen und die blitzenden braunen Augen treten ruckartig in mein Blickfeld.

Sein dunkles Haar ist kurz geschnitten, was seine markanten Gesichtszüge noch mehr hervorhebt. Er sieht fast aus wie eine Marmorstatue, gemeißelt aus dem besten Material. Und doch ist sein durchdringender Blick alles andere als kalt.

Und er ist mir so … *vertraut.*

»Tristan?«

»Und ich dachte schon, du hättest mich vergessen.« Er schüttelt lachend seinen Kopf. »Unsere *Lia* besucht jetzt die Stoneview High, hm?« Feine Linien und Fältchen bilden sich um seine Augen herum, als er seinen Blick über meine Schuluniform gleiten lässt.

Dieser Spitzname und diese Lachfalten.

Das ist aber auch das Einzige, was gleichgeblieben ist.

»Du hast dich sehr … verändert.« Ich mustere ihn von Kopf bis Fuß.

Wir folgen einander noch in den sozialen Netzwerken. Dennoch bemerke ich nicht viel von ihm, da er nicht sehr aktiv ist.

Damals war er alles andere als groß und muskulös. Ich erinnere mich daran, dass er oft gehänselt wurde, weil er nicht dieselbe Körperstatur wie die Kinder in seinem Alter hatte. Niemals hätte ich gedacht, ihn auf einer Rennbahn, noch dazu in einem Motorradanzug, wiederzusehen.

»Du hast dich gar nicht verändert. Immer noch so flippig wie eh und je.«

Als wir noch Kinder waren, war ich der Innenbegriff von grenzenloser Energie. Wie ironisch, dass ich damals meine Zeit ausgelassen genießen konnte und mich jetzt an den letzten Funken Hoffnung klammern muss, um es nicht aufzugeben.

»Du irrst dich. Ich habe mich verändert«, murmele ich mit einem melancholischen Lächeln.

Früher, als wir gemeinsam durch die Straßen gerannt sind, schien die Welt sorglos. Jeder Moment war ein Spaß, jede Sekunde kostbar und unbeschwert. Alles war so einfach.

Jetzt fühlt es sich an, als ob das Gewicht der Welt auf meinen Schultern lastet. Die Freude von damals ist einer tiefen, nagenden Resignation gewichen, die mich jeden Tag ein bisschen mehr vereinnahmt.

»Wenn du mich fragst, ich sehe keine Veränderung.« Er wuschelt mir durch die Haare und hinterlässt ein wildes Durcheinander. Ich stöhne genervt auf.

»Was machst du hier?«, frage ich, während ich meine Haare in Ordnung bringe.

»Ich könnte dich dasselbe fragen. Seit wann interessierst du dich für Motorräder, hm?«

»Ich-«

Plötzlich zieht mich eine starke Hand am Arm zurück und ich schreie kurz auf, während ich stolpere und fast falle. Zwei kräftige Arme schlingen sich um mich und halten mich fest.

Bevor ich Milans Wut in seinem Gesicht sehen kann, spüre ich sie. Sie pulsiert in der Luft, dicht und drückend.

Langsam hebe ich meinen Blick, doch erstarre, als ich mit der Dunkelheit höchstpersönlich konfrontiert werde. Sein Gesicht ist verhärtet, die Kiefer angespannt und in seinem Blick liegt eine düstere Intensität, die mich frösteln lässt.

Seine Augen funkeln schwarz.

Gefährlich.

Unheilbar.

Dieser Milan vor mir ist nicht nur beängstigend, er ist furchterregend.

Er wirkt, als wäre er bereit, Tristan zu ermorden, ihn in Stücke zu reißen, lebendig zu verbrennen, und das alles, ohne jegliche Schuldgefühle zu empfinden.

»Milan Shane. Nicht wahr?« Tristans harmonische Stimme trillert in meinen Ohren und zieht meine Aufmerksamkeit erneut auf sich.

»Wir konnten uns einander noch nicht vorstellen. Ich bin Tristan. Tristan Dallas.« Tristan streckt ihm seine Hand aus, doch Milans Griff um meine Taille verstärkt sich, sodass ich mir ein Keuchen unterdrücken muss.

Als er keine Anstalten macht, Tristans Hand anzunehmen, beschließe ich, peinlich berührt einzugreifen. »Tristan und ich-«

Die Worte ersticken in meiner Kehle.

»Ich weiß, wer du bist.« Milans Stimme ist eisig und gefährlich leise. »Lass deine verdammten Hände von ihr.«

Meine Wangen glühen vor Verlegenheit. Doch Tristan scheint die ganze Situation zu amüsieren. »Sieht so aus, als hätte ich einen Nerv getroffen. Du hast also von mir gehört?«

Er scheint von Milans drohendem Ton nicht im Geringsten beeindruckt zu sein. »Der bekannte Milan Shane. Du hast einen beeindruckenden Ruf, aber die Gerüchte über dich werden deiner besitzergreifenden Ader nicht ganz gerecht, oder?«

Bekannt? Gerüchte?

»Das ist eine Warnung«, knurrt er. »Lass die Finger von ihr, sonst wirst du es bereuen.«

Ein Kloß bildet sich in meinem Hals, sodass meine Lippen versiegelt bleiben.

Bevor Tristan überhaupt antworten kann, zerrt Milan mich wie seine Beute weg von ihm. Fassungslos folge ich seinen großen Schritten, unfähig, Worte zu formulieren oder mich aus seinem eisernen Griff zu lösen.

Seine Hand umklammert meinen Arm so fest, dass es schmerzt, und sein Gesicht ist eine Maske aus finsterer Entschlossenheit.

Ich habe Milan Shane oft wütend erlebt, aber noch nie hat er seine Fassung dermaßen verloren.

An seinem Auto angekommen, finde ich meine Stimme wieder und werde von einer Welle Zorn überschüttet. »Was zum Teufel war das?«

Er ignoriert meine Frage und starrt mich mit einem unheilverkündenden Funkeln in seinen Augen an.

Mit einer schnellen Bewegung stößt er mich gegen die Seite seines Autos, sodass ich aufkeuche, als sich ein kurzes Ziehen in meinem Rücken bemerkbar macht. Der metallische Aufprall vibriert durch meinen Körper und ich halte vorübergehend den Atem an, während der Schmerz pulsiert.

»Halt die Fresse«, zischt er. »Sag kein einziges verfluchtes Wort.«

Die Kälte seiner Wut umgibt mich wie ein undurchdringlicher Nebel. Ich presse meine zitternden Lippen zusammen und halte seinem stechenden Blick stand, während mein Herz laut in meiner Brust pumpt.

Er lehnt sich näher zu mir, sein Atem heiß auf meiner Haut. Ich spüre die Hitze seines Körpers an meinem, die harten Muskeln seiner Brust, die sich an mich pressen.

»Machst du das mit Absicht?« Seine Lippen zeichnen meine Ohrläppchen nach und seine Hände drücken sich auf den kalten Stahl des Autos hinter mir. »Versuchst du mich zu testen?«

Meine Stimme flattert. »Wovon sprichst du da?«

»Ich habe dir gesagt, du sollst leise sein.«

Langsam zieht er seine Hand nach oben und streift über meine Wange, bevor er mir durch das Haar fährt, es packt und meinen Kopf grob nach hinten reißt, sodass meine Kehle zum Vorschein kommt. Ich stoße einen Luftzug aus, gefangen zwischen dem Schmerz und der Ekstase seiner Berührung.

»Hast du es noch nicht verstanden?« Seine Zunge hinterlässt eine glühende Spur auf meiner Haut. »Wenn ich sehe, wie jemand anderes dich anfasst, möchte ich morden.«

Er lässt seinen Mund zu meinem Ohrläppchen wandern, bevor er es zwischen seine Zähne nimmt und hineinbeißt. Ein leises Stöhnen entweicht meinen Lippen, mein Kopf neigt sich weiter nach hinten.

»Genießt du es?« Mit der Hand gleitet er tiefer, meine Taille und Hüfte hinunter und fährt an der Außenseite meines Oberschenkels entlang. »Willst du, dass ich die Kontrolle verliere? Willst du sehen, wie weit du mich treiben kannst? Wie weit ich gehen würde, um dich für mich zu beanspruchen?«

Ich weiß, dass ich Angst haben sollte. Ich bin in Gefahr.

Aber dennoch kann ich mich weder bewegen noch atmen. Alles, was ich tun kann, ist einen leisen, zitternden Atemzug auszustoßen, während seine Finger quälend langsam meine Haut streifen.

»Nein, ich glaube, du genießt es, mir ausgeliefert zu sein.« Seine Worte kommen in scharfen, rauen Atemstößen. »Ich glaube, du willst, dass ich die Kontrolle verliere und unaussprechliche Dinge mit dir tue, ohne auf deine Erlaubnis zu warten.«

Seine Finger fahren unter meinen Rock und hinterlassen eine Spur aus Feuer. Mein ganzer Körper zittert unter seiner Berührung.

Ich will ihn mit meinem ganzen Wesen, aber ich weiß es besser, als meinem Verlangen nachzugeben. Die Erkenntnis, dass wir uns auf einem Parkplatz befinden, durchbricht die Wolke der Begierde.

Meine Wangen erröten sich vor Verlegenheit bei dem Gedanken, in einer so intimen Position erwischt zu werden. Vor allem von Tristan.

»Stopp«, flüstere ich heiser und versuche, nach seinem Handgelenk zu greifen. »Nicht hier. Jemand … Tristan-«

»Sag noch einmal seinen verdammten Namen, und ich werde dich hart gegen das Auto ficken, ohne Rücksicht darauf zu nehmen, wer uns sehen könnte.«

Ich schlucke. *Oh.*

Meine Worte bleiben in meinem Hals stecken, als seine Finger anfangen, träge Kreise auf meinen Innenschenkel zu ziehen, so nah an der Stelle, an der ich ihn am meisten brauche.

In meinem Kopf kreisen die Bilder von seinem Körper, der sich an meinen presst, mein Stöhnen hallt über den leeren Parkplatz. Hitze durchströmt meine Adern bei dem Gedanken daran, dass sich mein Kopfkino bewahrheitet.

Er reißt mein Rock hoch und die Luft schlägt auf meine nackten Schenkel. Ich schließe meine Augen, jede Faser fleht ihn an, weiterzumachen. Er zieht mein Höschen hinab, während ich mich stärker gegen das Auto lehne.

»Nicht. Wir können nicht … Das ist verrückt, du krankes Arschloch.«

Ich keuche, als seine Finger höher gleiten und sanft über meine empfindlichste Stelle streichen.

»Merkst du das nicht?« Seine Finger umkreisen neckend meine Öffnung. »Du genießt es so sehr, mir ausgeliefert zu sein. Es ist, als ob du für mich gemacht wärst. Und ich werde mich gut um diese Begierden kümmern.«

Ich spüre, wie sich seine Härte gegen mich presst, und der Gedanke an das, was gleich passieren wird, macht mich schwindelig.

»Du irrst dich«, bringe ich mühsam über die Lippen. »Das ist nicht, was … ich-«

Die Worte werden von einem Keuchen verschluckt, als sein Finger in mich dringt.

»Wieso bist du dann so bereit für mich, Sweetheart? Schau, wie du mich verschluckt hast.«

Meine Nägel zerkratzen den Lack seines Autos, während ich um meine Selbstbeherrschung kämpfe. Er stößt einen zweiten Finger in meine Pussy und raubt mir meine Willenskraft. Mein Verstand ist verschwommen, vernebelt von den Gefühlen, die meinen Körper durchströmen.

»Ich …«

»Was ist los?« Seine Stimme ist betörend. »Du scheinst ein wenig aufgewühlt zu sein. Genießt du … das hier etwas zu sehr?«

»Fick. Dich«, keuche ich, als seine Finger meine Innenwände erkunden. Wellen der Lust durchströmen meine Adern und ich erzittere unter seiner Berührung.

Ein leises, heiseres Lachen entweicht seinen Lippen, während seine Finger mich weiter in den Wahnsinn treiben.

»Solch eine Sprache«, tönt er leise. »Was ist mit ‚*Wir können das hier nicht machen*‘?«

Langsam, fast zärtlich, küsst er meinen Hals, seine Zähne streifen sanft über meine erhitzte Haut. »Aber ich mag es, wenn du gegen mich ankämpfst. Das bringt mich dazu, dich noch mehr zu drängen.«

Seine Finger dringen tiefer ein und entlocken meinen Lippen ein Stöhnen und Keuchen, das ich nicht unterdrücken kann. Der Klang meiner eigenen Stimme scheint einen dunklen, besitzergreifenden Schimmer in seine Augen zu schicken, und er lehnt sich nah an mich heran, um mir leise Worte ins Ohr zu murmeln.

»Das ist es«, flüstert er. »Mach weiter diese schönen Geräusche für mich. Lass mich hören, wie gut es sich anfühlt, wenn ich dich berühre.«

Ich klammere mich an ihn, mein Körper bebt unter dem Ansturm der Empfindungen, mein Atem kommt in kurzen Atemzügen, während ich versuche, das verzweifelte Stöhnen zurückzuhalten, das mir über die Lippen zu kommen droht.

»Ich habe kaum angefangen. Aber sieh dich an, du windest dich und hechelst wie eine läufige Katze.«

Ich stoße einen leisen, flehenden Schrei aus, als seine Finger mich necken, sich drehen und mich vor Lust wild werden lassen. Die Hitze zwischen meinen Beinen baut sich auf, ein schmerzendes Bedürfnis, das nur er stillen kann. Ich halte mich an seinen Schultern fest, meine Nägel graben sich in den Stoff seines Hemdes. »Ich … Bitte-«

Mein Körper wölbt sich ihm instinktiv entgegen, reagiert auf seine Berührung, als wäre er magnetisch.

»Du gehörst mir.« Seine Zähne streifen meinen Hals und mein Schlüsselbein. »Du gehörst zu mir. Du lässt dich von keinem anderen berühren.«

Seine Worte lösen in meinen inneren Wänden eine heftige Reaktion aus. Etwas Zerstörerisches baut sich zum Rhythmus seiner Bewegungen auf und wartet darauf, erlöst zu werden.

Was ist falsch mit mir?

»Sag es.«

Ein Teil in mir möchte mitspielen, sich ihm völlig hingeben, aber ein anderer Teil von mir wehrt sich und kämpft darum, meine Würde zu bewahren.

»N-Nein«, meine Stimme ist kaum hörbar.

»Sag es.« In seiner Stimme liegt etwas Gefährliches, etwas Dunkles und Besitzergreifendes, das mir Angst macht und mich gleichzeitig weiter erregt.

Seine Bewegung nimmt an Intensität ab, als wolle er aufhören. Mein Körper zittert unter den Nachwehen der Lust und Enttäuschung flackert in mir.

»Nein …«

»Sag es und ich lasse dich kommen.«

Ich wimmere, weil ich erlöst werden möchte, aber mein Trotz und Stolz stehen mir im Weg. Sein dunkler Blick hält meinen fest, während er auf seine Antwort wartet. Ich kann das brennende Verlangen in seinen Augen sehen, den Hunger.

»Ja«, bringe ich langsam hervor, während seine Bewegungen wieder zunehmen.

»Sag es.« Er pumpt stärker in mich hinein.

»Ja!« Ich schreie, als meine Sicht von Sternen bedeckt wird. »Ich werde mich von keinem anderen berühren lassen!«

Und ich stürze vom Rande eines Abgrundes. Ich habe das Gefühl zu fliegen, in einer Welt der Empfindungen und Gefühle zu schweben, die ich nie wieder verlassen möchte.

Er hat mich markiert, mich als sein Eigentum beansprucht und ich habe es zugelassen.

»Braves Mädchen.«

Er führt seine Finger, die zuvor in mir waren, an seine Lippen und leckt meine Essenz von seiner Hand. Dabei lässt er mich nicht aus den Augen und beobachtet, wie mein Körper immer noch vor Lust summt. Mein Mund wird trocken und in meinem Bauch flackert erneut ein Gefühl der Hitze auf.

»Merk es dir. Du lässt deine verdammten Augen auf mir.«

Ich nicke wortlos.

Ich bin erledigt.

Ich schließe mich in mein Zimmer ein, sobald Milan mich nach Hause gefahren hat. Meine Beine zittern immer noch von dem Genuss, den ich auf dem Parkplatz erlebt habe. Aber gleichzeitig schäme ich mich auch zutiefst für all das Geschehen.

Wie konnte ich es zulassen, dass er mich zum Orgasmus bringt?

Ich kann immer noch die Wärme seiner Hände auf meinem Körper spüren, die Erinnerung an seine Berührung hat sich in mein Gehirn eingebrannt.

»Aliya?« Ein Klopfen an meiner Zimmertür reißt mich aus meiner Fantasie.

»Ja?«

»Wir essen jetzt zu Abend.«

»Ich habe keinen Hunger. Danke, Robert.«

Nachdem ich meinen Stiefvater abgeschüttelt habe, werfe ich mich in mein Bett.

Ich könnte etwas zu essen vertragen, aber mit Daniel an einem Tisch zu sitzen, ist mir zuwider.

Was, wenn Milan mich morgen wieder ignoriert?

Ich drehe mich auf meinen Rücken und drücke ein Kissen in mein Gesicht.

Wieso muss er mich immer so verwirren?

Abrupt setze ich mich im Bett auf, als mir etwas sehr Wichtiges in den Sinn kommt.

Der verdammte Brief.

Sofort steige ich von meinem Bett und wühle in meiner Tasche. Der Briefumschlag ist nach wie vor zwischen den Einband und den Schutzumschlag geklemmt.

Mit einem Seufzen hole ich ihn heraus und fahre mit dem Finger über das spröde Papier. Ich wollte ihn unbedingt Milan zurückgeben, weil es sich falsch anfühlt, ihn zu behalten. Aber dennoch kann ich den Impuls, die Briefe lesen zu wollen, nicht unterdrücken. Es fühlt sich an wie ein magischer Magnet, der mich anzieht, jedes Mal, wenn ich den Umschlag in der Hand halte.

Was soll's? Ich habe einen Teil bereits gelesen, etwas weiterzulesen, wird mich nicht umbringen. Außerdem könnte ich gerade eine Ablenkung gebrauchen und wie immer ist Lio der Beste darin, mich auf andere Gedanken zu bringen.

Hallo Stitch,

du hast dich schon wieder mit den Nachbarskindern geschlagen und bist mit einem blauen Auge nach Hause gekommen. Vater hat mit dir geschimpft, sodass du dich wütend in dein Zimmer eingeschlossen hast. Ich kann mich nicht mehr daran erinnern, ob ich in deinem Alter in eine Schlägerei verwickelt war, aber ich war ganz bestimmt nicht so temperamentvoll wie du.

Na ja, eigentlich hast du genügend Gründe, um auf alles und jeden wütend zu sein.

Als du noch nicht auf der Welt warst, hatte Mutter eine sehr starke Bindung zu mir. Sie hat immer in meinem Zimmer geschlafen, wenn ich mal einen Albtraum hatte. Sie hat mir Geschichten vorgelesen und mich wegen eines blutigen Knies ins Krankenhaus gebracht. Sie war die Art Mutter, die alles für ihr Kind opfern würde.

Ich habe damit gerechnet, dass du ihre gesamte Aufmerksamkeit bekommen würdest, nachdem du geboren wurdest. Jedoch kam es ganz anders.

Mutter, die in meinem Zimmer übernachtet hat, wenn ich nachts nicht schlafen konnte, ließ dich die ganze Nacht weinen, ohne ihren kostbaren Schlaf zu ruinieren. Mutter, die wegen eines aufgeschürften Knies einen Aufstand gemacht hat, sagte zu dir, als du dein Bein verstaucht hattest, nur ‚Das wird wieder heilen. Mach kein Theater daraus, Milan'.

Die besorgte Mutter, die dafür gesorgt hat, dass mir kein Mensch ein Haar krümmt, behandelte dich, als wärst du ihr größter Feind.

Du warst jung und hast nicht verstanden, dass sie dich nicht gut behandelte. Genauso wie du mir Frieden bringst, hast du Mutter als deinen Friedensbringer angesehen.

Das Komische daran war, dass sie sich mir gegenüber immer noch besorgt und liebevoll benahm. Was hattest du ihr also angetan, dass sie dich so schlecht behandelte?

Ich habe mir damals nicht meinen Kopf darüber zerbrochen, denn ich dachte, dass es sich mit der Zeit bessern würde. Ich dachte ernsthaft, dass sie irgendwann eine richtige Mutter werden würde.

Für dich. Für uns beide.

Aber ich habe mich geirrt.

Es war an einem Dienstag um 3 Uhr morgens.

Als ich mitten in der Nacht aufwachte, wünschte ich, dass das, was sich vor meinen Augen abspielte, nur eine Einbildung wäre. Ein Albtraum.

Ja, Mutter hat dich nicht gut behandelt. Und ja, sie war keine gute Mutter. Aber niemals hätte ich damit gerechnet, dass sie versuchen würde, dich umzubringen.

Sie presste ein Kissen in dein Gesicht, in der Hoffnung, dass du aufhörst zu atmen.

*Sie **wollte**, dass du stirbst.*

Du hast gezappelt, aber wie solltest du dich mit deinen drei Jahren gegen eine erwachsene Frau verteidigen?

In diesem Moment habe ich zwei Dinge begriffen.

Diese Frau hat dich mit jeder Faser ihres Körpers verabscheut.

Und diese Frau war ein Monster. Ein Monster, das sich unsere Mutter nannte.

Ich kann mich nur noch vage daran erinnern, wie ich geschrien habe. Ich war gerade mal acht Jahre alt und musste mitansehen, wie die Frau, die ich so sehr liebte, meinen kleinen Bruder erstickte. Vater stürzte ins Zimmer und zog diese Frau von dir weg. Dein lautes Weinen und das Brüllen unseres Vaters vermischten sich in meinem Kopf.

Hätte ich nicht geschrien oder wäre Vater ein paar Minuten später gekommen, dann wärst du höchstwahrscheinlich tot gewesen. Tot, leblos und kalt.

Als du auf die Welt gekommen bist, habe ich geschworen, dass ich dich beschützen werde, aber ich habe es nicht geschafft, dich vor unserer eigenen Mutter zu schützen.

Ich weiß nicht mehr, ob ich dich oder mich selbst beruhigen wollte, aber ich habe dich so lange umarmt, bis ich mir sicher war, dass du wieder normal atmest.

Mutter und Vater schrien einander an, aber das kümmerte mich nicht. Ich wollte dich wegbringen. Weg von dieser Frau.

Du hast dich in mein T-Shirt gekrallt, als wäre ich dein Schutz, dein Halt. Die schmerzerfüllten Töne, die du von dir gegeben hast, haben mich innerlich zerstört.

Dein Leiden wurde auch zu meinem Leid.

Die schaurigen Szenarien wiederholten sich vor meinem Auge wie eine endlose Schleife. Mein Körper flatterte wie verrückt und ich hatte das Gefühl, mein Bewusstsein zu verlieren. Doch irgendwann hast du dich zurückgelehnt, um mir ins Gesicht zu sehen. Deine kleinen Hände haben sich auf meine Wangen gelegt. Du hast mir dein schönstes Lächeln geschenkt und meine Tränen weggewischt.

‚Du musst nicht mehr weinen, Lio. Stitch geht es wieder gut‘, waren deine Worte, die mich beruhigen sollten. ‚Schau, ich weine auch nicht mehr‘, lauteten deine nächsten Worte.

Ja, ich bin der Ältere und ja, in dieser Nacht hast du mehr gelitten als ich, trotzdem wurde ich von dir getröstet. So ein erbärmlicher Bruder bin ich.

Dein kleines Lächeln und dieser Glanz in deinen Augen heilten all meine Wunden und vernichteten meine dunklen Gedanken. Ich habe dich zurück in meine Arme gezogen und mich an deiner Schulter ausgeweint.

Du solltest dich bei mir ausweinen. **Ich** sollte dich trösten.

Hätte ich die Art, wie sie dich behandelt hat, im Voraus ernst genommen, dann wäre das alles erst gar nicht passiert.

Aber ich konnte es nicht verhindern.

Ich würde alles dafür geben, das Geschehene ungeschehen zu machen. Ich wünschte, sie hätte stattdessen versucht, mich umzubringen, denn dann könnte ich es ihr verzeihen. Aber die Tatsache, dass sie versucht hat, dich mir wegzunehmen, ist unverzeihlich.

In dieser Nacht ist Mutter für mich gestorben.

Zurück blieb nur ein Monster, das dich versucht hat zu ermorden und ein nutzloser, älterer Bruder, der dich nie wieder allein lassen wird.

Kilian

29
Aliya

ZWEI JAHRE ZUVOR

Lio steht in der Schlange bei Five Guys, die Hände in die Taschen gesteckt. Alle paar Minuten schaut er über seine Schulter zu mir, mit einem entschuldigenden Lächeln im Gesicht.

Ich spiele an der Schnalle meines Armbands herum, meine untätigen Finger suchen Erleichterung in dem vertrauten Design.

Nach einer gefühlten Ewigkeit taucht er auf und balanciert das Tablett mit unseren Burgern auf seinen Armen. Er stellt es auf den Tisch und setzt sich vor mich.

»Danke.« Ich greife nach meinem saftigen Cheeseburger, dessen verlockender Duft meine Nase erfüllt. Als ich einen Bissen nehme, explodieren die Aromen in meinem Mund und mein knurrender Magen beruhigt sich.

Er ist gerade dabei, seine Pommes in die Mayonnaise zu tunken. »Und? Wie läuft es in der Schule? Alles gut?«

Ich halte inne, bevor ich meinen Burger wieder auf das Tablett sinken lasse. »Besser.«

Seit einer Weile besuche ich die Stoneview High.

Eine angesehene Elite-Highschool mit gutem Ruf, immensem akademischen Druck und einer sozialen Dynamik, der ich nicht gewachsen bin. Aber immerhin werde ich hier nicht gehänselt oder als Lehrer-schlagende-Schlampe beleidigt.

Ich greife nach einer Pommes, tauche sie ebenfalls in die Mayonnaise ein, bevor ich sie in meinen Mund werfe.

Eine Sache, die Lio und ich gemeinsam haben: Wir beide mögen keinen Ketchup.

»Freut mich für dich, Kleines.«

Lios schwarzes Sweatshirt schmiegt sich an seinen muskulösen Körper und betont seine breiten Schultern. Der Kontrast des dunklen Stoffes zu seiner gebräunten Haut lässt ihn noch attraktiver erscheinen. Sein kurzes, unordentliches Haar fällt ihm über die Stirn, wie jedes Mal, wenn er kurz zuvor seinen Helm getragen hat.

Er sieht zu mir und hebt eine Augenbraue in die Höhe, als er meinen stechenden Blick bemerkt. »Was ist los?«

»Nichts.« Ich antwortete mit einem lässigen Schulterzucken und versuchte, meine Verlegenheit zu verbergen. »Ich bin nur gerade etwas weggetreten.«

Er grinst wissend. »Hör auf zu lügen. Du hast mich abgecheckt.«

Meine Wangen werden rosa und ich huste, da ich mich fast verschlucke. »Nein, das habe ich nicht!«

»Du bist so durchschaubar, Kleines. Ich kann praktisch gerade deinen inneren Monolog hören. ›*Oh mein Gott, wie schafft er es nur, in diesem Sweatshirt so heiß auszusehen?*‹«

»Nein. Ich ziehe es vor, von Jüngeren zu schwärmen. Du könntest mein Großvater sein.«

Entsetzt sieht er mich an und ich wende mich lachend meinem Burger zu.

Seit wir uns kennen, ist nun über ein Jahr vergangen. Trotz unseres Altersunterschieds und der Komplexität unserer Freundschaft wissen wir beide, dass unsere Beziehung rein platonisch ist. Meiner Meinung nach haben wir eine Bindung, die über bloße Freundschaft hinausgeht. Er ist immer noch der Einzige, mit dem ich am liebsten Zeit verbringe und dem ich blind vertraue. Und der Einzige, der mich vergessen lässt.

Plötzlich fängt mein Handy auf dem Tisch an zu klingeln.

Mutter.

Mein Appetit verschwindet und wird durch ein Gefühl der Angst in meinem Magen ersetzt. Reflexartig schnappe ich mein Handy und schalte es aus, bevor ich es weglege.

Ich weiß, wieso sie mich anruft, aber ich möchte darüber nicht nachdenken.

Nicht jetzt.

Lios intensiver Blick durchbohrt mich. Seine scharfen Augen bemerken die Veränderung in meinem Verhalten. Er weiß, dass etwas nicht stimmt.

»Wer war das?«

Ich zucke lässig mit den Schultern. »Nur meine Mutter.«

Doch seine Augen bohren sich weiter in mich hinein, bevor ein leises Seufzen seine Lippen verlässt. »Verstehst du dich nun … besser mit ihr?«

Wie auf Knopfdruck spanne ich mich an. Manchmal vergesse ich, dass ich ihm, als er mir das Leben gerettet hat, erzählt habe, dass ich wegen eines Streits mit meiner Mutter von zu Hause weggelaufen bin.

»Ja. Wir verstehen uns besser.« *Lüge.* »Sie hat mich wahrscheinlich nur angerufen, um zu fragen, wann ich nach Hause komme.«

Lio lehnt sich vor und stützt sich auf seinen Ellbogen. »Gut zu hören. Familiäre Konflikte können schwer zu bewältigen sein.« Sein Blick wirkt distanziert. »Doch *Mütter* finden zusätzlich immer einen Weg, dir unter die Haut zu gehen und dir das Leben zur Hölle zu machen, ist das nicht so?«

Und ich weiß, dass es nicht um meine Mutter geht, während er über mütterliche Beziehungen spricht. Denn in der besagten Nacht letztes Jahr hat er eine ähnliche Andeutung gemacht, doch sich dann schnell wieder gefasst.

Mütter haben tatsächlich eine ganz eigene Art, sich bemerkbar zu machen. Sie fordern unsere Aufmerksamkeit ein, ob man will oder nicht. Es ist, als wären sie darauf programmiert, genau zu wissen, welche Knöpfe sie drücken müssen. Zumindest ist meine Mutter so.

Lio räuspert sich, bevor er erneut nach seinem Burger greift, als wolle er unsere Konversation über Mütter so schnell wie möglich beenden.

Aber ich kann nicht anders, als über seine Worte nachzudenken.

Vielleicht ist die Abneigung gegenüber Ketchup nicht das Einzige, das wir gemeinsam haben.

30
Milan

GEGENWART

Am frühen Dienstagmorgen steige ich gerade aus meinem Wagen aus, als Shin mich empfängt. Auch wenn es mir so zeitig am Morgen an Begeisterung für Basketball mangelt, muss ich immer dabei sein, wenn der Coach uns zum Training ruft.

»Wo ist Damian?«, frage ich, als ich mir die Sporttasche über die Schulter werfe.

Nachdem ich Aliya gestern zu Hause rausgelassen habe, waren die Jungs bei mir zu Hause und wir haben uns das Fußballspiel angesehen. Wir haben bis tief in die Nacht getrunken und geraucht, sodass ich die Auswirkungen des Genusses nun deutlich zu spüren bekomme.

Shin scheint dennoch vollkommen fit zu sein, als hätte er sich nicht vor paar Stunden noch betrunken. »Er schläft wahrscheinlich noch.«

Ich taste meine Hosentasche nach meiner Zigarettenpackung ab, bevor ich sie herausziehe und mir eine Kippe in den Mund stecke.

»Ich muss dir was zeigen, aber versprich mir erst, dass du ruhig bleiben wirst.«

Ich halte beim Anzünden meiner Zigarette inne. Sein ernster Gesichtsausdruck und seine Aufforderung an mich, ruhig zu bleiben, machen mich stutzig.

»Was ist jetzt schon wieder passiert?« Ich verstaue das Feuerzeug in meiner Hosentasche und beobachte, wie er sein Handy herauskramt.

»Da macht ein Video die Runde.«

Mein Rücken versteift sich. *Ein Video?*

Hat uns etwa gestern jemand gefilmt?

Ich werfe meine Zigarette weg und ziehe Shins Handy aus seiner Hand.

Wenn ich diesen Fucker finde, der ständig an meinem Arsch hängt, um Videos und Fotos von ihr zu veröffentlichen, werde ich ihn umbringen.

Ich schwöre bei Gott, dass ich ihn ausfindig machen und dafür bezahlen lassen werde. Keiner legt sich mit einem Shane an, ohne die Konsequenzen zu tragen.

Doch meine Augenbrauen ziehen sich verwirrt zusammen, als ich bemerke, dass nicht Aliya und ich diejenigen sind, die im stummgeschalteten Video zu sehen sind.

Es sind Aliya … und *McKinney?*

Meine Hände umklammern Shins Handy, meine Knöchel werden weiß, als ich sehe, wie er sie grob gegen die Wand drückt. Der Anblick, wie er sich mit einem offenen Hosenstall an ihren Körper presst, lässt eine Welle heißer Wut in mir aufsteigen.

Wie kann er es wagen, sich ihr so aufzudrängen?

Doch dann erscheint Shin und McKinney entfernt sich von ihr. Die Person, die filmt, beendet das Video, als Shin auf die Tür zusteuert, von welcher sie zu filmen scheint.

Mit angespanntem Kiefer sehe ich hoch zu Shin, der mich nervös ansieht. Dieser Bastard war da, hat all dies mitbekommen und mir nichts gesagt?

»Hey, bevor du zu irgendwelchen extremen Maßnahmen greifst, lass uns in aller Ruhe darüber reden, ja? Ich kann dir erklären, warum ich die Sache geheim gehalten habe. Aber versprich mir bitte, dass du mich anhören wirst, bevor du versuchst, mich umzubringen«, platzt es aus ihm heraus.

»Wann war das?«

»Letzte Woche.«

Ich schließe die Augen, um meine Nerven zu bewahren. Eine verfickte Woche, und er hat mir nichts erzählt?

Als ich mich daran erinnere, wie Aliya und Shin an jenem Tag gemeinsam den Clubraum betraten, dämmert mir die Erkenntnis. Plötzlich fügt sich alles zusammen.

Shins Stille, Aliyas Nervosität.

Könnte es sein, dass er und Aliya die ganze Zeit dieses Geheimnis gehütet haben?

Der Gedanke löst eine neue Welle der Wut aus. Das ist wahrscheinlich auch der Grund, wieso sie sich in letzter Zeit so *gut* verstehen, wenn man bedenkt, dass er sie früher verabscheut hat.

»Ich dachte, sie würde nicht wollen, dass ich es herumerzähle.«

»Verstehe ich das richtig?«, erwidere ich ruhig. »Du weißt seit einer ganzen Woche von diesem Vorfall, aber du hast geschwiegen, weil du annimmst, dass sie nicht möchte, dass sich das herumspricht?«

Meine Wut entlädt sich erneut, als ich die Stichhaltigkeit seiner Ausrede infrage stelle. Aber ich muss mich beherrschen. Nicht Shin ist derjenige, an dem ich meinen Zorn auslassen sollte.

McKinney ist es.

Und er ist erledigt.

Fucking tot.

»Er erzählt in der Schule, dass sie sich an ihn herangemacht hat und er sie korben musste.«

»Was für ein schäbiges Stück Scheiße«, zische ich mit zusammengebissenen Zähnen.

Als würden seine Taten nicht genügen, verbreitet er nun auch noch Lügen über sie?

Und natürlich ist sie nicht davor weggelaufen. Wahrscheinlich hat sie die Huren- und Schlampenbemerkungen und Todeswünsche alle auf sich genommen, ohne auch nur einen Funken Widerstand zu zeigen, bis sie dann letztendlich gestern allein zusammengebrochen ist.

Also ist er auch für ihre Tränen verantwortlich gewesen.

Mein Kiefer spannt sich an. Niemand legt sich mit mir an, schon gar nicht wegen dem, was mir gehört.

»Ich weiß nicht, wer für das Video verantwortlich ist, aber es muss jemand sein, der ihren Namen reinwaschen möchte.« Shin nimmt sein Handy aus meiner Hand und lässt es in seine Hosentasche gleiten.

Ich höre ihm nicht weiter zu, denn meine Augen gleiten über den Parkplatz, bis ich McKinneys Ferrari ins Visier nehme. Als Spitzenspieler des Basketballteams ist er natürlich schon hier.

»Shin.«

Er folgt meinem Blick und seufzt tief, als ihm mein Vorhaben klar wird. »Wie lange brauchst du?«

»Fünf Minuten.«

Ich öffne den Kofferraum meines Wagens und hole den Hammer heraus. Vor einigen Wochen haben Damian, Shin und ich ihn genutzt, um das Glashaus im Garten der Reynolds zu zerstören. Uns war langweilig und Damian wollte seinen Vater nerven.

»Und beseitige die Beweise«, rufe ich Shin hinterher, als er sich auf den Weg zum Hausmeister macht, um ihn abzulenken und im Nachhinein die Kameraaufnahmen zu löschen.

Es ist ein Vorteil, dass wir so früh hier sind, denn der Parkplatz ist noch wie leergefegt und es gibt weit und breit keine Augenzeugen.

Mit dem Hammer in meiner Hand schlendere ich zum roten Ferrari. Die Wut kocht in mir hoch, als ich die Fahrerseite erreiche und den Hammer fester umklammere.

Während der Zorn meine Gedanken verzehrt, schwinge ich das Werkzeug mit voller Wucht gegen das Fenster und lasse es mit einem befriedigenden Knirschen zerspringen. Das Geräusch des zersplitternden Glases klingt wie süße Musik in meinen Ohren.

Und dieser Idiot hat nicht mal seine Alarmanlage an.

Mit jedem Hammerschlag steigert sich meine Wut. Schlag auf Schlag zerspringen die Scheiben in tausend Stücke, die wie Kristallregen niederprasseln. Der Hammer landet mit einem dumpfen Aufprall auf der Motorhaube des Wagens.

Befriedigung macht sich in mir breit, als ich den Schaden begutachte, den ich dem Ferrari zugefügt habe.

Mit einem letzten Atemzug werfe ich den Hammer zurück in meinen Kofferraum und warte vor dem Schulgebäude auf Shin.

»Erledigt?«, frage ich ihn, als er auf mich zukommt.

Er nickt. »Ich habe die Aufnahmen der letzten zehn Minuten gelöscht.«

»Gut. Dann können wir ihm jetzt eine Lektion erteilen.«

Mit einem zerstörten Wagen kommt er nicht davon. Er wird sich bei ihr entschuldigen, nachdem ich ihm einige Knochen gebrochen habe.

Entschlossen gehen wir zur Umkleidekabine der Basketballhalle.

31
Aliya

GEGENWART

Als ich meinen Spind öffne und meine Bücher hole, werde ich das Gefühl des Unbehagens nicht los, das sich in meiner Magengrube festsetzt. Die übliche Verspottung und Beleidigungen meiner Mitschüler bleiben heute merkwürdigerweise aus. Schon seitdem ich das Schulgelände betreten habe, schauen mich alle seltsam an. Anders als sonst.

Und auch in meinem Spind befinden sich keine unerwünschten Notizen mehr.

Könnte diese plötzliche Veränderung bedeuten, dass etwas Schlimmeres bevorsteht? Oder handelt es sich nur um eine vorübergehende Atempause?

»Aliya!« Adenas trillernde Stimme reißt mich aus den Gedanken. Verwundert sehe ich zu ihr. Das letzte Mal, als ich mit ihr gesprochen habe, hat sie mich indirekt als Schlampe bezeichnet und sich dann auf der Party an Milan rangemacht.

»Du siehst gut aus!«

»Ich sehe doch aus wie immer«, antworte ich trocken.

Das Bild von ihr und Milan, wie sie einander küssten, blitzt vor meinem inneren Auge auf und bringt mich augenblicklich in Rage. Dass sie noch die Dreistigkeit hat, mit mir zu sprechen.

Nach einem Moment zuckt sie mit den Schultern. »Nun, ich finde, du siehst toll aus. Du solltest dein Haar öfter offen tragen.«

Ihre Finger streckt sie aus, um eine Strähne zu berühren, doch ich erstarre bei diesem unerwarteten Körperkontakt. Sofort trete ich zurück, sodass ihr Lächeln schwankt.

»Hör zu, Aliya, ich wollte mich nur für das, was neulich passiert ist, entschuldigen«, sagt sie schnell. »Ich habe mich dumm verhalten. Ich habe über dich geurteilt und mich dann auf der Party selbst völlig danebenbenommen. Ich war betrunken.«

Die Adena, die ich kenne, würde sich nicht entschuldigen, außer es springt für sie etwas dabei heraus oder sie ist wieder auf der Suche nach dem neusten Tratsch und Klatsch.

»Okay«, antworte ich zögernd.

»Gut, wenn wir das geklärt haben. Du musst mir unbedingt das Video mit McKinney und dir erklären! Die ganze Schule spricht gerade darüber!«

Ich erstarre. *Das Video?*

Ich schlucke heftig und versuche, meine Fassung zu bewahren. »Video? Welches Video? Ich habe keine Ahnung, wovon du redest.«

»Ach, komm schon«, fährt Adena fort. »Stell dich nicht dumm. Du weißt genau, wovon ich spreche!«

Ein Kloß bildet sich in meinem Hals, als sie ihr Handy unter meine Nase hält. Wie zu erwarten, spielt sich in dem Video die Situation ab, in der McKinney mich in die Ecke gedrängt hat. Der Clip endet kurz nachdem Shin auftaucht.

»Oh, das muss so unangenehm gewesen sein. Aber wenigstens weiß jetzt jeder, dass McKinney die Schuld trägt und nicht du. Und mit Shane war es vermutlich genauso. Nicht wahr?«

Nun ergibt es auch Sinn, wieso sich plötzlich jeder zurückgezogen hat. Wieso ich nicht mehr als Schulschlampe bezeichnet werde.

Mein Name wurde geläutert.

Aber wer ...?

Mein Blick fällt auf Silvers hellblondes Haar. Sie steht mit einem Jungen aus ihrer Klasse zusammen und lacht über etwas.

Ich weiß, dass sie für die Veröffentlichung des Videos verantwortlich ist. Immerhin hat sie es mir auf der Party gezeigt. Aber warum sollte sie meinen Namen reinwaschen wollen? Ich hatte ihr Angebot doch abgelehnt.

»… deswegen habe ich schon immer gewusst, dass du unschuldig bist.«

Ich habe Adena nicht annähernd zugehört, doch mich interessiert ihre zweiseitige Fassade auch nicht sonderlich.

»Entschuldige mich kurz.«

»Hey, wohin willst du?«, ruft sie mir hinterher, während ich auf Silver zugehe, um Antworten auf meine Fragen zu bekommen. Als sie meine Anwesenheit bemerkt, verabschiedet sie sich von dem Jungen und dreht sich zu mir.

»Hey«, spricht sie, bevor ich mich überhaupt zu Wort melden kann. »Bevor du anfängst, mich wegen des Videos anzuschreien, möchte ich, dass du verstehst, warum ich es getan habe. Ich konnte nicht einfach dastehen und zulassen, dass McKinney Lügen verbreitet. Ich habe das Video sogar stummgeschaltet, damit du keine Probleme bekommst, weil deine Worte … Na ja, sie könnten falsch verstanden werden. Ich möchte wirklich keinen Ärger.«

»Danke schön.«

Ihre Augenbrauen schießen überrascht in die Höhe. »Bitte?«

Ich schenke ihr ein sanftes Lächeln. »Danke, dass du dich für mich eingesetzt hast.«

Ich weiß, dass sie nicht erwartet hat, dass ich so reagiere, aber es ist die Wahrheit. Ich bin ihr wirklich dankbar. Denn die Bemerkungen und Notizen in meinem Spind haben an meiner letzten

Willenskraft genagt und ich weiß ehrlich nicht, wie lange ich es noch ausgehalten hätte.

»Gern geschehen«, antwortet sie, ihr Tonfall ist voller Aufrichtigkeit.

Lautes Gemurmel im Schulflur zieht unsere Aufmerksamkeit auf sich. Wir wenden uns der Quelle des Aufruhrs zu. Eine kleine Gruppe von Schülern hat sich auf dem Flur versammelt, flüstert und sieht aufgeregt in eine Richtung.

»Was ist hier los?«, frage ich.

»Oh, du weißt es noch nicht.«

Verwirrt schaue ich zu Silver, doch bevor sie mir antworten kann, tritt McKinney aus der Menge heraus und kommt geradewegs auf mich zu. Ich zucke erschrocken zusammen, als sein Gesicht in mein Blickfeld gerät. Seine ganze Visage ist geprellt und geschwollen, mit einer dicken Nase, die aussieht, als sei sie nicht richtig gerichtet worden.

Und ich kann mir schon genau vorstellen, wer verantwortlich dafür ist.

Als McKinney sich nähert, wird es still in der Menge. Geflüster und schockierte Zwischenrufe hallen durch den Gang. Selbst Silver scheint von seinem Erscheinen überrascht zu sein.

»Sierra, ich …«, beginnt er, seine Stimme ist erstickt vor Demütigung. »Ich muss mit dir reden.« Er zögert einen Moment, bevor er fortfährt. »Allein.«

»Ich denke, hier ist es gut.«

Damian belustigte Stimme ertönt aus der Menge. Er lehnt mit dem Rücken an den Schließfächern, sein Gesicht zu einem Grinsen verzogen.

Auch auf Shins Lippen zeichnet sich ein kleines Lächeln ab, doch von Milan ist weit und breit keine Spur zu sehen.

McKinney blickt Damian mit einem Blick des puren Hasses an, bevor er sich wieder mir zuwendet. Sein Gesichtsausdruck ist jetzt flehend, als würde er mich im Stillen um Mitgefühl anflehen.

»Nun, schieß los. Wir sind alle ganz Ohr.«

McKinney presst seine geschwollenen Lippen zu einem Strich, sein Kiefer krampft sich vor Frustration zusammen.

Meine Augen weiten sich vor Entsetzen, als er plötzlich vor mir auf die Knie fällt.

Doch ich bin nicht die Einzige, die nach Luft schnappt. Auch Silver und die anderen scheinen nicht zu glauben, was sie sehen.

»Was zum Teufel? Meint er das ernst?«, flüstert jemand hinter mir.

»Es tut mir leid«, sagt McKinney leise, den Blick zu Boden gewandt.

»Wir konnten es nicht hören. Was hast du gesagt?«, ruft Damian ihm zu.

Fast habe ich Mitleid mit ihm, aber dann erinnere ich mich daran, dass ich wegen dieses Bastards die Chance auf mein Traum-College verloren habe.

»Es tut mir leid, Aliya«, spricht er erneut, diesmal etwas lauter, doch vermeidet den Augenkontakt zu mir.

Ich möchte mir nicht vorstellen, was Milan und die Jungs getan haben, um ihn dazu zu bringen, diese Demütigung tatsächlich über sich ergehen zu lassen.

»Ich denke, er hat noch nicht genug gebettelt. Was meinst du, Shinichiro?«

»Bettle ein bisschen mehr. Lass uns glauben, dass es dir wirklich leidtut«, mischt sich Shin auch ein.

McKinneys Wangen erröten vor Verlegenheit, aber er lässt sich nicht unterkriegen. Er hebt den Kopf ein wenig an und zwingt sich, mir in die Augen zu sehen. »Bitte … Es tut mir wirklich leid. Ich hätte diese Lügen nicht verbreiten und dich nicht so bedrängen dürfen. Vergib mir.«

Shin spitzt die Lippen. Er tauscht einen bedeutungsvollen Blick mit Damian aus, bevor er nickt.

Damian kann einen Kommentar nicht unterdrücken. »Aww, sieht so aus, als hätte dich die Arroganz endlich eingeholt, was? Was ist los? Hast du den Schwanz eingezogen?«

Ich zucke zusammen, als McKinney schnell aufsteht und sich durch die Menge drängt. Erst jetzt fallen mir all die Handykameras auf, die ihm folgen und seine Aktion festgehalten haben. Das wird ihn wahrscheinlich lebenslang verfolgen.

»Wow«, stößt Silver hervor. »Das kam sehr … unerwartet.«

Ich verdeutliche ihr mit einem Nicken, dass ich genauso schockiert bin. Niemals hätte ich gedacht, dass John McKinney mich um Vergebung anflehen wird.

Auf seinen Knien.

Ich schaue Damian und Shin hinterher, als auch sie verschwinden. Ich wollte sie eigentlich fragen, wo Milan steckt. Ich bin mir sicher, dass er für all dies verantwortlich ist, aber wieso ist er dann nicht hier?

»Suchst du nach Shane?« Silvers wissender Blick ruht auf mir.

Ich beiße mir auf die Unterlippe. »Weißt du, wo er ist?«

Sie schenkt mir ein kleines Lächeln. »Er wurde suspendiert.«

Meine Kinnlade klappt herunter. »Was? Suspendiert?«

Er wurde noch nie suspendiert. Keiner von den *Legions* wurde je suspendiert, egal, was sie gemacht haben. Dafür sind ihre Familien viel zu mächtig. Wie kann es also sein?

»Heute Morgen hat er vor dem Basketball-Training in der Umkleidekabine angefangen, auf McKinney einzuschlagen. Na ja, du hast selbst gesehen, wie er ihn verunstaltet hat. Coach Lenning hat ihn mit größter Mühe zurückgezogen. Direktor Nelson hat Shane sofort suspendiert.«

Er hat McKinney zusammengeschlagen und eine Suspendierung in Kauf genommen. Und das alles nur, weil McKinney mich belästigt hat. Ich spüre, wie sich eine Welle der Wärme auf meinen Wangen ausbreitet.

»Da ist noch was«, fügt Silver hinzu. »McKinneys Auto wurde völlig zerstört auf dem Parkplatz aufgefunden. Man munkelt, dass es Shane gewesen ist. Aber es gibt keine Beweise, da die Aufnahmen gelöscht wurden. Ohne Beweise kann die Schulleitung ihn nicht zur Rechenschaft ziehen.«

Meine Augen weiten sich vor Schreck, als Silver erwähnt, dass Milan wohl auch an McKinneys Auto herumgepfuscht hat. Er hat ihn also nicht nur verprügelt und ihn um Verzeihung betteln lassen, er hat sich auch die Zeit genommen, ihn weiter zu demütigen, indem er sein Auto verwüstet hat.

Mir läuft ein Schauer über den Rücken, wenn ich daran denke, wie weit Milan bereit ist, für mich zu gehen.

Es ist sowohl erschreckend als auch … irgendwie süß?

Dabei hat er mir gestern deutlich klargemacht, wie beängstigend seine Possessivität sein kann. In seinen Augen gehöre ich ihm, genau deswegen hat er sich auch an McKinney revanchiert. Es hat nichts damit zu tun, dass er meine Ehre schützen wollte. Schließlich ist er selbst nicht gerade besser zu mir gewesen als McKinney.

»Du musst ihm wirklich viel bedeuten.« Silver mustert mich nachdenklich.

»Was meinst du?«

»Ich habe Shane immer für einen arroganten Bastard gehalten.« Sie hält einen Moment inne und scheint über ihre nächsten Worte nachzudenken. »Aber ich werde nicht lügen, ich war irgendwie froh, dass dieser McKinney ausnahmsweise seine gerechte Strafe bekommen hat. Und Shane hat es deinetwegen getan.«

Deinetwegen.

Mein Herz schlägt schneller. Ich spüre, wie sich eine kleine Flamme der Aufregung in meiner Brust entzündet. Er hat das alles *nur für mich* getan.

Und vielleicht muss ich mir endlich eingestehen, dass ich ihn nicht mehr so sehr umbringen möchte, wie ich es anfangs immer wollte.

Vielleicht hat sich tatsächlich etwas zwischen uns verändert.

Und doch kann ich die Tatsache nicht ignorieren, dass sein Verhalten immer noch beunruhigend ist.

Seine Besitzgier, seine Besessenheit, zu bekommen, was er will.

Aber selbst, wenn ich versuche, mir einzureden, dass ich Angst haben sollte, fühle ich eine seltsame Art von Aufregung. Vielleicht bilde ich mir all dies auch nur ein.

Trotz meiner Verwirrung ist eine Sache sicher: Milan Shane ist ein Mysterium, dem ich nicht entkommen kann.

»Wie war die Schule heute?« Als die Stimme meiner Mutter die Stille durchbricht, erstarre ich mit meiner Gabel auf halbem Weg zum Mund.

Bilder von McKinney, wie er vor mir auf den Knien um Vergebung bittet, schießen mir durch den Kopf.

»War in Ordnung«, murmele ich. »Nichts Ungewöhnliches.«

Daniel ist nicht zu Hause.

Ich hoffe, dass er nicht zurückkommt, wo immer auch er sich gerade herumtreibt, auch wenn ich weiß, dass seine Abwesenheit nur vorübergehend ist.

»Ich habe Essen in den Kühlschrank gelegt. Falls ihr später Hunger bekommt, kannst du es aufwärmen. Robert und ich fahren mit den Smiths nach Kerrytown und werden erst morgen früh wieder zu Hause sein.«

Als hätte sie meine Gedanken gelesen, bestätigt sie meinen größten Albtraum.

»Ihr lasst mich mit Daniel allein?«

Ihre Miene verhärtet sich. »Übertreib nicht, es ist ja nicht so, dass du mit einem Fremden allein gelassen wirst.«

Übertreib nicht.

Mit zitternden Händen lege ich meine Gabel beiseite und schiebe mein halb gegessenes Mittagessen weg.

Übertreib nicht, Aliya.

Sei nicht dramatisch, Aliya.

Du hast es missverstanden, Aliya.

Sie ignoriert meine Ängste und wischt sie beiseite, als wären sie nichts. *Erneut.*

»Kannst du nicht zu Hause bleiben? Robert kann doch allein gehen.« Meine Stimme zittert, während ich nervös unter dem Tisch meine Hände knete.

Mütter müssen ihre Kinder beschützen. Nicht wahr?

Sie würden nicht wollen, dass sie Angst haben. Nicht wahr?

Doch ihr Gesichtsausdruck bleibt unerschütterlich. »Ich werde meine Pläne nicht absagen, nur weil du ein bisschen paranoid bist. Du bist kein Kind mehr, Aliya. Ich will diesen Blödsinn nicht mehr hören.«

Paranoid.

Ich schlucke den Kloß in meinem Hals hinunter. *Wieso versuche ich es überhaupt?*

Ich weiß doch bereits, dass ich mich an sie nicht wenden kann, um Sicherheit oder Trost zu finden. Und das wird sich niemals ändern.

»Danke für das Essen. Mir ist der Appetit vergangen«, betone ich meine Worte scharf. Ich erhebe mich von meinem Stuhl und gehe entschlossen in Richtung meines Zimmers. Während ich weggehe, spüre ich den schweren Blick meiner Mutter auf meinem Rücken, doch ich weigere mich, zurückzuschauen.

Normalerweise müsste ich jetzt in einen Panikzustand verfallen. Ich müsste mich verletzen, um von meinen wilden Gedanken davonzukommen. Aber an das Verhalten meiner Mutter bin ich gewöhnt, sodass ich nicht einmal mehr das Bedürfnis dazu verspüre, einen Ausgleich für die Leere in mir zu finden.

Manchmal frage ich mich, ob es für mich einfacher wäre, wenn meine Eltern gemeinsam gestorben wären und ich als Waise weiterleben müsste.

Wenigstens hätte mich dann keiner enttäuscht.

Hallo Stitch,

ich habe lange nichts mehr geschrieben, aber irgendwie habe ich das Gefühl, dass ich dir nun weitererzählen kann, wie verkorkst diese Familie eigentlich ist.

In der Nacht, in der Melanie Shane versucht hat, dich umzubringen, ist sie in meinen Augen gestorben. Ich habe sie gehasst, verabscheut und ihr Anblick war mir zuwider.

Du warst derjenige, der fast ums Leben gekommen ist, aber schon am nächsten Tag wolltest du wieder zurück zu ihr. Du hattest den Vorfall bereits vergessen, während ich das Kissen, das sie auf dein Gesicht gepresst hat, niemals vergessen werde.

Vielleicht ist es besser, dass du dich nicht erinnerst, denn ich weiß, dass es dich zerstören würde.

Du hast sie schon immer auf eine besondere Art und Weise geliebt, vielleicht sogar mehr, als du mich je lieben wirst. Ich wollte dir dieses Gefühl nicht wegnehmen, egal, wie furchtbar sie auch war. Du warst doch noch so jung.

Aber auch als du älter wurdest, konnte ich es dir nicht erzählen, weil deine Augen funkeln, wenn du über sie sprichst. Ich möchte dein Bild, das du von diesem Monster hast, nicht zerstören. Niemals.

Nach diesem Abend hat sich die Beziehung zwischen ihr und mir drastisch verändert. Sie weinte viel, bettelte mich an, versprach mir, dir nie wieder ein Haar zu krümmen, aber die Bilder jener Nacht verschwanden nicht aus meinem Gedächtnis.

Ich konnte ihr nicht vergeben.

Sie hetzte dich auf mich, weil sie wusste, dass genauso wie ich ihre Schwäche war, du meine bist. Du hast mich angeschrien, ignoriert, mir den Rücken gekehrt, weil ich deine geliebte Mutter mit meinem Verhalten verletzt habe.

Auch wenn ich dich sehr geliebt habe und es immer noch tue, habe ich diese Sichtweise von dir gehasst. Das erste Mal in meinem Leben habe ich etwas verachtet, was dich betrifft.

Du warst unwissend, ein kleines Kind, und dazu wurdest du noch von ihr manipuliert, aber dennoch konnte ich es nicht ertragen, dass du sie über mich stellst.

Melanie Shane war krank, gestört, und wollte keine Hilfe akzeptieren. All die Psychologen, die zu uns nach Hause gekommen waren, hatte sie attackiert. Doch sie hat dir Lügen erzählt, dass Vater sie schlagen und ihr die Freiheit nehmen würde, und du hast dies mit deinen acht Jahren geglaubt.

Es stimmt, dass Vater ein gefühlskalter Mann ist, aber immerhin liebt er dich wirklich. Sie gehörte in eine Klinik, meiner Meinung nach sogar hinter Gitter, aber Vater wollte seinen Söhnen ihre Mutter nicht wegnehmen.

Schon einige Jahre später stellte sich heraus, dass dies der größte Fehler war, den Vater je hätte machen können.

Kilian

32
Aliya

GEGENWART

Meine Mutter und Robert sind mittlerweile seit einer Stunde weg. Daniel ist noch nicht zu Hause. Vielleicht wurden meine Gebete erhört und ich bleibe heute Nacht von seiner Anwesenheit verschont.

Ich beschließe, das Beste aus der freien Zeit zu machen und nehme eine wohltuende Dusche, räume dann mein Zimmer auf und verbringe eine Weile damit, Entwürfe für meine nächste Holzskulptur zu skizzieren.

Während ich gerade die Skizze eines Engels und einer Eule vergleiche, gibt mein Handy einen Ton von sich. Ich unterbreche meine künstlerischen Gedanken, nehme es in die Hand und prüfe die Benachrichtigung.

Unbekannt: Hast du mich heute vermisst?

Unbekannt: Ich dich schon. Besonders deinen Geschmack und dein Wimmern, als du auf meiner Hand kamst.

Ein Schauer läuft mir über den Rücken, als ich die expliziten und schmutzigen Worte ein zweites Mal lese.

Aliya: Woher hast du meine Nummer?

Milan: Ich habe dich zuerst gefragt, Sweetheart.

Mit meinem Handy in der Hand setze ich mich auf mein Bett und überlege, was ich ihm antworten könnte.

Milan: Was ist los, *Little Curse*? Möchtest du mir nicht antworten?

Ich sollte es ignorieren. Irgendwann wird er aufhören, mir zu schreiben und mich in Ruhe lassen.

Es ist gerade 22:26 Uhr. Schlafen werde ich vermutlich diese Nacht sowieso nicht, aus Angst, dass Daniel nach Hause kommen könnte.

Das Vibrieren meines Handys zieht meine Aufmerksamkeit erneut auf sich.

Milan: Ist okay. Dann erzähle ich dir einfach weiter, wie sehr ich dich vermisst habe.

Milan: Ich will sehen, wie sich deine hübschen Augen in deinen Kopf zurückrollen, während ich tiefer in dich eindringe, als es jemals jemand getan hat.

Mein Atem stockt, während eine angenehme Hitze sich in meinem Körper breitmacht. Und obwohl ich mein Handy weglegen möchte, kann ich nicht anders, als auf seine Nachrichten zu starren, um mehr über seine Fantasien zu erfahren.

Milan: Ich will dein Stöhnen durch den Raum hallen hören, wie du um Gnade und Erlösung bettelst. Deine süßen Schreie auf dem leeren Parkplatz klingen immer noch laut in meinen Ohren.

Die Erinnerungen an gestern, die Intensität seiner Berührung, an die Art und Weise, wie er mich atemlos und erschöpft zurückgelassen hat, strömen durch meinen Kopf.

Milan: Ich kann nicht vergessen, wie eng du warst, als du meine Finger aufgenommen hast. Sag mir, wirst du mich genauso verschlucken?

Ein Feuer breitet sich zwischen meinen Beinen aus, während ich meine Hand in meine Shorts gleiten lasse. Doch dann wird mir plötzlich klar, was ich hier gerade tue.

Ertappt und mit einem roten Kopf ziehe ich meine Hand wieder heraus, obwohl ich allein bin.

Er ist so unverhohlen provokant, und er weiß genau, was er mir antut.

Milan: Du willst mir immer noch nicht antworten, hm?

Milan: Dann schau aus dem Fenster.

Einen Moment lang sitze ich fassungslos da und starre mit großen Augen auf mein Handy.

Er ist hier?

Mein Blick wandert unwillkürlich zum Fenster. Das diffuse Licht der Straßenlaterne dringt durch die Vorhänge. Ich stehe auf, gehe langsam auf meine Balkontür zu und schiebe die Vorhänge ein Stück beiseite.

Da lehnt er gegen die Brüstung meines Balkons, mit einem selbstzufriedenen Lächeln auf den Lippen.

Sein Haar, tiefschwarz und leicht zerzaust, schimmert im fahlen Mondlicht.

Ich öffne die Tür und trete hinaus. Die kühle Luft streicht über meine erhitzte Haut. Milans Blick fährt meinen leicht bekleideten Körper entlang und seine Augen verdunkeln sich mit einem unausgesprochenen Hunger, einem stillen Versprechen von Lust und Verlangen.

»Wie bist du hier hochgekommen?«

Er zeigt auf das Fallrohr neben meinem Fenster. »Wo ein Wille ist, ist auch ein Weg.«

Ich schüttele meinen Kopf. »Das ist verrückt. Was, wenn du gefallen wärst?«

»Vorsicht, Sweetheart. Oder ich könnte denken, du machst dir Sorgen um mich.«

Das heisere Timbre seiner Stimme lässt die Hitze durch meine Adern fließen und entfacht mein Verlangen, das sich nach seiner Berührung sehnt.

»Wieso bist du hier?«

»Du fragst, wieso ich hier bin«, wiederholt er und streicht mit einem Finger über die freiliegende Haut meines Halses, was mich erschaudern lässt. »Du hast auf keine meiner Nachrichten geantwortet.«

Ich trete einen Schritt zurück, um Abstand zu gewinnen, aber er folgt mir mit lauernden Bewegungen. »Ich dachte, du brauchst vielleicht eine reale Erinnerung.«

Mein Herz klopft heftig in meiner Brust, als er erneut seinen Blick über meinen Körper gleiten lässt. Ich versuche, meine Fassung zu bewahren, aber seine Worte und seine Nähe bringen mich um den Verstand.

»Hältst du es nicht für ein bisschen übertrieben, so unangemeldet auf meinem Balkon aufzutauchen?«

»Nichts ist übertrieben, wenn es bedeutet, dass ich dich dadurch sehen kann.«

Er zupft spielerisch am Stoff meiner Shorts. »Und ich muss sagen, dieser kurze Schlafanzug ist eine köstliche Überraschung. Du siehst *exquisite* aus. Perfekt zum Vernaschen.«

Ich beiße mir auf die Lippe und kämpfe gegen den Drang an, ihm nachzugeben.

»Du hast meine Frage nicht beantwortet. Du kannst nicht einfach wahllos auf fremden Balkonen auftauchen, Milan. Das ist nicht normal.«

Seine Hand umfasst mein Kinn und neigt es nach oben, sodass ich seinem glühenden Blick begegne. Sein Daumen streicht über meine feuchte Unterlippe, zeichnet ihre Konturen mit einer sanften Berührung nach.

Er beugt sich vor, seine Lippen sind nur wenige Zentimeter von meinen entfernt.

»Glaubst du, es geht mir darum, *normal* zu sein?« Seine Stimme trieft vor sinnlichem Charme. »Du kennst mich besser, Sweetheart.«

Sein Atem ist warm auf meinem Gesicht, sein Körper presst sich an meinen, und jeder Nerv in mir wird durch seine Nähe erweckt.

»Du bist unmöglich, weißt du das?«

Er lacht. »Und trotzdem scheinst du nicht genug von mir zu bekommen, huh?«

»Weil ich mich zu dir hingezogen fühle«, gestehe ich unüberlegt.

Nun gibt es kein Zurück mehr.

Milans Lippen verziehen sich zu einem diabolischen Grinsen, sein Blick ist dunkel und rauchig. Es ist, als ob mein Geständnis seinen Hunger angeheizt hat.

»Du machst mich wahnsinnig, *Little Curse*.«

Mit einer raschen Bewegung umklammern Milans Hände meine Hüften, heben mich mühelos hoch und ziehen mich näher zu ihm. Ich stoße einen erschrockenen Schrei aus, als ich mich unerwartet in seinen Armen wiederfinde, mein Körper an seinen muskulösen Körper gepresst.

»Seit ich dich zum ersten Mal gesehen habe, wusste ich, dass du Ärger bedeuten würdest.«

Das Geräusch der Balkontür, die sich hinter uns schließt, hallt durch den Raum und schottet uns von der Außenwelt ab. Milans Schritte sind selbstbewusst, als er mich zu meinem Bett trägt. Er legt mich auf die Laken, sein Körper schwebt über meinem.

»Du hast keine Ahnung, was du mit mir anstellst.«

Er senkt den Kopf, seine Lippen streichen über die empfindliche Haut meines Halses. »Du weckst in mir den Wunsch, dich zu beanspruchen, dich als mein Eigentum zu markieren.« Seine Stimme ist ein leises Knurren. »Aber gleichzeitig treibst du mich an den Rand des Wahnsinns, und ich will nichts mehr, als dich zu brechen.«

Eine Flamme entfacht in mir, die meine Seele zu verzehren droht. Ich spüre, wie jede Faser meines Körpers auf ihn reagiert. Sein moschusartiger und verlockender Duft vernebelt meine Sinne.

Er nimmt meine Unterlippe zwischen die Zähne, knabbert sanft daran und beruhigt dann die kleine Stelle mit seiner Zunge. Seine Hände gleiten meinen Körper hinunter und schieben den Stoff meines Tops hoch. Ich schnappe nach Luft, als sich meine Brüste schmerzvoll an meinen BH drücken. Milans düsterer Blick wirkt so, als wolle er mich verschlingen.

Er streift mir die Träger von den Schultern, öffnet meinen BH und keine Sekunde später liegt er irgendwo auf dem Boden.

Scham breitet sich auf meinen Wangen aus, als seine intensiven Augen auf mir ruhen. Mit seinem Daumen streift er meinen pochenden Nippel und Lustblitze schießen zwischen meine Beine.

Ich knabbere auf meiner Unterlippe, um keinen Ton von mir zu geben, da legt sich sein Mund schon auf meinen anderen Nippel und er beißt hart hinein.

»M-Milan«, keuche ich seinen Namen. Eine Pfütze macht sich inzwischen zwischen meinen Beinen breit und ich drücke mich ihm entgegen. Sein Schmunzeln wird noch größer, als er spürt, wie ich mich gegen ihn dränge, um mehr Reibung zu erzeugen.

»Nicht so schnell. Ich will mir Zeit mit dir lassen.«

Ich möchte protestieren, ihn wegstoßen, um einen Anschein von Kontrolle wiederzuerlangen, aber ich kann es nicht. Sein Blick hat mich völlig gefangen genommen.

Er erreicht den Saum meiner Shorts, seine Finger spielen mit dem Stoff, reizen mich. »Ich kann deine Erregung bis hierher riechen. Du bettelst um meine Berührung, Sweetheart.«

»Ich … bettle um gar nichts«, widerspreche ich schwach, wohl wissend, dass es eine Lüge ist.

Er zieht meine Shorts bis zu meinen Knien hinunter, bis ich nur in meinem Höschen vor ihm liege.

»Ja, sicher.«

Trotz meines schutzlosen Zustands finde ich einen Funken Mut, mich gegen sein arrogantes Auftreten zu wehren. »Und was ist, wenn ich berührt werden möchte? Das heißt nicht, dass ich darum bettle.«

Seine Augen verfinstern sich bei meiner Herausforderung und seine Lippen kräuseln sich. »Oh, *Little Curse.*« Er drückt seine Erektion in das weiche Fleisch meines Oberschenkels. »Du machst mich verdammt hart.«

Seine Worte versetzen mir einen Hitzeschub, und ich muss mir ein Keuchen verkneifen. »Du bist so nervtötend.«

Er zieht mein letztes Kleidungsstück hinunter. »Und du bist stur.«

Seine Augen schweifen über meine nun völlig entblößte Gestalt, nehmen jeden Zentimeter von mir in sich auf. Reflexartig will ich mich mit meinen Händen bedecken, doch er handelt schneller und stemmt sie mit einem festen Griff über meinen Kopf.

»So hartnäckig«, flüstert er rau. »Aber ich werde dich brechen, Sweetheart.«

Sein Mund findet meinen Hals, seine Lippen und Zähne hinterlassen eine Spur von heißen Küssen auf meiner Haut. Er saugt, beißt und markiert mich als sein Eigentum.

»Wieso machst du das, Milan?«, frage ich atemlos.

»Wieso mache ich *was*?«, spricht er gegen meine Kehle, während ich meinen Kopf zur Seite neige.

»Wieso drängst du mich, bringst mich an meine Grenzen, machst mich verrückt?«

Er hält inne, bevor sich sein Griff um meine Gelenke festigt und sein Mund seinen Weg über meinen Hals und mein Schlüsselbein fortsetzt. »Ist das nicht klar? Ich will dich besitzen, jeden

Zentimeter von dir. Ich will sehen, wie du unter meinen Händen zerbrichst.«

Er hebt den Kopf, sieht mich intensiv an. »Ich will dich, alles von dir. Jedes Stöhnen, jedes Seufzen, jeden Atemzug.«

Seine Worte jagen mir einen weiteren Schauer über den Rücken, sein besitzergreifender Ton erweckt etwas tief in mir. Ich spüre, wie ich mich ihm hingebe, wie mein Körper auf seinen Befehl reagiert.

»Und was, wenn ich nicht besessen werden möchte?«, fordere ich ihn heraus.

»Oh, Sweetheart.« Er lässt mich los und streift langsam sein Hemd ab. »Dafür ist es zu spät. Du bist bereits mein.«

Der Stoff gleitet ihm von den Schultern. Das Licht schimmert auf seinen muskulösen Körper, seine Brust und Bauchmuskeln tätowiert und fest. Mein Mund wird trocken und ich schlucke.

Wieso muss er nur so unwiderstehlich gut aussehen? Das ist nicht fair.

Er öffnet seinen Gürtel und zieht in einem Zug seine Hose und Boxershorts aus.

Meine Augen weiten sich, als ich seinen harten Schwanz anstarre.

Oh Gott.

Er ist so groß.

Groß ist eine Untertreibung.

Ich kann nicht anders, als jede Kontur und jeden Winkel in meinem Gedächtnis abzuspeichern. Jeder Zentimeter von ihm ist Perfektion und das überwältigt meine Sinne.

Gott muss tatsächlich seine Lieblinge haben.

Er bedeckt meinen Körper mit seinem, doch lehnt sich hinunter, um ein Kondom aus seiner Hosentasche zu nehmen. Er zerreißt das Päckchen mit seinen Zähnen und rollt das Gummi über seine Pracht, während ich meine Augen nicht von ihm lassen kann.

Ich schlucke schwer, mein Herz hämmert in meiner Brust.

Er ist so verdammt heiß.

Ich ringe nach Luft, als er mich mit einem Ruck an den Hüften heranzieht, um seinen Schwanz an meinem Eingang zu positionieren.

Milan fängt meinen Blick mit seinem eigenen ein. »Du wirst mein Ende sein.«

Mit einem Ruck dringt er in mich ein und ich schreie aufgrund des unbekannten Gefühls. Ich verdrehe die Augen und beiße auf meine Lippe, während ich mich an seine Größe gewöhne, aber es schmerzt.

Er hält inne und gibt mir Zeit, mich an die Fülle seines Körpers in meinem anzupassen. Seine Augen sind zwar noch schwarz, aber seine Miene einen Hauch weicher als sonst.

Seine Lippen finden meine und ich verliere mich in dem Kuss. Er ist so bedächtig, seine Lippen bewegen sich mit einer geübten Leichtigkeit über meine. Seine Zunge streift meine und erforscht meinen Mund mit einer Vertrautheit, die mich schwindelig werden lässt.

»Atme ruhig, Sweetheart«, flüstert er warm gegen meinen Mund. »Ich werde es ruhig angehen, versprochen.«

Er beginnt sich langsam und gleichmäßig zu bewegen, während er mich weiterhin küsst.

»Du hast keine Ahnung, wie gut du dich anfühlst. Wie sehr ich das wollte. Dich wollte.«

Ich spüre, wie sich seine Muskeln bei der Anstrengung anspannen, sich zurückzuhalten. Seine Hand streichelt über meinen Kilt, versucht, den Schmerz und das Unbehagen zu lindern.

Seine Bewegungen werden selbstbewusster, sein Tempo beschleunigt sich leicht, als er seinem wachsenden Verlangen nachgibt. Ich stöhne leise und er beobachtet mich aufmerksam, nimmt jede Reaktion und jeden Ausdruck zur Kenntnis.

»Das ist es, Baby«, raunt er heiser. »Du schaffst das.«

Als der Schmerz von der Lust abgelöst wird, entweicht mir ein Keuchen und ich beuge mich ihm entgegen, um mehr von ihm zu spüren. »Härter.«

Seine Augen werden durch meinen flehenden Tonfall noch dunkler und sein Griff um meinen Körper etwas fester. Er fährt fort, sich in mir zu bewegen. Sein Tempo beschleunigt sich, während er darum kämpft, sich zurückzuhalten.

»Du treibst mich in den Wahnsinn. Du willst es härter, obwohl ich mich so sehr bemühe, sanft mit dir zu sein.«

Seine Bewegungen haben jetzt einen Anflug von Dringlichkeit. Er will mehr, und er verliert die Kontrolle.

»Aber ich kann nicht nein zu dir sagen«, fügt er hinzu.

Seine Hände gleiten unter meine Schenkel und er platziert sie beide über seine breiten Schultern. Er stößt mit neuer Energie in mich, tiefer und schneller. Ein wimmerndes Stöhnen dringt über meine Lippen, als er meine empfindliche Stelle trifft.

Das Gefühl seines festen Griffs an meiner Kehle jagt mir einen Schauer über den Rücken und mischt Vergnügen mit einem Hauch von Gefahr.

Er weiß genau, was er tun muss, um mich intensiver fühlen zu lassen.

Meine Finger krallen sich in die Laken, um Halt zu finden, und ich kämpfe darum, inmitten des Sturms von Empfindungen auf dem Boden zu bleiben.

Ich fühle mich so ausgefüllt. So voll mit ihm.

»Fuck, Aliya«, stöhnt er. »Du bist so eng.«

Bei jedem Stoß seines Beckens gegen meinen Leib antwortet das Kopfteil des Bettes mit einem unregelmäßigen Quietschen.

»So schön.« Seine Stimme kommt atemlos. »Und ganz mein.«

»Oh Gott«, keuche ich bebend.

Seine Worte in Verbindung mit der Kraft seiner Stöße bringen mich an den Rand des Abgrunds, eine Welle der Lust überspült mich. Meine Muskeln spannen sich an und ich schreie seinen Namen, als ich mich unter ihm löse und mein Körper vor Befreiung zittert.

Und es ist völlig anders als sonst.

Dieser Orgasmus ist nicht mal ansatzweise mit denen zu vergleichen, die er mir zuvor beschert hat.

Er hält mich durch meinen Höhepunkt und stößt weiter in mich hinein, während sich seine Rückenmuskeln anspannen. Sein Atem ist heiß an meinem Ohr, jedes Wort fast ein Keuchen, das mir direkt in die Seele schießt.

»So gut«, sagt er, sein Rhythmus unregelmäßig. »Du fühlst dich so gut an. Ich kann nicht aufhören.«

Meine Sinne sind überlastet, jedes Gefühl und Geräusch verschmilzt zu einem Wirbel aus Lust und Leidenschaft.

Ich scheine unter seiner Bewegung ein zweites Mal zusammenzubrechen.

Meine Arme schließen sich um seinen Nacken, und ich versuche, ihn näher zu ziehen.

Er greift zwischen uns, reibt mit seinen Fingern über meine Klit und ich spüre, wie mich ein weiterer Höhepunkt überrollt.

Als er ebenfalls seinen Höhepunkt erreicht, vermischt sich mein stummer Schrei mit dem dunklen Stöhnen aus seinem Mund. Sein ganzer Körper spannt sich gegen meinen an, bevor er seine Lippen auf meine presst, um mich zu verschlingen.

Wohin dieser Weg auch führen mag, ich werde ihm folgen, ohne zu zögern.

33
Milan

GEGENWART

Das Sonnenlicht fällt durch die Vorhänge und weckt mich aus meinem traumlosen Schlaf.

Traumlos.

Normalerweise sind meine Nächte ein endloser Kampf gegen die Insomnie. Wenn ich mal dazu komme zu schlafen, werde ich von Albträumen und unruhigem Hin- und Herwälzen geplagt.

Doch heute ist es anders.

Seit über einem Jahr habe ich nicht mehr so friedlich geschlafen.

Es ist, als hätte ihre Anwesenheit die Dämonen verjagt, gegen die mein Unterbewusstsein kämpft.

Als ich den Kopf wende, sehe ich, dass sie immer noch neben mir liegt und schläft.

Mein Blick bleibt gefesselt auf ihr ruhen. Wie sich ihr dunkles Haar auf dem Kissen ausbreitet, wie sich ihre Brust beim Atmen sanft hebt und senkt. Ihre Wimpern werfen zarte Schatten auf ihre Wangen. Und die Sommersprossen auf ihrer Nase lassen sie unschuldiger aussehen, als sie in Wahrheit ist.

Ich spüre, wie meine Finger vor Verlangen zucken, sie zu berühren, die Kurven und Linien ihres Körpers nachzuzeichnen. Ich möchte jeden Zentimeter von ihr erforschen, mir jede

Sommersprosse und jedes Muttermal einprägen, mich erneut in sie versenken und sie noch einmal schmecken.

Ich bin ein verdammter Abhängiger. Und sie ist meine Lieblingsdroge.

Mein Blick fällt auf die Uhr, die an der Wand hängt. 5:14 Uhr.

Julian bringt mich um, wenn ich in einer halben Stunde nicht auf der Rennbahn bin. Aber ich möchte den Platz an ihrer Seite noch nicht verlassen.

Da ich für die kommenden Wochen von der Schule suspendiert wurde, kann ich die Zeit nutzen, für mein Rennen zu trainieren, das bald ansteht.

Verfickter Tristan Dallas.

Dass er überhaupt die Dreistigkeit besitzt, mit ihr zu reden, geschweige denn sie anzufassen. Ich könnte ihn verdammt nochmal dafür töten.

Meine Augenbrauen ziehen sich zusammen, als ich auf die geschlossene Tür schaue, vor die eine Holz-Kommode geschoben wurde.

Ich war gestern Nacht so intensiv mit meinem kleinen Fluch beschäftigt, dass mir diese Barriere vor der Tür nicht aufgefallen ist. Weshalb sollte sie den Eingang ihres Zimmers versperren, als wolle sie sicherstellen, dass niemand eintreten und hinausgehen kann?

Ich betrachte ihre schlafende Gestalt, meine Augen verengen sich, als würde ich in ihrem makellosen Gesicht nach Antworten suchen.

Wir beide sind die Einzigen in ihrem Haus. Andernfalls hätte ich es mitbekommen. Also gibt es keinen Grund für sie, jemanden fernhalten zu wollen.

Es sei denn … Sie hat vor etwas Angst. Oder vor jemandem.

Jedes Mal, wenn ich denke, dass es nichts mehr gibt, was ich über sie nicht weiß, bringt sie ein neues Mysterium mit sich.

Die Vorstellung, dass es da draußen etwas oder jemanden gibt, vor dem sie Angst hat, bringt mein Blut in Wallung. Ich will denjenigen oder diejenige finden, der ihre Angst verursacht, und ich will ihn leiden lassen. Keiner hat das Recht, sie zu verunsichern, ihr das Gefühl zu geben, dass sie sich in ihrem Zimmer einschließen muss.

Niemand darf sie verletzen. Niemand darf ihr Angst einjagen. Ich will verdammt sein, wenn ich zulasse, dass jemand ihr auch nur ein einziges Haar krümmt.

Meine Gedanken werden durch ihr Aufwachen unterbrochen. Ich beobachte, wie sie sich auf den Rücken dreht und die Laken an ihrem Körper herunterrutschen, sodass ihre nackten Schultern zum Vorschein kommen.

Aus ihren grünen Augen schaut sie mich überrascht an, ein Hauch von Pink färbt ihre Wangen. »Du bist nicht gegangen?«

Ich lächle amüsiert über ihren Gesichtsausdruck. »Nein. Hast du gehofft, ich wäre weg?«

»Nein«, antwortet sie schnell. »Ich dachte nur, du würdest es bereuen und verschwinden.«

»Bereuen?«, wiederhole ich und ziehe eine Augenbraue hoch. »Wer sagt das?«

Ich kann einen Anflug von Unsicherheit in ihrem Ausdruck erkennen. »Ich verstehe das nicht.«

»Was verstehst du nicht, Sweetheart?« Mein Daumen fährt die Kurve ihres Kiefers nach.

»Ich verstehe nicht, was du von mir möchtest. Du bist mal so, mal so. Du ignorierst mich, dann tröstest du mich. Du zeigst mir deinen Rückzugsort, dann wirst du wütend, weil ich mit jemand anderem rede. Und du hast McKinney verprügelt, um am selben Abend auf meinem Balkon zu erscheinen. Was soll ich aus all diesen Vorfällen schließen? Weißt du, wie es sich anfühlt? Du bringst mich um den Verstand!«

Ihr plötzlicher Ausbruch überrascht mich.

Aber es macht mich gleichzeitig auch verdammt hart.

Das Feuer in ihren Augen, ihre geröteten Wangen und ihr trotziger Gesichtsausdruck – ich kann nicht anders, als sie festhalten und auf der Stelle nehmen zu wollen.

»Oh, ich weiß, wie sich das anfühlt«, antworte ich. »Du machst mich auch wahnsinnig, auf eine Art und Weise, die du dir nicht einmal vorstellen kannst.«

Ich nähere mich ihr, sodass ich meine Lippen in ihre Halsbeuge pressen kann, um ihren Duft einzuatmen. »Und nimm seinen Namen nicht in den Mund. Dieser Bastard hat das bekommen, was er verdient hat.«

McKinney kann sich glücklich schätzen, dass er überhaupt noch laufen kann.

»Du hast sein Auto zerstört und ihn gezwungen, auf den Knien um Vergebung zu betteln.«

»Ja, ich weiß. Ich hätte ihm die Arme und Beine brechen sollen.«

»Nein? Du hast übertrieben. Ich befürchte, er wird sich nach dem, was gestern passiert ist, nicht mehr in die Schule trauen.«

»Gut. Er soll sich für den Rest seines Lebens vor mir fürchten. Keiner rührt an, was mir gehört.«

Sie schnaubt. »Bist du besessen von mir oder so?«

Meine Lippen finden wieder ihren Hals und ich knabbere an ihrer Haut.

»Besessenheit. Obsession. Sucht. Nenn es, wie du willst. Ich bekomme dich nicht aus meinem verdammten Kopf.«

Ich spüre, wie ihr Herz unter meiner Berührung rast. Ihre Augen weiten sich, doch die Überraschung wandelt sich zu Zorn und sie dreht mir ihren Rücken zu.

»Du bist so ein Idiot«, murmelt sie. »Du kannst nicht einmal etwas ernst nehmen, oder?«

Ich hasse es, dass sie denkt, ich würde es nicht ernst meinen.

Sieht sie denn nicht, was sie mir antut? Wie bereit ich dazu bin, ihr jeden verfickten Wunsch zu erfüllen, wenn sie ihn nur ausspricht?

Ich greife nach ihrer Hüfte und ziehe sie zu mir. »Ich meine es todernst. Ich will alles von dir. Jede. Einzelne. Faser.«

Ihr Körper spannt sich an, aber ich lasse sie nicht los. Ich drücke meine Brust gegen ihren Rücken, mein Atem ist heiß an ihrem Nacken.

»Du hast keine Ahnung«, flüstere ich in ihr Ohr. »Ich will dich verschlingen. Dich verzehren. Dich auf jede erdenkliche Weise erobern. Und du kannst es leugnen, soviel du willst, aber du willst es auch, Sweetheart. Du bist nur zu stur, um es zuzugeben.«

Meine Hand zeichnet die Konturen ihrer Hüfte nach. »Aber ich mag es, dich so aufgeregt zu sehen. Dein feuriges kleines Temperament macht mich an.«

Mein Schwanz pocht synchron mit meinem Puls.

»Das ist das Problem mit dir. Du genießt es, mich aufzuregen, wie ein verdammtes Spiel.«

»Du bist kein Spiel«, korrigiere ich. »Du bist eine verdammte Herausforderung. Und ich mag es, dich an deine Grenzen zu bringen.«

Sie stößt ein leises Keuchen aus, als meine Lippen ihr Ohr erreichen, und ihr Körper reagiert auf meine Berührung, indem sie ihren Hintern gegen meine Erektion drückt.

Ich stöhne leise auf und mein Griff um ihre Hüften wird unwillkürlich fester.

»Du machst es mir nicht leicht.« Meine Stimme ist rau vor Verlangen. »Wie soll ich die Hände von dir lassen, wenn du so verdammt verlockend bist?«

Aber sie drückt sich noch fester an mich, reibt ihren Arsch an meiner Erektion. »Vielleicht mag ich es, wie du um deine Selbstbeherrschung kämpfst.«

So ist das also.

Sie zieht scharf die Luft ein, als ich das Laken wegreiße, sie auf den Rücken drehe und unter mir festnagele. Ihre Augen weiten sich, als ihr nackter Oberkörper nun meinem Blick gänzlich ausgesetzt ist.

Die weichen Wellen ihrer Haare umrahmen ihr gerötetes Gesicht. Ihre Haut ist wie Seide, glatt und makellos, markiert von meinen Blutergüssen. Ihr Körper ist zierlich und an den richtigen Stellen kurvig, und meine Hände brennen darauf, sie zu berühren.

In ihren Augen lodert ein Feuer, ein Funken Trotz, der mein Verlangen nach ihr nur noch wachsen lässt.

Sie ist verdammt schön, feurig und gehört ganz allein mir.

»Du weißt doch, dass du dir nur Ärger einhandelst, oder?« Ich fahre mit meinem Finger zwischen ihren Brüsten hinab. »Mich so zu reizen, mich dazu zu verleiten, meine Selbstbeherrschung zu verlieren. Du spielst ein gefährliches Spiel, Baby.«

Ihre Augen flattern, als ich meine Lippen auf ihre Brüste presse und ihr Körper biegt sich mir entgegen.

»Du- … Das ist genau das, was ich meinte! Du sagst das und dann-« Sie gibt ein leises Stöhnen von sich, als ich in ihre Nippel beiße.

»Und dann was, Sweetheart?«

Ihr Atem kommt in röchelnden Stößen, während ich meinen sinnlichen Angriff auf ihren Körper fortsetze. Ihre Augen sind geschlossen, ihr Kopf zurückgeworfen und ihre Lippen in Ekstase aufgesprungen.

»Dann tust du das«, keucht sie heraus. »Du berührst, neckst und lässt mich Dinge fühlen, die ich nicht fühlen sollte. Und danach lässt du mich einfach hängen.«

Ich hebe meinen Kopf, um sie anzusehen. »Ich lasse dich nicht hängen.«

Ihr Brustkorb hebt und senkt sich schnell, während sie versucht, Luft zu holen. »Das tust du immer. Ich vertraue dir nicht.«

Mit den so geschürzten Lippen sieht sie aus wie ein Engel.

Ein sündiger, köstlicher, verführerischer Engel.

Es frustriert mich, dass sie mir nicht vertraut, doch kann ich es ihr übelnehmen? Neuerdings vertraue ich mir nicht einmal selbst.

Ich wollte sie zerstören, mich an ihr rächen.

Dabei dachte ich immer, ich sei unbesiegbar, unantastbar. Ich habe mich geirrt. Denn jetzt habe ich eine Schwäche, und sie ist meine größte. *Mein Kryptonit.*

Ich fahre mit den Fingern durch ihr Haar und streiche ihr eine Strähne hinters Ohr. »Und warum vertraust du mir nicht?«

»Du hast mir keinen Grund dazu gegeben«, antwortet sie. »Du bist unberechenbar. In einem Moment bist du nett, im nächsten grausam. Du sendest mir gemischte Signale. Du bist ein Mysterium.«

Ich lege meine Stirn an ihre. »Du bist auch ein Mysterium.«

»Wieso?«

Mit meinem Kopf deute ich auf die Tür. »Wieso ist die Tür verbarrikadiert?«

Ihr Gesichtsausdruck verändert sich leicht, und ich kann einen Hauch von Zögern in ihren Augen sehen. »Das ist nur etwas, was ich nachts mache.« Sie weicht meinem Blick aus. »Es ist eine Art Sicherheitsmaßnahme.«

Ich spanne mein Kiefer an. »Sicherheitsmaßnahme? Wogegen?«

»Ich fühle mich so sicherer.«

»Warum glaube ich dir nicht?«

»Was soll das heißen, du glaubst mir nicht?«

»Ich meine damit, dass ich nicht dumm bin, Sweetheart. Ich weiß, dass du mir etwas verschweigst. Warum verbarrikadierst du die Tür wirklich?«, frage ich erneut.

»Es ist eine Angewohnheit. Ich mache es schon, seitdem ich klein bin.«

Sie ist eine schlechte Lügnerin.

Aber es bringt nichts, wenn ich sie zwinge, mir etwas zu erzählen, was sie nicht erzählen möchte. Ich werde meine eigenen Taktiken nutzen, um den Grund für die Barrikade herauszufinden.

Ich nehme ihre Hand und streiche mit dem Daumen über ihre Knöchel. Da fällt mir etwas auf, das ich vorher noch nie gesehen habe – die Abwesenheit von Pflastern.

Vorsichtig fahre ich mit dem Daumen über die Narben und spüre die ungleichmäßige Struktur ihrer Haut.

Keine Narbe auf dieser Welt könnte sie ihrer Schönheit berauben.

Ihr Blick folgt meiner Bewegung, aber sie weicht nicht zurück, versucht nicht, die Narben zu verbergen oder zu verschleiern. Vielleicht weiß sie, dass es keinen Sinn hat, sie vor mir zu verbergen.

»Ich möchte eine Skulptur.«

»Was?«, fragt sie überrascht.

»Du hast mich gehört. Schenk mir eine deiner Skulpturen.«

Ihre Augen weiten sich ein wenig. »Wieso möchtest du das?«

Ich lasse ihre Hand los. »Weil mir der Gedanke gefällt, etwas zu besitzen, das du mit deinen eigenen Händen geschaffen hast.«

Sie zögert einen Moment lang, eine Mischung aus Unsicherheit und etwas anderem in ihren Augen. »Ich weiß nicht. Welche möchtest du überhaupt haben?«

Das ist keine schwierige Frage.

»Die Lotusblume.«

Ein Hauch von Verwunderung blitzt in ihrem Gesicht auf. »Du magst Lotusblumen, hm? Du hast sogar ein Tattoo.«

Mögen trifft es nicht ganz. Lotusblumen haben für mich eine tiefere Bedeutung – eine Bedeutung, die ich ihr niemals erklären könnte.

»Kann man so sagen.«

»Lotusblumen haben auch für mich eine besondere Bedeutung. Jemand hat mir mal eine Geschichte über Lotusblumen erzählt …«

Als sie die Geschichte wiedergibt, füllt sich meine Brust mit einem Gefühl der Anspannung. Ich weiß, wer für das Erzählen dieser chinesischen Legende verantwortlich ist, und der Gedanke an ihn macht mich unruhig.

»Genug von Lotusblumen.« Ich platziere meine Hand an ihrer Hüfte. »Ich möchte etwas anderes machen.«

Ihr Atem stockt. »Was willst du machen?«

Ich lehne mich näher heran, meine Lippen schweben knapp über ihrem Ohr. »Es gibt so viele Dinge, die ich mit dir anstellen möchte.«

»Ist das so?«

»Ich zeige es dir.«

Meine Hand findet den Stoff ihres Slips und ich fahre mit meinem Zeige- und Mittelfinger über ihre Mitte. Sie keucht, ihr Körper wölbt sich unter meiner Berührung. Aber sie versucht, ihre trotzige Haltung beizubehalten.

Das Pochen meines Schwanzes ist nicht mehr auszuhalten, da ich fühle, wie feucht sie schon ist. »Du bist durchnässt, Sweetheart.«

»Das ist nicht fair«, sprudelt es aus ihr heraus, wobei ihre Stimme leicht zittert.

Ich greife nach ihrer Hand und drücke sie auf meine harte Erektion in meinen Boxershorts. »Und deinen Arsch an meinen Schwanz zu reiben, ist fair? Schau, was du angestellt hast.«

Ihr Gesicht errötet verlegen. Doch ihr Körper verrät sie, ihre Hüften bewegen sich unwillkürlich gegen meine Hand. »Das ist nicht das Gleiche.«

»Du hast doch damit angefangen, Sweetheart.« Ich reibe über den Stoff auf und ab, präge mir ein, wie sie sich auf die Unterlippe beißt, ein.

Sie wimmert, ihr Brustkorb hebt und senkt sich mit ihren schnellen Atemzügen. Sie sieht aus, als würde sie mit sich selbst ringen.

Gott, ich liebe das.

Ich schiebe ihr Höschen zur Seite und übe Druck aus, sodass ihr Körper sich unter mir windet. »Benutze deine Worte, Sweetheart. Sag mir, was ich machen soll.«

»Ich … will dich«, keucht sie, ihre Stimme ist fast ein Flüstern.

Das ist es.

Sie schnappt nach Luft, als ich sie auf den Bauch drehe und mit einer schnellen Bewegung die Unterwäsche ausziehe. Gleichzeitig streife ich mir die Boxershorts runter.

Keine Sekunde später versenke ich mich in ihr und spüre ihre vertraute Wärme, die mich wie eine zweite Haut umgibt.

Scheiß auf Julian.

Er kann noch eine Weile auf mich warten.

34
Aliya

GEGENWART

M ein Ruf in der Schule hat sich merklich verbessert. Niemand ruft mir mehr beleidigende Bemerkungen zu, und ich finde keine schmutzigen Zettel oder Tierorgane in meinem Spind.

Die Mitschüler, die mich früher schikaniert haben, halten sich jetzt bewusst von mir fern, aus Angst, dass ihnen das gleiche Schicksal wie McKinney widerfahren könnte.

Denn dieser hat sich seitdem nicht mehr in die Schule getraut.

Aber er ist nicht der Einzige, den ich seit zwei Wochen nicht mehr gesehen habe.

Auch Milan ist verschwunden.

Nachdem er mein Haus verlassen hat, habe ich ihn weder gesehen noch etwas von ihm gehört.

Seine Abwesenheit in der Schule fühlt sich seltsam an. Dass ich ihn nicht in den Gängen sehe und sein üblicher Sitzplatz leer bleibt, ist so, als ob ein Teil der üblichen Dynamik fehlt.

Aber am meisten ärgert mich die Tatsache, dass er sich nach allem, was zwischen uns geschehen ist, nicht bei mir gemeldet hat.

Dabei hat er mir sogar gesagt, dass er mich diesmal nicht hängen lassen wird.

Es ist genau wie damals, als er mich, nach dem Gespräch mit Elena ignoriert hat. Ich dachte, dass unsere Beziehung sich langsam verändert, aber jedes Mal, wenn wir einen Schritt nach vorne machen, geht er drei Schritte wieder zurück.

Ich sollte darüber nicht nachdenken und meine ruhigen Schultage genießen, ohne mir Gedanken zu machen, was er gerade treibt, mit wem er zusammen ist, ob es ihm gut geht.

Selbst von Lio zu lesen und in Milans und seine Vergangenheit einzutauchen, hat mich nur aufgewühlt, anstatt dass ich mich in Milan oder ihm nun näher fühle.

Gemeinsam mit Silver setze ich mich in die Pausenhalle. Ich hatte mich daran gewöhnt, meine Zeit in der Schule allein oder mit Adenas unechter Freundlichkeit zu verbringen, doch jemanden zu haben, der dir nichts vorspielt, fühlt sich zur Abwechslung gar nicht mal so schlecht an.

»Irgendwelche Neuigkeiten über deinen Bad Boy?«

Bei dem Spitznamen verdrehe ich die Augen. Obwohl ich ihr nichts über Milan und mich erzählt habe, scheint sie bereits alles zu wissen.

»Nein.« Ich stochere in meinem Muffin herum.

»Vielleicht solltest du sie dann fragen.«

Silver nickt mit ihrem Kopf hinter mich, sodass ich in die Richtung des Basketballertisches sehe. Damian und Shin unterhalten sich mit den anderen Basketballspielern. McKinneys Platz ist leer, ebenso wie der von Milan.

Ich drehe mich wieder nach vorne. »Nein.«

Wenn er mit mir reden wollen würde, hätte er sich längst gemeldet. Er hat mehr als deutlich gemacht, dass es ihn nicht interessiert. Dass das, was zwischen uns war, einfach nur Sex gewesen ist und nicht mehr.

Silver lässt ihre Blicke noch für ein paar Sekunden auf mir ruhen, doch entscheidet, nicht weiter auf mich einzureden. Mein

Handy auf dem Tisch vibriert und zieht meine Aufmerksamkeit auf sich.

Ich habe eine Benachrichtigung von Tristan.

Mein Herz sinkt, als ich zögernd seine Nachricht öffne.

Nachdem Milan sich dermaßen mit ihm gezofft hat, habe ich damit gerechnet, dass er mich von seinen sozialen Plattformen entfernt und sich nie wieder bei mir meldet.

Tristan: Wirst du mir antworten, wenn ich dir schreibe, oder hat dein besitzergreifender Freund bereits alle deine sozialen Medien gesperrt?

Ich unterdrücke mir ein Lächeln angesichts seines Seitenhiebes. Es ist, als hätte er sich gar nicht verändert.

Aliya: Ich antworte dir. Außerdem ist er nicht mein Freund.

Tristan: Nicht dein Freund, huh? Weiß er das auch?

Ich verdrehe meine Augen. Er scheint die Gelegenheit zu genießen, sich über Milan lustig zu machen.

Doch plötzlich fällt mir ihr Umgang miteinander wieder ein, sodass ich meine nächste Nachricht eintippe und auf ‚Senden‘ tippe.

Aliya: Woher kennt ihr euch eigentlich?

Es könnte gut sein, dass sie auf derselben Rennbahn manchmal Motorrad fahren und sich daher schon öfter begegnet sind.

Tristan: Du weißt es nicht?

Was soll das heißen?

Ich runzele die Stirn, während die nächste Nachricht auf meinem Bildschirm angezeigt wird.

Tristan: Wir sind Rivalen.

Rivalen?

Aliya: Wie in einem Wettrennen?

Tristan: Bingo.

Das erklärt die Spannung zwischen ihnen, als sie das letzte Mal miteinander gesprochen haben. Vielleicht hat Milan auch deswegen die Kontrolle verloren. Nicht weil ich einem anderen nahestand, sondern weil ich *seinem* Rivalen nahestand.

Tristan: Wir werden morgen gegeneinander antreten, um genau zu sein.

Ich starre mit weit aufgerissenen Augen auf das Display, während die Bedeutung Nachricht in meine Gedanken einsinkt.

Ein Motorrad-Wettrennen. Morgen. Gegen Tristan.

Solche Erkenntnisse zeigen mir jedes Mal aufs Neue, dass ich so gut wie nichts über Milan weiß.

Die Einsicht setzt ein und hinterlässt einen bittersüßen Geschmack in meinem Mund. Ich bin enttäuscht, dass ich es von Tristan erfahren muss und nicht von Milan selbst.

»Alles gut?«, reißt mich Silver aus meinen Gedanken und ich bestätige es ihr mit einem Nicken, bevor ich mich wieder meinem Handy zuwende.

Tristan: Dein besitzergreifender Freund hat sich anscheinend nicht die Mühe gemacht, es zu erwähnen. Warum kommst du nicht und feuerst stattdessen *mich* an?

Es ist seltsam, wie viel Einfluss Milan auf mein Leben hat, selbst wenn er nicht da ist.

Und es nervt mich.

Wieso muss ich mir seinetwegen meinen Kopf zerbrechen, wenn er sich nicht einmal die Mühe macht, sich zu melden? Wie oft habe ich die letzten zwei Wochen mit einer offenen Balkontür geschlafen, in der Hoffnung, dass er mich wieder besucht?

Tristans Einladung schwirrt in meinem Kopf, während ich einen Schluck von meiner Limonade nehme.

Wie würde Milan wohl reagieren, wenn er mich morgen auf der Rennbahn sieht?

Ich schaue zum Tisch der Basketballer und sehe, wie Shin sich gerade auf dem Weg zum Getränkeautomaten macht. Das ist meine Chance.

»Ich bin gleich zurück!« Ich greife nach meiner Tasche und lasse Silver mit einem verwirrten Gesichtsausdruck zurück.

»Hey Shin«, rufe ich und ziehe seine Aufmerksamkeit auf mich.

Er dreht sich mit einer hochgezogenen Augenbraue um, sein Blick bleibt an mir hängen. »Uh … Kann ich dir irgendwie helfen?«

»Kannst du mich morgen zu Milans Rennen mitnehmen?«

Seine Augen weiten sich, bevor er hastig seinen Kopf schüttelt. »Auf gar keinen Fall.«

Er dreht sich wieder zur Maschine, um sich ein Getränk auszusuchen. Ich habe bereits damit gerechnet, dass er es ablehnen wird, aber so einfach gebe ich mich nicht geschlagen.

»Wieso?«

»*Wieso?* Willst du, dass er mich in Stücke reißt? Er ist sowieso schon wütend auf mich wegen letztens, ich darf mir keine-«, er unterbricht sich selbst, als hätte er sich verplappert. »Auf keinen Fall, nein. Ich nehme dich nicht mit.« Er macht eine Handbewegung, als würde er mich abwimmeln wollen.

»Komm schon, Shin«, bitte ich. »Es ist wichtig.«

Ich will ihn wiedersehen, auch wenn es nur von der Tribüne aus ist.

Shins Griff um seine Getränkedose wird fester. Sein Gesichtsausdruck schreit ‚Nein‘, aber er scheint unter meinem Drängen zu zögern. »Ernsthaft, das ist eine schlechte Idee. Milan würde mich bei lebendigem Leib häuten, wenn er das herausfindet.«

»Wir nehmen dich mit.«

Shin und ich drehen uns gleichzeitig zu Damian, der mit einem verschmitzten Lächeln auf uns zukommt.

»Ganz bestimmt nicht«, funkelt Shin ihn wütend an.

»Sei nicht so ein Schisser, Shinichiro. Wenn *Servant* dorthin möchte, nehmen wir sie mit.«

Der Fakt, dass Damian so bereit ist, mich mitzunehmen, wirft Fragen über seine Beweggründe auf. Ich vertraue diesem Jungen nicht. Doch trotz meiner Vorbehalte muss ich dabei sein, und Damian scheint meine einzige Möglichkeit zu sein, zum Rennen zu gelangen.

»Das ist so eine schlechte Idee.« Shin geht murmelnd an mir vorbei.

»Sei um 9 Uhr morgen vor der Schule. Man sieht sich, *Servant*«, ruft Damian mir zu, bevor er Shin folgt.

Als ich ihnen beim Weggehen zuschaue, muss ich unwillkürlich an Milan denken. Der Gedanke an ihn lässt mein Herz mit einer Mischung aus Gefühlen flattern.

Ich hasse es, dass er mich so lange nicht kontaktiert hat, aber ich kann die unbestreitbare Anziehung, die ich für ihn empfinde, nicht abschütteln.

Nach fast zwei Wochen werde ich ihn morgen *endlich* wiedersehen.

Hallo Stitch,

Kannst du dich noch erinnern, wie anhänglich du früher warst?

Du hast geweint, wenn ich in die Schule gehen musste. Etliche Male habe ich die Schule geschwänzt, nur damit du keine unnötigen Tränen mehr vergießt.

Ich vermisse diese Zeiten.

Jetzt renne ich dir hinterher, weil du dich immer wieder selbst in Gefahr bringst.

Ohne mich wärst du aufgeschmissen.

Nein, eigentlich bin ich derjenige, der ohne dich verloren wäre.

Als du drei Jahre alt warst, hast du eines Tages angefangen, mich plötzlich Lio zu nennen. Ich habe nie nachgefragt, wie du darauf gekommen bist, aber ich mag es.

An diesem Tag habe ich dir auch einen Namen gegeben. Stitch.

Du warst genauso frech, verspielt und temperamentvoll, wie der Charakter Stitch es ist. Aber das war nicht der einzige Grund.

Du bist unglaublich stark, Milan. Viel stärker als ich es je sein könnte. Du verdienst nur das Beste. Du bist derjenige, der mich glauben lässt, dass ich etwas wert bin.

In deinen Augen bin ich zwar der Stärkste, aber du hast keine Ahnung, wie heikel das alles ist. Ich bin eine Memme, obwohl ich der Ältere bin. Dennoch versuche ich den Stärkeren zu spielen, weil ich der Vision, die du von mir als deinem älteren Bruder hast, gerecht werden möchte.

Damals haben deine Augen immer geglänzt. Wie zwei kleine Knöpfe haben sie geleuchtet. Heute fehlt dieser Glanz.

Diese Frau, dieses Monster, hat dafür gesorgt, dass sie nicht mehr strahlen.

17. Mai 2009.

Ich war gerade von der Schule nach Hause gekommen, als Vater mir von dem Autounfall erzählte. Sie hatte dich mitgenommen und ist während der Fahrt von der Straße abgekommen.

Ich dachte, es wäre geschehen. Ich dachte, sie hätte dich diesmal umgebracht.

Doch als ich dich dann auf dem Krankenhausbett sitzen sah, war da ein Gefühl der Erleichterung, das ich nicht in Worte fassen kann. Du warst da, lebendig und sicher.

Aber etwas war anders.

An diesem Tag haben deine braunen Augen aufgehört zu leuchten. Dieser Unfall hat etwas tief in deinem Inneren zerstört. Dein Lachen ist leiser geworden, das Funkeln ist verblasst. Erst danach habe ich erfahren, dass Melanie ums Leben gekommen ist.

Sie war tot. Das Monster war tot.

Und statt, dass mich die Trauer packte, durchströmte mich Erleichterung. Egal, wie sehr ich mich auch anstrengte, es gelang mir nicht. Ich verspürte keinen Funken Trauer.

Kannst du es mir übelnehmen? Sie hat dich nicht gut behandelt, versucht, dich umzubringen und dich manipuliert. Am liebsten hätte ich lauthals im Krankenhausflur losgelacht, als die Ärzte sie für tot erklärten.

Ich muss verrückt sein.

Aber ich bin Teil dieser Familie. Genauso verkorkst und krank.

Wenn du wüsstest, wie sehr ich mich über ihren Tod gefreut habe, dann würdest du mich vermutlich für immer hassen. Du würdest nie wieder mit mir reden, genauso, wie du mit Vater nicht mehr redest. Deswegen ist es besser, dir die Wahrheit zu verschweigen.

Aber meine Freude über ihren Tod änderte sich schlagartig, als ich erfahren musste, dass es mehr als nur ein einfacher Autounfall war.

Suizid. So nannten es die Polizisten.

Sie hatte sich das Leben genommen.

Sie ist bewusst gegen einen Baum gefahren. Aber dabei hat sie nicht nur versucht, sich selbst zu töten, sondern auch dich.

Und auch wenn es ihr nicht gelungen ist, hat sie etwas anderes erreicht.

Sie hat einen achtjährigen Jungen dazu gezwungen, einen Selbstmord aktiv mitzuerleben. Den Selbstmord seiner Mutter, die er so sehr bewunderte.

Ich wollte nicht wissen, was ihre letzten Worte waren. Oder was du an diesem Tag mitansehen musstest.

Jedes Mal, wenn ich die Narbe auf deinem Rücken betrachte, die du von diesem Unfall davongetragen hast, werde ich daran erinnert, dass ich gescheitert bin.

Ein zweites Mal habe ich mein Versprechen, dich vor allem zu schützen, gebrochen. Sie hat es geschafft, dich zu zerstören.

Ich weiß, dass du diesen Vorfall niemals vergessen wirst. Du wirst mit dieser Last auf deinen Schultern leben. Und egal, wie sehr ich dir diese Last auch abnehmen möchte, ich kann es nicht.

Ich bin kein guter Bruder, Stitch.

Ich kann die Monster, die dich quälen, nicht vertreiben.

Aber sie hat mir etwas hinterlassen. Einen Brief.

Mittlerweile ist ihr Tod schon fast acht Jahre her und ich habe immer noch nicht das Bedürfnis, den Brief zu lesen.

Wieso sollte ich ihre billigen Ausreden und Entschuldigungen auch nur eine einzige Sekunde länger ertragen?

Doch irgendetwas hält mich davon ab, den Brief vollkommen zu zerstören. Er liegt ungeöffnet in meiner Schublade.

Und auch wenn ich nicht vorhabe, ihn irgendwann zu lesen, behalte ich ihn. Obwohl ich sie so sehr verachte, möchte ich ihn nicht entsorgen.

Bin ich nicht widersprüchlich?

Genauso wie ich dir Briefe schreibe, die du niemals zu Gesicht bekommen wirst, hat diese Frau einen Brief an mich geschrieben, welchen ich niemals lesen werde.

Und genau das ist der Teufelskreis unserer verkorksten Familie.

Kilian

35
Aliya

GEGENWART

Die Tribüne an der Davis Grand Circuit ist voller Menschen, die entweder auf den Wettbewerb warten oder sich aufgeregt unterhalten. Der Gestank von Benzin und verbranntem Gummi liegt in der Luft und vermischt sich mit dem erdigen Geruch der umliegenden Vegetation.

Damian, Shin und auch Raelyn sitzen neben mir, doch ich konzentriere mich darauf, Milan in der Menge derjenigen zu finden, die an den Vorbereitungen des Rennens beteiligt sind.

»Er wird mich umbringen. In Stücke reißen«, murmelt Shin paranoid. »Mich lebendig häuten.«

Damian lacht und wirft seinen Arm um Shins Schulter. »Entspann dich, ShinShin. Daddy beschützt dich.«

Shin zieht eine Grimasse, während er von ihm zurückweicht. »Komm mir nicht näher, Reynolds.«

»Ach, komm schon, Shinichiro. Kannst du nicht einmal ein bisschen Spaß vertragen?«

»Das ist nicht lustig, du Mistkerl. Milan wird wütend sein, wenn er davon erfährt. Du weißt genauso gut wie ich, wie er tickt.«

Damian stößt ein weiteres schallendes Lachen aus. »Und genau deshalb machen wir das hier. Um ihn abzufucken.«

Ich blicke zwischen den beiden hin und her.

Sie haben mich zwar hierher mitgenommen, aber das bedeutet nicht, dass ich mir das Rennen auch mit ihnen ansehen muss, oder?

»Ihr seid solche Kinder. Wieso muss ich mich immer mit euch Idioten herumschlagen?« Raelyn stößt ein genervtes Stöhnen heraus und spricht meine Gedanken aus.

Shins eisiger Blick landet nun auf ihr. »Und was machst du dann hier? Keiner hat dich eingeladen.«

»Ich bin hier, weil ich es so will, Shin-boring-ichiro. Und ich kann mich hinsetzen, wo immer es mir verdammt nochmal gefällt.«

»Du bist immer auf einen Streit aus, nicht wahr?«

Raelyn zuckt mit ihren Schultern. »Nur, wenn du einen anfängst.«

Gott, wo bin ich hier gelandet?

Damian, der die Spannung zwischen den beiden genießt, wirft mit einem Grinsen ein: »Shinichiro und seine Nemesis. Ein Paar wie aus der Hölle.«

Beide verstummen abrupt und richten ihre Verärgerung auf Damian. »Halt die Fresse.«

Dieser lacht herzhaft über die synchrone Reaktion. »Oh, war das etwa Bestimmung?«

Shin sieht aus, als würde er gleich explodieren, während Raelyn ihre Fäuste ballt. »Du forderst dein Glück heraus, Damian.«

»Was soll ich sagen? Ich lebe dafür.« Damian lehnt sich in seinem Sitz zurück. »Was ist mit dir, *Servant*? Du bist so leise heute.«

»Was?« Ich habe nicht damit gerechnet, plötzlich in das Gespräch hineingezogen zu werden.

»Und ich dachte, du wärst eingeschlafen. Komm schon, du musst doch etwas über den Liebesstreit der beiden denken.«

»Damian, ich schwöre bei Gott-«

Er unterbricht Shin. »Was? Willst du etwa in der Öffentlichkeit fluchen? Nicht sehr gentlemanlike von dir.«

Shin möchte gerade etwas erwidern, doch Raelyn meldet sich wieder zu Wort. »Oh bitte. Tu nicht so, als wäre es dir wichtig, ein Gentleman zu sein.«

Während die beiden weiter streiten, gleitet mein Blick wieder über die Menge.

»Das muss die kleine Schwester von Dallas sein.« Raelyn deutet mit ihrem Kopf auf ein Mädchen, das gerade die Treppen zur Tribüne hochsteigt.

Isabelle Dallas. Tristans jüngere Schwester.

Ihre langen, dunklen Locken fallen ihr in kunstvollen Wellen über die Schultern und umrahmen ein zartes Gesicht mit rosigen Lippen. Um ihren Kopf ist eine große weiße Schleife gebunden, die ihrer Gesamterscheinung einen Hauch von skurriler Unschuld verleiht. Ihre schlanke Figur ist in ein staubrosa Kleid gehüllt, das sich perfekt an ihre Figur anschmiegt.

Sie hat sich sehr verändert. Aber kein Wunder, als ich sie das letzte Mal gesehen habe, war sie gerade mal fünf Jahre alt.

Als Isabelle auf der Tribüne Platz nimmt, drehen sich die Leute in ihre Richtung. Ihr Äußeres zieht viele Blicke auf sich.

»Sieht eher aus wie eine Puppe als Dallas' Schwester, wenn ihr mich fragt«, fügt Shin hinzu.

Raelyn schüttelt den Kopf. »Das liegt daran, dass sie praktisch von allen in der Upper East Side vergöttert wird. Vor allem von ihrem Bruder Tristan.«

Ich sehe zu Damian, der ungewöhnlich schweigsam bleibt. Sein Blick ruht auf ihr, doch sein Gesichtsausdruck bleibt unbeeindruckt. Die Hände liegen gefaltet auf seinem Schoß, seine Augen kleben mit einer fremden Ernsthaftigkeit auf Isabelles Rücken.

Als hätte er einen Hebel umgelegt, macht sich sein bekanntes Schmunzeln wieder auf seinen Lippen bereit. »Apropos Vergötterung. Findet ihr nicht auch, dass sie ziemlich süß ist?«

Raelyn sieht Damian mit einer hochgezogenen Augenbraue an. »Sie ist erst fünfzehn.«

Damian beißt sich auf die Lippe. »Alter ist nur eine Zahl. Und zu achtzehn ist es kein großer Altersunterschied.«

Shin starrt ihn an, seine Miene verfinstert sich. »Sie ist ein Kind, Arschloch.«

»Entspann dich, ShinShin. Sie ist praktisch schon legal.«

Ein lüsterner Glanz liegt in Damians Augen und ich weiß, dass er nicht herumscherzt.

»Du gehst bald aufs College und sie ist noch minderjährig. Ist dir das klar?«

»Als ob mich das jemals aufgehalten hätte. Ich mag jüngere Mädchen. Sie sind immer so bereit und nicht pampig«, erklärt er.

Meine Miene verzieht sich bei seinen Worten. Soweit ich weiß, ist Damian eine ganze Reihe von Dingen. Arrogant, narzisstisch, krank … Aber das? Er kennt keine Grenzen.

»Und wenn es Dallas dabei unter die Haut geht, ist das nur ein zusätzlicher Bonus. Das wird Shane zu Gunsten kommen«, fügt er hinzu.

»Du bist mehr als verkorkst, D.«

Die Lautsprecher verkünden den Beginn des Rennens, und die Menge bricht in Jubel aus. Ich zwinge mich, die Spannung abzuschütteln und mich auf das Rennen zu konzentrieren.

Vielleicht sollte ich Tristan später warnen, dass Damian es auf seine kleine Schwester abgesehen hat. Schließlich weiß ich, was für eine dreckige Fassade sich hinter diesem tückischen Lächeln verbirgt.

Meine Blicke wandern unruhig zum Eingang der Strecke, aus dem jede Minute Milan und Tristan herauskommen sollten. Das Wetter trägt zur Anspannung bei – eine kühle Brise zieht über die Rennstrecke, und der Himmel ist bedeckt, als ob ein Sturm bevorsteht.

Milan und Tristan kommen aus dem Eingang und der Jubel der Menge wird lauter.

Ich spüre, wie mein Herz schneller schlägt, als mein Blick auf Milans imposante Gestalt in seinem enganliegenden Rennanzug fällt. Sein muskulöser Körperbau wird dadurch unterstrichen, dass er ihn wie eine lebendig gewordene Statue aussehen lässt.

»Shane!«, ruft Damian laut und Shin verflucht ihn.

Milans Augen suchen die Menge ab, bis sie meine Position auf der Tribüne erreichen. Sein Gesichtsausdruck ändert sich im Bruchteil einer Sekunde, als er mir in die Augen schaut.

Es ist, als ob alle Geräusche um mich herum verstummen.

Sein Kiefer ist fest zusammengebissen, ein verräterisches Zeichen für seine Irritation und seinen Unmut. Doch trotz seiner offensichtlichen Verärgerung bringt er es nicht über sich, den Blickkontakt zu unterbrechen.

Ich ziehe meine Augenbrauen zusammen, als ich mich daran erinnere, wieso ich überhaupt hierhergekommen bin. Wut steigt an die Oberfläche und erinnert mich an die Wochen, in denen er sich kein einziges Mal bei mir gemeldet hat. All die Frustration und Verwirrung werden plötzlich lebendig und ich möchte ihn auf der Stelle zur Rede stellen.

Doch dann flackert mein Blick zu der Person rechts neben ihm. Tristan, der mit seiner Schwester in der ersten Reihe spricht.

Als ich meinen Blick wieder auf Milan richte und bemerke, dass seine Augen immer noch auf mich gerichtet sind, kommt mir ein schelmischer Gedanke in den Sinn.

Ich möchte ihn genauso verwirren, wie er es immer bei mir tut.

Ich atme tief durch, nehme all meine schauspielerischen Fähigkeiten zusammen und stoße einen komisch übertriebenen Unterstützungsschrei aus. »Komm schon, Tristan! Du schaffst das!«

Shin zieht neben mir scharf die Luft ein, während Damian in ein lautes Gelächter verfällt.

Doch mein Blick fokussiert Milan, dessen Gesicht sich wie auf Knopfdruck verfinstert.

Da ist ein sichtbares Zucken in seinem Kiefer, bevor er einen gleichgültigen Gesichtsausdruck annimmt. Seine Lippen pressen sich zu einer geraden Linie zusammen, doch seine Augen durchlöchern mich.

Seine kalte Fassade verdeckt die Gefühle, die er zu kontrollieren versucht. Die Erkenntnis, dass ich ihm unter die Haut gehe, erfüllt mich mit einer selbstgefälligen Genugtuung.

Abrupt wendet er sich von mir ab und macht sich auf den Weg zum Startpunkt, wo sich bereits die anderen Fahrer aufgestellt haben. Tristan schenkt mir ein Lächeln und Winken, bevor er Milan folgt, um zu seinem eigenen Motorrad zu kommen.

Mit einem paranoiden Blick wendet Shin sich an Damian. »Was hat sie gerade getan?«

»Deswegen war es eine gute Idee, *Servant* mitzunehmen. Sie weiß, was gutes Entertainment ist.« Damian zwinkert mir zu.

Raelyns Augen brennen auf meiner Haut, doch als ich zu ihr sehe, wendet sie sich von mir ab.

»Von wegen gute Idee. Er wird mich verdammt nochmal töten!«, platzt es aus Shin heraus.

Irgendwie fühle ich mich lebendig, fast befreit. Meine eigene kleine Rebellion gegen die Zurückweisung und die Ignoranz, die ich von Milan erfahren habe.

Die Motoren heulen auf, als die Maschinen in Position gebracht werden, bereit für den Start. Das Adrenalin pumpt durch meine Adern, als das Rennen endlich beginnt.

Alles, worauf ich mich konzentriere, ist der Wettbewerb, aber tief im Inneren weiß ich, dass mich die Folgen meines Handelns später einholen werden.

36
Milan

GEGENWART

Ich fühle mich verdammt mordlustig.

Ich möchte ihn in Stücke reißen, ihn leiden lassen.

Ich habe gewonnen, aber es ist bedeutungslos.

Alles, woran ich denken kann, ist sie. Ihre Stimme, die diesen Kerl anfeuert. Nicht mich, sondern IHN.

Vielleicht habe ich nur gewonnen, weil ihre Anwesenheit und der anschließende Verrat mich in eine blinde Wut getrieben haben. Sie taucht unangekündigt auf, feuert meinen Rivalen an und wirft mich aus dem Gleichgewicht. Was zum Fick soll das?

Ich möchte auf etwas einschlagen. Etwas zerstören. Nein, jemanden ermorden. Am liebsten Tristan Fucking Dallas. Die Geräusche seiner Knochenbrüche wie eine schöne Melodie genießen und in seinem verdammten Blut baden.

Statt der Jubelrufe höre ich das Blut in meinen Ohren rauschen. Ich ignoriere den Trubel um mich herum und lasse mein Motorrad bei den Mechanikern, während ich zur Tribüne marschiere.

Ich habe nur eines im Sinn: Sie zu bestrafen.

Sie weiß doch mittlerweile, wie ich reagiere, wenn sie allein in der Nähe von anderen männlichen Wesen atmet. Mit welchem Recht schreit sie seinen verfickten Namen, noch dazu vor meinen Augen?

Damian und Shin werden genauso dafür bezahlen, dass sie sie ohne mein Wissen hierhergebracht haben. Ich weiß, dass die beiden dahinterstecken. Belle Isle ist zu weit von Belmont, sie könnte unmöglich allein herkommen.

Ich dränge mich durch die Menschenmassen, mein Blick ist auf sie gerichtet. Sie sieht schön aus wie immer, aber ihre Schönheit macht mich nur noch wütender.

Sie hat keine Ahnung, was sie in mir ausgelöst hat. Keine Ahnung, wie sehr sie mich verärgert hat.

Als ich näherkomme, ist Shin der Erste, der meine Anwesenheit bemerkt. »Oh nein.«

Schließlich wendet sie den Kopf, ihre grünen Augen fixieren die meinen. Ich kann sehen, wie ihr langsam die Erkenntnis dämmert. Wahrscheinlich dachte sie, sie könnte mich ohne Konsequenzen verärgern, aber jetzt wird sie herausfinden, wie falsch sie lag.

Ohne ein Wort zu sagen, ergreife ich ihr Handgelenk und ziehe sie fest mit mir.

»Viel Spaß!«, ruft Damian uns lachend hinterher.

Natürlich genießt dieser Bastard das hier. Er hat keine Ahnung, wie sehr ich ihm das Grinsen aus dem Gesicht schlagen möchte, aber im Moment ist Aliya mein Hauptanliegen.

Ich führe sie durch den überfüllten Bereich, den Kiefer fest zusammengebissen, und meine Augen brennen vor kaum zu bändigender Wut. Die Menschen in der Nähe scheinen die Spannung in der Luft zu spüren und machen einen großen Bogen um uns.

Ich stoße sie in die Umkleide und schließe hinter uns die Tür. Das Geräusch des einrastenden Schlosses hallt durch den Raum.

Meine Augen brennen vor Rage, als ich ihren nervösen Gesichtsausdruck bemerke.

Sie weiß, dass sie in Schwierigkeiten steckt.

»Du dachtest, du könntest einfach hier auftauchen und Tristan anfeuern, nicht wahr?»

Ich gehe einen Schritt auf sie zu und drücke sie mit dem Rücken gegen die Wand, während ich sie mit meinem Körper einklemme.

»Wolltest du mich absichtlich verärgern?«, frage ich erneut. »Wolltest du sehen, wie weit du es treiben kannst, bevor ich durchdrehe?«

Mein Gesicht ist nur wenige Zentimeter von ihrem entfernt, nah genug, um die Hitze zu spüren, die von ihr ausgeht. Ich fühle, wie ihr Herz in ihrer Brust pulsiert, doch sie traut sich nicht, sich mir zu widersetzen.

»Oh Sweetheart«, flüstere ich. »Du bist in sehr großen Schwierigkeiten.«

»Du hast mich ignoriert«, antwortet sie ruhig. »Du hast gesagt, du lässt mich nicht mehr hängen. Du hast es wieder getan.«

Wut flammt in mir auf, als sie versucht, die Schuld auf mich zu schieben.

Es stimmt, dass ich mich seit zwei Wochen nicht mehr bei ihr gemeldet habe, aber ganz bestimmt nicht, weil ich sie *ignoriert* habe.

»Ich habe dich ignoriert?«, wiederhole ich ungläubig. »Und das gibt dir also das Recht, hier unangekündigt aufzutauchen und einen anderen Kerl anzufeuern?«

Sie weicht nicht zurück, ihre Augen fixieren meine trotzig. »Er hat mich eingeladen, also bin ich gekommen. Ich brauche deine Erlaubnis nicht.«

»Er hat dich eingeladen, hm?«

Dieser Bastard bettelt anscheinend um seinen Tod.

»Und du hast es akzeptiert, ohne auch nur einen Gedanken daran zu verschwenden, was ich davon halten könnte?« Ich trete näher an sie heran, mein Körper drückt gegen ihren. »Du hast keine

Ahnung, wie sehr ich mich bemühen musste, mich von dir fernzuhalten, und dann ziehst du so eine Nummer ab?«

Julian hält mich schon seit zwei Wochen an der kurzen Leine. Ich habe sie nicht angerufen, weil ich wusste, dass ich nicht wegbleiben kann, wenn ich einmal ihre Stimme höre.

Sie zeigt sich immer noch hartnäckig, das Kinn erhoben, während sie mich mit ihren feurigen Augen anstarrt. »Du hast versprochen, dass du mich nicht mehr ignorieren wirst, aber du hast es trotzdem getan. Schon wieder.«

Mein Körper spannt sich weiter an.

Ich hasse es, wenn sie mir die Stirn bietet.

Aber gleichzeitig wünsche ich mir auch nichts sehnlicher, als das verdammte Rennen zu vergessen und sie hart gegen die Wand zu nehmen, um ihr ein für alle Mal zu zeigen, wer hier das Sagen hat.

»Dachtest du, es würde mich nicht interessieren? Dass ich es einfach so hinnehmen werde?«

»Was hätte ich denn tun sollen? Mich einfach zurücklehnen und darauf warten, dass du dich daran erinnerst, dass es mich gibt?«, platzt es aus ihr heraus, während sie mich von sich drückt. »Du kannst mich nicht so behandeln, wie es dir passt!«

Mit geballten Fäusten geht sie auf die Tür zu, um die Umkleide zu verlassen.

Doch ich lasse sie nirgendwo hingehen.

Ich folge ihr, drehe sie herum und drücke sie gegen die geschlossene Tür. Sie keucht, als ich ihre Handgelenke über ihren Kopf stemme. Ihre Augen sind vor Überraschung weit aufgerissen.

»Du bleibst, wo du bist. Wir sind noch nicht fertig.«

Sie versucht, sich loszureißen, aber ich drücke sie härter gegen die Tür und lasse ihr keinen Platz zum Entkommen.

»Lass mich los«, fordert sie. »Du kannst mir nicht vorschreiben, was ich zu tun habe.«

Ein leises Lachen entweicht meinen Lippen. »Ich kann mit dir machen, was immer ich möchte.«

Ich packe ihre Handgelenke fester.

»Du scheinst vergessen zu haben, wer hier das Sagen hat.« Meine Stimme trieft vor Sarkasmus. »Aber keine Sorge, ich werde dich daran erinnern, wem du gehörst.«

Meine freie Hand wandert zu dem Reißverschluss ihrer Sweatjacke.

Ihre Augen blitzen auf, als sie versucht, sich aus meinem Griff zu befreien. »Ich bin nicht irgendein Eigentum.«

Ich schmunzele süffisant. »Nicht irgendein. *Mein* verdammtes Eigentum, Sweetheart.«

Ihr Körper windet sich gegen meinen, als ich den Reißverschluss hinunterziehe und mit einem wunderschönen Anblick konfrontiert werde. Ihre vollen Brüste pressen sich gegen den Stoff des dunkelblauen BHs.

Ich spüre, wie ihr Atem flacher wird und ihre Brust sich hebt. Ihr Gesichtsausdruck bleibt defensiv, aber ihr Körper verrät ihre wahren Gefühle.

»Du kannst es nicht vor mir verbergen.« Meine Lippen streichen über die empfindliche Haut ihres Halses. »Du liebst es, wenn ich die Kontrolle über dich übernehme, nicht wahr?«

Meine Hand wandert unter ihren BH und kneift in ihren linken Nippel. Ein leises Wimmern rollt über ihren Lippen.

»Bitte«, flüstert sie. »Wir können das nicht hier tun.«

»Flehe mich weiter an, aufzuhören, *Little Curse*. Dann will ich dich nur noch mehr bestrafen.«

Mit einer schnellen Bewegung greife ich beide Seiten ihres BHs und ziehe ihn nach unten, um ihre schweren Brüste aus ihrer Enge zu befreien. Sie hüpfen leicht, während sie scharf einatmet.

»Jetzt erinnere dich daran, wem diese Schätze gehören.« Ich senke meinen Kopf, um einen ihrer gehärteten Nippel zwischen meine Zähne zu nehmen.

Während ich gierig daran sauge, spüre ich, wie ihr Körper sich unwillkürlich gegen mich wölbt. Das steigert die Lust, die durch meine Adern fließt.

Mit jedem weiteren Moment verliere ich mich in dem Gefühl, dass ihr Fleisch unter meiner Zunge nachgibt. Der Geschmack ihrer Nippel, kombiniert mit dem Klang ihres Wimmerns, lässt Wellen purer Ekstase über mich hereinbrechen.

Ich lasse ihre Handgelenke los. Ihre Hände finden sofort den Weg in mein Haar, ziehen an den Strähnen, in einem verzweifelten Versuch, sich an irgendetwas festzuhalten.

Meine Finger finden den Bund ihrer Jeans. Schließlich gleitet der Stoff an ihren schlanken Beinen hinunter.

Ich kann bereits die pulsierende Hitze spüren, die von unten ausströmt. Ein lebendiges, pochendes Geschöpf, das darum bettelt, verschlungen zu werden.

Meine Kehle schnürt sich zusammen, als ich meinen Mund zögernd von ihrer Brust wegziehe und nicht widerstehen kann, einen letzten hungrigen Kuss auf ihre rosige Spitze zu geben.

Während ich sie umdrehe, keucht sie erstaunt auf und presst ihren Körper gegen die kalte, harte Fläche der Tür. Sie ringt nach Luft, als ich ihre Gelenke hinter dem Rücken verschränke und sie mir völlig ausgeliefert ist.

»Was …Was machst du da?«, stottert sie mit einer rauen Stimme.

»Erinnerst du dich daran, was ich dir auf dem Parkplatz gesagt habe?« Ich beuge mich hinunter, sodass meine Lippen nur wenige Zentimeter von ihrem Ohr entfernt sind. »Genau. Sag noch einmal *seinen* verdammten Namen, und ich werde dich hart ficken, ohne Rücksicht darauf zu nehmen, wer uns sehen und hören könnte.«

Sie schluckt schwer. »I-Ich erinnere mich.«

»Braves Mädchen.« Ich ziehe sie an mich, sodass sich ihr Rücken beugt und gegen meine Brust knallt. »Aber weißt du, was ein braves Mädchen noch ausmacht?«

Sie schaut über ihre Schulter und begegnet meinem dunklen Blick.

»Ein braves Mädchen jubelt nicht einem anderen Kerl zu«, wiederhole ich mit tiefer Stimme. »Sie schmeißt sich nicht an andere Männer ran und macht mich eifersüchtig. Sie weiß, dass sie mir gehört, und sie weiß, dass ich sowas nicht dulden werde.«

In ihren Augen liegt ein Hauch von Herausforderung, ihr Körper zittert leicht. »Was, wenn ich nicht brav sein möchte?«

Ich ziehe eine Augenbraue hoch, ein Lächeln umspielt meine Mundwinkel. »Ist das eine Herausforderung, Sweetheart?« Mein Griff um ihre Handgelenke festigt sich. »Du willst meine Geduld auf die Probe stellen, hm?«

Mit einer schnellen Bewegung drücke ich ihren Oberkörper erneut an die Tür. Ihr Atem stockt in der Kehle, als ihre nackten Brüste die kalte, harte Fläche berühren.

Ich ziehe den Reißverschluss meines Anzugs hinunter, streife das Leder über meine schwitzigen Schultern.

»Da ich dich seinen verdammten Namen schreien hören musste, ist es nur fair, wenn ich dich nun meinen schreien lasse, oder?«

Ich greife nach dem dünnen, seidigen Stoff, der sie unten bedeckt, und reiße ihn mit einer Leichtigkeit auseinander. Sie zuckt zusammen, als das Geräusch durch den kleinen Raum hallt.

»Hey!«, ruft sie über die Schulter, doch ich lasse mich davon nicht beirren.

Beim Anblick ihrer vor Erregung glitzernden Pussy fängt mein Schwanz an zu pochen. Mit meinen Fingern fahre ich an den empfindlichen Falten ihrer Schamlippen entlang. Sie stößt ein leises

Keuchen aus, das in ein Stöhnen übergeht, als ich neckisch ihre Klitoris umkreise.

»M-Milan«, kommt es schwach über ihre Lippen.

Mit meinem Daumen reize ich ihre empfindliche Knospe.

»Das ist besser. Jetzt zeig mir, wessen Namen du wirklich schreien möchtest.«

Zwei meiner Finger gleiten mühelos in ihre feuchten Wände. Sie stöhnt laut auf, als ich beginne, rhythmisch in sie zu stoßen und dabei den Punkt in ihr treffe, der sie wild macht.

Als sich ihre innere Wand um meine Finger zusammenzieht, entferne ich mich langsam von ihr.

So leicht werde ich sie nicht kommen lassen.

Ich lasse von ihren Gelenken ab, sodass sie sich atemlos an der Tür abstützt und ihren Kopf zu mir dreht. Ihre Augen verdunkeln sich, als sie bemerkt, dass ich dabei bin, meine Lederhose zusammen mit meinen Boxershorts von meinen Beinen zu streifen.

»Du fickst mich nicht, während so viele Leute da draußen sind«, würgt sie hervor, während ich lache.

»Das letzte Mal, als ich dich mit meinen Fingern und meiner Zunge gefickt habe, waren wir auf einem öffentlichen Parkplatz und in der Bibliothek während einer Hausparty. Damals hat es dich auch nicht gestört, ob andere Leute da sind. Im Gegenteil, du warst so durchnässt, dass deine Pussy um meinen Schwanz gebettelt hat.«

Ich presse meinen harten Schwanz an ihre Hitze. Die Spitze meines Schaftes drückt gegen ihre geschwollene Klit und reizt sie erbarmungslos, während sie in Erwartung wimmert.

Zentimeter für Zentimeter schiebe ich mich in ihren engen Kanal, bis ich tief in ihrer einladenden Wärme versunken bin.

Ein lautes Stöhnen entweicht mir bei dem unglaublichen Gefühl ihrer Enge und meine Hände graben sich in ihre Hüften. Ich dringe immer tiefer ein, während ich spüre, wie ihre feuchten Säfte meinen Schwanz hinaufrutschen.

Ich knete grob ihre Arschbacken. Nach jedem Stoß halte ich inne, um jedes Zucken und Beben von ihr auszukosten. Sie stöhnt laut meinen Namen, hemmungslos, ungeachtet, ob es andere hören könnten.

»Genau so«, sage ich mit stoßweisem Atem. »Sag mir, wessen Schwanz du gerade reitest.«

Ich wickele meine Hand fest um ihre Haare und zwinge ihren Kopf in den Nacken. »Antworte mir.«

»Deinen«, würgt sie hervor, ihre Augen vom Druck tränend.

»Wessen?«, knurre ich. »Sag meinen Namen.«

Sie keucht auf. »Milan.«

»Ganz genau.«

Jeder kräftige Stoß lässt Schauer der Lust durch meine Adern fließen, während ich beobachte, wie sich ihr Körper rhythmisch zu meinem bewegt. Fleisch klatscht feucht aneinander, erzeugt eine sinnliche Symphonie, die im ganzen Raum widerhallt.

Als ich merke, wie sich ihre Wände um mich herum zusammenziehen, erhöhe ich das Tempo und pumpe tiefer in sie hinein.

Meine freie Hand findet den Weg zu ihrer Brust und massiert sie langsam, bevor ich ihren Nippel grob zwischen meine Finger klemme. Ein gedämpfter Lustschrei entweicht ihren Lippen.

Ihr Körper beginnt unkontrolliert zu beben. Ihre Innenwände pulsieren in perfekter Synchronisation um meinen Schaft und entlocken ihr jeden einzelnen Tropfen der Lust.

Als sie dann schließlich zusammenbricht, ihren Kopf in Ekstase zurückwirft und meinen Namen schreit, kann ich mich nicht mehr zurückhalten.

Ich gleite aus ihr hinaus, wirbele sie herum und drücke sie mit ihrem Rücken gegen die Tür, bevor ich ihr rechtes Bein anhebe und ein zweites Mal in sie dringe.

Ich stoße härter in ihren nun entspannten Körper und lasse mich von der rohen Kraft verzehren, die durch meine Adern fließt. Ihre inneren Muskeln massieren meinen Schwanz und senden Schockwellen der Lust direkt in mein Gehirn.

Ein Keuchen entweicht ihren Lippen, während sie jeden Stoß mit gleicher Inbrunst erwidert. Ihre Fingernägel kratzen leicht über meinen Rücken und fordern mich auf, schneller und härter zu werden.

Was für ein unartiges Mädchen.

»Ich halte das nicht aus.«

»Du hältst mich sehr gut aus, Baby«, antworte ich.

Meine eigene Erlösung baut sich stetig auf und droht jeden Moment auszubrechen.

»Milan?« Shins Stimme schallt durch die Luft und lässt uns beide in unseren Bewegungen erstarren.

Sie sieht mit großen Augen zu mir auf und versucht mich von sich wegzudrücken. Doch statt aus ihr herauszugleiten, hebe ich sie hoch und lasse sie ihre Beine um meine Taille schlingen, sodass ihr Körper sich praktisch an meinen schmiegt.

Ich kann das schnelle Heben und Senken ihres Brustkorbs spüren, während sie versucht, sich ruhig zu verhalten, und ihr leises Wimmern droht, über ihre Lippen zu kommen, trotz ihrer Bemühungen, es zu unterdrücken.

»Sei still«, murmle ich gegen ihre Haut, wobei meine Lippen fast neckisch gegen ihr Ohr streichen.

Der Klang von Shins Schritten lässt sie erschaudern und ihr Griff um meine Taille wird fester. Mein Schwanz zuckt, sehnt sich nach Erlösung, sodass ich wieder anfange, mich langsam in ihr zu bewegen.

Sie reißt ihre Augen auf. »Du kannst nicht-«

Ihr Protest verwandelt sich schnell in ein weiteres Stöhnen. Ihre Finger graben sich in meine Schulter, ihre Nägel hinterlassen kleine Abdrücke in meiner Haut, während sie verzweifelt versucht, ruhig zu bleiben.

»Gib keinen einzigen Laut von dir.« Meine Stimme ist ein leises Flüstern auf ihrer Haut. »Du willst doch nicht, dass wir entdeckt werden, oder?«

Sie beißt sich erneut auf die Lippe, ihre Zähne bohren sich in das weiche Fleisch, um ihre Lustschreie zu unterdrücken.

»Shane?« Der Türknauf wackelt, als Shin versucht, den Raum zu betreten. Doch ich dränge Aliya gegen die Tür, sodass es ihm nicht gelingt, sie zu öffnen.

Ihr Körper zittert bei jeder Bewegung gegen meinen, ihr Keuchen und Stöhnen lässt mein Verlangen nur noch heißer werden.

Ihr Anblick bringt mich zum Schmunzeln.

Das ist mein Mädchen.

Treibt mich in den Wahnsinn, wie eh und je.

»Die Tür klemmt«, rufe ich zurück.

»Bist du sicher?«, fragt Shin skeptisch. »Vielleicht musst du nur stärker drücken.«

»Vielleicht«, antworte ich und drücke stattdessen meinen Schwanz stärker in sie hinein.

Ihr Körper spannt sich in meinen Armen an und sie presst sofort ihre Hände auf ihren Mund, um nicht aufzukeuchen. Wütend funkelt sie mich an, doch ich küsse grinsend ihre Nasenspitze.

»Wie auch immer. Ist Aliya noch bei dir?«

Sie stößt einen leisen, zittrigen Atemzug aus. Ich nutze den Moment und stoße meine Hüften gerade so weit gegen ihre, dass sie nach Luft schnappt. Ihre Augen weiten sich und flehen mich leise an, mich zu benehmen.

»Ja, sie ist hier«, rufe ich zurück und versuche, meine Stimme ruhig zu halten. »Direkt neben mir.«

Auf der anderen Seite der Tür herrscht kurzes Schweigen.

»Oh«, brummt er trocken. »Ich habe es verstanden.«

Ein dumpfer Schlag ertönt von der anderen Seite der Tür, bevor Schritte folgen, die sich von uns entfernen.

Mit geröteten Wangen schaut Aliya mich an, während ich lache.

»Ich kann ihm nie wieder in die Augen sehen.«

»Schh, Baby. Wir sind immer noch nicht fertig.« Ich nehme ihre Unterlippe zwischen meine Zähne und ziehe sanft daran. Ihr Rücken wölbt sich, während ich sie in den Abgrund treibe.

Ihre Augenlider flattern, als die Wellen sie überrollen.

Der Anblick jagt mir einen Schauer über die Wirbelsäule.

Sie ist so verdammt wunderschön.

Ich spüre, wie sich ihre Muskeln in einem irrsinnigen Rhythmus um mich herum zusammenziehen.

Sie gehört ganz und gar mir.

Mit einem letzten kräftigen Stoß entlade ich mich in ihr Inneres und fülle sie mit meinem Samen. Schwer keuchend bricht sie in meinen Armen zusammen, während ich mich ebenfalls zurücklehnen muss, um uns beide auf den Beinen zu halten.

Lange Momente stehen wir nur da und stützen uns gegenseitig ab, bis ich aus ihr hinausgleite und sie in meinen Armen in die Duschkabinen trage.

Vielleicht sollten wir nächstes Mal die Tür abschließen.

37
Aliya

GEGENWART

Nachdem Milan und ich es noch einmal in den Duschen der Davis Grand Circuit getrieben haben, haben wir durch den Hintereingang das Gelände verlassen, um seine Freunde und jubelnden Fans nicht zu treffen.

Doch anstatt mich nach Hause zu bringen, überraschte er mich mit einer Fahrt nach St. Claire Shores, einem Ort, von dem ich nie gedacht hätte, dass ich ihn einmal besuchen werde.

Als wir die Hütte seiner Familie erreicht haben, war unser Hunger nacheinander unstillbar. Wir haben jeden Winkel erkundet, von der kühlen Granitarbeitsplatte bis zur bequemen Couch, und schließlich haben wir uns zwischen den Laken des Bettes verloren.

Niemals habe ich damit gerechnet, dass ich mal eines Tages so besessen mit einem der *Legions* sein würde. Aber nun kann ich meine Finger nicht mehr von ihm lassen.

Und genauso wie er mein Körper erobert hat, fängt er langsam auch an, mein Herz für sich zu beanspruchen.

Gerade fahre ich mit meinen Fingern die Tattoos auf seiner Brust nach, während ich in seinem T-Shirt auf ihm liege.

»Hat die Feder eine Bedeutung?« Ich streiche über die schwarze Tätowierung.

Er summt leise. »Das hat sie.«

Seine Hand berührt sanft meine Finger. »Sie steht für Freiheit.«

»Freiheit, wovon?«, frage ich neugierig.

Er hält einen Moment inne und denkt über seine Worte nach. »Von Erwartungen, Beschränkungen, Verantwortung und Zwängen.«

Während ich seine Worte verinnerliche, überschlagen sich meine Gedanken, und das Bild seiner Mutter, die ihm als Kind wehgetan hat, kommt mir wieder in den Sinn. Seitdem ich davon in Kilians Brief gelesen habe, möchte dieser Gedanke mein Gehirn nicht mehr verlassen.

Und mir wird klar, dass es mehr Höllen und Albträume gibt als die, die ich durchlebt habe.

Plötzlich ergibt so vieles einen Sinn – seine Tendenz, vor jeder Art von Erwartungen oder Einschränkungen davonzulaufen, seine Angst vor Verpflichtungen und Bindungen, sein ständiges Bedürfnis nach völliger Freiheit und Unabhängigkeit.

Ich weiß, wie es sich anfühlt, einen Elternteil früh zu verlieren.

Aber ich weiß nicht, wie es ist, wenn man die Person verliert, weil sie sich das Leben freiwillig genommen hat. Dazu noch versucht hat, einen mit in den Tod zu zerren.

Nicht einmal, sondern zweimal.

Mein eigener Schmerz verblasst im Vergleich zu dem Ausmaß seines Leidens.

Und vielleicht hat Kilian mich deswegen damals gerettet, als auch ich versucht habe, meinem Leben ein Ende zu setzen. Er hat seine Mutter an Suizid verloren.

Laut meiner Recherche berichten die Medien, dass Melanie Shane unter Borderline gelitten hat. Doch ihr Selbstmord scheint ein Geheimnis zu sein, denn ihre Todesursache wird als ein Verkehrsunfall definiert.

Mir ist klar, dass sie eine sehr gestörte Person gewesen sein muss, und es ist verständlich, dass Kilian sie nicht mag, wenn man bedenkt, was sie alles getan hat.

Kilian möchte nicht, dass Milan von diesen Briefen erfährt, und es steht mir nicht zu, seinen Wunsch zu ignorieren.

Und vielleicht ist es auch besser so.

Es ist klar, dass es in der Persönlichkeit ihrer Mutter Facetten gibt, die Milan nie gesehen hat, eine eher teuflische Seite, die diese Familie heimsucht und tiefe Narben in ihren Seelen hinterlassen hat. Der Gedanke daran, was das Bekanntwerden dieser Wahrheit ihm antun könnte, lässt mein Herz schmerzen.

Manchmal ist es besser, einige Geheimnisse im Verborgenen zu lassen.

»Und das Tattoo auf deinem Nacken? Kann ich es mir ansehen?«

In Wirklichkeit möchte ich mir die Narbe ansehen, die seinen Rücken verziert. Die Narbe, die er durch den Autounfall mit seiner Mutter erlitten hat.

Er schweigt einen Moment lang, sein Körper verkrampft sich unter meiner Berührung. »Sicher.«

Milan bewegt sich unter mir und dreht sich auf den Bauch, sodass ich mich auf seinen unteren Rücken setze. Als ich mich vorbeuge, um das Tattoo zu studieren, fällt mein Blick unwillkürlich auf die Narbe, die seinen Rücken hinunterläuft. Die Narbe ist zu einer blassen, gezackten Linie verheilt.

Auch wenn ich Melanie Shane nicht kannte, löst der Anblick der Spuren, die sie bei Milan hinterlassen hat, ein seltsames Gefühl der Abscheu aus.

Wie konnte sie das nur ihrem eigenen Fleisch und Blut antun?

»Woher hast du das?«, frage ich leise und fahre mit den Fingerspitzen die Linie der Narbe nach.

Seine Muskeln spannen sich an. »Ich erinnere mich nicht.«

Er lügt. Aber ich spreche ihn nicht darauf an.

Jeder von uns hat mit seinen eigenen Dämonen zu kämpfen, über die man nicht sprechen möchte.

Stattdessen lehne ich mich hinunter und presse meine Lippen auf seine Narbe. Er stößt einen zittrigen Atem aus.

»Aliya«, raunt er leise. »Was tust du da?«

Ich drücke eine Spur von sanften Küssen der Narbe entlang und spüre die raue Beschaffenheit seiner Haut auf meinen Lippen.

»Es muss weh getan haben«, wispere ich. »Ich versuche, deinen Schmerz zu lindern.«

Unter meiner Berührung löst sich die Spannung von seinem Körper.

Er wirkt so *schutzlos*, so nackt vor mir.

So habe ich ihn noch nie gesehen.

Ich fahre fort, jeden Zentimeter seiner Haut zu erkunden. Plötzlich dreht er sich um, zieht mich unter sich und überragt mich.

»Verdammt, Aliya. Ich kann nicht klar denken, wenn du so etwas tust.« Seine Finger zeichnen meine Kieferpartie nach und er lässt mich keine Sekunde aus den Augen. »Ich kann mich nicht beherrschen.«

»Gut«, flüstere ich. »Ich will nicht, dass du dich beherrschst.«

Seine Augen verfinstern sich. »Sei vorsichtig mit dem, was du dir wünschst.«

»Ich habe keine Angst.«

Milan lässt seine Finger meinen Hals hinunterwandern, seine Berührung lässt einen Funken durch meinen Körper sprühen. »Willst du mich in den Wahnsinn treiben?«

Meine Lippen kräuseln sich zu einem Lächeln. »Habe ich das nicht bereits?«

Seine Augen richten sich auf meine Wange. Ich spüre eine plötzliche Anspannung in seinem Körper, als ob der Anblick meines Grübchens ihn völlig entwaffnet hätte.

Und dann wird sein Blick weicher.

»Weißt du«, setzt er an. »Dieses Grübchen wird dich noch in Schwierigkeiten bringen.«

Er streicht mit dem Daumen über meine Wange. »Es ist wie eine verdammte Verführung.«

»Vielleicht ist das der Sinn dahinter«, murmele ich. »Dich zu verführen.«

Er summt leise, seine Augen immer noch hypnotisiert auf meine Wange gerichtet. »Nun, es funktioniert.«

Ein Hauch von Lächeln umspielt seine Mundwinkel. »Ich hätte wissen müssen, dass du nichts Gutes im Schilde führst.«

»Was soll ich sagen? Ich mag es, dir unter die Haut zu gehen.«

»Du spielst mit dem Feuer.«

»Vielleicht möchte ich verbrannt werden.«

Milans Augen verengen sich, seine Lippen so dicht an meinen, dass ich seinen Atem auf meiner Haut spüren kann.

Ich schließe meine Augen, weil ich glaube, dass er mich küssen wird, aber stattdessen spüre ich die kühle Luft auf meiner Haut, als er sich lachend entfernt und mich allein auf dem Bett liegen lässt. Ich öffne meine Augen und beobachte, wie er sich auf die Bettkante setzt und eine Zigarette anzündet.

Das ist peinlich.

Ich steige ebenfalls aus dem Bett und gehe in der Hütte umher, um die charmanten Details zu betrachten. Die Holzböden sind rau unter meinen nackten Füßen, und die Wände aus Holzstämmen gefertigt, was dem Ort ein rustikales Flair verleiht. Die Fenster sind klein, aber sie lassen gerade genug Licht herein, um den Raum zu erhellen.

Ich lehne mich näher an das Fenster und blicke hinaus. Der St. Clair River fließt sanft im Hintergrund, in der Ferne ziehen dunkle Wolken auf. Es sieht aus, als ob Regen am Horizont aufzieht. Ein großer Leuchtturm steht am Ufer, doch seine Lichter sind aus. Keine Menschenseele ist weit und breit zu sehen.

Ich wende mich vom Fenster ab und schaue wieder zu Milan.

Die Art, wie er auf der Bettkante sitzt, raucht und mich nicht aus dem Blick lässt, ist verdammt attraktiv.

»Gehört das ganze Gebiet den Shanes?«

Er nimmt einen Zug der Zigarette und bläst eine Rauchfahne aus. »Meine Familie besitzt den größten Teil des Grundstücks hier. Diese Hütte wurde damals von meinem Großvater gebaut.«

»Euch gehört also das ganze Land hier und niemand sonst weiß von dieser kleinen Hütte?«

Er zuckt mit den Schultern, während er die Zigarette wieder an seine Lippen setzt. »Es ist ein privater Rückzugsort. Früher haben wir oft unsere Sommer hier verbracht. Als Familie.«

Familie.

Die Tatsache, was seine Mutter ihm als Kind angetan hat, dass sein Vater immer beschäftigt wirkt und dass sein Bruder in einem anderen Bundesstaat ist, vermittelt den Anschein, dass er nun allein ist. *Einsam.*

Ich habe selbst keine gute Beziehung zu meiner Mutter, aber wenigstens würde sie niemals versuchen, mein Leben zu beenden.

»Und der Leuchtturm?«, frage ich und gestikuliere in Richtung des Fensters.

Bei der Erwähnung des Leuchtturms huscht ein Schatten über Milans Gesicht. Seine Miene verhärtet sich, und er nimmt einen weiteren tiefen Zug seiner Zigarette.

»Der Leuchtturm … Er gehört ebenfalls meiner Familie.«

»Ist er nicht mehr im Betrieb?«

Milan nickt und schnippt die Asche seiner Zigarette. »Er ist schon seitdem mein Großvater verstorben ist, nicht mehr in Betrieb. Etwas nördlich von hier steht ein weiterer Leuchtturm.«

Ich nicke langsam und nehme die Informationen auf.

»Da er nicht mehr in Betrieb war, wurde es von meiner Familie als Aussichtsturm verwendet, jedes Mal, wenn wir hier waren.«

»Das muss schön sein«, nuschele ich.

»Was? Der Leuchtturm? Nicht wirklich.«

Ich ziehe eine Augenbraue hoch, überrascht von seiner Antwort. »Warum nicht?«

»Es ist nur ein rostiges, altes Gebäude. Ich habe es noch nie gemocht.«

»Aber die Aussicht muss unglaublich sein«, sage ich und blicke aus dem Fenster auf den Leuchtturm in der Ferne.

»Sicher, die Aussicht ist okay.« Sarkasmus schwankt in seiner Stimme.

»Habt ihr noch Zugang dazu? Kann ich hinaufgehen?«, forsche ich nach.

Er erstarrt. »Über meine Leiche.«

»Wieso nicht?«

»Weil es nicht sicher ist«, spricht er kalt. »Die Treppe fällt auseinander, das Geländer ist kaputt, und das ganze verdammte Ding ist eine Todesfalle. Ich werde dich nicht in die Nähe davonlassen.«

»Nur weil du Höhenangst hast«, werfe ich ironisch ein.

Er sieht mich mit einem Aufblitzen von Wut in den Augen an, und ich merke, dass meine Bemerkung einen Nerv getroffen hat.

»Warte«, setze ich ungläubig an. »Du hast wirklich *Höhenangst*?«

Er blickt finster drein und weicht meinem Blick aus. »Du hast keine Ahnung, wovon du redest.«

Ich merke, dass ich mit meiner Frage genau ins Schwarze getroffen habe, auch wenn er es nicht zugeben will. Und ehrlich gesagt ist es irgendwie lustig zu sehen, wie ausgerechnet der unberechenbare Milan Shane Höhenangst hat. Wie niedlich.

Doch dann fällt mir etwas ein. »Aber du bist auf meinen Balkon hinaufgeklettert. Mein Schlafzimmer ist im zweiten Stock.«

»Erstens, ich habe *keine* Höhenangst.« Milan wirft mir einen weiteren Blick zu und seine Augen werden noch schmaler. »Und zweitens, dein Balkon ist kein verfickter Leuchtturm. Es ist ein großer Unterschied, ob man auf einen Balkon hochklettert oder diese Todesfalle betritt.«

Ich lache über seine Leugnung und lehne mich gegen die Wand. »Ich habe mich schon immer zu hoch gelegenen Orten hingezogen gefühlt. Der Nervenkitzel, am Rand zu stehen und den Wind im Gesicht zu spüren ... Ich mag es.«

»Schön für dich«, sagt er mürrisch. »Ich teile deine Vorliebe für den Himmel nicht.«

»Du hast immer so furchtlos gewirkt.« Ich stoße mich von der Wand ab und gehe auf ihn zu. »Aber du hast eine echte Schwäche für Höhen, hm?«

Er packt mich an der Taille und zieht mich auf seinen Schoß. Ich stoße einen kleinen Schrei der Überraschung aus.

Er schnalzt mit der Zunge. »Ich habe eher eine Schwäche für freche Gören mit einem großen Mundwerk.«

Ich spüre, wie sich eine warme Röte auf meinen Wangen ausbreitet. Seine Augen sind dunkel und intensiv, und ich kann die Hitze seines Körpers an meinem spüren.

Mit einem Themawechsel versuche ich ihn und mich von dem wachsenden Verlangen abzulenken, das sich in mir sammelt.

»So, uh ... Dann muss dir diese Hütte viel bedeuten, wenn du früher immer deine Sommer hier verbracht hast.«

»Kann man so sagen.«

Ich kann meine Neugier nicht unterdrücken und stelle schließlich die Frage, die mir schon lange im Kopf herumschwirrt.

»Was ist mit deinem Bruder? Hat er auch die Sommer hier verbracht?«

Sein Gesichtsausdruck verändert sich bei meiner Frage, und ich spüre, wie sich sein Körper unter mir leicht anspannt.

»Ja. Er hat jeden Sommer hier mit mir verbracht.«

Es ist komisch. Die Art, wie seine Stimmung fällt, jedes Mal, wenn wir über Kilian reden.

»Verstehst du dich nicht gut mit ihm?«, frage ich vorsichtig.

Sein Griff um meine Hüften wird noch fester. Ich kann den Stimmungsumschwung in ihm spüren und weiß, dass ich mich auf gefährliches Terrain begeben habe.

»Es gab mal eine Zeit, in der wir uns sehr nahestanden.« Seine Stimme ist kalt. »Aber es ist kompliziert. Wir sind sehr unterschiedlich und in vielen Dingen nicht einer Meinung.«

Und ich kann mir sogar schon vorstellen, wovon er da spricht.

Kilians Hass und Milans Liebe zu ihrer Mutter. Das ist vermutlich schon immer eine Kluft zwischen ihnen gewesen.

»Aber ihr redet noch miteinander, oder?«

Auch wenn sie eine andere Meinung vertreten, sind sie Brüder. Und auch wenn Milan nichts von ihr weiß, bin ich mir sicher, dass Kilians brüderliche Liebe zu Milan etwas sehr Großes ist.

Milan zieht seine Augenbrauen zusammen, verwirrt über meine Frage, doch dann stößt er einen Luftzug aus. »Ja. Wir sind schließlich Brüder. Wir reden ab und an.«

Wie würde er reagieren, wenn ich ihm davon erzähle, dass sein älterer Bruder Kilian mein Held Lio ist?

Während ich mir diese Frage stelle, fällt mir etwas anderes ein.

Meine Sehnsucht, Lio zu finden, ist so gut wie gar nicht mehr vorhanden.

Vielleicht liegt es daran, dass ich nun seine wahre Identität kenne und weiß, dass es ihm gut geht, oder vielleicht auch, weil ich seine Briefe bei mir habe.

Ich schaue zu Milan, der mich mit geneigtem Kopf ansieht.

Vielleicht hat der jüngere Bruder auch einfach die Lücke in meinem Leben ausgefüllt, die der ältere hinterlassen hat.

38

GEGENWART

Ich weiß nicht, warum ich sie ausgerechnet hierhergebracht habe, von allen Orten, die ich hätte wählen können. Außer den Jungs war noch nie jemand hier, doch selbst sie sind nicht lange geblieben.

Ich atme tief ein. Ein vertrauter Duft steigt mir in die Nase.

Ein Gefühl der Nostalgie überkommt mich, und ich kann mir fast vorstellen, wie ich früher als unbeschwerter Junge mit meinem Bruder im Haus herumlief.

Als ich Aliya dabei beobachte, wie sie die Fotos an der Wand betrachtet, schweift mein Blick über ihren Körper, genießt den Anblick ihrer schlanken Beine.

Ein vertrautes Verlangen regt sich in mir und drängt mich dazu, sie erneut ins Schlafzimmer zu schleppen.

»Ich denke, die Pizza ist gleich fertig«, unterbreche ich ihre Bilder-Analyse.

»Oh, das stimmt.« Sie dreht sich zu mir. »Ich habe die Pizza vergessen.«

Ich sehe ihr nach, als sie in Richtung Küche geht, und bewundere die Art und Weise, wie mein großes T-Shirt locker an ihrem Körper hängt.

Ich kann immer noch nicht glauben, dass ich mit ihr gebacken habe. Nun, sie hat gebacken, während ich sie dabei beobachtet habe.

Auf den Hocker in der Küche sitzend, schaue ich ihr zu, wie sie das Blech aus dem Backofen nimmt.

»Sieht köstlich aus«, sage ich und lasse meinen Blick über sie schweifen, während sie die Pizza schneidet.

Sie dreht sich zu mir um, ihre Wangen sind von der Hitze des Ofens gerötet.

Sie ist atemberaubend.

»Komm her.« Ich strecke die Hand aus.

Verwirrt greift sie nach meiner Hand und lässt sich an mich ziehen. Ich vergrabe mein Gesicht in ihrem weichen Haar und atme ihren Duft ein, welcher mit meinem vermischt ist.

»Was ist los?«

»Du hast Mehl im Gesicht, Sweetheart.« Ich fahre mit meiner Zunge über ihre Wange und lecke die Spuren des Mehls ab, schmecke die Süße ihrer Haut.

Sie atmet zittrig aus, während ich weiter an ihrem Gesicht knabbere und lecke, mein Mund wandert über ihren Kiefer und ihren Hals hinunter.

Ich spüre, wie sich ihr Körper gegen mich stemmt. Ihre Hände klammern sich an meine Schultern, während sie versucht, das Gleichgewicht nicht zu verlieren. »Aber die Pizza-«

»Vergiss die Pizza. Ich fange mit dem Nachtisch an.«

Ich fasse sie an den Hüften, hebe sie hoch und drehe sie so, dass sie auf dem Tresen sitzt. Sie keucht überrascht auf und ihre Augen weiten sich, als ich mich zwischen ihre Beine dränge.

Gerade als ich mich zu ihr beugen will, um ihre Lippen zu erobern, werden wir durch das Klingeln eines Handys unterbrochen.

Während ich mich fluchend entferne und nach meinem Handy greife, springt sie vom Tresen ab.

»Was willst du?«, knurre ich angepisst.

Damians Lachen ertönt durch den Lautsprecher. »Mein sechster Sinn hat mir gesagt, dass du gerade etwas Unartiges tust, also hatte ich recht.«

»Dein sechster Sinn sollte sich um seine eigenen Angelegenheiten kümmern.«

»So funktioniert der sechste Sinn nicht, Mann.« In seiner Stimme schwingt Belustigung mit. »Meiner führt mich zu allen möglichen unanständigen Dingen. Das weißt du doch.«

»Ich weiß gar nicht, warum ich deine Anrufe überhaupt annehme.«

»Weil du weißt, dass du mich sonst vermissen würdest.«

Ich spotte. »Klar, wie auch immer. Kannst du nicht endlich zur Sache kommen? Was willst du?«

Es wird leise auf der anderen Seite der Leitung, was sehr ungewöhnlich ist.

Damian ist vieles, aber ruhig sein gehört nicht dazu.

»Alles okay?«, frage ich und entferne mich von der Küche.

Einen Moment lang herrscht Schweigen, dann meldet er sich endlich zu Wort. »Ja, alles okay.«

Irgendetwas fühlt sich komisch an.

»Was ist los?«

Er zögert einen Moment lang, und ich kann fast sehen, wie er mit sich ringt. »Ich bin-« Er unterbricht sich selbst und seine Stimmlage ändert sich abrupt. »Es ist nur … Ich befinde mich in einer kleinen Zwickmühle.«

»Was soll das heißen?«

»Ich habe wohl oder übel versehentlich den Ferrari der Tyrrells ausgeliehen, ohne ihnen Bescheid zu geben.«

Ich kneife mir frustriert in den Nasenrücken. »Du hast den Ferrari der Tyrrells *gestohlen*?«

»Ich würde nicht ‚gestohlen‘ sagen. Eher ‚unerlaubt ausgeliehen‘.«

»Dann bringe das Auto zurück oder verbrenne es, was weiß ich. Deshalb hast du mich jetzt angerufen?«

Ich schaue zurück in die Küche, wo noch vor wenigen Augenblicken Aliya gestanden hat, doch jetzt ist sie nicht mehr da.

Damian lacht wieder, aber dieses Mal ist es nicht besonders humorvoll. »Ich wollte dich nur nerven. Ich hoffe, ich habe dich genau in dem Moment unterbrochen, als du ihn reinstecken wolltest.«

Dieser gottverdammte Bastard.

»Fick dich.« Ich lege auf, bevor er mir antworten kann.

Der Gedanke, dass etwas mit ihm nicht stimmt, lässt mich nicht los. Auch wenn er mich wie immer mit irgendeinem Scheiß belästigt hat, hat es sich so angefühlt, als würde er versuchen, etwas mit seiner üblichen Großspurigkeit zu überspielen.

Etwas Unschönes.

Da ich meinen Freund gut genug kenne, weiß ich, dass sein Enthusiasmus nur gespielt war.

Ich sehe mich in der Hütte um und suche nach ihr. Aber sie ist nirgends zu finden.

Wo zum Fick ist sie hin?

»Aliya«, rufe ich ihren Namen. Keine Antwort.

Sag mir nicht, sie ist verschwunden. Oder noch schlimmer …

Mein Herz bleibt fast stehen, als sich ein Gedanke in meinem Kopf einnistet.

Der verdammte Leuchtturm.

Ich stürme aus der Hütte, nur in meiner Jogginghose, ohne mir etwas überzuziehen.

Als ich sie davor stehen sehe, macht mein Herz vor Erleichterung einen Sprung. Aber der Anblick, wie sie allein und halbnackt im strömenden Regen steht, lässt mich die Stirn runzeln.

Ich gehe zu ihr hinüber, ohne mich um den Regen zu scheren, der mich durchnässt. »Was machst du hier draußen?«

Sie dreht sich zu mir, nasses Haar klebt ihr im Gesicht. »Nichts.«

Meine Augen verengen sich. »Du bist nass, Sweetheart.«

Sie zuckt mit den Schultern und versucht, lässig zu wirken. »Ich mag den Regen.«

Ich werfe ihr einen skeptischen Blick zu und muss mich bemühen, mich von ihren Kurven abzuwenden, die von meinem durchnässten T-Shirt kaum verdeckt werden. »Du magst den Regen?«

Den Regen zu lieben ist eine Sache, aber eine Unterkühlung zu bekommen, eine ganz andere. Außerdem, wer zum Teufel möchte im Oktober freiwillig vom Himmel angepisst werden? Was ist sie, eine Art Masochist?

»Es ist beruhigend.« Sie neigt ihr Gesicht zum Himmel und schließt die Augen, während Regentropfen auf sie niederprasseln. »Es erinnert mich an meinen Vater.«

Ich halte inne. »Deinen Vater?«

»Er war Autor. Er liebte den Regen. Sagte, er sei die beste Inspiration für seine Arbeit. Das Geräusch der Regentropfen erinnert mich an das Tippen seiner Finger auf der Tastatur, während er geschrieben hat.«

Doch als sie von dem Regen schwärmt, tritt ein quälender Einfall in meine Sinne.

»Was ist mit dir? Magst du den Regen?«, fragt sie neugierig.

Ich hasse es. Das kalte, feuchte Gefühl, nass zu sein. Die Art, wie sich alles schmutzig und glitschig anfühlt. Aber wenn ich sie ansehe, wie sie da im Regen steht, die Augen geschlossen und das Gesicht zum Himmel erhoben.

Verdammt, sie lässt den Regen wunderschön aussehen.

Oh, Little Curse, was hast du mir angetan?

»Sag mir nicht, du hast auch Angst vor dem Regen«, provoziert sie mich. »Keine Sorge, ich werde dich beschützen.«

Ich sehe sie für eine Weile an.

Jesus Christ, dieses Mädchen geht mir unter die Haut.

Sie ist gefährlich, doch möchte ich sie weiter in meiner Nähe haben. Dabei bin ich nicht der Typ, der Gesellschaft braucht.

Dennoch möchte ich meine Arme um sie schlingen, sie an mich ziehen und sie nie wieder loslassen. Ich möchte sie sicher wissen, weit weg von der Welt, nur bei mir.

Sie hat mich um ihren kleinen Finger gewickelt. Das bin nicht ich.

Sie wendet ihren Blick zu mir und lächelt. *Grübchen.*

Und es interessiert mich nicht mehr, was sie in der Vergangenheit getan hat oder nicht, welche Geheimnisse sie hat oder welche Gefahr sie darstellen könnte.

Alles, was ich sehe, ist sie, wie sie da im Regen steht und mich mit diesen Augen anschaut.

Möge der Himmel bezeugen, dass ich von nun an gut sein werde.

39
Aliya

GEGENWART

Die Wochen vergehen in einem Wirbelwind und mit jedem Tag verfange ich mich mehr und mehr in Milans Netz.

Und auch mein Schulleben hat sich dadurch drastisch verändert. Selbst die verklemmtesten und konservativsten Lehrer sind mir gegenüber plötzlich weicher geworden. Ms. Grambs hat sogar beschlossen, mir doch eine Empfehlung für das College zu schreiben.

Meine Schulpausen verbringe ich überwiegend mit Silver oder werde von Milan in den Clubraum entführt. Mittlerweile weiß das ganze Basketballteam, nein, die ganze Schule, dass ich zu ihm gehöre. Dabei sind wir noch nicht einmal zusammen.

Klar, zwischen uns läuft etwas, was mehr als nur beiläufig ist.

Dennoch habe ich immer noch Vertrauensprobleme. Er war wie ein Arschloch zu mir, ist es manchmal immer noch. Aber seine Dunkelheit ist wie ein Magnet, der mich trotz der Gefahr anzieht. Sein Temperament ist rau, seine brutale Ehrlichkeit aufregend und beängstigend zugleich. Er ist die Art von Mensch, der einen atemlos zurücklässt, selbst wenn man sich sagt, dass man sich von ihm fernhalten sollte.

Und auch mit Shin verstehe ich mich zunehmend besser. Bei Damian habe ich noch meine Bedenken.

»Was ist das?«, frage ich Silver, als sie mit einem Berg von Papieren neben mir stehenbleibt.

»Warum habe ich dem nur zugestimmt?« Sie wirft den schweren Stapel mit einem frustrierten Seufzer auf den Tisch vor mir. »Ich muss den Verstand verloren haben, um freiwillig bei Vorbereitung der Halloween-Party zu helfen.«

Ich kann mir ein Lachen nicht verkneifen, als ich beginne, die Papiere zu durchstöbern. »Authentisch gruselige Dekoration? Was bedeutet das?«

»Ich weiß es nicht« Sie schüttelt ihren Kopf. »Es ist alles so unklar. Was gilt als authentisch, wenn es um gruselige Dekoration geht? Ich habe das Gefühl, dass ich den Verstand verliere.«

Ich klopfe ihr tröstend auf die Schulter, während ich mir weiter die Listen anschaue. »Ein Feuerwerk? Feuerwerk an Halloween?«

»Ja, anscheinend wollen sie dieses Jahr ein großes Spektakel. Für die meisten von uns ist es das letzte Halloween in der Highschool.«

Ich nicke nachdenklich und stelle fest, dass Silver recht hat.

In ungefähr einem halben Jahr werden wir die Highschool abschließen und aufs College gehen. Obwohl ich mein Leben lang darauf gewartet habe, fühlt es sich jetzt unerwartet an.

Wie wird meine Beziehung mit Milan weitergehen? Vielleicht wird er genau wie sein Bruder nach Kalifornien ziehen und wir werden den Kontakt verlieren.

Als hätte er es gespürt, vibriert mein Handy mit einer Nachricht von ihm.

Milan: Wo bist du?

Ich greife nach meiner Tasche und erhebe mich. »Ich muss gehen.«

Silver schaut von ihren Papieren zu mir auf, ein Grinsen umspielt ihre Mundwinkel. »Du gehst zu Shane?«

Ich spüre, wie sich meine Wangen leicht erhitzen. »Ja, sein Training ist vorbei.«

»Hm-Hm, klar«, sagt sie neckend. »Geh schon, habe Spaß mit deinem Bad Boy. Ich sage dir Bescheid, falls ich während der Partyvorbereitung sterbe.«

Ich verdrehe lachend meine Augen und entferne mich von der Pausenhalle.

Der Unterricht ist schon seit einer Weile zu Ende, deswegen sind die Gänge leer. Während ich mich auf den Weg zum Ausgang mache, um ihn auf dem Parkplatz zu treffen, umfasst mich plötzlich ein fester Griff und zieht mich zurück. Ich keuche auf, als mein Rücken gegen seine Brust prallt und seine Arme sich um meine Taille legen.

»Da bist du ja, Sweetheart«, grüßt er mich. »Du bist spät dran.«

Ich schaue mit meinem Kopf im Nacken zu ihm hinauf. Sein Haar ist noch feucht von der Dusche, die dunklen Strähnen fallen ihm verwegen in die Stirn. Er riecht frisch, eine Mischung aus Seife und etwas eindeutig Männlichem. Seine Muskeln sind ausgeprägter als sonst, sein grauer Hoodie schmiegt sich an den richtigen Stellen an seinen Körper.

Selbst nach dem Training ist er so heiß, das ist unfair.

»Was hast du so lange gemacht, das dich von mir ferngehalten hat?«

»Ich habe mit Silver über die Planung der Halloween-Party gesprochen.«

»Halloween? Eine perfekte Ausrede, um sich zu verkleiden und unanständig zu sein.«

Die Art, wie er es sagt, jagt mir Schauer über den Rücken.

Ich räuspere mich. »Das klingt so, als hättest du etwas Bestimmtes im Sinn.«

Milan senkt seinen Kopf, seine Lippen streifen mein Ohrläppchen. »Oh, ich habe immer etwas im Sinn, wenn es um dich geht,

Sweetheart.« Seine Hände wandern tiefer. »Wenn ich es mir recht überlege, müssen wir nicht bis Halloween warten, um unanständig zu sein.«

Mein Atem stockt mir in der Kehle und ich entferne sofort seine Hände von mir, bevor ich mich zu ihm drehe. »Wir sind in der Schule!«

Milan grinst, ist sichtlich amüsiert über meine Reaktion. »Letzte Woche waren wir auch in der Schule, als du-«

Ich presse meine Hände auf seinen Mund, um ihn daran zu hindern, weiterzusprechen. Aber ich spüre, wie meine Wangen bei dieser Erinnerung erröten und mein Herz schneller schlägt.

Letzte Woche habe ich in der Sporthalle auf ihn gewartet, doch nachdem alle Basketballspieler, außer Milan, die Umkleide verlassen haben, bin ich reingegangen, um nach ihm zu sehen. Nun, das Nachsehen endete damit, dass er in den Duschkabinen in mir war und versuchte, mein Stöhnen mit seiner Hand auf meinem Mund zu dämpfen, damit der Coach uns nicht entdeckte.

Ein teuflisches Glitzern funkelt in seinen Augen und seine Lippen zucken leicht gegen meine Handflächen. Er stößt ein kurzes Lachen aus, sein Atem ist heiß auf meiner Haut, bevor er sanft meine Hand von seinem Mund wegnimmt. »Du bist verlegen. Du denkst an letzte Woche, hm?«

»Sei leise«, murmele ich und drehe ihm den Rücken zu, um den Effekt seiner Worte zu verstecken, was ihm ein erneutes Lachen entlockt.

Er folgt mir, seine Schritte hallen hinter mir. Seine Anwesenheit wirkt anziehend, jeder Schritt, den er macht, jagt mir eine Stromwelle über die Haut.

Schließlich erreichen wir den Ausgang und treten hinaus in die frische Herbstluft.

Milan hält plötzlich inne, seine Hand ergreift sanft meinen Arm und lenkt meine Aufmerksamkeit wieder auf ihn. »Warte kurz.«

Ich drehe mich zu ihm. »Was ist los?«

»Ich habe etwas vergessen.«

Ich hebe eine Augenbraue, während er einen Schlüsselbund aus der Vordertasche seines Pullis fischt und ihn vor meinem Gesicht baumeln lässt. »Der gehört dir.«

Meine Augen weiten sich und ich greife mit zitternden Fingern nach dem Bund, der er mir entgegenhält. Meine Hand schließt sich um das kühle Metall.

Drei Schlüssel sind an dem Anhänger befestigt.

Als Milan meine Verwirrung bemerkt, schmunzelt er. »Der erste ist für den Hintereingang der SVH, der zweite für den Clubraum.«

»Die SVH? Aber warum-«

»Ich habe gehört, dass die Schule eine schöne Dachterrasse hat.« Er geht an mir vorbei, in Richtung seines Autos. »Du sagtest, du hast eine Angewohnheit, auf hohe Orte zu steigen. Der dritte Schlüssel ist für die Dachterrasse.«

Mein Herz macht bei seinen Worten einen Satz. Die Tatsache, dass er sich an etwas erinnert, das ich beiläufig erwähnt habe, gibt mir auf seltsame Weise das Gefühl, gesehen zu werden.

Ich eile ihm hinterher. Eine Mischung aus Aufregung und Nervosität wirbelt in meinem Magen. »Ist die Dachterrasse nicht für Schüler tabu? Das ist doch … illegal.«

»Technisch gesehen, ja. Aber wann habe ich mich jemals um Regeln geschert?«

Milans Unbekümmertheit ist offensichtlich, als er sein Auto aufschließt und die Beifahrertür öffnet, damit ich einsteigen kann. »Außerdem sind Regeln dazu da, um gebrochen zu werden, Sweetheart.«

Als ich mich auf dem Beifahrersitz von Milans Auto niederlasse, bin ich hin- und hergerissen. Einerseits ist der Reiz, Regeln zu brechen, verlockend, andererseits bin ich mir bewusst, dass ich normalerweise jemand bin, der sich an Gesetze hält und es vermeidet, in Schwierigkeiten zu geraten.

Doch was hat es mir gebracht, immer auf Regeln zu achten und das brave Mädchen zu spielen? *Genau, gar nichts.*

Sein Duft füllt den wenigen Raum zwischen uns, als er sich neben mir niederlässt.

»Danke«, sage ich und sehe zu ihm auf. »Für die Schlüssel.«

Der Anflug eines Lächelns umspielt seine Lippen, seine Augen mustern mich eingehend. Die Atmosphäre im Auto fühlt sich plötzlich aufgeladen an, die Luft ist dick vor Spannung.

Als er den Motor startet und vom Parkplatz der Schule wegfährt, vibriert mein Handy auf meinem Schoß mit einer Nachricht von Silver.

Silver: Ich habe vergessen, dich vorhin zu fragen. Gehst du morgen auf Reynolds' Geburtstagsparty?

Morgen ist der 31. Oktober. Halloween.

Aber da es ein Wochentag ist, feiert die SVH die Halloween-Party erst am Freitag.

Die Ironie, dass ausgerechnet Damian am Fest des Teufels Geburtstag hat, ist fast schon zu erschreckend, um wahr zu sein.

Vielleicht ist er tatsächlich der Teufel höchstpersönlich.

In der Schule geht schon seit langem das Gerücht herum, dass Damians Partys dunkler und verdrehter sind als andere. Es heißt, dass seine Partys ein Sammelplatz für all diejenigen sind, die die Grenzen des Normalen überschreiten wollen. Einige Schüler behaupten, dass sie dort Dinge gesehen haben, die sie nie wieder vergessen konnten.

Damians Definition von Spaß ist anscheinend alles andere als unschuldig.

Ich schaue von meinem Handy auf, beobachte Milan.

Er sieht während der Fahrt lässig aus. Das gedämpfte Licht von draußen wirft scharfe Schatten auf seine Gesichtszüge und lässt seine Augen fast wild aussehen.

Mein Mund wird trocken.

Er wird vermutlich auch da sein. Natürlich wird er da sein, es ist schließlich der Geburtstag seines besten Freundes. Und außerdem ist Milan selbst der Innenbegriff von Chaos.

Er blickt zu mir, seine Augen fangen das sanfte Leuchten meines Handy-Displays ein. »Wer ist das?«

»Silver fragt nach den Hausaufgaben«, lüge ich, bevor ich meine Antwort tippe.

Aliya: Ich gehe nicht.

Ich mag keine Partys. Das habe ich noch nie getan.

Und die Vorstellung, freiwillig das Grundstück von Damian Reynolds zu betreten, erfüllt mich nicht gerade mit Begeisterung.

»Du bist also wirklich nicht hingegangen?«, frage ich Silver am Handy, während ich in meine karierte Pyjamahose schlüpfe.

Damians Geburtstagsparty hat bereits begonnen.

Doch genau wie ich, hat sich auch Silver entschieden, nicht zu gehen.

»Die Party ist überbewertet. Ich war letztes Jahr dort und habe fast in meine Hosen gemacht. Es ist, als ob es ihn erregt, wenn andere sich unwohl fühlen. Dieser Typ ist buchstäblich verrückt. Ich weiß nicht, warum jemand freiwillig dorthin gehen würde.«

»Also sind die Gerüchte wahr?«

Ich gehe hinaus auf meinen Balkon. Ein kühler Luftzug bläst gegen meine nackten Arme und weht unter meiner Pyjamahose hoch, sodass mir eine Gänsehaut über die Haut kriecht.

Roberts Auto steht noch vor unserer Haustür, meine Mutter und er sind also noch zu Hause.

»Und ob sie wahr sind. Die *Legions* haben eine bestimmte Tradition. Jedes Jahr aufs Neue spielen sie dieses verrückte Spiel namens *Chase the Girl*.«

Ich lehne mich an das Geländer meines Balkons. »*Chase the Girl*? Was ist das?«

»Wie soll ich es am besten erklären?«, beginnt sie. »Sobald die Party in vollem Gange ist, sucht Damian ein Mädchen aus und verkündet über Mikrofon, dass die Jagd auf sie eröffnet ist. Der Jäger, der sie als Erster fängt, darf mit ihr tun und lassen, was immer er möchte. Ist das nicht völlig verrückt?«

Jesus Christ.

Ich erschaudere, mein Magen dreht sich in kranken Knoten.

Der Gedanke, dass sich jemand absichtlich ein so wahnsinniges Spiel ausdenkt, ist beunruhigend, aber die Tatsache, dass Milan daran beteiligt ist, verursacht ein mulmiges Gefühl in mir.

»Das ist krank. Und die Mädchen, die auserwählt werden, machen das einfach so mit?«

»Ja, die meisten. Vielen ist alles recht, solange sie dadurch einem der *Legions* näherkommen können.«

Dass einige Mädchen bereitwillig an einem solch abscheulichen Spiel teilnehmen würden, nur um von dem Trio bemerkt zu werden, ist verstörend.

Bei der Vorstellung, wie Milan ein Mädchen verfolgt und versucht, sie in diesem Spiel zu fangen, überkommt mich Übelkeit.

»*Er* macht … doch nicht mit, oder?«, frage ich, meine Stimme kaum mehr als ein Flüstern.

»Nun …«, Silver zögert einen Moment lang. »Ich glaube Shane, Reynolds und Masuda machen nie mit. Es dient eher zu ihrer Unterhaltung.«

Unterhaltung?

»Das ist eine komische Art, sich zu amüsieren.« Und die Tatsache, dass manche Mädchen sich dadurch geschmeichelt fühlen, ekelt mich an.

»Du sagst es.«

Ich betrete mein Zimmer und schließe die Balkontür hinter mir, bevor ich mich auf mein Bett werfe.

»Apropos komisch«, setzt Silver an. »Findest du es nicht auch seltsam, dass Henry Reynolds ausgerechnet heute ein Geschäftsessen geplant hat?«

Diesen Gedanken hatte ich bereits auch.

Reynolds Solutions ist bekannt für innovative Bauprojekte und Ingenieurlösungen. Ich kenne Mr. Reynolds nicht, doch dass er den Geburtstag seines Sohnes für ein Geschäftsessen mit seinen Partnern ausgesucht hat, ist mehr als nur seltsam.

Er hätte es an jedem anderen beliebigen Tag planen können, und entschied sich für heute. Dabei ist es ein Wochentag und Halloween.

»Das Timing ist definitiv merkwürdig.«

Vielleicht ist es normal bei Multimillionären, dass sie ihren Kindern keine Beachtung schenken. Wobei meine Mutter nicht unbedingt besser ist – und wir sind nicht so reich.

»Ich kann es ihm nicht übelnehmen. Hätte ich so einen Sohn wie Damian, würde ich auch jeden Vorwand nutzen, um ihn nicht sehen zu müssen. Wahrscheinlich bereut er die Geburt, wieso sollte er dann feiern?«, kommentiert Silver und entlockt mir ein Lachen.

»Wann bist du ungefähr hier?«, frage ich sie nach einer Weile.

Da wir beide wahrscheinlich die einzigen aus der ganzen SVH sind, die zu Hause geblieben sind, haben wir uns beschlossen bei mir einen Horrorfilm-Marathon zu machen.

Robert und meine Mutter werden zum Geschäftsessen der Reynolds gehen. Indem Silver zu mir nach Hause kommt, wird sie mich auch davor bewahren, allein mit Daniel zu bleiben.

»Ich bin in ungefähr einer dreiviertel Stunde da. Soll ich auf dem Weg Snacks mitnehmen?«

»Snacks klingen toll. Ich mache Popcorn und kümmere mich um die Filme.«

»Super«, sagt Silver. »Bis gleich!«

Damit legt sie auf, und ich werfe mein Handy aufs Bett, bevor ich mich erhebe.

Ich schiebe die Kommode, die ich vor meine Tür gestellt habe, wieder auf ihren ursprünglichen Platz. Mit einem Blick in den Flur vergewissere ich mich, dass sowohl Robert als auch meine Mutter noch mit den Vorbereitungen für das Geschäftsessen beschäftigt sind und Daniel nicht in Sichtweite ist.

Als ich merke, dass die Luft rein ist, verlasse ich mein Zimmer und gehe die Treppe hinunter in die Küche. Nachdem ich das Popcorn in die Mikrowelle gestellt habe, gehe ich hinüber ins Wohnzimmer und suche nach Filmen, die wir uns ansehen können.

»Oh, Schatz«, ertönt das Lachen meiner Mutter und ich zucke leicht zusammen. Ich drehe mich um und sehe sie in einem eleganten schwarzen Kleid ins Wohnzimmer kommen.

»Aber du siehst wunderschön aus«, lobt Robert, als er hinter meiner Mutter auftaucht und die Hände auf ihre Schultern legt.

Sie winkt verlegen ab. »Hör doch auf.«

Als ich meine Mutter und Robert beobachte, wie sie miteinander scherzen, überkommt mich ein Anflug von Traurigkeit.

Wenn ich sie so glücklich mit ihm sehe, muss ich an meinen Vater denken. Ein Teil von mir ist immer noch verärgert, dass meine Mutter so schnell weiterziehen konnte.

Ich werde es ihr niemals verzeihen, dass sie sechs Monate nach Vaters Tod erneut geheiratet hat, während ich Jahre später immer noch trauere.

Dann bemerkt Robert, dass ich bei der Filmsammlung stehe und hebt eine Augenbraue. »Was machst du da?«

»Ich wähle nur einen Film aus.« Ich schiebe meine Gedanken beiseite. »Eine Freundin kommt vorbei.«

Die Augen meiner Mutter weiten sich, während sie sich aus Roberts Griff löst. »Eine Freundin?«

Ich verdrehe bei ihrer Frage die Augen. »Ja, Mutter, ich habe auch Freunde. Was für eine Überraschung.«

Aber eigentlich kann ich ihr die Verwunderung nicht übelnehmen.

Ich hatte noch nie wirkliche Freunde, geschweige denn Besuch zu Hause. Silver ist vermutlich meine erste richtige Freundin.

Sie verengt bei meiner Bemerkung die Augen. »Sprich nicht in diesem Ton mit mir.«

Robert klopft ihr sanft auf die Schulter. »Entspann dich, Liebes. Sie ist eben ein typischer Teenager.«

Ich widerstehe dem Drang, wieder die Augen zu verdrehen und wende mich erneut den Filmen zu.

Meine Mutter seufzt und streicht die Falten in ihrem Kleid glatt. »Wer kommt vorbei?«

»Silver.«

»Silver, wer?«

Ich schüttele den Kopf. Natürlich möchte sie ihren Familiennamen erfahren, um abzuwägen, ob meine Freundschaft mit Silver ihr zugutekommen wird.

»Silver Moore.«

Meine Mutter runzelt kurz nachdenklich die Stirn und versucht sich zu erinnern. »Moore wie Moore BioTech?«

»Genau. Wenn ihr mich nun entschuldigt.« Ich greife nach zwei Filmen, ohne auf den Titel zu gucken, da ich mir das Gespräch keine Sekunde länger geben möchte.

Bevor ich jedoch fliehen kann, betritt Daniel mit einem verschmitzten Grinsen den Raum.

Meine Muskeln verkrampfen sich.

Ich versuche, den Blickkontakt mit ihm zu vermeiden, aber allein seine Anwesenheit lässt mir das Blut in den Adern gefrieren. Ich spüre, wie sich ein Knoten des Grauens in meinem Magen bildet.

Robert und meine Mutter richten sich bei Daniels Ankunft auf.

»Gehst du irgendwohin?«, fragt ihn sein Vater.

Daniel trägt ein gut geschnittenes T-Shirt, sein blondes Haar ist ordentlich zurückkämmt. Doch er starrt mich an, seine eisblauen Augen scannen meinen Körper mit einem berechnenden Blick.

Meine Handflächen beginnen zu schwitzen. Der Drang, mich zu übergeben, ist stark, aber ich kämpfe darum, meine Fassung zu bewahren.

»Ich gehe auf eine Party.« Er wendet seinen Blick von mir ab und sieht zu Robert.

»Eine Party? Meinst du nicht, dass du dich in deinem Alter auf etwas Produktiveres konzentrieren solltest?«

Daniel zuckt lässig mit den Schultern, scheinbar unbeeindruckt von der Kritik. »Ich habe es verdient, etwas Spaß zu haben, nicht wahr? Schließlich ist heute Halloween.«

Als sein Blick wieder auf mich fällt, überkommt mich erneut eine Welle des Unbehagens. Er verweilt länger als nötig auf mir und das verursacht eine Gänsehaut.

»Oder willst du, dass ich mit dir zu Hause bleibe, Schwesterherz?« Seine Stimme ist verschwörerisch. »Wir könnten unsere eigene kleine Party haben.«

Bei seinem anzüglichen Ton dreht sich mir der Magen um. Ich umklammere die Filme in meinen Händen, suche verzweifelt nach etwas, an dem ich mich festhalten kann.

Er sorgt bei mir für ein unglaublich klaustrophobisches Gefühl.

Roberts strenge Stimme durchbricht die Spannung. »Das reicht, Daniel.«

Dieser schüttelt nur lachend seinen Kopf, bevor er sich zur Tür wendet, um das Haus zu verlassen. »Na gut. Dann gehe ich eben woanders feiern.«

Als die Tür hinter ihm zuschlägt, ist es plötzlich unheimlich still im Haus.

Die Aufmerksamkeit meiner Mutter richtet sich auf mich und ich spüre, wie sich der Raum um mich herum zusammenzieht. Meine Atmung wird flach, mein Herz klopft so heftig, dass es mir vorkommt, als wolle es aus meiner Brust platzen. Die Wände scheinen sich um mich herumzudrehen, während mich eine weitere Welle der Übelkeit überspült.

Meine Mutter unterbricht die Stille mit einem Räuspern. »Welche Filme hast du dir ausgesucht?«

Ich werfe ihr einen finsteren Blick zu, als sie versucht, das Thema zu wechseln. Ihre Unfähigkeit, anzuerkennen, was gerade passiert ist, macht mich so rasend.

»Warum machst du das immer?« Meine Augen füllen sich mit Tränen, die ich versuche, wegzublinzeln, aber es gelingt mir nicht. »Wieso bist du so?«

Sie sieht mich an, als ob nichts geschehen wäre, überrascht über meinen plötzlichen Ausbruch. »Was denn, Liebling?«

Ich kann ihre nonchalante Antwort weder glauben noch ertragen.

»Du-«, beginne ich, aber ich kann den Satz nicht zu Ende bringen. Die Tränen, die schon zu fließen drohten, laufen schließlich über meine Wangen.

»Das hier!«, schreie ich und deute auf die Stelle, an der Daniel eben noch gestanden hat. »Du ignorierst alles, was gerade vorgefallen ist! Schon wieder!«

Sie sieht mich einen Moment lang nur an, ihr Gesichtsausdruck ist unleserlich. »Was soll ich denn sagen, Schatz? Dein Stiefbruder hat nur ein paar dumme Bemerkungen gemacht. Es gibt keinen Grund, sich darüber aufzuregen.«

Ich spüre, wie sich die Frustration in mir aufbaut und der Drang zu schreien mit jedem Moment stärker wird.

Aber ich weiß, dass es nichts bringt.

Das tut es nie.

Mutter wird niemals verstehen, wie ich mich fühle.

»Es interessiert dich nicht, wie ich mich fühle, nicht wahr?« Meine Stimme zittert, kurz vor dem Brechen. »Ich bin *deine* Tochter, Mutter.«

Sie schweigt einen Moment, und ich kann sehen, dass ich anfange, ihr auf die Nerven zu gehen. Sie denkt, dass ich überreagiere, dass ich zu sensibel bin.

Und das genügt mir als Antwort.

»Fickt euch doch einfach alle ins Knie.«

Als ich an meiner Mutter und Robert vorbeistürme, höre ich, wie sie mir nachrufen. Ihre Stimmen vermischen sich zu einer Mischung aus Überraschung und Irritation.

Ich drehe mich jedoch nicht um.

Ich habe es satt, mich zu rechtfertigen und zu hoffen, dass sie mich irgendwann verstehen werden. Sie werden sich niemals in meine Lage versetzen, nicht, bevor es zu spät dafür sein wird.

Als sich die Tür hinter mir schließt, erlaube ich mir endlich, die Emotionen herauszulassen, die sich in mir angestaut haben. Ich lasse mich auf den Boden gleiten, drücke mich mit dem Rücken gegen das robuste Holz der Tür und vergrabe mein Gesicht in den Händen.

Ich hasse meine Mutter.

Ich hasse sie.

Die Gefühle überwältigen mich weiterhin, und der Wunsch, etwas zu tun, irgendetwas, damit dieses Gefühl in meiner Brust verschwindet, wird immer stärker. Irgendetwas, um auch nur einen Hauch von Trost zurückzubringen.

Meine Augen suchen mein Zimmer ab, bis mein Blick auf das Buch von Kilian fällt, welches auf meinem Schreibtisch liegt.

Wenn es jemanden gibt, der meinen Hass auf Mutter verstehen kann, dann ist es er.

Er ist der Einzige, der weiß, wie es sich anfühlt, ein Monster als Mutter zu haben.

Ich wische mir die Tränen weg und rappele mich auf.

Vorsichtig setze ich mich an meinen Schreibtisch und nehme das Buch in die Hand, fahre mit den Fingern über den Einband, schlage es auf und nehme den Briefumschlag heraus.

Es ist eine Weile her, seitdem ich das letzte Mal darin gelesen habe.

Um ehrlich zu sein, wollte ich damit aufhören. Denn über Milans und Kilians Vergangenheit zu lesen, ohne ihm davon zu erzählen, fühlt sich falsch an. Verboten.

Und ich weiß, dass Milan alles andere als erfreut wäre, wenn er herausfinden würde, dass ich die ganze Zeit hinter seinem Rücken die Briefe seines Bruders gelesen habe, die an ihn gerichtet sind.

Gott, er würde ausrasten.

Ich kann es verstehen, denn mir würde es auch nicht gefallen, wenn er ohne meine Erlaubnis etwas aus meinem Notizheft lesen würde.

Aber jetzt gerade brauche ich Kilians Worte mehr denn je.

Langsam reiße ich den Umschlag auf, nehme die Zettel heraus, falte sie auf und beginne zu lesen.

Hallo Stitch,

in all den bisherigen Briefen habe ich dir davon erzählt, wie sehr ich unsere Mutter verabscheue, aber wusstest du, dass es auch eine Zeit gab, in der ich sie wirklich sehr geliebt habe?

Melanie war eine unglaublich starke Frau, die ganz viel Liebe in ihrem Herzen trug. Als Kind dachte ich, sie sei eine Superheldin, weil sie alles im Griff hatte, bis zu dem Tag, an dem du auf die Welt kamst.

Die Heldin meiner Kindheit wurde zu einem Bösewicht.

Heute ist ihr Todestag.

Vor genau acht Jahren hat sie sich in deiner Anwesenheit das Leben genommen.

Ihr Tod hat mich nicht berührt. Vielmehr habe ich Angst davor, was ihre letzten Worte dir gegenüber waren und was für eine Hölle du deswegen durchmachen musst.

Du wirst diesen Tag niemals vergessen, oder?

Wieso bist du derjenige, der leiden muss, wenn ich es bin, der einen Fehler begangen hat? Ich sollte diese Last auf meinen Schultern tragen und ganz bestimmt nicht du.

Wir haben uns wieder gestritten. Ich habe dich nicht begleitet, als du zum Friedhof gefahren bist, um sie zu besuchen. Du nanntest mich herzlos.

Bin ich in deinen Augen wirklich ein Unmensch, weil ich ihr nicht vergeben kann?

Wieso bedeutet sie dir nach allem, was geschehen ist, immer noch so viel? Wieso kannst du sie nicht einfach hassen, genauso wie ich es tue?

Sie hat sich dir gegenüber noch nie wie eine richtige Mutter verhalten, also verdient sie deine Trauer und Liebe auch nicht.

Die Liebe, die du dieser Frau entgegenbringst, treibt mich zur Weißglut.

Ich hasse es, dass du sie über alles und jeden stellst.

Ich hasse es, dass du sie verteidigst.

Ich hasse es, dass sie dir trotz allem, was sie getan hat, so wichtig ist.

In meinen Augen bist du der beste Bruder, den man sich wünschen kann, doch genau diese Seite an dir verabscheue ich am meisten.

Und weil ich nichts an dir hassen möchte, verachte ich mich selbst umso mehr dafür.

Seit Monaten werde ich von Albträumen verfolgt. Jede Nacht sehe ich dasselbe Szenario. Ihre Finger schließen sich um deinen Hals, während du nach Luft schnappst.

In letzter Zeit habe ich fast dieselben Träume, jedoch versucht nicht mehr sie, die versucht, dir das Leben zu nehmen. Ich bin es.

Meine Ähnlichkeit zu diesem Monster macht mir Angst. Ich möchte nichts mit ihr zu tun haben. Selbst nach ihrem Tod terrorisiert sie mich und verschwindet nicht aus meinem Kopf.

Sie hat dich aus einem unerklärlichen Grund gehasst und versucht umzubringen. Ich habe nun ebenfalls etwas, was ich an dir hasse.

Was ist, wenn ich auch zu einem Monster mutiere?

Niemals wäre ich in der Lage, dir zu schaden. Allein der Gedanke raubt mir den Verstand. Dein Leben ist mir wichtiger als mein eigenes.

Aber dennoch besteht die Wahrscheinlichkeit, dass mein Groll gegen deine Liebe zu dieser Frau die Oberhand gewinnt, meine Gedanken kontrolliert und dir schadet.

Ich verliere allmählich meinen Verstand, kleiner Bruder.

Ich dachte, ich dachte wirklich, ich könnte vielleicht eines Tages ihren Platz in deinem Herzen ersetzen. Aber egal, was ich mache, an sie komme ich nie heran. Sie wird für immer deine Nummer Eins sein, während du schon seit Jahren meine wichtigste Priorität im Leben bist.

Ich sollte mich nicht mit ihr messen, schließlich ist sie schon lange tot. Aber obwohl sie nicht mehr am Leben ist, fühle ich, dass sie in meinem Unterbewusstsein ihr Unwesen treibt.

Sie möchte, dass ich genauso durchdrehe wie sie.

Sie hat nur deshalb so eine Kontrolle über mein Leben, weil ich ihren Brief noch nicht gelesen habe.

Ist das nicht toxisch?

Wahrscheinlich muss ich wieder einmal meinen Schwur brechen, Stitch.

Um dich zu beschützen und mich selbst vor diesem Fluch zu befreien, muss ich ihre letzten Worte lesen und vollständig mit der Vergangenheit abschließen.

Und vielleicht, ganz vielleicht, erfahre ich dadurch, warum die Heldin meiner Kindheit zu einem Bösewicht wurde.

Kilian

40
Milan

GEGENWART

Damians Party findet wie jedes Jahr in dem weitläufigen Untergeschoss des extravaganten Sommeranwesens der Familie Reynolds statt.

Der Keller ist schwach beleuchtet, Schwarzlicht erzeugt eine unheimliche Beleuchtung. Die Tanzfläche ist mit Körpern gefüllt, die sich im Takt bewegen, und die Luft ist voller Rauch und riecht nach Alkohol und Sex. Die Musik dröhnt aus den Lautsprechern, der Bass ist so laut, dass die Wände vibrieren.

»Wen wählen wir heute Nacht?«, fragt Damian, während er seine Augen über die Menge gleiten lässt. »Es sind eine Menge neuer Mädchen hier. Viele von ihnen sind wahrscheinlich im ersten Jahr.«

Damian und seine Vorliebe für jüngere Mädchen.

»Was ist mit ihr?« Shin zeigt auf ein leichtes Ziel.

Adena Easton – Aliyas Fake-Schlampen-Freundin.

Sie bewegt sich durch die Menge, ihr braunes Haar fällt ihr in lockeren Wellen über die Schultern. Adena tanzt mit einem Kerl und reibt sich erbärmlich an ihm.

Sie tut immer so, als wäre sie hochmütig und stolz, aber wir wissen alle, wie sie sich nach Aufmerksamkeit und Schwänzen sehnt. Als Aliyas Ruf ruiniert wurde, kehrte sie ihr den Rücken zu.

Doch jetzt, da Aliya wieder in meiner Nähe ist, spielt diese verlogene Bitch plötzlich ihre beste Freundin.

Ich wollte es ihr ohnehin heimzahlen, vielleicht ist dieses Spiel genau das Richtige.

Damian stößt einen Pfiff aus, während er sie von oben bis unten mustert, wobei sein Blick kurz auf ihrem Ausschnitt verweilt. »Wie heißt sie noch gleich? Irgendwas mit C. Candace? Cassandra?«

»Adena«, verbessert Shin ihn.

»Stimmt ja. Sie ist doch mit *Servant* befreundet!« Damian betrachtet mich. »Apropos *Servant*, wieso ist sie nicht hier? Ich bin mir sicher, dass sie die perfekte Zielscheibe für heute Nacht wäre.«

Ich presse meinen Kiefer zusammen.

Allein der Gedanke, dass sie solch ein krankes Spiel mitspielen könnte, bringt mein Blut in Wallung.

Verdammt, nein.

Sie gehört mir.

Ich werde auf keinen Fall zulassen, dass jemand Hand an sie legt. Wenn sie von jemandem gejagt wird, dann von mir und nur von mir allein.

»Sie muss nicht hier sein.«

Damians Augen funkeln lüstern, bevor er in Gelächter ausbricht. »Komm schon, Shane. Seit wann bist du so spießig? Wir haben uns immer Mädchen geteilt.«

Dieser. Verdammte. Bastard.

Hat er einen Todeswunsch? Macht ihn das geil?

Doch bevor ich ihm die Visage zerstören kann, unterbricht Shin die angespannte Spannung. »Fangen wir jetzt an?«

Damian starrt mich noch eine Weile an, seine Lippen zu einem Lächeln verzogen, als könne er mich lesen, bevor er sich an Shin wendet. »Ja, Adena wird es auch tun.«

Die Gespräche und die Musik verstummen, als alle Augen auf Damian gerichtet sind. Er steigt auf einen der Tische und ruft in die Menge. »Achtung, alle zusammen! Seid ihr bereit für unsere jährliche Tradition?«

Eine Mischung aus Neugier, Sensationslust und Furcht liegt in der Luft, während die Schüler bestätigend brüllen und jubeln.

»Die Regeln sind einfach. Die Jäger haben eine halbe Stunde Zeit, um die Beute zu finden. Wenn die dreißig Minuten um sind, ist die Jagd vorbei. Der Gewinner ist derjenige, der die Beute zuerst gefangen hat.«

Ein aufgeregtes Gemurmel geht durch die Menge. Die Anwesenden fangen bereits an, untereinander zu tuscheln und zu raten, wer dieses Jahr als Beute ausgewählt werden könnte.

»Und jetzt kommt das Beste.« Damian grinst. »Den Jägern sind keine Grenzen gesetzt. Sobald ihr die Beute gefangen habt, gehört sie euch. Ihr könnt mit ihr tun und lassen, was immer ihr möchtet.«

Eine Kiste mit unterschiedlichen Halloween-Pappmasken wird herumgegeben, die die Jäger aufsetzen sollen.

»Und jetzt ist es an der Zeit, die Glückliche zu wählen.« Sein Blick schweift über die vielen Gäste und hält bei Adena inne, bevor er schmunzelt. »Herzlichen Glückwunsch, meine Schöne. Adena, du wurdest als diesjährige Beute ausgewählt.«

Ihre Augen weiten sich, als alle Blicke sich auf sie richten.

»Renn, kleine Beute. Du möchtest doch nicht gefangen werden, oder?«, spricht Damian in ihre Richtung, während die Menge anfängt, von sechzig hinunterzuzählen.

Ihr Gesicht wird blass, als sie begreift, was passiert.

Sie sieht beinahe verängstigt aus. *Tja, passiert.*

Aber zugleich sieht man ihr an, dass sie diese Art von Adrenalin erregt.

Was habe ich gesagt? Schwanzgeil.

Sie sieht Damian an, auf der Suche nach einem Zeichen der Gnade, aber sie findet keins. Er genießt das, der sadistische Bastard.

Aber ich genieße es auch.

Schließlich reißt sich Adena aus ihrer Trance und beginnt, zu laufen.

»Ich tippe auf fünfzehn Minuten, bis sie erwischt wird«, sagt Shin in einem lässigen Ton.

Damian lehnt sich in seinem Stuhl zurück. »Von wegen fünfzehn Minuten. Sie wird keine zwölf Minuten überleben, bevor sie am Boden liegt.«

»Ich bezweifele das. Zehn Minuten und sie ist erledigt.«

»Sieht aus, als würdest du nicht viel von ihr halten, Shane. Ich nehme die Wette an. Die Verlierer schulden dem Gewinner etwas, abgemacht?«

Shin und ich nicken zustimmend.

Letztes Jahr habe ich durch unsere kleine Wette Damians ausgefallene Rolex und Shins signiertes Trikot des Fußballspielers Caleb Hayes gewonnen.

Die Atmosphäre im Raum entspannt sich, als die Leute, die nicht mitspielen, wieder anfangen zu tanzen und zu trinken. Einige reden immer noch über Adena, die durch die Kellergänge gejagt wird, aber die Aufregung über die Verfolgung hat sich gelegt.

Ich zünde mir eine Zigarette an und nehme einen tiefen Zug.

Eine Blondine lehnt an einer Säule und versucht schon seit einiger Zeit, meinen Blick einzufangen, während sie an ihrem Getränk nippt.

Es ist eine Schande, dass mein Desinteresse sie nicht im Geringsten abschreckt. Stattdessen fängt sie wie eine billige Schlampe an, in der Mitte der Tanzfläche zu tanzen und mir ihre Bewegungen vorzuführen.

Letztes Jahr hätte ich sie wahrscheinlich, ohne zu zögern, in einen der leeren Kellerräume mitgenommen und flachgelegt.

Aber all meine Gedanken werden nun von einer einzigen Person beherrscht.

Ich bin besessen, völlig von ihr eingenommen.

Was mein Little Curse wohl gerade tut?

Sie ist wahrscheinlich zu Hause, zusammengerollt auf der Couch, mit einem Buch auf dem Schoß. Oder vielleicht liegt sie im Bett und trägt ihr kurzes Pyjamahöschen.

Ich kann es mir genau vorstellen.

Wie sie aussieht, wenn sie in ein Buch vertieft ist, die Augenbrauen vor Konzentration gerunzelt. Oder die Art, wie ihre blasse, glatte Haut mit dem dunklen Stoff ihrer Shorts kontrastiert.

Wie leicht es mir fallen würde, ihr die Shorts herunterzustreifen, um mich zwischen ihren Beinen zu versenken und-

Fuck.

Allein die Fantasie von ihr macht mich hart.

Ich nehme einen weiteren Zug von meiner Zigarette und der Rauch wirbelt um mich herum, als ich ausatme.

Im Gegensatz zu mir scheint Damian die Party zu genießen.

Seine Augen glänzen vor Vergnügen, als die zwei Mädchen vor ihm sich hungrig und voller Begierde küssen, ihre Hände greifen nach dem Körper der anderen, während sie um seine Zuneigung wetteifern. Die Münder treffen aufeinander und trennen sich mit einem lauten Stöhnen. Ihre Körper winden und reiben sich aneinander in einer Darbietung von wollüstiger Hingabe.

Früher hat mich so etwas gereizt, aber jetzt erscheint es mir einfach nur noch sinnlos.

Ich drücke meine Zigarette aus und nehme einen Schluck von dem Getränk in meiner Hand. Der Geschmack ist harsch, eine Mischung aus billigem Schnaps und künstlichen Aromen.

Ich brauche etwas, das mich von meinen Gedanken ablenkt. *Von ihr ablenkt.*

Damian dreht den Kopf und sieht mich an. »Macht dir die Show keinen Spaß, Shane? Du warst doch sonst immer ganz angetan von solchen Sachen.«

»Die Dinge ändern sich.«

Sie ändert mich, geht mir bis tief ins Mark und lässt mich an mir selbst zweifeln.

Noch eine Zigarette, noch ein Schluck meines Drinks.

Die Party ist in vollem Gange, nach circa acht Minuten taucht ein Typ aus dem Schatten auf und zieht Adena hinter sich her.

»Sieht aus, als hätte sie nicht lange durchgehalten. Glückwunsch, Shane. Der Sieg gehört dir.«

Damian fordert mit einer Handbewegung die Mädchen auf, mit ihrer Darbietung aufzuhören. Sie kommen dem sofort nach und befreien sich voneinander. Die Erregung zwischen ihren Beinen ist unübersehbar, nachdem sie trockengefickt haben.

Er steht auf und geht auf den Typen zu, der Adena zurückgebracht hat. Dieser sticht sofort heraus, sein blondes Haar ist nach hinten gestrichen und sein schwarzes T-Shirt mit V-Ausschnitt schmiegt sich an seinen Körper.

Ich beobachte den Kerl, während er mit Damian spricht. Sein Gesicht kommt mir seltsam bekannt vor. Ich könnte schwören, dass ich ihn kenne. Aber so sehr ich mich auch anstrenge, ich kann mich nicht erinnern, wo ich ihn schon einmal gesehen habe.

Shin scheint meine Verwirrung zu bemerken und meldet sich zu Wort. »Wer ist das? Ich habe ihn noch nie zuvor gesehen.«

»Ich kann ihn nicht einordnen.«

Damian klopft ihm auf die Schulter, ein finsteres Lächeln auf dem Gesicht. »Was willst du jetzt mit unserer kleinen Beute machen?«

Der Typ grinst, während er Adenas Handgelenk fester umklammert. »Ich habe ein paar Ideen.«

Wer zum Fick ist das und wieso kommt er mir so bekannt vor?

»Ach? Dann schieß los.«

Ein gefährliches Funkeln erscheint in seinen Augen, und er beugt sich vor, um Damian etwas ins Ohr zu flüstern.

Damian lacht laut. »Du bist ein kranker Bastard, weißt du das? Ich mag das.«

Und plötzlich fügt sich alles zusammen.

Damals, als ich es das erste Mal auf Aliya abgesehen hatte, habe ich sie in der Schule beobachtet. Jeden Tag, wie sie den Bus nach Hause nahm, wie sie sich mit meinem Bruder traf und sogar, wie sie jede Nacht das Licht in ihrem Zimmer anließ.

Ich wusste alles über sie.

Ich *weiß* alles über sie.

Natürlich weiß ich auch, dass sie einen Stiefbruder hat.

Daniel Wilson.

Aber bis gerade eben war ich mir sicher, dass er in Chicago lebt und nicht in Detroit. Seit wann ist er wieder hier?

Meine Quellen haben ihn als einen Typen beschrieben, der sich in skurrilen Kreisen herumtreibt. Wenn ich mich nicht falsch erinnere, hat er auch eine gewisse Bindung zu den Tyrrells.

Dazu ist er ein Stückchen älter als wir alle, irgendwas mit Ende zwanzig. Also, was sucht er auf einer Highschool-Party? Das ergibt keinen Sinn.

»Sieht so aus, als würden sie sich kennen.« Shins Blick fliegt zwischen den beiden hin und her.

Und auch ich verstehe die Verbindung zwischen Daniel und Damian nicht. Aber mein Bauchgefühl sagt mir, dass es nichts Gutes sein kann.

Ich kenne Damian gut genug, um zu wissen, dass er sich mit jemandem nicht abgeben würde, wenn er nicht auch etwas davon hätte. Shin und ich sind die Einzigen, denen er nichts vorspielt.

Er führt definitiv etwas im Schilde.

Damian schickt Daniel und Adena in eine bestimmte Richtung, bevor er mit einem selbstgefälligen Gesichtsausdruck zu uns zurückschlendert.

»Das wird interessant.«

Shin hebt eine Augenbraue. »Was hat er dir zugeflüstert?«

»Du bist zu jung dafür, ShinShin, aber ich sage es dir trotzdem. Er will unsere kleine Beute im GlowCellar verwöhnen.«

Mit anderen Worten: Er wird sie in Gegenwart anderer Menschen flachlegen.

GlowCellar – Der einzige hell erleuchtete Raum im Keller der Sommervilla. Der Raum wird meistens benutzt, wenn notgeile Leute beschließen, andere mit einer Live-Porno-Show zu amüsieren, indem sie auf dem Tresen vögeln.

»Woher kennst du ihn?«, frage ich stattdessen.

Damian zuckt mit den Schultern, ein Ausdruck falscher Nonchalance auf seinem Gesicht. »Ihr kennt mich doch. Ich habe überall Connections.«

»Ja, ja. Wir wissen, dass du ein geselliger Typ bist.«

Damian wirft Shin einen spielerischen Blick zu, bevor er seine Aufmerksamkeit wieder auf mich richtet. »Warum willst du das wissen? Bist du etwa eifersüchtig, Shane? Aww.«

»Wohl kaum.«

»Wer ist dieser Typ überhaupt?«, greift Shin wieder ein.

»Daniel Wilson. Mag Motorräder, Whiskey und Ärger. Ihr wisst schon, genau mein Fall.«

Ich verenge meine Augen. *Er weiß nicht, dass er Aliyas Stiefbruder ist, oder?*

»Klingt wie ein wandelndes Klischee.«

Damian zuckt mit den Schultern, unbeeindruckt von Shins Kritik. »Er mag ein Klischee sein, aber er ist nützlich. Und glaub mir, er weiß, wie man sich amüsiert.«

Shin verdreht die Augen. »Dann ist er wahrscheinlich ein genauso großer Psychopath wie du.«

»Ich bin kein Psychopath. Ich bevorzuge nur den Begriff *moralisch flexibel*.«

Shin schnaubt, doch Damian wendet sich an mich. »Du bist so still. Alles okay?«

Ich zwinge mich, einen neutralen Gesichtsausdruck beizubehalten, um Damian nicht die Genugtuung zu geben, mich irritiert zu haben.

Ich nehme einen Schluck von meinem Drink, der scharfe Geschmack brennt in meiner Kehle. Um uns herum tobt die Party weiter, ohne dass wir die dunklen Unterströmungen bemerken, die unter der Oberfläche brodeln.

Aber eines ist klar. Damians Absichten sind alles andere als unschuldig, und Daniel Wilson ist jemand, mit dem ich nicht gerechnet habe.

41
Aliya

GEGENWART

Die Haupthalle der SVH hat sich für die alljährliche Halloween-Party verwandelt. Schwarzer Stoff ist an den Wänden und an der Decke drapiert worden, sodass ein dunkles Netz entsteht. In allen Ecken des Raumes flackert das Licht und wirft unheimliche Schatten, die sich unaufhörlich bewegen.

»Wieso hast du dich nicht verkleidet?«, klagt Silver, als sie meine Schuluniform in Augenschein nimmt.

»Kostüme sind nichts für mich«, murmele ich und halte Ausschau nach Milan.

Silver ist als Harley Quinn verkleidet. Ihr Outfit besteht aus einem engen, schwarz-roten Oberteil, einem Paar passender Shorts und einer Strumpfhose mit Rautenmuster. Sie trägt einen Baseballschläger auf dem Rücken und vervollständigt ihren Look mit weißblonden, geflochtenen Zöpfen.

»Du bist so eine Spaßbremse«, jammert sie und verschränkt genervt die Arme vor der Brust. »Alle sind verkleidet.« Ihr Blick schweift durch den Raum und sie nimmt die verschiedenen Kostüme zur Kenntnis.

»Ich wette, Shane hätte es gefallen, wenn du meinen Rat befolgt und dich als Catwoman verkleidet hättest.«

Sie hat recht.

Er würde mir den schwarzen Catsuit vermutlich von meinem Körper reißen und sich dabei aufregen, dass es zu lange dauert, da der Stoff eng ist.

Bei dieser Fantasie steigt mir die Röte in die Wangen, aber ich räuspere mich sofort.

»Du denkst gerade daran, wie viel Spaß du haben könntest, wenn du auf mich gehört hättest, nicht wahr?«, stichelt sie.

»Sei leise«, zische ich peinlich berührt und sie lacht über meine Reaktion.

»Stell dir mal vor, wie schockiert Shane wäre, wenn er dich in einem hautengen Catwoman-Kostüm sehen würde.«

»Ich stimme dir absolut zu.«

Ich stoße einen Schrei aus, als ich plötzlich gegen eine harte Brust zurückgezogen werde. Er schlingt seine starken Arme um meine Taille und drückt mich fest an seinen Körper. Ich kann jede Kontur seiner Muskeln spüren, die Härte seiner Brust und seines Bauches, die sich gegen meinen Rücken pressen.

Ich sehe mit einem roten Kopf zu ihm hoch.

Er ist ganz in Schwarz gekleidet, die Farbe unterstreicht die scharfen Winkel seines Gesichts. Sein dunkles Haar fällt ihm in die Stirn, zerzaust und leicht durcheinander.

Ich schlucke.

Er sieht so gut aus.

»Du bist heute ziemlich schreckhaft«, sinniert er und seine Lippen verziehen sich zu einem trägen Lächeln.

»Vielleicht liegt es daran, dass du dich immer plötzlich an mich heranschleichst.«

»Habe ich dir etwa Angst gemacht, Sweetheart?«

»Als ob«, murmle ich. »Du könntest mir keine Angst einjagen, selbst wenn du es versuchen würdest.«

Sein raues Lachen erklingt an meinem Ohr. »Ist das so? Dann sollte ich mich vielleicht mehr anstrengen.«

Ich zittere unwillkürlich und verfluche die Wirkung, die seine Nähe auf mich hat. »Mach, was du willst.«

Ohne Vorwarnung wirbelt Milan mich herum, sodass ich ihm gegenüberstehe.

Ich schlucke schwer, mein Herz rast, als seine Finger meine Hüften fester umschließen und mich noch näher zu sich ziehen. »Dann lass uns spielen.«

Bevor ich reagieren kann, erobert er meine Lippen mit einem heißen, fordernden Kuss, der mich vor Verlangen erschauern lässt.

Ich keuche auf, und mein Körper reagiert sofort. Seine Zunge streift über meine Unterlippe und ich gebe nach und öffne meinen Mund.

Er beansprucht mich, als wolle er seine Dominanz beweisen.

Seine Hand streift zu meinem Nacken und entfacht einen Funken der Lust. Ich klammere mich an ihn, meine Finger krallen sich in den Stoff seines Hemdes, während ich seinen Kuss mit gleicher Inbrunst erwidere.

Ich bekomme keine Luft. Aber wer braucht schon Luft, wenn die Essenz seiner Gegenwart alles ist, was ich möchte?

Ich stöhne leise, das Geräusch wird von seinen Lippen gedämpft, als er meinen Mund verschlingt. Seine Zähne streifen meine Unterlippe, zerren und knabbern daran und lassen eine Welle der Hitze über mich hereinbrechen.

Milan zieht sich schließlich zurück und unterbricht den Kuss, mit einem selbstzufriedenen Grinsen auf seinem Gesicht. »Haben sich meine Anstrengungen ausgezahlt, Sweetheart?«

Ich versuche, meine Atmung zu beruhigen. Meine Hände umklammern immer noch seine Schultern, während ich ihn anstarre.

Dann wird es mir plötzlich klar, wo wir sind.

In der Haupthalle der Schule.

Meine Wangen erröten vermutlich inzwischen in einem tiefen Scharlachrot. Ich war so in seinen Bann versunken, dass ich völlig vergessen habe, dass wir mitten auf der überfüllten Party stehen.

Peinlich berührt schaue ich mich schnell um und bemerke die Blicke, die auf uns ruhen.

Milans Hand in meinem Nacken gleitet hinauf zu meinem Kiefer und dreht mein Gesicht sanft zu ihm zurück. »Sieht aus, als hätten wir ein bisschen Aufmerksamkeit erregt.«

»*Bisschen?* Nehmt euch ein Zimmer«, kommentiert Silver, die eindeutig Zeuge unserer kleinen Schau war.

»Ich stimme *Silvertail* zu«, fügt Damian hinzu, als er mit Shin gemeinsam aus dem Nichts kommt und einen Arm um Silver legt. Sie geht sofort einen Schritt zurück und verschränkt verärgert die Arme vor der Brust.

Damian hebt unschuldig seine Hände, ein teuflisches Lächeln umspielt seine Lippen. »Beruhige dich, Tiger.«

Sie spottet und dreht sich zu mir. »Ich schaue mal nach dem Organisationskomitee … Wir sehen uns später.«

Und schon ist sie weg.

»Insgeheim steht sie auf mich«, versichert uns Damian, weswegen ich meine Augen verdrehe.

Shin klopft brüderlich auf seine Schulter. »Du hast Wahnvorstellungen, D.«

»Habe ich nicht. Sie kann meinem magnetischen Charme einfach nicht widerstehen.« Damians Blick wandert zwischen Milan und mir hin und her. »Was aber noch viel wichtiger ist«, beginnt er mit einem verschmitzten Gesichtsausdruck. »Das war heiß. Lässt du mich auch ran, *Servant*?«

Uh, nein, danke.

Milan legt seinen Arm um meine Taille und zieht mich näher zu sich heran. »Willst du sterben?«

Damian schmollt gespielt. »Du bist so langweilig, Shane.«

»Und du gehst mir auf den Sack.«

»Sei vorsichtig«, rät Shin. »Du willst Milan nicht zu sehr auf die Palme bringen. Er könnte vergessen, dass wir uns in einem Raum voller Menschen befinden und dich einfach erwürgen.«

»Mich?«

»Bring mich nicht in Versuchung.« Milans Stimme trieft vor Sarkasmus.

Ich kann nicht anders, als über ihre Sticheleien zu lachen. Trotz ihrer häufigen Streitigkeiten ist es offensichtlich, dass sie sich in Wahrheit umeinander kümmern.

Auch wenn ich nach wie vor nichts von Damian halte, er ist Milan wichtig.

»Na gut, na gut«, lenkt Damian ein und lässt seinen Blick über die Menge schweifen. »Es gibt hier sowieso genug andere Mädchen.«

Seine Augen fallen auf ein Trio in aufeinander abgestimmten Katzenkostümen. Sie stehen dicht beieinander und sind offensichtlich in eine private Unterhaltung vertieft. Damians Aufmerksamkeit verweilt auf ihnen, ein wölfisches Grinsen breitet sich auf seinem Gesicht aus. »Mal sehen, ob sie auch so schnurren können, wie sie aussehen.«

Und schon macht er sich auf den Weg zu den Mädchen.

Shin verdreht die Augen. »Typisch.«

Milan summt zustimmend. »Er ist eine Katastrophe.«

Aber in seiner Stimme liegt auch ein Hauch von widerwilligem Respekt, während er mit den Augen Damians Weg durch den Raum verfolgt. Er weiß, dass Damian unberechenbar ist, und er macht sich nicht grundlos Sorgen über die rücksichtslosen Tendenzen seines Freundes.

»Ich bin gleich zurück.« Shin tippt auf seinem Handy herum.

»Wohin gehst du?«, fragt Milan.

»Ich muss nur schnell etwas überprüfen. Ich bin gleich wieder da.«

Und damit verschwindet er schnell in der Menge.

Milan sieht ihm einen Moment lang mit einem verwirrten Gesichtsausdruck nach, bevor er sich wieder zu mir dreht. »So, da wären wir wieder. Nur wir beide. Allein.«

»Wir sind nicht allein.« Ich deute mit meinem Kopf auf die überfüllte Halle.

»Allein genug«, sagt er, wobei seine Stimme zu einem tiefen Tonfall herabsinkt. »Oder wollen wir von hier verschwinden? Dann können wir wirklich *allein* sein.«

Ich kann nicht anders, als zu schlucken, meine Kehle wird plötzlich trocken.

Seine Nähe ist berauschend, sein Duft erfüllt meine Sinne und macht es mir schwer, klar zu denken. Der Gedanke, allein mit ihm an einem abgeschiedenen Ort zu sein, ist sowohl aufregend als auch beängstigend. Aber dann sehe ich zu ihm auf und verliere mich in der glühenden Intensität seines Blickes.

Die Wahrheit ist, dass ich ihm nicht widerstehen kann.

Als ich Silver meinen Namen rufen höre, breche ich den Bann von Milans Blick. Ich schaue hinüber und sehe, wie sie mich zu sich winkt.

Ach ja, ich habe ihr etwas versprochen.

Zögernd wende ich mich ihm wieder zu. »Silver ruft nach mir. Ich hatte ihr versprochen, bei der Vorbereitung des Feuerwerks zu helfen.«

Milans Gesichtsausdruck verhärtet sich bei meinen Worten.

»Feuerwerk?«, wiederholt er, wobei das Wort seltsam verschluckt klingt.

»Ja, anscheinend wollen sie dieses Jahr ein großes Spektakel und fangen deswegen mit einem Feuerwerk an.«

Sein Gesicht verblasst leicht. Der selbstsichere, großspurige Ausdruck, den er normalerweise trägt, wird durch etwas Anderes ersetzt.

»Ich verstehe«, antwortet er mir verkrampft.

Ich ziehe meine Augenbrauen zusammen.

Ist er etwa darüber verärgert, dass ich nicht mit ihm die Party verlasse?

»Aliya!« Silver ruft ein weiteres Mal nach mir und gestikuliert ungeduldig.

Er zieht mich etwas näher an sich, seine Lippen streifen mein Ohr. »Finde mich, nachdem du fertig bist.«

Und dann zieht er sich abrupt zurück.

Ich sehe ihm nach, und mein Magen verdreht sich zu einem Knoten, als er in Richtung des Basketballteams geht. Ich kann nicht umhin, den Hauch von Spannung in seinen Bewegungen und die Steifheit in seinen Schultern zu bemerken.

Irgendetwas stimmt nicht mit ihm.

Mit einem letzten flüchtigen Blick in Milans Richtung drehe ich mich um und bahne mir einen Weg zu Silver.

Nachdem ich Silver bei den Vorbereitungen für das Feuerwerk geholfen habe, schleiche ich mich von der Gruppe weg. Die Feuerwerkskörper sind aufgebaut und die Zündschnur liegt an ihrem Platz, bereit zum Anzünden.

Viele Schüler und Lehrer stehen bereits vor der Schule, um das Spektakel in Kürze beobachten zu können.

Adena, die mit ihren Freundinnen auf den Treppenstufen sitzt, wirft mir einen flüchtigen Blick zu, wendet ihn jedoch sofort wieder arrogant ab. Es ist schon eine Weile her, seitdem sie aufgehört hat, mir ihre falsche Freundschaft aufzudrängen. Und ich bin froh darüber. Ich brauche ihre oberflächlichen Gespräche nicht mehr.

In der Schulhalle ist die Party noch immer in vollem Gange, die Musik dröhnt, die Leute tanzen und trinken Cocktails.

Dass die meisten Schüler trotz des Alkoholverbots dennoch betrunken sind, ist keine Überraschung.

Ich muss Milan finden, bevor das Feuerwerk losgeht.

Mein Blick gleitet über die Basketballspieler. Die Nummer zehn des Teams, Levi Sokolov, tanzt auf dem Tisch zu *In da Club* von 50cent, während die anderen Spieler um ihn herum grollend jubeln.

Aber von Milan fehlt jede Spur.

Shin sitzt zwischen den Basketballspielern, einen Becher in der Hand, während er schmunzelnd seine Spielerkollegen beobachtet.

Ich mache mich auf den Weg zu ihm und quetsche mich an einer Gruppe kichernder Mädchen vorbei. Als ich Shin endlich erreiche, klopfe ich ihm auf die Schulter.

»Hast du-?«, setze ich gerade an, als Levi auf dem Tisch mich unterbricht.

»Sierra!«, lallt er und wedelt wild mit den Armen. »Komm her und tanz mit mir!«

Shin lacht, als ich eine Grimasse ziehe. »Ignorier ihn«, sagt er mit einem schiefen Grinsen. »Er ist sturzbesoffen.«

»Hast du Milan gesehen?«

Sein Lächeln schwankt leicht. »Ich dachte, ihr wärt zusammen.«

Ich schüttele meinen Kopf. »Ich habe Silver bei der Vorbereitung des Feuerwerks geholfen.«

Shins Miene verfinstert sich augenblicklich. »Feuerwerk?«

Ich runzele meine Stirn. »Ja, die Schule-.«

Das Geräusch der ersten Raketen jagt mir einen Schauer über den Rücken, und ich zucke unwillkürlich zusammen. Mein Herzschlag beschleunigt sich, Adrenalin und Nervosität strömen durch meine Adern.

»Fuck!«, flucht Shin neben mir und erhebt sich rasch.

Um uns herum fangen die Schüler an zu jubeln und noch ausgelassener zu feiern. Sie begeben sich nach draußen, um das Feuerwerk anzusehen.

Aber Shin sieht einfach nur krank aus.

»Was ist hier los?«, frage ich drängend.

Ich wusste, dass etwas nicht stimmt, und Shins Reaktion hat es mir nun bestätigt.

Er fährt sich frustriert durch die Haare. »Hör mir zu, Aliya.«

Ich spüre, wie sich in meiner Magengrube ein Unbehagen breit macht, das Gefühl, dass etwas ganz Schlimmes passieren wird.

»Sag mir, was los ist.«

»Er ist wahrscheinlich schon nach Hause gegangen. Oder er hat sich zurückgezogen.«

Seine Worte hängen schwer in der Luft. Ihre Bedeutung wird mir langsam bewusst.

Milan ist weg.

Er hat mir gesagt, dass ich ihn finden soll. Er würde nicht einfach so verschwinden und mich auf einer Party allein zurücklassen.

»Was meinst du damit? Wo sollte er denn hin sein?«

Shins Gesicht ist düster, seine Augen dunkel vor Unruhe. »Milan kann …«, fängt er schwer an. »Er mag … keine Feuerwerke.«

Mein Verdacht bestätigt sich.

Die Spannung seines Körpers, die Verkrampfung in seiner Stimme. Es war genau wie damals, als wir über den Leuchtturm gesprochen haben.

»Mag keine Feuerwerke?«

»Nein, es ist mehr als das.« Shin fährt sich ein weiteres Mal mit der Hand durch die Haare. »An Tagen dem Jahreswechsel oder … dem vierten Juli zieht er sich immer zurück.«

Tage wie Silvester oder der vierte Juli. Tage, die mit Feuerwerk und lauten Böllern gleichzusetzen sind. Anlässe, die Milan vermutlich genau deswegen verabscheut.

Es gibt so vieles, das ich über Milan nicht wusste, zum Beispiel seine Höhenangst und seine Abneigung gegen Feuerwerke. Und doch ist er trotz all der Dinge, die ich noch nicht über ihn erfahren habe, der Mensch, der mir auf der Welt am nächsten ist.

Ich höre, wie draußen eine weitere Rakete abgefeuert wird, deren laute Explosion die Luft durchschneidet.

Und auch wenn ich nicht ganz verstehe, wieso Shin so gestresst aussieht oder wieso Milan sich zurückzieht, weiß ich, dass ich ihn finden muss.

42
Milan

GEGENWART

»Hey, ich bin es. Lio. Hinterlass mir eine Nachricht und ich melde mich später bei dir zurück.«

Ich sitze auf der Couch im schwach beleuchteten Clubraum, den Kopf an die Polsterung gelehnt. Ich habe Kopfhörer auf und höre die Stimme meines Bruders, aber es hilft wenig dabei, den Lärm draußen zu übertönen. Wie nicht anders zu erwarten, geht er nicht ran. Somit wechsele ich zu meiner Musik-App und erhöhe die Lautstärke.

Die einzige Lichtquelle sind die sporadischen Farbblitze der Raketen, die draußen explodieren. Trotz der lauten Musik dringen die Geräusche von draußen mit einem leisen Dröhnen an meine Ohren.

Es. Ist. Verdammt. Laut.

Ich hätte bereits verschwinden sollen, als ich gehört habe, dass die SVH ein Feuerwerk organisiert. Ich sollte nach Hause gehen. Oder nach Belle Isle und meine Runden drehen.

Wieso bin ich hiergeblieben?

Natürlich. Ich habe *ihr* versprochen, dass ich sie nicht mehr hängen lassen werde.

Neben mir stehen drei leere Bierflaschen. Die klebrige Flüssigkeit tropft immer noch an den Gläsern herunter.

Gut, dass Levi Sokolovs Truck während jeder SVH-Party mit vollen Flaschen gefüllt ist, da die Schule ein Alkoholverbot hat.

Ich habe nicht darauf geachtet, wie viel ich getrunken habe, aber meine Sicht ist verschwommen und mein Verstand benebelt. Der Raum dreht sich um mich herum, die Wände kommen näher, als wollten sie mich ersticken.

Aber egal, wie viel ich trinke, es hilft nicht.

Wer kommt auch auf die verfickte Idee, auf einer Halloween-Party ein Feuerwerk zu machen? An Silvester und am Unabhängigkeitstag bin ich meistens so betrunken, dass ich es nicht einmal mitbekomme, wenn es so weit ist.

»Nenn mich nicht Mama.«

Plötzlich werde ich von einer Flut von Erinnerungen überschwemmt.

»Wenn du nicht wärst, wäre ich glücklich. Du hättest nicht geboren werden dürfen. Du bist ein Monster, Milan.«

Das Echo in meinem Kopf ist wie eine kaputte Schallplatte, jede Silbe meiner Mutter ein Schlag in die Magengrube.

Jahrelang habe ich versucht, zu verstehen. Zu rationalisieren. Einen Sinn in ihren Worten zu finden. War meine Existenz wirklich schlimmer als der Tod?

Aber jetzt trifft mich die Erkenntnis.

Mutter hatte recht, als sie mich ein Monster nannte.

Ich stoße ein Lachen aus, das in dem leeren Raum hohl klingt.

Ich bin ein Monster.

Ein Sündiger.

Kein guter Mensch.

Die Musik aus meinen Kopfhörern erfüllt mich, und das Geräusch von jemandem, der den Raum betritt, ist in meinen Ohren kaum zu hören.

Erst als ich eine Hand auf meiner Schulter spüre, merke ich, dass ich nicht mehr allein bin.

Ich schaue auf, sehe verschwommen, doch egal, wie betrunken ich auch sein mag, diese Augen werde ich immer erkennen.

Diese schönen, tiefen Augen, die mich schon so lange in meinen Gedanken und Träumen verfolgen.

Ihr dunkles Haar fällt ihr wellig über ihre Schultern und verhüllt ihr schönes Gesicht.

»*Little Curse.*« Meine Worte kommen nur als undeutliches Gemurmel heraus, während ich die Kopfhörer von meinem Kopf reiße.

Und obwohl immer noch das Dröhnen der Raketen zu hören ist, lenkt ihre Anwesenheit mich mehr ab als die verfickte Musik.

»Du hast mich gefunden«, schmunzele ich.

Ich wusste, dass sie mich finden wird.

»Was machst du hier, Milan?«, fragt sie leise.

»Was ich hier mache?«, wiederhole ich. »Ich betrinke mich, Sweetheart.«

Ich kann die Besorgnis in ihrem Blick sehen, die Sorge, die sich in ihre Züge eingebrannt hat. Aber ich will kein Mitleid.

»Trink mit.« Ich halte ihr die Flasche hin. »Nimm einen Schluck.«

Ich merke, dass sie das Angebot ablehnen, mir die Flasche aus der Hand reißen und mir sagen will, dass ich aufhören soll. Aber sie tut es nicht. Stattdessen überrascht sie mich, indem sie mir die Flasche aus der Hand nimmt und an ihre Lippen führt.

Sie nimmt einen kleinen Schluck, ihr Gesicht verzieht sich bei dem Geschmack. »Igitt. Zu bitter.«

Ich lache, amüsiert über ihre Reaktion. »Zu bitter? Es ist nicht dazu gedacht, gut zu schmecken. Es soll dich nur betrunken machen.«

Ihre Lippen öffnen sich überrascht einen Spalt und sie setzt neben mich auf die Couch. »Wieso betrinkst du dich?«

»Warum nicht?«, erwidere ich, wobei meine Worte undeutlich werden. »Es ist eine Party, nicht wahr? Alle anderen betrinken sich auch.«

»Vielleicht. Aber das ist nicht der Grund, wieso du hier im Dunkeln sitzt und trinkst.«

»Und du glaubst, du weißt alles, nicht wahr?«, spotte ich.

Sie begegnet meinem Blick, und ihre Augen halten meinem stand. »Ich behaupte nicht, dass ich alles weiß. Aber ich kenne dich. Ich weiß, wenn etwas nicht stimmt.«

»Du kennst mich?« Meine Stimme trieft vor Sarkasmus. »Du weißt nicht das Geringste über mich, Sweetheart.«

Sie zuckt bei meinem rauen Ton nicht zurück. Stattdessen lehnt sie sich noch näher an mich heran und presst ihren Körper nun an meinen.

»Vielleicht nicht«, antwortet sie leise, wobei ihre Augen meine nicht verlassen. »Aber ich weiß genug, um zu sehen, dass dich etwas bedrückt.«

Ich spüre, wie ihre Wärme in meine Knochen eindringt. Ich möchte ihr sagen, sie soll gehen und mich in Ruhe lassen. Ich möchte sie wegstoßen. Aber ich kann mich nicht dazu durchringen.

Sie legt eine Hand auf mein Knie. Ihre Berührung sendet Schockwellen durch meinen Körper.

Trotz meiner inneren Warnungen bin ich unfähig, mich zu bewegen. Ihre Berührung ist wie eine Droge, die den Schmerz betäubt und meinen Körper mit einem seltsamen, ungewohnten Gefühl zum Summen bringt.

Das Feuerwerk hat vorerst aufgehört, der Himmel ist still geworden. Die plötzliche Abwesenheit von Lärm lässt die Luft schwerer erscheinen.

»Du magst keine Feuerwerke, stimmt's?«, setzt sie an. »Deswegen ziehst du dich zurück.«

Ich antworte nicht.

»Wieso?«

Ich könnte ihr eine einfache Antwort geben, einen harmlosen Grund für meine Abneigung gegen Feuerwerke. Eine Lüge, die sie mir abkaufen würde.

Aber die Art, wie sie mich ansieht, hat etwas, das mich dazu bringt, die Wahrheit sagen zu wollen.

Die ganze Wahrheit.

Nur um zu sehen, ob sie damit umgehen kann.

Ob sie wirklich das starke Mädchen ist, für das sie sich hält.

»Es erinnert mich an … *etwas*.«

Ihre Augenbrauen heben sich leicht. »Woran?«

Ich greife nach der Flasche, nehme einen weiteren Schluck.

Ich stehe am Rande eines Abgrunds und bin im Begriff, das zu enthüllen, was ich nicht sagen sollte. Dunkle, hässliche Teile meines Lebens, die für immer im Verborgenen bleiben sollten.

Aber ich kann mich nicht zurückhalten.

Jetzt oder nie.

Ich wende meine Augen wieder von ihr ab, richte sie auf die Flasche in meiner Hand.

»Erinnerst du dich, als ich dir sagte, dass mein Bruder in Kalifornien ist?« Ich zögere ein paar Sekunden, bevor ich fortfahre. »Ich habe *gelogen*.«

Ein Moment vergeht, während ich darauf warte, dass sie etwas sagt. Ihre Hand auf meinem Knie verkrampft sich, aber sie reagiert nicht.

»Es war der vierte Juli, letztes Jahr.«

Mein Hals wird augenblicklich trocken, als ich mich zurückerinnere.

Der Abend sollte ein Spaß werden, ein Grillabend mit meinen Freunden, Feuerwerk und viel Musik.

Stattdessen wurde er zu einem Albtraum.

»Er ist-« Ich schüttele leicht meinen Kopf. »Er ist *gestorben*.«

Die Worte hängen in der Luft und haften wie ein schweres Gewicht zwischen uns.

Ich spüre, wie sie mich anstarrt, aber ich kann mich nicht dazu durchringen, sie anzusehen.

»Ich habe meinen Bruder *getötet*.«

Für einen Moment ist es, als ob die Zeit stehen geblieben wäre. Stille.

Absolute Stille.

Sie sagt nichts und ich warte darauf, dass sie aufsteht und wegläuft. Aber sie tut es nicht.

»Sie nannten es Suizid. Aber ich war es. Ich habe meinen Bruder umgebracht. Am vierten Juli, letztes Jahr«, wiederhole ich, während die Szenarien vor mein inneres Auge geführt werden.

Ich sehe den Garten. Höre den Anruf. Die Stimme, die mir gesagt hat, dass Kilian in den Tod gestürzt ist.

Plötzlich zieht sie ihre Hand zurück, lenkt meine Aufmerksamkeit wieder auf sich. Ihr Körper bebt, ihr Gesicht ist blass, ihre Augen groß und voller Unglauben.

»Was …« Ihre Stimme zittert, ihre Nägel graben sich in ihre Knie. »Was … redest du da?«

Ich sollte aufhören zu sprechen, doch mein Verstand verlangt, sie noch tiefer zu drängen. Sie noch mehr an ihre Grenzen zu stoßen. Noch mehr zu brechen.

»Als ich dir sagte, wir reden noch miteinander … Ich habe *gelogen*.«

Sie starrt mich an, als hätte sie einen Geist gesehen.

»Weißt du?«, fahre ich fort, meine Worte sind dick vom Alkohol. »Ich spreche nicht mit meinem Bruder. Ich habe es seit einem Jahr nicht mehr getan. Was glaubst du, warum das so ist, Sweetheart?«

Sie schüttelt ihren Kopf, als wolle sie mich daran hindern, weiterzusprechen.

»Weil er einenhalb Meter tief begraben ist. Tot.«

Sie springt zurück, als hätten meine Worte und meine Nähe sie verbrannt. »Du lügst!«

»Du wolltest den Grund wissen, nicht wahr? Den Grund, wieso ich kein Feuerwerk mag.«

Ihre grünen Augen füllen sich mit Tränen. »Hör auf zu reden! Du bist ein Lügner! Ich … Ich glaube dir kein Wort!«

»Es erinnert mich an die Nacht, an der mein eigener Bruder sich das Leben genommen hat.« *Meinetwegen.*

Ihre Stimme bleibt ihr im Hals stecken, und sie presst die Hände auf ihren Mund.

Die Worte hinterlassen einen viel bitteren Nachgeschmack auf meiner Zunge als der Alkohol.

Doch die Tatsache, wie sie ungläubig ihren Kopf schüttelt, die Tränen über ihre Wangen rollen, ihr Körper zittert, als hätte ich sie physisch verletzt, sorgt für ein größeres Unbehagen in mir.

»Das ist nicht wahr«, keucht sie. »Du lügst. Du musst lügen. Er kann nicht-«

»Warum sollte ich lügen? Nenn mir einen Grund, warum ich dich anlügen sollte, Sweetheart.«

Sie zuckt zurück, bricht wortwörtlich vor meinen Augen zusammen.

Ihr Gesichtsausdruck ist schmerzerfüllt, Tränen fließen wie ein Fluss über ihr Gesicht. »Du bist …« Ein Schluchzen entweicht ihr und unterbricht ihre Worte.

Ich bin … *ein Monster.* Ja, das ist das, was sie sagen wollte.

Genau wie meine Mutter mich gehasst hat, genau wie mein Bruder mich gehasst hat, wird nun auch sie mich hassen.

Die Tatsache, dass der Verlust meines Bruders sie dermaßen zerreißt. *Zertrümmert.*

Sie muss ihn wirklich *geliebt* haben.

So, wie jeder ihn geliebt hat.

Der perfekte Sohn und der perfekte Freund.

Aber er war *mein perfekter großer Bruder*.

Es war so natürlich, ihn, um mich zu haben. Jetzt fühle ich mich *verloren*. In solchen Momenten wird mein Verstand taub. Ich verliere die Orientierung in der Welt. Und das alles nur, weil er nicht mehr da ist.

Sie sitzt immer noch neben mir auf der Couch. Ihre Augen sind geschwollen und rot.

Wie dumm von mir, dass ich dachte, ich könnte jemandem etwas bedeuten.

Wirklich etwas bedeuten.

Weine, Sweetheart. Vergieße alle Tränen, die ich nicht weinen kann. Weil ich ein herzloser Bastard bin. Genauso hattest du mich auch genannt, nicht wahr? Das trifft es ziemlich gut. Jemand, der den Selbstmord seiner Mutter und seines Bruders zu verantworten hat, verdient nichts anderes.

Ich verdiene nichts anderes.

43
Aliya

EIN JAHR ZUVOR

Ich sitze auf der altbekannten Bank im Roosevelt Park, derselben Bank, auf der ich vor zwei Jahren meine heiße Schokolade geschlürft habe.

Vieles hat sich seitdem verändert.

Daniel ist umgezogen. Er lebt nicht mehr mit mir unter einem Dach.

Ich besuche eine neue Schule. Dort bin ich für jeden unsichtbar und nicht mehr das Mädchen, das einen Lehrer geschlagen hat.

Und endlich habe ich einen Freund, der in mir mehr sieht als nur die Narben meiner Vergangenheit.

Es ist beängstigend, hier zu sitzen und an den Abend zurückzudenken, als mein Leben fast an dieser Stelle endete. Als ich so verzweifelt war, dass ich dachte, der Tod sei die einzige Erlösung. *Meine Freiheit.*

Doch das Leben, das ich damals aufgeben wollte, hat mir neue Wege geöffnet. Und ich weiß nun, dass meine wahre Freiheit nicht der Tod ist, sondern eine Person. *Lio.*

Ich habe ihn schon seit einigen Wochen nicht mehr gesehen. Ihn heute nach all dieser Zeit wiederzusehen, fühlt sich an wie eine Heimkehr.

Lio kommt gerade zurück, mit einer Eiswaffel in der Hand. Er reicht es mir, bevor er sich neben mich setzt und eine Dose öffnet.

»Du möchtest kein Eis?«

Er schüttelt den Kopf, während er einen Schluck nimmt. »Nein, Kleines. Ich bleibe lieber bei meinem kalten Kaffee.«

Er hat dunkle Ringe unter seinen Augen, als hätte er seit Wochen keinen Schlaf mehr bekommen. Seine Haare sind ein wenig länger als üblich und er hat leichte Bartstoppeln auf seinem Kinn.

»Du siehst müde aus.«

Lio schenkt mir ein erschöpftes Lächeln. »Es waren ein paar lange Wochen.«

»Du solltest dich nicht überanstrengen.«

»Das Lernen in letzter Zeit ist die Hölle.«

Und auch wenn er es aufs Lernen schiebt, werde ich den Gedanken nicht los, dass er etwas Schweres mit sich herumträgt, das ihn sehr belastet. »Ist alles in Ordnung?«

Lio hat mich aus dem tiefsten Loch meines Lebens herausgeholt. Falls es ihm schlecht geht, bin nun ich an der Reihe, ihm zu helfen.

Er dreht sich zu mir und ich kann nicht umhin, die Falten der Müdigkeit in seinem Gesicht zu bemerken. Doch seine Mundwinkel ziehen sich nach oben, bevor er mir mit seiner freien Hand durch meine Haare wuschelt und sie in Unordnung bringt. »Mir geht es gut. Mach dir keinen Kopf um mich.«

Ich schiebe ihn weg und versuche, meine unordentliche Frisur zu richten, ohne mein Eis zu verkleckern.

»Du siehst erschöpft aus, Lio. Irgendetwas macht dir zu schaffen, nicht wahr? Ich möchte nur, dass du weißt, dass ich für dich da bin. Genauso wie du für mich in meinen schlimmsten Momenten da warst.«

Seine Fassade bröckelt leicht, doch dann zeigt er mir sein Grübchen. »Ich weiß deine Besorgnis zu schätzen, Kleines. Aber ich bin ein harter Kerl. Ich kann ein bisschen Erschöpfung schon vertragen. Und außerdem ist Müdigkeit mein Standardzustand. Hast du mich mal vor meinem Morgenkaffee gesehen? Ich bin praktisch ein Zombie.«

»Nein, nicht-«, setze ich gerade an, doch zu spät.

Lios Grinsen wird breiter, als er meine Haare zum zweiten Mal durcheinanderbringt. »Ach, komm schon. Ich weiß doch, dass du mir nicht widerstehen kannst.«

Ich versuche, seine Hand wegzuschieben, aber währenddessen fällt meine Eiskugel von meiner Waffel hinunter. Er bricht in Gelächter aus, als das Eis auf meiner Hose landet und einen großen Fleck hinterlässt.

»Sieh, was du angerichtet hast. Du hast dein Eis vergeudet.«

»Wegen wem wohl?«

»Nicht meine Schuld, wenn du nicht gut im Multitasking bist, Kleines.«

Ich schnaube genervt.

»Na gut, na gut. Sieht aus, als müsste ich dir ein neues besorgen.« Er steht auf, doch ich halte ihn an seinem Arm fest.

»Ist schon gut.«

Lio sieht mich mit hochgezogener Augenbraue an. »Bist du sicher? Es macht mir nichts aus, dir noch eins zu holen.«

Ich schüttle den Kopf und halte meine Waffel hoch. »Ich habe noch das hier.«

»Okay, wenn du meinst.«

Wir sitzen ein paar Augenblicke in angenehmem Schweigen, im Hintergrund hört man das Lachen und Spielen von Kindern.

Nach einer Weile bricht Lio die Stille. »Hey, Kleines?«

»Ja?«

Sein Gesichtsausdruck ändert sich kurz, als ob er etwas Wichtiges sagen möchte, aber dann fängt er sich und lächelt stattdessen.

Er schaut auf mein Handgelenk, an dem ich das Armband trage, das er mir geschenkt hat. »Wollte nur sehen, ob du es immer noch hast.«

»Ich habe es noch nie abgenommen.«

»Gut. Ich möchte nicht, dass du es verlierst.«

»Werde ich nicht«, versichere ich ihm. »Es ist immer bei mir.«

Lio lehnt sich auf der Bank zurück, streckt die Arme aus und bemüht sich, entspannt auszusehen.

Er versucht, das Aufflackern von Schwäche in seinen grünen Augen zu verbergen, aber ich kann ihn durchschauen. Er möchte mich nicht belasten. Stattdessen setzt er eine spielerische Maske auf und gibt sich Mühe, die Stimmung aufzulockern.

Und das nervt mich.

Ich habe mich nie zurückgehalten, wenn es darum ging, Schwäche zu zeigen.

Er bemerkt, dass ich ihn studiere. »Siehst du etwas, das dir gefällt, Kleines?«

Ich verdrehe meine Augen. »Definitiv nicht.«

Lio legt eine Hand auf sein Herz und tut so, als sei er verwundet worden. »Mein Herz, es bricht. Wie soll ich mich jemals von einer so harten Wahrheit erholen?«

Ich versuche, mir ein Lachen zu verkneifen.

»Du magst also nichts an mir? Ich bin am Boden zerstört, Kleines. Völlig niedergeschmettert.«

»Du weißt, dass das nicht stimmt«, antworte ich, nachdem ich meinen letzten Bissen heruntergeschluckt habe. »Natürlich mag ich dich. Wie könnte ich auch nicht? Du hast mir geholfen, Lio. Ohne dich wäre ich jetzt …«

Meine Wörter bleiben mir im Hals stecken und auch Lios Lächeln verblasst.

… tot.

Ich schüttele meinen Kopf und fahre fort. »Du bist mir sehr wichtig. Ich werde niemals vergessen, wie sehr du mein Leben beeinflusst hast. Und ich werde dir für immer dankbar sein.«

Seine Miene wird weicher und in seinen Augen flackert ein Hauch von Emotion auf, während die Hitze in meine Wangen steigt. *War das zu viel?*

Seine Mundwinkel kräuseln sich. »Du bist mir auch sehr wichtig, Kleines.«

Und diesmal lasse ich ihn meine Haare durcheinanderbringen, ohne mich dagegen zu sträuben. Mit einem rauen Lachen erhebt er sich von der Bank. Er streckt die Arme über den Kopf, seine Muskeln spannen sich leicht an, und ich bemerke, wie groß und imposant er ist.

»Ich habe …« Ich halte inne und bin mir unsicher, ob ich ihn wirklich fragen sollte, doch da dreht er sich schon zu mir.

»Ich habe gehört, dass der Belle Isle Park für seine vielfältige Flora bekannt ist. Dort wurden wohl auch Lotusblumen angepflanzt.«

Es ist komisch, aber seitdem er mir dieses Armband geschenkt hat, verbinde ich ihn automatisch mit Lotusblumen.

»Lotusblumen, hm?«

»Können wir da nächstes Mal hin?«

Ich beiße peinlich berührt auf meine Unterlippe, weil ich mir nicht sicher bin, ob ich womöglich Grenzen überschreite, die nicht überschritten werden sollten.

Erst mein Geständnis, dass er mir wichtig ist und nun klingt es so, als würde ich um ein Date bitten.

Die Art, wie sein Lächeln leicht stockt, verrät mir, dass ich womöglich übertrieben habe.

Doch dann dreht er sich zu seinem Motorrad. »Sicher, wir können uns das *nächste Mal* den Lotusteich ansehen.«

Überrascht weite ich meine Augen. »Wirklich?«

»Habe ich dich je angelogen, Kleines?«

Er vermeidet es, mich direkt anzusehen. Sein Blick ist auf seinen Helm gerichtet.

»Aber ruhe dich bitte bis dann aus. Ich möchte dich nicht mit diesen Augenringen sehen«, werfe ich mit einem sarkastischen Ton ein, um die Stimmung zu lockern.

Er stößt ein Lachen aus, als er sich zu mir dreht, aber es erreicht nicht seine Augen. »Ja, ja, ich werde mich schon ausruhen. Ich kann es mir nicht leisten, dass du mich deswegen weiter runtermachst.«

Danach fährt er mich mit seinem Motorrad nach Hause. Mit einem Nicken verabschieden wir uns voneinander und er wartet, bis ich drinnen bin. Als ich Lio auf seinem Motorrad wegfahren sehe, werde ich das Gefühl nicht los, dass etwas nicht stimmt.

Da Robert und meine Mutter einige Tage verreist sind, ist es ungewohnt still im Haus. Der Gedanke, den Unabhängigkeitstag morgen allein zu verbringen, ist seltsam beruhigend. Aber trotz der Ruhe im Haus hat sich ein Unbehagen tief in meinen Magen gesetzt. Ich versuche, das Gefühl abzuschütteln, aber es bleibt.

Als ich meine Jacke ausziehe und sie an Garderobe hänge, bemerke ich ein kleines Stück Papier, das aus der Außentasche herausragt.

Mit zusammengezogenen Augenbrauen nehme ich es heraus. Ich halte es für Müll, bis ich es auseinanderfalte und merke, dass es eine Notiz ist.

Eine Notiz mit einer vertrauten Handschrift, die sich seltsamerweise, wie ein Abschied anfühlt.

Ein Abschied von meinem einzigen Freund.

Ich weiß, dass du müde wirst,
Kleines. Aber bitte mach weiter.
Du bist so stark und ich werde
für immer stolz auf dich sein.

– Lio

44
Milan

EIN JAHR ZUVOR

E r ist schon wieder weg.
Und ich weiß genau, wo er sich herumtreibt. Genauer gesagt mit wem.

Aliya fucking Sierra.

Allein der Gedanke an sie bringt mein Blut in Wallung. Mit ihr schleicht Kilian in letzter Zeit herum.

Ich sehe sie in den Gängen der Schule, wo sie sich wie ein schüchternes Mauerblümchen in den Hintergrund drängt. Aber ich weiß, dass sie alles andere als unschuldig ist.

»Meine Schwester kommt nicht«, verkündet Raelyn, als wir gerade das Feuerwerk für heute Nacht vorbereiten.

Morgen ist der 4. Juli. Der Unabhängigkeitstag.

»Elena kommt nicht? Wieso?«

Elena liebt Feuerwerke. Und sie liebt den 4. Juli.

Schon seit Jahren feiern wir den Tag zusammen mit einer Grillparty.

»Ich weiß nicht. Sie ist schon seit Wochen … so komisch.«

Ich erstarre auf der Stelle.

Natürlich. Vermutlich hat sie herausgefunden, dass ihr Freund seine freie Zeit lieber mit einer Minderjährigen verbringt als mit ihr.

Ich spanne meinen Kiefer an. »Mein Bruder ist auch seit Wochen komisch.«

»Denkst du, sie haben sich getrennt?«

Sie sind seit Jahren zusammen, und jeder dachte, sie wären das perfekte Paar. Aber wäre es dem so, dann wäre er kein verfickter Betrüger.

Die Familie Davis lebt schon seitdem ich denken kann im Nachbaranwesen. Elena ist für mich immer wie eine große Schwester gewesen. Doch der Gedanke, dass Lio ihr so etwas antut, macht mich unfassbar wütend.

Ich hoffe, sie haben sich getrennt. Sie verdient etwas Besseres.

Aber mein Bruder ist nicht der Einzige, der die Schuld trägt.

Sie hat ihn verändert. *Dieses verdammte Mädchen.*

Vorher war er verantwortungsvoll, gesetzestreu, würde keiner Fliege schaden. Aber seitdem sie in sein Leben getreten ist, ist er bereit zu lügen und alles zu riskieren, nur um sie zu treffen.

Ein Anruf von ihr und er geht zu ihr, wie ein verdammter Hund.

Mit ihrer Macht wickelt sie ihn um den kleinen Finger.

Es ist schon eine Weile her, seitdem ich angefangen habe, sie aus dem Schatten heraus zu beobachten. Es ist zu einer Art kranker Besessenheit geworden.

Und mein Bruder ist nicht der Einzige, der tief in ihren Bann geraten ist, denn auch mich hat sie merkwürdigerweise verflucht.

Sie hat etwas an sich, das mich vollkommen in den Wahnsinn treibt.

Die meiste Zeit ist ihr Gesicht eine neutrale Maske, aber wenn Kilian in ihrer Nähe ist, kommt eine ganz neue Seite von ihr zum Vorschein.

Ihre Augen leuchten mit einer Wärme, die ich noch nie gesehen habe. Ihre Lippen verziehen sich zu einem Lächeln, das ihre gesamte Umgebung erhellt.

Doch während er ihre Welt erleuchtet, zerrt sie ihn in den endgültigen Untergang.

Seine Beziehung zu Elena ist zerrüttet, und sein einst starkes Verhältnis zu seinen Freunden ist jetzt distanziert.

Aber das Schlimmste ist, dass auch unsere enge Bindung zerbrochen ist. Seitdem er sie kennt, spüre ich, wie er sich von mir entfernt.

Früher konnten wir uns einander anvertrauen, unsere tiefsten Geheimnisse und Kämpfe miteinander teilen. Aber jetzt ist es, als stünde eine unsichtbare Mauer zwischen uns, die von ihr errichtet wurde. Es ist, als hätte sie meinen Platz in seinem Leben eingenommen und einen Keil zwischen uns getrieben.

Und vielleicht bin ich nur neidisch, aber ich werde ihr *niemals* vergeben, dass sie mir meinen Bruder weggenommen hat.

Evan ist ein Bastard, der sich für nichts anderes als sein Unternehmen interessiert. Meine Mutter war genau das Gegenteil unseres Vaters.

Ihr Verlust hat eine große Lücke in meinem Leben hinterlassen, welche Lio aber aufgefüllt hat. Er hat mich nie allein gelassen, war immer an meiner Seite.

Er war mir mehr ein Elternteil als Evan.

Und deswegen belastet es mich umso mehr, dass dieses verlogene Mädchen ihn gänzlich unter Kontrolle hat. Es ist, als hätte er alles vergessen, was wir zusammen durchgemacht haben, alles, was wir einander bedeutet haben.

Und weil sie mir den wichtigsten Menschen in meinem Leben weggenommen hat, möchte ich, dass sie genauso leidet.

Ich werde sie zerstören, so wie sie unser Leben ruiniert hat.

Ich werde sie die Qualen spüren lassen, die sie uns zugefügt hat.

Und ich werde nicht ruhen, bis Aliya fucking Sierra für all das ihre gerechte Strafe bekommen hat.

Die Sonne am Horizont geht langsam unter und taucht den Himmel mit ihren letzten Strahlen in ein brennendes Rot.

»Wann kommst du?«, fragt Shin Damian am Telefon.

»Stress mich nicht, Shinichiro. Ich bin schon bald da. Fangt nicht ohne mich an!«, antwortet Damian am anderen Ende der Leitung.

»Dann beeil dich.« Shin legt auf, doch schnappt erschrocken nach Luft, als er bemerkt, dass ich seinem jüngeren Bruder eine Zigarette gegeben habe.

»Was zum Fick?« Er wirft Ryu einen glühenden Blick zu, der gerade in aller Ruhe an seiner Zigarette zieht.

Die Tatsache, dass beide Brüder sind und Ryu vier Jahre jünger als Shin ist, ist manchmal verängstigend. Sie sind das komplette Gegenteil voneinander.

»Leg das sofort weg.«

»Beruhig dich mal. Das ist erst meine zweite Zigarette.«

Shins Augen verdunkeln sich, während er auf seinen Bruder zugeht, um die Zigarette aus seiner Hand zu reißen und ihm eine Standpauke zu halten.

»Kommt Kil nicht?«, fragt Raelyn an mich gerichtet.

Mein Blick schweift zur Einfahrt und ich schüttele meinen Kopf. »Ich weiß nicht.«

Wahrscheinlich ist er immer noch mit seiner kleinen Freundin unterwegs.

Die Tatsache, dass Lio sie ständig über den Rest von uns stellt, nagt an mir und heizt meine Wut weiter an. Das sich wiederholende Muster seines Verhaltens verschlimmert meine Verärgerung und schürt mein inneres Feuer.

Wie konnte er sich nur so negativ verändern?

Sie zupft an ihrem Fingernagel. »Elena hat mir gesagt, dass er … ihre Anrufe ignoriert.«

Dieser Motherfucker.

Mein Kiefer krampft sich zusammen. Der Gedanke, dass Lio seine eigene Freundin, die seit Jahren für ihn da ist, zugunsten dieser Schlampe absERVIERT, macht mich rasend.

Ich brauche Antworten und ich brauche sie jetzt.

Wie aufs Stichwort ist das Geräusch eines Motors zu hören, der die Straße heraufkommt. Raelyn und ich drehen unsere Köpfe und sehen, wie Lio vor dem Haus vorfährt und sein Motorrad in Richtung der Garage rollt.

»Er ist ja doch gekommen.« Raelyn klingt erleichtert. »Ich schreibe meiner Schwester. Vielleicht kommt sie dann auch.«

»Das hat ja lange genug gedauert«, murmle ich und erhebe mich von meinem Platz. »Shin!«, rufe ich nach ihm, der immer noch mit seinem Bruder beschäftigt ist. »Ich komme gleich. Sag Pavla Bescheid, dass sie mit dem Grillen anfangen kann.«

Shin blickt von seinem Streit mit Ryu auf. Er spürt die Ernsthaftigkeit in meinem Ton und nickt zustimmend, bevor er sich wieder um seinen Bruder kümmert.

Raelyn wirft mir einen besorgten Blick zu, aber ich beachte sie nicht, sondern stürme in die Garage.

»Wir müssen reden. Und ich hoffe, du hast eine gute Erklärung für dein Verhalten. Denn im Moment pisst du mich einfach nur an. Du-«

Ich erstarre und die Worte bleiben mir im Hals stecken.

Mein Blick fällt auf den gedrehten Joint in seiner Hand, den er gerade von seinen Lippen wegführt, als er mich erblickt. Seine grünen Augen sind blutunterlaufen, sein sonst so gepflegtes Haar ist zerzaust, und sein Gesicht wirkt hager.

Er sieht aus wie ein gottverdammter Cracky.

»Was zum Teufel machst du da?« Ich reiße ihm den Joint aus der Hand. »Was ist das? Seit wann machst du das?«

Der Bruder, den ich kenne, ist immer gegen Rauchen und Trinken gewesen. Er war immer der Verantwortungsvolle, derjenige, der nie vom rechten Weg abkam. Und jetzt hat er angefangen, Drogen zu nehmen? Fucking Drogen?

Der Geruch steigt mir in die Nase und ich ziehe eine Grimasse, bevor ich den Joint wegwerfe.

Er sieht gelangweilt aus. »Seit ein paar Monaten. Nur ein paar Mal hier und da. Das ist gar nichts.«

»Nur ein paar Mal hier und da, huh?«, zische ich. »Dir ist doch klar, wie verkorkst das ist, oder? Du bist ein verdammter Erwachsener!«

Mein eigenes Leben besteht aus Zigaretten, Alkohol und Drogen. Ich war noch nie der Verantwortungsvolle in der Familie, daher schere ich mich auch nicht darum, zumindest was mich selbst betrifft.

Nicht die Tatsache, dass er Drogen nimmt, macht mich rasend, sondern der Gedanke, dass er jetzt genau das tut, wogegen er immer war. Der Gedanke, dass er sich *verändert* hat.

Eigentlich ist er derjenige, der mir immer Vorträge darüber hält, wie gefährlich das alles ist, aber nun fühlt sich das so an, als wäre ich der ältere Bruder.

»Der Lio, den ich kenne, würde niemals so etwas tun.«

»Kilian«, verbessert er mich.

»Was?«

»Mein Name ist Kilian.«

Ich blinzle, überrascht von seiner unerwarteten Korrektur.

Als er mir den Rücken zudreht und sich auf sein Motorrad konzentriert, spüre ich eine Welle von Wut und Frustration über mich hereinbrechen.

Für mich war er immer Lio, aber jetzt ist er Kilian, ein Fremder.

»Es ist *ihre* Schuld, nicht wahr?«, setze ich an. »*Sie* hat dich verändert.«

Seine Aufmerksamkeit bleibt auf sein Motorrad gerichtet, aber ich kann die Veränderung in seiner Körpersprache sehen.

»Ist es nicht so?« Ich fahre fort, meine Stimme wird schärfer. »Diese Schlampe, sie ist der Grund für dein Verhalten, nicht wahr?«

Ich trete einen Schritt näher an ihn heran. »Du benimmst dich ihretwegen wie ein verdammter Bastard. Wegen ihr wirfst du dein Leben weg, nimmst solch ein Zeug und Gott weiß, was noch alles.«

Er hebt leicht seinen Kopf und blickt über seine Schulter zu mir.

»Antworte mir, verdammt noch mal!«

»Sie hat nichts damit zu tun.«

»Bullshit.« Ich spüre, wie mein Blut kocht. »Sie hat mit allem was zu tun!«

Ich packe ihn fest an der Schulter, meine Finger graben sich in sein Fleisch, während ich ihn gewaltsam zu mir drehe. Sein Gesichtsausdruck neutral und unberührt, als würde ich gegen eine Wand sprechen.

Ich schüttele enttäuscht meinen Kopf. »Was zur Hölle hat sie aus dir gemacht, Bruder?«

Er schlägt meine Hand von sich, sodass ich zurückzucke. »Wie ich es bereits sagte, sie hat nichts damit zu tun. Lass sie da raus.«

Meine Hand fährt instinktiv nach oben, um meine brennende Haut zu reiben. *Er hat meine Hand weggeschlagen.*

Ich räuspere mich. »Was ist mit Elena? Tut sie dir denn gar nicht leid?«

Auf meine Frage hin wird er unheimlich still. Für einen kurzen Moment scheint es so, als hätten meine Worte endlich seine harte Schale durchbrochen. Ich kann etwas in seinen Augen aufflackern sehen, einen Hauch von Schuld oder Scham vielleicht, aber so schnell wie es aufgetaucht ist, ist es auch wieder verschwunden.

»Wieso sollte sie?«

»Sie ist deine Freundin, sorgt sich seit Wochen um dich und du ignorierst ihre Anrufe. Alles, was dich interessiert, ist deine neue Schlampe, mit der du neuerdings rumhängst.«

»Sprich nicht so über sie.«

»Warum nicht?«, feuere ich zurück. »Es ist die Wahrheit, oder? Du lässt Elena seit Monaten links liegen. Und wofür? Für eine verfickte Minderjährige, mit der du sie betrügst!«

Sein Gesicht verfinstert sich bei meiner Anschuldigung. »Betrügen?«

»Sie ist so alt wie ich. Was ist falsch mit dir? Findest du keine in deinem Alter zum Ficken? Bist du jetzt auch ein verdammter Pädophiler?«

»Pass auf, wie du mit mir redest«, erwidert er mit tiefer, drohender Stimme. »Ich bin immer noch dein älterer Bruder.«

»Dann benimm dich verdammt noch mal so!«

Mittlerweile ist es mir egal, ob die anderen im Garten unser Gespräch mitbekommen.

»Teste meine Geduld nicht, Milan.« Seine Hände sind immer noch zu Fäusten geballt, und ich kann die Adern seiner Arme hervorstehen sehen.

»Dann reiß dich zusammen und werde erwachsen!«

»Du solltest jetzt lieber gehen. Dieses Gespräch ist beendet.« Er will sich abwenden, aber so leicht lasse ich ihn nicht davonkommen. Ich halte ihn wieder an seiner Schulter fest, möchte ihn gerade zu mir drehen, doch er reagiert schneller.

Ich stoße einen überraschten Laut aus, als er mich am Kragen packt.

»Lass mich los, du Bastard«, zische ich und wehre mich dagegen.

Er zieht mich näher an sich heran, bis wir uns gegenüberstehen. Seine Augen brennen vor Wut. »Du weißt nicht, wann du deine verdammte Fresse halten sollst, oder?«

Ich spüre, wie sich der Stoff meines Hemdes in meine Haut bohrt.

»Du denkst, du weißt alles, aber du weißt einen Dreck«, spottet er. »Du hältst dich für so schlau, aber du bist nur ein verdammter Idiot. Wer bist du, dass du denkst, mich über mein Leben belehren zu können, huh?«

»Ich bin dein Bruder«, sage ich mit zusammengebissenen Zähnen.

Er lacht, sein Griff um meinen Kragen wird fester.

»Ach ja?«, stößt er hervor. »Du glaubst, nur weil du mein Bruder bist, kannst du mir vorschreiben, wen ich sehen darf und wen nicht? Denkst du, du hast diese Art von Autorität über mich?«

Ich erkenne ihn nicht mehr wieder.

Was ist nur aus meinem Lio geworden?

»Mutter wäre enttäuscht von dir«, bringe ich mühsam über die Lippen.

Sein Gesicht verhärtet sich. »Mutter wäre enttäuscht von mir?« Er schüttelt höhnend seinen Kopf. »Warst nicht du derjenige, von dem sie bitterlich *enttäuscht* war, kleiner Bruder?«

Seine Worte schneiden wie ein Dolch in mein Herz und reißen Wunden auf, die nie ganz verheilt sind.

»Schließlich hat sie sich deinetwegen das Leben …«

Er unterbricht sich selbst, als er mir in die geweiteten Augen blickt.

Doch ich weiß genau, was er sagen möchte.

Schließlich hat sie sich deinetwegen das Leben genommen.

Ich zucke unwillkürlich zusammen und spüre, wie mich der Schmerz seiner Bemerkung überrollt und mein Blut wird eiskalt.

Niemals hätte ich gedacht, dass mein Bruder den Tod unserer Mutter gegen mich einsetzen und ihn als Waffe benutzen würde, um mich zu verletzen.

Ich weiß, dass er recht hat. Er hatte schon immer recht.

Der Tod unserer Mutter war meine Schuld.

Ich war derjenige, von dem sie enttäuscht war.

Sein Blick wird milder, als er sieht, welche Wirkung seine Worte auf mich haben. Für einen Moment ist es so, als ob die Bosheit, die er noch vor wenigen Augenblicken an den Tag gelegt hat, verschwunden ist und durch einen Hauch von Reue ersetzt wird.

Doch dann schubst er mich mit einem kräftigen Stoß, sodass ich perplex zurücktaumele. »Jetzt geh mir aus den Augen.«

Ich gehe auf die Tür zu, doch entscheide mich dann um, und drehe mich wieder zu ihm. »Du hast recht mit dem, was du gesagt hast.«

Ich schlucke den Kloß in meinem Hals hinunter. »Aber weißt du was, Li- … Kilian?«

Seine Augen ruhen auf mir, seine Lippen zu einer geraden Linie gepresst.

»Ich dachte, du wärst anders als Vater. Aber du bist ein genauso großer Bastard wie er.«

Kilians Kiefer spannt sich an, aber er spricht nicht.

»Ich hätte es lieber, wenn anstelle von euch beiden, Mutter hier sein würde«, sage ich. »Wenigstens hätte sie mich nicht enttäuscht.«

Sein Gesicht verliert plötzlich jede Farbe und er reißt seine Augen weit auf.

Es ist, als hätten meine Worte die Schichten von Kälte und Wut abgetragen und die rohe, verletzliche Seite meines Bruders zum Vorschein gebracht.

Der Ausdruck in seinem Gesicht ist niederschmetternd.

»Milan, ich-« Seine Stimme zittert, doch ich höre ihm nicht mehr zu.

Ich verlasse die Garage und schließe die Tür hinter mir mit einem lauten Knall. Die Stille verschluckt mich, als ich nach draußen trete.

Ich weiß, dass meine Worte ihn zutiefst verletzt haben, aber ich kann mich nicht dazu durchringen, umzukehren und sie zurückzunehmen.

Er hat es verdient, nach allem, was er gesagt hat.

Nachdem ich mich in meinem Zimmer etwas beruhigt habe, begebe ich mich wieder zurück in den Garten. Der Duft von gegrilltem Fleisch liegt in der Luft, und die anderen warten auf mich, damit wir endlich essen können.

Damian hat sich mit einer kurzen Nachricht entschuldigt und angekündigt, dass er später dazukommen wird.

Elena taucht den ganzen Abend über nicht auf, ebenso wenig wie mein Bruder.

Seine Abwesenheit hinterlässt ein flaues Gefühl in meinem Magen, aber ich schiebe die Gedanken an den Streit beiseite und versuche, den Abend zu genießen.

Stunden vergehen und die Nacht senkt sich über uns. Nach Mitternacht beginnen wir, die Raketen zu zünden. Das Knistern der Zündschnüre und das explosive Farbenspiel am Himmel ziehen die Blicke aller in den Bann. Ganz Detroit scheint in diesem Moment den Unabhängigkeitstag zu feiern.

Aber meine Gedanken wandern immer wieder zu meinem Bruder.

Wo ist er? Was macht er gerade?

Vielleicht ist er bei dieser Sierra-Schlampe, um sich bei ihr auszuheulen.

Der Gedanke schnürt mir die Kehle zu, aber ich dränge ihn zurück und konzentriere mich auf die Menschen um mich herum, auf das Lachen und die Freude.

Einige Stunden später, kurz vor Sonnenaufgang, sitzen Shin und ich immer noch im Garten. Alle anderen sind bereits gegangen, und die letzten Funken des Feuerwerks glimmen in der Ferne. Wir warten auf Damian, der immer noch nicht erschienen ist.

Die Stille der frühen Morgenstunden legt sich wie ein Schleier über uns, als mein Handy vibriert. Es ist ein Anruf von dem Sekretär meines Vaters.

Kilian hat sich in St. Claire Shores das Leben genommen.

Ich erinnere mich nicht daran, wie ich das Gespräch beendet habe, ob ich überhaupt etwas gesagt habe. Ich erinnere mich nicht, was Shin mir gesagt hat oder an Elenas Schreie aus dem Nachbarhaus, als sie von der Nachricht erfahren hat.

Die farblose Welt zieht an mir vorbei.

Sie scheint plötzlich so leer, als hätte sie all ihre Lebendigkeit verloren.

Die Welt, die mein Bruder verlassen hat, ist nun eine andere.

Und während jeder seinen Tod für einen Akt der Verzweiflung hält, bin ich der Einzige, der den wahren Grund hinter seiner Tat kennt.

Meine letzten Worte an ihn hallen wie eine Verdammnis in meinem Kopf.

Ich hätte es lieber, wenn anstelle von euch beiden, Mutter hier sein würde. Wenigstens hätte sie mich nicht enttäuscht.

Mutter hatte recht, als sie mich ein Monster nannte.

Ich bin ein Ungeheuer, das andere in den Tod treibt.

Ich habe meinen eigenen Bruder getötet.

Meine Worte haben ihn getötet.

45
Aliya

GEGENWART

Er ist gestorben.
Sie nannten es Suizid.

Ich weiß nicht, seit wie vielen Stunden oder Tagen ich schon in meinem Bett liege und wie viele Tränen ich bereits vergossen habe. Zu wissen, dass Kilian, nein, Lio, nicht mehr da ist, hat mein ganzes Leben mit einem gewaltigen Schlag auf den Kopf gestellt.

Aber die Tatsache, dass er sich selbst das Leben genommen hat, trifft mich noch viel härter und überflutet mich, wie ein Tsunami, der auf die Küste prallt.

Egal, wie anstrengend das Leben manchmal sein mag, irgend-wann wird es einfacher. Irgendwann wird alles einfacher.

Das ist es, was er mir immer sagte, aber wie schwer musste die Last auf seinen Schultern gewesen sein, dass er sich gezwungen gefühlt hat, gegen seine eigenen Prinzipien zu verstoßen?

Als er bei unserem letzten Treffen völlig erschöpft und müde aussah, hätte ich es wissen müssen. Ich hätte weiter nachbohren, mehr Anteilnahme zeigen sollen. Ich hätte da sein müssen, ver-dammt, um ihm zu helfen, die Last zu tragen.

Welch eine Ironie des Universums, dass sich die Person, die mich davor bewahrt hat, mir das Leben zu nehmen, sich am Ende selbst umgebracht hat.

Tränen laufen mir über die Wangen, während ich mich an das Kissen klammere und mein Körper von Schluchzern geschüttelt wird.

Er hat es mir versprochen.

Er hat mir versprochen, er würde immer für mich da sein.

All meine Hoffnung, ihn eines Tages zu finden, ein letztes Mal mit ihm zu sprechen, ist zertrümmert.

Irgendwo, sehr tief in mir, wusste ich es vielleicht schon, aber wollte es einfach nicht wahrhaben. Ich hätte es ahnen müssen, dass er nicht mehr am Leben ist, nachdem er eines Tages spurlos verschwunden ist, nach der einzelnen Notiz in meiner Jackentasche. Ich hätte wissen müssen, dass die Briefe, die er geschrieben hat, keine normalen Briefe sind, sondern Abschiedsbriefe, die an seinen geliebten Bruder gerichtet sind.

Ich schaue auf meinen Schreibtisch, wo sein Buch mitsamt den Briefen liegt.

Ich habe meinen Bruder getötet.

Milans Worte hallen in meinem Kopf wider.

Ich weiß zwar nicht, was genau er mir damit sagen wollte, aber ich kann daraus entnehmen, dass er sich für Kilians Tod verantwortlich fühlt. Ich weiß durch die Briefe, dass der größte Dämon, mit dem Kilian zu kämpfen hatte, seine Mutter war.

Er hat Milan all die Wahrheit über sie verschwiegen, um ihn nicht zu verletzen. Er hat ihn so sehr geliebt, dass er bereit war, seinen Hass zu ertragen, wenn das bedeutete, dass Milan dadurch seine Mutter als eine gute Person in Erinnerung behalten wird. Und ich bin mir sicher, dass es sich um ein Missverständnis handelt und Milan sich deswegen selbst beschuldigt.

Aber ich muss das ändern.

Es ist Schicksal, dass die Briefe ausgerechnet in meine Hände geraten sind.

Es wird schwer sein, Milan die letzten Worte seines Bruders zu übergeben. Vielleicht wird er mich hassen, wütend auf mich sein, weil ich ihm all dies verschwiegen habe. Aber ich schulde es Kilian. Ich schulde es Milan. Ich schulde es mir selbst, den Menschen, der mir das Leben gerettet hat, nicht im Dunkeln zurückzulassen.

Ich habe noch nicht alles gelesen. Mir fehlt ein letzter Brief.

Aber jetzt, da ich weiß, dass er verstorben ist, möchte ich nicht etwas lesen, das von Anfang an nicht für mich bestimmt gewesen ist.

Mit Entschlossenheit wische ich mir die Tränen fort und stehe auf.

Vergib mir, Lio, aber ich werde deinem Bruder die Wahrheit zeigen müssen, die du so bitterlich versucht hast, zu verschweigen.

Ich schlüpfe in irgendwelche Klamotten und mache mir einen hohen Zopf. Ein Blick in den Spiegel zeigt meine geschwollenen Augen, meine blasse Haut und meine trockenen Lippen.

Ich betrachte den Briefumschlag.

Ich hätte ihn Milan sofort zurückgeben sollen.

Ich stecke die Briefe in meine Tasche, ziehe meine Jacke über und verlasse nach einer langen Zeit wieder mein Zimmer.

Daniel kommt gerade die Treppen nach oben, als ich ihm entgegenkomme. »Wie siehst du denn aus?«, gibt er mir einen schiefen Seitenblick, doch ich gehe einfach an ihm vorbei.

Die frische Abendluft füllt meine Lungen und gibt mir einen kurzen Moment der Klarheit.

Während ich im Taxi sitze, rede ich mir durchweg ein, dass ich das Richtige tue. Dass ich Kilian nicht verrate, indem ich gegen seinen Wunsch verstoße.

Der Weg zu Milan fühlt sich endlos an, bis der Fahrer endlich vor dem Shane-Anwesen zum Stehen kommt. Ich bezahle ihn und steige mit einem mulmigen Gefühl im Magen aus.

Der Anblick des imposanten Hauses jagt mir einen Schauer über den Rücken, aber ich nehme meinen Mut zusammen und gehe auf das Tor zu. Mit zittrigen Fingern betätige ich die Klingel, die von einem diskreten Laut begleitet wird.

Humbert, der Torwächter der Shanes, sieht mich erschüttert an. »Geht es Ihnen gut, Miss?«

Ich nicke und zwinge mich zu einem Lächeln, als er mich hereinlässt.

Da ich in den vergangenen Wochen oft bei Milan zu Hause war, kennen mich die Hausangestellten.

»Ist Milan zu Hause?«, frage ich.

»Ja, der junge Herr müsste zu Hause sein.«

Humbert öffnet mir die Haustür, sodass ich mich bedanke und die große Shane-Villa betrete. Erinnerungen an vorherige Besuche werden wach, aber dieses Mal liegt ein Gefühl von Unruhe in der Luft.

Gerade will ich die Treppen nach oben gehen, als mich Pavla aufhält. Sie ist für die Küche zuständig und hat mich bereits die letzten Male in ihr Herz geschlossen.

»Oh nein, was ist nur los mit dir, Kind?« Wie eine Großmutter umfasst sie mein Gesicht und betrachtet meine roten Augen.

»Es geht mir gut«, versuche ich sie zu beruhigen. »Ist Milan in seinem Zimmer?«

Sie zieht ihre Augenbrauen zusammen. »Sag mir nicht, dass dieser Bengel etwas getan hat?«

Gerade will ich ihr versichern, dass Milan unschuldig ist, da ertönt auch schon seine Stimme. »Aliya?«

Als er am oberen Ende der Treppe erscheint, sehe ich eine Mischung aus Verwirrung und Überraschung in seinem Gesicht.

Er geht die Treppen hinunter, seine Schritte hallen im Flur wider. »Wieso bist du hier?«

Sein dunkles Haar ist zerzaust und umrahmt sein Gesicht auf eine nachlässige, aber charmante Weise. Er trägt ein einfaches T-Shirt, das seinen Oberkörper umschmeichelt und seine schlanke und dennoch muskulöse Figur betont. Eine graue Jogginghose schmiegt sich an seine langen Beine und verleiht ihm einen lässigen Look.

Mit dem Lappen in der Hand schlägt Pavla auf seine Schulter, sodass er zurückzuckt. »Was hast du gemacht, du Bengel?«

Er wirft Pavla einen genervten Blick zu, aber bevor er etwas sagen kann, ermahnt sie ihn erneut. »*Wieso bist du hier?* Wie kannst du so mit einem Mädchen reden, wenn du siehst, dass sie traurig ist?«

»Mir geht es gut«, versichere ich ihr erneut, bevor ich mich zu ihm drehe. »Können wir reden?«

Sein dunkler Blick gleitet über meine gequollenen Augen, die geröteten Lider und den blassen Teint meiner Haut, bevor sein Kiefer sich leicht anspannt. Er nickt und gibt mir ein Zeichen, ihm zu folgen.

Pavla brummt über Milans Verhalten und ich kann hören, wie sie etwas in ihrer Muttersprache flucht, als ich ihm ins Wohnzimmer folge.

Das Zimmer ist geschmackvoll eingerichtet, wobei sich die modernen Möbel harmonisch mit den traditionellen Elementen vermischen. Der große Kamin nimmt eine Wand ein, dessen sanfter Schein ein warmes Licht in den Raum wirft.

Es herrscht einen Moment lang unangenehme Stille, als wir uns beide einander zugewandt hinsetzen. Er sieht mich aufmerksam an und wartet darauf, dass ich etwas sage.

Sicherlich findet er es merkwürdig, dass ich über die Neuigkeit seines Bruders so zerstört bin. Schließlich hat er keine Ahnung, dass ich seinen Bruder kannte. *Mehr als nur kannte.*

Oder haben meine Nachfragen über ihn Milan vielleicht verraten, dass Lio kein Unbekannter für mich war?

Ich umklammere meine Tasche und atme tief ein und aus.

Milan ist mir wichtig und ich möchte ihm nichts mehr verheimlichen.

»Ich … Ich habe etwas für dich«, fange ich an und greife in meine Tasche.

Er zieht die Augenbrauen hoch. Die Stille zwischen uns wird nur durch das Geräusch gefüllt, das ich beim Durchsuchen meiner Sachen verursache.

»Was denn?«

Aus Angst und Nervosität vor seiner Reaktion fange ich an, daraufloszuplappern. »Es geht um Lio. Ich meine um Kilian. Dein Bruder … Er wollte nie, dass du den Schmerz spürst, den er empfunden hat. Ich weiß nicht, wieso du denkst, dass seine Entscheidung … mit dir zu tun hat, aber das stimmt nicht. Er hat dich nicht gehasst. Er liebt dich mehr, als du dir vorstellen kannst. Und diese Briefe. Ich habe sie gefunden und … Er hat sie dir hinterlassen, um-«

Milan winkt mit der Hand und versucht, meinen Wortschwall zu stoppen. »Wow, beruhige dich. Hol tief Luft.« Mit einer Hand massiert er seine Schläfe, überwältigt von den Informationen, mit denen ich ihn bombardiert habe. »Wovon redest du da? Welche Briefe?«

Ich versuche, meinen Herzschlag zu beruhigen und meine Gedanken zu ordnen. »Kilian hat dir Briefe geschrieben. Und ich habe sie gefunden.«

Als seine Augen den dicken Umschlag in meinen zitternden Händen erblicken, überzieht eine Mischung aus Schock und Unglauben sein Gesicht.

Er sitzt einen Moment lang sprachlos da, die Lippen aufgesprungen.

»Briefe von Li- … Kilian?«

Der sonst so gefasste und selbstsichere Milan gerät ins Wanken. Seine Stimme verrät jeglichen Hauch von Unsicherheit.

Ich erhebe mich von dem bequemen Sessel und gehe auf ihn zu, bevor ich ihm den Briefumschlag entgegenstrecke.

»Bitte, lies alles. Vielleicht wirst du seine Entscheidung dann besser verstehen.«

Er schluckt schwer, sein Adamsapfel wippt sichtbar in seiner Kehle. Milan nimmt mir den Umschlag aus den zitternden Händen, seine eigenen Finger streifen kurz meine.

Er schaut ihn einen Moment lang an, als könne er die Existenz dieser greifbaren Verbindung zu seinem Bruder nicht ganz glauben.

Schließlich atmet er tief durch, öffnet den Umschlag, während ich schweigend danebenstehe und hoffe, dass diese Worte ihm den Frieden bringen, den er so dringend braucht.

Den Frieden, den beide Brüder brauchen.

46
Milan

GEGENWART

Meine Augen fliegen über die Zeilen, die mein Bruder mir hinterlassen hat.

Seine vertraute Stimme spielt sich in meinem Kopf ab und es fühlt sich an, als wäre er hier.

Lebendig.

Vor mir.

Während das Papier leise durch meine Finger gleitet, fühlt sich die Stille zwischen Aliya und mir schwer an. Sie sitzt vor mir und schweigt, lässt mir Zeit, die Worte zu verinnerlichen.

Eine Million Fragen schwirren in meinem Kopf herum.

Woher hat sie diese Briefe? Wieso? Seit wann? Hat sie sie gelesen?

Doch ich bin zu gefesselt von den Tatsachen, die mein Bruder mir nie sagen konnte.

Mit jeder weiteren Zeile krampft sich meine Brust zusammen, während sich seine Sätze tiefer in mein Inneres graben. Meine Hände fangen an zu zittern, was das Halten der Zettel erschwert.

Als ich den letzten Brief erreiche, klopft mein Herz wie wild.

Das ist es – die letzten Worte, die er mir hinterlassen hat.

Die letzten Worte meines Bruders.

3. Juli 2017

~~Stitch.~~
Nein, vergib mir.
Milan.

Hallo Milan,

jedes Mal, wenn ich auf meinem Motorrad sitze, vergesse ich, aus was für einer verkorksten Familie wir stammen. Ich vergesse, dass unsere Mutter ein geistesgestörter Psychopath war. Und ich vergesse, dass ich dir gegenüber eine Verantwortung trage.

Ich muss nicht den vorbildlichen Kilian Shane oder den fürsorglichen älteren Bruder spielen, sondern kann das erste Mal im Leben ich selbst sein.

Das ist Freiheit.

Genau diese Art von Freiheit wünsche ich dir auch.

Ich lasse dich nun endlich in Ruhe.

Wir beide hatten bis jetzt kein gutes Leben, aber du wirst ein besseres haben. Das verspreche ich dir, kleiner Bruder.

Vielleicht wirst du mich ab sofort auch hassen, genauso wie du Evan hasst. Vielleicht wirst du meine schlimmsten Seiten in Erinnerung behalten. Und vielleicht wirst du mich nie wieder ,Lio' nennen.

Aber weißt du was? Es ist okay, wenn du mich verabscheust.

Dann kann ich diese Welt verlassen, ohne dass du mir nachweinst.

Ich habe den Brief von Melanie gelesen.

All die Fragen, die ich mir jahrelang gestellt habe, haben sich nun geklärt. Dennoch kann ich ihr nicht vergeben.

Mutter trug ein dunkles Geheimnis mit sich herum. Und dieses Geheimnis bin ich.

Vater und Mutter haben sich nie geliebt. Ihre Zuneigung zueinander während meiner Kindheit war nur eine Fassade. Und als beide in einer arrangierten Ehe feststeckten, hatte Mutter immer noch einen heimlichen Geliebten. Meinen biologischen Vater.

Genau. Unser Vater ist nicht mein Vater.

Ich bin nicht dein richtiger Bruder.

Der Mann, zu dem ich aufgeschaut habe, der Mann, von dem ich geträumt habe, so zu werden wie er, ist nicht einmal mein Vater. All die Jahre habe ich einen Mann verehrt und bewundert, der keine genetische Verbindung zu mir hat.

Und das Schlimmste daran ist, dass er die Wahrheit kennt, mich aber trotzdem als seinen Sohn akzeptiert.

Auf der anderen Seite ist mein echter Vater genauso krank wie Melanie es war. Er hat dieselben verdrehten Eigenschaften, dieselbe Fähigkeit zur Manipulation und Grausamkeit.

Jemand, der von zwei solchen Wesen abstammt, kann doch nur verkorkst sein, nicht wahr?

Der einzige Grund, wieso Melanie mir mehr Aufmerksamkeit geschenkt hat als dir, ist, weil ich eine Ähnlichkeit zu diesem Mann hab, den sie wohl geliebt hat. Und dabei hat sie dich verachtet, weil du sie an das Leben erinnert hast, das sie nicht haben konnte.

Sie hat ihr Leben gehasst und dich dafür verantwortlich gemacht.

Weißt du, Milan, ich dachte ernsthaft, dass ich abschließen werde, sobald ich ihren Brief gelesen habe. Jedes Mal, wenn diese Frau meine Träume kontrolliert hat, habe ich mir eingeredet, dass ich ihr nicht ähnlich bin, aber es war eine Lüge.

Ich ähnele unserer Mutter. Einem Monster.

Ich traue mir selbst nicht mehr.

Ich habe versucht, dich zu ignorieren, damit du dich von mir fernhältst. Habe dich von mir weggestoßen, damit du mich verabscheust und zurücklässt. Mit Absicht habe ich dich schlecht behandelt, damit meine Albträume ein Ende finden.

Das alles bringt aber nichts. Jede Minute, nein, jede Sekunde, blitzen Bilder vor meinem inneren Auge auf, in denen ich dir dasselbe antue wie diese Frau.

Sie hat meinen Verstand übernommen, Milan.

Und es ist zu spät, um die Zeit zurückzudrehen und alles rückgängig zu machen.

Ich habe sie dafür verurteilt, dass sie sich vor deinen Augen das Leben genommen hat, aber ich bin kein Stück besser als sie.

Deswegen ist es an der Zeit, Abschied zu nehmen.

Ich werde mein Versprechen halten, welches ich bei deiner Geburt gegeben habe. Vor den Schäden, die unsere Mutter verursacht hat, konnte ich dich nicht bewahren.

Aber diesmal ist es anders. Ich weiß nun, was ich zu tun habe.

Damit keiner dir mehr schaden kann, beende ich alles, für ein und alle Mal.

Ich habe versucht, dir ein guter großer Bruder zu sein, aber bin kläglich gescheitert. Du hast etwas Besseres verdient, das weißt du doch, oder?

Ich hoffe sehnlichst darauf, dass du diesen Brief niemals findest. Du sollst mich als einen schlechten Bruder in Erinnerung behalten.

Als einen schlechten älteren Bruder, der sich das Leben genommen hat, weil er mit der Wahrheit nicht klarkam.

Nein, eigentlich habe ich gelogen.

Ich möchte, dass du den Brief findest.

Ich möchte, dass du all die Briefe findest, all meine Einträge liest und die Wahrheit erfährst, auch wenn ich sie dir nicht selbst gestehen mag.

Wieso habe ich all dies sonst aufgeschrieben?

Obwohl ich weiß, dass es dich zerstören wird, möchte ich nichts mehr, als dass du es erfährst. Die Wahrheit über Melanie, Evan und auch über mich.

Ich weiß, dass ich die Geheimnisse mit ins Grab nehmen sollte, dennoch hinterlasse ich sie dir, nur damit du mich und meine Handlungen eines Tages verstehst.

Bin ich nicht ein selbstsüchtiger Bruder?

Als du mir heute sagtest, dass du es lieber hättest, wenn Mutter hier wäre, wusste ich, dass es nur Wörter der Verzweiflung waren. Ich weiß, dass du zu gutherzig bist, um mir sowas zu sagen.

Beschuldige dich nicht selbst, kleiner Bruder. Alldem ein Ende zu setzen, war meine eigene Entscheidung und du trägst keine Schuld für meine Sünden.

Egal, wie sehr du mich nun auch hassen magst, ich habe dich nie gehasst und werde dies auch niemals tun. Du bist und bleibst der wichtigste Mensch in meinem Leben. Egal, was du auch aus deinem Leben machst, ich werde stolz auf dich sein. Selbst nach meinem letzten Atemzug werde ich dich mit allem, was ich habe, lieben.

Vergiss mich, lass all die schlechten Erinnerungen zurück und genieß dein Leben in vollen Zügen, damit ich meine Pflicht als dein Bruder erfüllen und ebenfalls meinen Frieden finden kann.

Lebe wohl, Stitch.

In Liebe
Dein Bruder

47
Aliya

GEGENWART

Die Spannung im Raum ist greifbar, nur das gelegentliche Rascheln des Papiers unterbricht die Stille.

»Was zum …«, murmelt Milan und lässt die Zettel aus der Hand fallen. Diese flattern langsam zu Boden und bleiben verstreut liegen. »Das … Das ergibt keinen Sinn.«

Ich kann die Verzweiflung in seiner Haltung sehen. Die Art, wie er sich mit seinen Ellenbogen auf den Knien abstützt, seinen Kopf senkt und frustriert in seine Haare fasst.

»Milan«, sage ich leise und gehe auf ihn zu.

Er hört mich nicht, da er immer noch ungläubig seinen Kopf schüttelt und sich wohl in seiner eigenen Welt befindet. »Ich verstehe das nicht.«

Mein Herz blutet, als ich sehe, wie sein Körper anfängt zu beben.

»Wieso sollte er … Wieso sollte er das tun?«

»Er wollte dir nicht schaden.«

»Indem er mich jahrelang belügt? Alles verschweigt und mich im Dunkeln lässt? Mich von sich stößt, damit ich ihn hasse? Das ist verdammt nochmal nicht fair! Er hat nicht zu entscheiden, was mich belastet und was nicht! Ich habe ein Recht darauf, die Wahrheit zu erfahren, egal, wie sehr sie mich verletzt!«

Sein ganzer Körper zittert, seine Muskeln spannen sich unter seiner Haut an.

»Er könnte … Er müsste diese Last nicht allein tragen. Er müsste sich nicht allein meinetwegen kaputt machen.« Sein Kiefer krampft sich zusammen. »Ich hätte ihn verstanden. Ich … Ich hätte diese Last mit ihm getragen.«

Ich entferne seine Hände von seinem Kopf und ziehe sein Gesicht an meine Brust. Er umklammert den Stoff meines Hemdes so fest, dass seine Fingerknöchel weiß werden.

Ich spüre, wie meine eigenen Tränen aufsteigen. »Ich weiß.«

»Er sagt, er wolle, dass wir beide frei sind.« Seine Stimme ist heiser. »Wie soll das hier Freiheit sein? Wie kann er denken, dass ich ohne ihn besser dran bin? Er sagt, er hat es für mich getan. Als ob ich nun ohne ihn weitermachen könnte. Ihn vergessen könnte. Er war so darauf bedacht, mich zu beschützen, aber hat er jemals daran gedacht, wie sehr ich ihn brauche? Ich war so verdammt verloren ohne ihn. Ich dachte, ich-«

Er *zerbricht.*

Meine eigenen Tränen fließen meine Wange hinunter, doch ich drücke ihn fester an mich, als ich merke, dass er *weint.*

Jede Träne, die er vergießt, fühlt sich wie ein Stich in mein Herz an.

Es ist, als wäre er erneut das kleine Kind – Lios Stitch – von dem in den Briefen erzählt wurde. Der kleine Bruder, der seinem älteren Bruder nachgeweint hat, wenn er mal in die Schule musste. Das zarte Kind, das zu früh allein gelassen wurde.

»Jetzt ist alles gut«, flüstere ich. Ich platziere mich auf seinem Schoß, um ihn näher an mich ziehen zu können. »Du bist nicht allein.«

Meine Finger streichen sanft durch sein Haar, während ich meine Wange an seinen Kopf lege und versuche, meine eigenen Schluchzer zu stoppen. »Lass alles raus.«

Mit der Zeit beruhigt sich Milans Atmung allmählich und das hektische Klagen weicht einem gleichmäßigen Rhythmus. Er klammert sich weiter an mich, sein Gesicht in meiner Halsbeuge vergraben, während sein Körper zeitweise zittert.

Ich halte ihn, mein Griff ist fest und doch sanft, meine Finger zeichnen unsichtbare Muster auf seinem Rücken nach.

Nach einer Weile löst er sich von mir, seine leicht geröteten Augen auf die Zettel auf dem Boden gerichtet. Es ist bewundernswert, wie er es schafft, selbst nach dem Weinen so schön auszusehen.

»Woher hast du diese Briefe?«

Ich zucke bei seiner Frage innerlich zusammen.

Genau dafür bin ich heute hierhergekommen. Ich muss zugeben, dass ich seinen Bruder kannte und die Briefe lange Zeit geheim gehalten habe.

Langsam erhebe ich mich von seinem Schoß und stelle mich aufrecht hin. »Ich … Ich habe sie gefunden.«

»Wo?«

Ich spiele nervös mit meinen Fingern, eine Angewohnheit, die ich habe, wenn ich aufgewühlt bin.

»In dem … In dem Buch, welches ich aus eurer Bibliothek mitgenommen habe.«

»In einem Buch?«

Ich nicke, unfähig, seinen Blick direkt zu erwidern.

Eine angespannte Stille bricht über uns herein. Sein Kiefer zuckt leicht, als ihm klar wird, wie lange sie schon in meinem Besitz sind.

Nach einem Moment steht er plötzlich auf und tritt näher an mich heran, und der Raum zwischen uns fühlt sich plötzlich kleiner an.

»Du willst mir sagen, dass du diese verdammten Briefe schon seit der Hausparty hast und nichts gesagt hast?«

Der kalte Ton in seiner Stimme lässt mich zurückschrecken. »Ich wusste nicht, was es ist. Ich habe sie gefunden und-«

Er unterbricht mich mit einer hitzigen Geste. »Hast du sie gelesen?«

»Was?«

»Beantworte meine verfickte Frage, Aliya. Hast du die Briefe gelesen?«

»Ich … Ja.«

Seine Augen verdunkeln sich, als mein Geständnis in der Luft hängt. »Du hast sie gelesen und dachtest, sie seien nicht wichtig genug, um mir davon zu erzählen?«

»Milan, ich wollte nur-«

»Du wolltest nur was? Du wusstest, woher die Narbe auf meinem Rücken stammt, und dennoch hast du so getan, als hättest du keine Ahnung. Du hast mir vorgespielt, als wüsstest du nichts, während du in Wahrheit sogar mehr wusstest als ich.«

Ich schlucke schwer.

Er hat recht.

»Ich wusste nicht, wie ich es dir sagen soll. Kilian wollte nicht … Er wollte nicht, dass du es erfährst. Ich wollte doch nur das Richtige tun.«

Er lacht verbittert. »Das Richtige?« Milan kommt noch näher. »Das Richtige wäre gewesen, ehrlich zu sein! Aber stattdessen hast du entschieden, was ich wissen darf und was nicht.«

Ich schüttele meinen Kopf. »Ich hatte Angst, okay? Angst, dass du daran zerbrichst.«

»Und jetzt? Jetzt, da ich es so herausfinde, ist es besser? Jetzt, da ich weiß, dass du all diese langen Wochen von all dem wusstest und es mir verheimlicht hast?«

Ich beiße mir auf die Unterlippe und versuche, den emotionalen Sturm zurückzuhalten, der sich in mir aufbaut.

Er nimmt einen tiefen, zittrigen Atemzug und versucht, sich zu beruhigen. »Wer hat dir erlaubt, über mich zu bestimmen, Aliya? Wer hat dir das Recht gegeben, zu entscheiden, was ich ertragen kann und was nicht? Hast du daran gedacht, wie es sich für mich anfühlen würde, herauszufinden, dass du mir dreckig ins Gesicht gelogen hast?«

»Ich habe nicht gelogen, ich habe nur-«

Seine Stimme wird lauter. »Nur was? Nur die Wahrheit verschwiegen? Seit Monaten?«

Ich habe ihm wichtige Informationen vorenthalten, egal, wie sehr ich mir eingeredet habe, dass ich es tue, um ihn zu schützen. Ich bin schuld.

»Ich …«, ringe ich um Worte. »Es tut mir leid.«

Er geht nicht auf meine Entschuldigung ein, sondern starrt mich eine gefühlte Ewigkeit lang an.

»Und ich dachte, du könntest *ihm* nicht ähnlicher sein.« Seine Lippen pressen sich zu einer geraden Linie zusammen. »Ihr beide scheint das Schweigen vorzuziehen, wenn es darauf ankommt.«

Ich spüre, wie mir der kalte Schweiß auf der Stirn ausbricht. *Er vergleicht mich mit Kilian?*

Die Stille, die nach seinen Worten folgt, ist ohrenbetäubend. Er wendet sich der Tür zu, möchte das Zimmer verlassen und mich hier zurücklassen.

»Warte!« Ich stelle mich vor ihn und versperre ihm den Durchgang. »Du bist aufgebracht. Du solltest so nicht gehen.«

»Du hast monatelang etwas so Bedeutsames vor mir verheimlicht, und jetzt willst du mir sagen, was ich tun soll?«

Er schnaubt und versucht, um mich herumzugehen, aber ich stelle mich wieder vor ihn und weigere mich, mich zu bewegen.

»Was ich getan habe, war falsch, das weiß ich. Aber du kannst nicht einfach weggehen.«

»Geh mir aus dem Weg.«

»Nein.«

»Ich meine es ernst, Aliya«, antwortet er.

»Das tue ich auch.«

Die Spannung im Raum ist spürbar, und ich kann sehen, wie sich sein Kiefer zusammenzieht, doch dann stößt er einen tiefen Seufzer aus.

»Du verstehst das nicht. Ich muss hier weg, bevor ich etwas sage, was ich später bereuen werde. Zu wissen, dass du mir all dies verheimlicht hast, macht mich wahnsinnig.«

Ich starre ihn einen Moment lang an. Ein Teil von mir möchte ihn zum Bleiben und Zuhören zwingen, aber der Schmerz und die Wut, die ich in seinen Augen sehe, halten mich davon ab. Widerstrebend trete ich aus dem Weg und lasse ihn passieren.

Er schiebt sich an mir vorbei, ohne mich anzusehen. Kurz bevor er geht, hält er inne, als wolle er etwas sagen, entscheidet sich jedoch dagegen und verlässt das Wohnzimmer. Das Geräusch der sich hinter ihm schließenden Tür klingt in meinen Ohren.

Es ist, als hätte er nicht nur das Zimmer, sondern auch mich verlassen. *Endgültig.*

Unsere Geschichte hat noch nicht einmal begonnen, bevor sie meinetwegen ein Ende fand.

Mit zitternden Händen sammle ich die Briefe ein. Meine Sicht verschwimmt, als Tränen aufsteigen.

Ich habe nicht nur Milan zerstört, sondern auch all das, was zwischen uns war.

Plötzlich werde ich von einem leisen Miauen neben der Terrassentür unterbrochen. Ich schaue auf und sehe eine plüschige weiße Katze durch die halb geöffnete Tür schlüpfen.

Sie huscht leise durch den Raum auf mich zu. Ihre beiden verschiedenfarbigen Augen beobachten mich, bevor sie sich an meinem Bein reibt und leise schnurrt. Ich platziere die gesammelten Zettel mit der beschrifteten Seite nach unten auf dem Tisch.

Seit wann hat Milan eine Katze?

Trotz meines derzeitigen Gemütszustands kann ich nicht anders, als zu ihr hinunterzugreifen und sie zu streicheln. Ich setze mich auf den weichen Teppichboden und die Katze legt sich auf meinen Schoß. Sie lässt sich von mir kraulen, was mich leicht schmunzeln lässt.

»Ja, ich bin mir sicher, dass LJ wieder hier ist. Ich gehe sie eben suchen, Pavla.«

Ich erstarre beim Klang einer bekannten Stimme aus dem Flur und höre, wie Schritte näherkommen.

»LJ! Komm-«

Elena bleibt im Türrahmen stehen, ihre Augen weiten sich, als sie mich auf dem Boden sitzen sieht, mit der Katze in meinen Armen.

Das letzte Mal, als wir uns gesehen haben, war auf der Party, als sie weggelaufen ist und Milan ihr hinterher.

Sie räuspert sich und betritt das Zimmer. »Da ist sie ja. Ich habe nach ihr gesucht.«

»Ich wusste nicht, dass sie deine Katze ist. Tut mir leid, dass ich-«

Sie unterbricht mich. »Ist schon gut.«

Ich beobachte, wie sie sich neben mich kniet, ihre Hand streichelt sanft die Katze auf meinem Schoß.

Sie sieht ihrer jüngeren Schwester sehr ähnlich, aber es gibt feine Unterschiede. Elenas Wangenknochen sind etwas weicher, und ihre Haare sind heller. Sie wirkt nicht mehr so abweisend wie zuvor, und ihr unerwartetes Verständnis bringt mich aus dem Gleichgewicht.

»Sie mag nicht jeden, weißt du?«, erzählt sie mir, ohne mich anzusehen. »Mich hat es fünf Jahre gekostet, bis sie aufgehört hat, mich anzufauchen.«

»Sie scheint sich von mir nicht stören zu lassen«, murmele ich leise.

»Kann man so sagen. Sie fühlt sich wohl bei dir.«

Elena schaut zu mir auf. Ein kleiner Funken von Nostalgie blitzt in ihren Augen auf, bevor er wieder erlischt. »Du erinnerst sie an *ihn*.«

Mein Herz dreht sich in meiner Brust. *An wen?*

»*Er* war ihr Liebling«, ergänzt sie.

Ich schlucke schwer und spüre, wie sich ein Kloß in meinem Hals bildet. »Wie … Wie heißt die Katze?«

Elena lächelt. »Er nannte sie *Lady Jane*. Für mich ist sie nur LJ.«

Der Name trifft mich wie ein Schlag in die Magengrube.

Kilians Katze, die er nach seiner Lieblingsautorin benannt hat.

Meine Hände hören auf, die Katze zu streicheln, als ich diese Information verarbeite.

»Kilian hatte eine Schwäche für Bücher, Motorräder, Kochen und seinen kleinen Bruder. Aber LJ hatte einen ganz besonderen Platz in seinem Herzen. Er hat ihr manchmal mehr Aufmerksamkeit geschenkt als mir. Und jedes Mal, wenn ich mich ihm ein bisschen angenähert habe, ist diese zickige Lady zwischen uns gesprungen. Sie wollte Kil nicht mit mir teilen.«

All die Zeit dachte ich, dass zwischen Milan und Elena etwas wäre, aber nun habe ich das Gefühl, dass es sich bei meiner Vermutung um den falschen Bruder handelte.

»Bist du … seine …«

»Ja, Kilian und ich waren sehr lange zusammen, bis er …« Sie schließt ihre Augen, atmet tief ein und aus, bevor sie mich wieder ansieht. »Lass mich raten, er hat nichts von mir erzählt, als ihr euch damals getroffen habt.«

Mir fällt vor Schreck die Kinnlade herunter. »Du weißt es?«

»Dass du dich mit meinem Freund getroffen hast? Nun, er hat viel über dich gesprochen.«

Ein warmes Gefühl überschwemmt mich.

Kilian hat mit seiner Freundin über mich gesprochen?

»Du kannst dir vorstellen, wie komisch es für mich war, als Kil mir eines Tages erzählt hat, dass er sich mit einer Mittelschülerin angefreundet hat. Er hat mir nie gesagt, wie ihr euch kennengelernt oder wieso ihr euch so gut verstanden habt. Aber er sagte mir, dass er für dich da sein möchte. Und auch wenn ich es anfangs schräg fand, habe ich ihm vertraut. Ich wusste, dass er mich niemals anlügen würde.«

»Das hat er gesagt?«

»Weißt du, er war sehr hilfsbereit. Er wollte unbedingt jedem helfen, doch hat dabei vergessen, selbst um Hilfe zu bitten.«

Ihre Stimme zittert leicht, während sie nervös ihre Hände knetet. »Er hat angefangen, schlechte Angewohnheiten zu entwickeln. Untypische Dinge, die er im Normalfall nie getan hätte.«

»Angewohnheiten?«

Ich erinnere mich nicht daran, Kilian jemals mit einer schlechten Angewohnheit gesehen zu haben. Er hat nicht einmal geraucht.

Elena presst ihre Lippen zusammen und schüttelt leicht ihren Kopf. Ihre blauen Augen glitzern tränenerfüllt. »Ich muss mich bei dir entschuldigen.«

»Entschuldigen? Wofür?«, frage ich verwirrt.

»Als Kilian angefangen hat, sich drastisch zu verändern, habe ich es auf dich geschoben. Ich dachte, du würdest ihn in ein Verderben ziehen, seine schlechten Seiten zum Vorschein bringen. Ich habe dich jahrelang dafür verurteilt, dass er sich ins Negative verändert hat. Aber ich habe mich geirrt. Kilian hatte mit anderen Dingen zu kämpfen, die seine Entscheidung beeinflusst haben.«

Die Enthüllung trifft mich wie ein Schlag ins Gesicht.

Aber nicht, weil sie mich beschuldigt hat, sondern weil ich Angst davor habe, dass sie recht haben könnte. Kilian hat sich während der Zeit, in der wir uns getroffen haben, nicht verändert. Aber was, wenn die Tatsache, dass er sich gezwungen gefühlt hat, für mich da zu sein, dazu geführt hat, dass er sich änderte?

»Als ich dich das erste Mal auf der Hausparty gesehen habe, war mir direkt klar, wer du bist.« Elena greift nach LJ und zieht sie auf ihren Schoß. »LJ und ich scheinen uns ähnlich zu sein. Du erinnerst uns an dieselbe Person.«

Mein Herz sinkt. »Ich erinnere dich an *ihn*?«

Es ist ein seltsames Gefühl, zu wissen, dass ich jemanden an Kilian erinnere, an die Person, die mein Leben so sehr geprägt hat.

»Ihr habt dieselben Augen. Denselben Blick. Sogar dieselbe Mimik. Aber dein Aussehen ist nicht unbedingt das, was mich an ihn erinnert«, fügt sie hinzu. »Milan sagte immer, dass es die Art ist, wie du bist, die ihn an Kilian erinnert. Und ich denke, er hat recht.«

Ich fühle eine Welle der Überraschung über mich kommen. »Milan?«

Elena summt zur Bestätigung, ein wissendes Lächeln umspielt ihre Lippen. »Ich weiß nicht, was du getan hast, aber beide Brüder haben eine kleine Schwäche für dich.«

LJ springt erneut auf meinen Schoß und macht es sich bequem.

»Und LJ scheint es ebenso zu gehen«, ergänzt sie schmunzelnd.

Ich stocke und versuche all das neue Wissen in meinem Kopf zu verarbeiten. *Ich erinnere Milan an seinen Bruder? Seit wann? Und was hat er über mich erzählt?*

Ich senke meinen Blick und lasse meine Finger über LJs Fell gleiten. »Kilian … Lio. So habe ich ihn immer genannt. Ich wusste nicht viel über ihn, wir haben uns nicht oft voneinander erzählt. Aber er hat … Er hat mein Leben sehr geprägt. Ich schulde ihm …

Ich schulde ihm so viel. Als ich niemanden hatte, tief in einem schwarzen Loch vergraben war, hat er mich da rausgeholt. Und es tut mir … so leid, dass ich es nicht aufhalten konnte, als er in sein eigenes Loch gestürzt ist. Ich war und bin so ignorant. Ich habe nicht gemerkt, dass es Lio schlecht geht, genauso wie ich nicht bemerkt habe, dass ich Milan mit meiner Entscheidung verletze.«

Einzelne Tränen laufen meine Wange hinunter, während ein schwerer Brocken auf meiner Brust lastet.

»Keiner von uns ist schuld an dem, was Kilian widerfahren ist. Auch ich habe mich immer gefragt, was wäre, wenn. Aber ich weiß, dass Kilian nicht wollen würde, dass einer von uns sich wegen seiner Entscheidung schuldig fühlt.«

Ihre Worte klingen wahr, auch wenn ich die Schuldgefühle, die sich in meinem Herzen festgesetzt haben, nicht ganz abschütteln kann.

»Und was Milan angeht. Ich weiß zwar nicht, was zwischen euch beiden vorgefallen ist, aber das wird schon wieder.«

Ich schüttele meinen Kopf. »Ich habe eine dumme Entscheidung getroffen, und er wurde dadurch verletzt. Er hasst mich jetzt wahrscheinlich.«

»Du bist zu streng mit dir selbst. Er hasst dich nicht. Ich weiß es.«

Ich wende mich skeptisch zu ihr. »Wie kannst du dir so sicher sein?«

Ihr Mundwinkel zuckt nach oben. »Ich habe gesehen, wie er dich angesehen hat.«

»Wie er mich angesehen hat?«

»Als hättest du die Sterne am Himmel aufgehängt.« Ein kleines Lächeln findet den Weg zu ihren Lippen. »Genauso wie sein Bruder mich immer angesehen hat.«

48
Aliya

GEGENWART

Jeder Tag ist eine lästige Pflicht, während ich mit meinem Leben weitermache.

Elenas beruhigende Worte, dass alles gut werden wird, klingen in meinen Ohren, doch während die Tage vergehen, scheint sich nichts zu ändern.

Die Wochen ziehen vorbei, der Dezember bricht an und schließlich beginnen die Vorbereitungen für die anstehenden Abschlussprüfungen.

Ich gehe zur Schule, besuche den Unterricht, versuche mich auf meine Aufgaben zu konzentrieren. Ich stürze mich in die Prüfungsphase, lerne, als wäre es meine Rettung. Ich gebe mir Mühe, so zu tun, als wäre es mir egal, wann immer ich ihn in der Klasse oder auf den Fluren sehe. Ich versuche mich abzulenken und verbringe meine Pausen mit Silver im Werkraum oder allein auf der Dachterrasse.

Ich kann so tun, als würde seine Abwesenheit keine tiefen Spuren in mir hinterlassen, als würde ich nicht ständig an ihn denken. Ich kann meine Gefühle herunterschlucken, meine Trauer verbergen und hoffen, dass der Schmerz eines Tages weniger wird.

Es ist eine Routine, die ich inzwischen beherrsche.

Und ich bin froh, dass er Menschen hat, die sich um ihn sorgen. Damian und Shin lassen ihn nicht allein und bringen ihn zum Lachen. Nach allem verdient er es, glücklich zu sein.

Aber dennoch kann ich den schmerzhaften Stich des Neids nicht unterdrücken, wann immer ich sie zusammen sehe.

Ob er mich jemals so sehr vermissen wird, wie ich ihn vermisse?

49
Milan

GEGENWART

Ich nehme einen tiefen Zug von meiner Zigarette, deren Rauch sich zu einem weißen Schleier zusammenzieht. Das Brennen in meiner Kehle hilft mir, meine Gedanken zu beruhigen, während ich auf meinen Vater warte.

Die Tür öffnet sich und Evan Shane betritt das Büro.

»Du weißt, dass in meinem Büro nicht geraucht wird«, begrüßt er mich.

»Ach so?« Ich nehme provokant einen weiteren Zug.

Evan schüttelt seufzend den Kopf und setzt sich auf seinen Bürostuhl.

Wie immer trägt er einen maßgeschneiderten Anzug, seine Krawatte ist ordentlich gebunden, und seine Schuhe sind poliert.

»Wieso hast du mich hierher gerufen?«

Es ist eine Weile her, seitdem ich ihn gesehen habe. Um genau zu sein, mehrere Monate.

Meistens ist er zu beschäftigt, um zu Hause vorbeizuschauen und falls er mal kommt, dann bin ich nicht da. Wir kommunizieren überwiegend über seinen Sekretär, aber heute wollte er mich komischerweise persönlich sprechen.

»Hast du schon angefangen, für deine Prüfungen zu lernen?«

Ich schnaube. »Scheiß auf die Prüfungen.«

Er spannt seinen Kiefer an. »Achte auf deine Wortwahl. Wir müssen darüber reden, welches College-«

Ich halte meine Hand hoch und unterbreche ihn sofort. »College? Ist das dein Ernst?«

Evan stößt einen Seufzer aus und reibt sich die Stirn. »Du musst anfangen, über deine Zukunft nachzudenken, Sohn.«

Ich zerdrücke die Zigarette in meiner Hand. »Wie wäre es, wenn wir meine Zukunftspläne kurz beiseitelassen und uns über wichtigere Sachen unterhalten, Vater.«

Seine Miene verändert sich nicht. »Worüber?«

»Zum Beispiel darüber, wie du erfahren hast, dass Kilian nicht dein Sohn ist.«

Er hält einen Moment inne, sein trüber Blick hält meinem stand. »Ich sehe, du hast es herausgefunden.«

»Tu nicht so gleichgültig«, zische ich wütend. »Du wusstest jahrelang, dass Kilian nicht dein leiblicher Sohn ist, und trotzdem hast du so getan, als wärst du sein Vater.«

Evans indifferenten Züge wanken. »Setz dich, Milan.«

Ich bleibe mit angespanntem Kiefer stehen, habe nicht vor, mich zu setzen.

Er lehnt sich in seinem Stuhl zurück und sein Blick wandert zu einem gerahmten Foto auf seinem Schreibtisch. »Kilian war *mein* Sohn, ganz gleich, welches Blut durch seine Adern floss.«

»Ach wirklich? Und was ist mir? Habe ich auch einen anderen Vater?«

Sein Blick verhärtet sich, ein Schatten trübt seine Augen. »Sei nicht lächerlich.«

Er öffnet eine Schublade, nimmt sich eine Zigarette und zündet sie an, obwohl er mir eben gesagt hat, dass in seinem Büro nicht geraucht wird.

»Eine Woche vor seinem Tod hat er mich gefragt, ob es stimmt, dass ich nicht sein biologischer Vater bin. Ich hätte lügen und es leugnen können. Aber ich habe ihm die Wahrheit gesagt.«

Evan nimmt einen tiefen Zug von der Zigarette, seine Augen sind auf die kleine Glut gerichtet. »Es hat mich noch nie interessiert, ob er das Kind eines anderen Mannes ist oder nicht. Ich habe ihm seinen Namen gegeben. Ich habe ihn großgezogen. Ganz gleich, wer sein echter Vater ist, Kilian war ein Shane. Er war genauso mein Sohn, wie du es bist.«

»Bullshit!« Meine Geduldsfäden reißen. »Nachdem er gestorben ist, hast du seine Todesurkunde fälschen lassen. Laut den Medienberichten lebt er in Kalifornien und studiert. Bis heute hast du nicht aufgehört, seine Telefonrechnungen zu zahlen. Was ist mit dir, Evan? Ist es dir etwa peinlich, dass er sich umgebracht hat?«

Der Unterkiefer meines Vaters krampft sich zusammen, die Ader in seinem Hals pulsiert nun sichtbar vor Wut.

»Du hast dich noch nie um ihn gesorgt, genauso wenig wie du dich um mich sorgst. Alles, was dich interessiert, ist dein verdammtes Erscheinungsbild, deine kostbare Gesellschaft und deine verfickte Firma. Er hat sich das Leben genommen, weil er gelitten hat. Du willst mir sagen, dass du dich um ihn gesorgt hast? Wieso zum Teufel hast du dann nicht gemerkt, dass es ihm schlecht geht?«

Er steht abrupt von seinem Schreibtisch auf, sein Stuhl knarrt unter seiner plötzlichen Bewegung. »Verdreh nicht meine Worte.« Seine Stimme ist ruhig, aber mit einem gefährlichen Unterton.

»Glaubst du wirklich, ich habe mich dafür geschämt, dass er sich das Leben genommen hat?«

Evan schüttelt seinen Kopf. Ein Hauch von Reue blitzt in seinen sonst undurchdringlichen Augen auf.

»Ich wollte sein Andenken schützen. Ich wusste, dass die Nachricht von seinem Tod einen Skandal auslösen wird. Die Leute würden reden, ihn verurteilen. Kilians Tod …« Er hält inne und seine Stimme erstickt. »Er hat mich gebrochen. Das tut er immer noch.«

Sein Geständnis trifft mich unvorbereitet.

Ich habe Evan immer für einen stocksteifen Mann gehalten, kompromisslos und unnachgiebig. Aber jetzt scheint es so, als würde er mir nicht seine Fassade, sondern einen Teil seines echten Wesens zeigen.

Als Kind habe ich nie verstanden, wie Kilian ihn so sehr bewundern konnte. Er war immer streng, kalt und hat nie warme Gefühle wie Zuneigung gezeigt.

Aber vielleicht hat Kilian eine Seite an ihm gesehen, die mir immer verschlossen war.

Ich habe den Worten meiner Mutter geglaubt. Jedes Mal, wenn sie mir erzählt hat, dass Vater sie schlagen und einsperren würde, hat sich mein Groll gegen ihn vergrößert.

Und auch nachdem ich durch die Briefe erfahren habe, dass alles, was Melanie mir gesagt hat, eine Lüge war, kann ich nicht anders, als wütend auf ihn zu sein.

Denn als ich am meisten einen Vater brauchte, war er nicht da.

Das Geräusch des auf den Asphalt schlagenden Basketballs erfüllt die Luft, während wir in Shins Garten spielen.

»Danke dir, Prinzessin.« Damian zwinkert Shins jüngerer Schwester Rina zu, als sie ihm eine Flasche Wasser bringt. Sie kichert, errötet und rennt zurück ins Haus.

»Hör auf, mit meiner kleinen Schwester zu flirten.«

»Ich habe mich nur bedankt«, verteidigt sich Damian grinsend. »Was ist los, ShinShin? Eifersüchtig, weil ich jemand anderem

Aufmerksamkeit schenke? Aww. Keine Sorge, ich habe nur Augen für dich.«

Shin schleudert den Ball mit übertriebener Wucht. Er prallt vom Korb ab und springt über den Hof zurück. »Sag so etwas verdammt nochmal nie wieder.«

Heute ist ein verdammt beschissener Tag.

Wie jeder andere Tag in den vergangenen Wochen.

Ich lasse mich auf das dunkelgraue Outdoor-Sofa fallen und entnehme eine Zigarette aus Damians Schachtel, die auf dem Tisch liegt. Der Rauch brennt in meiner Lunge, aber der Schmerz ist ein willkommenes Gefühl im Vergleich zu dem konstanten Ärger, der mich seit Wochen verfolgt.

Der Schnee rieselt vom grauen Himmel und bleibt auf dem kalten, nackten Boden liegen.

Wir haben mittlerweile Dezember und das neue Jahr steht bevor.

Seit jener Nacht sind mittlerweile Wochen vergangen.

Ein Monat, eine Woche und drei Tage, seitdem ich das letzte Mal ihre Stimme gehört, sie berührt und ihren Duft inhaliert habe.

Damals, als ich sie aus dem Schatten heraus beobachtete, wusste ich nicht, wie es ist, sie in meinen Armen zu halten. Jetzt fühlt es sich an wie Folter, sie zu sehen, aber nicht anfassen zu dürfen.

Jede Kleinigkeit, die sie tut, fällt mir auf. Wie ihr Haar ins Gesicht fällt, wie sie sich in ihre Aufgaben vertieft und wie ihr Grübchen zum Vorschein kommt, wenn sie mit Silver über etwas lacht.

Dieses verdammte Grübchen.

Meine einzige Achillesferse.

Sie weiß es nicht, aber sie hält mein Leben in dieser kleinen Vertiefung gefangen.

Manchmal bemerke ich, dass sie in meine Richtung schaut. Aber jedes Mal, wenn ich sie dabei erwische, schaut sie so schnell wieder weg, als hätte sie mich gar nicht erst angesehen.

Ich will mehr, ich brauche mehr. Aber sie möchte mich nicht anschauen.

Und ich habe das Gefühl, dass ich sterben werde, wenn sie mich nie wieder ansieht.

An jenem Tag bin ich weggestürmt und habe sie zurückgelassen. Ich war verdammt wütend auf sie. Wütend, weil sie mich belogen hat und all die Geheimnisse der Vergangenheit in ihrer Hand hielt, aber sich geweigert hatte, sie mir zu zeigen.

Aber inzwischen sind mir all diese Dinge und die Briefe egal.

Sie darf mir weitere Lügen erzählen, wenn ich dafür ihre Stimme wieder hören kann.

»Jemand ist wieder mürrisch.« Damian löst mich aus meinen Gedanken und setzt sich vor mir auf die andere Couch.

Mein Blick gleitet über seinen freien Oberkörper.

Wie zum Teufel schafft er es, im Dezember oberkörperfrei draußen zu sitzen?

Genau wie ich trägt auch er eine Narbe an seinem Körper. Eine Brandnarbe, die er bei einem Autounfall erlitten hat, als er zehn Jahre alt war. Ich erinnere mich noch daran, wie er zwei Monate im Koma lag.

Ich war ein verdammtes Kind, als ich dachte, dass ich nach meiner Mutter auch noch meinen besten Freund verlieren würde.

»Warum hast du diesmal schlechte Laune?«

»Ich bin nicht schlecht gelaunt.«

»Seit Halloween bist du mürrischer als sonst. Du siehst so aus, als würdest gegen eine Wand boxen wollen.«

Er hat recht.

Ich möchte wirklich gegen eine Wand schlagen. Oder etwas anderes. Oder jemanden.

Stattdessen presse ich meinen Kiefer zusammen und weigere mich, ihn anzusehen. *So wie Aliya sich weigert, mich anzusehen.*

Auch Shin gesellt sich zu uns und schaut verwirrt zwischen uns hin und her.

»Lass mich raten«, sagt Damian, als ich ihm nicht antworte. »*Servant* hat etwas damit zu tun, nicht wahr?«

Sowohl er als auch Shin haben die Distanz zwischen Aliya und mir bemerkt. Aber sie waren beide klug genug, mich nicht darauf anzusprechen.

Zumindest bis jetzt.

»Halt die Fresse«, antworte ich gereizt.

»Es ist offensichtlich.« Damian lehnt sich zurück. »Wieso erzählst du uns nicht, was sie diesmal angestellt hat?«

Ich kenne Damians verdorbene Art.

Und ich weiß auch, was er mit ihr anstellen würde, wenn ich ihm erzähle, dass sie mir Briefe von Kilian verschwiegen hat.

Ich will verdammt sein, wenn ich ihn in ihre Nähe lasse.

»Sie hat gar nichts getan.«

»Warum benimmst du dich dann wie ein launischer Bastard?«

Ich blase einen Rauchschwaden aus. »Das ist eine Sache zwischen ihr und mir. Halt dich da raus, D.«

»Eine Sache zwischen dir und ihr, huh? Also hat sie etwas getan. Wieso bestrafen wir sie nicht dafür?«

Seine Augen leuchten auf diese sadistische Art und Weise, wie sie es immer tun, wenn er plant, jemandem das Leben schwer zu machen.

»Denk nicht einmal daran.«

»Warum nicht?«

»Hör auf.« Aus dem Augenwinkel sehe ich, wie Shin ihm einen drohenden Blick zuwirft.

»Du wirst sie nicht anfassen, Damian.« Ich sorge dafür, dass er die Warnung in meiner Stimme deutlich versteht.

Ein kleines Grinsen umspielt seine Lippen. »Bist du etwa weich geworden, Shane?«

Die Wut in mir lodert auf, kocht hoch wie ein Vulkan. Ich balle die Faust, fast die Zigarette in meinen Fingern zerquetschend.

Er provoziert mich mit Absicht. Er weiß ganz genau, dass er damit einen Nerv trifft.

»Seit wann schmollst du einer Schlampe hinterher? Es gibt genug andere Pussys zum Ficken.«

Mein linkes Auge zuckt. *Das war's.*

Eine glühende Hitze brennt durch meine Adern wie ein Lauffeuer.

»Ich schwöre bei Gott, Damian. Wenn du nicht deine verdammte Fresse hältst, bringe ich dich persönlich zum Schweigen.«

Stille hängt in der Luft wie ein dichter Nebel, während sein Grinsen langsam verblasst.

Ich mache keine leeren Drohungen. Das wissen wir alle.

Shin, der uns schweigend beobachtet hat, beendet die Ruhe. »Das reicht jetzt.«

Nach einem letzten Zug meiner Zigarette lösche ich sie im Aschenbecher auf der Armlehne der Couch aus und erhebe mich. »Ich gehe.«

Heute möchte ich kein Wort mehr von Damian hören, sonst tue ich noch wirklich etwas Unüberlegtes.

»Milan-«, Shin ruft nach mir, aber ich schaue nicht zurück.

»Du *magst* sie.«

Bei diesen Worten bleibe ich dann doch stehen.

Ein kalter, berechnender Funke liegt in Damians Augen, als ich zu ihm sehe. Er lehnt sich zurück, eine Zigarette zwischen seinen Fingern balancierend.

»Du hast Gefühle für sie, nicht wahr?« Seine Stimme ist ruhig, aber seine Worte scharf wie Eis. »Du *begehrst* sie. Du *willst* sie.«

Es ist wahr.

Ich begehre sie.

Ich will sie.

Ich brauche sie.

Mögen ist nicht einmal ansatzweise ein Ausdruck dafür, wie sie jeden Gedanken, jedes Verlangen, jeden meiner Atemzüge verschlingt.

Ich bin besessen von ihr, bis zu dem Punkt, an dem es mich förmlich verzehrt.

Aber das geht ihn verdammt nochmal nichts an.

Ohne ein weiteres Wort wende ich mich ab und weigere mich, ihm die Genugtuung einer Antwort zu geben.

Doch als ich erneut auf das Gartentor zusteuere, ertönt wieder seine Stimme.

»Merk dir nur eines, Shane. Eine Schwäche zu haben, kann gefährlich sein, vor allem, wenn diese Schwäche so viele Geheimnisse in sich birgt.«

50
Aliya

GEGENWART

Heute vor vier Jahren habe ich Lio kennengelernt. An jenem Tag, an dem alles zu enden schien, kam er wie ein Lichtstrahl aus dem Nichts.

Ich werfe mein Notizheft in eine Ecke meines Zimmers. Die Seiten sind voll von Erinnerungen, denen ich bis heute nicht entkomme.

Mutter und Robert feiern heute ihren Hochzeitstag und sind nicht zu Hause. Daniel ist vor einigen Tagen nach Chicago zurückgekehrt. Ich hoffe, er bleibt dort und verpisst sich ein für alle Mal aus meinem Leben.

Eigentlich hatte Silver geplant, die Nacht bei mir zu verbringen, aber sie musste spontan auf ihre kleine Schwester aufpassen.

Die Stille im Haus ist ohrenbetäubend und lastet auf mir wie eine schwere Decke. Jedes Knarren und jedes Flüstern des Windes lassen mich zusammenzucken.

Ich mag es nicht, allein zu sein. *Nicht heute.*

Meine düsteren Gedanken haben die Angewohnheit, sich in meinen dunkelsten Stunden zu manifestieren, und heute Abend drohen sie mich zu verschlingen.

In einem Anflug von Verzweiflung scrolle ich durch meine Kontakte und bleibe bei Milans Namen stehen. Zögernd schweben meine Finger über seiner Nummer.

Ich kann ihn nicht anrufen.

Er möchte nichts mehr mit mir zu tun haben.

Schwerfällig lege ich das Handy zurück.

Was macht er wohl gerade?

Heute ist Freitag.

Wahrscheinlich treibt er gerade mit seinen Freunden Unfug oder sie sind auf einer Party, umgeben von Musik, Lärm … und Frauen.

Ein Anflug von Eifersucht durchfährt mich, als ich mir vorstelle, wie er es gerade mit einer anderen treibt. Wie sie ihre Beine um seine Taille schlingt, ihre Hände in seinem Haar verheddert, während er ihren Namen stöhnt und sie gegen die Wand nimmt.

Mein Magen krampft sich in einem vertrauten Stich der Besitzgier zusammen.

Es ist dumm, denn ich habe keinen Anspruch auf ihn.

Milan Shane hat noch nie mir gehört.

Auch wenn er mich in seinen Armen gehalten, mir schmutzige Worte ins Ohr geflüstert und mir das Gefühl gegeben hat, das einzige Mädchen auf der Welt zu sein, war er nie wirklich mein.

Das Klingeln an der Haustür lässt mich aus meinen Gedanken aufschrecken.

Wer könnte das sein? Mutter und Robert werden bestimmt nicht vor Mitternacht hier sein.

Ich richte mich auf und mache mich auf den Weg zur Tür. Mein Herz sinkt, als ich die beiden Gestalten erkenne, die davorstehen.

»Lange nicht mehr gesehen, *Servant*.« Damian schenkt mir ein schiefes Lächeln, während er einen betrunkenen Daniel stützt.

Daniel und Damian.

Zusammen.

Hier.

»Was suchst du hier?«, frage ich Daniel, der eigentlich in Chicago sein sollte.

»Kann ich nicht meine Schwester besuchen?«

»Verpiss dich zurück nach Chicago.«

Ich möchte die Tür zuschlagen, doch seine Hand hält sie auf. Er kichert und lehnt sich mit seinem ganzen Gewicht gegen Damian, der unter ihm eine Grimasse schneidet.

»Verdammt, du hast dich verändert, Schwesterherz. Früher hast du nicht so mit mir geredet.«

Beide treten ein und schlagen die Tür hinter sich zu.

Daniel lässt Damian los und taumelt ins Wohnzimmer, wo er sich schwankend auf die Couch fallen lässt, ein Bein über die Lehne geworfen.

Seine Augen haben immer noch diesen vertrauten raubtierhaften Glanz, als er seinen Blick über mich gleiten lässt. »Du sahst schon immer süß aus in diesem Schlafanzug.«

Mein Herz hämmert in meinem Hals. Angst und Abscheu erfüllen mich, während ich versuche, eine kalte Fassade aufrechtzuerhalten.

Ich merke Damians Blick im Nacken, der die Szene beobachtet. Es ist ein kleiner Trost, dass noch jemand hier ist, selbst wenn es Damian ist.

»Komm schon, Mann. Du machst ihr Angst.« Er geht lachend an mir vorbei. »Wo sind die Flaschen?«

Daniel murmelt undeutlich und zeigt auf Roberts Regal. Damian öffnet es und kommentiert den Alkohol. »Nette Sammlung. Der Mann hat Geschmack, das muss man ihm lassen.«

Er schnappt sich eine Flasche Scotch und inspiziert das Etikett, bevor er mit einem Grinsen zurückkommt.

»Woher kennt ihr euch?«, frage ich scharf, als er zwei Gläser aus dem Regal nimmt und füllt.

»Du verletzt mich, *Servant*. Wir haben uns seit Wochen nicht gesprochen und das ist das Erste, was du mich fragst?«

»Hör auf mit diesem Mist. Woher kennt ihr euch und was habt ihr hier zu suchen?«

»Mach dir nicht ins Höschen. Wir sind Freunde, oder, Dan?« Er schaut zu Daniel, der bereits schlafend auf der Couch liegt und auf das Kissen sabbert. »Verdammt, er ist wirklich weg, was?«

Ich sollte mich in meinem Zimmer einsperren.

Die Kommode vor meine Tür schieben.

Nein, ich sollte verschwinden und die Stunden bis zum Morgengrauen auf irgendeiner Parkbank verbringen.

»Denkst du etwa daran, wegzulaufen? Das ist nicht sehr gastfreundlich von dir, *Servant*. Und das, nachdem ich den ganzen Weg hierhergekommen bin, nur um dich zu besuchen.«

»Um diese Zeit brauche ich keine Gäste. Vor allem keine, die ich nicht eingeladen habe.«

Damian lacht leise. »Oh, komm schon. Ich habe dich vermisst.«

»Schön für dich. Ich will dich nicht hier haben. Genauso wenig wie ihn.« Ich deute auf Daniel. »Nimm ihn und verschwindet.«

»Und ich dachte, du würdest dich freuen, wenn wir uns über Shane unterhalten.«

Ich erstarre. *Milan?*

Ich versuche, eine lässige Miene aufrechtzuerhalten, aber die Neugier in meinen Augen lässt sich nicht verbergen.

Damians Grinsen verrät, dass er nun weiß, dass er meine Aufmerksamkeit hat.

»Weißt du, er wollte mir nicht erzählen, wieso ihr euch aus dem Weg geht.« Er hebt das Glas an die Lippen, wobei sein Blick mein Gesicht nicht verlässt. »Vielleicht erzählst du es mir ja.«

Er hat seinen Freunden nichts erzählt?

»Das geht dich nichts an«, erwidere ich, bemüht, ruhig zu bleiben, aber mein Herz rast.

Sein Mundwinkel zuckt nach oben. »Ist das so?«

Damian erhebt sich mit dem Glas in der Hand. Instinktiv weiche ich zurück, als er sich mir nähert. Ich stoße mit dem Rücken an die Wand, während er mich in die Enge treibt. Er überragt mich, seine breiten Schultern versperren mir die Fluchtmöglichkeiten.

Ich spüre die Hitze, die von ihm ausgeht, und der Duft seines Parfüms steigt mir in die Nase.

»Ich wusste schon immer, dass du eine wilde Ader hast.« Er streicht mir eine Haarsträhne aus dem Gesicht. »Aber ich wusste nicht, dass du so ein böses Mädchen sein kannst.«

Ich schlage seine Hand weg. »Wovon redest du?«

Er schmunzelt, unbeeindruckt von meiner Reaktion. »Die nächtlichen Fluchten, dein Versuch, alles zu beenden, deine kleinen Treffen mit Kilian. Oder sollte ich Lio sagen? Ich kenne sie alle, deine Geheimnisse, *Servant*. Jedes. Kleine. Detail.«

Der Raum wirkt klaustrophobisch, die Wände scheinen näher zu rücken.

Er weiß es. Er weiß alles.

Meine Treffen mit Lio, meinen dunkelsten Moment. *Alles.*

Als er mich damals in den Pool gestoßen hat, hat er es bereits angedeutet, aber nun die Bestätigung aus seinem Mund zu hören, macht mich krank.

»Woher … Woher weißt du das?«

»Ich habe meine Augen und Ohren überall«, sagt er spöttisch.

Aber das kann nicht sein.

Niemand außer Lio und mir weiß davon.

Obwohl Lio seiner Freundin Elena von unseren Treffen erzählt hat, weiß selbst sie nichts von meinem Selbstmordversuch.

Wie kann es also sein, dass …?

»Ich habe dich bereits gewarnt.« Seine Miene verfinstert sich, die vorherige Verspieltheit ist verschwunden. »Ich habe dir gesagt, du sollst dich von Milan fernhalten.«

Plötzlich fühle ich mich sehr unbedeutend und ziehe mich weiter zurück.

»Aber du hast nicht auf mich gehört. Du konntest der Versuchung nicht widerstehen, oder?«

Ich schlucke. *Er jagt mir eine verdammte Angst ein.*

Mein Blick fällt auf die Couch, auf der Daniel immer noch liegt und im Schlaf etwas Unverständliches murmelt.

Damian nutzt meinen Moment der Ablenkung. Seine starke Hand packt mein Kinn und dreht mein Gesicht grob zu sich, als er seine Lippen in einem heftigen, fordernden Kuss auf meine presst.

Ich keuche auf, sodass sich seine Zunge ihren Weg in meinen Mann bahnt, gefolgt von dem bitteren Geschmack seines Scotchs, den er aus seinem Mund in meinen drängt.

Ich wehre mich gegen ihn und presse mit beiden Händen gegen seine Brust. Aber er ist unerbittlich, während der bittere Alkohol sich in meinem Mund ausbreitet, und mir nichts anderes übrigbleibt, als ihn hinunterzuschlucken.

Mit einem kräftigen Stoß schubse ich ihn, sodass er ein paar Schritte zurücktaumelt.

»Was zum Teufel sollte das, du kranker Bastard?«, schreie ich ihn an.

Damian lacht und genießt den Anblick, wie ich huste. Als der Scotch meine Kehle hinunterrinnt, hinterlässt er einen bitteren, metallischen Nachgeschmack.

»Du bist ganz schön frech, findest du nicht?« Seine Stimme trieft vor Sarkasmus. »Aber keine Sorge, schon bald wirst du lieb und gefügig sein.«

Es dauert einen Moment, bis ich merke, dass etwas nicht stimmt.

Der Alkohol hat eine seltsame, sofortige Wirkung auf mich, ich fühle mich träge und desorientiert.

»Was hast du gemacht?«

»Ich habe dich gewarnt, *Servant*«, flüstert er. »Du hättest dich von Shane fernhalten sollen.«

Panisch schüttele ich den Kopf und spüre, wie meine Beine langsam nachgeben.

Der Alkohol muss mit einer Art Droge versetzt worden sein, und die Wirkung setzt schneller ein, als ich es mir hätte vorstellen können.

»Du warst schon immer so stur. Es wäre so viel einfacher für dich gewesen, wenn du einfach auf mich gehört hättest, weißt du.«

Mein Kopf fühlt sich schwer an. »Du Bastard … Warum?«

»Weil du endlich deine Lektion lernen sollst. Shane war zu nett zu dir, also musste ich die Sache selbst in die Hand nehmen.«

Ich schüttele hastig meinen Kopf, bevor ich ihn mit einem kräftigen Stoß ablenke und mich auf den Weg in das zweite Stockwerk mache. Solange die Droge nicht vollständig wirkt, kann ich gegen ihn ankämpfen.

»Was glaubst du, wo du hingehst?« Damian packt meine Füße und zieht mich hinunter, sodass ich auf den Treppenstufen stolpere. »Du machst alles nur noch schlimmer, *Servant*.«

Mein Gesicht presst sich gegen die Stufe, während er meine Handgelenke hinter meinem Rücken festhält.

»Lass mich los, du kranker Hurensohn!«

»Ah, das ist das Feuer, das ich gesucht habe.« Seine Hand gleitet über meinen Rücken, streichelt meine Haut durch den dünnen Stoff meines Pyjamas.

Sein heißer Atem an meinem Nacken jagt mir einen Schauer über den Rücken. Mein Körper ist taub, da sich sein starker Körper an meinen presst.

Es fühlt sich an wie sterben, aber noch schlimmer.

Damians Lippen berühren die empfindliche Haut meines Ohrs. »Widersetze dich nicht, dann wird es für uns beide viel angenehmer.«

Seine Finger ziehen den Saum meines Pyjamaoberteils langsam hoch. »Gib einfach nach, *Servant*. Du zögerst das Unvermeidliche nur hinaus.«

Ich kämpfe mich durch den Nebel, der sich langsam in meinem Kopf festsetzt, aber mein Körper fühlt sich unfassbar schwer an.

»Wieso machst du das?«

Damians Finger halten inne. »Ich habe dir bereits gesagt, dass du deine Lektion lernen musst. Ich mache keine leeren Drohungen.«

»Nein. Das ist nicht die Wahrheit.« Ich schaue über meine Schulter zu ihm. »Von Anfang an hattest du ein Problem mit mir. Das zerkratze Auto oder das Video haben nichts damit zu tun gehabt. Du wolltest mich aus einem anderen Grund leiden sehen«, vermute ich. »Aber ich weiß, dass du mir nicht schaden wirst, Damian.«

Plötzlich packt er mich an den Schultern und dreht mich grob herum, sodass sich die Stufe schmerzhaft in meinen Rücken bohrt.

»Vertraust du mir so sehr? Was macht dich so sicher, dass ich dir nichts antun werde, huh?« Seine Augen sind tintenblau und da ist ein kleines Zucken an seiner Lippe. »Du bist ein verdammter Narr, *Servant*.«

»Vielleicht bin ich ein Narr. Vielleicht vertraue ich dir mehr, als ich sollte. Aber ich kenne dich, Damian. Du bist nicht so grausam, wie du vorgibst.« Ich versuche, meine Stimme ruhig zu halten. »Du schätzt Milan. Du würdest es nicht riskieren, ihn zu verlieren. Deswegen wirst du mir auch nicht wehtun.«

Seine Augen weiten sich leicht.

Einen Moment lang antwortet er nicht, sein Gesichtsausdruck ist unlesbar.

Dann stößt er ein bitteres Lachen aus. »Du bist so naiv.«

Als sich seine Hand um meinen Hals zusammenzieht, überkommt mich eine Welle der Panik. Ich ringe nach Luft, während seine Finger gegen meine Luftröhre drücken.

»Jetzt hör mir zu«, knurrt er. »Du kennst mich nicht. Du hast keine Ahnung, wozu ich fähig bin.«

Seine Stimme sinkt zu einem gefährlichen Murmeln ab. »Ich kann grausam sein. Ich kann rücksichtslos sein. Und ich habe keine Angst, auf die schmutzige Art zu spielen.«

Sein Griff lockert sich gerade so weit, dass ich nach Luft schnappen kann, aber dann drückt er wieder zu.

»Du hast recht. Ich mag Milan. Aber verwechsle meine Loyalität zu ihm nicht mit irgendeiner Art von Freundlichkeit. Bist du nicht so scharf aufs Sterben gewesen? Ich tue dir einen Gefallen und beende es für dich. Was meinst du?«

»Du bluffst … Milan wird dir nicht … vergeben.« Ich krächze, meine Stimme ist heiser von dem Druck auf meiner Kehle.

Tränen laufen meine Wangen hinunter. Meine Nägel graben sich in seinen Handrücken und hinterlassen rote Spuren.

»Glaubst du, das wird mich aufhalten?«, höhnt er. »Selbst, wenn ich dich jetzt gehen lasse, spielt das keine Rolle. Er wird mir *sowieso* nicht vergeben.«

Ich blinzele verwirrt. *Was bedeutet das?*

Damians Hand lässt schließlich meine Kehle los und ich falle schwer atmend auf die Stufe, reibe mir den Hals.

»Weißt du Servant, wir beide sind uns ähnlicher als du denkst.«

»Wovon redest du da?«, zische ich wütend.

»Wie hattest du es noch gleich formuliert?« Er tippt sich ans Kinn, bis er seine Stimme verstellt, um mich zu imitieren. »Ich sollte sterben. Alles wird besser, wenn ich tot bin. Oh, ich hasse mein Leben so sehr. Wer wartet schon auf mich?«

Mein Herz stolpert.

Diese Worte kenne ich nur zu gut.

»Du hast meine Notizen gelesen, nicht wahr? Deswegen weißt du so viel.«

»Kluges Mädchen.« Sein Mundwinkel zuckt nach oben. »Ich muss sagen, ich bin beeindruckt, wie viel du vor Milan geheim halten konntest. Aber was noch viel beeindruckender ist, wie viel du in diesem kleinen Notizbuch versteckst. Es ist erbärmlich.«

Er stemmt seine Hände neben meinem Kopf ab. »Du denkst, dein Leben ist schwer, was? Dass dir Unrecht getan wurde und du niemanden hast, der dich versteht, huh? Genau deswegen möchtest du es wegschmeißen, oder?«

Sein Grinsen erlischt, seine Stirn runzelt sich bedrohlich. »Armes kleines Mädchen, das denkt, das Leben sei so hart. Es pisst mich verdammt an. Du hast keine Ahnung, wie schlimm es wirklich sein kann.«

Einen Moment lang blitzt ein Hauch von Verletzlichkeit in seinen Augen auf, wie eine dunkle Wolke, die einem Blick auf die Wahrheit Platz macht.

Hinter seiner Wut steckt etwas Tieferes, etwas, das unter der Oberfläche lauert.

Ist es etwa *Schmerz*?

Doch dann setzt er wieder seine Maske der Arroganz auf.

»Damian, ich-«

Doch er lässt mich nicht aussprechen, denn seine Hände finden wieder ihren Platz um meine Kehle.

»Da ich so ein guter Freund bin, erfülle ich dir deinen Wunsch.«

Die Kälte seiner Worte und die Härte seines Griffes machen mich sprachlos. Das Gefühl der Erstarrung in meinem Körper wird von der Droge nur noch verstärkt, und mein Herz schlägt wie wild gegen meine Brust.

Er kann mich *nicht* töten.

»Du wirst mich nicht töten. Du bist alles, aber kein … Mörder.«

»Bist du dir da so sicher?«, murmelt er. »Weißt du, wie sich eine Leiche anfühlt, *Servant*? Wie es ist, jemanden im Arm zu halten, dessen Herz nicht mehr schlägt?«

In seinen Augen liegt ein Ausdruck, den ich noch nie gesehen habe, eine Mischung aus Grausamkeit und etwas, das ich nicht genau zuordnen kann. »Ich weiß es. Die Leere, die zurückbleibt, wenn das Leben entschwindet. Vielleicht kann ich dir dieses Gefühl nicht ersparen, aber ich kann dir zeigen, wie es sich anfühlt, den Abgrund zu berühren.«

Sein Blick bohrt sich in mich, und einen Moment lang glaube ich fast, dass er wirklich zu einem Mord fähig ist.

»Du bist verrückt«, fauche ich und versuche, mutig zu klingen.

»Das hast du erst jetzt bemerkt? Weißt du nicht, dass die einzig wirklich Verrückten diejenigen sind, die glauben, sie seien normal?«

Er lehnt sich näher heran. »Und du bist auch alles andere als vernünftig, *Servant*. Hast du deinen kleinen Wunsch zu sterben bereits vergessen?«

Dieser verdammte Bastard.

Seine Augen flackern mit einem unheimlichen Schimmer. »Aber ich möchte fair sein. Da ich dein Geheimnis kenne, verrate ich dir auch eines meiner Geheimnisse. Was hältst du davon?«

Ich höre ihm nicht zu, hämmere stattdessen gegen seine Brust, damit er von mir ablässt.

Seine Lippen streifen mein Ohrläppchen. »Nicht Kilian hat die Briefe in dem Buch versteckt. Ich war es.«

Die Worte treffen mich wie ein heftiger Schlag.

Abrupt lässt er mich los und zieht sich zurück, sodass ich zu husten beginne.

Ich reibe mir den schmerzenden Hals, während ich versuche, wieder zu Atem zu kommen. Mein Geist wirbelt vor Verwirrung und Unglauben.

»Du ... Du hast was?«, frage ich heiser und zittrig.

»Kurz bevor er sich das Leben genommen hat, hat er sie mir gegeben, damit ich sie Milan überreiche. Ich habe sie gelesen. Genauso wie du hat auch er all seine erbärmlichen Gedanken schriftlich festgehalten. Ich dachte mir, ich könne ein bisschen Spaß haben, also habe ich sie versteckt. Als ich auf der Pool-Party das Buch in deiner Hand gesehen habe, wusste ich, dass auch du sie finden und schweigen würdest. Wie ich es bereits getan habe.«

Mein Herz wird schwer, als ich die Bedeutung seines Geständnisses erkenne.

Sehr lange wusste er von den Briefen, aber hat sie Milan nicht gegeben? Und das, obwohl ihn Kilian sogar darum gebeten hat.

Damian ist ein Verräter.

»Ich wusste, dass er sich das Leben nehmen wird, und ich habe ihn nicht aufgehalten. Denkst du immer noch, ich sei nicht grausam, *Servant*?«

Alles um mich herum fängt an, sich zu drehen.

Er wusste es. Er hat es zugelassen.

»Du ... Du hast ... ihn sterben lassen? Die ganze Zeit wusstest du von den Briefen und hast Milan nichts gesagt?«

»Versuch nicht, dich als eine Art Heilige darzustellen«, schnauzt er. »Du hast dasselbe getan. Du hast diese Briefe gefunden und sie geheim gehalten, genau wie ich.«

Ich schüttele hastig meinen Kopf. »Ich wusste nicht, was vor sich ging. Ich wollte Milan davor bewahren. Aber ... Aber Kilian hat dich gebeten, die Briefe Milan zu geben. Du hast ihn sterben lassen! Du hast ... Wie kannst du-«

Meine Lippen zittern und ich stütze mich auf die Treppenstufen. Damian ist ein noch größeres Monster, als ich dachte.

»Wie kann ich nur so grausam sein?« Er beendet meinen Satz mit einem nonchalanten Ton. »Tu nicht so überrascht, *Servant*. Du hast immer gewusst, dass ich ein kaltherziger Bastard bin.«

Er erhebt sich über mir und verdunkelt die Szene. »Du solltest es besser wissen, als von jemandem wie mir Gnade zu erwarten. Du bist mir egal, Milan und alle anderen auch. Ich tue, was immer ich will.«

»Und was ist … Was ist mit Kilian?«

In Damians Augen flackert etwas Seltsames auf, als ich Kilian erwähne. Es ist ein winziger Riss in der kalten, harten Maske, die er normalerweise trägt.

Er schaut kurz weg, und als er sich wieder zu mir umdreht, ist die Verletzlichkeit verschwunden. »Was spielt es für eine Rolle? Jetzt ist er tot. Selbst, wenn ich ihn aufgehalten hätte, würde er einen anderen Weg finden, sich das Leben zu nehmen. Er war schwach, so wie du. Er hat sich von seinen Gefühlen leiten lassen und sieh nur, wohin es ihn gebracht hat.«

Ich spüre, wie eine tiefe Wut in mir aufkeimt.

Wie kann er es wagen, so über Lio zu sprechen?

»Du sagst, Kilian war schwach«, kontere ich. »Aber du kennst ihn nicht. Du hast keine Ahnung, wie er wirklich war.«

Damian schaut auf mich herab, sein Blick ist kalt und undeutbar, bevor er mit der Zunge schnalzt. Er dreht sich um und schreitet auf die Eingangstür zu, seine Schritte klingen wie Donnergrollen in meinen Ohren.

Bevor er aus meiner Sichtweite verschwindet, dreht er sich ein letztes Mal zu mir. »Lass mich dir nur eines sagen, *Servant*. Keiner kennt ihn besser, als ich es tue. Nicht einmal Milan.«

Mit einem lauten Knall verschwindet er und lässt mich mit einem betrunkenen Daniel allein, der immer noch auf der Couch schläft.

51
Aliya

GEGENWART

Mit zitternden Atemzügen stolpere ich die Treppe in den zweiten Stock hinauf.

Als ich oben ankomme, beginnt mich meine Kraft zu verlassen. Meine Sicht verschwimmt, und meine Knie geben nach, sodass ich gegen das Geländer krache. Ich fühle mich, als wäre ich unter Wasser. Beim Versuch, die Augen zu öffnen, fühlen sie sich an wie Stahlgewichte. Ich möchte weglaufen und diesem Albtraum entkommen, aber meine Glieder verweigern die Mitarbeit.

Nur noch ein paar Schritte ...

Dann könnte ich mich in meinem Zimmer einsperren.

»Schwesterherz, wo bist du denn hin?«

Das Geräusch von Daniels Stimme und seinen Schritten rüttelt mich aus dem Dunst der betäubten Dissoziation. Mein Körper spannt sich unwillkürlich an.

Es ist genau wie damals.

Der einzige Unterschied ist, dass ich mich nicht bewegen kann.

Ich bin ihm völlig ausgeliefert.

Mit jedem Schritt, den Daniel näherkommt, wird die Luft im Flur schwerer.

Nein, nein, nein, nein.

»Hier bist du ja.« Sein Gesicht ist verschwommen, aber ich spüre instinktiv, dass er grausam lächelt.

»Nein … Bitte.«

Ich möchte schreien, kreischen, mich wehren, aber es ist, als wären mein Körper und mein Geist voneinander getrennt, gefangen in einem Albtraum ohne Ausweg.

»Dachtest du wirklich, du könntest mir für immer aus dem Weg gehen?« Mit seinem Körper verdeckt er das Licht.

Bitte, nicht schon wieder.

Seine Hände packen mich grob und ziehen mich hoch. Mein Kopf fällt schwer auf seine Schulter, mein Körper ist wie eine leere Hülle.

»Du bist so schwach«, murmelt er, und Alkoholgeruch schlägt mir entgegen. »Immer noch das kleine, verängstigte Mädchen, huh?«

Mit einem Ruck zerrt er mich in mein Zimmer und wirft mich aufs Bett. Meine Glieder sind wie aus Gummi, unfähig, sich zu wehren.

Ich werde das kein zweites Mal überleben.

»Du wirst lernen, mich zu respektieren.«

Tränen der Verzweiflung steigen in meine Augen, während ich innerlich nach einem Ausweg schreie, aber nur schwache Töne meinen Mund verlassen.

»Daniel … Nein.« Meine Worte sind kaum mehr als ein Flüstern.

»Psst, du kannst meinen Namen später stöhnen.«

Er drückt meine Oberschenkel auseinander, als er sich zwischen meine Beine drängt. Seine Hände fahren unter mein Pyjamaoberteil, während er es hochzieht. Tränen laufen mir an den Seiten meines Kopfes in die Haare.

»Jetzt gehörst du wieder ganz mir.«

Ich versuche, meine nackten Füße in die Matratze zu stemmen, aber er drückt mir lachend seine Erektion zwischen die Beine.

Ein Stöhnen verlässt seine Kehle, als er seinen harten Schwanz an meinem Innenschenkel reibt. »Gott, das fühlt sich so gut an.«

»Nein …« Meine Brust schüttelt sich vor Schluchzern, während er meinen Hals mit Küssen befeuchtet und mir meine Pyjamahose herunterzieht.

»Sie sind gewachsen, huh?« Ich spüre, wie seine Zunge über dem Stoff meines Unterhemds meinen Nippel umkreist und er dabei meine Brüste knetet.

Ich bin gefangen in einem Albtraum, aus dem es kein Erwachen gibt. Und ich weiß bereits, wie er enden wird.

Genau wie er mich vor vier Jahren entjungfert hat, wird er auch heute unerlaubt meinen Körper für sich beanspruchen.

Und während ich hier so regungslos liege, fantasiere ich darüber, was wohl passiert wäre, hätte Lio mich damals nicht zurückgezogen. Wäre ich Daniels Dämonen entkommen?

Erdrückende Dunkelheit umfängt mich, während Daniel mich aus meinen Klamotten schält, bis ich starr unter ihm liege und nichts anderes machen kann, außer es über mich ergehen zu lassen.

Das war 's.

Doch genau, als ich denke, dass alles zu Ende ist, ertönt plötzlich das Geräusch der Eingangstür und lautes Stimmengewirr hallt durch das Haus. »Ich muss mein Handy hier irgendwo liegen lassen haben«, höre ich Mutter sagen.

»Fuck!« Mit groben Bewegungen zerrt Daniel mir die Pyjamahose wieder hoch, seine Finger graben sich schmerzhaft in meine Haut. »Sag. Kein. Verdammtes. Wort.«

Meine letzten Gedanken, bevor ich in die Dunkelheit der Bewusstlosigkeit abdrifte, sind erfüllt von bitterer Erinnerung an das, was um Haaresbreite erneut geschehen wäre.

Wenn ich meinem Leben vor vier Jahren tatsächlich ein Ende gesetzt hätte, wäre ich jetzt *frei*.

Frei von dieser Hölle, die sich Leben nennt.

Ich erwache mit Schmerzen in meinem Kopf und einem schweren Gefühl in meiner Brust aus der Dunkelheit.

Es ist Mitternacht und die vertraute Umgebung meines Zimmers umgibt mich, doch die Schrecken der vergangenen Stunden hängen noch wie ein Schleier über mir.

Langsam zwinge ich mich, aufzustehen. Meine Beine zittern, und ich muss mich am Bettpfosten festhalten, um nicht wieder hinzufallen.

Ich muss raus aus diesem Raum, raus aus diesem Haus.

Als ich die Treppe hinuntergehe, höre ich bereits Stimmen aus dem Erdgeschoss.

»Er wird nicht mehr zurückkommen, Amber. Wir müssen ruhig bleiben.«

Ich gehe die letzten Stufen hinunter und trete unauffällig näher an die Küchentür, hinter der ihre Stimmen lauter werden.

»Aber wir können das nicht so stehen lassen! Was ist, wenn sie jemanden einweihen will? Die Polizei … Das würde alles nur schlimmer machen, Robert«, antwortet Mutter verzweifelt.

»Sie wird schon verstehen, dass es besser ist, wenn wir das für uns behalten. Daniel ist Teil dieser Familie. Was sollen die Leute nur denken?«

»Du hast recht. Wir können nur hoffen, dass sie sich nicht aufregt und diesen Vorfall vergisst.«

»Mach dir keinen Kopf, Liebling. Das wird schon wieder. Letztes Mal hat sie auch geschwiegen. Ich bin mir sicher, dass sie unsere Bedenken verstehen wird«, erwidert Robert.

Ich schließe die Augen und presse mich gegen die Kante der Tür, die einen schmalen Spalt offensteht.

Die Vorstellung, dass sie es wieder einmal herunterspielen, während ich hier in einem Albtraum gefangen bin, weckt unglaubliche Wut in mir. Sie scheinen eher besorgt darüber zu sein, wie sie die Situation verschleiern können, als sich um mich zu kümmern.

Ein Gefühl der Machtlosigkeit durchströmt mich, aber gleichzeitig erwacht ein neuer Wille in mir. Mit einem tiefen Atemzug schiebe ich die Tür auf, die quietschend über den Boden gleitet. Robert und meine Mutter fahren zusammen und schauen mich schockiert an.

Mutter ist die Erste, die sich sammelt und zu mir eilt. »Oh Aliya, du bist wach. Robert und ich sind gerade von unserem Dinner zurückgekehrt. Hast du schon gegessen?«

»Ich habe keinen Hunger«, antworte ich knapp.

»Komm, setz dich. Du siehst blass aus.«

»Vielleicht hat sie Fieber. Zu dieser Jahreszeit ist es üblich, sich zu erkälten«, greift Robert ein.

»Oh ja, das muss es sein.« Mutter legt eine Hand auf meine Stirn, um meine Temperatur zu erspüren.

Ich beiße mir auf die Lippe und unterdrücke einen bitteren Spott. Ihre Versuche, das Gespräch zu lenken, sind so durchschaubar, dass es schon erbärmlich ist.

»Wo ist Daniel?«, frage ich stattdessen.

Ihre Miene erstarrt, ihre Hand hält inne. Roberts Augen blicken alarmiert zu meinen auf. Doch dann gelingt meiner Mutter ein gezwungenes Lächeln. »Was meinst du? Er ist doch vor ein paar Tagen zurück nach Chicago gereist, Schatz.«

Verstehe. Jetzt wollen sie vortäuschen, ich hätte alles aufgrund eines Fiebers halluziniert. Die Dreistigkeit, mit der sie versuchen, mir ins Gesicht zu lügen, ist unglaublich.

»Ich bin nicht dumm. Ich weiß genau, was er mir angetan hat«, platzt es aus mir heraus.

Sie zuckt zusammen, ihr falsches Lächeln gerät ins Wanken.

»Du musst einen Albtraum gehabt haben«, spricht Robert hektisch.

»Einen Albtraum? Damit wollt ihr ihn nun decken?« Ich stoße ein schallendes Lachen aus. »Ich werde nicht zulassen, dass ihr das unter den Teppich kehrt, wie ihr es letztes Mal getan habt.«

Ich wende mich ab, doch meine Mutter greift nach meinem Arm. »Aliya, hör zu-«

»Nein, verdammt, du hörst mir jetzt zu!«, entziehe ich mich schnell aus ihrem Griff. »Ich war vierzehn Jahre alt, als mich Roberts 23-jähriger Sohn vergewaltigt hat! Ich war noch ein verdammtes Kind, Mutter!«, schreie ich sie an.

Sie taumelt zurück, als ob ich sie geschlagen hätte. Tränen steigen in meine Augen, doch ich versuche, sie wegzublinzeln.

»Und ihr beide habt davon gewusst. Verdammt, ihr habt ihn in dieser Nacht sogar aus meinem Zimmer gezogen. Aber was habt ihr getan? Statt für mich da zu sein, habt ihr mir eingeredet, dass ich es dramatisieren würde. Ich mich wie ein Kind benehme. Ihr habt mich gezwungen, mit diesem Bastard unter einem Dach zu leben.«

Ich kann nicht verhindern, dass die Tränen meine Wangen hinunterlaufen. »Ich habe mich selbst gehasst. Ich habe den Fehler bei mir selbst gesucht. Euretwegen dachte ich wirklich, alles sei meine eigene Schuld gewesen!«

Der Raum ist totenstill, das einzige Geräusch ist mein schweres Atmen, während Adrenalin durch meine Adern fließt.

Der Gesichtsausdruck meiner Mutter ist erschüttert, in ihren braunen Augen schimmern die ungeweinten Tränen. »Bitte, Schatz-«

»Sei verdammt nochmal leise! Jetzt rede ich!«, fahre ich sie scharf an. »In dieser Nacht habe ich versucht … Ich habe versucht, mir das Leben zu nehmen. Ich wollte sterben.«

Sie keucht hörbar, als hätte ihr jemand die Luft aus den Lungen gepresst, und ihre Hand zittert, als sie damit hastig zum Mund fährt. Ihr Gesicht ist bleich, als ob jede Farbe daraus gewichen wäre, und frische Tränen brechen nun unaufhaltsam hervor, bahnen sich ihren Weg über ihre blassen Wangen, während ihre Schultern beben. Robert lässt sich schwer in seinen Stuhl zurückfallen. Seine Hände vergraben sich in seinen blonden Haaren, sein Kopf hängt tief zwischen den Schultern, als ob er die Last der Worte nicht tragen könnte.

»Was?«, stammelt meine Mutter.

»Ich war doch erst vierzehn. Und dennoch habe ich das Leben so sehr verabscheut, dass ich es am liebsten beendet hätte«, schluchze ich. »Denkst du nun immer noch, dass ich es übertreibe? Hältst du mich immer noch für einen pubertierenden Teenager, der alles dramatisiert? Weißt du überhaupt, wie es sich anfühlt, ungewollt angefasst zu werden? Hast du eine verdammte Ahnung, wie es sich anfühlt, wenn die eigene Mutter einem keinen Glauben schenkt?«

Sie öffnet ihren Mund, aber es kommt kein Ton heraus.

»Du hast dich für ihn und seinen verdammten Sohn entschieden.« Mit meinem Finger zeige ich auf Robert. »Aber ich bin deine Tochter, Mutter. Du hast mich auf diese Welt gesetzt! Wie kannst du nur so ignorant sein? Wie kannst du mich so vergessen?«

»Ich …«, versucht sie zu sprechen, aber die Worte kommen ihr nicht über die Lippen. Robert starrt auf den Boden, traut sich nicht, mich anzusehen.

Obwohl ich wissen sollte, dass ich nicht mehr an die Hoffnung glauben darf, dass meine Mutter irgendeine Form von elterlicher Fürsorge für mich hat, glimmt in mir ein kleiner Funken. Ein Teil von mir sehnt sich danach, die Mutter zurückzubekommen, die mich in meiner Kindheit geliebt hat. Die Frau, die für mich da war und nicht die, die das Image ihrer neuen Familie über mein Leid stellt. Ich wünsche mir so sehr, dass sie mich endlich sieht, dass ich bereit wäre, all die Momente zu vergeben, in denen sie meine Schmerzen ignoriert und mir beim Zerbrechen zugesehen hat.

Vielleicht bin ich naiv, vielleicht dumm. Aber ihr tränenverzerrtes Gesicht lässt mich glauben, dass ich ihr vielleicht doch etwas bedeute. Dass sie mich *endlich* versteht.

»Ich frage dich ein letztes Mal«, setze ich ruhig an. »Entscheide dich, *Mum*. Wer ist wichtiger: Sie oder ich?«

Ich warte auf eine Antwort, ein Wort des Trostes, eine Entschuldigung, irgendetwas, das einen Anschein von Reue und Zuneigung zeigt. Doch sie steht einfach da, wie erstarrt, und ihre Tränen laufen unaufhaltsam über ihre Wangen.

»Aliya, bitte …« Ihre Stimme ist brüchig. »Ich kann nicht einfach alles hinter mir lassen.«

Schweigen hängt zwischen uns wie ein Schleier. Ich schließe meine Augen. *Was habe ich auch anderes erwartet?*

»Das werde ich dir nicht vergeben. Niemals.«

Mit diesen Worten stürme ich aus dem Haus. Roberts und ihre Stimmen ertönen hinter mir. Sie rufen meinen Namen, aber ich bleibe nicht stehen.

Ich ertrage es nicht, noch eine Sekunde länger in diesem Haus zu sein. Das Adrenalin strömt noch immer durch meine Adern, mein Herz rast und meine Hände zittern.

Ich habe Lio verloren.

Ich habe meine Mutter verloren.

Ich habe mein Zuhause verloren.

Und ich habe Milan verloren.

Ich habe alles und jeden verloren, der mir wichtig war.

Jetzt bin ich wirklich *allein*.

52
Milan

GEGENWART

»Was ist das?«

Als ich nach einem T-Shirt aus Shins Regal greifen möchte, werde ich mit einem ganz anderen Anblick überrascht.

Zwischen der ordentlich gefalteten Kleidung liegt eine Sammlung von Flaschen. Eine nach der anderen ziehe ich heraus, studiere die Etiketten und die verbleibende Menge an Flüssigkeit.

Wodka, Whiskey, Rum. Alle mindestens halb leer.

Sofort zieht Shin mir eine Flasche aus meiner Hand und stopft sie wieder in seinen Schrank, bevor er mir ein sauberes T-Shirt entgegendrückt.

»Das ist nichts. Ich habe sie aus dem Keller meines Vaters genommen, damit wir etwas zum Trinken haben, wenn wir hier abhängen.«

Ich starre ihn eine Weile schweigend an. *Bullshit.*

Jetzt, da ich darüber nachdenke, habe ich Shin noch nie wirklich betrunken erlebt. Klar, manchmal wirkt er etwas beschwipst, aber selbst, wenn er mehr trinkt als Damian und ich, zeigt er nie typische Symptome von Betrunkenheit.

Ich dachte immer, er hat eine hohe Alkoholtoleranz, aber beim Anblick der Flaschen in seinem Schrank keimt ein anderer Gedanke in mir auf.

Vielleicht liegt der Grund für seine Alkoholverträglichkeit darin, dass er regelmäßiger trinkt als wir.

Hat er etwa ein … *Alkoholproblem*?

Gerade will ich zum Reden ansetzen, als die Tür aufgerissen wird und Damian hineinstolpert. »Habt ihr mich vermisst, Motherfuckers?«

Mein Mund schließt sich wieder.

Ich sollte später mit Shin reden.

Damian wirft sich auf Shins Bett, die Arme weit ausgebreitet. Eindeutig betrunken.

»Wo warst du?« Shin schließt seinen Schrank und geht auf Damian zu, während ich mich umziehe.

»Auf der Party von Logans. Ich habe drei Mädchen geknallt.«

»Und ich bin sicher, du warst so charmant wie immer.« Shin packt Damian am Hemdkragen und zerrt ihn in eine sitzende Position.

Er grinst und pikst Shin in die Stirn. »Du bist nur eifersüchtig, Shinichiro. Du hast so viel verpasst!«

Damian packt Shins Arm und zieht ihn mit sich nach unten. »Wusstest du, dass Mary Ann unter ihrer Schuluniform ein E-Körbchen versteckt?«

»Lass mich-« Shins Augen weiten sich plötzlich. »Warte. E? Du verarschst mich doch.«

»Ich meine es todernst«, lacht Damian. »Ich habe auch Beweise.«

Ich verdrehe die Augen und setze mich auf die Couch in Shins Zimmer. Damian hält das Handy nur wenige Zentimeter von Shins Gesicht entfernt hoch.

»Verdammt«, flüstert Shin.

»Komm her, Shane. Du musst das auch sehen!«, ruft Damian mich zu sich.

Ich schnalze mit der Zunge, als plötzlich mein Handy anfängt zu klingeln. Es ist ein *unbekannter* Anrufer.

Mit zusammengezogenen Augenbrauen gehe ich ran. »Wer ist da?«

»Shane?« Obwohl ihre Stimme durch die Leitung gedämpft ist, weiß ich, wer es ist.

Silver Moore.

Warum in aller Welt ruft mich Silver um ein Uhr morgens an?

Mein Herz setzt einen Schlag aus, als sich ein unschöner Gedanke in meinen Kopf schleicht. »Was ist los?«

Auch Shin und Damian werden nun aufgrund meiner Frage aufmerksam und schauen in meine Richtung.

Es herrscht einige Sekunden lang Schweigen, bevor sie mit schwankender Stimme das Wort ergreift. »Ist Aliya bei dir?«

Wenn ich *ihren* Namen höre, beschleunigt sich sofort mein Herzschlag. Meine Finger verkrampfen sich um mein Handy.

Ist ihr etwas zugestoßen? Steckt sie in Schwierigkeiten? Ist sie verletzt?

»Nein. Wieso fragst du?«

Ihre Stimme bricht. »Ihre Mutter hat mich angerufen. Sie ist von zu Hause weggelaufen und bis jetzt nicht zurück. Ich mache mir Sorgen um sie. Sie hat ihr Handy nicht mitgenommen.«

Mein Verstand ist vollkommen leer.

Sie ist *weggelaufen*. Sie ist irgendwo da draußen, um ein Uhr morgens, ohne ihr Handy oder sonst etwas.

Verdammte Scheiße.

Ich lege auf, ohne ihr zu antworten und erhebe mich sofort.

Shin und Damian starren mich an und warten auf eine Erklärung. Ich mache mir nicht die Mühe, ihnen eine zu geben, denn ich habe keine Zeit – ich muss nach ihr suchen. Mit meiner Jacke in der Hand gehe ich zur Tür.

»Woah, wohin gehst du? Wer war das?« Shin hält mich zurück.

Ich schaue zu ihm. »Lass mich los. Es geht um Aliya, ich muss sie finden.«

»Wieso? Was ist passiert?«

Ich spüre, wie eine Kälte meinen Körper durchströmt.

Weglaufen sieht ihr nicht ähnlich. Sie ist vielleicht stur und temperamentvoll, aber sie war immer der verantwortungsbewusste Typ, sie würde nicht einfach so weglaufen.

Meine Augen schweifen zu Damian, der auf der Bettkante sitzt und mich beobachtet. Sein Gesichtsausdruck ist todernst, und der Blick in seinen Augen, mit dem er mich studiert, ist etwas, das ich nicht so oft sehe.

Eine schreckliche Schlussfolgerung schleicht sich in meine Gedanken, bevor ich Shin zur Seite stoße und auf Damian zugehe.

»Hast du damit etwas zu tun?«

Seine Mundwinkel zucken nach oben und er steht vom Bett auf, seine Augen sind auf meine gerichtet. »Was meinst du, Shane?«

Mein Kiefer verkrampft sich.

Er wollte sie bestrafen, ihr wehtun.

Er war die ganze Nacht über nicht da.

Und dann noch dieses tückische Grinsen.

Er hat definitiv etwas damit zu tun.

Die Wut kocht in mir hoch, und bevor ich darüber nachdenken kann, packe ich Damian am Kragen seines Hemdes. »Was hast du ihr angetan? Wo ist sie?«

»Was ist hier los?« Shin stellt sich neben uns.

»Reiß dich zusammen, Mann«, spottet Damian. »Glaubst du wirklich, ich würde ihr wehtun?«

»Natürlich würdest du das, du Bastard!«

Shin blickt zwischen uns hin und her, offensichtlich verwirrt von der Situation. »Worüber zum Teufel redet ihr zwei?«

»Ich wollte ihr nur eine Lektion erteilen, mehr nicht.«

Meine Augen verdunkeln sich. *Eine Lektion?*

Shins Miene verhärtet sich. »Wem? Aliya? Was redest du da?«

»Ich habe nur dafür gesorgt, dass sie weiß, wo ihr Platz ist«, sagt Damian achselzuckend, als wäre es das Normalste der Welt.

Meine Hände packen seinen Kragen fester als zuvor und ich erwürge ihn fast. »Was zum Fick hast du getan? Antworte.«

»Hast du nicht gemerkt, wie sie sich zwischen uns gestellt hat? Ihretwegen hast du angefangen, dich gegen mich zu wenden. Sie ist eine Schwäche, die du dir nicht leisten kannst, Shane.«

Ich halte es nicht mehr aus.

Ohne weiter nachzudenken, lasse ich meine Faust auf Damians Gesicht niederkrachen. Sein Kopf schnellt zur Seite und ein befriedigendes Geräusch von brechendem Knorpel erfüllt den Raum. Er taumelt rückwärts, stürzt auf das Bett und hält sich die blutende Nase.

»Was hast du ihr angetan?« Ich gehe auf ihn zu, bereit, ihn erneut zu schlagen.

Er grinst, trotz des Blutes und der Schmerzen. »Ich habe sie in ihre Schranken gewiesen. Ganz einfach.«

Meine Faust trifft erneut auf sein Gesicht. Seine Lippen platzen auf, Blut spritzt auf meine Hand. »Du verdammter Hurensohn. Sag mir, was du getan hast!«

Shin versucht, mich zurückzuziehen. »Milan, hör auf! Es bringt nichts, ihn zu verprügeln!«

Ich atme schwer, während ich darum kämpfe, meine Wut zu kontrollieren. Ich verliere meinen Verstand, wenn ich nicht jetzt sofort erfahre, ob es ihr gut geht.

Damian liegt auf dem Bett, sein Gesicht blutüberströmt.

»Wo ist sie?«, frage ich, meine Stimme tiefer und rauer als je zuvor.

»Ich habe sie unter Drogen gesetzt und zu Hause gelassen. Aber das war vor Stunden. Sie sollte wieder nüchtern sein«, gesteht er.

Drogen?

Ich mahle mit meinem Kiefer und muss mich zurückhalten, ihn nicht zu treten oder noch weitere seiner Knochen zu brechen.

Damian hat bereits gesagt, was er weiß. Es ist Zeit für mich, nach Aliya zu suchen.

»Wenn du auch nur daran denkst, dich ihr noch einmal zu nähern, bist du tot.«

Ich mache mich auf den Weg zur Tür, doch seine Stimme ertönt hinter mir. »Du entscheidest dich für *sie*? Stellst eine wertlose Schlampe über unsere Freundschaft?«

»Du bist verdammt bescheuert, wenn du dachtest, dass ich unsere beschissene Freundschaft über sie stelle«, sage ich mit einem bitteren Lachen. »Sie bedeutet mir die Welt, und ich würde sie jederzeit allen vorziehen. Ich hoffe, eines Tages wirst auch du verstehen, was ich meine.«

»Das wirst du noch bereuen, Shane. Wenn du merkst, dass sie uns zerstört hat.«

»Der Einzige, der etwas bedauern wird, bist du, D. Du hast unsere Freundschaft in dem Augenblick zerstört, als du sie verletzt hast.«

Trotz Shins Protesten verlasse ich das Haus, starte mein Motorrad und lasse die Maschine hochdrehen, sodass seine Worte übertönt werden.

Aliya ist meine Priorität.

Ich muss sie finden.

Und ich habe auch schon eine gewisse Ahnung, wo sie sein könnte.

53
Aliya

GEGENWART

Ich sitze am Rande einer vertrauten Kante, die mir wie ein sicherer Ort vorkommt.

Der Wind weht sanft durch mein Haar, während sich der mondbeschienene Schulhof unter mir ausbreitet und eine beruhigende Atmosphäre schafft.

Es fühlt sich an wie damals – eine eiskalte Nacht, in der ich im Pyjama heimlos auf den Straßen herumlungere.

Ich lasse meine Füße baumeln und blicke in den Abgrund.

Wie bin ich hierhergekommen?

Das Letzte, woran ich mich erinnere, ist, dass ich aus meinem Haus gestürmt bin. Im nächsten Moment stand ich dann vor der SVH, mit dem Schlüssel zur Dachterrasse in meiner Hand.

Ich bin verdammt müde.

Müde vom Leben.

Warst du auch so müde, bevor du dein Leben beendet hast, Lio?

Heute ist er nicht hier, um mich aufzuhalten. Niemand ist hier.

Ich hebe meinen Kopf und betrachte den strahlenden Vollmond, welcher der einzige Zeuge meiner Tat werden könnte. *War der Mond auch dein Zeuge, Lio?*

Ich stoße ein leises Zischen aus, als ein scharfer Schmerz durch meine Hand schießt und mich zurück in die Realität holt.

Als ich an mir herunterschaue, sehe ich, dass sich meine Nägel in meine Handfläche gegraben haben und rote Linien auf meiner Haut hinterlassen.

Mit einem zittrigen Atemzug versuche ich, die Anspannung in meinem Körper zu lösen.

Beruhige dich, Aliya.

Ich muss meinen Verstand verloren haben.

Stattdessen schließe ich meine Augen und atme tief die kühle Nachtluft ein.

Auf der Suche nach dem Unmöglichen kann man das Erreichbare finden.

Damals habe ich nicht verstanden, was Lios Worte zu bedeuten haben. Doch jetzt wird mir die Botschaft klar und hallt tief in mir nach.

Sie handelt von der Möglichkeit, das zu erreichen, was sich unmöglich anfühlt, und das trotz aller Herausforderungen.

Lio hat diese Unmöglichkeiten erlebt, aber vor lauter Schmerz aufgegeben.

Aber ich werde nicht aufgeben.

Nicht dieses Mal.

Das plötzliche Geräusch der sich öffnenden Tür auf dem Dach lässt mich aus meinen Gedanken aufschrecken, und ich sehe nach hinten.

Eine Gestalt tritt aus dem Treppenhaus, in Schatten getaucht. Mein Herz setzt einen Schlag aus, als ich die Person erkenne, die dort atemlos steht. Selbst in der Dunkelheit ist seine Statur unverkennbar.

Milan.

Er ist hier.

Schweißperlen glitzern auf seiner Stirn und hinterlassen einen Schimmer auf seinem Gesicht. Seine Augen suchen hektisch das Dach ab, auf der Suche nach etwas – oder jemandem.

Als sein Blick auf mich fällt, wie ich am Rande des Abgrunds sitze, sehe ich, wie sich sein Ausdruck sofort verändert. Die Farbe verschwindet aus seinem Gesicht und wird durch Blässe ersetzt.

Er macht einen schwankenden Schritt nach vorne und bleibt dann stehen, als ob ihn mein Anblick erstarren lassen würde.

»Was machst du hier, Milan?«, frage ich ruhig.

»Was machst *du* hier, Sweetheart?« Er mustert meinen Körper, nimmt meine zitternde Gestalt in der kalten Winterluft auf.

Es ist so lange her, dass er mich *Sweetheart* genannt hat, und der vertraute Begriff löst eine Welle nostalgischer Sehnsucht in mir aus.

Er macht erneut einen Schritt auf mich zu, streckt seine Hand aus, als wolle er mich berühren, aber zögert. »Du zitterst. Du wirst dich erkälten. Komm da bitte runter, Sweetheart.«

Das unbekannte Flehen in seiner Stimme trifft einen Nerv und lässt mein Herz pochen. Ein Teil von mir möchte aufspringen und in seine Arme laufen, um mich in seiner Wärme zu vergraben. Aber ein anderer Teil warnt mich, hier zu bleiben, flüstert mir die Lügen zu, die immer noch zwischen uns stehen.

Ich habe ihm wehgetan.

Ich schaue auf den Sturz unter mir, dann wieder zu ihm.

Der Mond wirft sein silbriges Licht auf sein Gesicht und hebt die Sorgen hervor, die in seine Züge geätzt sind.

Der Spalt zwischen uns fühlt sich tiefer und breiter an als der unter mir, aber der Gedanke, ihn zu überqueren, ist verlockend und beängstigend zugleich.

»Geh weg, Milan. Du solltest nicht hier sein.«

Milan verharrt, seine Hand hängt immer noch in der Luft. »Ich gehe nicht.«

Ich kann sehen, wie seine Atmung sich langsam beschleunigt, aber er schüttelt unwillkürlich seinen Kopf, bevor er näher zu mir tritt.

»Bitte, Sweetheart«, sagt er, seine Worte ersticken. »Komm einfach zu mir. Du musst nicht einmal etwas sagen. Ich will dich nur sicher wissen.«

Die Rohheit in seiner Stimme durchdringt mich und lässt meine Abwehrkräfte schwinden. Der Schmerz und die Angst in seinen Augen sind greifbar.

Ich habe ihn noch nie so gesehen.

Ich schaue auf meine blutigen Hände und vernarbten Fingerkuppen. Eine Erinnerung an die Selbstbeschädigung, die ich mir zugefügt habe, um mit dem inneren Schmerz fertig zu werden.

»Ich kann nicht, Milan.«

Seine Augen weiten sich für einen Moment, als meine Worte ihn wie ein Schlag ins Gesicht treffen. »Nein, nein, nein, Sweetheart. Du darfst nicht-«

Er bricht ab, sein Brustkorb hebt und senkt sich schnell, während ein Ausdruck von Panik über sein Gesicht huscht. Sein Blick richtet sich auf den Abgrund unter mir und er schüttelt hastig seinen Kopf. »Tu mir … das nicht an, Aliya. Nicht du auch. Ich kann dich nicht auch noch verlieren.«

Milans Körper zittert unkontrolliert, seine Atmung wird hektisch und flach. Sein ganzer Körper ist angespannt, wie eine gespannte Feder, die zu brechen droht. Seine panischen Augen huschen hin und her, und ich kann das blanke Entsetzen in seinem Blick sehen.

Inmitten von Milans zunehmender Panik und der Spannung zwischen uns trifft mich eine Erkenntnis wie eine Flutwelle.

Er hat *Höhenangst*.

Und dennoch ist er hier hochgestiegen.

Für mich.

Er glaubt, dass ich springen werde, dass ich mich in die Liste der geliebten Menschen einreihen werde, die er verloren hat.

Genau wie seine Mutter und sein Bruder.

Ich bin so sehr in meine eigenen Schmerzen vertieft gewesen, dass ich nicht bedacht habe, wie meine Handlungen auf ihn wirken würden.

Ich bin so grausam und ignorant.

»Milan, ich…« Meine Stimme versagt. »Ich bin *kaputt*, Milan. Ich will dir nicht auch weh tun.«

Ich bin ein *gebrochener* Mensch. Das war ich vermutlich schon immer, auch wenn ich versucht habe, es mir auszureden.

Tränen steigen in meine Augen, die ich weg blinzele, während ich meine Fingernägel tiefer in meine Handinnenfläche ramme.

Wenn ich normal wäre, würde es keine Sünde sein, ihn zu lieben.

»Sieh mich an, Baby.« Seine Hand legt sich auf seine linke Brust, als würde er gleich kollabieren. »Du kannst mit mir streiten, mich ohrfeigen, mich schlagen, alles mit mir machen. Tu mir weh, soviel du willst. Ich kann all den Schmerz ertragen.« Er streckt mir seine Hand entgegen. »Nur komm wieder zurück zu mir.«

Die Tiefe von Milans Bitte durchdringt mein Herz und reißt die Mauern ein, die ich um mich herum aufgebaut habe. Aber während seine Worte in mir nachhallen, spüre ich auch ein Aufflackern von etwas anderem.

Hoffnung.

Ich ergreife seine zitternde Hand und lasse alle meine Bedenken los. Milan zieht mich in eine enge Umarmung, und wir fallen zu Boden. Ich liege auf seiner Brust, umschlungen von seinen Armen, während er sein Gesicht in meiner Halsbeuge vergräbt. Sein Atem ist immer noch schwer.

Sein Körper bebt an meinem, und er klammert sich mit einem fast verzweifelten Griff an mich. Seine Finger graben sich in mein

Fleisch und hinterlassen Abdrücke, als hätte er Angst, dass ich ihm jeden Moment entgleiten könnte.

Die Kälte der Dezembernacht beginnt sich in meine Haut zu bohren und lässt mich frösteln. Erst jetzt, da ich in Milans Armen liege und die Wärme seines Körpers an meinem spüre, wird mir bewusst, wie kalt es ist.

Ich vergrabe mich noch tiefer in seiner Umarmung, um mehr von dieser Geborgenheit zu spüren. Und merkwürdigerweise fühle ich mich … *angekommen*.

Nach einer Weile verlagert er sein Gewicht, setzt sich auf und zieht mich mit sich hoch, sodass ich auf seinen Oberschenkeln sitze und an seine Brust gedrückt werde.

Er zieht seine Jacke aus, legt sie über meine Schultern, der Stoff umhüllt mich wie eine Decke. Sein schwacher Geruch haftet daran und lässt meinen Körper kribbeln.

Sanft nimmt er mein Gesicht in seine Hände, seine Daumen streichen über meine Wangen und zeichnen die Tränen nach, die getrocknet sind.

»Du brauchst nichts zu sagen«, flüstert er. »Ich werde dich nicht um eine Erklärung bitten. Du kannst mit mir reden oder nicht, aber ich bin hier. Und ich werde dich nicht mehr gehen lassen.«

Seine Worte durchdringen mein Herz und sind wie Balsam für meine verwundete Seele.

»Du darfst nicht- … Der Gedanke, dich zu verlieren … Ich kann nicht atmen, Sweetheart.« Seine Hände zittern, während sie mein Gesicht halten. »Ich kann nicht funktionieren. Ich-«

Er bricht ab, seine Stimme bleibt in der Kehle stecken. Stattdessen zieht er mich noch fester an seine Brust und schlingt seine Arme wie einen Schutzschild um mich.

»Es tut mir leid«, schluchze ich. »Ich wollte nicht-«

»Psst« Er stützt sein Kinn auf meinem Kopf ab. »Du musst dich nicht entschuldigen.«

Als ich mich weinend tiefer an seiner Brust vergrabe, fährt er mir beruhigend mit den Fingern durch die Haare. »Lass einfach alles raus, Baby.«

In seiner Umarmung scheint die Zeit stillzustehen, die Welt um uns herum verblasst und verschwimmt. Alles, was in diesem Moment existiert, ist die Sicherheit seiner Arme, das stetige Heben und Senken seines Brustkorbs und der Klang seiner Herzschläge.

»Ich kenne dich, Sweetheart«, flüstert er. »Die Schatten, die dich umgeben, die Traurigkeit, die du versteckst, und die Stille, die zwischen deinen Worten entsteht. Ich kenne sie. Ich sehe die unsichtbaren Narben, die du trägst, und ich verstehe die ungesagten Ängste, die dich plagen.«

Seine Hände reiben beruhigende Kreise auf meinem Rücken. »Deine Schatten, deine Narben, deine Ängste. Ich will sie alle mit dir tragen. Ich will alles von dir. Sowohl das Licht als auch die Dunkelheit.«

54
Aliya

GEGENWART

Ich trete aus Milans Badezimmer, nur in eines seiner T-Shirts gehüllt. Mein Haar ist feucht und hängt mir noch immer in nassen Strähnen auf den Schultern.

»Komm her.«

Gehorsam gehe ich auf ihn zu, meine Schritte langsam und gemessen. Als ich näherkomme, streckt Milan einen Arm aus, um mich auf die Bettkante zu ziehen.

Er kniet sich vor mir hin, seine Augen sind verengt, als er die Kratzer an meinen Handflächen untersucht.

Ein Anblick, den ich mir nur in meinen kühnsten Träumen hätte ausmalen können – und doch ist er hier auf seinen Knien und pflegt meine Verletzungen.

Nachdem er mit meinen Händen fertig ist, fokussieren seine Augen meine Beine. Als er das T-Shirt hochschiebt und die blauen Fingerabdrücke auf meinen Oberschenkeln zum Vorschein kommen, erstarrt er.

Milans Augen verfinstern sich und sein Kiefer spannt sich an. Er sagt nichts, aber die Veränderung in seinem Verhalten ist deutlich spürbar. Sein Blick wandert weiter nach oben und landet auf der empfindlichen Haut meines Halses. Als er die Spuren von

Daniels Küssen und Damians Fingerabdrücken sieht, zuckt sein linkes Auge.

»War das Damian?« Seine Stimme ist kalt und rau. »Hat er das getan?«

Meine Augen weiten sich ein wenig.

Er weiß, dass Damian bei mir zu Hause war?

Seine Augen bohren sich förmlich in meine, fordern eine Antwort. Die Intensität seines Blicks lässt mein Herz schneller schlagen.

Ich schüttele meinen Kopf, unfähig, Worte zu formulieren.

Milans Gesichtsausdruck ändert sich nicht. Er streckt seine Hand aus und zeichnet die Flecken an meinem Hals nach. Doch als ich unter seiner Berührung zurückzucke, hält er inne.

Ein Muskel in seiner Wange verkrampft sich sichtbar und seine Hand entfernt sich langsam von mir, bevor er sich erhebt.

»Es ist spät«, spricht er scharf. »Du solltest schlafen gehen. Wir können morgen reden.«

Ich kann die Wut in seinen Augen sehen, einen Sturm von Emotionen, den er versucht, im Zaum zu halten.

Als er sich umdreht, um den Raum zu verlassen, spüre ich, wie in meiner Brust ein Anflug von Panik aufsteigt. Ohne nachzudenken, greife ich nach seinem Arm und halte ihn zurück. »Geh nicht.«

Ich muss ihm meine Geschichte erzählen.

Meine gesamte Geschichte.

Ich will keine Geheimnisse mehr mit mir herumtragen.

Er hält inne, seine Muskeln spannen sich unter meiner Berührung an. Einen Moment lang schweigt er, sein Körper ist starr, bevor er sich schließlich wieder zu mir dreht.

»Ich weiß, du hast gesagt, dass … ich nichts erzählen muss, aber ich möchte darüber reden. Wirst du mir zuhören?«

Sein Blick wird weicher. »Du musst mich nicht fragen, Sweetheart. Ich höre dir immer zu.«

Als ich mich an den Bettpfosten lehne, spüre ich den Raum zwischen uns, den Abstand, den er bewusst einhält.

Aber ich will keinen Abstand, ich will seine Wärme.

Er hat noch nie darauf geachtet, mir Raum zu geben. Jetzt soll er es auch nicht tun.

Somit klettere ich auf seinen Schoß. Es dauert einen Moment, doch dann legt er seine Arme um mich und zieht mich an seine Brust.

Tief atme ich ein und aus, bevor ich anfange, zu erzählen.

»Wie du bereits weißt, ist mein Vater verstorben, als ich zehn Jahre alt war. Meine Mutter hat kurz darauf Robert geheiratet. Mein Stiefvater hat aus seiner ersten Ehe einen Sohn mitgebracht. Daniel.«

Seinen Namen auszusprechen, fühlt sich ekelhaft an.

»Daniel ist neun Jahre älter als ich. Und der Gedanke, einen älteren Bruder zu bekommen, klang anfangs so aufregend.«

Unschuldige Bilder aus meiner Kindheit drängen sich in meine Gedanken. Mein Leben lang war ich ein Einzelkind. Als Vater starb und Mutter und ich allein blieben, war der Wunsch nach einem Bruder oder einer Schwester fast erdrückend. Ich wollte jemanden, der da ist, wenn die Einsamkeit wie eine kalte Decke über mir lag. Jemanden, der mit mir spielt, wenn das Haus so still war.

Ich habe Isabelle immer darum beneidet, dass sie Tristan hatte – ihren älteren Bruder, der sie beschützte, als wäre sie das Kostbarste auf der Welt. Ich wollte genau das.

Und dann, als Mutter mir eines Tages verkündete, dass wir in ein größeres Haus ziehen und ich einen älteren Bruder bekommen würde, schien mein größter Wunsch endlich in Erfüllung zu gehen.

Damals dachte ich, dass ich fortan nie wieder allein sein werde, unwissend, dass ich wahre Einsamkeit erst mit dem Einzug in das gottverdammte Haus kennenlernen würde, und ich den Teufel höchstpersönlich als Bruder vorgestellt bekommen habe.

Statt Geborgenheit brachte er Dunkelheit, statt Schutz brachte er Schrecken.

»Daniel … Er benahm sich anders, als ich erwartet hatte. Manchmal waren es einfache Komplimente über meinen Körper, aber manchmal berührte er mich … auch an unangemessenen Stellen.«

Milans Körper spannt sich unter mir an. Es ist, als würde er gegen den Drang ankämpfen, zu explodieren.

»Ich habe angefangen, mich vor ihm zu fürchten. Jedoch machte es ihm nur noch mehr Spaß, mich in die Enge zu treiben. Als ich dann vierzehn war-«, meine Stimme bricht. »Mutter und Robert waren ausgegangen. Es war ihr Hochzeitstag. Ich ging früher schlafen als sonst, aber wachte durch den Gestank von Alkohol und den Druck auf meiner Brust auf. Er hatte mich … an mein Bett gefesselt und war gerade dabei, mich auszuziehen. Ich habe geschrien und geweint, aber er hat meine Laute mit seiner Hand gedämpft. Ich … Ich konnte nichts tun, außer darauf zu warten, dass es endlich endet. Dass er endlich von mir ablässt und mich in Ruhe lässt. Er hat mich vergewaltigt und ich … Ich habe es über mich ergehen lassen.«

Ich sehe auf meine Hände hinunter und spüre, wie mir wieder die Tränen in die Augen steigen.

Verdammt noch mal. Ich will nicht weinen, nicht in seiner Gegenwart.

Daniel hat mich gebrandmarkt.

Niemals werde ich vergessen, wie es sich angefühlt hat, als er seine Hände auf mir hatte.

Milan war der Erste nach Daniel, mit dem ich intim geworden bin, und auch wenn unsere Geschichte unüblich angefangen hat, waren seine Berührungen wie ein Balsam für meinen benutzten Körper.

Ich spüre seine Augen auf mir, die wie zwei heiße Kohlen brennen, aber ich traue mich nicht, ihn anzusehen.

»Nachdem er … Nachdem er fertig war, ist er weggetreten. Ich konnte mich nicht bewegen und musste warten, bis Robert und Mutter von ihrem Date zurückkamen. Sie zogen ihn von mir runter, befreiten mich von ihm, aber-« Ich beiße mir auf die Unterlippe. »Obwohl sie gesehen haben, was er mir angetan hat, sagten sie mir, ich solle es vergessen. Sie sagten, ich würde überreagieren. Sie haben es einfach ignoriert, während es keine Sekunde gab, in der ich mich nicht an seine Berührungen erinnert habe. Und irgendwann begann sogar ich mich zu fragen, ob ich nicht nur dramatisch reagierte. Denn … Denn wenn es wirklich eine Vergewaltigung war, dann würde mich meine eigene Mutter nicht zwingen, zu schweigen, oder?«

Meine Stimme zittert, die Erinnerung ist auch heute noch schmerzhaft. Aber ich versuche, weiterzureden, die Flut von Gefühlen herauszulassen, die sich seit jener Nacht in mir aufgestaut hat.

»Ich bin von zu Hause weggerannt. Ich wusste nicht, wohin, ich wollte einfach nur weg. Weg von Daniel. Weg von meiner Mutter. In Downtown habe ich dann …«

Ich zögere, unsicher, wie ich meinen Selbstmordversuch ansprechen soll.

»Ich wollte mich auf eine befahrene Straße schmeißen. Ich wollte es beenden und endlich frei werden. Ich dachte, ich dachte wirklich, das wäre die einzige Möglichkeit, Daniel zu entkommen. In der letzten Sekunde hat mich dann jemand zurückgezogen. Es war *dein Bruder*.«

Ich spüre, seine Arme um mich fester werden, als hätte er Angst, dass ich ihm entgleiten könnte, wenn er auch nur einen Moment loslässt.

»Lio. So stellte er sich mir vor. Er hat mein Leben gerettet. Ohne ihn wäre ich … Ich wäre jetzt nicht hier. Ich habe ihm nie erzählt, was in dieser Nacht passiert ist. Und er hat mich nie gefragt, weil er mich nicht bedrängen wollte. Aber er hat mich nie allein gelassen. Immer wenn es mir schlecht ging, ist er zu mir geeilt. Er hat mich abgelenkt, mich vor mir selbst befreit und …«

Meine Stimme verstummt, die Worte bleiben mir im Hals stecken, als die Tränen, die ich zurückgehalten habe, endlich fallen.

»Er war mein *einziger* bester Freund.«

Einen Moment lang spricht keiner von uns. Das einzige Geräusch ist der gleichmäßige Rhythmus unseres Atems und ein gelegentliches Schniefen, während ich versuche, meine Fassung wiederzuerlangen.

»Heute Abend sind Daniel und Damian gemeinsam nach Hause gekommen. Ich wusste nicht, dass sie befreundet sind, und …«

Ich halte kurz inne, bin mir nicht sicher, ob ich ihm all die Dinge, die Damian gesagt und gemacht hat, jetzt erzählen sollte.

»Nachdem Damian gegangen war, hat Daniel es wieder versucht. Er hat mich … fast wieder vergewaltigt, aber meine Mutter und Robert sind früher von ihrem Date zurückgekehrt, sodass er es unterbrechen musste. Ich dachte, dass meine Mutter mich vielleicht diesmal verstehen wird. Aber sie hat wieder einmal versucht, mir einzureden, dass ich es mir eingebildet hätte. Somit bin ich dann weggerannt und den Rest weißt du ja schon.«

Nach meinem Geständnis herrscht einen Moment lang betretenes Schweigen. Das Gewicht meiner Worte hängt schwer in der Luft zwischen uns.

Plötzlich lässt er mich los, stößt mich sanft von seinem Schoß und richtet sich auf. Ich zucke zusammen und beobachte, wie er nach seinem Handy und Schlüssel greift.

»Wohin gehst du?«

»Bleib in meinem Zimmer«, stammelt er. »Ich gehe diesen Bastard finden.«

Ich rapple mich auf, mein Herz rast, als ich ihm folge. »Nein, Milan, warte!«

Seine Schritte hallen laut auf dem Hartholzboden wider, während er schnell zur Haustür schreitet.

Ich hole ihn hastig ein und halte ihn am Arm fest. »Daniel ist nicht mehr hier. Er hat sich wahrscheinlich zurückgezogen und hält sich versteckt.«

Aber er schüttelt meine Hand einfach ab, sein Blick ist stoisch und entschlossen. »Ganz egal, in welches Loch er sich auch verkrochen hat, ich zerre ihn da raus und lasse ihn für all das büßen.«

Ich spüre die Wut und die Gewalt, die in Wellen von ihm ausgehen. Es ist, als würde man eine tickende Zeitbombe beobachten.

»Ich muss das tun, Sweetheart. Versuch nicht, mich aufzuhalten.«

»Du kannst nicht einfach losstürmen, Milan. Das wird nicht gut enden.«

Sein Kiefer verkrampft sich, sein Gesichtsausdruck verhärtet sich noch mehr. »Zweifelst du an mir?«

Zweifeln?

Es ist das Gegenteil. Ich habe das Gefühl, wenn ich ihn jetzt gehen lasse, wird er Daniel ins Jenseits befördern.

»Das ist es nicht. Nur lass mich heute nicht allein. Bitte.«

Er sieht zerrissen aus, sein Wunsch nach Rache kämpft mit seiner Sorge um mich.

»Du machst es mir schwer, weißt du das?« Langsam streckt er die Hand aus und streicht mir eine Haarsträhne hinters Ohr. »Ich werde dich nicht allein lassen. Ich bleibe.«

Er hebt mein Kinn an und sieht mir in die Augen. »Aber ich verspreche dir, eines Tages werde ich diesen Hurensohn finden. Und wenn ich ihn finde, wird er nicht nur bezahlen, Sweetheart. Ich werde dafür sorgen, dass er so leidet, wie er es sich nie hätte vorstellen können. Ich werde ihm jeden einzelnen Knochen brechen und seine Zunge herausreißen. Und ich werde nicht aufhören, bis er sich auf dem Boden windet und um Gnade bettelt. Erst dann werde ich ihn persönlich in die Hölle befördern, wo er auf mich warten kann.«

Bei dem kalten, berechnenden Ton seiner Stimme läuft mir ein Schauer über den Rücken. In seinen Augen liegt eine Dunkelheit, die ich noch nie zuvor gesehen habe, eine gefährliche Schärfe in seinen Worten, die mir sagt, dass er jedes Wort ernst meint.

»Okay.«

»Gut.« Er nickt und lässt mein Kinn wieder los. »Lass uns zurückgehen.«

Trotz des gefährlichen Versprechens, das er mir gegeben hat, fühle ich mich in seiner Anwesenheit seltsam getröstet, denn ich weiß, dass er alles in seiner Macht Stehende tun wird, um mich zu beschützen.

»Du solltest schlafen, Sweetheart.«

Seine Stimme löst mich aus meinen Gedanken, während wir uns *Breaking Bad* ansehen.

Es ist bereits sieben Uhr und ich habe immer noch nicht geschlafen. Die Dunkelheit draußen beginnt langsam zu weichen, doch in mir herrscht immer noch Finsternis.

Jedes Mal, wenn ich meine Augen schließe, tauchen Daniels Augen vor mir auf. Diese Augen, die mich schon mein ganzes Leben verfolgen.

»Ich bin nicht müde. Aber du musst meinetwegen nicht wach bleiben.«

Er schüttelt den Kopf. »Mach dir keine Sorgen um mich. Ich schlafe sowieso selten.«

»Selten?«

»Ich habe Insomnie, seitdem meine Mutter gestorben ist. Ich schlafe nur ein paar Stunden, wenn überhaupt. Manche Tage verbringe ich auch schlaflos.«

Das wusste ich nicht.

Aber jetzt, wo ich darüber nachdenke, bin ich immer vor ihm eingeschlafen und nach ihm aufgewacht. Ich dachte immer, er sei ein Morgenfreak.

»Helfen keine Medikamente dagegen?«

»Ich habe es versucht, aber nichts hat wirklich gewirkt. Außerdem habe ich mich inzwischen daran gewöhnt.«

Die Vorstellung, jede Nacht wach zu liegen, während die Welt schläft, erscheint mir unerträglich.

»Wirst du denn nie müde?«

»Manchmal. Aber meistens fühle ich mich einfach nur benommen. Die Müdigkeit tritt nach einer Weile wieder in den Hintergrund.«

Ich beobachte ihn schweigend. Seine Gelassenheit ist fast unheimlich. Mir ist schon bei unserer ersten Begegnung aufgefallen, dass er manchmal wie eine Statue wirkt. Das einzige Anzeichen von Leben ist das leichte Heben und Senken seiner Brust.

Ich strecke die Hand aus und fahre mit den Fingern sanft über sein Kinn. Seine schwarzen Augen folgen meinen Bewegungen.

Milan ist so anders als ich, weil ich beim geringsten Druck zusammenbreche. Er hingegen scheint sich meistens zu beherrschen, seine Gefühle hinter einer stoischen Maske zu verbergen, obwohl er so schlimme Sachen erlebt hat.

Die Geräusche von *Breaking Bad* dringen kaum zu mir durch.

Jedes Detail über Daniels Angriff brennt sich in mein Gedächtnis ein, als würde ich es erneut erleben. Ich fühle mich *schmutzig*, trotz des langen, heißen Bades, das ich genommen habe. Es ist, als ob er jeden Teil von mir markiert hat.

Die Nähe zwischen Milan und mir ist das Einzige, was mir ein Gefühl von Sicherheit gibt. Während meine Finger weiter über seine Haut streifen, spüre ich, wie meine Sorgen langsam, aber sicher, in den Hintergrund treten.

Ich will ihm näher sein, seinen Körper an meinem spüren.

Und ohne mir Zeit zum Nachdenken zu lassen, schwinge ich plötzlich mein Bein über seinen Schoß und setze mich auf ihn.

Seine Muskeln spannen sich unter meinem Gewicht an. Die Veränderung in seinem Gesichtsausdruck entgeht mir nicht. »Sweetheart-«

Ich lasse ihn nicht aussprechen, sondern presse meine Lippen auf seine. Ein leises Keuchen entweicht seiner Kehle, aber er stößt mich nicht weg. Die Hitze seines Körpers und der Geschmack seiner Lippen bringen mir einen Moment der Flucht. Ich habe es vermisst, ihn zu küssen, von ihm berührt zu werden.

Meine Zunge sucht Einlass in seinen Mund und versucht, die Erinnerungen an Daniels Berührung zu übertönen. Eine Weile lässt Milan mich gewähren, sein Mund öffnet sich, doch dann zieht er sich plötzlich zurück.

Mein Brustkorb hebt und senkt sich schnell, während ich verwirrt seinen Blick suche.

Ich kann das Verlangen in seinen schwarzen Pupillen sehen, den Hunger und die Frustration, die in ihm kämpfen.

»Nein, Sweetheart«, sagt er mit angespannter Stimme. »Wir müssen aufhören.«

»Was?«, frage ich benommen. Alles, woran ich denken kann, ist, seine Lippen auf mir zu spüren.

»Weil das nicht richtig ist.«

Trotz der offensichtlichen Beule, die ich unter mir spüre, stützt er seine Hände fest auf meine Hüften und hindert mich daran, mich zu bewegen.

Die Ablehnung schmerzt mehr, als ich es für möglich gehalten habe. Sonst ist er immer derjenige gewesen, der unsere körperliche Intimität initiiert hat.

Eine Welle der Enttäuschung und Scham überspült mich.

Ich dachte, er will mich.

Aber jetzt sagt er mir, ich solle aufhören.

Hält er mich nun für dreckig?

Erträgt er es nicht mehr, mich zu berühren, weil Daniels Präsenz immer noch auf mir liegt?

Wer würde auch jemanden wollen, der noch Blutergüsse von einem anderen Mann an ihrem Hals trägt?

Er spricht mit mir, aber ich kann ihn nicht hören.

Meine Gedanken wiederholen sich ununterbrochen, wie eine kaputte Schallplatte, die mir immer wieder sagt, dass ich *schmutzig* bin. Dass ich nun *befleckt* bin.

»Willst du …«, frage ich bebend. »Willst du mich nicht?«

Sein Griff um meine Hüften wird fester, als meine Stimme versagt. »Du hörst mir nicht zu, Sweetheart«, knurrt er. »Ich will dich. Fuck, du hast keine Ahnung, wie sehr ich dich will.«

Seine Stimme ist rohe Lust, seine schwarzen Augen brennen mit einer Intensität, die mein Herz zum Flattern bringt.

»Aber jetzt ist nicht der richtige Zeitpunkt. Du denkst nicht klar. Du hast heute so viel durchgemacht, du bist gerade nicht in der richtigen Verfassung, um solche Entscheidungen zu treffen.«

Das ist wahr, aber ich will jetzt nicht rational denken.

Alles, was ich will, ist, seinen Körper an meinem zu spüren, mich in der Leidenschaft zu verlieren und alles andere zu vergessen.

»Ich denke klar«, protestiere ich.

»Nein«, sagt er streng. »Du handelst im Moment aus reinem Gefühl heraus, und ich werde nicht zulassen, dass du etwas tust, was du später bereuen könntest.«

Ich weiß, dass ich aus dem Bedürfnis reagiere, das Geschehene zu vergessen, was mich dazu bringt, Dinge zu tun, die ich unter normalen Umständen nicht tun würde. Aber dieses Wissen ändert nichts an der Tatsache, dass ich ihn will.

Sehnsüchtig.

Somit bewege ich mich auf und ab, reibe mich an der Wölbung in seiner Hose.

»Aliya.« Er atmet schwer und versucht, sich zu zügeln. »Du machst es noch schwieriger, als es ohnehin schon ist.«

Meine Brust drückt sich gegen seine, meine Nippel werden hart.

»Ich möchte, dass du nachgibst.« Ich fahre mit meinen Lippen an seinem Hals entlang, meine Zunge streift über die empfindliche Haut hinter seinem Ohr.

»Bitte, Milan«, flüstere ich. »Ich *brauche* dich.«

»Fuck.« Seine Hand greift in mein Haar und zieht mich zurück. »Du weißt, dass ich dir alles gebe, was du möchtest, aber ich will nicht, dass du etwas tust, nur weil du durcheinander bist, Baby.«

Ich presse meine Lippen zusammen. »Ich weiß, was ich will. Und ich will dich. Und ich-« Meine Stimme wird leiser. »Ich will mich nicht mehr beschmutzt fühlen.«

Es ist peinlich, wie verzweifelt ich mich an ihn schmeiße. Das ist nicht fair, ihn auszunutzen, nur um mich danach besser zu fühlen. Vielleicht hat er recht, und wir sollten es wirklich nicht tun. Aber …

»Du bist nicht schmutzig«, sagt er rau. »Du bist *perfekt*.«

»Ich-«

»Wag es nicht.« Seine Stimme hat jetzt einen gefährlichen Unterton. »Du bist NICHT schmutzig. Und du bist auch nicht befleckt. Ich werde nicht zulassen, dass irgendjemand etwas anderes behauptet, auch du nicht.«

Ich schlucke. *Oh.*

»Du bist *wunderschön*, Aliya. Hörst du mich? Du bist so gottverdammt schön. Und ich werde es so oft wiederholen, bis du es verstehst.«

Mein Herz schwirrt bei seinen Worten. Ich spüre, wie ich unter seinem intensiven Blick zerfließe, wie mein Verstand langsam bröckelt.

Milan küsst sanft meine geschlossenen Lider, seine Lippen warm auf meiner Haut. »Deine Augen …«

Er zieht seine Hand aus meinem Haarschopf heraus.

»… Deine Ohren.« Er schiebt eine Strähne hinter mein Ohr und haucht einen Kuss auf die Stelle.

»Deine Lippen …« Mit seinem Daumen streicht er über meine Unterlippe, bevor er sie mit einem zarten Kuss berührt.

»… Deine Hände.« Er nimmt meine linke Hand in seine und küsst jeden vernarbten Finger mit einer Sorgfalt, die mich fast erschüttert.

In diesem Moment spüre ich, wie sich etwas in mir langsam löst und die Kälte vertreibt.

»Dein Hals …«, murmelt er leise und neigt sich, um seine Lippen auf die zarte Haut meines Halses zu drücken. Ich keuche auf, aber wehre mich nicht. Sein Mund wandert sanft und schwerelos hinunter.

»Jede Faser deines Körpers …« Er hält meinen Blick fest. »… ist wunderschön. Du bist wunderschön. So verdammt schön, dass ich Angst habe, dich mit meiner abgefuckten Art zu zerstören.«

Tränen stauen sich in meinen Augen und ich blinzele sie weg, während seine Worte wie ein Balsam auf mein Herz wirken.

»Sieh mich an.« Seine Stimme ist ein Befehl, der mich in seinen Bann zieht. »Sieh an, wie ich dir zu Füßen liege.«

Dann liegen seine Lippen auf meinen, besitzergreifend und feurig, mit einer Intensität, die mir den Atem raubt. Seine Zunge dringt in meinen Mund ein, übernimmt die Kontrolle über mich. Ich verliere mich in dem Gefühl, ertrinke in der Hitze und der Leidenschaft zwischen uns, die Welt verblasst, während ich mich ihm völlig hingebe.

»Milan-« Ich ringe um Atem, aber er lässt mich nicht ausreden.

»Ruhe.« Seine Stimme ist streng. »Ich versuche, dich hier zu verwöhnen.«

Er schiebt eine Hand unter mein Shirt, seine Finger gleiten über meine nackte Haut, lassen kalte Schauer über meinen Rücken laufen. Mit dem Daumen fährt er über meinen Nippel. Ein leiser Laut entringt meine Kehle.

»So süß«, flüstert er dicht an meinem Ohr und beißt sanft hinein.

Seine andere Hand gleitet zwischen meine Beine, streift leicht über den Schlitz der Boxershorts, die ich von ihm ausgeliehen habe, und berührt meine nasse Pussy.

Ich schreie auf, als er zwei Finger in mich hineinstößt und meine Muskeln um ihn herum zucken.

Instinktiv presse ich meine Hüften gegen seine Hand, nach mehr suchend. Meine Brust wird eng, meine Luft wird knapp, als er meine Klitoris findet und leicht drückt.

Unsere Blicke treffen sich, und ich sehe die pure Lust darin. Seine Lippen sind feucht, seine Augen glänzen. Er beginnt, mich mit seinen Fingern zu ficken, langsam und tief, während seine andere Hand weiterhin meine Brust massiert.

Ich fühle mich wie in einem Dampfbad, jede Bewegung seiner Finger ist ein neuer Höhepunkt. Das Verlangen in mir wächst, und ich möchte ihn spüren, will ihn in mir haben.

Langsam wandert meine Hand nach unten, und ich greife in seine Jogginghose. Mit den Fingern finde ich seinen Schwanz.

Mein Mund wird trocken. *Wow.*

Ein dunkler Laut verlässt seine Kehle, als meine Hand anfängt, sich auf und ab zu bewegen. Er ist so groß und hart in meiner Hand. Ich kann spüren, wie seine Lusttropfen auf meine Handfläche laufen.

Gleichzeitig kommt ein Stöhnen über meine Lippen, als er seine Finger härter in mich stößt. Die raue Bewegung reizt mich zum Rande eines Höhepunkts. Ich wölbe meinen Rücken und schiebe meine Brüste seiner neckischen Hand entgegen, verzweifelt noch mehr Kontakt einfordernd.

»Ich … Ich will dich in mir spüren«, wimmere ich.

»Noch nicht, Baby.« Mit einer plötzlichen Drehung seines Handgelenks krümmt er seine Finger in mir und streichelt meinen G-Punkt. Mein Griff um seinen Schwanz lockert sich und ein lautes Stöhnen entkommt mir, als der Orgasmus mich überrollt. Seine Finger bleiben tief in meinem Inneren, bis die Krämpfe nachlassen und ich wieder atmen kann.

Als ich ihn ansehe, sind seine Augen dunkel vor Begierde. Er zieht seine Finger aus mir heraus und leckt sie sauber.

»Jetzt sag es noch einmal.«

Ich blinzele perplex. »Was?«

Mit Leichtigkeit hebt er mich so weit hoch, dass er mir die Boxershorts herunterziehen kann. Ich zittere, als die kühle Luft auf meine nackte Haut trifft.

»Sag, dass du mich willst.«

Er wirft sein T-Shirt achtlos zur Seite und zieht seine Jogginghose hinunter, um sein Glied zu befreien, welches sich aufgerichtet hat und gegen seine Bauchmuskeln presst.

Ich schlucke schwer, mein Herz rast, als ich es anstarre, die Spitze glitzert bereits.

»Ich will dich, Milan«, raune ich ihm zu. »Bitte, nimm mich.«

Ein Grinsen schleicht sich auf seine Lippen. Er hebt mich noch einmal hoch und positioniert mich diesmal über seinen strammen Schwanz.

»Schließe deine Beine um mich, Sweetheart. Ich werde dir geben, was du willst.«

Meine Schenkel schließen sich fest um seine Taille, als ich mich auf sein pochendes Glied herabgleiten lasse.

Ich schreie vor Genuss auf, als er mich komplett ausfüllt und seine Länge meine Wände bis zum Anschlag dehnt.

»So verdammt eng«, spricht er zwischen zusammengebissenen Zähnen.

Milan hält meine Hüften fest umklammert und führt mich mit bewusster Langsamkeit auf und ab. Jeder Stoß bringt eine neue Welle der Lust, meine inneren Muskeln ziehen sich gierig um ihn zusammen.

»Das gefällt dir, nicht wahr? Du liebst es, meinen Schwanz tief in dir zu spüren.«

Ich nicke hektisch, unfähig zu sprechen, als die Empfindungen mich überwältigen. Ich wiege meine Hüften gegen ihn und erhöhe das Tempo, während ich meiner Erlösung hinterherjage.

Das Bett knarrt unter uns, das Kopfteil schlägt mit jedem kräftigen Stoß gegen die Wand.

Mein Stöhnen steigert sich zu einem schrillen Heulen, während Milan mich immer näher an den Rand des Abgrunds treibt. Ich spüre, wie sich mein Höhepunkt aufbaut und sich mein Inneres immer fester zusammenzieht.

Sein Schwanz stößt mit rücksichtsloser Effizienz in mich hinein und wieder heraus. Er greift zwischen unsere Körper und beginnt, meinen empfindlichen Punkt in engen Kreisen zu reiben.

Als ich den Gipfel erklimme, durchfährt mich ein Ausbruch von Ekstase, und ich löse mich von ihm, schreie seinen Namen, während sich mein Körper um seinen Schwanz windet.

Die Wellen des Vergnügens fließen und verlängern meinen Höhepunkt, während er weiter in mich pumpt.

Schließlich vergräbt er sich mit einem letzten kraftvollen Stoß tief in mir und findet seine eigene Erlösung.

55
Aliya

GEGENWART

Die Tage vergingen wie im Fluge.
Es ist mittlerweile über eine Woche her, seitdem ich bei Milan Zuflucht gefunden habe.

Ironisch, dass es diesmal der jüngere Bruder war, der mich aus meinem schwarzen Loch herausgezerrt und mir Kraft gegeben hat.

Genau wie es einst Lio getan hat.

Trotz des vielen Stresses wollte ich die Schule nicht schwänzen, da es die letzte Woche vor den Winterferien war. Überraschenderweise hat Milan mir Raelyns Ersatzschuluniform gebracht, mit der ich dann in die Schule konnte.

Silver wurde danach zu meinem Rettungsanker. Sie ist zu mir nach Hause gegangen, um meine Sachen zu holen, denn ich konnte es nicht ertragen, auch nur einen Fuß in diese verfluchte Hölle zu setzen. Milan hätte es nicht erlaubt, selbst wenn ich wollen würde.

Ich musste Silver nicht erzählen, was passiert ist. Sie hat nicht danach gefragt und so getan, als wäre alles normal. Genau das habe ich gebraucht.

Meine Mutter hat mir ein paar Mal geschrieben, aber ich habe nicht geantwortet. Jede Nachricht, die ich öffne, schmerzt und bohrt tiefer in meine Wunden.

Sie ist für mich gestorben.

Und obwohl mein Leben langsam eine stetige Routine einnimmt, macht mir eine Sache zu schaffen.

Damian ist *verschwunden*.

Nachdem ich mich getraut habe, Milan all die Begebenheiten zu erzählen, die zwischen Damian und mir vorgefallen sind, ist er aus dem Haus herausgestürmt, um ihn aufzusuchen. Doch nach nicht einmal einer Stunde kam er mit der Nachricht zurück, dass er nicht mehr hier ist.

Er ist *weggerannt*.

Aber sein Verschwinden ist zu einfach, zu verdächtig.

Tief im Inneren weiß ich, dass er nicht der Typ ist, der so leicht aufgibt. Wahrscheinlich wartet er nur auf den richtigen Moment, um zuzuschlagen.

Trotz allem, was er mir angetan hat, kann ich nicht anders, als ein wenig Mitleid mit ihm zu haben. Auch wenn er der Teufel höchstpersönlich ist, werde ich den Gedanken nicht los, dass er vielleicht recht haben könnte.

Vielleicht sind er und ich uns ja wirklich auf eine Art und Weise *ähnlich*.

Die Tatsache, dass ich nun mit Milan zusammenlebe, fühlt sich seltsam an. Noch vor einer Woche sind wir uns aus dem Weg gegangen, und jetzt leben wir unter einem Dach.

Gerade ist er mit Shin trainieren, während ich allein in der Shane-Villa lauere. Pavla ist zu Besuch bei ihrer Familie in Slowenien, also habe ich es als meine Aufgabe gesehen, das Abendessen zu kochen. Da ich hier kostenfrei wohne, sollte ich auch etwas zurückgeben.

Es ist still im Haus, während ich in der Küche herumwühle. Ohne die Stimmen von Pavla und Milan fühlt sich das Haus seltsam leer an. Selbst Shins übliche Kommentare und Witze fehlen.

»Ich wusste nicht, dass wir während Pavlas Abwesenheit eine Ersatzköchin haben.«

Der plötzliche Klang einer tiefen Stimme erschreckt mich und lässt mich leicht zusammenzucken.

Ich drehe mich um und sehe einen großen Mann in der Tür stehen, die Hände in den Hosentaschen vergraben. Er sieht auf eine vornehme Art und Weise gut aus, trägt einen maßgeschneiderten Anzug und hat einen strengen Blick.

Evan Shane.

Ich habe ihn einige Male in der Zeitung, im Fernsehen und auf Veranstaltungen gesehen, aber das ist das erste Mal, dass ich ihn von Nahem sehe.

Er hat ein ähnliches, markantes Aussehen wie Milan, mit scharfen Zügen und dunklen, intensiven Augen. Sein Haar ist kürzer und hat ein paar silberne Strähnen, was ihm ein eleganteres Aussehen verleiht als seinem Sohn. Beide teilen die gleiche aristokratische Ausstrahlung, die kühle, berechnende Intelligenz in ihren Augen.

Als ich Milan gefragt habe, ob sein Vater über meinen Aufenthalt hier Bescheid weiß, hat er einfach nur genickt. Doch nun fühle ich mich mit meiner einfachen Kleidung und unordentlichen Frisur wie ein Eindringling.

Seine Anwesenheit ist überwältigend, als wäre er ein König, der sein Reich überwacht.

»Tut mir leid, ich wollte nicht-«, beginne ich zu erklären, aber er unterbricht mich mit einem kühlen Nicken.

»Du brauchst dich nicht zu entschuldigen.« Seine Stimme ist tief und kontrolliert. »Mein Sohn sagte mir, dass wir für eine Weile einen Gast haben werden.«

Er tritt näher an mich heran, sein Blick schweift über die Küchenarbeitsplatte, auf der ich das Abendessen vorbereitet habe.

»Du bist Aliya, nehme ich an.«

»Ja, Sir«, antworte ich und straffe meine Schultern. »Aliya Sierra.«

»Hm.« Sein Brummen ist kurz und unverbindlich. »Evan Shane.«

Langsam streckt er seine Hand nach mir aus, seine Augen sind immer noch auf meine gerichtet. Er erwartet einen Händedruck, also greife ich zügig nach seiner Hand.

»Du hast Abendessen gekocht?«, fragt er und sein Blick flackert zum Herd.

»Äh, ja.« Ich nicke und überprüfe im Geiste, was ich gerade koche. »Ich habe nur ein paar einfache Gerichte zubereitet. Nichts Ausgefallenes.«

»Verstehe.«

Es herrscht kurzzeitig unangenehme Stille, und ich frage mich, ob ich etwas sagen soll. Ich habe das Gefühl, dass ich von seinem eisigen Blick erdolcht werde.

»Hättest du etwas dagegen, wenn ich mich dir zum Essen anschließe?«

Was zum ...? Möchte er sich tatsächlich hinsetzen und das von mir zubereitete Essen probieren?

»Sicher«, antworte ich und versuche, meine Überraschung zu verbergen.

Bei dem Gedanken an ein Abendessen mit Milans Vater fühle ich mich wie ein Kind, das vor seiner Lehrerin ein Referat halten muss.

»Gut.« Ohne ein weiteres Wort schreitet er in Richtung Esszimmer.

Ich atme tief ein und versuche, mich zu beruhigen. Plötzlich kommt mir die einfache Aufgabe, das Abendessen zu kochen, wie eine Aufführung mit hohem Risiko vor.

Das Essen verläuft unbehaglich.

Evan ist höflich, aber distanziert, und das Gespräch dreht sich meist um neutrale Themen wie das Wetter und aktuelle Ereignisse.

Als wir uns über die Schule unterhalten, fällt mir ein, dass er derjenige ist, der es mir überhaupt ermöglicht hat, die SVH zu besuchen.

»Ich, äh, wollte mich eigentlich bei Ihnen bedanken«, sage ich zögernd.

Er hebt eine Augenbraue als Antwort und signalisiert mir, dass ich fortfahren soll.

»Dafür, dass ich die Stoneview High besuchen darf«, erkläre ich. »Robert Wilson ist mein Stiefvater. Es ist nicht selbstverständlich, dass Sie für die Kinder Ihrer Geschäftspartner einen Schulplatz sponsern. Vielen Dank.«

Evans Gesichtsausdruck ändert sich nicht, aber in seinen Augen flackert so etwas wie Verwunderung auf. »Ah, du bist die Tochter von Wilson.«

Er hält einen Moment inne, als würde er überlegen, ob er mehr sagen soll. »Ich bin nicht so gutmütig, wie du denkst. Normalerweise sponsere ich keine Schulplätze.«

Seine Unverblümtheit verblüfft mich. Er hat mir also nicht aus reiner Herzensgüte geholfen, auf die SVH zu gehen.

Wieso hat er es dann getan?

Evan mustert mich noch ein paar Augenblicke, bevor er antwortet. »Es war kein zufälliger Akt der Freundlichkeit. Es war ein Gefallen für meinen Sohn.«

Mein Herz sinkt. »W-Wie bitte?«

»Mein älterer Sohn, Kilian, war eine sehr zurückhaltende Person. Das erste Mal, dass er mich um etwas gebeten hat, war, einen Schulplatz am SVH für ein Mädchen namens Aliya Sierra zu organisieren.«

Ich lasse meine Gabel fallen.

Ein Gemisch von Gefühlen durchflutet mich.

Er wusste, welche Schwierigkeiten ich in der Mittelschule hatte und hat mir ermöglicht, eine renommierte Schule zu besuchen.

Er hat sich immer um mich gekümmert.

Oh, Lio ...

War es seine Absicht, dass sein jüngerer Bruder und ich uns kennenlernten?

»Dad.«

Ich werde durch Milans Stimme aus meinen Gedanken gerissen. Er steht in der Tür, sein Gesicht ist neutral, während er uns anschaut.

Evan und Milan starren sich an, ihre Blicke intensiv und unerschütterlich. Es ist, als ob sie versuchen, ohne Worte zu kommunizieren, und jeder darauf wartet, wer zuerst zögern wird.

Evan wendet seine Aufmerksamkeit wieder mir zu. »Vielen Dank für das Essen. Es war sehr gut.«

Als Antwort gelingt mir ein kleines Lächeln. »Gern geschehen. Freut mich, dass es Ihnen geschmeckt hat.«

Als er aufsteht, hält er einen Moment inne und sieht Milan an. »Du hast morgen nicht vergessen, Sohn?«

»Nein, ich habe es nicht vergessen.«

Evan schaut in meine Richtung. »Aliya kann gern mitkommen.«

Ich weiß nicht, was die Pläne sind, aber ich spüre, wie sich Milans Augen in mich bohren, da er mit dem Angebot seines Vaters eindeutig unzufrieden ist. »Wir werden sehen.«

»Nun, die Einladung gilt.« Er nickt ein letztes Mal, bevor er das Esszimmer verlässt und mich mit Milan allein lässt.

Sein Blick hat sich verfinstert, und auf seinem Gesicht liegt ein Hauch von Verärgerung.

»Warum hast du mit meinem Vater gesprochen?«, fragt er mit scharfer Stimme.

Seine Frage trifft mich unvorbereitet. »Ist das ein Problem?«

»Ist es. Du sprichst nicht mit Evan.«

»Warum nicht?«, erwidere ich.

»Weil ich es sage.«

Obwohl mich sein fordernder Ton irritiert, verstehe ich auch, dass Milan eine komplizierte Beziehung zu seinem Vater hat. Ich möchte keine Spannungen zwischen uns, also beschließe ich, dass es besser ist, das Thema zu beenden.

»Wohin gehst du morgen?« Ich erhebe mich von meinem Platz und sammele das Geschirr ein.

»Evan möchte, dass ich ihn zum Firmenessen begleite. Beschissene CEOs verbringen Heiligabend lieber mit Geschäftsgesprächen, als Zeit mit ihren Familien zu genießen.«

Ich weiß, was er meint.

Robert und Mutter nehmen auch jedes Weihnachten daran teil, sodass ich schon seit Jahren zu Heiligabend allein esse.

»Möchtest du mitkommen?«

»Du würdest mich mitnehmen?«

»Ja, warum nicht?« Seine Mundwinkel verziehen sich zu einem Schmunzeln. »Du würdest das Essen erträglicher machen.«

Einerseits würde ich ihn gerne begleiten – besser, als den Tag wie immer allein zu verbringen. Andererseits zögere ich bei dem Gedanken, meiner Mutter über den Weg zu laufen.

Ich kaue auf meiner Unterlippe, eine Mischung aus Aufregung und Unbehagen dreht sich in meinem Magen. Meine Gedanken werden unterbrochen, als Milan plötzlich mein Handgelenk packt und mich über seine Schulter wirft.

Ich stoße einen überraschten Schrei aus.

»Woah! Lass mich runter!«, protestiere ich und versuche, mich aus seinem Griff zu befreien.

»Hör auf, zu zappeln«, sagt er unwirsch und verlässt die Küche. »Ich muss duschen. Ich hatte bis gerade eben Training.«

Milans Arme halten mich fest, während er die Treppe hinaufsteigt. Ich kann die Wärme spüren, die sein Körper durch seine Kleidung hindurch ausstrahlt, und mir wird unangenehm warm.

»Du kannst auch allein duschen, weißt du.«

»Ich will nicht«, murmelt er als Antwort, sein Tempo wird durch mein zusätzliches Gewicht nicht beeinträchtigt.

Gerade als ich aufgeben möchte, bemerke ich etwas Glitzerndes an meinem Arm, wo seine Hand mein Handgelenk umklammert hatte.

Ich hebe es, um es besser sehen zu können.

»Oh mein Gott!«, rufe ich, als ich erkenne, was der glitzernde Gegenstand ist.

Es ist mein Lotusblumen-Armband, das er vor Monaten zerbrochen hat. Der Anblick meines Handgelenks raubt mir den Atem, und unterschiedliche Gefühle überkommen mich, während ich sein Lachen spüre.

»Du erinnerst dich noch daran, was?«

»Natürlich erinnere ich mich daran!« Ich kann immer noch nicht meinen Augen trauen. »Das war ein Geschenk von Kilian.«

»Habe ich mir schon gedacht«, antwortet Milan kurz, wobei die Belustigung in seiner Stimme etwas nachlässt, als ich den Namen seines Bruders erwähne.

»Wie kann es sein, dass es … Es war doch zerbrochen.«

Hat er etwa ein Neues gekauft?

Als wir das Badezimmer betreten, setzt Milan mich vorsichtig auf die Füße. Er geht zur Dusche und schaltet sie ein.

»Ich habe es repariert«, erklärt er ruhig, während sein Blick zu dem Armband hinüberfliegt.

Mir bleibt der Mund offenstehen. *Er hat was?*

»Du hast es repariert? Nachdem du es kaputt gemacht hast, hast du es wieder zusammengesetzt?«

Er hat alle Perlen aufgesammelt und es fixiert? Milan?

Er nickt nur und bestätigt damit meinen Verdacht. Dann beginnt er, sich auszuziehen, zieht seinen verschwitzten Pullover aus und wirft ihn zur Seite.

»Woher wusstest du, dass Kilian es mir gegeben hat?«

»Wusste ich nicht, ich habe es nur geahnt.«

Er zeigt auf seinen Finger, auf dem die kleine Lotusblume in die Haut tätowiert ist.

»Kilian mochte Lotusblumen«, erklärt er. »Ein Teil seines Namens steht auch dafür. Deshalb habe ich mir dieses Tattoo stechen lassen – um ihn für immer in Erinnerung zu behalten.«

Er sagt das so beiläufig, als sei es eine einfache Tatsache. Aber ich kann den Unterton der Trauer in seiner Stimme hören, den Schmerz über seinen Verlust.

Mein Blick schweift immer wieder zu seiner nackten Gestalt, als er in die Dusche steigt, das Wasser auf seinen Körper trifft und die Muskeln seines Rückens zum Glänzen bringt.

Ich streife mir ebenfalls die letzten Klamotten vom Körper und leiste ihm Gesellschaft.

56
Milan

GEGENWART

»Neuigkeiten von Damian?«, frage ich Shin am Handy, während Aliya noch im Badezimmer noch ihre Haare trocknet.

Ich stehe auf dem Balkon und ziehe tief an meiner Zigarette. Der eisige Dezemberwind beißt in meine Haut, und dicke Schneeflocken tanzen um mich herum.

»Nein, immer noch nichts.«

Wir suchen jetzt schon seit einer Woche nach ihm und haben immer noch keine Ahnung, wo er steckt. Henry Reynolds weiß über all die Dinge Bescheid, die sein Sohn in letzter Zeit angestellt hat und versucht vermutlich, ihn zu decken.

»Er kann sich doch nicht einfach in Luft aufgelöst haben«, sage ich frustriert. »Irgendwo muss er doch sein.«

Nachdem Aliya mir alles erzählt hat, was dieser Hurensohn angestellt hat, hat sich mein Zorn auf ihn vervielfacht. Ich dachte, wir wären Freunde, dabei hat er all die Zeit hinter meinem Rücken Psychospielchen gespielt.

Er trägt Schuld an dem, was Aliya letzte Woche widerfahren ist. Ich wünschte, ich hätte ihm mehr gebrochen als nur seine Nase, als ich noch die Möglichkeit dazu hatte.

»Wenn wir ihn finden …« Ich nehme einen weiteren Zug und beobachte, wie der Rauch in der kalten Luft verschwindet. »Ich breche ihm die Kniescheiben, damit er sich nicht mehr so einfach verpissen kann.«

»Wir werden ihn schon finden, Milan. Es ist nur eine Frage der Zeit. Er kann sich nicht für immer verstecken.«

Ich fahre mir seufzend durch die Haare, bin froh, dass wenigstens Shin zu mir steht. Aber der Gedanke, dass Damian da draußen auf freiem Fuß ist, gefällt mir nicht. Ich weiß, was für ein kranker Bastard er ist und wie schlimm er sein kann, wenn man ihn an seine Grenzen stößt.

Shin und ich waren ein wichtiger Anker in seinem Leben. Damian war schon immer eine tickende Zeitbombe und ohne uns wird er garantiert explodieren.

»Er weiß, wie man Zorn hegt. Wenn er nicht bekommt, was er will, tut er alles, um sich zu rächen.«

»Das ist es, was mich beunruhigt«, antwortet Shin. »Er wird vor nichts Halt machen, um zu bekommen, was er will. Und im Moment will er sich vermutlich rächen.«

Gott bewahre ihn davor, sich auch nur in die Nähe von Aliya zu wagen.

»Milan?« Aliya betritt den Balkon, doch hält inne, als sie sieht, dass ich telefoniere.

»Wir sprechen uns, Shin.« Ich lege auf und drehe mich zu ihr. »Ja, Sweetheart?«

Sie schlingt ihre Arme um sich, um sich aufzuwärmen. Ihr Haar ist noch feucht von der Dusche, doch es fällt ihr in lockeren Wellen über den Rücken. Die Kälte scheint ihre Wangen leicht gerötet zu haben, was die zarten Sommersprossen auf ihrem Gesicht hervorhebt.

Sie sieht so zerzaust aus, dass ich einen Anflug von Verlangen verspüre, obwohl ich sie bereits in der Dusche hatte.

Ich kriege nie genug von ihr.

»Wegen morgen … Ich denke, ich sollte hierbleiben.«

Ich inhaliere tief von meiner Zigarette. »Warum solltest du hierbleiben?«

Ich beobachte, wie sie einen Moment lang zögert, ihre Finger krümmen sich um den Saum ihres Oberteils.

»Ich … Ich will meine Mutter nicht sehen. Ich kann es nicht, Milan.«

Meine Muskeln spannen sich an.

Robert und Amber Wilson.

Ich bin ihnen nie persönlich begegnet, aber die bloße Erwähnung ihrer Namen reicht aus, um mein Blut in Wallung zu bringen. Diese verdammten Leute, die behaupten, ihre Eltern zu sein, sind nichts weiter als egoistische Parasiten, die ihr bei jeder Gelegenheit wehgetan haben. Rückgratlose Würmer, die tatenlos zugesehen haben, als sie gelitten hat.

»Sie werden nicht dabei sein, Sweetheart.«

Ihre Augenbrauen ziehen sich zusammen. »Wie denn das?«

Der einzige Grund, wieso ich überhaupt zum Geschäftsessen hingehe, ist, weil Evan und ich eine Vereinbarung getroffen haben. Er brauchte nur mit den Fingern zu schnippen, um das kleine Unternehmen Wilson Engineering zu zerstören. Aber im Gegenzug habe ich ihm versprochen, dass ich mich von nun an stärker in seine Geschäfte einbringen werde.

Robert Wilson ist also bankrott und wird morgen sicher Besseres zu tun haben, als sich nach dieser Blamage in der höheren Gesellschaft zu zeigen.

»Vertrau mir einfach. Sie werden nicht dort sein.«

Sie runzelt die Stirn, doch nickt dann.

Obwohl ich sie am liebsten umgebracht hätte, habe ich mich bereit erklärt, ihr Leben zu verschonen und sie einfach unter meinem Zorn leiden zu lassen. Doch Daniel Wilson wird nicht so einfach davonkommen. Ich kann meine Rachsucht mit dem Geschmack des Nikotins fast auf meiner Zunge schmecken. Sobald ich ihn in die Hände bekomme, wird ihn nichts und niemand vor mir bewahren können.

Ich lehne mich an das Geländer und winke sie zu mir. »Komm her, *Little Curse*.«

Aliya zögert einen Moment, aber sie tut, was ich sage, denn sie weiß, wenn sie es nicht tut, wird sie es bereuen. Ich ergreife ihren Arm und ziehe sie an mich, schlinge meine Arme um sie und bewahre sie vor dem Frösteln.

Sie verzieht das Gesicht. »Du rauchst ja schon wieder.«

»Willst du es auch versuchen?«

Ich hebe die Zigarette zum Mund, ziehe noch einmal und hebe dann mit meiner freien Hand ihr Kinn an. Ich lasse den Rauch von meinen Lippen gleiten und puste ihn mit einem Schmunzeln in ihr Gesicht.

Sie rümpft angewidert die Nase. »Ekelhaft.«

»Tu nicht so unschuldig, Sweetheart. Du weißt doch, dass alles, was ich tue, irgendwann auf dich abfärben wird.«

Ich blase ihr den Rauch wieder ins Gesicht, nur um sie zu ärgern. Statt nur die Nase zu rümpfen, streckt sie mir überraschend die Hand entgegen und entreißt mir die Zigarette. Ich bin kurz verblüfft, als sie tief daran zieht und anfängt zu husten.

»Ich wusste es. Ekelhaft.«

Ich kann mir ein Grinsen nicht verkneifen.

Sie ist so verdammt bezaubernd.

Es ist ein Wunder, dass sie es so lange ausgehalten hat, ohne dass ich sie bereits völlig verdorben habe.

»Versuchst du, mich zu verführen, Sweetheart?«

Sie sieht mit wässrigen Augen zu mir auf, ihre Brust hebt sich, als sie nach dem rauchbedingten Husten wieder zu Atem kommt. »Das sollte nur eine Kostprobe sein.«

Obwohl sie unschuldig ist, hat sie eine kämpferische Seite.

Eine Seite, die ich so gut wie möglich aus ihr herausholen möchte.

»Nur eine Kostprobe?«, frage ich, nehme die Zigarette zurück und stecke sie mir selbst zwischen die Lippen. Ich nehme einen langsamen Zug und beobachte sie mit einem verschmitzten Grinsen. »Dann lass mich dir eine richtige Kostprobe geben.«

Meine Lippen schweben nur Zentimeter von ihren entfernt. Der Rauch und die Wärme der Zigarette verweilen noch in meiner Lunge.

»Öffne deinen Mund.«

Nach einem Moment des Zögerns tut sie, was ich sage, und spaltet ihre Lippen. Mit sorgfältiger Präzision blase ich den Rauch in ihren Mund und beobachte, wie die Rauchwolke zwischen ihren geöffneten Lippen verschwindet.

Ihre Augen sind geschlossen, als der Rauch ihre Lungen füllt, ihr Körper ist gefährlich nah an meinen gepresst. Ich kann das schnelle Schlagen ihres Herzens gegen meine Brust spüren, und das macht mir nur noch mehr Lust, sie zu verderben.

»Schluck ihn«, fordere ich sie auf.

Ihre Kehle bewegt sich, als sie den Rauch wie ein braves Mädchen schluckt, ihr Atem kommt in kurzen, zittrigen Zügen.

»Siehst du? Jetzt ist es nicht mehr so eklig, oder?«

»Nein, das ist es wohl nicht«, antwortet sie, ihre Stimme ist ein wenig heiser. »Aber ich mag den Geschmack von etwas anderem lieber.«

Mein Grinsen erlischt wie auf Knopfdruck.

Sie lächelt, wohl wissend, dass sie sich gerade auf ein gefährliches Terrain begeben hat.

»Vorsicht, Sweetheart«, warne ich und drücke meine Zigarette aus. »Dein Mundwerk wird dich noch in Schwierigkeiten bringen.«

»Ist das eine Drohung?«, fragt sie unschuldig, wobei ihre Augen gefährlich glänzen.

»Es ist ein Versprechen.«

Ich drehe uns herum, drücke sie mit dem Rücken gegen das Geländer und klemme sie mit meinem Körper ein.

Ich beobachte, wie sich ihr Grinsen in ein verruchtes Kichern verwandelt. Ihr Lachen ist wie Musik in meinen Ohren, und ich kann nicht anders, als ihren feurigen Geist zu bewundern.

Ihre Lippen sind rosig und küssbar, ihre Haut gerötet von der Kälte und unserem kleinen Spiel, das wir spielen.

Sie schweigt eine Weile und legt den Kopf zurück, als Schneeflocken auf ihrem Gesicht landen. Ihre Augen, diese fesselnden smaragdgrünen Teiche, fixieren mich, während sie mich durch ihre langen Wimpern beobachten.

Sie ist verdammt schön, so gottverdammt perfekt.

Schön, perfekt und mein.

Jeder einzelne Part von ihr, bis hin zu ihrer Seele. Nur mein.

Und ich weiß, dass ich süchtig bin. Süchtig nach ihrer Berührung, ihrem Lächeln, ihrer Stimme, ihrer Wärme.

Verdammt besessen von ihr.

Weil sie die dunklen Narben meiner Seele heilt, von deren Existenz ich nicht einmal wusste.

Genau wie sie mir gehört, gehöre ich ihr.

57

Aliya

GEGENWART

Die große Empfangshalle ist prunkvoll geschmückt, mit goldenen und roten Ornamenten, die einen Hauch von Überfluss und Glamour verbreiten. Der Duft von frisch gebackenem Gebäck und warmem Glühwein vermischt sich mit dem Aroma der teuren Parfüms. Elegante Menschen in Anzügen und Kleidern, die sich unterhalten und lachen, während ich wie ein Schatten zwischen ihnen hindurchlaufe.

Ich habe mich entschlossen, Milan zu begleiten, obwohl mich die Vorstellung davon nicht gerade erfreut. Er hat mir versprochen, dass meine Mutter nicht auftauchen wird, und tatsächlich ist sie nicht hier.

Merkwürdig.

Normalerweise lässt sie sich nie solch ein Event entgehen.

Ich trage ein schimmerndes, nachtblaues Kleid, das Silver mir geliehen hat, da ich spontan nichts für solch einen derartigen Anlass auftreiben konnte. Der V-Ausschnitt zeigt einen Hauch von meinem Dekolleté und der Rücken ist fast bis zum unteren Teil meines Gesäßes offen.

Beinahe hätten wir uns verspätet, weil Milan seine Finger nicht von mir lassen konnte, als er mich das erste Mal darin gesehen hat.

Ich nippe an meinem Champagner und beobachte die reichen Geschäftsleute um mich herum, bis sich Milans Griff um meine Taille verstärkt und er meine Aufmerksamkeit auf sich zieht. Er beugt sich hinunter und nimmt mir mein Glas aus der Hand, bevor er ebenfalls daraus trinkt.

Milan trägt einen dunklen Anzug, der seine breiten Schultern und seinen muskulösen Körper perfekt zur Geltung bringt. Das enganliegende, schwarze Hemd darunter ist oben aufgeknöpft und verleiht ihm ein leicht zerzaustes, aber dennoch elegantes Aussehen. Sein Haar ist ordentlich zurückgekämmt, aber ein paar Strähnen haben sich aus ihrem festen Halt gelöst und umrahmen sein hübsches Gesicht auf eine rebellische Art.

Es erinnert mich an die Nacht, an der er seinen Rotwein auf meinen Blazer gekippt hat.

Damals hat er mich ignoriert, aber heute gehört er *mir*.

Er stellt das Champagnerglas auf das Tablett eines vorbeigehenden Kellners.

»Ah, da seid ihr ja!« Elena kommt auf unseren Tisch zu, ihre Schwester Raelyn folgt ihr mit schweren Schritten.

Vor dem Essen haben wir uns bereits gesehen und unterhalten, bevor wir uns aus den Augen verloren haben.

Shin, der neben Milan steht, verzieht sein Gesicht, als er Raelyn bemerkt, doch verkneift sich einen dummen Kommentar.

Milan ist zu sehr damit beschäftigt ist, zu erkunden, wie leicht seine Hand von meiner Hüfte zu meiner Taille oder tiefer gleiten könnte, und macht sich nicht einmal die Mühe, die Davis-Schwestern zu bemerken.

»Oh, Shidiot ist auch hier«, kommentiert Raelyn ruhig.

»Hey, sei nett«, ermahnt Elena ihre Schwester, bevor sie ihren Blick über die Anwesenden gleiten lässt. »Da ist eine Freundin von mir. Ich bin gleich wieder zurück!«

Und schon sind wir nur noch zu viert.

»Pass auf, Davis«, entgegnet Shin und verengt seine Augen, schaut Raelyn an.

»Wie auch immer, ich bin heute sowieso nicht in der Stimmung, mich mit deinem Ego auseinanderzusetzen. Deswegen lasse ich dich für heute Nacht in Ruhe.«

»Eine weise Entscheidung«, antwortet er mit einem Schmunzeln, während er sein Glas an die Lippen führt. »Du möchtest doch nicht etwas sagen oder tun, das du später bereuen könntest, nicht wahr?«

Raelyns Kiefer zuckt, bevor sie ein zuckersüßes Lächeln aufsetzt. »Ich brauche deine Sorge nicht, danke.«

Shin kann nicht anders, als über ihre offensichtliche Irritation zu lachen, was ihre Stimmung nicht gerade verbessert.

Milan verdreht seine Augen und schüttelt den Kopf, unbeeindruckt von diesem Austausch. Sein Daumen reibt träge Kreise auf meiner Hüfte, während er sich zu mir herunter lehnt. »Wollen wir verschwinden?«

»Jetzt?«

»Ja, jetzt. Ich habe eine bessere Verwendung für dein hübsches Kleid, und die besteht nicht darin, hier zu bleiben und den beiden die ganze Nacht lang beim Gezanke zuzuhören.«

Hitze steigt in meine Wangen und ich funkele ihn an. »Das Kleid gehört nicht mir.«

»Ich weiß«, antwortet er und seine Mundwinkel verziehen sich zu einem Grinsen. »Aber du siehst darin so verdammt gut aus, dass ich es dir am liebsten so schnell wie möglich vom Leib reißen will.«

Milan hebt seine Hand und fährt mit einem Finger über meine entblößte Wirbelsäule. Seine Berührung ist leicht, aber irgendwie schafft er es trotzdem, mir einen Schauer über den Rücken zu jagen.

»Wenn du dich dadurch besser fühlst, werde ich mich auch bei Silver entschuldigen, dass ich es zerstört habe.«

Die Vorstellung, wie er mir das Kleid vom Leib reißt, lässt mich unter seiner Berührung erzittern. Offensichtliches Verlangen funkelt in seinen dunklen Augen auf.

»Entschuldigungen sind billiger als neue Kleidung.«

»Vielleicht«, stimmt er zu. »Aber ich bin bereit, dieses Opfer zu bringen, wenn es bedeutet, dich nackt in mein Bett zu bekommen und meinen Namen schreien zu hören.«

Mein Atem bleibt mir im Hals stecken. »Milan!«

Sofort stelle ich sicher, ob jemand mitbekommen hat, was er gesagt hat, aber Shin und Raelyn sind zu sehr mit sich selbst beschäftigt.

Er neigt sich nach unten, seine Lippen streifen mein Ohr. »Ist das ein Ja, Sweetheart?«

Milans intensiver Blick zieht mich völlig in seinen Bann. Die Hitze in seinen Augen gibt mir das Gefühl, die einzige Person im Raum zu sein, die zählt.

Doch dann richtet sich seine Aufmerksamkeit auf einen Punkt hinter mir, und sein Gesichtsausdruck verändert sich schlagartig. Sein Grinsen erlischt, seine Miene verhärtet sich und seine Augen verengen sich.

Ich folge seinem Blick und lasse meine Augen langsam durch den Raum wandern, bis sie auf einem Mann ruhen, der sich gerade mit einer Frau unterhält.

Er sieht aus wie ein typischer Geschäftsmann, gekleidet in einen teuren Anzug und flankiert von einer Gruppe von Leuten.

Je länger ich ihn ansehe, desto vertrauter wird mir sein Gesicht. Es ist, als ob ich ihn von irgendwoher kenne, aber ich kann mich nicht erinnern, wo oder wann ich ihn gesehen habe.

Wer auch immer er ist, Milans Aufmerksamkeit scheint er zu haben.

»Ich habe genug von allem hier, ich gehe nach Hause.« Ohne jemandem eine Chance zu geben, darauf zu reagieren, verschwindet Raelyn in der Menge, wobei ihr blondes Haar immer wieder ins Blickfeld gerät, während sie sich schnell ihren Weg durch die Menschenmassen bahnt.

Und dann trifft es mich wie ein Schlag.

Meine Augen weiten sich, als ich den Mann erneut ansehe und mich daran erinnere, wo ich ihn schon mal gesehen habe.

Er ist derselbe, den Raelyn an der Straßenecke in Belmont getroffen hatte, der Mann im maßgeschneiderten Anzug, der sie mit einer Hand an ihrer Hüfte zu seinem Range Rover geführt hatte.

Damals dachte ich, er sei Familie, aber Milans und Shins starren Blicken zu urteilen, handelt es sich hierbei nicht um ein Familienmitglied der Davis.

Meine Gedanken beginnen sofort zu rasen, während ich das Puzzle zusammensetze.

Raelyns seltsame Entscheidung, mit dem Bus in eine zwielichtige Gegend zu fahren, die unerwartete Anwesenheit dieses Mannes auf der Party und ihr plötzliches Verschwinden.

Wer ist er?

Gerade als ich Milan fragen will, wandert der Blick des Geschäftsmannes zu uns, sodass er sich von der Frau verabschiedet und sich auf den Weg zu uns macht.

Ich spüre, wie sich mein Herzschlag beschleunigt und sich langsam ein Gefühl des Unbehagens in meiner Magengrube breit macht.

Er kommt auf uns zu, ein tückisches Lächeln auf den Lippen. »Jungs, schön, euch hier zu sehen.« Er nickt ihnen kaum merklich zu, bevor sein Blick für einen Moment auf meinem Gesicht verweilt.

Milan muss es auch bemerkt haben, denn er tritt noch näher an mich heran, sein Arm um meine Taille verfestigt sich.

Seine jadegrünen Augen funkeln amüsiert, als er mir seine Hand entgegenstreckt. »Henry Reynolds. Mit wem habe ich die Ehre?«

Mein Atem stockt, mein Magen zieht sich zusammen.

Henry Reynolds.

Das ist Damians Vater.

Zögernd nehme ich seine Hand, fühle den festen Druck seiner Griffkraft. »Aliya Sierra.«

»Aliya.« Mein Name rollt über seine Lippen, als er meinen Handrücken zu seinem Mund führt, um einen sanften Kuss darauf zu hinterlassen. »Ein bezaubernder Name für eine bezaubernde junge Frau. Ich muss deinen Geschmack loben, Milan.«

Seine Augen schweifen über meinen Körper, betrachten, wie sich das Kleid an meine Kurven schmiegt und mehr Haut entblößt, als es bedeckt. Auf eine seltsame Art und Weise erinnert er mich sehr an seinen Sohn.

Milans Kiefer krampft sich sichtlich zusammen, als er beobachtet, wie Henry mich unverhohlen anstarrt.

Mit seinem Daumen streicht er über meinen Handrücken. »Mein Sohn hat Ihnen eine Menge Unannehmlichkeiten bereitet, nehme ich an. Aber Sie können unbesorgt sein. Ich habe dafür gesorgt, dass dies nicht noch einmal passieren wird.«

Was habe ich noch gleich darüber gesagt, dass er mich an Damian erinnert? Vergiss es. Wenn Damian einschüchternd ist, ist sein Vater furchterregend.

Henry lässt schließlich meine Hand los, sein Blick verlässt widerwillig meinen Körper, während er wieder zu Milan und Shin schaut.

»Wir sehen uns, Jungs.« Er nickt uns ein letztes Mal zu, bevor er sich umdreht, weggeht und in der Menge verschwindet.

Die Luft ist dick vor Spannung, als wir wieder allein sind.

Shin nimmt noch einen Schluck von seinem Getränk, sein Blick folgt Henrys Gestalt. »Was für ein Arschloch.«

Milans Griff um meine Hüfte lockert sich nicht, sein Körper ist immer noch angespannt vor Wut.

»Was hat das zu bedeuten? Wo ist Damian gerade?«, frage ich.

»Er hat ihn wahrscheinlich ins Ausland geschickt.«

»Das ist es wohl«, stimmt Milan Shin zu.

»Henry will sich nicht noch mehr mit ihm herumschlagen, also hat er ihn vermutlich weggeschickt, um sein Gesicht zu wahren.«

Aus irgendeinem Grund tröstet mich der Gedanke, dass Damian fortgeschickt wurde, nicht. Äußerlich scheint es eine einfache Lösung zu sein – Damian ist weg, er ist nicht mehr mein Problem, und ich kann mit meinem Leben weitermachen.

Aber etwas fühlt sich falsch an, als würde ein Teil des Puzzles fehlen.

Und wie ich Damian kenne, habe ich das Gefühl, dass ich ihn nicht zum letzten Mal gesehen habe.

Aber was mir eher Kopfschmerzen bereitet, ist eine vollkommen andere Sache.

Was haben Raelyn und Damians Vater miteinander zu tun?

Epilog
Aliya

GEGENWART

Ein letztes Mal blättere ich in meinem Notizheft. Jahrelang war es mein treuer Begleiter, hat mir in meinen dunkelsten Momenten zugehört, ohne mich je zu verurteilen.

Aber jetzt brauche ich es nicht mehr.

Die Weihnachtstage habe ich mit Milan gemeinsam bei ihm zu Hause verbracht. Währenddessen erreichte mich eine Nachricht von meiner Mutter.

Wilson Engineering ist bankrott.

Insgeheim ahne ich schon, wer dafür verantwortlich sein könnte. Doch ehrlich gesagt, hat es mich kaum berührt. Sie hat stets ihren reichen Ehemann über mein Wohlbefinden gestellt. Nun können sie gerne gemeinsam auf der Straße landen.

Die alte Aliya hätte vielleicht nachgegeben und ihr verziehen.

Doch Milan hat mich verdorben – auf positive Art und Weise.

Ich stelle die Bedürfnisse und Wünsche anderer nicht mehr über meine eigenen. Ich habe gelernt, für mich selbst zu leben und mich nicht von anderen beeinflussen zu lassen.

Heute ist der 31. Dezember. *Silvester.*

Milan verabscheut Feuerwerke.

Und da ich nicht zusehen möchte, wie er sich bis zur Bewusstlosigkeit betrinkt, sind wir zusammen nach St. Claire Shores gekommen. Diese Gegend ist weitaus ruhiger als das geschäftige Detroit.

Hier, in der Stille, kann Milan die Feuerwerke leichter überhören. Auch wenn es der Ort ist, an dem sein Bruder sein Leben gelassen hat.

Die Stille in der Hütte wird nur durch das Knistern des Kaminfeuers unterbrochen. Ich schaue durch das große Fenster neben mir, meine Augen sind auf den fernen Leuchtturm gerichtet.

Milan hat mir erlaubt, den letzten Brief von Kilian zu lesen. Und obwohl es noch so viele ungeklärte Dinge gibt, wie zum Beispiel, wer sein biologischer Vater ist, haben wir uns entschlossen, die Vergangenheit ruhen zu lassen, damit er endlich seinen Frieden finden kann.

»Was machst du da?« Milan schaut über meine Schulter, sodass ich mein Notizheft zuklappe und mich zu ihm drehe. Sein Haar ist noch triefend nass von der Dusche, die dunklen Strähnen kleben ihm an der Stirn.

Er ist so verdammt *perfekt*.

»Ich habe ein letztes Mal darin gelesen«, erkläre ich ihm.

Er weiß, worum es sich bei diesen Notizen handelt, aber hat keine Zeile gelesen. Obwohl ich es ihm angeboten habe, wollte er nicht. Irgendwie ist es ironisch, dass ausgerechnet Damian der Einzige ist, der alle meine Gedanken gelesen und verinnerlicht hat.

Milan setzt sich, zieht mich auf seinen Schoß, und ich schlinge sofort meine Arme um seinen Hals. Ich spüre die Wärme, die von ihm ausgeht, und der Duft seines Shampoos steigt mir in die Nase.

»Du brauchst das Ding nicht mehr«, sagt er. »Du hast jetzt mich.«

»Das stimmt. Ich habe jetzt dich.«

Als ich mich an ihn schmiege, kann ich fast spüren, wie die Last der Vergangenheit langsam von meinen Schultern fällt. Zum ersten Mal seit langer Zeit habe ich wirklich das Gefühl, dass alles gut wird.

Mit mir in seinen Armen lehnt er sich nach vorne und nimmt Kilians Briefumschlag in die Hand.

»Bist du dir sicher, dass du es tun willst?«, frage ich ihn sicherheitshalber, doch er nickt abwesend.

Dem Feuerwerk zu entkommen, ist nicht der einzige Grund, wieso wir heute hier sind. Um neu anzufangen und die Vergangenheit hinter uns zu lassen, müssen wir all die Beweise und düsteren Erinnerungen daran zerstören.

»Ich bin mir sicher«, sagt er schließlich und sieht mir in die Augen. »Wir haben beide unsere Vergangenheit zu lange mit uns herumgetragen. Es ist an der Zeit, sie loszulassen.«

»Du musst das nicht tun«, erwidere ich. »Die Briefe waren seine letzten Worte an dich.«

»Und deshalb muss ich sie loslassen.«

Der Gedanke, die einzigen Worte, die er noch von seinem Bruder hat, wegzuwerfen, schmerzt mich, aber ich weiß, dass er das tun muss. Milans Blick trifft auf meinen, und obwohl seine Augen kalt und emotionslos erscheinen, kann ich den Krieg spüren, der in ihm tobt.

Er betrachtet ein letztes Mal den Umschlag, bevor er ihn auf die steinerne Feuerstelle vor uns wirft. Die Flamme des Feuers beginnt langsam, den Umschlag zu verzehren. Die Ränder des Papiers kräuseln sich und werden durch die Hitze schwarz.

Während wir schweigend beieinandersitzen und Kilians Worte zu Asche werden, spüre ich, wie sich die Last von Milans Schultern langsam löst.

Es ist wie ein Auf Wiedersehen an Lio.

Milan drückt mich fester an sich, fährt mit einer Hand durch mein Haar und zeichnet mit dem anderen Muster auf meinen Oberschenkel, während ich meine Hand unter sein T-Shirt fahren lasse.

Plötzlich streifen meine Fingerspitzen über etwas Unbekanntes an seinem Oberkörper – wohl ein neues Tattoo, frisch in seine Haut gestochen.

Sofort setze ich mich aufrecht hin. »Was ist das?«

Meine Finger ziehen an dem Stoff seines T-Shirts.

Sein Lachen ist leise, als er es auszieht und seine nackte Brust entblößt. Meine Augen weiten sich, als ich die neue Tätowierung auf seiner Haut betrachte – ein kleines, aber auffälliges Muster einer Mondsichel auf seiner linken Brusthälfte.

Ich bin erstaunt über die Details und die Kunstfertigkeit.

Wann hat er sich das stechen lassen?

»Ein Mond?«

»Ein Mond.« Er sieht zu, wie ich mit meinen Fingern die Umrisse der Tätowierung nachzeichne. Seine Muskeln spannen sich unter meiner Berührung an.

»Warum ein Mond?«

»Es ist eine Erinnerung an dich.«

»M-mich?«, frage ich verwirrt.

»Du bist wie der Mond in meiner Dunkelheit, Sweetheart.« Er streicht mir eine Haarsträhne aus dem Gesicht, seine Finger verweilen auf meiner Wange, während er fortfährt. »Du bist meine Konstante, meine Orientierung. Immer da, immer hell leuchtend. Du hast mich gefunden, als ich am Untergehen war, hast mich aus der Finsternis herausgezogen und bist zu meinem Ein und Alles geworden.«

»Oh, Milan.«

Ich kann nicht anders, als einen Schwall von Wärme und Zuneigung zu spüren. Seine Worte sind so aufrichtig, dass sie mein Herz höherschlagen lassen.

Ich schaue auf das Mondtattoo auf seiner Brust hinunter und fühle mich plötzlich beschämt, dass er seinen Körper dauerhaft mit einem Symbol markiert, das ihn an mich erinnert.

Ich greife nach meinem Notizheft, starre es für eine Weile an, bevor ich es ebenfalls in das Kaminfeuer werfe. Ich beobachte, wie die Flammen das Notizbuch an den Seiten verschlingen. Das Papier wellt sich, während die Worte in der Hitze schwärzlich werden und zerfallen.

Es fühlt sich an, als würde ich die Vergangenheit endlich loslassen. Die Erinnerungen und Gefühle, die ich in diese Seiten hineingesteckt habe, verschwinden nun für immer.

Milan drückt mich fester an sich, sein Körper ist fest an den meinen gepresst, als könne er den Aufruhr meiner Gedanken spüren. Er sagt nichts, aber seine Anwesenheit ist beruhigend.

Schließlich drehe ich mich zu ihm um und fühle mich so leicht und frei wie schon lange nicht mehr.

»Ich bin bereit für einen Neuanfang«, sage ich entschlossen.

Ein kleines Lächeln umspielt seine Lippen. »Von meinem kleinen Fluch war es nicht anders zu erwarten.«

»Ich meine es ernst. Ich habe es satt, in der Vergangenheit zu leben. Von jetzt an gibt es nur noch uns.«

Milan nickt. »Nur uns.«

Das Feuer erlischt langsam und hinterlässt nur eine Spur aus Asche und vergessenen Erinnerungen. Ein Gefühl des Friedens überkommt mich, als ich die letzte Glut erlöschen sehe.

In der Hoffnung, dass meine Wünsche irgendwann in Erfüllung gehen und ich mich endlich traue, nach vorne zu blicken, verbrenne ich diesen Brief.

Diesen Brief des Schweigens.

ENDE

Vielen Dank, dass du *The Letter of Silence* gelesen hast. Wenn dir das Buch gefallen hat, wäre ich dankbar, wenn du auf den entsprechenden Plattformen eine Rezension hinterlassen könntest.

Eure A. D.

———————————

Instagram: instagram.com/adsahin.author

TikTok: tiktok.com/@ad.sahin

Goodreads: goodreads.com/adsahin

E-Mail: adsahin.author@gmail.com

Danksagung

Mit tiefster Dankbarkeit möchte ich zunächst meinen Eltern danken. Besonders meiner Mutter, die mich mit unerschütterlicher Ermutigung auf diesen Weg gebracht hat und mir den Mut gab, mein Buch zu veröffentlichen. Und an meinen Vater, dessen Unterstützung mir stets zur Seite stand. Ohne euch wäre *The Letter of Silence* nie Wirklichkeit geworden.

Ein großer Dank gilt meinen Brüdern und insbesondere meiner jüngeren Schwester Amine, die geduldig unzählige Stunden damit verbracht hat, meinen Ideen zuzuhören.

Ich möchte meinen Freundinnen Betül, Damla und Güler danken, die mir immer ihre Hilfe angeboten und mich auf meinem Weg begleitet haben.

Ein herzliches Dankeschön auch an Kornelia Fröse, durch die ich Teil einer wunderbaren Buchgruppe wurde. Diese Gemeinschaft hat mich während des Schreibens motiviert und unterstützt. Dank auch an jeden Einzelnen in der Gruppe.

Melanie Satran, du hast nicht nur jedes Kapitel gelesen, sondern mir auch ehrliche und konstruktive Kritik gegeben, die mein Schreiben geprägt hat. Deine Hilfe bei der Vermarktung des Buches war ebenfalls unverzichtbar. Danke, dass du stets an meiner Seite warst.

Ariane Ristau, deine wertvollen Inputs in Zeiten der Unsicherheit waren für mich von unschätzbarem Wert. Ein großer Dank geht auch an Karina Watschew und Nina Beer, deren Kreativität und ermutigenden Worte mich stets inspiriert haben.

Vivien, seit dem ersten Tag stehst du mir zur Seite und hast geduldig auf dieses Buch gewartet. Deine Vorfreude hat mich stets angetrieben.

Ein besonderer Dank gilt meiner Wattpad-Community. Eure Unterstützung, Votes und Kommentare haben mir den Mut gegeben, so weit zu kommen. Danke, dass ihr immer an mich geglaubt habt.

Außerdem möchte ich der lieben FINA (@finasstories) danken. Deine inspirierenden Videos haben mir während des Schreibprozesses immer wieder neue Motivation und Freude geschenkt.

Ich möchte meiner Lektorin Judith von Herzen danken. Deine Geduld, dein scharfes Auge und dein Engagement haben dieses Buch zum Leben erweckt.

Zuletzt danke ich allen Lesern. Eure Begeisterung und Liebe zu dieser Geschichte haben sie erst lebendig gemacht. Ihr seid der Grund, warum ich schreibe. Danke, dass ihr Teil dieser Reise seid!

Ich freue mich, euch im nächsten Teil wiederzusehen.

ER IST EINE BEDROHUNG
ABER ICH WERDE IHN BEENDEN

The
SCARS OF
Despair

DARK ROMANCE

A.D.SAHIN

FRÜHLING 2025